一位女士的畫像

THE
PORTRAIT
OF A
LADY

Henry James　亨利・詹姆斯——著　　項星耀——譯

幸福來得太突然
——導讀亨利‧詹姆斯《一位女士的畫像》

盧郁佳

亨利‧詹姆斯《一位女士的畫像》描述美國女孩伊莎貝爾父母雙亡，投靠英國銀行家親戚。在前半部中，她不願結婚受人束縛，拒絕美國紡織財團小開、英國勳爵求婚。表哥拉爾夫遂求父親，留鉅額遺產給伊莎貝爾，父親預言這筆財富會招來歹徒覬覦，她果然所嫁非人。到了後半部，白馬王子曾向她求婚被拒，現在卻成了她的女婿候選人。劇情這才來到高潮，伊莎貝爾心中暗潮洶湧，小說刻劃水面的動盪，開心理寫實先河。後半部儀式性重演前半部，揭開前半部眾人偽裝下的底牌。丈夫的情婦是上一個伊莎貝爾，繼女是下一個伊莎貝爾。偶開天眼覷紅塵，可憐身是眼中人。伊莎貝爾眼看自己的前世今生清晰了，卻走不出迷宮。

多數人未看此書會先想到張愛玲，因為水晶說張愛玲〈沉香屑——第一爐香〉像《一位女士的畫像》。張愛玲筆下惡女渣男設局利用女學生，情節頗似後者；又重現了亨利‧詹姆斯那佻達悲涼的諷刺、輝煌的悲劇構圖、哥德小說的庭院深深。但只有「壞媽媽」梁太太、變心的追求者盧兆麟等，沒有《一位女士的畫像》的「好媽媽」杜歇夫人和拉爾夫。後者這同情的眼睛，是亨利‧詹姆斯的靈魂所寄。當中有個未寫出來的「愛」字。

張愛玲的經濟地位接近窮表妹伊莎貝爾，〈沉香屑——第一爐香〉梁太太用一衣櫥的華服誘惑女學

生「一混就在衣櫥裡混了兩、三個月」，像《大亨小傳》（The Great Gatsby）寫一屋子高級訂製襯衫感動黛西（Daisy Buchanan），其實是挨窮時的物質美夢，不是富人的。

亨利·詹姆斯的經濟地位接近拉爾夫，祖父是美國鉅富，父親是神學家，哥哥威廉是哲學家、心理學家、「美國心理學之父」，富貴飽學。寫伊莎貝爾，絕非名牌包拜金女，博學雄辯，自信昂揚，不要男人也能活得愉快。後來輪到渣男向她告白，伊莎貝爾畏懼做決定，最畏懼那股把畏懼一掃而空的力量，蘊藏在心靈深處，「像一筆鉅款存在銀行裡，現在她卻要開始支取它了。」暗喻愛、認同為鉅款，原來遺產也不是錢，是自主權，個人自由的象徵。法律給婦女離婚權，沒經濟獨立仍離不了婚；結婚也要不窮才能擇其所愛。伊莎貝爾現實中的藍本──亨利·詹姆斯的表妹瑪麗·譚波（Mary Temple），幼年父母死於肺結核，留下兩子四女住奧爾巴尼祖母家，亨利·詹姆斯則在父母家和祖母家間來去。瑪麗獨立思考，滿懷夢想，健談，叛逆，留下理大平頭的帥照。亨利差點娶了瑪麗，在《兒子和兄弟的手記》（A small boy and others）說，她是一個不斷問問題的人，絕不怕用足夠的真誠和足夠的好奇會為生活帶來什麼。

瑪麗二十二歲時，大姐嫁給埃米特，次年十九歲的妹妹也嫁給埃米特四十七歲的兄弟。年紀懸殊，為錢所迫。亨利·詹姆斯寫信抱怨不願她嫁給那個瑪士撒拉（《聖經》中活了九百六十九歲的老翁），正是《一位女士的畫像》中，拉爾夫不願依莎貝爾為錢嫁人的心情。隔年，瑪麗二十四歲死於肺結核。亨利·詹姆斯說，她的過世，是他和哥哥威廉青春的終結。

《一位女士的畫像》寫伊莎貝爾，異於瑪麗，外傲內嬌。

前半部寫外傲，開頭拉爾夫說媽媽收留了伊莎貝爾，伊莎貝爾痛苦分辯「她沒有收留我，我也不是等人來收留的人」。成了《紅樓夢》裡喪母的玻璃心表妹黛玉，被帶到大觀園見寶玉。任性狂妄，寶玉送北靜王賜的名貴念珠，黛玉狠嗆：「什麼臭男人拿過的，我不要它！」飽讀詩書，只愛筆墨，劉姥姥打量黛玉：「這哪像個小姐的繡房，竟比那上等的書房要好。」

伊莎貝爾跟黛玉一樣嗆。歷來評論《一位女士的畫像》言必稱「美國人天真輕信和英國人老練世故的衝突」，只因杜歇一家人背後數落伊莎貝爾，怪她姐姐一定是跟人聊個沒完。後來伊莎貝爾初到英國夫人家，見了主人卻不上前請安，表哥拉爾夫納悶「莫非她還等在老人過來向她問好不成？美國女孩子一向給人奉承慣了，何況這一位看來就很有些自命不凡。」夫人告訴伊莎貝爾，夜深了不能留男客，這可不是你們無法無天的奧爾巴尼（又如美國女孩亨麗艾特總不敲門直闖，相信別人應該永遠敞開門）。而伊莎貝爾不懂男女之防，她「想知道什麼事不能做」。原來她出口狂妄，是喪母又被隨時跑掉的父親塞給保母、女家教、寄宿學校一年半載、隔代教養、在家自學沒人教所致。是「宅」、「低情商」是京都人婉轉詞：目無尊長，沒大沒小，口無遮攔。

「宅」、「低情商」是京都人婉轉詞，但也可能是「我的無禮因為你值得」。

後半部寫內嬌。寶玉在眾女之間情歸何處，拋棄理想（黛玉），接受現實（寶釵）；變調成伊莎貝爾面對四個追求者。死了的不是黛玉，反是寶玉。原來《一位女士的畫像》寫的不是選誰，是拒絕。卡斯帕、沃伯頓勳爵、拉爾夫、伊莎貝爾，都在逃離自己的優勢和資源。沃伯頓勳爵「把自己看成負擔，生活是噩夢，他把自己、權力、地位全搞砸了，不相信自己，也不知道該相信什麼」。

一位女士的畫像
The Portrait of a Lady

動爵求婚，伊莎貝爾覺得「她太喜歡他，不能嫁給他」、「一個男人做出了這麼多的犧牲，得到的卻是天性愛好挑剔的妻子」，虛不受補，不是真的不配，會被拋棄。她指望對方拋棄優勢來配合她，就如亨麗艾特要動爵拋棄爵位，伊莎貝爾堅持動爵應該拋棄財產，並感歎動爵喪失殺身成仁的寶貴機會「實在太可憐了」。吉伯特表演拋棄一切名利，只疼女兒，這種姿態終於滿足了害怕得勢、渴望父愛的伊莎貝爾。以彼之道，還治彼身，實在諷刺。

吉伯特的拒絕，是欲擒故縱。第一次，伊莎貝爾要去羅馬，吉伯特要去羅馬陪妳玩玩。」伊莎貝爾說：「你要來就來吧。」這答案像餐廳端上焗烤半冷不熱，得退回去叫伊莎貝爾再烤。所以吉伯特問她，他女兒怎麼辦。留下，他不要。帶去羅馬，他也不要。這麼一翻，就變成伊莎貝爾在求他去。下一場戲，吉伯特告訴別人伊莎貝爾要我一起去羅馬。這是預演。

第二次，吉伯特要把女兒嫁給動爵，繞一圈逼伊莎貝爾叫動爵寫信給吉伯特求親。這是正式來為什麼他不自己提？看他上次怎麼對付伊莎貝爾。要我去？妳求我。要娶我女兒？你求我。把自己的願望，包裝成對方的邀請，黃袍加身，被動登基，才符合他為自己設定的高貴身分。

伊莎貝爾為自己設定的身價低微，像成長小說《壁花男孩》裡的高中女生，人美心又好，就是交了個渣男，哭死也放不掉。知道壁花男孩喜歡她，但總擱在那裡，因為我們只能接受那些「我們認為自己值得且應得的。伊莎貝乍獲遺產，經驗老到的梅爾夫人，一次說「她這麼做過兩、三次以後，就會習慣了」，一次說「掏過六、七次錢以後就會心安理得」──原來錢不是伊莎貝爾自己賺的，就會習慣自己的，不是她值得且應得的，需要時間習慣。眾多追求者的愛不請自來，像鉅款存在銀行，她不會相信是自己的，不會

提領。只有吉伯特待她冷漠，所以她相信。等伊莎貝爾被迫提領影響力（「做過兩、三次以後就習慣了」）操控勳爵，才體會到被愛是真的。她發現太晚了。

亨利·詹姆斯在《一位女士的畫像》之後寫《金缽記》：美國銀行家千金瑪姬，嫁給義大利沒落貴族亞美利哥。瑪姬也促成她父親娶了她從小的好友夏綠蒂。瑪姬婚後買了，不知丈夫和假面閨密早有一腿。丈夫和好友幽會，在骨董店給瑪姬買結婚禮物，看中鍍金碗嫌太貴，來她家退還溢價。看到家中丈夫和閨密的照片，透露這對情侶在店裡親密交談。老闆不知情做了徵信社抓猴成功，瑪姬心如刀割，試著拆散丈夫和好友，問好友選他或選錢。好友見丈夫已愛上瑪姬，遂黯然而去，隻身挾遺產遠遁。

《金缽記》書名出自《傳道書》「銀鏈折斷，金罐破裂」，富家點燈是銀鏈吊金碗燃燈油，銀鏈一斷，金碗就跌碎。這卷講所羅門王妃嬪僕婢牛羊成群，金銀財寶，縱情享樂。回看成就，頓覺空虛，結論「你想念著主，總要在銀鍊還未折斷，金碗還未破碎，瓶子在水泉旁還未打破，滑車輪在井口還未破爛以前想念著」。空虛是渣男得了遺產，賺得全世界，卻在瑪姬死後才愛上她，已經來不及了。

乍看瑪姬是伊莎貝爾，同樣被出賣。其實瑪姬是拉爾夫，同樣送出遺產。

「每個人心裡都有一座斷背山，只是你沒有上去過，往往當你終於嚐到愛情滋味時，已經錯過了。」《一位女士的畫像》寫拉爾夫痛惜伊莎貝爾明珠暗投，《金缽記》卻放大了《一位女士的畫像》最後伊莎貝爾奔赴拉爾夫的餘憾。

拉爾夫把自己的自由，以遺產的形式送給伊莎貝爾。乍看伊莎貝爾投資盡墨，拉爾夫全身而退，實

一位女士的畫像
The Portrait of a Lady

際上也許相反。亨利·詹姆斯〈叢林野獸〉中，二十五歲青年告訴二十歲少女，他始終怕災難像叢林野獸降臨。十年後重逢，女方問，災難是不是期待陷入情網。他否認。多年後女方病危，他問她，災難就是她的死嗎？女方笑著否認，說野獸來過，可惜你沒注意到，現在牠要走了。

他怕得要死，以致錯過相戀。自由是一筆鉅款，投資固然有風險，但不做選擇，也是選擇，省著不花等於扔水裡，花掉的才是你的。少女們，春宵苦短，戀愛吧。

好友艾略特說，亨利·詹姆斯依附捕食生物為生，就像對人類做化學實驗，因心靈接觸而突然形成奇怪的沉澱物、爆炸性的氣體，當中有些可怕的東西，像流沙般令人不安，熟人是他千里眼的受害者。

現在，他從人生中盡力萃取的那些可怕東西，無論是毒，或是藥，都在這裡了。

幸福來得太突然　　　　　　　　　　　　　7

目次

幸福來得太突然——導讀亨利·詹姆斯《一位女士的畫像》 2

作者序 10

主要人物簡介 27

一位女士的畫像

第一章 30
第二章 43
第三章 51
第四章 60
第五章 68
第六章 82
第七章 92
第八章 103
第九章 111
第十章 120

第十一章 135
第十二章 144
第十三章 156
第十四章 173
第十五章 186
第十六章 203
第十七章 218
第十八章 227
第十九章 246
第二十章 268
第二十一章 283
第二十二章 291
第二十三章 314
第二十四章 325
第二十五章 341

第二十六章 349
第二十七章 365
第二十八章 379
第二十九章 387
第三十章 398
第三十一章 405
第三十二章 412
第三十三章 421
第三十四章 430
第三十五章 442
第三十六章 451
第三十七章 463
第三十八章 477
第三十九章 492
第四十章 507

第四十一章 522
第四十二章 532
第四十三章 546
第四十四章 560
第四十五章 577
第四十六章 591
第四十七章 604
第四十八章 618
第四十九章 637
第五十章 652
第五十一章 662
第五十二章 681
第五十三章 695
第五十四章 706
第五十五章 719

作者序

《一位女士的畫像》與《羅德里克‧赫德森》(Roderick Hudson) 一樣,是在佛羅倫斯開始寫的,那是一八七九年春[1],我在那裡度過了三個月。正如《羅德里克》和《美國人》(The American) 那樣,它也預訂在《大西洋月刊》(Atlantic Monthly) 上發表,後於一八八〇年開始刊載。但它與前兩部小說不同,還找到了另一條出路——在《麥克米倫雜誌》(Macmillan)[2] 上按月連載。我在兩個國家同時連載作品,如今已臨近尾聲,那時英美兩國的文學交流還處在變化不定的狀況。

這是一部很長的小說,我寫它也花了很長時間,我記得,第二年我住在威尼斯的幾個星期,大部分時間都在寫這部作品。我在斯基阿沃尼海濱租了幾間屋子,那是在樓上,房屋靠近通往聖箚卡里亞的航道。海邊的生活,奇妙的礁湖,都呈現在我的眼前;威尼斯嘈雜的人聲,終日不斷飄進我的視窗。每逢我窮思苦想,無從下筆的時候,我便情不自禁走向窗前,眺望那藍色海灣上往來不絕的船隻,彷彿想從那裡尋找合理的啟示,尋找美好的詞句,尋找我的故事中下一個恰當的轉折,以及我的畫面上下一條準確的線條。但是我記得相當清楚,這些焦急的祈求得到的回答,往往只是嚴峻的規誡:那些傳奇性的歷史地點在義大利國土上雖然比比皆是,但在它們本身不是作品的主要內容時,它們對藝術家的集中概括是很難有所裨益的。它們本身包含著太多的生命,蘊藏著太多的意義,無法給藝術家提供恰如其分的詞句。它們往往使他脫離自己的小問題,沉浸在它們的大事件中,因此過不多久,藝術家就會發現,指望

它們來幫助他解決困難，無異於要求一支久經戰鬥的軍隊，替他抓一名少兒錢給他的小販。

在重讀本書時，有幾頁彷彿使我重又看到了那彎彎曲曲、參差不齊的遼闊海岸線，那一幢幢色彩鮮明、帶有陽臺的高大樓房，那像起伏的波浪似的傴僂著脊背的一座座小橋，而橋上那些按照透視法縮小了的啪嗒啪嗒地走過的行人，則隨著波浪在升起又落下。威尼斯的腳步聲和威尼斯的叫賣聲——又從視窗湧了進來，喚醒了舊日的印象，那些歡樂的感覺和千頭萬緒、無計可施的心情。那麼，那種通常能引起幻想的無法滿足想像力的特殊需要呢？我在那些美麗地方，一再回顧這個問題，為什麼在這個時刻偏偏際情況是：在這種要求面前，它們呈現的東西太多，多得在這個場合使用不了。這樣，人們終於發覺，自己的工作與周圍的景物格格不入，不像在那些不好不壞的地方那麼得心應手。威尼斯物面前，我們可以用我們的幻想來豐富它們。很遺憾，這些回顧隨便是如此。從長遠來看，虛耗的注意力往往會發生奇妙的施肥作用。問題完全在於，這種注意力如何遭到哄騙，以致付之東流。有高高在上、盛氣凌人的哄騙，也有行蹤詭祕、不露聲色的哄騙。我想，即使是一位技藝奪天工的藝術家，單憑真誠樸實的信念，單憑熱烈的期望，還不

1 據一些研究亨利・詹姆斯的創作的人說，詹姆斯住在佛羅倫斯的時間是一八八〇年春。

2 英國的一份雜誌，亨利・詹姆斯是它的主要撰稿人之一。前面提到的《大西洋月刊》是美國的雜誌。

足以免遭它們的欺騙。

在這裡試圖回顧我的寫作意圖的萌芽時，我最早有的不是某個想入非非的「情節」——這是一個極壞的名稱——也不是我的頭腦中突然閃現了一系列人與人的關係，或者任何一個場面，那種可以憑自身的邏輯，不必編故事的人操心，立即進入行動，展開情節，或者以急行軍的方式奔向終點的東西。我有的只是一個人物，一個特定的、引人入勝的少女的性格和形象。一個「主題」通常所有的各個因素，當然還有背景等等，都要建立在這個基礎上。我必須再次說明，回顧這麼一個人物怎樣在我的想像中推動一切，我覺得，這是與那位少女本身，與她最光輝的時刻一樣有趣的。那發展的潛在力量，一粒種子要破土而出的必然趨勢，蘊藏在心頭的思想要盡可能向上生長，伸向陽光和空氣，開出茂盛的花朵來的美好決心，正是小說家的藝術魅力所在。同樣，在已經開墾的土地上，從一個恰當的立足點出發，回顧事物的親切成長過程——追溯和重現它的每一個步伐和階段，這種美好的可能性也是引人入勝的。我經常懷著眷戀的心情，回憶伊凡．屠格涅夫[3]幾年前講過的一段話，那是他關於小說構思的一般淵源所做的經驗之談。對他說來，一部小說開始時，幾乎總是先有一個或幾個人物的影子，他們在他的眼前浮動，像真的又像假的，按照各自的特點，祈求他的關心，引起他的興趣，籲請他的同情。這樣，在他眼中，他們像是disponibles[4]，可以遭逢各種命運以及生活中的各種際遇；他清楚地看到了他們，然而仍必須為他們尋找準確的關係，那種能完美地表現他們的關係；去想像、創造、選擇和組合那些最有用、最足以說明這些人物的情境，他們最可能引起或感受的各種複雜狀況。

「找到這些東西，也就是找到了我的『故事』。」他說，「這就是我創作的途徑。結果是我時常

12

一位女士的畫像
The Portrait of a Lady

受到指責，說我缺乏足夠的『故事』。從我自己來說，我已有了我需要的一切——表現我的人物，展示他們相互之間的關係，因為那便是我的全部要求。如果我對他們觀察得久了，我就會看見他們走到一起來，看見他們參與這一個或另一個活動，遭受這一個或另一個困難。他們的神態，他們的行為，他們的言談舉止，音容笑貌，便構成了我對他們的敘述，而且始終不會越出我為他們劃定的背景——對這一切我只得說，很遺憾，que cela manqué souvent d'architecture。[5]但我想，我寧可少一些結構，不願多一些，如果結構會影響我所表現的真實的話。法國人當然對我感到不滿足——他們在這方面是富有天才的，因此表現得很出色，不過說實話，一個人也只能根據自己的才能盡力而為。至於一個人無意之中得到的胚芽，它們本身的來歷如何，那麼正如你所問的，誰知道它們來自哪裡呢？這件事說來話長，必須回到遙遠的過去才能回答。我們可以說的也許只是：它們來自天空的每一個部分，它們幾乎存在於道路的每一個轉角。它們堆積在那裡，我們總是從這中間在尋找和挑選。它們是生活帶來的——我的意思是說，生活在向前發展時，順便把它們帶給了我們。因此，從某種意義上說，它們是外來的，是強加給我們的，是隨著生活之流漂進我們心頭的。固執己見的批評家常常為他的頭腦所不能接受的主題嘵嘵不休，現在情況既然如此，他的爭論就顯得愚蠢無知了。他能夠指出，它應該怎麼樣嗎？

3 編註：屠格涅夫（Ivan Sergeyevich Turgenev, 1818-1883），與托爾斯泰、杜斯妥也夫斯基並稱舊俄時代三大文豪，代表作為《羅亭》、《父與子》及《獵人日記》等。
4 法文，意為「局外人」。
5 法文，意為「常常是缺乏結構的」。

作者序

可是他的任務主要就是指出這點。Il en serait bien embarrassé.[6] 啊，如果他能指出我成功在哪裡，失敗在哪裡，那是另一回事，那才是他盡了自己的本分。」我這位卓越的朋友最後說：「我把我的『結構』給了他，這已經夠了。」

這位傑出的天才就是這麼說的。想起他的話，我感到欣慰，我感激他指出了一個孤立的角色，一個游離的人物，一個局外人的形象中包含的巨大潛力。它提高了我當時的認識，使我看到了想像力所具有的那種幸運的機能，懂得了如何使虛構的或遇見的一、兩個或幾個人物發揮幼芽的作用和能力。我自己也是意識到我的人物比意識到他們的環境早得多——一般而言，過早的考慮環境、著墨環境，我認為是本末倒置。我羨慕那些富有想像力的作家，他們可以先看到自己的故事，然後才發現故事中的人物，但我不想仿效他們，我知道有所謂如實描述的方法，根據這些方法，場面可以不必依靠在這場面中的人物的性質，任何故事可以完全不需要人物的推動，我也很難想像，任何場面可以崛興的一些小說家中間，我很難想像，因而也是他們對這場面的態度，便引起人們的興趣。在當時正在是對於我來說，我仍相信那位可敬的俄國作家的話是有價值的，它們向我證明，我不必毫無根據地去做任何這種操練。另一些來自同一源泉的回聲，也在我耳邊回旋，我承認，它們的音量縱然不算太大，但卻同樣歷久不衰。在這一切之後，為了實際運用，就不可能不對那個遭到踐躪、歪曲、混淆的問題，即「主題」在小說中的客觀價值以至如何評價它的問題，有一個十分明確的認識。

在這方面，我很早就要求自己對這種價值做出準確的估計，從而把關於「不道德」主題和道德主題的無聊爭論一筆勾銷。我完全同意，衡量某一個主題的價值應該有一個標準，這個問題一旦得到準確的回答，就可以統率其他一切的——一句話，它是否正當，是否確實，是否真誠，是否來自對生活的直

14

一位女士的畫像
The Portrait of a Lady

接印象或觀察？——但我認為，批評家從一開始就忽視各個領域的界線，各種術語的定義，提出主觀的要求，這大多是不足為訓的。在我的記憶中，我早年時期的氣氛顯示，它被那些無益的爭論弄得一片黑暗——今天的不同只是我終於失去了耐性，不再把它們放在心上了。我想，就這一點而論，最有益和近似的真理應該是：一部藝術作品的「道德」意義如何，完全看它再現的真實生活多寡而定。這樣，問題顯然回到了藝術家的基本感受能力的類型和程度上來，以恰如其分的鮮明和準確「培育」生活圖像的能耐，便或強或弱地體現了作品中反映的道德價值。這一因素，換句話說，實際就是主題跟刻在頭腦中的某種印象，跟某種真摯的體驗，具有或多或少的密切關係。但是，藝術家的個性籠罩著一切——它最終影響著作品的價值——這當然不是說，它不是一個千差萬別、變化多端的因素；事實上，它在某一場合表現為豐富多彩的媒介，在另一場合卻可能比較貧乏和隱蔽。正是在這裡，我們看到了小說這一文學樣式的重大價值，它的力量不僅在於在嚴密保持那個形式的前提下，能表現個人和總的主題的各種不同傾向——這是人與人（或者在一定的範圍內，男人和女人）的狀況不可能完全相同造成的——而且在於它具有豐富的潛力，對它的形式越是使用得充分，越是接近突破它的邊緣，它的特點也越是鮮明突出。

總之，小說這幢大廈不是只有一個窗戶，它有千千萬萬的窗戶——它們的數目多得不可計算；它正面那堵巨大的牆上，按照各人觀察的需要，或者個人意志的要求，開著不少窗戶，有的已經打通，有的

6　法文，意為「他對此感到十分為難」。

還在開鑿。這些不同形狀和大小的窗洞，一起面對著人生的場景，因此我們可以指望它們提供的報道，比我們設想的有更多的相似之處。它們充其量不過是窗戶，是在一堵遮蔽著一切的牆上開的一些窟窿，它們高踞在上，彼此不相為謀；它們不是有鉸鏈的門，可以直接通向生活。但它們有各自的標記，即在每個洞口都站著一個人，他有自己的一雙眼睛，或者至少有一架望遠鏡作為觀察的獨特工具，保證使用它的人得到與別人不同的印象。他和他周圍的人都在觀看同一表演，但一個人看到的少一些；一個人看到的粗糙一些，另一個人看到的精緻一些，如此等等。幸好對任何一件事物說來，總有一雙眼睛能看到它，總有一個窗戶會對著它。我說「幸好」，是因為它們的視野之大是不可計算的。開的窗洞或者大，或者建有陽臺，或者像一條裂縫，或者洞口低矮，這些便是「文學形式」，但它們不論個別或全體，如果沒有佇足在洞口的觀察者，換句話說，如果沒有藝術家的意識，便不能發揮任何作用。告訴我這個藝術家是何等樣人，我就可以告訴你，他看到的是什麼。從而我也能立即向你說明，他那無邊的自由和他所提示的「道德」。

這一切都離題太遠了，我要談的只是，促使我寫《一位女士的畫像》的最早的模糊動機，無非是我抓到了一個人物，至於這個人物我是從哪裡得到的，就不在這裡細說了。我只想說，我似乎整個掌握了它，這樣經過了很長一段時間，它對我來說變得那麼熟悉，而它的魅力卻絲毫也沒有減少；我感到焦急、痛苦，因為我看到它蠢蠢欲動，急於走進生活中來。這也就是說，我看到它在迎接它的命運──某一種命運，至於究竟是哪一種命運，這還是個未知數，它有各種可能性。就這樣，我有了一個鮮明的人物──說來奇怪，它已那麼鮮明，儘管它還沒有著落，還沒確定的環境，還沒跟任何人發生接觸，而這

一切卻是我們對一個人獲得鮮明印象的主要條件。如果這個幻象還沒有找到適當的位置，它怎麼能鮮明呢？因為我們要了解這一切，主要依靠它有個固定的位置。毫無疑問，一個人如果能夠做一件細緻的、也許還是繁重的工作，記下他的想像力發展的過程，這個問題就可以迎刃而解。他就可以說，在某一時刻，它發生了什麼特殊變化，例如，他可以比較清楚地告訴你，在某一情況影響下，它可能採取，在某一接從生活中採取）哪一具體的、生動的形態或形式。於是你看到，這個人物已在這一程度上被置於一定的位置上——置於想像力容納了它，接待它，保護它，欣賞它，充分意識到它存在於黑暗的、擁擠的、雜亂的內心深處，正如善於利用寄存的珍品「牟取利益」的一個精明的珠寶古玩商，意識到有一件稀罕的小「物品」，已由一位沒落的、神祕的貴婦人或者一名業餘投機家放進他的櫃子，只要用鑰匙打開櫃子的門，它就可以脫穎而出，顯露光彩了。

我承認，這種比喻，對我在這裡談的那個特定的「價值」而言，未免過於美好了，那是一位年輕女性的形象，十分奇怪，它處在我的支配下，經歷了相當長一段時間。但在親切的回憶看來，這情形是合適的，而我的虔誠心願只是要為我的寶物物色一個恰當的安置地點。我提醒自己，一個買賣人有了一件精品，寧可不予「出售」，寧可把它無限期鎖在櫃子裡，也不願讓它落入俗人之手，不論這人肯出多大價錢。有些經營這類形式、形象和珍寶的人，是具有這種高雅情趣的。而這一小塊基石，這一個向命運挑戰的少女的形象，起先是《一位女士的畫像》這幢大建築物的全部材料。這是一幢又高又大的房子——至少在今天回顧的時候，我覺得這樣。儘管如此，它仍得環繞著我這位年輕的少女建造起來，而她只是孤零零的一個人。從藝術上說，這也是我應該關心的範圍，因為我承認，我又一次迷失在分析結構中了。那麼根據什麼邏輯增長法，這個小小的「人物」，一個聰明而傲岸的少女的單薄影子，居然會

滿足各種必要的條件來構成一個主題呢？——確實，這種單薄性至少怎樣才不至損害這一主題？天天有千百萬個驕傲的少女，不論聰明的或不聰明的，在對抗著她們的命運，那麼這對她們未來的命運究竟有什麼影響，以致值得我們來為它嘔心瀝血？小說從它本身的性質來看，就是一種「費力的事」，是為某一件事費盡心機，它所採取的形式越大，所費的力氣當然也越多。因此，很清楚，我所要做的，就是要為伊莎貝爾・阿切爾做一番費盡心機的安排。令人驚異的是，每當我們展望世界的時候，我似乎還記得，我看到了這是一件費力的事，但同時我也承認，這問題有它的迷人之處。不論你有多少聰明才智，要解決這類問題，你立即會發現，無數個伊莎貝爾・阿切爾們，甚至那些比她渺小得多的女子，都在堅決地、無所顧忌地要求在文學中得到體現。喬治・艾略特曾經卓越地指出：「人類的愛的財富，正是由這些弱女子在一代代傳下去。」在《羅密歐與朱麗葉》（*Romeo and Juliet*）中，朱麗葉必然是重要的，正如在《亞當・比德》、《弗洛斯河上的磨坊》、《米德爾馬契》7 必然是重要的一樣。她們理直氣壯、神采奕奕地走進了作品，她們始終用自己的腳在走路，用自己的肺在呼吸。儘管這樣，她們仍屬於那一類人物，這類人物單憑自己一個人，是很難成為興趣中心的。事實上，這是非常難的，因此許多熟練的藝術大師，如狄更斯和瓦爾特・司各特，以至基本上具有同樣巧妙寫作技巧的史蒂文生，都寧可不接觸這個問題。我們發現，有些作家迴避這問題的方法，實在就是揚言這不值得他們去做。但是避而不談並不能挽回他們的聲譽；貶低一種價值，並不能成為對這種價值的鑑定，甚至不能成為我們對它的認識還不充分的證明，這對任何真理都是毫無益處的。從藝術上看，一個藝術家把一件事「講得」盡可能壞，並不能掩蓋他對這件事的糊塗認識。應該採取更好的辦法，而最好的辦法

法還是首先不要故步自封。

同時，關於莎士比亞和喬治·艾略特的做證，我們可以這麼回答：他們雖然承認他們的茱麗葉們、克莉奧佩特拉們和喬治·艾略特（鮑細亞可以說就是聰明而驕傲的少女的典型和範例）的「重要性」，承認海蒂們、瑪姬們、羅莎蒙德們、格溫杜琳們的「重要性」，但這種承認是有條件的，他們在把這些弱者作為主題的主要支柱時，從沒讓她們單獨來承擔它的重量，正如劇作家們所說，在缺乏暗殺、戰爭或世界大變亂時，便用喜劇性的穿插和次要情節來彌補她們的不足。如果說她們在作品中的「重要地位」已達到了她們所能要求的程度，那麼這是在其他許多人的協助下完成的，而這些人都是比她們強得多的男子，另外，他們每人又與其他許多人發生關係，這些關係對他們說來，又是與那個關係同樣重要的，常非重要的。鮑細亞對安東尼奧來說，對夏洛克來說，對摩洛哥王子說來，對那無數個覬覦她的王子來說，都是重要的，但這些人又有著其他千絲萬縷的關係，從安東尼奧說來，顯然，其中有夏洛克和巴沙尼奧以及他那失事的貨船和極端困難的處境。這一困難，事實上由於同樣的原因，對鮑細亞也是重要的——雖然我們關心這一點，只是因為我們關心鮑細亞。不論怎樣，她得到我們的關心以及一切幾乎都由此而引起這點，已足以證實我的論點，因為在一個純粹的少女身上存在著價值（我說「純粹的」少女，是因為我猜想，儘管莎士比亞感興趣的也許主要是王子們的愛情，他還是沒有

7　這裡列舉的都是英國女小說家喬治·艾略特（George Eliot, 1879-1880）的作品以及這些作品中的女主人公。

8　克莉奧佩特拉和鮑細亞分別是莎士比亞的劇本《安東尼與克莉奧佩特拉》和《威尼斯商人》中的女主人公。

讓他為少女所做的最好的呼籲，建立在她高貴的社會地位上）。這是一個例子，說明要使喬治·艾略特的「弱女子」成為作品的中心，即使不是唯一的中心，至少也應成為最明確的任務，在這方面我們還面對著深刻的困難。

對一個真正醉心於藝術的作者說來，迎接深刻的困難，幾乎任何時候都是去感受一種美好的鼓舞，哪怕這只是一種痛苦，而真正有了這種感受，就會希望危險越大越好。在這種情況下，最值得他去解決的困難，只能是事件所允許的最大的困難。這樣，我記得我在這裡感到（那是在我的陣地始終顯得特別不穩定的情況下），為了打勝這一仗，有一條途徑會比其他的好，也許，甚至比其他任何途徑都好得多！那種蘊藏著喬治·艾略特的「珍寶」的弱女子，既然吸引了那麼些好奇的人，對這些人有著重要意義，那麼對她自己來說，她也應該具有各種可能的重要意義。這些意義是可以處理的，事實上從我們開始考慮它們的時候起，它們就在向我們提出這個要求。在集中描寫這種具有魅力的弱者時，總有一種取巧的辦法，那就是描寫她和她周圍人物的關係，利用這種關係作為回避、躲開和放棄直接描寫的捷徑。把這主要寫成他們的關係，一切就算解決了：你表現了她的全部作用，而且在把這個上層建築建立起來的同時，以最輕鬆的辦法表現了它。不過，我記得很清楚，在我現在建立的這個畫面中，這種輕鬆的辦法對我很少吸引力；我記得，我怎樣為了擺脫它，正直地在兩個秤盤中調整著重量。我對自己說：「把問題的中心放在少女本人的意識中，你就可以得到你所能期望的最有趣、最美好的困難了。堅持這一點——把它作為中心，把最重的砝碼放在那只秤盤裡，這將基本上成為她與她自己的關係的秤盤。只要與此同時，使她對不屬於她自身的事物發生足夠的興趣，就不必擔心那種關係會過於狹隘。另外，把較輕的砝碼放在另一個秤盤中（它通常是使興趣的秤桿發生變化的一頭）。總之，對你的女主人公周圍的人

20

一位女士的畫像
The Portrait of a Lady

物——尤其是男性——的意識減少重量，使它只是為那重的一頭服務。不論怎樣，看一看這樣做的效果如何？在這種精心設計下，是否會出現較好的局面？這少女飛翔著，她作為一個可愛的人，是不會泯滅的。我的任務只是按照那個方式，把她最充分地表現出來，盡可能滿足她的一切要求。完全依靠她和她個人的心理變化，把故事進行下去，記住，這就需要你真正來『創造』她。」

我便是這麼考慮的，我至今還能看到，這需要我精益求精，需要有充分的信心，才能在這一小方土地上，建造一幢精美、細緻、大小得當的磚石房屋，用建築上的話說，就是使它成為一塊文學紀念碑。這便是今天呈現在我面前的《一位女士的畫像》的面貌，屠格涅夫將會說，這是一幢有「結構」能力的房屋，而在作者本人的心目中，它是他僅次於《奉使記》最和諧的作品——但《奉使記》是在這以後許多年寫的，毫無疑問，它是最完美的上乘之作。有一點我是下定決心的，即是雖然我很清楚為了創造一種興趣，必須一塊磚一塊磚往上疊，但我絕不願貽人口實，說我在線條、尺寸和比例方面有任何不當之處。我要建造的是一幢大房子，它具有人們所說的雕花的拱頂和彩繪的拱門，但同時又不能讓讀者腳下的棋盤格路面，顯得沒有在每一點上都鋪到牆腳邊。在重讀本書時，那種謹慎的精神像是最使我感動的熟悉的音調，在我的耳朵聽來，它證明我盡量想增進讀者的興趣。考慮到我的主題可能有的局限性，我覺得，任何這種增進都是必要的，這方面的發展只是那個熱烈的探索的一般表現而已。確實，我感到，這是我對小說的演進所能做的全部說明，正是在這個題目下，我認為，書中出現的一切增殖部分都是必要的，湧現的一切複雜事物都是合理的。至於那位少女的複雜心理，那自然是主要的；它是基本的，或者至少是伊莎貝爾‧阿切爾一出場就帶有的光。然而它只經歷了一段路程，另一些互相競爭、互相矛盾的光便出現了，它們顯得五光十色，像

煙火——羅馬煙火、旋轉煙火等等，使人眼花撩亂，但這都是用來說明她的。我無疑是在暗中摸索，探求那些合理的複雜事物，因為構成書中呈現的總的情勢的每一個腳步，我現在已無法一一指出。我只能說，它們按照現在的面貌存在著，而且數量相當多，至於它們的來龍去脈，我承認，我的回憶已是一片空白。

我覺得，好像我一天早晨醒來，突然發現了那些人物——拉爾夫·杜歇和他的父母、梅爾夫人、吉伯特·奧斯蒙德和他的女兒、他的姐姐、沃伯頓勳爵、卡斯帕·戈德伍德以及斯塔克波爾小姐，他們對伊莎貝爾·阿切爾的故事都是做出了貢獻的。我認識他們，熟悉他們，他們是構成我的萬花筒的人物，是我的「情節」中的具體專案。他們好像出於自己的動機，一下子跳了出來，浮到了我的眼前，他們全都是為了要回答我那個基本的問題：「那麼她將做什麼呢？」他們的回答似乎是：如果我信任他們，他們將參加者和表演者，坐了火車來到正要舉行節日活動的鄉下，按照合約把這場活動進行下去。他們在這兒跟大家相處得很融洽，甚至像亨麗艾特·斯塔克波爾這樣一個游離在故事之外的人物（因為她的黏合力太小）也差強人意。小說家在緊張工作的時候，都了解一個真理：在任何作品中，總有一些成分是有本質意義的，其他一些則徒具形式；這一或那一人物，這一或那一題材的配置，可以說直接跟主題有關，另一些則不然，只有間接關係，純粹出於處理上的方便。這是真理，然而對他卻很少好處。何況我完全明白，因為只有建立在真知灼見上的評論，才能理解這點，而這樣的評論在這世界上太少了。他可以考慮的只是：他的利益不論以什麼方式出現，全在於他使比較簡單的、非常簡單的表現形式具有了動人的魅力，這就是他有權得到的一切。他必須承認，一條苦難重重的道路上，他也不應該存有奢望。

22

一位女士的畫像
The Portrait of a Lady

他無權從讀者那裡得到任何東西，作為他們對他的報答或賞識。如果讀者給了他過高的讚譽，他可以感到愉快——那是另一回事，但只能把它看作「隨意給予」的賞金，出乎意外的收穫，一棵他不想去搖動的果樹上掉下來的果子。整個大地和空間都在策劃反對他，他不可能從它們得到報答和賞識。因此正如我所說，在多數情況下，他最好一開始就訓練自己，僅僅為取得「糊口的工資」而工作。糊口的工資是讀者為享受一種「魅力」必須支付的酬勞。偶然給予的可愛的「小帳」，是他超出這範圍的別具慧眼的行為，是給風吹動的樹上直接掉進作者手頭的金蘋果。藝術家當然可以胡思亂想，嚮往某種天堂（藝術的天堂），在那裡一切都可以得到明智的對待，因為人總是抱有這種奢望，很難對它們無動於衷。他能做到的，充其量只是記住它們是奢望罷了。

所有這一切，也許只是委婉曲折地說明，在《一位女士的畫像》中，亨麗艾特・斯塔克波爾是我剛才提及的那個真理的突出例子——除了《奉使記》中的瑪麗亞・戈斯特里，她便是最好的例子，而那時前者還沒有誕生。這兩個人物中的任何一個都只是車子上的車輪，誰也不屬於車子本身，也從未有資格在車中占據一席位置。在那裡是只有主題才能占有位置的，而它是以「男女主人公」和一些特殊人物（他不妨說是國王和王后身邊的高官顯爵）為代表的。一個人喜歡在自己的作品中感到自己發揮了作用，這是不足為奇的，因為一般說，人們幾乎總有些戀戀不捨。然而我們已看到，這是要求多麼沒有道理，在這方面多費筆墨，似乎並不恰當。瑪麗亞・戈斯特里和斯塔克波爾小姐因而都只是無足輕重的人物，不是真正的角色。她們「竭盡全力」跟著車子跑，她們的腳從來沒有踏上過車子，她們拚命拉住它，直跑到喘不出氣來（可憐的斯塔克波爾小姐顯然就是這樣），但她們有點像那些女魚販，這些女人在法國大革命們誰也沒有一刻離開過塵土飛揚的地面。甚至可以說，她

還有一點是我更需要說明的，即如果在我的戲劇中，我對那些真正的角色，那些與斯塔克波爾小姐不同的人物抱著信任的態度，達到了我們所能有的最融洽的關係，那麼還有我與讀者的關係，這卻完全是另一回事，我覺得那是除了我就沒有人可以依靠的。對這問題的關心，便表現在我孜孜不倦、精益求精地把磚頭一塊塊砌上去。我把小小的筆觸、虛構和順便增加的一些事物，都算作磚塊，現在整個算起來，我發現它們實在相當多，而且我砌得很仔細，盡量做到天衣無縫，沒有破綻。這是細節的效果，我連最小的細節也沒有放過。然而在這方面還應該補充一句：我希望，這塊平凡的紀念碑仍然保存著它的總體氣氛。至少我覺得，在大量必要而巧妙的細節描寫方面，我掌握了關鍵的部分，因為我記得，在表現我這位少女的時候，我總是著重指出她那些最顯著的特點。

「她將『做』什麼呢？嗯，她要做的第一件事就是到歐洲去；事實上，這便將成為她的主要冒險活動中重要的一部分，這也是不可避免的。在這個驚人的時代裡，即使對於『弱女子』說來，到歐洲去已不是了不起的驚險經歷。但她那些驚險經歷之所以顯得平凡，除了與暴風驟雨、與驚心動魄的事件與戰爭、暗殺和暴死等毫無瓜葛以外，還有更主要的方面，這就是它們只存在於她的意識中，或者不妨說，只活動於她的意識中，離開了她的意識，它們便一無所有。但這種意識使它們發生了神祕的轉化，轉化成了戲劇的，或者用較為輕鬆的話說，轉化成了『故事』的材料，而顯示這種轉化不僅是困難的，

24

一位女士的畫像
The Portrait of a Lady

也是美的。」我認為這一切都是顯而易見的。我想，有兩個很好的例子可以說明這種轉化，這是罕見的化學反應的兩個事例。那就是伊莎貝爾在花園山莊中，她看到了梅爾夫人，後者異常安詳地坐在那裡，一天下午天正下雨，她出外散步或做什麼回到客廳中，在逐漸降臨的暮色中，伊莎貝爾深深意識到，這個前一分鐘她還完全不知道的人物，將在她的生活中引起一個轉捩點。在藝術表現上，畫蛇添足和毫無含蓄是最可怕的，我現在也不想這麼做。這兒問題還是在於，如何以最少的筆墨產生最大的效果。

思想緊張達到頂點，然而一切表現仍保持在原來的狀態，如果能做到這點，使整個事物發揮充分的作用，我就可以顯示，「沸騰的」內心生活可以對經歷這種生活的人發生什麼影響，儘管表面上一切照常。我不能想像，這一理想的應用還有比後半部那長長的幾段文字更澈底的，這是關於我這位少女深夜所做的離奇沉思，這次沉思成了她生命中一個里程碑。從實質來看，這不過是一種探索和評價，但是它的作用卻比二十件「事件」更大。我的構思是要使它既具備事件的全部活力，又保持最經濟的畫面。她坐在即將熄滅的爐火旁邊，時已深夜，心頭籠罩著一個幻覺，彷彿最後的嚴峻時刻已突然來到眼前。全部的表現只是她一動不動地注視著，然而這還包含著一個意圖，就是要使她那神志清醒的靜止狀態顯得「意味深長」，彷彿一個人在沙漠中突然望見了一輛大篷車，或者在洋面上發現了一艘海盜船。就這一點說，它表達了小說家所嚮往的一種發現，這對他甚至是必不可少的。但在整個過程中，沒有一個人走近她，她也沒有一刻離開座位。這顯然是全書中最好的部分，但它只是整個計畫的最高體現。至於亨麗

---

9 指一七九二年法國王室企圖對革命進行反撲的時期。

艾特，我剛才沒有講完，我要為她表示的歉意是：她的頻繁出場，並不屬於我的計畫的一個組成部分，這只是我熱心過頭的結果。在處理我的題材時，我總是表現過多，而不是表現不足（在可以有所選擇或面臨危險時），這是我早已存在的傾向（我知道，我的許多同行完全不同意我的意見，但我始終認為，表現過多是危害較小的）。《一位女士的畫像》中的這種處理，實際就是說明，我從沒忘記必須特別注意故事的趣味性，不能有任何疏忽。我談到過「單薄」的危險，這只能靠竭盡全力培植活躍的因素來克服，至少我今天是這麼看的。在當時，亨麗艾特必然是我心目中美好的活躍因素之一。此外還有一件事得提一下，在好幾年前，我來到了倫敦居住，在那些日子裡，「國際的」光照進了我的意識，留下了強烈而鮮明的痕跡，我的作品中不少畫面便處在這光線的照射下，但那已是另一個問題。關於它，要說的話實在太多了。

一位女士的畫像
The Portrait of a Lady

主要人物簡介

伊莎貝爾・阿切爾（Isabel Archer）：本書女主人公，原居紐約奧爾巴尼，是杜歇夫人的外甥女。父親亡故後，在姨母邀請下，伊莎貝爾來到英國入住姨父丹尼爾・杜歇的花園山莊，而後又自丹尼爾那繼承了一筆巨額遺產，這筆財富從此改變了她的命運。

拉爾夫・杜歇（Ralph Touchett）：伊莎貝爾的表哥，杜歇夫婦的獨子，自小文弱多病，但為人聰明機智，洞察世情，完成美國哈佛大學的學業之後，又返國進入牛津深造。進入銀行工作不久後，健康出現問題，遂退隱養病。

丹尼爾・杜歇（Daniel Touchett）：銀行家，花園山莊的主人，莉迪亞的丈夫，原籍美國，三十年前移居英國，世故老練，卻也歷經滄桑。去世時留下巨額遺產給外甥女伊莎貝爾。

莉迪亞・杜歇（Madame Lydia Touchett）：伊莎貝爾的姨母，丹尼爾的妻子，常被稱為杜歇夫人。身形清瘦矮小、脾氣古怪，面對任何人事物，都有一套出人意表的應對方式。時常獨自返回美國、遊歷歐洲，行蹤漂泊不定。

沃伯頓勳爵（Lord Warburton）：拉爾夫的好友，是一位標準典型的英國紳士，外表英俊、文質彬彬，言行舉止亦優雅有禮，在洛克雷擁有雄厚的產業。

卡斯帕‧戈德伍德（Caspar Goodwood）：美國波士頓的富商之子，個性堅毅正直，體格健壯，對伊莎貝爾十分專情，近乎執著。曾多次向伊莎貝爾表示愛意，遠渡重洋到歐洲只為見她。

亨麗艾特‧斯塔克波爾（Henrietta Stackpole）：伊莎貝爾的好友，一位從事新聞採訪工作的女記者，常為《會談者報》撰寫報導文字，亦是一位獨立的典型美國女性。

班特林先生（Mr. Bantling）：性格和藹、親切的英國青年，拉爾夫的朋友，後來與亨麗艾特‧斯塔克波爾結為夫婦。

彭西爾夫人（Lady Pensil）：班特林先生的姐姐，熱愛戲劇，喜歡熱鬧，嫁給了一位男爵，住在一座美麗的鄉村莊園裡。

梅爾夫人（Madame Serena Merle）：原名塞蘭娜‧梅爾，杜歇夫人的老友，擅長鋼琴，氣質高雅，交友廣泛，令伊莎貝爾十分憧憬。身世神祕，只知出生美國布魯克林，曾住在佛羅倫斯。透過她，伊莎貝爾認識了奧斯蒙德。

吉伯特・奧斯蒙德（Gilbert Osmond）：中年鰥夫，來自美國，長期定居義大利，學問廣泛有品味，喜愛古董、美術，卻無固定職業。早年喪妻，有一女名帕茜。伊莎貝爾後來在眾多追求者中，選擇與他成婚。

帕茜・奧斯蒙德（Pansy Osmond）：奧斯蒙德的女兒，嬌小可愛，舉止溫和，她的靈氣與才智讓伊莎貝爾感到驚訝。曾被父親送進修道院接受教育，培養服從的美德，個性單純，極易受影響。

愛德華・羅齊爾（Edward Rosier）：移居巴黎的美國青年，為人謙遜善良。其父與阿切爾先生是故交，因而伊莎貝爾自小認識愛德華，在旅行歐洲時，兩人重新建立聯繫。愛慕帕茜，但遭到奧斯蒙德的百般反對。

格米尼伯爵夫人（Countess Gemini）：奧斯蒙德的姐姐，原名艾米・奧斯蒙德，喜歡講述八卦來掩飾自己的浪蕩行為。她始終反對伊莎貝爾與弟弟奧斯蒙德結婚，多年後她向伊莎貝爾揭露了這樁婚姻背後的真相。

第一章

在某些情況下,所謂午後茶點這段時間是最令人心曠神怡的,生活中這樣的時刻並不多。有時候,不論你喝不喝茶——有些人當然是從來不喝的——這種場合本身便會給你帶來一種樂趣。在我為這簡單的故事揭開第一頁的時候,我心頭想到的那些情景,就為無傷大雅的消閒提供了一幅絕妙的背景。這是在英國鄉間一幢古老的住宅前面,草坪上陳設著小小的茶會所需要的一切,時間正當盛夏,陽光絢麗的下午剛過去一半,那也是我所說最動人的時刻。這時,下午的一部分已經消逝,但大部分還留著的正是無限美好而珍貴的部分。真正的暮色還有好幾個小時才會到來,然而夏季的強烈光線已開始進入低潮,空氣已變得溫和宜人,陰影已長長地鋪展在平坦稠密的綠茵上。不過它們還在慢慢伸長,這景色使人感到一種閒逸致似乎正姍姍而來,這也許就是處在此時此地,心情特別舒暢的主要原因。從五點到八點這段短短的時間,有時彷彿永無盡頭似的,不過逢到這樣的場合,它給予人的只能是永恆的歡樂。當時在場的幾個人,正靜靜領略著這種歡樂。他們中間沒有女性,儘管一般認為,在我提到的這種茶會中,她們照例是不可缺少的角色。幾條黑影橫臥在碧綠的草坪上,顯得直溜溜的,稜角分明。其中一條屬於一位老人,他坐在扶手高高的柳條椅上,離矮小的茶几不遠;還有兩條屬於年輕人,他們正在他前面往來踱躞,偶爾也閒談幾句。老人手中拿著茶杯,杯子特別大,款式也跟那套茶具不同,色彩鮮豔奪目。他喝茶時小心翼翼,把杯子擎在嘴邊,停了好大一會兒,眼睛一直在端詳對面那幢房子。他那

30

一位女士的畫像
The Portrait of a Lady

兩位同伴也許已經喝夠了茶，或者對這種享受沒多大興趣，他們在抽菸，一邊信步蹓躂。其中一個每逢走過老人跟前，總要凝神瞧他一眼，但老人沒有發覺他在看他，目光仍滯留在住宅前面那堵華麗的紅磚牆上。房屋聳立在草坪的另一邊，確是一座值得這麼觀賞的建築物，在我試圖為英國的獨特風光勾勒的這幅草圖中，它是最富有特色的景物。

它高踞在一片小山崗上，俯瞰著河水——那就是泰晤士河，離倫敦大約四十英里。面對草坪的，是長長一列三角頂紅磚牆，儘管時間和風雨已給它臉上畫出了各種花紋，它卻更顯得嫵媚多姿。牆壁上攀緣著一簇簇常春藤，煙囪幾個幾個地叢集在一起，窗戶隱沒在爬山虎中。這是一幢有名目、有來歷的房子，一提起它，那位正在用茶的老先生就會津津有味地告訴你：它是在愛德華六世時期建造的，曾經接待過伊莉莎白女王，她在這兒度過了一夜（女王陛下的御體睡過的那張豪華而又堅硬不堪的大床，至今仍是那套寢室中的珍貴陳列品）；克倫威爾起兵之後，它大部毀於戰火，變得瘡痍滿目，到王政復辟時期才恢復舊觀，並且擴大了許多。進入十八世紀以後，它又經過翻造和改建，然後落入一位精明的美國銀行家之手，由他細心保護下來。他當時買它，本來只是貪圖它價錢便宜（原因很複雜，無法在這裡一一細表），所以買下之後，心裡還一直在嘀咕，嫌它式樣太難看，建築太古老，又不太寬敞等等，直到二十年後的今天，他才真正對它產生了美感，領會了它的妙處，能夠告訴你，站在什麼角度才可以把它的優點盡收眼底，在什麼時刻它那變化多端的突出部分投射出的陰影——它們投射在那溫暖而困倦的磚牆上，顯得那麼柔和——大小才最適當。除此以外，正如我所說的，它歷代的所有人和居住者，他大都能一一列舉其姓名，而其中還頗有幾個知名人士。不過他這麼講的時候，言外之意無表示，它的最後一任主人也並不是無名之輩。我們現在涉及的那部分草坪，不在房屋的前面。房屋的正門在另一方

第一章　　　　　　　　　　　　　　　　　　　　　　　　　　　　　31

向。因此，這兒非常幽雅清靜，那一大片如茵的綠草鋪展在平坦的小山頂上，似乎就是屋內那豪華陳設的延續。高大的麻櫟和山毛櫸靜悄悄的，樹蔭像絲絨窗簾投下的陰影那麼幽暗。草坪上的布置給人以室內的感覺，椅子上設有坐墊和瑰麗多彩的毛毯，書和報紙散置在草坪上。河流還隔著一段距離，在地面開始傾斜的地方，嚴格說，也就到了草坪的盡頭。但是向著河邊徜徉，仍有一種令人神往的樂趣。

坐在茶桌邊的老先生是三十年前從美國來的。除了自己的行裝以外，他還帶來了一張美國人的相貌；不僅帶來了，還把它保存得好好的。

因此，必要的話，他完全相信，他還可以帶著它回到祖國去。但時至今日，很清楚，他不可能再遷徙了，他的旅程已經走完，目前不過在略事歇息，等待長眠的到來。他生得五官端正，那張狹長的臉上刮得光溜溜的，眉宇間有一種安詳而精明的神色。這顯然是一張表情不太豐富的臉，因此那種沾沾自喜、老謀深算的神態，更顯得難能可貴。它似乎在說，他的一生是成功的，但似乎也在表示，他不是一帆風順的，他的成功不應招致嫉妒，他飽經滄桑，經歷了一條坎坷不平的道路。他在待人接物方面無疑很有經驗，然而從他那清癯寬大的雙頰上流露出來的一抹淺笑中，卻能看到一種近乎迂拙淳樸的表情──在他最後小心翼翼、慢條斯理地把他的大茶杯放回桌上時，這種微笑也閃耀在他那詼諧風趣的眼睛裡。他穿著一身刷得乾乾淨淨的黑色衣服，顯得雅致大方；膝上覆著一方圍巾，腳上套著一雙厚實墩墩的繡花拖鞋。一隻漂亮的柯利狗躺在草地上，離他的座椅不遠，兩眼直盯著主人的臉，那股親熱勁兒，就跟牠的主人端詳住宅時的那副莊嚴的外貌差不多。還有一隻長毛小狗跳跳蹦蹦的，不時漫不經心地瞟一眼另外那兩個人。

他們其中一個風度翩翩，大約三十五歲，生就一張英國人的臉，與我剛才描寫的那位老先生正好構

32

一位女士的畫像
The Portrait of a Lady

成鮮明的對照。這是一張相當漂亮的臉，容貌清新秀麗，神態開朗，臉上的線條挺直有力，那對灰色眼睛充滿生氣，下巴頰上蓄有一簇濃密的栗色鬍鬚。這人容光煥發，神采奕奕，流露出一種稱心如意的優越感，那種天性無憂無慮而又經過高深文化薰陶之後形成的氣質，以致每一個看到他的人，無意之間幾乎都會泛起一種歆羨的心情。他穿一雙有踢馬刺的長統靴，似乎經過長途跋涉，剛跳下馬背。他戴著一頂白禮帽，帽子顯得大了一些；他背抄著雙手，一副骯髒的狗皮手套被揉成一團，攥在又大又白、形狀美好的拳頭裡。

他的同伴正在他旁邊踱來踱去，那是一個跟他完全不同類型的人，這人雖然也會激起你強烈的好奇心，但與另一個不一樣，不會使你幾乎盲目地指望取得他的位置。他生得又瘦又高，很不結實，有些弱不禁風的樣子。他的臉醜陋，充滿病態，但是機智而不帶有一股魅力。他留著唇髭和鬢髯，然而亂蓬蓬的，絕不美觀。他的相貌聰明而不健康──這種結果絕不是幸福的徵兆。他穿一件咖啡色絲絨上裝，手一直插在褲袋裡，從他的姿勢看，這已成為他根深柢固的習慣。他的步子有些蹣跚，悠悠晃晃地不太有力。我已經說過，每逢他走過老人的座椅前面，照例要打量他一下，這時如果把他們的臉做個比較，你就不難發現，他們是父子倆。最後，父親察覺到了兒子的目光，於是慈祥地向他微微一笑。

「我近來身體很好。」他說。
「你把茶都喝了？」兒子問。
「喝啦，而且味道挺不錯的。」
「要不再給你來一些？」

老人琢磨著，神態那麼悠閒。

「我想,還是等一會兒再說吧。」他講話帶美國口音。

「你冷不冷?」兒子問。

父親慢騰騰地按摩著腿,「咳,我說不上來。我得感覺到了才能講啊。」

「也許別人可以替你感覺吧。」較年輕的那位笑道。

「唔,要是永遠有人能替我感覺,那可好啦!沃伯頓勳爵,你能替我感覺嗎?」

「行,當然可以,」那個被稱作沃伯頓勳爵的人立即回答道,「憑你這神氣,我就可以擔保,你這會兒一定怪舒服的。」

「對,我也這麼想,」老人低頭看看膝上的蔥綠圍巾,把它鋪平。

「事實是,這麼多年來我一直舒舒服服的,因此我想,我可能習慣了,反而感覺不到舒服了。」

「是的,那是對舒服的厭倦,」沃伯頓勳爵說,「我們只有在不舒服的時候,才會有所感覺。」

「真沒想到,我們竟會這麼與眾不同。」他的同伴說。

「是的,毫無疑問,我們跟一般人不一樣。」沃伯頓勳爵喃喃地說。

這以後,三個人都沉默了一會兒。兩個年輕的站在那兒,俯視著另外那一個,不一會兒,後者提出,想再喝一點茶。

「我看你裏著那條圍巾,一定挺不自在的。」沃伯頓勳爵趁他的同伴給老人斟茶的當兒,這麼指出道。

「哦,不成,他不能拿掉那塊圍巾!」穿絲絨上裝的先生大叫起來,「你可別給他灌輸這種思想呀。」

34

一位女士的畫像
The Portrait of a Lady

「它是我的太太的。」老人簡單地說。

「啊,如果這是出於感情上的原因……」沃伯頓勳爵做了一個抱歉的姿勢。

「我想,等她回來,我得把它還給她了。」老人繼續道。

「我勸你還是別那麼做得好。你應該留著它,用它來蓋你那兩條不中用的病腿。」

「得啦,我不準你誣衊我的腿,」老人說,「據我看,它們一點不比你的差。」

「好吧,你愛把我的腿說成什麼樣子,悉聽尊便。」他的兒子一面回答,一面把茶遞給他。

「算了,我們是兩隻瘸腿的鴨子,我看不出我們有多大差別。」

「非常感謝,蒙你把我叫作鴨子。你覺得茶怎麼樣?」

「哦,太燙了一點。」

「我倒是好意讓它熱一些呢。」

「可惜好過頭啦,」老人嘀咕道,口氣是慈愛的,[1]「他挺會護理病人呢,沃伯頓勳爵。」

「你是說他有些笨手笨腳?」沃伯頓勳爵問。

「不,我沒有這個意思,要知道他也是個病號呀。他對我照顧得無微不至,確實是個好護士。我說他好,就因為他自個兒也病著呢。」

「嗨,又來啦,爸爸!」那位其貌不揚的年輕人嚷了起來。

「唉,你是有病嘛,我倒但願你沒有。不過我看,你這也是無可奈何啊。」

---

[1] 編註:即指神情。

第一章　　　　　　　　　　　　　　　　35

「我還想試試,可能還有辦法。」年輕人回答。

「沃伯頓勳爵,你得過什麼病沒有?」他的父親問。

沃伯頓勳爵思忖了一下,「得過一回,先生,在波斯灣。」

「他這是哄你的,爸爸,」另一個年輕人說,「那不過是一種開玩笑的方式。」

「噢,如今開玩笑的方式太多啦,」父親平靜地回答,「不過,不管怎麼說,沃伯頓勳爵,你可不像害過什麼病的人。」

「他好像什麼都不相信。」

「他害的是厭世病,他剛才還跟我說來著,他對生活充滿著憂慮。」沃伯頓勳爵的朋友說。

「先生,是真的嗎?」老人嚴肅地問。

「如果是真的,令郎可沒給我提供什麼安慰。他這人真討厭,沒法好好談心——簡直是玩世不恭。」

「這又是一種開玩笑的方式。」那位被指責為玩世不恭的先生插嘴道。

「那都怪他的身體太差,」他的父親向沃伯頓勳爵解釋道,「它影響了他的思想,改變了他對事物的看法。他好像覺得,他生來就是一個不幸的人。不過這幾乎全是一套理論,沒有影響他的情緒。我簡直沒看見他有不快樂的時候——他大多就像現在這個樣子。他常常也使我受到了鼓舞。」

給他這麼描摹的那位年輕人,瞧瞧沃伯頓勳爵,嘆哧一笑,「這算是熱情的頌揚,還是責備我淺薄啊?爸爸,你希望我把我的理論付諸實施不成?」

「不得了,這麼著我們可有好戲看啦!」沃伯頓勳爵嚷了起來。

「我希望你別老是用那種口氣說話。」老人說。

一位女士的畫像
The Portrait of a Lady

「沃伯頓的口氣比我的更糟呢，他裝出一副百無聊賴的樣子。我可一點也不覺得厭煩，我只是發現生活太有趣啦。」

「什麼，太有趣？你明白，你不該那麼想！」

「我在這兒可從不感到厭煩，」沃伯頓勳爵說，「在這兒可以這麼聊聊，非常有意思。」

「這會不會又是一句笑話呀？」老人說，「不論你在哪裡，你都沒有理由感到厭倦。我在你那個年紀的時候，從沒聽到過這樣的事。」

「那你一定成熟得太慢了。」

「哪裡？我成熟得很快，這正是原因所在。在我二十歲的時候，說真的，我已經相當成熟。我廢寢忘食地工作。一個人只要有事可幹，他就不會感到厭煩。但你們這些年輕人現在都太空閒啦，你們一心只想著享樂。你們從不知足，而且遊手好閒，錢又太多。」

「喲，對不起，」沃伯頓勳爵嚷道，「你可不能指責別人錢太多啊！」

「你是說因為我是一個銀行家？」老人問。

「不妨說因為這個，也因為你的財產多得數不清，是不是？」

「他並不太富裕，」另一個年輕人指指他的父親，同情地說，「他已經捐掉了一大筆錢。」

「噢，這應該是他自己的錢吧，」沃伯頓勳爵說，「既然這樣，這不正好證明他是大富翁嗎？一個熱心公益的人，最好不要責備別人對幸福過於嚮往。」

「我父親是很重視幸福——別人的幸福的。」

老人搖搖頭，「我不敢說，我對這一代人的幸福做出過什麼貢獻。」

第一章

「親愛的爸爸，你太謙虛啦！」

「這也只能算是一句笑話，先生。」沃伯頓勳爵說。

「你們年輕人把什麼都當作笑話。沒有笑話，你們就活不成啦。」

「幸虧世上有的是笑話。」那位其貌不揚的年輕人說。

「我不相信。我只相信事情正在變得越來越需要認真對待。你們年輕人有一天會看到這一點的。」

「事情越需要認真對待，可供說笑的機會也越多。」

「那就不是輕鬆的笑話啦，」老人說，「我相信，世界會發生重大變化的，而且不會一切都向好的方面變。」

「你的話我完全同意，先生，」沃伯頓勳爵宣稱，「我毫不懷疑，世界會發生重大變化，各種意想不到的事都可能出現。正因為這樣，我很難奉行你的勸告。你記得吧，有天你對我說，我應該『抓緊』一件東西不放。要是這件東西明天就會給拋到九霄雲外，那抓住它幹什麼呢？」

「你應該抓住一個漂亮的女人，」他的同伴說，又回頭向他的父親解釋道，「他一心在尋找愛情呢。」

「可惜這些漂亮女人自身也難保啊！」沃伯頓勳爵感慨系之地說。

「不至於吧，」老人回答，「我剛才提到的那些社會和政局變化，對她們沒有影響。」

「你是說她們不會給消滅？那好吧，我一定一有機會就抓住一個試試，我要把她當救生圈，拴在我的脖子上。」

38

一位女士的畫像
The Portrait of a Lady

「女士們會拯救我們，」老人說，「那是指她們中間的佼佼者——我主張對她們要有所區別。找一個好的，跟她結婚，你的生活就會有趣多了。」

他自己在婚姻上的經歷不是美滿的，這對他的兒子和客人，都已不是祕密，因此他這一席寬宏大量的話，可能感動了聽的人，使他們不知不覺地沉默了一會兒。但是正如他自己所說，他對女人是主張區別對待的，所以他的話也可能是在為自己的錯誤現身說法。不過，當然啦，不論他的哪一位朋友，現在都不便接觸這個問題，說他所選擇的夫人，顯然不能躋身於佼佼者之列。

「你是不是說，假如我娶了一個有趣的女人，我就會對生活發生興趣？」沃伯頓勳爵問，「我還壓根兒不打算結婚——你的兒子是歪曲了我的觀點，但一個有趣的女人對我有何作用，現在還不得而知。」

「我倒想請教一下，你所謂有趣的女人的概念是什麼。」他的同伴說。

「我的好朋友，概念這玩意兒是看不見摸不著的，何況我這個概念更其虛無縹緲。我自己要把它弄清楚，也還得花一番力氣呢。」

「好吧，你樂意愛誰，就愛誰，只要你不來打我甥女兒的主意就成了。」老人說。

他的兒子大笑起來，「他以為你故意拿這話逗他呢！我的好爸爸，你跟英國人生活了三十年，你從他們的談話中學到了不少東西，可是他們心裡想的，你卻從來不懂！」

「我在說我自己要說的話。」老人泰然自若地宣稱。

「很抱歉，我還沒有見過你的甥女兒，」沃伯頓勳爵說，「大概我這還是頭一回聽人說到她。」

「她是我妻子的外甥女兒，杜歇太太正在把她帶到英國來。」接著小杜歇先生解釋說：「你知道，

第一章　　　　　　　　　　　　　　　　　　　　　　　　　　　　　　　39

我母親在美國過了一個冬季，我們現在正等她回來。她通知我們說，她找到了一個外甥女兒，已邀她一塊前來英國。」

「原來這麼回事，她太好了，」沃伯頓勳爵說，「這位小姐是個有趣的女人吧？」

「我們跟你一樣，對她也一無所知，我母親沒有細談。她跟我們通信大多用電報，她的電報就像啞謎似的。人家說女人不會擬電文，我看我的母親對壓縮文字倒很有一手：『美國已住厭，氣候酷熱，偕甥女返英，俟有合適艙位即啟程。』她的電報就是這樣，這是最後一份。攜妹之女，去年亡故，赴歐，有兩姐，頗能自主。」這份電報真弄得咱們父子倆如墮五里霧中，它可以有許多解釋。」

「有一點是很清楚的，」老人說，「她把那位辦事員教訓了一頓。」

「連這一點也不能肯定，因為結果還是她這個辦事員的妹妹，後來一份電報提到了甥女，這才證明，那個『妹』原來是我故世的姨母的兩個女兒吧。但誰『頗能自主』，所謂自主又是什麼意思？這一點還沒有解決。這話是專指我母親收留的那位小姐，還是也適用於那兩個姐姐呢？再說，這是從精神上講，還是從經濟上講的？意思是她們有一筆遺產，還是她們不希望依賴別人的接濟？或者僅僅表示她們愛好獨立行事，不受約束？」

「不論它有沒有別的意思，這一點是確定無疑的。」杜歇先生發表意見道。

「到時候反正會知道，」沃伯頓勳爵說，「杜歇夫人什麼時候可以到？」

「我們也一無所知；一有合適艙位就動身唄。可能她還在美國等船，也可能已經踏上了英國海

40

一位女士的畫像
The Portrait of a Lady

「要是那樣，她該打電報來啦。」

「不見得，你等她電報，她的電報偏偏不來；你不等，它倒來了，」老人說，「她愛跟我搞突然襲擊，她以為會發現我在幹什麼壞事。她還沒發現過一次，不過她並不灰心。」

「這就是她說的自主精神，她自己也一點不比她們遜色。她一切都得親自動手，不相信別人有力量幫助她。在她眼裡，我是一枚沒有膠水的郵票，派不了用場。要是我膽敢上利物浦去接她，她一輩子也不會饒恕我。」

「你的表妹到了，你至少該通知我一聲吧？」沃伯頓勳爵問。

「只是你得遵守我剛才提出的條件，不能打她的主意！」杜歇先生再次宣稱。

「這對我的打擊可不小。你認為我還不夠好嗎？」

「我認為你相當好，但是我不喜歡她跟你結婚。我希望她不是上這兒來物色丈夫的，現在不少年輕小姐都這麼做，好像在國內找不到一個滿意的丈夫似的。再說，她可能已經有了物件，據我看，美國的女孩子一般都有未婚夫。何況歸根結柢，我還不能確定你是不是一個理想的丈夫。」

「很可能她已有了意中人，美國的女孩子我也認識不少。她們全都這樣。不過說實在的，我看不出這會兒有什麼不同！」接著，杜歇先生的客人又說道：「至於我是不是一名理想的丈夫，我也無從擔保，只得試試再說！」

「你儘管試吧，只是別拿我的甥女兒當試驗品呀。」老人說，他的反對是饒有風趣的。

「好吧，」沃伯頓勳爵回答，口氣更加風趣，「說不定她還不值得我做試驗呢。」

第二章

兩個人這麼互相調侃的時候，拉爾夫·杜歇漫步走到一旁去了。他的步子跟平時一樣，沒精打采的，兩手插在口袋裡，那隻蹦蹦跳跳的小狗跟在他的腳後。他面對住宅，但眼眸向下，若有所思地盯著草地。這樣，他正好落到了一個剛出現在住宅大門口的女性的目光中，有好一陣，他都沒有發現她。最後，多虧那條小狗的行動，才引起了他對她的注意——牠突然向前躥過去，一邊一迭連聲尖叫著，不過那吠聲看來還是表示歡迎，不包含敵意。

那位女性是個年輕姑娘，她似乎立即領會了小狗的問候。牠飛一般跑過去，站在她腳邊，昂起了頭，一個勁地吠叫。看到這情形，她毫不遲疑地俯下身子，把牠舉在手裡，臉對臉望著牠，讓牠繼續吠叫。牠的主人趁這當兒跟了過去，這才發現本奇牠的新朋友是一位身材頎長的少女，穿一身玄青色衣服，一眼看去，顯得俊俏秀麗。她沒戴帽子，似乎就住在這幢房子裡——這件事倒使這位小主人有些惘然，因為他知道，住宅的主人由於身體欠佳，不得不杜門謝客已有好久了。就在這時，另外那兩位先生也發現了這個新來的人。

「哎喲，這位陌生女客是誰啊？」杜歇先生問。

「也許就是杜歇夫人的甥女，那位頗能自主的年輕女士吧？」沃伯頓勳爵提醒他，「瞧她對待那條狗的樣子，我看一定是。」

這會兒,那隻柯利狗的注意力也給吸引過去了,牠趕緊邁著碎步,向佇立在門口的年輕女子跑去,一邊跑一邊還慢吞吞搖擺著尾巴。

「那我的夫人在哪兒啊?」老人咕噥道。

「準是這位小姐把她給甩在哪兒啦,這也是自主精神的表現呢。」

姑娘還沒放下那條狗,笑著問拉爾夫:「這小狗是你的吧,先生?」

「剛才牠是我的,可一眨眼牠好像成了妳的了。」

「我們一起做牠的主人不成嗎?」姑娘問,「這小東西多可愛。」

拉爾夫瞥了她一眼,真沒想到她這麼美。於是他回道:「妳可以完全占有牠。」

這個年輕女子本來似乎充滿自信,對別人也深信不疑,但這突如其來的慷慨,倒使她的臉一下子紅了。

「我應該告訴你,我或許是你的表妹,」她囁嚅著說,放下了狗。這時正好另一隻柯利狗跑來了,她不覺脫口而出:「啊,又是一隻!」

「或許?」年輕人提高嗓音,笑嘻嘻地說,「我看是必然吧!妳是跟我母親一塊兒來的?」

「是的,到了半個小時。」

「她把你撂在這兒,又走了嗎?」

「不,她直接上自己的臥室去了。她交代我,要是我見到你,讓我轉告你,務必在六點三刻上她屋裡去。」

年輕人看了看錶。

「非常感謝，我一定準時去。」然後他瞧著他的表妹，繼續道：「歡迎妳到這兒來。見到妳，我很高興。」

她用那雙機靈的眼睛打量著一切——那跟她談話的人，那兩隻狗，樹下那兩位先生，周圍那美麗的風景。

「我從沒見到過這麼可愛的地方，」她說，「我剛才在屋裡走了一遍，這實在太迷人了。」

「我很抱歉，妳到了這麼久，我們還不知道。」

「你母親告訴我，在英國，人們總是悄悄地來到一個地方，因此我以為這挺自然。那一位是你的父親吧？」

「是的，年老的那個——坐在椅子上的。」

姑娘噗哧一聲笑了，「我也知道不是年輕的那個。那另一個人是誰呢？」

「他是我們的朋友——沃伯頓勳爵。」

「啊，我早知道這兒準有一位勳爵的，真跟小說一般！」接著她突然喊了起來：「喲，你這可愛的東西！」同時俯下身去，又把小狗抱了起來。

她仍站在他們相遇的地方，沒表示要往前走，或者向杜歇先生問好。拉爾夫看到這位苗條而迷人的少女這麼停在門口，不免有些納悶，心想莫非她還在等老人過來向她問好不成？美國女孩子一向給人奉承慣了，何況這一位看來就很有些自命不凡。確實，拉爾夫可以從她臉上發現這一點。

「妳願意過去跟我父親認識認識嗎？」他終於提了出來，「他老了，而且身體衰弱，他從不離開他的椅子。」

第二章 45

「喲，可憐的人，太遺憾了！」女孩子驚叫起來，立刻向前走去，「我從你母親那兒得到的印象卻是他還……還相當強健。」

拉爾夫·杜歇沉默了一會兒，「她已經有一年沒見到他。」

「瞧，他休息的地方多美啊！來吧，小狗。」

「這是他坐慣的老地方。」年輕人說，一邊斜過眼去，瞟了身旁的少女一眼。

「他叫什麼名字？」她問，目光又回到了那隻小狗身上。

「我父親的名字？」

「當然，」少女說，露出調皮的神氣，「不過你別告訴他我問過你呀。」

這時他們已來到杜歇老先生坐的地方，後者慢慢從椅上站起來，做了自我介紹。

「母親已經到了，」拉爾夫說，「這位是阿切爾小姐。」

老人把雙手搭在她肩頭，凝神瞧了她一會兒，臉色顯得非常慈祥，然後彬彬有禮地吻了她一下。

「我非常高興能在這兒見到妳。但是如果妳能讓我們來見妳，那就更好了。」

「沒什麼，已經有人迎接了，」姑娘說，「客廳裡有十來個僕人呢，一位老婦人還在大門口行屈膝禮來著。」

「要是我們先得到消息，我們會做得更好的！」老人露出微笑站在那裡，一邊搓手，一邊向她緩緩搖頭，「不過杜歇夫人不喜歡人家歡迎她。」

「她直接上自己的房間去了。」

「是的，還馬上把門鎖上。這是她的老脾氣。好吧，到下個星期我總該見到她了。」於是杜歇夫人

的丈夫又慢慢地坐下去,恢復了原來的姿勢。

「不用那麼久吧,」阿切爾小姐說,「八點鐘她會下來用晚飯的。」然後扭過臉去,對拉爾夫笑笑道:「別忘了六點三刻。」

「六點三刻有什麼事啊?」

「我得去見母親。」拉爾夫說。

「啊,幸福的孩子!」老人嘟囔了一句。接著又對他夫人的甥女兒說道:「妳應該坐下,應該喝點茶。」

「我一到,他們就把茶送到我的房間來了,」這位少女回答,「看到您身體不好,我很遺憾。」她又說,把目光停留在可敬的主人身上。

「我是一個老人,親愛的。我也應該老啦。但是有妳在這兒,我會覺得好一些的。」

她又向周圍的一切——那草坪,那大樹,那蘆葦叢生、銀光閃閃的泰晤士河,那美麗古老的住宅,打量了一遍。一邊打量,一邊還用眼角悄悄察看著她的這些同伴。這種廣泛的觀察,就一個聰明而又興奮的少女說來,是完全不足為奇的。她已經坐下,放開了小狗,白淨的手交疊在膝頭那玄青色衣服上面。她昂著頭,眼睛亮晶晶的,柔韌的身軀隨著她敏捷的觀察,輕盈地左右轉動著。她獲得的印象是豐富的,它們全都反映在她那明朗靜謐的微笑中。

「我還從沒見過這麼美麗的地方。」她說。

「這兒的風光不錯,」杜歇先生說,「我知道它為什麼會打動妳。我對這一切都是有過體會的。但是妳自己也非常美啊。」他的口氣文雅有禮,毫不包含粗魯調笑的意味,他的神色也是愉快的,因為他

第二章　　47

意識到他已上了年紀，有權這麼說話，不必擔心有些年輕姑娘可能因此大驚小怪，這位年輕小姐有沒有大驚小怪，不必仔細推敲，她只是候地站了起來，臉色雖然紅撲撲的，但並沒有不以為然的意思。

「對，當然啦，我是可愛的！」她嫣然一笑，迅速地說，「這幢房子有多久了？是伊莉莎白時代的嗎？」

「還是都鐸王朝初期的。」拉爾夫·杜歇說。

「都鐸王朝初期的？那有多好呀！我猜想，這樣的房子這兒一定還不少。」

「比這好的還多著呢。」

她旋轉身去，朝他臉上瞅了一眼，「有比這更好的嗎？」

「別這麼說，孩子！」老人反對道，「沒有比這更好的啦。」

「可我的房子就是頂好的，照我看，在某些方面比這更好，」沃伯頓勳爵插嘴道。他還沒開過口，但他的眼睛一直在瞧著阿切爾小姐。他向她彎了彎腰，微微一笑。接著他又補充道：「我很歡迎妳去看看。」

「別信他的，」老人喊了起來，「那不過是幾間破舊的營房，哪能跟這兒相比。」

「我不知道，也就說不上好壞了。」女孩子說，朝沃伯頓勳爵笑了笑。

對這種爭論，拉爾夫·杜歇一點興趣也沒有。他站著，兩手插在口袋裡，那副神氣就像一心在等這位新發現的表妹，跟他繼續他們的談話。

「你很喜歡狗吧？」他問，算是他的開場白。但他似乎意識到，對一個聰明人來說，這句開場白未

48

一位女士的畫像
The Portrait of a Lady

免有些不合時宜。

「確實挺喜歡的。」

「那妳務必收下那隻小狗,真的。」他往下說,還是覺得有些彆扭。

「我在這兒的時候,一定讓牠跟我在一起。」

「我希望那是很長的一個時期。」

「謝謝你的好意。不過我還不知道,這得由我的姨母來決定。」

「我會跟她安排的——在六點三刻的時候。」拉爾夫又看了看錶。

「我是很願意待在這兒的。」姑娘說。

「我不相信妳會讓別人來安排我的事。」

「不,只要安排得我滿意。」

「我住在那兒,你們沒來,自然不認識我。」

「不過我只能照我的意思來安排,」拉爾夫說,「實在不可思議,我們怎麼會一直不認識妳。」

「美國啊,在紐約、奧爾巴尼和其他地方。」

「那兒?妳這是說哪兒啊?」

「這些地方我全到過,可我從沒見到妳。我真不懂這是怎麼回事。」

阿切爾小姐遲疑了一會兒,「那是因為在我母親死後,你的母親和我的父親一直不太和睦。我的母親去世時,我還是個小孩子。就因為這個緣故,我們從沒指望見到你們。」

「噢,可我母親跟人吵架,不一定我也得跟人吵架啊!」拉爾夫喊了起來,接著又用較沉重的口氣

第二章　　49

說道:「妳的父親是最近去世的?」

「是的,一年多以前。那以後,姨母待我非常好,她來看我,提出讓我跟她到歐洲來。」

「我明白,」拉爾夫說,「她收留了妳。」

「收留了我?」姑娘瞪了他一眼,臉上的紅暈又出現了,剎那間還露出了痛苦的神色。這使談話的對方有些吃驚。他沒有料到,他的話會發生這種作用。沃伯頓勳爵本來巴不得靠近阿切爾小姐一些,好仔細看看她,這時便漫步向表兄妹倆走來。她看到他,把睜得大大的眼睛移到了他身上。

「哦,不,她沒有收留我,我也不是等人來收留的人。」

「萬分抱歉,」拉爾夫囁嚅著說,「我的意思只是……只是……。」他想不起他的意思只是什麼了。

「你的意思是她收養了我。是的,她喜歡當保護人,她也待我非常好,但是,」她繼續說,露出一種急於把意思表達清楚的神氣,「我更重視我的自由。」

「妳是在談杜歇夫人吧?」老人從坐椅那邊向她喊道,「到這兒來,親愛的,告訴我她怎麼啦。我對提供消息的人總是特別感激的。」

姑娘又遲疑了一會兒,臉上掠過一絲微笑。

「她確實對我非常仁慈。」她回答道,然後向姨父走去,她的話使他覺得很愉快。

沃伯頓勳爵沒有跟過去,他站在拉爾夫·杜歇身旁,隨即對他說道:「你剛才問我,我心目中有趣的女人是怎樣一種人。眼前這就是!」

50

一位女士的畫像
The Portrait of a Lady

第三章

杜歐夫人的脾氣很古怪，這是毫無疑問的，她出門好幾個月以後，回到丈夫家中時的表現，就是一個顯著的例子。她不論做什麼，都有自己的一套方式，這是對她的性格最扼要的說明，這種性格雖然不能說毫無仁慈可言，但很難給人以溫柔的感覺。杜歐夫人可能做過不少與人為善的事，可是她從不指望討好別人。她對自己的這種處世方式，是很欣賞的，這種方式本身並不包含令人不快的成分，只是跟別人的方式比起來，顯得判然不同而已。她的行為總是鋒芒畢露，稜角鮮明，這對那些敏感的人，有時難免產生傷害感情的作用。她那種孤芳自賞的態度，在她從美國回來後最初幾個小時的舉動中，已清楚地表現出來。這時，按照常情，她應該首先去見見自己的丈夫和兒子。可是杜歐夫人，為了她自認為正當的理由，逢到這種時候，總是躲進自己無法滲透的小天地，把那種多少帶有感傷色彩的儀式，推遲到梳妝打扮之後，儘管從她來說，這道手續沒有多大意義，因為她從來沒有把美貌和虛榮放在心上。她是一個相貌平庸的老婦人，談不上文雅的舉止，也缺乏優美的風度，但是對自己的一舉一動，她都十分注意。她隨時準備對這些行動做出解釋，如果有人要求她說明的話；事實往往證明，這時她的動機跟人們的猜測完全不同。她跟丈夫實際上是分居的，但她似乎認為，這種狀況毫無反常之處。在他們婚後的早期階段，她就發現，他們絕不會在同一時刻出現同樣的要求。這一事實促使她要為他們的不協調狀態尋求補救之道，避免庸俗的意外事故。為此，她在自己力所能及的範圍內，確立了一條原則——它是這件

事中最富有教育意義的方面——讓自己住在佛羅倫斯，還在那裡買了幢住宅；她的丈夫則留在英國，照料這家銀行的英國分行。這樣的安排，她十分滿意，因為它既方便又明確。她的丈夫對此也有同感，在大霧彌漫的倫敦，它有時成了他所看到的最明確的一件事，不過他寧可這種不自然狀態能更隱晦一些。他幾乎準備同意一切，唯獨這件事是例外；他想不通，不同意不能同意的事，在他是做了一番努力的；不論贊成或者不贊成，為什麼結果都同樣可怕。杜歇夫人卻毫不反悔，也沒有動搖，通常一年一度來到倫敦，跟丈夫過一個月，在這段時期裡，她採取了一套正確的辦法。她不喜歡英國的生活方式，一般提到的有三、四個理由，它們涉及的不過是那種古老生活秩序中的枝節問題。她不喜歡英國歇夫人看來，它們已足以證明，她不住在英國是正當的。她討厭麵包沙司，說它的外形像藥膏，味道像肥皂。她反對她的使女喝啤酒，英國的洗衣婦沒有掌握這一行的本領（杜歇夫人特別重視床單內衣之類的整潔）。每隔一段時間，她便要回美國一次，但最近這次比以往任何一次都長了一些。

她的外甥女是她去找來的，這點可說毫無疑義。在我們剛才描寫的那次茶會以前大約四個月，一個陰雨的下午，這位小姐正單獨坐在屋裡看書。說她看書，也就是說寂寞並沒有對她構成壓力，因為她對知識的愛好具有滋潤作用，她的想像力又特別豐富。然而這時她的心境卻不太輕鬆，一位客人意外地到來，對改變這種狀況是大有好處的。客人沒有經過通報，直到她最後來到隔壁屋裡時，女孩才聽到了她的腳步聲。這是在奧爾巴尼的一幢老房子裡，房屋又高又大，方方正正的，包括兩套房子，底層的一扇窗外掛著售屋通告。房屋有兩個出入口，其中一個早已不用，但始終沒有堵死。兩個門一模一樣，都是白色大門，門頂呈拱形，門旁有寬闊的邊窗，門前是小小的紅石臺階，斜斜地伸向街上鋪磚的人行道。兩幢房子一起構成一所住宅，那堵界牆已經拆除，把兩邊的房屋打通了。樓上的房間非常多，一律

漆成淡黃色，但由於時間太久，已變成暗灰色。三樓有個地方像拱形過道，連接著兩邊的房子，伊莎貝爾和她的姐姐們小時通常把它叫作坑道，儘管它並不長，而且光線充足，但在小姑娘看來，總有些離奇和荒涼，尤其是在冬季的下午。她童年曾在這幢屋子裡度過各個不同的時期，那時候她的祖母還住在這裡。後來伊莎貝爾離開了十年，直到她父親去世以前，她才重新回到奧爾巴尼。她的祖母阿切爾老太太早年非常好客，主要是接待她的兒孫們。幾個小姑娘常常到她這兒來，一住就是好幾個星期，給伊莎貝爾留下了愉快的回憶。這兒的生活方式與她自己家裡不同，它更廣闊、更豐富，天天像節日一樣。最妙的是育兒室的紀律一點也不嚴格，聽大人談話的機會（這對伊莎貝爾是一種極其寶貴的娛樂）幾乎不受限制。那兒經常人來人往，她的祖母的子女以及他們的孩子，總是川流不息應邀前來跟她做伴，因此這幢房子從外表上看，簡直有幾分像外省客店，管帳的是一位和藹可親的老婦人，她成天唉聲歎氣，可是從來不開帳單。屋後是一條有屋頂的走廊，走廊上有一個秋千架，這是驚險有趣的玩意兒，她已覺得祖母的住宅別有風光。屋子斜向街道，地面逐漸傾斜，通到馬廄那兒，園子裡有幾棵親切可愛的桃樹。伊莎貝爾曾在各個不同的季節住在祖母這兒，但好像每次都能聞到桃子的香味。街道的另一邊，住宅對面，有一幢古老的房子，大家叫它荷蘭大樓，它的構造很特別，還是殖民地初期的建築，磚牆外表塗成黃色，屋頂的三角牆對著往行人，屋子前面有一排東倒西歪的木柵欄。現在這屋子當作一所小學校的校舍，學生男女都有，是一位性情急躁的夫人開辦的，但實際上她什麼也不管。關於她，伊莎貝爾只記得這是一位大人物的遺孀，兩鬢插著兩隻臥室用的古怪梳子，把頭髮綰在一起。這個學校給小女孩提供了奠定基礎知識的機會，但她只上了一天學，便對學校的規則表示了抗議，從此賴在家裡沒有再去。到了九月間，荷蘭大

樓的窗戶打開的時候，她常常聽到孩子們誦讀乘法口訣的琅琅書聲，這使她既為自由而揚揚得意，又因未能參加誦讀而不勝傷心，兩種感情難分難解地糾結在一起。她的基礎知識實際上是在祖母家裡遊蕩的時候奠定的，由於那裡大多數人從不讀書，圖書室可以由她一人獨占。那裡放著不少卷頭有插圖的書，她常常爬上椅子，把它們取下來。每逢找到一本合她口味的書——她的選擇主要根據卷頭插圖——她便把它帶到一間神祕的屋子裡去閱讀。那間屋子在藏書室前面，不知為什麼，大家歷來把它叫作公事房。究竟是誰的公事房，它的黃金時代又在什麼時候，她一概不知道。對她來說，重要的是能在這裡聽到回聲，聞到一股沁人心脾的霉味兒，而且這是一間不顯眼的屋子，傢俱都已陳舊，不過破爛的程度並不都很明顯（因此它遭到冷遇是不應該的，這些傢俱只是當了不公正的評價的犧牲品）。她按照孩子的方式，與這些傢俱建立了人性的、無疑也是戲劇性的關係。尤其是那馬毛呢舊沙發，她不知向它傾訴了多少孩子的悲哀。這地方之所以充滿神祕的憂鬱氣氛，主要是由於它本來應該由這幢房子的第二個門出入，而那個門現在已廢棄不用，門上的插銷也緊緊的，一個纖弱的小女孩怎麼也無法把它拉開。她知道這扇靜止不動的門直通街上，如果旁邊的窗戶沒有糊上綠紙，她本來是可以從那兒望見小小的褐色臺階和殘破的鋪磚人行道的。但是她不想往外瞧，因為這會破壞她的理論——她認為，窗外是一個離奇的、她從未見過的世界。在孩子的想像中，它有時充滿著歡樂，有時又充滿了恐怖。

我剛才提到的那個早春時節的憂鬱的下午，伊莎貝爾便坐在「公事房」裡。這時候，整幢房子都可以隨她使用，她卻偏偏選擇了這間最淒涼的屋子。她從未打開過那扇門著的門，從沒撕下過糊在邊窗上的綠紙（它是由別人來更換的），也從不讓自己相信，門外便是庸俗的街道。粗野、陰冷的雨嘩啦嘩啦地下著，春天似乎還三心二意地帶著揶揄的神態在遠處徘徊。但伊莎貝爾盡量不去注意天時的反覆無

常,把眼睛對著書本,竭力集中思想。近來她發覺,她的心基本上還是個浪蕩子,因此花了不少功夫,對它實行軍事訓練,要它按照口令前進、立定、後退,甚至服從更複雜的調度。這會兒她已向它發出前進的命令,要它在德國思想史的沙礫上艱難地跋涉。突然,在向知識進軍的腳步聲中,她察覺了一種完全不同的腳步聲,她聽了一下,明白有人正從藏書室走來,而藏書室這邊便是公事房。她起先認為,這是她相信會來找她的那個人的腳步,但接著立即發覺,那是一種女性的陌生的腳步,跟那位可能的客人完全無關。這種腳步帶有好奇的試探性質,由此可見,它不會停止在公事房門外。果然,不多一會兒,門口便出現了一位夫人,她站在那兒,目不轉睛地打量著我們的女主人公。這是一個平常的老婦人,身子裏在斗篷式的大雨衣裡,相貌顯得相當威嚴。

「哦,」她開始道,「妳平常都坐在這兒嗎?」她瞅了一眼那形形色色的桌椅。

「有客人的時候不在這兒。」伊莎貝爾說,站起來迎接這位不速之客。

她帶著客人走回藏書室,客人繼續打量著她。

「妳這裡好像還有不少屋子,它們都比這一間好。不過一切都陳舊不堪了。」

「妳是來看房子的嗎?」伊莎貝爾問,「我叫傭人帶妳去看。」

「別麻煩她了,我不是來買房子的。她可能去找妳了,這會兒正在樓上來回跑呢。她看來一點也不聰明。妳最好告訴她,不用瞎費勁了。」

看到姑娘又遲疑又納悶地站在那裡,這位唐突的評論家驀地向她說道:「我想妳是幾個女兒中的一個吧?」

伊莎貝爾心想,這個人的態度真怪。

第三章

「這得看妳指的是誰的女兒。」

「故世的阿切爾先生的女兒——也是我可憐的妹妹的女兒。」

「啊!」伊莎貝爾慢悠悠地說,「您一定是我們的瘋子姨母莉迪亞啦!」

「這是妳父親教妳這麼稱呼我的嗎?我是妳的姨母莉迪亞,但我不是瘋子,我的頭腦很清醒。妳是第幾個女兒?」

「我是三個中最小的一個,我叫伊莎貝爾。」

「我知道,其他兩個叫莉蓮和伊蒂絲。妳是最漂亮的一個吧?」

「我一點也不知道。」姑娘說。

「我想一定是的。」就這樣,姨母和甥女成了朋友。

幾年以前,姨母在妹妹死後,與妹夫發生了口角,指責他教育三個女兒的方式不對頭。他是個急性子,火氣很大,馬上請她少管閒事。她果然照他的話做了,許多年來,她跟他斷絕了往來,在他死後,她也沒有寫一個字給他的女兒們,這些女兒從小被灌輸了對她不禮貌的看法,這是剛才伊莎貝爾已經流露出來的。杜歇夫人的一舉一動一般都經過周密考慮,她打算到美國來看看她的幾個甥女的狀況。她覺得不需要寫信,因為從信上得到的消息,不論什麼,她一概不相信,她始終只相信自己親眼看到的一切。然而伊莎貝爾發現,她們的許多事,她都了解,她知道兩個大女兒已經出嫁,也知道她們的父親身後留下的錢不多,但奧爾巴尼的這幢房子已經歸他所有,現在預備出賣以後,把錢分給她們,最後,她還知道,這件事正由莉蓮的丈夫艾德蒙·勒德洛負責辦理。正因為這樣,這對年輕夫婦自從阿切爾先生

一位女士的畫像
The Portrait of a Lady

病重時來到奧爾巴尼以後，至今還沒離開。他們也像伊莎貝爾一樣，住在這幢老房子裡打量著這屋子。

「妳們指望它賣多少錢？」杜歇夫人問姑娘，這時後者已將她引進前客廳並請坐了下來。她冷冷地打量著這屋子。

「我一點也不知道。」姑娘說。

「這句話妳已經對我講第二遍了，」她的姨母答道，「可瞧妳的樣子還一點不笨呢。」

「我是不笨，不過對錢的事，我一竅不通。」

「對，妳們就是這麼長大的，好像妳們可以繼承一百萬家私似的。從實際來說，妳們繼承了多少？」

「我真的說不出來。您應該問艾德蒙和莉蓮，他們過半個小時就回來。」

「在佛羅倫斯，我們會說它是一幢非常簡陋的房子，」杜歇夫人說，「不過在這裡，我想也許它還能賣大價錢。這會使妳們每人分到一大筆款子。除此以外，妳們應該還有些別的什麼，妳一無所知，這倒是件怪事。這個地段還是值錢的，他們也許會把它拆掉，蓋一排商店。我不知道，為什麼妳們自己不這麼幹，妳們可以把店面租出去，這有利得多。」

伊莎貝爾睜大了眼睛；出租店面房屋的想法對她是新鮮的。

「我不希望把它拆掉，」她說，「我非常喜歡它。」

「我看不出它有什麼值得留戀的，妳的父親死在這兒。」

「是的，不過我不會因此不喜歡它，」姑娘回答，口氣有些奇怪，「我喜歡那些出過事的地方，儘管那是些令人傷心的事情。不少人曾經在這兒死去；這本來是一個充滿生命力的地方。」

第三章 57

「難道妳所說的充滿生命力就是這個嗎？」

「我的意思是它充滿各種經歷——人生的悲歡離合。這不光是悲傷，我就曾在這兒度過了很愉快的童年。」

「如果妳喜愛出過事的房屋——尤其是那兒死過人，妳最好到佛羅倫斯去。我住在一座古老的宮殿式建築，那裡發生過三起命案。這是我所知道的，我不知道的還不知有多少呢。」

「古老的宮殿式建築？」伊莎貝爾問道。

「是的，親愛的，它跟這種房子完全不是一回事。這種房子太平庸了。」

伊莎貝爾的心情有些激動，因為她一向把祖母的房子看得很了不起。但這種激動的心情卻使她說出了這麼一句話：「我真想到佛羅倫斯去看看。」

「行，只要妳乖乖的，一切照我的話做，我就帶妳去。」

我們這位少女的情緒更激動了，臉上泛出淡淡的紅暈，默默地對著她的姨母發笑，「一切照您的話做嗎？我想我辦不到。」

「對，妳不像是那種人。妳喜歡自作主張，但是這不應該怪妳。」

「不過，如果能到佛羅倫斯去，」姑娘一下子又興奮地說，「我簡直一切都願意答應！」

艾德蒙和莉蓮遲遲沒有回來，杜歇夫人和伊莎貝爾毫無干擾地談了一個鐘頭，伊莎貝爾發現她與眾不同，是一個挺有趣的人——主要是這種人物，她幾乎還是第一次遇到。她脾氣古怪，跟伊莎貝爾平時的想像完全一致；但這以前，姑娘每逢聽到什麼人給說成古怪的時候，總以為這是一些使人討厭或害怕的傢伙。在她的思想裡，怪人就意味著荒唐可笑，甚至陰險狠毒。現在她的姨母卻把尖銳而輕鬆的諷刺或嘲

笑賦予了這個概念。她不禁問自己，她過去所知道的一切都那麼平淡無味，它們幾時引起過她這麼大的興趣？確實，她從沒見到過這樣引人入勝的人物，這個瘦小的女人，嘴唇薄薄的，眼睛亮亮的，樣子有些像外國人，可是她卻以她獨特的風度抵消外貌上的不足。在她身上，看不出一絲瘋癲的跡象，儘管她不把社會地位放在眼裡，談論起歐洲各國的風土人情多麼熟悉。在她身上，看不出一絲瘋癲的跡象，儘管她不把社會地位放在眼裡，談論起大人物來旁若無人，她卻為自己在一顆坦率而敏感的心靈上留下的印象，感到沾沾自喜。伊莎貝爾起先回答了一大堆問題，顯然，正是這些回答，使杜歇夫人對她的才智給予了高度評價。接著，她也提出了不少問題，姨母的回答不論以什麼方式出現，都引起了她的深思。杜歇夫人等另一位甥女回來，等了很久，但是到六點鐘，勒德洛太太還是沒個家，於是她認為不應該再等了，便準備告辭。

「你姐姐拉起家常來一定是沒個完，」她說，「她是不是經常一出門就是幾個鐘頭？」

「您不是也出來了這麼長時間嗎？」伊莎貝爾回答，「您來以前，她才走不一會兒。」

杜歇夫人看看這位少女，沒有生氣。這種大膽的頂嘴，她似乎覺得很有趣，因此不想過分計較。

「她大概不像我這麼理由充足吧。不論怎樣，你告訴她，今天晚上請她務必到那個糟糕的旅館裡來找我。她要帶她的丈夫來也可以，但是妳不必跟她來了。我們以後見面的機會多得很。」

第四章

勒德洛太太是三姐妹中最大的一個，也是通常公認為最明白事理的一個，一般說是莉蓮最實際，伊蒂絲最美麗，伊莎貝爾則是「最有學問」。二姐凱斯太太是美國工兵部隊一位軍官的妻子，由於我們的故事今後跟她沒有什麼關係，我們對她只簡單提一下就夠了。她確實很美，成了各個軍事基地的一朵鮮花，這些基地主要是在不太時髦的西部地區，她的丈夫的工作調動也一直沒有超出那個範圍，這成了她最懊惱的一件事。莉蓮嫁給了紐約的一位律師，這個年輕人有一副大嗓門，講起話來慷慨激昂，跟他的職務很相稱。這件婚事不算光彩，並不比伊蒂絲的好，但莉蓮是這麼一個年輕女子，有時人家談到她就說，她能夠嫁出去已經不錯了，因為她的相貌比她的兩個妹妹差多了。不過她很愉快，現在已是兩個無法無天的小男孩的母親，一幢褐色沙石房子中的主婦，這幢房子小得像楔子一樣，擠在五十三號街的夾縫裡，但她彷彿已經找到了安樂窩，對自己的境況十分滿意。她生得矮小結實，身材上很難說有什麼優點，但是，儘管缺乏高貴的儀表，她的風度還是可以的，而且正如人們所說，她在婚後變得好看起來了。生活中有兩件事是她深信不疑的，這就是她丈夫的雄辯才能和她妹妹伊莎貝爾的與眾不同。

「我從來不能理解伊莎貝爾──除非我把全部時間都花在這上面。」她常常這麼說。雖然這樣，她還是密切關心著她，像母狗一般注視著那只靈活的小獵犬。

「我得把她照顧到平平安安地出嫁為止,這樣,我的責任就完了。」她經常對她的丈夫說。

「好吧,我得說,我對她的婚姻不太感興趣。」艾德蒙·勒德洛照例這麼回答,嗓音顯得特別洪亮。

「我知道,你這麼說是為了引起辯論,你總是採取對立態度。我不明白你為什麼要反對她,她無非有些與眾不同罷了。」

「對啦,我不喜歡與眾相同,」勒德洛先生不只一次這麼回答,「伊莎貝爾是用外國字寫出來的。我不了解她。她應該嫁一個亞美尼亞人,或者葡萄牙人。」

「那正是我擔心她會幹的事!」莉蓮喊道,她認為伊莎貝爾什麼都做得出來。

她懷著極大的興趣聽這位姑娘向她報告杜歇夫人來訪的經過,預備遵照姨母的吩咐晚上前去赴約。至於伊莎貝爾向她說了些什麼,我們不得而知,不過,在夫婦倆去旅館以前,她向丈夫講的那點意見,應該是她妹妹的話引起的。

「我多麼希望她為伊莎貝爾做一點有益的事,她顯然非常喜歡她。」

「妳希望她做什麼呢?」艾德蒙·勒德洛問,「送她一件貴重的禮物?」

「當然不是,完全不是那麼回事。我只是希望她對她發生興趣——發生好感。她正是那種能夠賞識她的人。她在外國社會中生活了那麼多年,這方面的事她都跟伊莎貝爾講了。你知道,你總認為伊莎貝爾像外國人呢。」

「妳要她給她一點外國人的好感,是嗎?妳是認為她在國內得到的還太少?」

「我認為她應該到國外去,」勒德洛太太說,「她正是那種應該出國的人。」

「因此妳要求那位老太太帶她出去，是不是?」

「這是她自己提出的——她非常希望伊莎貝爾跟她去呢!我只是要她把她帶到那裡以後，給她提供一切有利的條件。我相信，我們大家應該做的就是給她一個機會!」勒德洛太太說。

「什麼機會?」

「發展的機會。」

「喲，我的天哪!」艾德蒙·勒德洛喊了起來，「我希望她再也別發展啦!」

「要不是我相信你說這話只是為了引起辯論，我一定會很不高興，」他的妻子回答，「你自己知道你很喜歡她。」

過了一會兒，這個年輕人在刷帽子的時候，跟伊莎貝爾打趣道:「妳知道我很喜歡妳嗎?」

「你喜歡不喜歡我，我才不在乎呢!」女孩子大聲說，不過話雖這樣，她的口氣和笑容並不那麼狂妄自大。

「嚇，自從杜歇夫人來過以後，她顯得神氣起來了。」她的姐姐說。

「我認為這沒什麼不好。」莉蓮讓步道，「不過杜歇夫人的來訪不能成為一個人驕傲的理由。」

「瞧!」勒德洛嘆了起來，「她比以前更驕傲啦!」

「除非我有更充足的理由，我不會感到驕傲的。」姑娘說。

「不論她是不是感到驕傲，至少她覺得自己不同了，覺得有什麼事臨到了她的頭上。那天晚上只剩

下她一個人，她坐在燈下，手中空空的，已顧不到平時的愛好。後來她站起來，在屋裡來回打轉，又從一間屋子走到另一間屋子，待在暗淡的燈光照不到的地方。她坐立不安，甚至心亂如麻，有時身子有些哆嗦。她覺得，她所面臨的事，它的重要性比表面看來大得多；她的生活確實到了轉折關頭。它帶來的是什麼，還很不清楚，但是從伊莎貝爾的處境看，任何變化都比沒有變化強。她願意把過去的一切丟在後面，像她對自己說的，一切從頭開始。這個心願確實不是今天這件事引起的，它像雨打窗戶的聲音一樣熟悉，已經許多次勾起她從頭開始的思想。她坐在靜悄悄的客廳裡一個昏暗的犄角上，閉上眼睛。她願望單獨運用自己的判斷力，可是她並不指望靠瞌睡來忘記一切。相反，她倒是覺得非常清醒，只是想限制自己的意識，不讓紛至沓來的事物一下子湧進眼簾。在一些重要的時刻，她的想像力一向不受約束，如果不把門打開，它會從視窗跳出去。真的，她不習慣把它鎖在屋裡。在一些適得其反，偏偏不適當地助長了想像的、而不是判斷的能力。現在，當她意識到改變的信號已經出現的時候，她要丟在後面的事物卻一個個地跳了出來，逐漸匯集成一堆幻象。她一生的歲月一幕幕回到了自己眼前，她久久地凝視著它們，只有青銅大鐘的滴答聲衝破這一片沉寂。那是非常愉快的一生，她是非常幸福的女孩子——這就是她從這一切中看到的最鮮明的事實。她得到了最好的一切，在一個那麼多人的命運都是不值得羨慕的世界上，她可從沒碰到過特別不愉快的事，這是多大的幸運。在伊莎貝爾看來，那種不愉快的經歷她甚至知道得太少了，因為從她跟文學的接觸中，她體會到，它們往往也是一種樂趣的源泉，甚至還可從中汲取教益。但她的父親把它們從她的生活中排除了出去——她那最好、最可愛的父親對它們懷有始終不渝的厭惡。做他的女兒，這是極大的幸福，伊莎貝爾甚至為有這樣一位父親而感到自豪。從他死後，她似乎看到他只讓自己的孩子們見到他歡樂的一面，其實他並沒有像他盼望的那樣避免許多不

第四章　　　　　　　　　　　　　　　　　　　　63

快的遭遇。但這只是更增加了她對他的懷念，甚至對他的過於慷慨、過於善良、過於不關心世俗事務，她也變得能夠諒解了。許多人認為，他這種不關心已經超過了限度，尤其是那一大批他欠了錢還沒有歸還的人。關於他們的意見，伊莎貝爾一向不太清楚，不過可以讓讀者知道，一方面他們承認已故的阿切爾先生具有極其靈敏的頭腦和非常動人的風度（確實，正如其中一人所說，一方面他們承認已故的阿切量），另一方面他又宣稱他糟蹋了自己的一生。有的人甚至毫不客氣地指責他，說他不關心自己的幾個女兒。她們沒有受到正規的教育，也沒有一個固定的家；他對她們既溺愛又關心不夠；她們只是跟保姆和家庭女教師（往往是一些傷風敗俗的女人）一起過活，或者給送進法國人辦的一些膚淺的學校去，過了一個月，又噙著眼淚離開了那裡。這種看法勢必激起伊莎貝爾的憤怒，因為根據她切身的感受，她的機會是相當多的。甚至在納沙泰爾，那時她的父親離開了三個月，把她交給一個法國保姆跟一個俄國貴族跑掉了，但是即使在這種不正常的情況下（這是女孩子十一歲那年的事），她也從沒感到驚慌或害臊，倒認為這是她心靈成長中一個豐富多彩的時期。她的父親對生活抱有廣闊的胸懷，他那種好動不好靜的性格，甚至那種有時前後不一致的行動，都只是證明了這點。他希望他的女兒們，即使在做孩子的時候，也盡量多看看世界。正是出於這個目的，在伊莎貝爾十四歲以前，他已經帶著她們三次橫渡大西洋，雖然每次只能給她們幾個月在國外觀光的時間；這些活動促進了我們女主人公的好奇心，但是沒有使她得到滿足。她可以說是她父親的掌上明珠，因為在三個女兒中，他感到她是他忍受不幸的最大「補償」。在他的晚年，由於逐漸衰老，對自己要做的事越來越感到力不從心，他對世界已無所留戀，唯一使他痛苦的，只是跟這個聰明伶俐、優異出眾的女兒的訣別。後來，當他已經取消歐洲之

64

一位女士的畫像
The Portrait of a Lady

行的時候，他還是讓孩子們盡量獲得一切享受，儘管他在經濟上已捉襟見肘，她們要什麼有什麼的單純意識，從沒有受到絲毫影響。伊莎貝爾雖然擅長跳舞，卻沒有獲得紐約的舞蹈藝術界的賞識；正如大家所說，她的姐姐伊蒂絲比她受歡迎得多。伊蒂絲的成功是驚人的，在這方面，伊莎貝爾真是望塵莫及，她也知道自己不會跳跳蹦蹦，尖聲喊叫，尤其不會做得恰到好處。二十個人中總有十九個（包括這位妹妹本人在內）會說，伊蒂絲在兩個人中美得多，但第二十個不僅推翻這一判斷，而且會把這些人統統看作不懂得美為何物的庸人。在伊莎貝爾的內心深處，出人頭地的願望甚至比伊蒂絲更為強烈，但這位少女的性格深處是一個非常隱蔽的所在，從那裡通向表面的路上，橫亙著許多變幻莫測的阻力。她見到了那些大量湧向她姐姐的年輕人；可是一般說來，他們是不敢跟她打交道，他們相信，必須做好特殊的準備，才能跟她談話。她博覽群書的名聲，像雲霧一樣包圍著她，使她變成了史詩中的女神，彷彿她會提出各種深奧的問題，使談話始終保持在低溫狀態。可憐的姑娘喜歡人家說她聰明，可是反對把她當作書呆子。她的讀書常常是偷偷進行的，雖然她的記憶力很好，但總是避免引章摘句。她對學問有強烈的慾望，但實際上，幾乎任何一種知識來源，在她眼裡都比書本的地位高。她對生活懷有巨大的好奇心，經常在觀察和思索。她身上蘊藏著無限的生命力，她最深邃的歡樂，便是感到自己的內心活動和世界的風雲變幻之間，存在著不可分割的連繫。出於這個原因，她喜歡看到眾多的人群和廣闊的河山，喜歡閱讀描寫革命和戰爭的書，喜歡欣賞歷史的巨幅畫卷——這些作品往往使她為了內容而原諒它們的拙劣技巧並做出不恰當的評價。南北戰爭進行期間，她還是一個小女孩，但是在這漫長的時期中，她也度過了萬

---

1 Neuchâtel，瑞士西部的一個地方。

第四章　　65

分激動的幾個月。有時使她大惑不解的是,任何一方軍隊的勇敢,幾乎同樣叫她感到興奮。自然,當地那些少年情郎的鼠目寸光,感到自己也應該獨立思考,正是這部分人使她沒有遭到少女時代的最高懲罰。凡是一個女孩子可能有的一切,她統統都有:友誼、讚美、糖果、鮮花,她享有著她所生活的世界中的一切權利,經常參加舞會,擁有大量時裝,閱讀倫敦的《旁觀者》[2],閱讀最新的出版物,欣賞古諾[3]的音樂,誦讀勃朗寧的詩歌和喬治·艾略特的小說。

現在,這一切在回憶的魔術中幻化成了無數的場景和形象。遺忘的事物回來了,而許多她近來還認為關係重大的事物,卻從她眼前消失了。結果是萬花筒式的變化,但是這種變化終於給一個聲音打斷了:僕人前來通報,一位先生駕到。這位先生的名字是卡斯帕·戈德伍德,他從波士頓來,是一個正直的年輕人,認識阿切爾小姐已有十二個月,相信她是這個時代中最美麗的少女,因此,按照我剛才提到的那條規則,他聲稱這個時代是歷史上一個愚蠢的時期。他不時給伊莎貝爾寫信,最近一、兩個星期的信是從紐約寄出的。她想過,他可能會來——事實上,在這個下雨的日子裡,她恍惚覺得他隨時可能出現。然而現在他得知她到達這兒的時候,卻並不急於接見他。她想過,他是特地從紐約到奧爾巴尼來看她的,他本以為可以在紐約找到她,在那兒耽擱了幾天,後來發現她仍在本州的首府。伊莎貝爾沒有立刻去見他,她在屋裡走來走去,心頭充滿了一種新的複雜的感覺。但是最後她去了,發現他站在燈旁。他身材魁梧,強壯,稍微有些呆板,也比較瘦,皮膚黑黝黝的,長得不太漂亮,毫無浪漫氣息,簡直一點也不引人注目,但

他的相貌卻帶有一種要求別人尊重的神態，至於這種尊重能否得到相應的報答，那得看那對凝神逼視著你的藍眼睛，那種包含著豐富內容的眼睛，以及那個稜角分明、顯示出決心的顎部，有沒有流露出對你的好感。伊莎貝爾對自己說，今天晚上這顎部顯示著決心。然而，半小時以後，這位滿懷希望和決心來到這兒的卡斯帕・戈德伍德，終於帶著失望回轉自己的住處去了。不過不妨補充一句，他不是遇到一次挫折就會灰心的人。

2 《The Spectator》，一八二八年起在倫敦出版的一份週刊，當時以激進主義觀點聞名。
3 古諾（Charles-François Gounod, 1818-1893），法國作曲家。
4 伊莉莎白・勃朗寧（Elizabeth Barrett Browning, 1806-1861），英國女詩人。

第四章　　67

第五章

拉爾夫·杜歇是個哲學家，儘管這樣，到了六點三刻，他去打他母親的房門時，還是十分性急。哪怕哲學家也難免有所偏愛，應該承認，在他的長輩中，他的父親是最得到他這位兒子的好感和信賴的。他常常對自己說，他的父親更像母親，而他的母親倒像父親，按照當時通俗的說法，甚至有些像首長。不過她還是非常喜歡她的獨生兒子，始終堅持要他每年跟她一起生活三個月。拉爾夫完全尊重她的這種感情，要知道她那種安排妥帖、不可更改的生活裡，除了跟她切身有關的一些事物，除了準時完成她的各種意願以外，她所關心的就是他了。他發現，她已經完成了餐前的整裝工作，但是她戴著手套擁抱了她的孩子，讓他坐在沙發上她的身旁。她一絲不苟地詢問了她丈夫的以及這位年輕人自己的健康狀況，由於兩者都並不十分美滿，她更加相信，她沒有把自己交給英國的氣候來擺布還是有先見之明的，否則，她也非垮不可。拉爾夫聽到他母親說自己也會垮下來，不覺失聲笑了，但並不想向她指出，他的虛弱體質不是英國氣候造成的，他每年都有很長一段時間不在這兒。

在他還很小的時候，他的父親丹尼爾·特雷西·杜歇，一位出生在佛蒙特州拉特蘭地方的人，作為一家銀行的次要合夥人來到了英國。大約十年以後，他掌握了這家銀行的管理大權。丹尼爾·杜歇看到，他必須在他寄居的國家永久住下去，對這個國家，他一開始就抱著單純的、明智的、實事求是的觀點。但是，正如他對自己說的，他沒有意思變成英國人，同時也不想教育他的獨生兒子，讓他懂得這方

面的任何竅門。在他看來，住在英國，既與英國人打成一片，又不做英國人，這是十分容易解決的問題。因此，在他死後，他的合法繼承人以純粹的美國精神來經營這家不太純粹的銀行，他認為也是同樣簡單的。不過，他還是盡力培植這種精神，把孩子送回美國接受教育。拉爾夫在一所美國學校讀了幾個學期，又在一家美國大學裡得了學位。到他回來的時候，父親甚至覺得他的美國精神太多了，於是又把他送進牛津大學待了三年。牛津吞沒了哈佛，拉爾夫終於有了足夠的英國色彩。他外表上符合周圍的風俗人情，然而這只是表面，他的心還是獨立不羈的，什麼也不能對它施加長時間的影響，它天生傾向於驚險活動和幽默諷刺，在愛好上享受著無限的自由。他開始了他父親說不盡的歡心。他的朋友們也說，這麼聰明的一個人不能在事業上一顯身手，實在太可惜了。他如果回轉本國，說不定會大有作為（雖然這始終是個未知數），可是即使杜歇先生願意跟他分開（事實並非如此），他也絕不願意讓一片汪洋大海永遠橫亙在他和老人之間，因為這位老人，他認為是他最好的朋友。拉爾夫不僅愛他的父親，而且佩服他——他把能夠經常看到他當作自己的幸福。在他的心目中，丹尼爾·杜歇是一個天才，儘管他自己不想探索銀行的祕密，他還是決心增進對它的理解，以便衡量他父親所起的巨大作用。然而使他神往的，主要還不是這個，而是老人那一層光滑可愛的象牙色表皮，它彷彿經歷了英國氣候的磨煉，已足以抵制現代一切批判精神的鑰匙。丹尼爾·杜歇沒有進過哈佛，也沒有進過牛津，但是由於他自己的過錯，他的兒子取得了現代批判精神的鑰匙。拉爾夫頭腦裡充滿了他父親從未想到過的各種思想，而後者的創造力獲得了他的好評。不論對還是錯，美國人是以容易適應國外條件著稱的。然而杜歇先生的靈活性卻有一定限度，他的普遍成功一半便得力於此。他保留著家鄉的大部分特色，沒有讓它們受到損害，正如他的兒子經常愉快地指出的，他說話仍帶有新英格蘭那些比較

第五章 69

富饒的部分的腔調。到了晚年,他已是金融界一個又老練又富裕的人,他把高度的精明和溫和敦厚的外表結合了起來。他從沒考慮過自己的「社會地位」,它像天然成熟的水果一樣鮮豔奪目。也許由於他缺乏想像力以及一般所說的歷史意識,總之,英國生活通常給予富有教養的外來人的許多印象,對他來說是完全不存在的。有些差異他從沒覺察,有些習慣他從未形成,有些祕密他從不理解。關於後者,一旦他理解了它們,他的兒子對他的評價恐怕就要低一些了。

離開牛津以後,拉爾夫花了兩年時間出外旅行。這以後,他就坐上了他父親銀行裡的一張高凳子。這類職位的責任和榮譽,我想不是從凳子的高矮來衡量的,凳子的高矮是出於其他的考慮。拉爾夫的腿很長,他工作的時候確實寧可站著,或者走來走去。然而,很抱歉,這種活動他只從事了一個很短的時期,因為大約過了十八個月,他便發現他的健康出了大問題。他患了一次重感冒,把他的肺弄壞了,它們從此一蹶不振,苦難重重。他不得不放棄工作,嚴格執行一項討厭的任務:照顧自己的身體。起先他毫不在意,彷彿要他照顧的根本不是他本人,而是一個引不起別人興趣、也對別人不感興趣的人,這個人與他絲毫沒有共同之處。可後來他慢慢熟悉他了,終於對他勉強有了一點同情。不幸使素昧平生的人成了朋友,我們的年輕人發覺,這件事似乎跟他也有些利害關係——他通常認為,這涉及他懂不懂事理的聲譽問題——於是他對他保護下的這個可憐的傢伙活了下來。他一邊的肺開始痙癒,另一邊似乎也在照此辦了適當的注意,這樣,至少使這個可憐的傢伙活了下來。他一邊的肺開始痙癒,另一邊似乎也在照此辦理,這時人們告訴他,只要他換個環境,在適合肺病患者的氣溫下生活,哪怕再度過十幾個嚴冬也不礙事。由於他對倫敦已經產生了深厚的感情,他詛咒這不可抗拒的流亡,但是在詛咒的同時,他還是服從了。當他發現,他那過敏的器官在這種嚴格的關懷下確實有了好轉,他才比較安於接受這樣的安排。他

70

一位女士的畫像
The Portrait of a Lady

他老老實實在國外過冬,晒太陽,颳風的時候就躲在屋裡,下雨的天氣就上床睡覺,偶然遇到一、兩次整夜下雪的日子,他乾脆不再起床。

他的天性中本來隱藏著一種懶散的精神,它像慈愛的老保姆偷偷塞在初次上學的孩子書包裡的一塊餅那樣,現在來幫助他度過這個難關了,因為他始終病病歪歪,不能工作,只能過無可奈何的閒散生活。正如他對自己說的,實在也沒有什麼事是他非做不可的,因此他並不覺得失去了發揮才能的機會。然而現在,禁果的香味偏偏不時在他身邊飄過,使他想起,生活中最美好的歡樂只有在行動的激流中才能找到。像他現在這樣過日子,就像閱讀一本好書的拙劣譯本,對一個可望成為優秀語文學家的年輕人來說,只是一種貧乏的享受。他有好的冬季,也有壞的冬季,遇到前者,他有時會受到幻覺的愚弄,彷彿自己已真正康復。但這幻覺在本書的故事開始前大約三年消失了,這一次他在美國比平時多待了一點時間,在他趕到阿爾及爾以前,惡劣的氣候便追上了他。他到達那裡時幾乎已奄奄一息,在生死未卜中躺了幾個星期。他的復原是一個奇蹟,但是對這個奇蹟,他首先告誡自己,說這樣的事只能發生一次。他還對自己說,他的日子已屈指可數,他必須清醒地看到這點,但這也是向他表明,他應該按照這種預見,盡可能滿意地利用這段時間。他的各種機能眼看就要消失,而他認為,冥想的樂趣是從來不容懷疑的。由於不得不放棄遠大的志向而感到煩惱的時期,在他來說早已過去,然而這種志向對他仍有著吸引力,沒有被他心頭萌發的自我批判精神完全消滅。現在,他的朋友們認為他比較愉快了,他們說這是由於他相信自己正在恢復健康,這種揣測使他們會意地頻頻搖頭。其實,他的安詳只是點綴在他這片廢墟上的幾朵野花而已。

也許主要是他所看到的事物的甜蜜性質,在他敏感的心頭引起了反應,他才對那位剛剛到來的少女

第五章　　　　　　　　　　　　　　　　　　71

發生了興趣,因為她顯然不是枯燥無味的。有一個聲音告訴他,那麼這就是足夠他冥想許多天的人物。不妨扼要說明一下,在拉爾夫·杜歇那被壓縮了的生活綱領中,愛的理想——這與被愛是有區別的——仍占有一席位置。他只是禁止自己有任何強烈的表現。然而他不想燃起他的表妹的熱情,而且即使她願意,她也無法促使他這麼做。

「現在妳講講那位小姐的事吧,」他對母親說,「妳打算把她怎麼辦?」

杜歇夫人毫不遲疑地說:「我打算要求你的父親,讓她在花園山莊居住三、四個禮拜。」

「妳完全不必拘泥禮節,」拉爾夫說,「父親會請她住在這兒,這是毫無疑問的。」

「我認為不一定。她是我的外甥女,不是他的。」

「我的天哪,親愛的母親,妳的所有權觀念太明確啦!其實因為這樣,他更會請她住在這兒。但這以後——我是說三個月以後,因為只請一個可憐的女孩子在這兒待短短三、四個禮拜,未免太不像話了——妳打算把她怎麼辦?」

「我打算帶她去巴黎,給她添置些衣服。」

「對,那是當然的。但除了那些呢?」

「我要請她跟我一起去佛羅倫斯,在那兒過一個秋季。」

「妳盡談些枝節問題,親愛的母親,」拉爾夫說,「我要知道的是,總的說來,妳打算把她怎辦。」

「盡我的責任!」杜歇夫人宣稱,接著又道:「我看你非常可憐她呢。」

「不,我想我不是可憐她。我不覺得,她是一個要人同情的女孩子。我想我是嫉妒她。不過先別談

72 一位女士的畫像
The Portrait of a Lady

「這個，請妳告訴我，妳認為妳的責任是什麼。」

「我的責任是讓她看看歐洲的四個國家——我要讓她選擇其中的兩個——同時給她一個機會，讓她學好法語，不過她現在已經講得不錯了。」

拉爾夫皺了皺眉頭，「這些話聽起來乾巴巴的。」

「如果你認為乾巴巴，」他的母親笑了笑說，「那就讓伊莎貝爾自己去摻水分吧！她天天像夏季的雨水一樣！」

「妳認為她很有才華嗎？」

「她有沒有才華，我不知道，不過她是一個聰明的女孩子，有堅強的意志和高傲的天性。她不懂得什麼叫厭倦。」

「這我想像得到。」拉爾夫說，接著突然加了一句：「妳們兩個合得來嗎？」

「你的意思是說，我是一個討厭的人？我覺得伊莎貝爾對我不這麼看。我知道，有些女孩子可能會，但這一個很聰明，不會這麼想。我相信，她覺得我很有趣。我們相處得不錯，因為我了解她，我知道她是怎樣一個女孩子。她非常坦率，我也非常坦率，我們彼此知道對方的心思。」

「得啦，親愛的母親，」拉爾夫大聲道，「妳的心思誰不知道！妳從沒做過叫我納悶的事，只有一次，那就是今天——妳給我帶來了一個漂亮的表妹，一個我從來不知道她的存在的人。」

「你認為她很漂亮嗎？」

「的確很漂亮，不過我並不堅持這點。她打動我的主要是她那種有些不同尋常的氣質。這個少見的人物是誰，是怎樣一個人？妳在哪兒找到她的，又怎樣跟她認識的？」

第五章 73

「我是在奧爾巴尼的一幢老房子裡找到她的。一個下雨天,她坐在一間沉悶的屋子裡,手裡捧著一大本書,她的生活枯燥得要命。不過她並不感到枯燥,是我使她意識到了這點,她看來對我提醒了她很感激。你可能要說,我不應該提醒她,我應該隨她去。那也很有道理,但我是憑良心做事,我覺得她應該有更好的際遇。我想,我帶她出外走走,讓她見識見識世面,這對她有好處。她正像大多數美國女孩子一樣,認為自己對世界很了解,但也正像大多數美國女孩子一樣,我覺得她是值得我這麼做的。我喜歡人家誇獎我,對於我這樣年紀的女人,身邊有一個可愛的外甥女是最合適的。你知道,我妹妹這幾個孩子我已經多年不見面,我一點也不贊成她們的父親。不過我總打算,等他做夠壞事,死了以後,我要為她們辦點好事。我打聽清楚可以在哪裡找到她們後,也許你們談到某個年輕的天才,抱怨他得不到鼓勵和保護一樣。也許伊莎貝爾是天才,但如果是真的,我還不了解她的專長。莉蓮特別贊成我帶她到歐洲來,那兒的人全把歐洲當作一塊移民的地方,當作人間樂土,好把他們過剩的人口往這兒輸出。伊莎貝爾本人好像也很喜歡來,事情就十分容易地安排定了。只是在錢的問題上有些小困難,因為她似乎不願在經濟上仰人鼻息,但她也有一點收入,她認為可以靠她自己的錢來周遊世界。」

拉爾夫聽得津津有味,這一席話對他那位漂亮的表妹做了合情合理的說明,這絲毫沒有減少他對她的興趣。

「好啊,如果她是個天才,我們就得弄清楚她的長處。」他說,「也許她只會賣弄風情吧?」

「我不這麼想。開頭你可以懷疑，但你會發現自己錯了。我想，你要理解她並不那麼容易。」

「那麼沃伯頓錯了！」拉爾夫·杜歇高興得嚷了起來，「他自以為已經發現了這點呢。」

他的母親搖搖頭，「沃伯頓勳爵不會了解她，他不必白費力氣。」

「他很聰明，」拉爾夫說，「但有一、兩次失誤，那是難免的。」

「伊莎貝爾聽到一個勳爵對她不能理解，會很得意的。」杜歇夫人說。

她的兒子皺了一下眉頭，「她懂得什麼是勳爵嗎？」

「根本不懂。這會使他更加納悶。」拉爾夫聽到這話大笑起來，朝窗外瞧了一會兒，然後問道：

「妳不下去看看父親嗎？」

「到七點三刻下去。」杜歇夫人說。

她的兒子看了看錶，「那麼還有一刻鐘，妳再跟我談談伊莎貝爾吧。」

杜歇夫人拒絕了這個請求，說他應該自己去弄清楚一切。於是拉爾夫說道：「好吧，她當然不會給妳丟臉。不過她會不會給妳增添麻煩呢？」

「她給我的印象好像非常純樸。」拉爾夫說。

「但願不會。如果那樣，我也不怕。我從來不是膽小怕事的人。」

「純樸的人是不會給人太多麻煩的。」

「對！」拉爾夫說，「妳自己就是這一點的證明。妳非常純樸，我相信妳從沒給任何人製造過麻煩。製造麻煩也是一種麻煩。但我得問妳，我正好想到這點。伊莎貝爾會不會使人覺得不好相處？」

「噯，」他的母親叫了起來，「你問得太多啦！你自己去找答案吧。」

第五章　75

然而他的問題還沒完呢。

「講了這麼半天，」他說，「妳還是沒有告訴我，妳打算把她怎麼辦。」

「怎麼辦？看妳說的，好像她是一塊花布似的。我壓根兒沒打算把她怎麼辦，她要做什麼，一切都會自己決定。她要我注意這點呢。」

「那麼妳在電報中說她頗能自主。」

「我從不在乎我的電報是什麼意思，尤其是指的美國發來的那些。要講得清楚就得多花錢。我們下到你父親那兒去吧。」

「還沒到七點三刻呢。」

「我怕他一定等得不耐煩了。」拉爾夫說。

「我怕他一定等得不耐煩了。」杜歇夫人回答。

拉爾夫知道，所謂等得不耐煩是怎麼回事，但他沒有反駁，伸出胳臂讓她挽著。這使他有權在他們下樓的時候，讓她在樓梯中間的平臺上稍停一下。樓梯寬敞平坦，扶手很闊，橡木已因年代久遠而變得黑乎乎的，它是花園山莊最華麗奪目的設備之一。

「妳有沒有給她成婚的計畫？」他笑著問道。

「成婚？對不起，我想我還不至這麼作弄她！不過撇開這點，她自己是完全可能嫁人的，她完全有這條件。」

「妳是說她已經物色到了一個丈夫？」

「是不是丈夫我不知道，不過在波士頓有一個年輕人⋯⋯。」

拉爾夫繼續往下走了，他不想聽什麼波士頓的年輕人，「我父親說得不錯，她們都有了意中人！」

一位女士的畫像
The Portrait of a Lady

他的母親告訴他，他的好奇心應該從女孩子本人那兒得到滿足，不久他就發現，這樣的機會是很多的。當天晚上，客廳裡只剩了他和那位年輕的女親戚兩個人，他就跟她做了一次長時間的談話。沃伯頓勳爵的家離這兒大約十英里，他是騎馬來的，在晚飯以前，他便騎上馬告辭了。飯後過了一小時，杜歇夫婦似乎已履行過見面的儀式，於是在疲倦這個有效的藉口下，各自回房去了。年輕人跟他的表妹一起消磨了一個鐘頭，她雖然坐了半天車子，好像還一點也不疲勞。實際上她是累了，她知道這點，而且知道明天她要為此付出代價。但這時期她已養成習慣，不把疲勞當一回事，非到忍無可忍、無法掩飾的時候，不會承認疲勞。至於現在，她還可以裝得滿不在乎。她興致勃勃，正如她對自己說的，她的心靜不下來。她要求拉爾夫帶她去看畫，這屋裡這些東西很多，大部分是他親自挑選的。最好的畫掛在大小適中、引人入勝的櫟木畫廊上，它的兩端各有一個休息室，晚上通常都點著燈。但燈光不能充分顯示這些畫的優美，因此要看畫最好推遲到明天。拉爾夫不怕顯得冒昧，提出了這個意見，但伊莎貝爾有些失望——雖然仍舊笑著——說道：「如果方便，我想先大體看一下。」她性子很急，現在便是這樣，但是她克制不住。

「她不接受意見，」拉爾夫心裡說，但他沒有生氣，她這麼急不可待，倒使他覺得挺有趣，甚至很喜歡。

燈是放在牆壁的托架上的，每隔幾步就有一盞，雖然不亮，但光線柔和，照在模糊的色彩豐富的畫幅上，照在有些褪色的鍍金厚鏡框上，也把畫廊那光滑的地板照得閃閃發亮。拉爾夫拿著一個燭臺，慢慢走著，一邊指給她看他心愛的幾幅畫。伊莎貝爾向前俯出身子，一幅幅畫看過去，一邊不斷發出輕輕的讚美和驚歎聲。她顯然懂得繪畫，具有天生的鑑賞能力，這使他感到驚訝。她也擎著一個燭臺，慢悠

第五章

悠地把它移到這兒，移到那兒，有時把它舉得高高的。這時他不覺在畫廊中間站住，目光沒有對著畫，卻對著她的身子。確實，他的目光雖然離開了畫，卻對著她的身子。確實，他的目光雖然離開了畫，卻對著她的身子。確實，他的目光雖然離開了畫，卻對著她的身子。她無疑生得苗條，體態輕盈，身材修長，人們為了把她和另外兩個阿切爾小姐區別開來，常常稱她「瘦長的那個」。她的頭髮顏色較深，甚至顯得烏油油的，使許多婦女見了眼紅。她那對亮晶晶的灰眼睛，在她嚴肅的時刻，也許有些過於犀利，然而在她微笑的時候，卻是柔和而迷人的。他們沿著畫廊的一邊慢慢走過去，又沿著另一邊走回來，這時她說：「好了，現在我比開始的時候又多懂得了一些！」

「看來妳的求知慾還不小呢。」她的表兄回答說。

「我也這麼想，我覺得大多數女孩子太無知了。」

「我發現妳跟大多數女孩子不一樣。」

「有些女孩子還是肯學習的，可是人家卻對她們說長道短！」伊莎貝爾嘀咕道，但她不願多談自己，過了一會兒便改變了話題：「我問你一聲，這兒有沒有鬼？」

「鬼？」

「幽靈，夜裡出現的陰魂，我們在美國叫作鬼。」

「我們看到它們，也叫它們鬼。」

「那麼你看到鬼過啦？你一定看到過，這是一幢富有傳奇色彩的老房子呢！」

「這兒毫無傳奇色彩，」拉爾夫說，「要是妳指望這個的話，妳非失望不可。這幢房子又沉悶又平凡，一點傳奇的氣息也沒有，除非妳可能帶來了一些。」

「我是帶來了不少，不過我覺得，我是把它帶到了一塊合適的土壤上。」

「當然，在這兒它不會受到傷害。跟我的父親和我在一起，它是最安全的。」

伊莎貝爾瞅了他一眼，「這兒除了你父親和你，再也沒有別人了嗎？」

「當然還有我的母親。」

「哦，我知道你的母親，她可沒有一點浪漫色彩。這兒還有別人嗎？」

「你這是拿我開心呢，」女孩子回答，神情很嚴肅，「我剛到的時候，在草坪上的那位先生是誰？」

「沒關係，我們可以把全郡的人都請來，讓妳喜歡喜歡。」拉爾夫說。

「那太可惜啦。我真希望多看到一些人。」

「很少了。」

「那太可惜了，我很喜歡他。」

「是嗎？可我覺得妳還沒跟他講幾句話呢。」伊莎貝爾說。

「這沒什麼，我還是很喜歡他。我也非常喜歡你的父親。」

「這是完全應該的，他是一個和藹可親的老人。」

「我很遺憾他病了。」伊莎貝爾說。

「妳應該幫助我來護理他，妳一定是個很好的護士。」

「我想我不成，人家都說我不成，說我只會講大道理。不過，你還沒告訴我鬼的事呢。」她又說。

然而拉爾夫沒理睬這句話，「妳喜歡我的父親，妳也喜歡沃伯頓勳爵。我猜想妳也喜歡我的母

「本郡的一位鄰居，他不常來。」

第五章　79

「我非常喜歡妳的母親,因為……因為……。」伊莎貝爾想了半天,要找一個理由來說明她對杜歇夫人的感情。

「算了,我們從來不知道理由!」她的同伴笑道。

「我總是知道理由的」女孩子回答,「那是因為她不要求別人喜歡她,她不在乎別人喜歡不喜歡她。」

「因此妳為了標新立異,偏要喜歡她?好吧,我完全像我的母親。」拉爾夫說。

「我不相信你像她。你希望人家喜歡你,而且盡量要人家這麼做。」

「我的天哪,妳居然看得這麼透澈!」拉爾夫叫道,神色有些沮喪,再也笑不出來了。

「但我還是喜歡你的,」他的表妹接著說,「你要想得到我的好感,就得帶我去看鬼。」

拉爾夫無可奈何地搖搖頭。

「我可以帶妳去看鬼,問題是妳絕對看不到。這不是每個人都能享受的權利,它也不值得羨慕。像妳這麼年輕快樂、天真活潑的人,永遠看不到鬼。妳必須首先有痛苦,很大的痛苦,對悲慘的生活有了一些知識,到那時候,妳的眼睛才會看到鬼。我還是很早以前看到的。」拉爾夫說道。

「我剛才告訴過你,我非常愛好知識。」女孩子回答。

「對,可是那是快活的知識,歡樂的知識。但妳沒有感到過痛苦,妳生來就不是受苦的。我希望妳永遠看不到鬼!」

伊莎貝爾注意地聽他說,嘴唇上掠過了一絲微笑,但那對眼睛依然顯得有些嚴肅。儘管在他看來,

80

一位女士的畫像
The Portrait of a Lady

她是可愛的,他仍然覺得她相當高傲——確實,這是她的一部分魅力所在。他想聽聽她怎麼回答。

「妳不怕痛苦?」

「我不怕。」她說,口氣相當傲慢。

「不,我怕痛苦,但是我不怕鬼。我覺得,人太容易感受痛苦了。」

「我相信妳不會。」拉爾夫說,眼睛望著她,手插在口袋裡。

「我並不認為這是缺點,」她回答,「痛苦不是絕對必要的,我們生到世上來不是為了受苦。」

「妳當然不是。」

「我不是講我自己。」她轉身走了幾步。

「是的,這不是缺點,」她的表兄說,「堅強是一種優點。」

「只是你不感到痛苦,人家就說你是鐵石心腸。」伊莎貝爾回答。

他們從畫廊回來的時候,穿過小客廳,來到了大廳上的樓梯腳下。拉爾夫從壁龕裡取了一支蠟燭,遞給他的同伴,供她在臥室裡使用。

「別管人家怎麼說妳。如果妳感到痛苦,人家就說妳是傻子。重要的是要盡可能快活一些。」

她瞧了他一眼,接了蠟燭,一隻腳踩上了櫟木樓梯。

「對,」她說,「我到歐洲來,就是為了盡可能生活得愉快些。祝你晚安。」

「晚安!希望妳一切順利,我願意盡力幫助妳!」

她走了,他望著她慢慢登上樓梯,然後步回空無一人的客廳,手始終插在口袋裡。

第五章

第六章

伊莎貝爾・阿切爾的頭腦裡裝滿了各種理論，她的想像力特別活躍。命運使她接觸到的人都不如她聰明，這是她的幸運，她對周圍事物的感受比別人靈敏，她渴望懂得她所不懂的一切知識。確實，在她的同時代人中，她被公認是一個深奧莫測的少女，因為那些心地寬厚的人總是對他們無法攀登的知識高峰表示由衷的景仰，他們談到伊莎貝爾，都說她是一位博學的才女，一位熟讀各種古典名著──當然是譯文──的小姐。她的姑媽瓦里安太太有一次散布謠言，說伊莎貝爾正在寫一本書──瓦里安太太是崇拜書籍的──而且預言她會在寫作上顯露頭角。瓦里安太太把文學看得很了不起，不過她對它的尊重是與一種缺乏感有關。她的住房雖然寬敞，有各色各樣鑲嵌工細的桌椅和雕花的天花板，可是卻沒有一間藏書室，整個屋子裡所有的印刷品，不過是六、七本簡裝的小說，放在一位瓦里安小姐閨房裡的書架上。說真的，瓦里安太太所知道的文學，只限於紐約《會談者報》，她說得不錯，你讀了《會談者報》就會對文化知識失去一切信心。因此，她寧可不讓她的幾個女兒接觸《會談者報》，她決心按正常途徑教育她們，結果她們什麼也不讀。關於伊莎貝爾的寫作，她完全是憑空捏造的。那位小姐根本不指望著書立說，也不想得到女作家的桂冠。她沒有表達的才能，也不覺得自己是天才。她只有一個籠統的觀念，認為大家把她看得高人一等是合理的。不管怎樣，她比別人優越，如果人們承認這點，那麼他們讚美她也是應該的。因為她常常覺得，她的心跳得比他們的快，這使她對人們感到不滿，而這種不滿很容

易與優越性混為一談。我們可以毫不遲疑地說，伊莎貝爾常犯的錯誤，也許就是自負。她往往帶著沾沾自喜的目光，衡量自己性格中的一切。她習慣於不憑充分證據，便認為自己當然正確。她覺得她應該受到尊敬。她對自己的錯誤和謬見，正如傳記作者要竭力保護女主人公的尊嚴一樣，往往避而不談。她的思想是一些模糊的原則混合物，它們的準確性還沒有得到權威人士的鑑定。在見解方面，她總是堅持自己的看法，這使她走了許多可笑的彎路。她經常發現自己完全錯了，於是垂頭喪氣，一個星期抬不起頭來。但這以後，她卻把頭抬得更高了，因為這對她毫無作用。她有著不可遏制的慾望，要把自己想得十全十美。她有一個理論，認為只有在這樣的條件下，才值得生活下去：一個人要做人，就得做一個最好的人，就得意識到自己處於完美的狀態（她不能不感到她的狀態是完美的），就得生活在光明中，生活在充滿自然的智慧、愉快的激情和永遠美好的靈感的天地中。培植對自身的懷疑，幾乎像培植對最好的朋友的懷疑一樣，是不必要的。一個人應該努力成為自身最好的朋友，從而使自己得到一位卓越的伴侶。這姑娘無疑具有高尚的理想，這對她發生了不少作用，也使她上了不少當。她花了一半的時間來思考美、英勇和寬容。她堅定不移地相信，世界是光明的，在那兒人可以自由發展，行動可以不受限制。她覺得，膽怯和羞恥都是要不得的。她總是希望自己永遠不至做什麼錯事。哪怕純粹是感覺上的錯誤，她一旦發現之後（這種發現經常使她不寒而慄，好像僥倖逃脫了一個可能使她失足毀滅的陷阱），也會驚慌失措，以致它們可能給別人造成的痛苦和危害，儘管帶有意外性質，仍往往使她害怕得透不出氣來。這在她看來，始終是一個人遇到的最倒楣的事。總的說來，她對於什麼是錯誤，在思想上是完全明確的。她不願看到它們，然而每逢它們來到她的眼前，她只要稍加留意，總能識別它們。卑鄙、嫉妒、虛偽、殘酷，這都是錯誤的。人間的罪惡，她還所知不多，但是她遇見過一些女人，她們撒謊，彼此造

第六章

謠中傷。看到這些事,她常常義憤填膺,她覺得,蔑視它們是理所應該的。當然,激烈的情緒存在著一種危險,這就是前後陷落之後,仍把旗子高高舉起。這種不正常的行為,幾乎給旗子帶來了恥辱。但少女們面臨的種種炮彈,伊莎貝爾還很少體會,她自以為,她的行為永遠不會出現這種矛盾。她的立身處世,始終應該跟她給人的最好的印象保持一致。她表面怎樣,實際也應怎樣,實際怎樣,表面也應怎樣。有時她甚至希望,有一天她會發現自己陷入了困難的處境,這樣,她可以按照環境的需要,做出英勇的行動。總而言之,她的閱歷是貧乏的,她的理想是誇大的,她的自信心既天真又高,可能的話,甚至希望顯得比實際更好。在她的身上,好奇心和要求苛刻,興奮和淡漠混合在一起,她有敏感而不著邊際武斷,她的脾氣既嚴格又寬大。總而言之,她下定決心要見識、體驗和理解一切,這一切使她經不起科學的分析,但我們的、火一樣熱烈的心靈,又是一個具有個人要求和特色的少女,這一切使她經不起科學的分析,但我們只是希望激起讀者對她的同情,以更溫和的態度,更寬厚的期待來對待她。

她的理論之一是:伊莎貝爾・阿切爾是一個獨立的人,這是她的幸運,她應該使她的獨立得到最明智的運用。她從來不認為這是孤僻,更不是與世隔絕,她認為這種看法是不堪一駁的,何況她的姐姐莉蓮經常邀她去跟她作伴。她有一個朋友,那是父親去世前不久認識的。這個朋友為有益的活動提供了一個值得讚美的範例,使伊莎貝爾經常把她當作榜樣。亨麗艾特・斯塔克波爾具有傑出的才能,她完全投身在新聞事業中,她從華盛頓、新港和白山等地寫往《會談者報》的通訊,[1]曾被普遍引用。伊莎貝爾滿有把握地聲稱,這些文章只有「短暫的價值」,但作者的勇氣、活力和樂觀精神贏得了她的敬意。亨麗艾特沒有父母,也沒有財產,卻收養了贏弱而失去了丈夫的姐姐的三個孩子,靠寫作的收入供他們上學。她是個思想進步的先鋒戰士,對許多問題有自己明確的見解。她早已希望前往歐洲,用激進派的

觀點給《會談者報》[1]寫一系列通訊——這件事並不困難，因為她事先已對自己的意見有了鮮明的概念，她知道，歐洲的大部分制度有不少可供批判的弊病。她聽到伊莎貝爾要去，恨不得也馬上動身，很自然，她覺得兩個人一起旅行會比較愉快。然而她沒被迫推遲了行期。她認為伊莎貝爾是一個光輝燦爛的人物，曾在她的一些通信中暗暗談到她，但她從沒把這事告訴她的朋友，因為後者不會感到高興，她也不是《會談者報》的固定讀者。對伊莎貝爾說來，亨麗艾特主要是婦女可以獨立和愉快地生活的證明。她的辦法是眾所周知的，但即使一個人沒有新聞工作的才能，以及亨麗艾特所說的，推測群眾將有什麼要求的能力，也不該因此得出結論，認為自己無事可幹，沒有任何長處，只得渾渾噩噩、過淺薄無聊的生活。淺薄無聊是伊莎貝爾最痛恨的。一個人只要以正確的態度耐心等待，總會找到一件滿意的工作。當然，這位少女的理論中，也包括她對婚姻問題的一套看法。

首先一點就是她相信，過多地考慮這事是非常庸俗的。她誠心祝禱，但願她不至在這個問題上花費太多的精力。她認為，一個女人應該有能力獨立生活，不能過於脆弱，男性是多多少少性情粗暴的，沒有他們，女人也可以同樣愉快。姑娘的祝禱取得了相當大的收穫，她身上帶有一種純潔而高傲的氣質——一個遭到唾棄的求婚者如果愛好分析，會說這是冷酷和頑固——這使她從來不願為了滿足虛榮心，在未來的丈夫問題上多做揣測。她覺得，她認識的男子中，很少有值得她傾心相愛的，一個居然懷有奢望，認為可以如願以償，便覺得好笑。在她的心靈深處——那是隱藏得最深的地方——埋藏著一個信念：如果有一道光芒照亮了她的心，她就會毫無保留地獻出自己。但總的說來，這

---

[1] 編註：原意指透過載體互通消息，此應當借指跨地的報導文字或採訪文章。

第六章　　85

個幻景使她畏懼，而不是覺得可愛。伊莎貝爾的思想曾在那兒徘徊，但往往時間不長，不一會兒便心驚膽戰地離開了它。她常常覺得，她想自己想得太多，在一年的任何一天，你只要說一聲她十分自私，就可以把她弄得面紅耳赤。她時刻考慮著自己的成長，要求自己完美無缺，關心著自己的進步。在她的想像中，她的天性具有花園一般的性質，她可以聞到它的香味，聽到枝枒的窸窣聲，看到隱蔽的樹蔭和漫長的遠景，這一切使她覺得，反省就像一次戶外運動，深入內心世界並不可怕，那裡種植的只是醜惡和苦難。最近，那條滿足好奇心的水流載著她，把她帶到了這古老而美麗的英國，還可能把她漂送到更遠的地方，在這中間，她常常想起千百萬比她不幸的人，這思想使她一時不能陶醉在幸福中，彷彿那是一種過分的享受。許許多多地方根本不是花園，只是一片陰暗而滿布病菌的土地，那裡種植的只是醜惡和苦難。但是她不得不時常想起，在人間除了她這種美好的心靈以外，還有其他的花園，不僅如此，還有許許多多地方根本不是花園，只是一片陰暗而滿布病菌的土地，那裡種植的只是醜惡和苦難。必須承認，這個問題從來沒有長時間吸引住她。她還太年輕，太渴望著生活，對痛苦還知道得太少。理應對生活獲得一個全面的印象，作為一個專門問題加以考慮。

英國對她來說是一個新發現，她覺得自己像欣賞童話劇的孩子一樣興奮。她父親的麥加是巴黎，不是倫敦，他對那些地方的興趣，自然也有不少是他的孩子們還不能領會的。何況當時的印象已經淡薄了，遙遠了，她現在看到的舊世界的一切痕跡，還顯示著新奇的魅力。姨父的家像一幅變成現實的畫，在伊莎貝爾眼中真是美不勝收。花園山莊顯得絢麗多彩，別有天地，使她感到賞心悅目。那些寬敞低矮的房間，那褐色的天花板和陰暗的

86

一位女士的畫像
The Portrait of a Lady

角落，那深厚的斜面牆和精緻的窗戶，那光滑的深色護牆板上發出的柔和光線，屋外那似乎老是在向屋內窺探的濃鬱的綠色，那深院大宅中得天獨厚的幽靜感——在這個地方只能偶然聽到一些音響，腳步聲似乎已被地面所吸收，一切刺耳的摩擦聲和尖厲的談話聲也似乎消失在稠密溫煦的空氣中了——這一切非常符合我們這位少女的口味，而她的愛好對她的感情起著很大的作用。她和姨父建立了牢固的友誼，每逢他把坐椅搬到外邊草坪上去的時候，她常常坐在他的椅旁。他每天要在戶外待幾個鐘頭，交叉著雙手坐在那裡，就像一位安詳慈愛的家庭守護神。他彷彿已經完成了自己的工作，領到了工資，現在正在試圖對這種接連幾個星期、幾個月的假期慢慢習慣下來。他覺得伊莎貝爾非常有趣，這是她沒有想到的——她對別人的影響往往出乎她的意料之外——他常常喜歡逗她說話。他用「嘰嘰喳喳閒聊」幾個字形容她的談話，這是她國內那些年輕姑娘講話的特點，她們比其他國家的姐妹們幸運，因為人們的耳朵總是直接對著她們。像大多數美國女孩子那樣，伊莎貝爾可以自由發表意見，她的話受到重視，人們也希望她有自己的感情和見解。毫無疑問，她的許多見解價值不大，她的許多感情也說過就完了。但它們給人留下了一個印象，彷彿她經常在感受和思考著什麼，因此在她真正有所感動的時候，她的話更顯得生氣勃勃，許多人認為這便是一個人出類拔萃的標誌。杜歇先生常常覺得，她使他想起他的妻子十幾歲時的情形。她那時也是朝氣蓬勃，天真爛漫，頭腦靈敏，想到什麼就說什麼，跟她的外甥女有許多相似之處，正因為這樣，他才愛上了杜歇夫人。然而這種類比，他從沒向姑娘透露過，因為儘管杜歇夫人過去有些像伊莎貝爾，伊莎貝爾現在卻完全不像杜歇夫人。老人對她充滿著慈愛，正如他所說，他們家裡沒有年輕的生命已經很久了，而我們這位經常窸窸窣窣走來走去、行動敏捷、嗓音清脆的女主人公，正像流水的淙淙聲一樣，使他感到欣慰。

第六章

他希望為她做點什麼，希望她向他要求一點什麼也沒有提出，只是提出了一些問題，當然，在這方面她的要求是很多的。她的姨父有許多現成的回答，然而她的提問有時卻使他感到措手不及。她問了一大堆關於英國的事，英國的憲法怎樣，英國人的性格怎樣，政治狀況怎樣，王室的禮節和習慣怎樣，貴族的特點又是什麼，一般人的生活和思想方式又怎樣等等。在要求理解這些問題的同時，她常常問，它們跟書上描寫的是不是相同。老人總是瞟她一眼，露出慈祥而無可奈何的微笑，一邊用手撫摩鋪在腿上的圍巾。

「書上？」有一次他說，「咳，我對書上寫的不大清楚。這得去請教拉爾夫。我始終是靠自己來弄清楚一切的——我的知識直接得自生活。我從來不喜歡問長問短，我總是保持沉默，注意觀察。當然，我觀察的機會很多，比一個年輕姑娘天然享有的多一些。我的脾氣又喜歡追根究柢，雖然妳看我的樣子，也許不會相信。但不論妳對我怎麼觀察，我對妳的觀察更多。我已經觀察了三十五年以上，我可以毫不遲疑地說，我了解的情況相當多。這裡的人，我總比我們西半球對它的評價更好一些。照我看，這兒有些方面還應該改進，不過這種必要性，似乎還沒有被普遍認識，只有一件事的必要性給普遍認識以後，他們才會來完成它，在那以前，他們寧可逍遙自在地等待。我估計這是因為我相當順利的緣故，一個人順順當當的，自然覺得很舒暢哩。」

「您是不是認為，要是我一切順利的話，我也會覺得跟在國內一樣？」伊莎貝爾問。

「我想這是很可能的，妳無疑會一帆風順。這兒的人非常喜歡美國的年輕姑娘，對她們表現得特別親切。但是妳知道，妳不應該覺得跟在國內完全一樣。」

「哦，我根本不相信它會使我滿意，」伊莎貝爾明確果斷地說，「我很喜歡這個地方，但我不相信我會喜歡這裡的人。」

「這裡的人也是很好的，特別是如果妳喜歡他們的話。」

「我並不懷疑他們不好，」伊莎貝爾回答，「但他們是不是很好相處？他們不會搶我的東西，也不會打我，但他們是不是會使我感到滿意？可這是我對人們的要求。我直截了當這麼說，因為我一向重視這點。我不相信他們會對女孩子很尊重，在小說中，他們對女孩子可不太好呢。」

「我沒有看過小說，」杜歇先生說，「我相信小說有很大的力量，但我並不認為它們的描寫很準確。這兒以前來過一位寫小說的夫人，她是拉爾夫的朋友，是他請來的。她相當自信，好像一切都懂，但不是那種你可以信賴她的證明的人。想像太多——我看這就是原因所在。後來她發表了一部小說，據說，在這小說中，她把我寫進去了——當然，不妨說有點漫畫化了。我沒有看到它，但恰好拉爾夫給了我一本，他把主要的幾段畫了出來。據說有些地方是描寫我的談話的，那裡有美國人的特點，帶鼻音的發音，美國佬的觀點，還有星條旗。可惜寫得根本不真實，也許她沒有仔細聽我說話。我不反對，但她不肯花力氣聽我講，這卻叫我不敢奉承。當然，我講話像一個美國人，不可能像一個霍屯督人[2]。但不論我的口音怎樣，這兒的人都聽得清清楚楚。我講話根本不像那位夫人小說裡的老先生。他不是美國人，在我們那邊根本找不到這樣的人！我現在提這件事，只是告訴妳，書本不是永遠準確的。當然，我沒有女兒，杜歇夫人又住在佛羅倫斯，我沒有太多機會來觀察那些小姐們。有時

[2] 散居在非洲南部的一個部族。

第六章　89

我覺得，好像下層階級的青年婦女沒有得到很好的對待，但我猜想，在上層階級，從一定程度上說，甚至在中等階級，她們的地位都還是比較好的。」

「哎呀！」伊莎貝爾喊了起來，「她們可以分成多少階級呀？大概有五十個吧？」

「這我可不知道，我沒有統計過。我從來不大注意階級，那是一個美國人在這兒的有利條件，他可以不屬於任何階級。」

「但願如此，」伊莎貝爾說，「我真不能想像，我怎麼能屬於英國的一個階級！」

「不過我想，有些階級還是怪舒服的——越到上層越是如此。但對我說來，只有兩個階級：我所信任的人和我所不信任的人。在這兩類人中，親愛的伊莎貝爾，妳屬於前者。」

「我非常感謝您。」年輕姑娘迅速地說。她接受讚美的方式有時顯得冷冰冰的，還盡快把它們岔開。但在這一點上，人們對她的判斷是不正確的，他們以為她對這些話無動於衷，實際上她只是不願讓人看到，它們使她多麼高興而已。暴露這點，那是暴露得太多了。

「我相信，英國人是非常保守的。」她又說。

「他們使一切都固定不變，」杜歇先生承認，「一切都在事先做了規定——他們不願把事情留到最後去解決。」

「我不喜歡照章辦事的作法，」姑娘說，「我喜歡出乎意料。」

她的姨父好像對她這種明確的愛憎，感到很有趣。

「好吧，妳會一切順利，這也是事先規定了的，」他說，「我想，這妳該喜歡吧？」

「如果這裡的人都是愚不可及的保守派，我不會一切順利。我正好相反。那

是他們所不贊成的。」

「不，不，妳全都錯了，」老人說，「妳不會知道他們喜歡什麼。他們往往前後矛盾，他們之所以有趣，主要就在這裡。」

「太好了！」伊莎貝爾說，站在她姨父面前，兩手扣住玄色外衣上的腰帶，前前後後打量著草坪，「那一定會使我非常滿意！」

第七章

兩個人時常這麼閒聊，縱談英國公眾的態度，彷彿這位年輕小姐要向輿論發出什麼呼籲似的。但實際上，英國公眾對這位伊莎貝爾·阿切爾小姐現在還一無所知，因為正如她的表兄所說，命運把她帶到了英國最沉悶的家庭中來。她的姨父患了痛風病，很少接待客人，至於杜歇夫人，她跟她丈夫的鄰居們素無往來，因此沒有理由指望他們來拜訪她。然而，她有一種特殊的癖好，這就是接受名片。對於通常所說的社會交際，她興趣不大，最得意的事，莫過於看到一張張雪白長方形象徵性的硬紙片，排列在客廳桌上。她自認為是一個非常正直的女人，掌握了最高的真理，即在這個世界上，沒有任何東西是可以不花代價取得的。她沒有在社交方面發揮花園山莊女主人的作用，因此不難想像，周圍那些人家對她的到來和離開漠不關心。然而絕不能說，人家這麼不看重她，她就絲毫不感到委屈，也不能說，她未能對這些令人肅然起敬的事物進行諷刺打擊，已成為杜歇夫人的習慣。伊莎貝爾卻老是忍耐不住，要把這些諷刺一一予以駁斥，這倒不是她擔心它們會對這套古老而堅韌的法規帶來任何損傷，只是因為她認為，她的姨母應該把她那張鋒利的嘴巴用在更恰當的地方。她自己也很會批評──這是跟她的年齡、性別和民族性有關的，但她也同樣富有感情，而杜歇夫人的冷漠使她不能容忍，於是她的道德源泉開始噴

一位女士的畫像
The Portrait of a Lady

薄欲出了。

「那麼妳的觀點是什麼？」她問她的姨母，「妳既然批評這兒的一切，妳應該有自己的觀點。妳的觀點看來不是美國人的，因為妳對那兒的一切也看不順眼。我批評的時候，總有我的觀點，它完全是美國的！」

「親愛的小姐，」杜歇夫人說，「世界上有多少有頭腦的人，就有多少觀點。妳也許會說，不至於這麼多？美國的？這在世界上從不存在，那要狹隘得多。多謝上帝，我的觀點就是我個人的觀點！」

伊莎貝爾覺得，這個答覆比她預期的好，它相當準確地描述了她自己的評價方式，但是如果她這麼說，聽來就不太好了。在一個涉世未深、不如杜歇夫人那麼見多識廣的人的嘴上，這樣的話未免帶有傲慢、甚至狂妄的味道。然而在跟拉爾夫談話的時候，她還是大膽用上了，因為她跟他無所不談，而且在他面前，她好像享有一種特權，可以隨心所欲，誇誇其談。她的表兄常常毫不客氣地拿她取笑，他很快給她造成了一種印象，似乎他把一切都當作玩笑，指責他不夠嚴肅，非常討厭，對一切，首先是他自己，他全部獻給了他的父親，兒子的弱不禁風的肺葉，他天性中僅有的一點點敬意，他的古怪的母親，他的朋友（特別是沃伯頓勳爵），他寄居的和出生的國家，他那位新發現的漂亮表妹，他都一視同仁，用自己的機智來打趣。有一次他對她說：「我在我的前室安排了一支樂隊，我命令它不停地演奏，它給我提供了兩大優異作用。它既可使外界的聲音不致闖入我的密室，也可給外界造成一種假像，彷彿裡邊一直在跳舞。」確實，每當你走近拉爾夫的樂隊時，你聽到的照例是舞曲聲，輕快的華爾滋旋律始終在空中迴蕩。這種不停的演奏，常常叫伊莎貝爾感到氣憤，她希望穿過表兄所說的

第七章 93

前室，進入他的密室。儘管他告訴她，那是一個陰森可怕的地方，她也不在乎，她願意負責把那些屋子打掃乾淨，整理得有條不紊。然而應該說，她的智慧大多還是得花在自衛上，因為她的表兄取笑她，把她慧，對他做了無數次抨擊。把她擋在外面，那是對她的友好還不澈底的表現。她施展年輕耿直的智稱作「哥倫比亞」[1]，指責她的愛國精神簡直炙手可熱。他畫了一張漫畫，把她表現為一個漂亮的年輕女郎，按照當時流行的方式，穿著星條旗服裝。但她還是毫不遲疑，故意讓自己符合表兄的看法，最怕自己顯得心胸狹窄，尤其怕真的變成這樣。伊莎貝爾在生活中的這個發展時期，還假裝懷念美麗的家鄉。他喜歡說她具有美國精神，她便盡量裝得這樣，如果他要笑她，她願意給他不少取笑的機會。她為英國辯護，反對他的母親，但有時拉爾夫對她大唱讚歌——據她說，這是為了故意折磨她——她卻找出各種理由來反駁他。事實上，這個小小的成熟的國家，對她說來，就像十月的梨子一樣甜蜜。她能夠以平氣和，不計較她表兄的揶揄，以同樣的態度回報他，就因為她對這個國家很滿意。有時她也會感到有些沮喪，那不是因為她覺得自己受了虐待，只是因為她突然替拉爾夫感到難過。在她看來，他是為了掩蓋自己，故意在講些違心的話。

「我不明白你是怎麼回事，」她有一次對他說，「但我懷疑你是一個大騙子。」

「那是妳的權利。」拉爾夫回答，他還不大習慣人家用這麼粗暴的話對待他。

「我不知道你關心什麼，我覺得你什麼也不關心。你讚揚英國，其實你並不關心它。你假裝痛罵美國，但你也沒把它放在心上。」

「除了妳，我什麼也不關心，親愛的表妹。」拉爾夫說。

「要是我真能相信這點，我一定很高興。」

「那太好了，但願如此！」年輕人嚷了起來。

伊莎貝爾其實是應該相信這點的，這離實際情況並不遠。正當他的思想成為他很大的負擔的時候，她突然降臨了，她的到來並沒有許諾什麼，但這是命運的一種慷慨賜予，它使他的思想煥然一新，加快了步子，長上了翅膀，有了飛翔的目的。這以前好多個星期，可憐的拉爾夫一直沉浸在憂鬱中。他對事物的看法本來是消沉的，這時更給籠罩在一層濃厚的烏雲下了。他越來越為他的父親擔憂，他的痛風病過去只限於腿部，現在開始上升到了更重要的部位。春天，老人的病加重了，醫師們小聲叮囑拉爾夫，這只是敵人的緩兵之計，目的在等待時機，捲土重來。這個花招一旦得逞，挽救的希望就很渺茫。拉爾夫一向認為，他的父親會比他長壽——他自己會先去晉見上帝。父子倆已成為親密朋友，丟下另一個人去度過那毫無樂趣的餘生，這對年輕人說來，可不是愉快的前景。他一直暗暗把希望寄託在老人身上，但願他扶著他走完這一段坎坷的路程。現在眼看這偉大的動力就要失去，拉爾夫確實感到心灰意冷。如果他們同時死去，那一切都很好，但失去了跟父親相依為命的條件，他簡直沒有耐心等待自己那一天的到來。他不覺得他的母親少不了他，在這方面他沒有什麼牽掛，他的母親從來不會為任何事感到抱憾。當然，他認為，希望雙方中積極的一方，而不是消極的一方，來感受失去親人的痛苦，這是對父親不太好的表現。他記得，老人常常把他對自己難免夭折的預測，看作聰明的糊塗思想，他是甚至不惜讓自己先行死去，以此來駁斥這個謬論的。然而，駁倒一個詭辯的兒子固然是一

---

[1] 美國詩歌中常用以稱呼美國的女性擬人化名稱。

第七章　　95

種勝利，暫時延長一段他所喜愛的生命，儘管這生命的樂趣在不斷減少，也還是一種勝利，在這兩種勝利中，拉爾夫認為，希望杜歐先生能夠得到後面這種勝利，這不能算是一種罪過。

這是一些棘手的問題，但是伊莎貝爾的到來使他結束了這種左右為難的局面。他甚至覺得，隨著慈祥父親的辭世而到來的無法容忍的厭倦，現在可以得到補救了。他懷疑自己是不是「愛上了」這位來自奧爾巴尼的純潔的少女，但是他斷定，總的說來他沒有。在他認識她一個星期以後，他已完全肯定這點，而且一天天越來越肯定。沃伯頓勳爵說得對，她確實是一個有趣的姑娘。拉爾夫感到奇怪，他們的鄰居怎麼會一下子看到這點，於是他說，這再一次證明，他的朋友有很高的才能，這是他一向十分欽佩的。哪怕他的表妹只能給他提供一些樂趣，別無其他，他也明白這些樂趣是難能可貴的。他對自己說：

「這樣一種性格，這樣真實生動的感情，真是大自然的傑作，甚至比最好的藝術品——比希臘的淺浮雕，比哥德式的大教堂更美好。一個人出乎意外地遇到這麼好的事，這實在太妙了。我從沒像她來以前一星期那麼憂鬱，那麼厭煩，我也從那樣對歡樂不抱任何希望。但突然，人家給我寄來了一幅提香的畫，讓我掛在牆上，或者一件希臘淺浮雕，讓我放在壁爐架上。一幢美麗的大廈的鑰匙落到了我的手中，我可以進去欣賞一切。你這個可憐的傢伙，你一直牢騷滿腹，現在你可以心平氣和，不再抱怨啦。」

這樣的感想是非常合理的，但要說拉爾夫・杜歐已經拿到了那把鑰匙，這卻不完全確實。他的表妹是一個聰明伶俐的少女，正如他所說，她能夠理解一切，但是她也需要你去理解她。他對她的態度雖然是認真的，批判的，但並不是明智的。他從外邊打量著大廈，對它讚美備至；他從窗口向裡窺探，覺得它大小適當，同樣美好。但是他覺得，他只是看到了幾個側面，他還沒有登堂入室，站到它的屋頂下。

96　一位女士的畫像　The Portrait of a Lady

門關得嚴嚴的，他的口袋裡雖然揣著鑰匙，但他相信，沒有一個鑰匙合用。她靈敏而爽朗，這是一種美好而豐富的性格，但是她打算怎麼辦呢？這個問題是不尋常的，因為對大多數女人都沒有必要提出。大多數女人自己毫無打算，她們只是以多少顯得優美的消極姿態，等待男人來給她們提供一種命運。伊莎貝爾與眾不同之處，在於她給人一種印象，似乎她有自己的意願。拉爾夫說：「不論她什麼時候實現這些意願，我都希望能親眼看到！」

做主人的責任當然落到了他的肩上。杜歇先生整天離不開他的椅子，他那位夫人的地位倒像一個嚴峻的客人。因此在拉爾夫採取的行動方針中，責任和愛好和諧地結合在一起。他不是一個喜歡活動的人，但現在只得陪著表妹在各處閒逛——當時天氣一直很好，跟伊莎貝爾有些悲觀的氣象預報正好相反，很適宜做這樣的消遣。漫長的下午使她可以盡情玩樂，他們有時在河上划船，伊莎貝爾稱它為可愛的小河，從那兒遙望對岸，也是一幅美麗如畫的風景。有時他們駕著敞篷馬車，在郊野兜風，這是一輛矮矮的、寬敞的、輪子厚實的車子，以前杜歇先生經常乘車出遊，只是現在已無法享受這種樂趣了。伊莎貝爾非常喜歡駕車，她的駕車技術連車夫也承認是「過得硬」[3]的。姨父的兩匹馬是第一流的，她駕著牠們穿過彎彎曲曲的大街小巷，那裡充滿著她渴望見識的各種農村景象。她看到了茅草的和木板的村舍，看到了裝著格子窗、地上鋪著細沙的小酒店，看到了古老的農村公地和一片片荒涼的園林。道路兩旁的樹木由於正當仲夏季節，顯得枝葉扶疏。

2 提香（Titianus, 1477-1576），義大利文藝復興時期的偉大畫家。
3 編註：意指能禁得起嚴格的考驗。

第七章　　　　　　　　　　　　　　　　　　　　　　　　　　　　　　97

當他們回到家中的時候，往往茶桌已經擺在草坪上，杜歇夫人正在盡自己的最大責任，侍候丈夫喝茶。但這兩個人大部分時間只是默默枯坐著，老人別轉了頭，閉上眼睛，他的妻子則一心結毛線，彷彿沉浸在思索中——有些女人就是帶著這樣的神情，注視針尖的活動的。

然而有一天，來了一位客人。兩個年輕人在河上消磨了一個鐘頭以後，慢慢走回家來，發現沃伯頓勳爵正坐在樹下，跟杜歇夫人談天。從遠處也可以看到，他們的談話是斷斷續續的。他剛從家裡騎馬來到，還帶著一只旅行包，準備在這兒吃晚飯和過夜，因為杜歇先生父子倆是時常歡迎他來作客的。伊莎貝爾到達的那一天，跟他見過半小時面，在這短短的時間內，她已發覺她喜歡他。他確實在她心頭留下了相當鮮明的印象，她曾經好幾次想到他。她希望她能夠再見到他，自然，她也希望見到一些別的人。花園山莊並不沉悶，這地方本身是可愛的，她的姨父越來越像一位慈愛的祖父，拉爾夫也跟她見過的任何姑表兄弟不同——在她的思想裡，所謂姑表兄弟都是枯燥乏味的。而且她對這兒的印象還這麼新鮮，這麼變化多端，她幾乎不能想像她會產生什麼空虛的感覺。但是伊莎貝爾必須提醒自己，她所關心的是人的天性，她到國外來的最大目的是想多見識一些人。拉爾夫曾對她說過幾次：「我不知道妳在這兒會不會受得了。妳也許想像不到，但我們確實是有一些朋友的。」他還提出，要邀請他所謂「一大批人」到這兒來，讓這位年輕姑娘認識認識英國的社會。伊莎貝爾常常跟他談到「標本」，這在她的詞彙中是相當重要的一個詞，她希望他能理解，她想看到的是由一些傑出人士來體現的英國社會。

她讚賞這種殷勤好客的熱誠，而且先行表示，她一定要痛痛快快玩一下。可是直到現在，拉爾夫的諾言毫無下文，不妨告訴讀者，這位年輕人之所以遲遲不付諸實施，是因為他發現，要使他的表妹感到愉快，並不是那麼困難的事，不需要外來的說明。伊莎貝爾常常跟他談到「標本」，

「對啦,妳瞧,這就是一個標本。」他們從河邊走上來,他認出那是沃伯頓勳爵以後,對她說。

「什麼標本?」女孩子問。

「英國紳士的標本。」

「你是說他們都像他。」

「沒有的事,他們並不都像他。」

「那麼他是一個惹人喜歡的標本,」伊莎貝爾說,「因為我相信他很有教養。」

「不錯,他為人很好。他也很幸福。」

幸福的沃伯頓勳爵跟我們的女主人公握了握手,向她問好。

「其實我不問也可以,」他說,「不過你怎麼知道的?」

「我只划了一會兒,」伊莎貝爾回答。

「哦,因為我知道他是不會划的,他很懶。」動爵笑道,他這是指拉爾夫說的。

「他懶是有充分理由的。」伊莎貝爾回答,把嗓音壓低了一些。

「對,他一切都有充分理由!」沃伯頓勳爵叫道,還是興高采烈的樣子。

「我不划的理由是我的表妹划得太好了,」拉爾夫說,「她一切都幹得很好。任何事,只要她肯做,都能做得非常出色!」

「那麼誰都希望得到妳的指教啦,阿切爾小姐。」沃伯頓勳爵說。

「一件事只要認真去做,總不會越做越壞吧。」伊莎貝爾說。

「如果她喜歡人家恭維,說她多才多藝,那麼她覺得她可以當之無愧,因為她確實在一些事情上,比

第七章　　99

別人高明一些，她的自負不是低能的表現，她希望把自己想得很好，但她總是要求有足夠的根據，這證明她的這種願望中也包含著一些謙遜的因素。

沃伯頓勳爵不僅在花園山莊過了一夜，他們還勸他再玩一天，到第二天結束的時候，他又決定推遲到明天離開。在這期間，他跟伊莎貝爾談得很多，這是他尊重她的表現，她對此表示歡迎。她覺得自己非常喜歡他，他給她的第一個印象就是深刻的，但是在他們一起度過一個晚上以後，他在她眼裡雖然他沒有什麼聳人聽聞的特點──幾乎已成了傳奇中的英雄。她懷著幸運的感覺回房休息，更加體會到了生活的歡樂。她對自己說：「能認識兩個那麼有趣的人，實在太好了。」所謂「兩個」便是指她的表兄和表兄的朋友。此外，還得補充一點，那天晚上發生了一件事，它似乎是對她的愉快心情的一種考驗。杜歇先生在九點半上床睡覺，他的妻子留在客廳中，跟其他幾個人在一起。她在他們旁邊守了將近一個小時，然後站起來，對伊莎貝爾說，她們應該跟這些先生道晚安了。然而伊莎貝爾還不想睡，這會兒她的心情像過節一樣，而節日是不應該這麼早就收場的。於是她毫不考慮，便簡單地回答道：「我也得去嗎？姨母。我想過半個鐘頭再上樓去。」

「我不能再等你了。」杜歇夫人說。

「那妳不用等我。拉爾夫會給我點蠟燭的。」伊莎貝爾笑著說。

「我給妳點蠟燭好了，阿切爾小姐，讓我給妳點蠟燭！」沃伯頓勳爵喊道，「不過我要求，我們至少得坐到半夜。」

杜歇夫人把那對閃閃發亮的小眼睛對著他瞧了一會兒，然後又把它們冷冷地轉向她的外甥女。

「妳不能單獨跟先生們在一起。妳不是⋯⋯不是在你們那無法無天的奧爾巴尼，親愛的。」

伊莎貝爾站了起來，臉漲得通紅。

「我真希望我還在那兒。」她說。

「呀，媽媽！」拉爾夫耐不住了。

「親愛的杜歐夫人。」沃伯頓勳爵喃喃地說。

「我不想改變你的國家，勳爵，」杜歐夫人板著臉說，「我只能按照她的習慣行事。」

「我不能跟我的表兄在一起嗎？」伊莎貝爾問。

「我還不知道沃伯頓勳爵是妳的表兄。」

「或許我還是去睡得好！」客人提出道，「這樣事情就解決了。」

杜歐夫人露出一點失望的神色，又坐下了，「好吧，既然必要，我可以陪你們坐到午夜。」

這時，拉爾夫把燭臺遞給了伊莎貝爾。他一直在注視著她，覺得她的情緒有些激動——也許他認為這件事情很有趣。但是如果他希望看到她發脾氣的話，那麼他沒有如願以償，因為姑娘只是簡單地笑了笑，點點頭表示告別，便跟著姨母走了。他自己卻對他的母親有些生氣，儘管他認為她是對的。到了樓上，兩個女人在杜歐夫人的房門口分手。上樓的時候，伊莎貝爾始終一言不發。

「妳對我的干涉一定感到很不高興。」杜歐夫人說。

伊莎貝爾思忖了一下，「我沒有不高興。」她說，「我只是感到驚訝——我簡直不明白是怎麼回事。是不是我留在客廳裡不合適？」

「完全不合適。在這兒，在有身分的人家，年輕姑娘不能單獨跟先生們坐到深夜。」

「那麼妳告訴我這點是很對的，」伊莎貝爾說，「我不懂得，但現在知道了，我很高興。」

第七章

101

「每逢我看到妳有什麼地方太隨便的時候，我會經常向妳指出的。」她的姨母說。

「但願如此，不過我並不認為妳的規勸始終是正確的。」

「完全可能。妳是喜歡為所欲為的。」

「是的，我喜歡獨立自主。但我一直想知道什麼事情是不應該做的。」

「為的去幹這些事嗎？」她的姨母問。

「為了可以有所選擇。」伊莎貝爾說。

一位女士的畫像
The Portrait of a Lady

第八章

由於她愛好富有浪漫色彩的景物,沃伯頓勳爵表示,希望她哪一天去參觀一下他的房子,那是一幢瑰麗多彩的古雅建築物。他說服杜歇夫人,請她帶她的外甥女前往洛克雷。拉爾夫聲稱,如果父親那裡他走得開,他願意陪她們前去。沃伯頓勳爵向我們的女主人公保證,這幾天他的兩個妹妹會來拜訪她。他的妹妹們的情形她知道一些,因為他在花園山莊跟她一起談天的時候,她問過他許多關於他的家庭的事。

伊莎貝爾一旦發生興趣,就會提出大量問題,而且她的朋友非常健談,不論她問什麼,都能得到詳盡無遺的回答。他告訴她,他一共有四個姐妹,兩個兄弟,但他的雙親已經故世。那些兄弟姐妹都很好,「當然,並不特別聰明。」他說,「但是單純正直,和藹可親。」他希望阿切爾小姐能夠認識他們。一個兄弟在教會做事,是他們居住的洛克雷教區的牧師,這是一個相當大的教區,工作繁重,他為人極好,儘管在一切可以想像的問題上,他們持有這種觀點的人在人類中占有相當大的一部分。其中許多看法,她認為自己也是有的,但是他告訴她,她完全錯了,這其實是不可能的,毫無疑問,她只是以為自己有這些看法,但她可以相信,只要她好好想一想,她就會發現它們毫無意義。她回答他,其中有一些問題她已經仔細思考過了,於是他宣稱,她只是又一次證實了那個常常使他吃驚的事實,即

在世界上所有的人中，美國人是最迷信自己的。他們是托利黨[1]人中的死硬派、頑固分子，每一個人都是，沒有一個保守派比美國的保守派更保守。她的姨父和表兄就是這點的證明，他們的許多觀點中世紀色彩濃厚。他們有一些思想，是今天的英國人都不好意思承認的。而且，勳爵笑著說，他們居然大言不慚，自稱他們對這個可憐又可愛、古老而遲鈍的英國的需要和危險，比他更了解，可他生於斯，長於斯，還擁有著它相當一部分土地——這更使他感到慚愧！

從這一切話中，伊莎貝爾不難看出，沃伯頓勳爵是一個最新型的貴族，一個改革家、激進分子，一切古老生活方式的蔑視者。他的另一個兄弟是在軍隊裡，駐在印度。他放蕩不羈，頭腦頑固，至今一無作為，唯一的成績就是欠了不少債，讓沃伯頓去還債——一位長兄享有的最美好的特權之一。

「我不想再給他還債了，」沃伯頓說，「他過得比我闊綽得多，生活奢華，聞所未聞，還自以為是比我好得多的一個紳士呢。我是個澈底的激進派，我主張一律平等，我並不要求超過我的兄弟們。」

他的四個姐妹中的兩個，第二個和第四個，已經結婚，其中一個，據說情況不壞，至於他的妻子，正如大的那個丈夫海考克勳爵，為人很不錯，但不幸也是個死硬的托利黨人，另一個嫁了諾福克郡的一位小地主，結婚沒多久，已生了五個孩子。

英國的一切賢妻良母一樣，比她的丈夫有過之而無不及。

這一切，還有其他許多情況，沃伯頓勳爵都講給這位美國少女聽了，還不厭其煩地做了許多說明，讓她了解英國生活的各種特點。他說話爽直，毫無保留，彷彿不願讓她自己的經驗或想像有活動的餘地，這一切往往使伊莎貝爾覺得很有趣。她說：「他以為我是一個野人，從沒見過叉子和湯匙呢。」她為了取樂，常常問他一些天真的問題，讓他鄭重其事地回答。等他中計以後，她卻說道：「可惜你不能

看到我身上塗著油彩、頭上戴著羽毛的樣子，要是我知道你對可憐的野人這麼和氣，我一定把民族服裝帶來啦！」

沃伯頓勳爵遊歷過美國各地，對那裡的一切比伊莎貝爾了解得多。他甚至承認，美國是世界上最可愛的國家，但是他對它的回憶似乎表明，居住在英國的美國人對許多事還不理解，得由別人向他們做解釋。

「要是我在美國時有妳向我做解釋，那就好啦！」他說，「我對妳的國家有許多事不能理解，我確實感到驚異，糟糕的是那些解釋只是使我更加糊塗。說真的，我覺得他們常常故意在作弄我，那裡的人很會幹這一手。不過我的解釋，妳完全可以放心，我對妳講的話是錯不了的。」

「確實，有一點至少是錯不了的，那就是他很聰明，見多識廣，對世界幾乎瞭若指掌。他講話娓娓動聽，引人入勝，但伊莎貝爾感到，他這麼做不是為了賣弄自己；雖然他條件很好，而且正如伊莎貝爾所說的，前途無量，可是他盡可能不在這方面大事誇耀。他享有生活中最美好的事物，它們卻沒有使他躊躇滿志，忘乎所以。他的氣質是由豐富的閱歷──而且那是不費一點力氣得來的！──和謙遜組成的，這種謙遜有時帶有幾分孩子氣，顯得甜蜜而清新可愛，給人以一種品嘗美味的愉快感覺，它並不因為帶有自覺的仁慈因素而有所遜色。

沃伯頓勳爵走後，伊莎貝爾對拉爾夫說：「我非常喜歡你那位英國紳士的標本。」

「我也喜歡他──我相當愛他！」拉爾夫說，「但是我更可憐他。」

1　編註：保守黨的俗稱，此處借指保守主義、保守分子。

伊莎貝爾斜過眼去瞟了他一眼,「奇怪,我倒覺得他唯一的缺點是叫人沒法可憐他。他似乎一切都有,一切都知道,一切都順順當當的。」

「唉,他的情況並不好。」拉爾夫堅持道。

「也許你是指他的身體吧?」

「不是,說到身體,他強壯得叫人眼紅呢。我是說他有很高的地位,可是完全不當它一回事。他不能認真對待自己。」

「他是把人生看作一場遊戲?」

「情況比這壞得多。他把自己看作一種負擔——一場噩夢。」

「也許情況確實這樣。」伊莎貝爾說。

「也許是的,不過總的說來,我不這麼看。但即使那樣,還有什麼比自己感覺到、意識到生活是一場噩夢更可憐呢?他覺得,這是別人強加給他的,根紮得很深,他為這種不公平的待遇感到痛苦。至於我,如果我是他,我會變得像一尊神像那麼莊嚴肅穆。他的地位使我嚮往。試想,崇高的責任,大量的機會,普遍的尊敬,無限的財富,顯赫的權力,以及在一個偉大國家的公共事務中天然要承擔的義務。可是他把一切都搞糟了,他自己,他的地位,他的權力,以及世上的其他一切,無不如此。他是這個危機時代的犧牲品,他已經不再相信自己,他也不知道應該相信什麼。我想提醒他(因為如果我是他,我很清楚我應該相信什麼),但他說我是頑固不化的大少爺。我相信,他真的認為我是不可救藥的庸人,他說我不懂得我的時代。其實我比他更了解它,他既不能把自己當作討厭的東西加以消滅,又不能把自己當作合理的東西加以保護。」

106

一位女士的畫像
The Portrait of a Lady

「我看他不像一個意志消沉的人。」伊莎貝爾說。

「也許不,但是作為一個具有許多高雅趣味的人,我認為他往往會有不愉快的時候。但怎麼能說,一個人有了這麼廣闊的前途,就不會痛苦呢?何況我相信他是痛苦的。」

「我不相信。」伊莎貝爾說。

「好吧,」她的表兄回答,「如果他現在不是,以後一定會!」

下午,她在草坪上跟姨父消磨了一個鐘頭。老人坐著,照例用圍巾蓋著腿,手裡拿著一大杯沖淡的茶。在談話中間,他問她對最近這位客人有什麼感想。

伊莎貝爾是心直口快的,「我覺得他很可愛。」

「他是一個不錯的人,」杜歇先生說,「但我勸妳不要去愛他。」

「那麼我一定不愛他。我不得到您的同意,絕不愛任何人。再說,」伊莎貝爾接著道,「表哥向我介紹的沃伯頓勳爵的狀況,並不叫人喜歡。」

「哦,是嗎?我不知道他說了些什麼,但妳得記住,拉爾夫反正是要說些什麼的。」

「他認為他的朋友思想太偏激——或者還不夠偏激!我弄不清楚。他走得太遠,但也很可能還不夠遠。」

老人慢慢搖了搖頭,露出一絲微笑,放下了茶杯,「我也不清楚究竟是什麼意思。他好像要把許多東西統統消滅,可是他自己卻想留下。我想,那是很自然的,只是這未免不太澈底。」

「不過我希望他能留下,」伊莎貝爾說,「如果他也跟著消滅了,他的朋友們一定會想念他,覺得怪傷心的。」

第八章　　　　　　　　　　　　　　107

「得啦！」老人說，「我猜他會留下，免得他的朋友們太傷心的。我在花園山莊當然也會非常想念他。他每次來說說笑笑，我總覺得很有趣，我想他也覺得很有趣。在社交界有不少人喜歡他，這些人現在都很出風頭。我不知道他們想幹什麼——也許是想發動一場革命吧。不管怎樣，我希望他們遲一點搞，至少等我死了再搞。我看他們要推翻一切，但我在這兒是一個相當大的地主呢，我可不想給推翻。要是我早知道他們要這麼幹，我就不過來啦，」杜歇先生說了下去，越說越高興，「我到這兒來是因為我覺得英國是一個安全的國家。如果他們大刀闊斧地推行改革，我得說這是一個大騙局，到那時一定會有不少人感到失望。」

「噢，我倒希望他們真的掀起一場革命呢！」伊莎貝爾叫道，「我願意見到一場革命。」

「讓我想一想，」姨父故意帶點幽默地說，「我忘記妳是站在新的一邊還是站在舊的一邊了。我聽到妳的觀點前後正好相反。」

「我兩邊都擁護。我想我什麼都有一點。在革命中，在它如火如荼展開之後，我想我會成為堅定傲慢的保皇派。但目前人們大多同情他們，他們有的是大顯身手的機會，我是說他們可以幹得很出色。」

「我不明白，妳所謂幹得很出色是什麼意思，我覺得妳才會幹得很出色呢，親愛的。」

「啊，您太好啦，可惜我不能相信這話！」姑娘打岔道。

「不過說到底，目前妳恐怕還沒有福氣在這兒光榮地走上斷頭臺呢，」杜歇先生說了下去，「如果妳想看到大革命，妳還得在這兒待很長一個時期。妳瞧吧，到了關鍵時刻，他們就不願妳把他們的話當真啦。」

「您講的是誰？」

「就是沃伯頓勳爵和他那夥──上層階級的激進分子。當然,我只是憑我的印象知道這點。他們大談改革,可是我不相信他們真的打算實行。妳和我,自然,我們知道生活在民主制度下是怎麼回事,我一向認為這是很舒服的,但那是因為我一開始就習慣了。再說,我不是一個勳爵,妳是一位小姐,親愛的,但我不是勳爵。至於這兒的人,我不認為它會合他們的口味。他們大多數人會覺得它跟他們已經得到的東西一樣可愛。當然,如果他們想試一下,那是他們的事,但我希望他們適可而止。」

「您以為他們不是出於真心嗎?」伊莎貝爾問。

「不,他們希望相信自己是誠心誠意的,」杜歇先生承認,「不過據我看,他們大多只停留在理論上。他們的激進觀點是一種娛樂,也許他們必須有一些娛樂。它們既使他們覺得自己道德高尚,又不損害他們的地位。他們對自己的地位考慮得很多,如果有誰要妳相信他不是那樣,妳別理睬他,因為如果妳信以為真,妳非上當不可。」

他娓娓而談,聲調鏗鏘有力,伊莎貝爾聽得十分仔細,雖然她並不了解英國的貴族,但是她覺得,姨父的這些議論跟她對人性的一般印象是符合的。不過她還是情不自禁地要為沃伯頓勳爵講幾句話。

「我不相信沃伯頓勳爵是騙子,」她說,「我不管別人怎麼樣,但我願意看到沃伯頓勳爵禁得起事實的檢驗。」

「上帝保佑,但願我的朋友們不至於跟我為難吧!」杜歇先生回答,「沃伯頓勳爵是一個非常和藹可親的年輕人──一個很出色的年輕人。他一年有十萬英鎊收入。在這小島上,他擁有五萬五千畝土

第八章　　　　　　　　　　　　　　　　　　　　　　　　　109

地，還有其他許多東西可以居住。他在議會天然占有一席位置，就像我在我的飯桌上天然占有一席位置一樣。他有非常高雅的修養——愛好文學、藝術、科學，還有年輕漂亮的女人。但最高雅的還是他那些新鮮觀點。它們給他提供了很大的樂趣——也許超過了其他一切，除了年輕的女人。他那邊的那幢老房子——它叫什麼來著？洛克雷？——是非常迷人的，但是我認為它不如這幢房子好。不過那沒關係，他還有不少別的房子。他的觀點據我看來，對什麼人也沒有害處，對他自己當然也沒有。萬一發生革命的話，他不必擔憂，他們不會難為他，不會觸動他一根毫毛，他是很得人心的。」

「那麼，即使他願意殺身成仁，也辦不到了！」伊莎貝爾歎了口氣，「他的處境實在太可憐了。」

「他永遠不會成為受難者，除非妳使他落到這個地步。」老人說。

伊莎貝爾搖了搖頭。她一邊搖頭，一邊露出一絲傷心的神色，那樣子也許有些可笑，「我永遠不使任何人受苦的。」

「我希望妳永遠不會。」

「我希望不會。那麼您不像拉爾夫那樣可憐沃伯頓勳爵？」

姨父看了她一眼，目光顯得和藹而犀利，「不，歸根結柢我還是同情他的！」

第九章

這位貴族的妹妹,兩位莫利紐克斯小姐,不久就來拜訪她了。伊莎貝爾對這兩位小姐發生了好感,覺得她們具有一種與眾不同的氣質。但是她向表兄談到她們這個特點時,他宣稱,在英國至少可以找到五萬個少女跟她們一模一樣。然而,即使失去了這個優點,伊莎貝爾的這兩位客人還有其他動人之處,她們舉止溫柔嫻雅,顯得羞羞答答,她覺得,她們的眼睛像保持平衡的水盆,點綴在花臺上天竺葵中間的幾泓「碧水」。

「不論怎樣,她們至少不會使人感到可怕。」我們的女主人公對自己說。她認為這是一個很大的優點,因為在她還是小姑娘的時候,很可惜,有兩、三個女友就不能不受到這樣的指責(要是沒有這個缺點,她們會顯得非常美好),何況伊莎貝爾有時懷疑,她自己也有點這種味道。兩位莫利紐克斯小姐不太年輕了,但是皮膚光滑柔嫩,笑起來跟孩子一樣天真。是的,那兩對使伊莎貝爾羨慕的眼睛圓圓的,顯得那麼平靜、滿足,她們的身材豐滿,也是圓圓的,裹在海豹皮短上衣裡。她們充滿著友情,那熱烈的程度幾乎使她們不好意思流露出來。她們對這位來自世界另一邊的姑娘,似乎有些畏懼,主要只是通過表情,而不是通過語言來表示她們的好感。但她們明確提出,希望她到洛克雷去吃頓便飯,她們和哥哥一起住在那裡。她們還希望今後常常見到她。她們不知道,她是不是可以在哪一天過去住上一夜,在二十九日,她們有一些客人要來,到那一天不知她能不能賞光。

「也許我們沒什麼好招待妳的，」姐姐說，「但我相信，妳是不會計較的。」

「啊，妳們對我太好了，我只覺得妳們非常迷人。」伊莎貝爾回答，她稱讚起來往往過頭，兩位客人臉紅了。她們走後，她的表兄告訴她，她對這兩個可憐的女孩子說這樣的話，她們會以為她在任意取笑她們。他相信，這是她們第一次聽到人家說她們迷人。

「我忍不住這麼說，」伊莎貝爾回答，「我覺得她們這麼文靜、知足、通情達理，那是很可愛的。我但願自己跟她們一樣呢。」

「我的天，千萬別這樣！」拉爾夫熱烈地喊了起來。

「我很想學學她們，」伊莎貝爾說，「我一定得去拜訪她們。」

這個願望幾天以後就實現了，她在拉爾夫和他母親的陪同下，驅車前往洛克雷。她進去的時候，兩位莫利紐克斯小姐正坐在一間寬敞的大客廳裡（後來她發現，這樣的客廳有好幾間），周圍掛滿褪色的花布，她們這天穿的是黑絲絨衣服。伊莎貝爾甚至比在花園山莊的時候更喜歡她們，也更加覺得她們確實並不可怕。在那以前，她總認為，如果她們有缺點的話，那就是她們的頭腦不太靈活，但現在她發現，她們還是有深厚的感情的。飯前有一段時間，她跟她們單獨在一起，坐在屋子的一頭，那時沃伯頓勳爵離得很遠，正跟杜歇夫人談天。

「妳們的哥哥非常激進，這是不是真的？」伊莎貝爾問。

她知道這是真的，但是我們已經看到，她對人的性格懷有強烈的興趣，她故意要兩位莫利紐克斯小姐表示態度。

「啊，真的這樣，他先進得不得了。」妹妹蜜德莉說。

「同時沃伯頓也非常有理智。」莫利紐克斯小姐說。

伊莎貝爾望了他一會兒,他在屋子的另一頭,顯然盡量在奉承杜歇夫人。拉爾夫在壁爐前面逗一隻跳跳蹦蹦的狗,這是英國八月的天氣,但在這間古老而寬敞的屋子裡,爐火似乎還是適當的。

伊莎貝爾笑了笑,問道:「妳們認為他的哥哥是當真的嗎?」

「哦,當然是當真的!」蜜德莉立即喊了起來,姐姐默默地注視著我們的女主人公。

「妳們認為他禁得起考驗嗎?」

「考驗?」

「我是說,比方,放棄洛克雷?」

「放棄洛克雷?」莫利紐克斯小姐終於開口了。

「是的,還有其他一些地方,它們叫什麼名字?」

兩姐妹面面相覷,目光有幾分驚慌。

「妳是說……妳是說因為它花費太大?」妹妹問。

「我敢說,他會租出一、兩幢房子。」另一個說。

「不收租金?」伊莎貝爾問。

「我不能想像他會放棄他的財產。」

「那我想,他恐怕只是冒充進步!」伊莎貝爾說,「妳不覺得這是虛偽的立場嗎?」

顯然,這句話把她的兩個女朋友弄糊塗了,莫利紐克斯小姐問道:「妳是說我哥哥的地位?」

「大家認為他的地位是很好的。」妹妹說,「在這一帶誰也比不上他。」

第九章　　　　　　　　　　　　　　　　　　113

「妳們也許會說我沒有禮貌，」伊莎貝爾指出道，「我覺得妳們很崇拜他，還有些怕他。」

「一個人當然應該尊敬自己的哥哥。」莫利紐克斯小姐簡單地說。

「妳們既然尊敬他，他一定很好，因為很清楚，妳們都非常好。」

「他待人非常親切。他做了好事，從不讓人知道。」

「他的才能是大家知道的，」蜜德莉補充道，「每個人都認為他很有能力。」

「這是我也看到的。」伊莎貝爾說，「但如果我是他，我寧可戰鬥到最後一息，我是說，為自己過去的傳統戰鬥到底。我要緊緊保住它。」

「我覺得一個人應該開明一些，」蜜德莉溫和地提出自己的看法，「我們大家一向這樣，從很早的時候起就是這樣。」

「那很好，」伊莎貝爾說，「妳們在這方面很有成績，妳們感到滿意是不奇怪的。我看妳們很喜歡絨線刺繡物品。」

飯後，沃伯頓勳爵帶她去參觀房子，她覺得，它的宏偉美麗應該是毫無疑問的。屋子裡邊的陳設已經有了不少現代的色彩，有些特點不太明顯了，但是從花園裡看它，這堅固巍峨的灰色建築物，色澤顯得那麼柔和、濃鬱，經歷了長期風雨的侵蝕，仍聳峙在寬闊靜寂的壕溝上面。在年輕的女客人眼中，它像傳說中的城堡。這天天氣陰涼，光線暗淡，秋色已開始來臨，淡淡的陽光像水一樣灑在牆上，斑斑駁駁的，發出零亂的閃光，似乎在輕輕撫摩悠久的歲月造成的痛苦的傷痕。主人的弟弟，那位教區牧師，也來吃飯了，伊莎貝爾跟他做了五分鐘的談話，指望探索教會的奧祕，但一無所獲，終於放棄了這個打算。洛克雷教區牧師的特點是身材魁梧，像一名運動健將，面貌坦率、自然，胃口特別大，時常放聲大

114

一位女士的畫像
The Portrait of a Lady

笑。伊莎貝爾後來從表兄處得知，在當牧師之前，他是一個大力士，摔跤運動員，直到現在，家裡沒有外人的時候，還能把僕人打翻在地。伊莎貝爾喜歡他——她當時的心情是什麼都喜歡，只是她怎麼也不能想像，這麼一位先生會給人提供精神上的幫助。

離開飯桌以後，大家都到戶外去散步，但沃伯頓勳爵耍了個花招，使那位最生疏的客人離開了別人，單獨跟他一起散步。

「我希望妳看看這個地方，好好看一看，」他說，「如果妳給那些無關緊要的閒談分散了注意力，妳就看不仔細了。」

但是，他雖然向伊莎貝爾談了不少有關房子的事，因為它有一段非常有趣的歷史，他的談話並不完全屬於考古學性質。他不時把話扯到個人問題——跟那位小姐和他本人有關的問題上去。不過在沉默一段時間以後，他又回到了那個表面的話題上，他說：「我看到妳喜歡這幢老房子，確實很高興。我希望妳常來玩，最好能在這兒住幾天。我兩個妹妹非常喜歡妳——也許這也算一個理由。」

「用不著提出什麼理由，」伊莎貝爾回答，「不過我怕我不能跟妳約定。我一切得聽姨母做主。」

「啊，對不起，我得說，我不大相信這話。我完全清楚，妳能做妳要做的一切。」

「如果我給了妳這麼一個印象，我很遺憾。我不認為那是很好的印象。」

「但它的優點是使我可以抱有希望。」說到這裡，沃伯頓勳爵停頓了一下。

「希望什麼？」

---

1 在英語中，「立場」和「地位」是同一個詞。

第九章

「希望將來可以常常見到妳。」

「啊，」伊莎貝爾說，「要滿足這個願望，不必非得我先爭取解放不可。」

「當然不，但是我想，妳的姨父不見得喜歡我。」

「你完全錯了。我聽他談到你，對你很器重。」

「我很高興你們談到我。」

「我不能保證我姨父的看法，」姑娘回答，「雖然我應該盡可能考慮他的意見。不過從我來說，我很高興見到你。」

「這正是我希望聽到的。妳這麼說，使我太興奮了。」

「你太容易興奮了，勳爵。」伊莎貝爾說。

「不，我不是容易興奮的人！」他停了停，然後道：「不過妳確實使我感到興奮，阿切爾小姐。」這些話的口氣有些曖昧，它使姑娘吃了一驚，這似乎像一場嚴肅談話的前奏，她以前聽到過這種口氣，她能夠識別。然而她現在不希望這前奏產生後果，於是她盡快克制著自己那可以感到的紊亂心情，用盡可能愉快的聲音說道：「我怕我沒有希望再到這兒來了。」

「永遠不再來嗎？」沃伯頓勳爵問。

「我沒有說『永遠』，那樣未免太誇張了。」

「那麼下星期哪一天我來看妳，成嗎？」

「當然可以。有什麼能阻止你來呢？」

「具體說也沒什麼。不過跟妳在一起，我好像總有些顧慮。我感覺，似乎妳經常在評論別人。」

「你不必擔心這會對你不利。」

「妳這麼說太好了,但即使對我有利,嚴峻的評判也不是我喜歡的。杜歇夫人是要帶妳出國去?」

「我想是這樣吧。」

「妳認為英國不夠好嗎?」

「這是一句馬基維利[2]式的話,它不值得回答。我希望盡量多見識一些國家。」

「使妳可以繼續妳的評論,是不是?」

「我想,這也是為了得到一些樂趣。」

「是的,那是妳最大的樂趣,我捉摸不透妳要做什麼,」沃伯頓勳爵說,「妳給我的印象是妳有著神祕的目的──一個龐大的計畫。」

「你把我想得太偉大了,你那些推測並不符合我的實際情況。我的目的只是出國遊歷,增長一些見識,我的同胞有好幾萬人都在以最公開的方式這麼做,這種年年都有人在嚮往和實行的目的,難道會包含什麼神祕的因素嗎?」

「它不可能提高妳的認識,阿切爾小姐,」她的同伴宣稱,「妳已經有了牢不可破的觀點,它正在俯視著我們大家,它鄙視我們。」

「鄙視你?你是在取笑我。」伊莎貝爾說,態度很嚴肅。

「妳認為我們很古怪──那是一樣的,我不願給人看作古怪,我也根本不是這樣。我提出抗議。」

---

2 馬基維利(Niccolò di Bernardo dei Machiavelli, 1469-1527),義大利政治家。主張在政治上只要能達到一定目的,可以不擇手段。

第九章　117

「你的抗議是我聽到的最古怪的論調之一。」伊莎貝爾回答,笑了一笑。

沃伯頓勳爵沉默了一會兒,然後說道:「妳只是站在旁邊評頭論足,但對人並不關心。妳只關心尋找自己的樂趣!」

剛才她從他的聲音中聽到的那種口氣又出現了,現在它跟一種明顯的抱怨的聲調混合在一起,這抱怨來得這麼突兀,無緣無故,以致女孩子擔心,是不是有什麼話刺痛了他。她常常聽說,英國人是非常古怪的;她還記得,有一位很有見識的作家說過,英國人實際是最富有浪漫色彩的民族。難道沃伯頓勳爵忽然變成了浪漫派,在他們僅僅第三次見面的時候,就要在他自己家裡跟她吵架不成?但是她很快又放心了,因為她看到他還是那麼彬彬有禮,態度沒有改變,儘管他對他邀請來的這位少女,在恭維的同時,已經達到了文雅的禮節的邊緣。她信任他的禮貌,因為他馬上笑了一笑,繼續說下去,剛才那種使她不安的語氣已蕩然無存。

「當然我不是說,妳在尋找毫無價值的樂趣。妳選擇的是一些重大的問題:人的弱點,人性的苦惱,民族的特色!」

「如果那樣,那麼我自己的國家已經夠我受用一輩子了,」伊莎貝爾說,「但是我們還得趕路,姨母恐怕馬上要回去了。」

她轉身朝別人走去,沃伯頓勳爵跟在她旁邊,一言不發。但在到達別人那裡以前,他說道:「我下星期來看妳。」

然而她對他的話還是回答得相當冷淡:「隨你喜歡吧。」

她心頭感到一陣震動,但是等它過去以後,她不得不承認,這不是一種痛苦的感覺。

118

一位女士的畫像
The Portrait of a Lady

她的冷淡不是為了達到一定的效果──撒嬌在她的性格中是非常次要的,根本不像許多批評她的人所想像的那樣──它來自一種畏懼心理。

第十章

她訪問洛克雷後的下一天，收到了她的朋友斯塔克波爾小姐的信。看到信封上利物浦的郵戳，以及亨麗艾特那敏捷而纖巧的筆跡，她的心情久久不能平靜。斯塔克波爾小姐寫道：

我已到達這兒，可愛的朋友，我終於來了。這是我離開紐約前一天才決定的——《會談者報》回心轉意，接受了我的意見。我像個老牌記者一樣，往旅行包裡塞了幾件東西，便跳上街車，趕到碼頭上了船。現在妳在哪裡？我們可以在哪裡碰頭？我猜想妳正在訪問什麼城堡，已經學會了當地的口音，也許還嫁了一個勳爵——我真希望妳已經這麼做，因為我需要有人給我介紹這些高等國民，我對妳寄託著一些希望。《會談者報》要求報導一下貴族。我的初步印象（關於一般人的）可並不美好，不過我想先跟妳談一下，妳知道不論我怎麼樣，我至少不算淺薄。我也有一件特別的事要告訴妳。妳要盡快約定一個見面的地點，妳到倫敦來（我非常希望跟妳一起遊覽一些地方），否則就讓我來找妳，不論妳在哪裡都成。我願意這麼做，因為我知道我感興趣的是什麼，我希望盡可能多看到一些內在生活。

伊莎貝爾沒有把這封信給姨父看，但把它的大意告訴了他。不出她所料，他立即請她以他的名義通知斯塔克波爾小姐，他歡迎她到花園山莊來。

「雖然她是一個寫文章的女人，」他說，「但她是美國人，她大概不至像那個夫人那樣，拿我去示眾。她見過我這樣的人。」

「可她沒見過您那麼有趣的人！」伊莎貝爾回答。她對亨麗艾特那種再現客觀事物的本能，並不完全放心，這種本能在她朋友的性格中，屬於她感到不滿的那個方面。然而她還是給斯塔克波爾小姐回了信，說杜歇先生對她的光臨無任「歡迎」。於是這位活躍的青年女子毫不猶豫，聲稱她馬上動身前來。她已經到達倫敦，現在便從首都搭乘火車，前往靠近花園山莊的一個車站。伊莎貝爾和拉爾夫在那兒迎接客人。

「我會喜歡她還是討厭她？」拉爾夫問，他們正在月臺上走來走去。

「不管你對她怎樣，她都無所謂，」伊莎貝爾說，「人家怎麼看她，她根本不在乎。」

「那麼作為一個男人，我一定不喜歡她。她是一個怪物。」

「哪兒的話，她生得非常美。」

「一個女訪員，一個穿裙子的記者會非常美？那倒叫我很想見見她了。」拉爾夫讓步道。

「嘲笑她是很容易的，可是要像她那麼勇敢就不那麼容易啦。」

「是不太容易，造謠惑眾和人身攻擊是多多少少需要有一些勇氣的。妳看，她會不會來訪問我？」

「絕對不會。在她眼裡，你還不夠資格。」

「你瞧吧！」拉爾夫說，「她會把我們全都寫到她的報上去，包括本奇在內。」

---

1 編註：等同「不勝」，即不盡、無限之意。

第十章

「我會請她別那麼幹。」伊莎貝爾回答。

「這麼說，妳也認為她可能那麼做。」

「完全可能。」

「可是妳還跟她無話不談？」

「我沒有跟她無話不談，我只是喜歡她，儘管她有一些缺點。」

「那好吧，」拉爾夫說，「我怕我不會喜歡她，儘管她有一些優點。」

「可能不出三天，妳還會愛上她呢。」

「讓她把我的情書發表在《會談者報》上？不可能！」年輕人喊道。

火車隨即到了，斯塔克波爾小姐跳下了火車，正如伊莎貝爾說的，她相當漂亮，儘管有些粗野，還是很動人。這是一個雅緻、豐滿的女郎，中等身材，圓臉，嘴巴小小的，皮膚細嫩，一絡絡淡棕色頭髮披在腦後。她的眼睛睜得大大的，老是露出驚奇的神色。她的外表中給人印象最深的，就是那炯炯逼人的目光，它們不放過每一件遇到的事物，可是並不顯得狂妄或者傲慢，只是似乎在光明磊落地行使一種天然的權利。

它們也這麼注視著拉爾夫，後者在斯塔克波爾小姐那嫻靜、安詳的神態面前，有些侷促不安，這神態似乎在說，儘管妳自詡不把我放在眼裡，但不見得辦得到。她穿一身整潔的淺灰色服裝，走路時沙沙出聲，閃閃發亮。拉爾夫一眼就看到，這是一張剛印好還沒有摺疊過的報紙，顯得清新悅目，內容豐富，從頭至尾也許沒有一個錯字。她口齒清楚，音調高亢──嗓音並不圓潤，但是響亮。在她跟她的同伴們坐進杜歇先生的馬車以後，拉爾夫又發現，她並不像他估計的那樣，講話老是用「大號鉛字」，那

種駭人聽聞的「標題」上的鉛字。然而，伊莎貝爾提出的問題，以及那個年輕人跟著提出的，她都回答得又詳細又清晰。後來，到了花園山莊的圖書室裡，她會見杜歇先生的時候（他的夫人認為她沒有必要出場），她對自己的能力懷有的信心，表現得更充分了。

「我不知道，你們認為自己是美國人還是英國人，」她說，「如果知道了，我就可以以相應的方式跟你們談話。」

「隨妳怎麼談都行，我們不會計較。」拉爾夫寬宏大量地回答。

她把眼睛注視著他，它們的樣子使他想起兩顆光滑的大鈕扣——那種把嚴密的匣子上的鬆緊帶圈扣得緊緊的鈕扣——他似乎覺得，那瞳孔裡反映著周圍的一切。雖然鈕扣通常是沒有人的表情的，但在斯塔克波爾小姐的目光裡，卻有一種東西，使這位謙遜好客的先生隱隱感到不安——它的壓力太大，敬意太少，使他受不了。不過應該補充一下，他跟她一起度過一、兩天以後，這種感覺已顯著減少，只是始終沒有完全消失。

她說：「我想，你不至要我相信你是美國人吧？」

「只要妳喜歡，妳把我當英國人，當土耳其人都可以！」

「哎喲，如果你是這麼變化無窮，那實在太好了。」斯塔克波爾小姐回答。

「我相信妳一切都能理解，國籍的不同對妳不會有什麼妨礙。」拉爾夫繼續道。

斯塔克波爾小姐仍然注視著他，「你是指語言嗎？」

「語言是無關緊要的。我是指精神，那才是實質。」

「我不能說我了解你，」《會談者報》記者說，「但我希望在我離開以前能做到這點。」

第十章　　　　　　　　　　　　　　　　　　　　　　　　123

「他是一般所說的世界主義者。」伊莎貝爾說。

「那是說他什麼都有一點,又什麼都不是。我必須聲明,我認為愛國主義像博愛一樣,是從家鄉開始的。」

「噢,但家鄉又從哪裡開始呢,斯塔克波爾小姐?」拉爾夫問。

「我不知道它從哪裡開始,但我知道它在哪裡結束。我在這兒已經離開它很遠了。」

「妳不喜歡這兒嗎?」杜歇先生用他那蒼老而單純的嗓音問。

「哦,先生,我還沒有決定,我該採取什麼立場。我心裡有一種壓迫感。從利物浦到倫敦,一路上我都有這個感覺。」

「也許你坐的車子太擁擠了。」拉爾夫提示道。

「車子是很擠,但那都是美國朋友,是我在輪船上認識的,他們都挺可愛,來自阿肯色州的小石城。儘管這樣,我還是有壓迫感,覺得心頭好像壓著什麼,我說不出那是什麼。一開始我覺得,我跟這兒的氣氛有些格格不入。但是我想,我能找到適合我的氣氛。你們這兒的環境看來還很有吸引力。」

「這兒的人也很可愛呢!」拉爾夫說,「妳待下去就知道了。」

「斯塔克波爾小姐很願意待下去,她顯然準備在花園山莊盤桓一個時期。上午她埋頭寫作,儘管這樣,伊莎貝爾還是有不少時間跟她的朋友在一起。在完成每天的工作以後,這位朋友是厭惡——實際是反對——孤獨的。伊莎貝爾不得不馬上提出,要她的朋友切勿在報上歌頌她們共同旅居國外的歡樂,因為在斯塔克波爾小姐到達的第二天早上,她就發現她在給《會談者報》寫一篇通訊,她的字跡非常端正,一絲不苟(它使我們的女主人公想起學校裡的習字帖),題目是《美國人和都鐸王朝——花園山莊

一瞥》。斯塔克波爾小姐以最坦然的心情提出把她的通訊念給伊莎貝爾聽，這立即引起了後者的抗議。

「我認為妳不應該這麼做。我認為妳不該描寫這個地方。」亨麗艾特像平時一樣緊盯著她，「這有什麼，這正是人們所要求的，而且這是一個可愛的地方。」

「它太可愛了，不應該登到報上去，我的姨父不希望發生這種事。」

「妳別信那些話！」亨麗艾特喊了起來，「事後他們總是高興的。」

「我的姨父不會高興，我的表哥也不會。他們會認為這是辜負了他們的好意。」

斯塔克波爾小姐並不覺得尷尬，只是用隨身攜帶的一個小巧玲瓏的擦筆用具，小心翼翼地擦乾淨鋼筆，把稿子收了起來。

「當然，如果妳不贊成，我就不寫，不過我犧牲了一個很美麗的題材。」

「其他的題材還多得很，這兒到處都有。我們可以出去玩玩，我帶妳去看一些美麗的風景。」

「風景不屬於我的範圍，我寫的都跟人有關。妳知道，我關心的是人，伊莎貝爾，而且永遠如此，」斯塔克波爾小姐回答，「我本來想寫妳的表哥——一個外國化的美國人。現在，寫外國化的美國人的稿件非常吃香，妳的表哥是最好的活標本。我得狠狠批他一下。」

「他非氣死不可！」伊莎貝爾驚叫道，「不是怕妳不留情面，是怕妳把他端出去示眾。」

「很好，我就是要氣他一下。我喜歡妳的姨父，他是高尚得多的典型——他依然忠於美國。這是一個值得尊重的老人，我不明白，為什麼他反對我歌頌他。」

「可憐的亨麗望著她的朋友，心中納悶。她不能理解她所敬愛的這種天性，為什麼會出現這些缺點。」她說，「妳不懂得區分公和私。」

第十章

125

亨麗艾特臉漲得通紅，一瞬間那對明亮的眼睛變得水汪汪的，這使伊莎貝爾更加不能理解了。

「妳對我很不公平，」斯塔克波爾小姐憤憤地說，「我從來沒有一個字寫到過自己！」

「這我完全相信，但我覺得，除了自己謙虛，也應該允許別人謙虛！」

「啊，講得很好！」亨麗艾特喊道，又拿起了筆。

「讓我記下這句話，我得把它寫進文章去。」

她完全是一個好心腸的女人，半個小時以後，她已經恢復了愉快的心情，又像一個到處在尋找題材的女記者了。

「我許過願，要從社會方面來寫，」她對伊莎貝爾說，「可是我頭腦裡空空的，怎麼辦？既然我不能描寫這個地方，妳有沒有可供我描寫的地方？」伊莎貝爾答應考慮這個問題。第二天，跟她的朋友談話時，她偶然提到，她訪問過沃伯頓勳爵那個古老的家。

「啊，妳一定得帶我到那兒去，那正是我需要的地方！」斯塔克波爾小姐嚷了起來，「我必須對貴族有個印象。」

「我不能帶妳去，」伊莎貝爾說，「不過沃伯頓勳爵會到這兒來，妳會有機會看到他，觀察他的。」

「只是如果妳打算把他的話寫進文章，我一定得先跟他打個招呼。」

「千萬別這樣，」她的朋友請求道，「我需要他保持自然狀態。」

「一個英國人只有在不開口的時候，才是最自然的。」伊莎貝爾宣稱。

三天過去了，她的預言沒有應驗——她的表兄看來沒有愛上他們的客人，雖然他同她一起度過了不少時刻。他們一起在園子裡散步，坐在樹下休息，到了下午，天氣適宜，可以在泰晤士河上泛舟的時

126

一位女士的畫像
The Portrait of a Lady

候，斯塔克波爾小姐也在以前只有拉爾夫和他的表妹單獨在一起的船上，占了一個位置。她的在場並沒有像拉爾夫預料的那樣，帶來不融洽的氣氛，對他和他表妹原來和諧無間的狀況產生天然的干擾，因為《會談者報》記者常常引得他大笑不止，而他長期以來一直認為，歡笑的增加是他殘餘生命中最好的點綴。在亨麗艾特方面，伊莎貝爾雖然宣稱她對男性的意見毫不在乎，事實並不完全如此，因為可憐的拉爾夫在她眼裡成了一個棘手的問題，要是她不能解決這個問題，那在道義上幾乎是不能允許的。

「他怎麼過日子的？」她到達的當晚就問伊莎貝爾，「難道他就整天把手插在口袋裡晃來晃去？」

「他什麼也不做，」伊莎貝爾笑道，「他是一個逍遙自在的紳士。」

「嗯，那是可恥。可我得像列車員到處奔波，」斯塔克波爾小姐回答，「我一定要揭露他。」

「他身體太糟了，他壓根兒不適宜工作。」

「呸！妳別信這些。我病的時候也工作。」她的朋友大叫道。

後來當她跨進小船，參加他們的水上活動時，她對拉爾夫說，她覺得他討厭她，恨不得淹死她。

「沒有的事！」拉爾夫說，「我只會讓我的受害者慢慢受折磨。在這方面，妳可以成為一個有趣的例子！」

「嘿，你是在折磨我，我可以這麼說。但是我沖擊了你的一切偏見，這是一大快事。」

「我的偏見？可惜我還談不到有什麼偏見。我只是智力貧乏罷了。」

「這更加可恥，我是有一些美好的偏見的。當然，我妨礙你跟你的表妹調笑取樂，或者隨你叫它什麼都成。不過我不管這些，我要為她做的就是把你拉到光天化日中來，讓她看到你有多麼淺薄。」

「好啊，我歡迎！」拉爾夫喊道，「願意花這力氣的人還不多呢。」

第十章　　　　　　　　　　　　　　　　　　　　127

斯塔克波爾小姐在這件事上看來是不怕花力氣的。不過她依靠的主要只是質問這種原始的方式,任何時候,一有機會她就追根究柢。翌日天氣很壞,到了下午,那位年輕人為了提供室內娛樂,提議帶她去看畫。亨麗艾特在他陪同下,沿著長長的畫廊走過去,由他把一幅幅珍貴的畫指給她看,一邊介紹畫家和畫的主題。斯塔克波爾小姐看著畫,可是一聲不吭,根本不想表示什麼意見。不過拉爾夫對她很感激,因為她沒有大驚小怪,講一些現成的讚美話,而凡是訪問過花園山莊的人,在這方面往往是非常慷慨的。確實應該說句公道話,這位年輕小姐對那些陳詞濫調很少好感,她的出言吐語顯得真摯,不流於俗套,在她聚精會神侃侃而談的時候,她一度擔任過一家美國雜誌的藝術評論員,但是儘管這樣,她好像不想在讚美上破費工夫。正在他要她看一幅傑作《警官》時,她突然回過頭去望他,彷彿他本人是一幅畫似的。

「你是不是經常這麼消磨你的光陰?」她問。

「消磨得這麼愉快的時間不多。」

「得啦,你知道我是什麼意思。我是說你是不是沒有任何正常的工作?」

「嗯,」拉爾夫說,「在活著的人中,我是最懶惰的一個。」

斯塔克波爾小姐又把眼睛轉過去看《警官》了。這時,拉爾夫要她看掛在旁邊的一幅小小的畫,那是朗克雷[2]的作品,畫上的一位先生穿著淺紅色坎肩和緊身褲,頸上戴著皺領,靠在花園中一尊女神雕像的墊座上,正對著坐在草地上的兩個夫人彈奏吉他。

「這就是我理想的正常工作。」他說。

斯塔克波爾小姐又轉過身來了,雖然她的眼睛仍停留在畫上。他看到,她並不在欣賞這幅畫,她在

思考著比這嚴肅得多的問題。

「我不明白，你怎麼能使自己的良心不感到內疚。」她說。

「親愛的小姐，我沒有良心！」

「噢，我勸你應該有一個。下一次你到美國去的時候，還用得到它。」

「很可能我再也不會去了。」

「你是感到慚愧，不敢再去了吧？」

拉爾夫想了想，露出一絲淡淡的微笑，「我想，一個人如果沒有良心，也就不會感到慚愧。」

「嘿，你倒很有自信呢，」亨麗艾特說，「你認為拋棄你的國家是對的嗎？」

「一個人不會拋棄自己的國家，就像不會拋棄自己的祖母一樣。這是不容選擇的——一個人天生的氣質不能消滅。」

「這是說，你想做，但沒有做成。這兒的人認為你怎樣？」

「他們對我很滿意。」

「那是因為你討好了他們。」

「啊，那跟我天性的可愛也有一點關係吧！」拉爾夫歎了口氣。

「我不知道你的天性有什麼可愛的。如果你有什麼可愛之處，那根本不屬於天性範圍。它完全是人為的——或者至少是你僑居這兒以後想方設法取得的。我不能說你已經成功。這種可愛我一點也不欣

2 尼古拉・朗克雷（Nicolas Lancret, 1690-1743），法國畫家，以畫田園畫著稱。

賞。應該使你自己成為有用的人，然後才談得到可愛不可愛。」

「好吧，那麼請問我應該怎麼辦？」拉爾夫說。

「首先，回到國內去。」

「是的，我知道。那以後呢？」

「找一件事幹起來。」

「好吧，幹什麼呢？」

「愛幹什麼就幹什麼，但要抓住不放。抓住一個新的思想，一件艱鉅的工作幹到底。」

「這麼做是不是很困難？」拉爾夫問。

「不困難，只要把你的心撲在上面。」

「啊，我的心，」拉爾夫說，「如果那得靠我的心……」

「難道你沒有心嗎？」

「幾天以前有過，但那以後丟了。」

「你太不嚴肅，你永遠不會嚴肅。這就是你的病根所在。」

儘管這樣，一、兩天以後，她又把注意力移到了他身上，不過這一次，她那不可思議的固執找到了另一條出路。

「我知道你的病根在哪裡了，杜歇先生，」她說，「你把自己想得太好，以致不願意結婚。」

「我認識妳以前是這麼想的，斯塔克波爾小姐，」拉爾夫回答，「不過那以後，我突然改變了主意。」

「真是胡說！」亨麗艾特不耐煩地喊道。

「那以後我覺得我還不夠好。」拉爾夫說。

「結婚會使你好起來。何況這是你的責任。」

「不得了，」年輕人喊道，「人的責任太多啦！難道這也是一種責任？」

「當然是的，難道你以前不知道？結婚是每個人應盡的責任。」

拉爾夫思忖了一會兒；他有些失望。在斯塔克波爾小姐身上，他已開始看到了一種他喜歡的東西。他覺得，即使她算不得漂亮，她至少是一個非常好的人。她缺乏突出的優點，然而正如伊莎貝爾所說，她是勇敢的，她像穿著綴滿金屬片衣服、手拿鞭子的馴獅人，敢於鑽進獸籠中去。他從沒想過，她會玩弄庸俗的花招，但最後那句話卻使他感到，好像出現了錯誤的音符。當一個正當結婚妙齡的少女，敦促毫無掛礙的青年男子結婚的時候，誰也不會認為她的行為純粹出自利他主義的動機。

「好吧，關於這件事說來話長。」拉爾夫答道。

「也許是的，但那是一個重要的問題。我認為，老是孤零零一個人是很不正常的，好像沒有哪個女人配得上你。你是不是以為自己比世界上任何人都優越？在美國，人們通常都是結婚的。」

「如果那是我的責任，那麼以此類推，難道這不也是妳的責任嗎？」拉爾夫問。

「斯塔克波爾小姐那對明亮的眼睛是不怕陽光照射的。

「幹麼你老愛在我講的道理中挑毛病？當然，我也像任何人一樣，有結婚的權利。」

「很對，」拉爾夫說，「可是我看到妳孤零零一個人，一點也不焦急。我還感到高興呢。」

「還是很不嚴肅。你永遠不會嚴肅起來。」

第十章

「如果有一天我對妳說,我決心拋棄老是孤零零一個人的生活,妳也不相信這是真的嗎?」斯塔克波爾小姐端詳了他一會兒,那神氣似乎可以理解為她贊成他這麼做。但是使他大吃一驚的是,這表情一下子消失了,換上了一副驚訝,甚至氣憤的神色。

「也不相信。」她冷冷地回答,說完就走了。

「不是,我相信那是美國人也會做的。但是她顯然認為,你誤解了她一些話的意思,根據它做了不友好的推論。」

「而且你講了一些她不愛聽的話。」

「而且是最壞的一類。她告訴我,你跟她說的話,是一個美國人絕不會說的。但是她沒有複述這些話。」

拉爾夫情不自禁地放聲大笑起來,「她是個古怪的女人。她以為我在向她求愛吧?」

「我以為她在向我求婚,我接受了她。這難道不友好嗎?」

伊莎貝爾笑了,「那是對我不友好。我不希望你結婚。」

「我的好表妹,在妳們中間叫人怎麼辦呢?」拉爾夫說,「斯塔克波爾小姐告訴我,結婚是我義不容辭的責任,而她的責任就是監督我實行我的責任!」

「她把責任看得很重要，」伊莎貝爾嚴肅地說，「她確實這樣，她所說的一切，動機都在這裡。那也是我喜歡她的原因。她認為你對她離群索居，不問世事，這是不對的，她要表示的就是這個意思。如果你認為她是想要……想要引起你對她的興趣，那你完全錯了。」

「這確實是一種奇怪的想法，不過我是以為她想引誘我呢。對不起，只怪我心術不正。」

「你太會想入非非了。」

「一個人跟這樣的女人講話，千萬必須小心，」拉爾夫低聲下氣地說，「但那是非常奇怪的一種人。她個性很強，可是她卻希望別人沒有個性。她進屋的時候，甚至不肯打門。」

「是的。」伊莎貝爾同意道，「她不太尊重門環的作用，我確實覺得，她只是把它們當作多餘的裝飾品。她認為一個人應該永遠敞開大門。但我還是不能不認為她太冒失。」

「我還是不能不認為她太冒失。」拉爾夫回答。他想到他在斯塔克波爾小姐那裡出了兩次洋相，自然有些不太舒服。

「好吧，」伊莎貝爾笑道，「我怕正是因為她有些庸俗，我才喜歡她。」

「妳這理由，她聽了才高興呢！」

「當然，如果我要告訴她這點，我得換一個說法。我得說，那是因為她身上包含著一種『人民的』東西。」

「你對人民知道些什麼？她又知道些什麼？」

「她知道得可多呢，我也知道一些，因此我才感到，她是那個偉大的民主制度——那個大陸，那個國家，那個民族的產物。我不能說她包括了它的一切，那未免對她要求太高了。但是她顯示了它的特

第十章　　　　　　　　　　　　　　　　　　　　　　　　　　　　　　　　　133

「那麼妳是出於愛國的動機喜歡她。我怕這正是我反對她的原因。」

「啊，」伊莎貝爾說，發出了一聲快樂的歎息，「我喜歡的事物那麼多！如果一個事物在一定程度上打動了我，我就喜歡它。我不想誇口，但我認為我具有多方面的興趣。在我面對莫利紐克斯小姐的時候，我覺得她們符合我的某種理想。然而亨麗艾特一來，我又被她吸引了，這倒不是由於她本人，而是由於她背後的東西。」

「我明白了，妳是指她的背影。」拉爾夫說。

「她說得對，」他的表妹回答，「你永遠不會嚴肅起來。我喜歡那個偉大的國家，它是那麼遼闊，越過了河流和草原，越過了遍地的鮮花和笑容，一直伸展到碧綠的太平洋邊上！彷彿有一股強大的、甜蜜的、清新的氣息，正在從那兒升起，而亨麗艾特身上——請原諒我用這個比喻——便帶著這樣一種氣息。」

伊莎貝爾在結束這一席話的時候，臉上泛起了淡淡的紅暈，這紅暈以及她一時流露的熱情，對她是那麼合適，以致拉爾夫在她講完以後，還笑嘻嘻地站著，瞧了她一會兒。

「我不相信太平洋是綠的，」他說，「但妳有豐富的想像力。不過亨麗艾特身上確實散發著未來的氣息，這是使人不能不佩服的！」

第十一章

這以後,拉爾夫決定不再曲解斯塔克波爾小姐的話,哪怕這些話帶有明顯的個人性質,他也不予理會。他認識到,在她看來,人是簡單而相似的有機體,但就他自己來說,他太乖悖常情,不能代表一般的人性,因此無權指望與她真正做到融洽無間。他不露聲色,把他的決定付諸實行,因此那位年輕女郎發現,在她跟他的接觸中,她那種無所畏懼地追根究柢的天性,那種表現在一切方面的信心,居然可以通行無阻。在花園山莊,我們已經看到,伊莎貝爾很賞識她,她對自己腦力活動上的自由也很滿意,而且在這方面,她覺得伊莎貝爾像姐妹一樣關心她,杜歇先生又平易近人,很尊重她,正如她所說,他的高尚態度獲得了她的充分肯定。因此她在那裡過得非常舒適,美中不足的只是她對那位瘦小的夫人懷有無法克制的疑慮,而且開頭就覺得,她是這兒的主婦。但不久她就發現,這是大可不必的,杜歇夫人並不理會斯塔克波爾小姐的行動。她對伊莎貝爾談到她時,說她是女冒險家和討厭的東西——女冒險家當然只能給人可怕的感覺。她還為她的外甥女選擇這麼一位朋友,表示驚訝。不過她立即聲明,她知道,伊莎貝爾選擇什麼朋友是她自己的事,她既不能保證全都喜歡她們,也不要求那位姑娘只選擇她喜歡的人。

「親愛的,如果妳只能接觸我所喜歡的人,那麼妳的生活圈子會變得非常狹小,」杜歇夫人坦率地承認,「而且我想,沒有一個男人或女人是我非常喜歡,以致想介紹給妳的。談到介紹,那是一件嚴重

的事。我不喜歡斯塔克波爾小姐——她的一切都叫我討厭。她講起話來那麼響，看起人來一眼不眨的，好像妳應該尊重她，卻沒有尊重她似的。我相信她一輩子都住在公寓宿舍裡，這種地方的生活方式和自由散漫的習氣使我厭惡。如果妳問我，我自己的生活方式是不是就好一些——妳無疑是認為很壞的——那我得告訴妳，我認為它非常好。斯塔克波爾小姐知道我厭惡公寓文化，但我厭惡它，因為她認為這是世界上最高的文化。如果花園山莊是一所公寓，她喜歡它的勁頭兒還要大得多。可是對我來說，這麼一個人已經夠我受的了！因此我們永遠說不到一塊兒，隨妳怎麼辦也沒有用。」

杜歇夫人猜想亨麗艾特不贊成她，她算是猜對了，只是她沒有找到真正的原因。在斯塔克波爾小姐到達一、兩天以後，她談到了那些可惡的美國旅館，這在《會談者報》記者那裡引起了反批評，因為她在執行職務的過程中，對國內形形色色的客店了解得一清二楚。亨麗艾特發表意見說，美國的旅館是全世界最好的，杜歇夫人卻認為它們是最壞的，現在一想起來還怒不可遏。拉爾夫為了彌補這種裂痕，根據他久經考驗的折衷態度，指出實際情況是介乎這兩個極端之間，她們爭論的那類企業應該說是不好不壞。然而他對討論的這一貢獻，卻遭到了斯塔克波爾小姐輕蔑的反駁。不好不壞，說得可好！如果它們不是全世界最好的，便是全世界最壞的，美國旅館不存在不好不壞這回事。

「顯然，我們是從不同的觀點在看問題。」杜歇夫人說，「我喜歡給當作一位美國小姐來對待，妳卻喜歡給人當作『他們中的一分子』。」

「我不懂得妳的意思，」亨麗艾特回答，「我喜歡給人當作個人來對待。」

「可憐的美國小姐們！」杜歇夫人大笑著喊了起來，「她們不過是奴隸中的奴隸。」

「她們是自由民的伴侶。」亨麗艾特回答。

一位女士的畫像
The Portrait of a Lady

「她們是自己的僕人——那些愛爾蘭使女和黑奴的伴侶。她們分擔著這些人的勞動。」

「妳把美國家庭中的僕人叫作奴隸嗎?」斯塔克波爾小姐問,「如果妳用這種態度對待他們,難怪妳不喜歡美國了。」

「如果沒有好的僕人,妳的生活會變得不堪設想,」杜歇夫人平靜地說,「在美國他們非常壞,但是在佛羅倫斯,我有五個出色的僕人。」

「我不明白妳要五個幹什麼!」亨麗艾特忍不住提出道,「我想,我不喜歡看到五個人奴顏婢膝地在我身邊打轉。」

「我就喜歡他們這樣,而不是別的樣子。」杜歇夫人意味深長地宣稱。

「如果我是妳的管家,親愛的,妳也許會更加喜歡我吧?」她的丈夫問。

「我想不會,因為你不可能是一個好管家。」

「自由民的伴侶——我喜歡這說法,斯斯塔克波爾小姐。」

「我說的自由民,不是指你,先生!」

「這就是拉爾夫的讚美換來的唯一報答。」

斯塔克波爾小姐心裡很煩躁,她相信杜歇夫人賞識的那個階級,便是那不可思議的封建制度殘餘,因此這種賞識顯然含有背叛的意味。這幻覺使她感到窒息,也許正因為這樣,她一直悶悶不樂,直到過了幾天,她才找了個機會,對伊莎貝爾說:「親愛的朋友,我對妳的忠誠感到懷疑。」

「忠誠?是對妳不忠誠?亨麗艾特。」

「不,那也會使我很痛苦,但我指的不是這個。」

第十一章　　　　　　　　　　　　　　137

「那麼,對我的國家不忠誠?」

「我希望永遠不至於發生這種事。我從利物浦寫信給妳,說我有一件特別的事要告訴妳。可妳從沒問過我這是什麼,是不是妳已經猜到了?」

「猜到了什麼?一般說,我不喜歡猜測,」伊莎貝爾說,「現在我想起妳信裡的那句話了,我承認我忘記了。妳要告訴我什麼呢?」

亨麗艾特有些失望,她那炯炯逼人的目光洩露了這點,「妳沒有立刻問我,因為妳不認為那是很重要的。妳變了,妳想的是別的事。」

「把妳要講的事告訴我,我可以考慮。」

「妳真的會考慮嗎?這是我首先要知道的。」

「我很難控制我的思想,不過我會盡量考慮的。」伊莎貝爾說。

亨麗艾特凝神看著她,沒有作聲。這樣過了一會兒,伊莎貝爾終於忍耐不住,開口說道:「妳是不是要告訴我,妳打算結婚?」

「在我沒有看到歐洲之前,我不會結婚!」斯塔克波爾小姐回答,接著又道:「妳笑什麼?我要告訴妳的是,戈德伍德先生來了,他是跟我搭同一艘輪船來的。」

「啊!」伊莎貝爾叫了起來。

「妳現在的反應倒很快。我跟他談得很多,他是為妳來的。」

「他跟妳說的嗎?」

「不,他沒告訴我什麼,那是我自己猜到的。」亨麗艾特機靈地說,「他很少提到妳,但我跟他談

一位女士的畫像
The Portrait of a Lady

138

了不少妳的事。」

伊莎貝爾沉默了一會兒，聽到戈德伍德先生的名字，她的臉有些發白。

「妳那麼做，我非常遺憾。」她終於說道。

「這是我自己高興做的，他聽得那麼仔細，這使我很喜歡。對這樣的人，我可以講很久很久。他這麼安靜，這麼認真，把每一句話都聽進去了。」

「妳講了我一些什麼？」伊莎貝爾問。

「我說，總的說來，妳是我所認識的最完美的人。」

「這太糟了。他已經把我想得太好，不應該再火上加油。」

「他需要得到一些鼓勵。眼前我還能看到他的臉，他聽我講話時那全神貫注、認真嚴肅的神情。我從沒見過一個醜陋的人會變得這麼美好！」

「妳說得那麼肯定。」

「崇高的感情總是最簡單的。」

「那不是崇高的感情，我相信那不是。」

「他是思想太簡單，」伊莎貝爾說，「他倒並不怎麼難看。」

「他馬上會給妳一個機會的。」亨麗艾特說。

伊莎貝爾露出一絲苦笑，「我還是跟戈德伍德先生本人談得好！」

她講得似乎滿有把握，但是伊莎貝爾沒有回答什麼。

「他會發現妳變了，」亨麗艾特繼續道，「新的環境對妳發生了影響。」

第十一章

139

「很可能。一切都在影響我。」

「一切,除了戈德伍德先生!」斯塔克波爾小姐喊道,發出了有些刺耳的笑聲。

伊莎貝爾聽了這話甚至沒笑一下,過了一會兒才說道:「是他要妳來跟我談的嗎?」

「他沒有正式提過。但是他的眼神,還有他跟我告別時的握手,都說明他希望我這麼做。」

「謝謝妳對我這麼熱心。」於是伊莎貝爾轉過身去,她打算走開。

「是的,妳變了,」伊莎貝爾說,「一個人應該盡可能獲得更多的新思想。」

「但願如此,」伊莎貝爾說,「一個人應該盡可能獲得更多的新思想。」

「是的,但是它們不應該干擾舊的,只要這些舊的是對的。」

伊莎貝爾又轉過身來,「如果妳是說我對戈德伍德先生有過什麼想法……。」說到這裡,她打住好感。」

「親愛的孩子,妳當然向他表示過好感。」

伊莎貝爾有一剎那好像預備否認這種指責,但她沒有這麼做,卻立即答道:「很對,我向他表示過好感。」

然後她問她的朋友,戈德伍德先生打算怎麼辦。這只是在好奇心的驅使下問的,因為她並不想討論這件事,而且她覺得,亨麗艾特的態度不夠體貼。

「我問過他,他說他沒有什麼打算,」斯塔克波爾小姐回答,「但我不相信這話,他不是一個沒有打算的人。他是一個勇敢的活動家。不論他遇到什麼,他都會有所行動,而且他所做的一切始終是正確的。」

「我也相信這點。」伊莎貝爾說。亨麗艾特可能不夠體貼，但是她這一番熱情的話，還是感動了那位姑娘。

「我看妳對他並不是無動於衷的！」亨麗艾特說。

「他所做的一切是正確的，」伊莎貝爾重複道，「一個人既然這樣永遠不會錯誤，那麼別人覺得他怎樣，這對他又有什麼關係？」

「對他可能沒有意義，」伊莎貝爾自己是有意義的。」

「對我有什麼意義，這不是我們現在討論的問題。」伊莎貝爾說，勉強笑了笑。這時她的朋友是嚴峻的。

「好吧，我不管這些，妳是變了。妳不再是幾個星期以前的女孩子，戈德伍德先生會看到的。他隨時可能來拜訪妳。」

「到時候我希望他恨我。」伊莎貝爾說。

「我相信妳希望這樣，我也同樣相信，他可能會這樣。」

對這些話，我們的女主人公沒有回答什麼。亨麗艾特的通知，說卡斯帕·戈德伍德可能到花園山莊來，這使伊莎貝爾有些驚慌。不過，她竭力使自己相信，這事是不可能的，後來她又把她的懷疑講給她的朋友聽。儘管這樣，在未來的四十八小時中，她還是隨時準備聽到僕人通報那個年輕人的到來。這種情緒壓在她的心上，使她覺得空氣悶熱，似乎天氣就要變了。自從伊莎貝爾來到花園山莊以後，從社會意義上說的天氣一直溫和宜人，因此任何改變只能是變壞。

然而到第二天，她的憂慮終於消除了。她在親切的本奇的陪同下走進花園，漫無目標和毫不停留

第十一章 141

地蹓躂了一會兒之後，坐在園子裡的一張長凳上。這是在一棵枝葉扶疏的山毛櫸樹下，可以遙望住宅。她穿著潔白的衣服，繫著烏黑的緞帶，在搖曳不定的陰影中，顯得那麼楚楚動人，悠閒自得。她為了解悶，跟小狗聊了一會兒。自從她和她的表兄共同享有對牠的所有權之後，這種權利一直使得盡可能不偏不倚——主要看本奇那有些反覆無常、變化多端的好感傾向哪一邊。但是現在她第一次發覺，本奇的智力畢竟有限，儘管以前她總認為牠是無限的。

這樣，她終於覺得不如讀書得好，以前，每逢她心情煩躁的時候，依靠一本心愛的書，就能把意識的活動納入純理性的軌道。然而近來不可否認，文學似乎已失去了魅力，儘管她一再提醒自己，一般士紳人家的藏書，她姨父的圖書室裡無不具備，她還是安坐不動，空著雙手，眼睛注視著那片陰涼碧綠的草坪。她的沉思立刻給一個僕人的到來打斷了，他遞給她一封信。信上有倫敦的郵戳，那筆跡是她所熟悉的——她本來在想著這個人，現在隨著這信，寫信人的聲音或容貌又栩栩如生地來到了她眼前。信並不長，可以全文抄錄如下：

親愛的阿切爾小姐：

我不知道妳有沒有聽說我已來到英國，但即使妳不知道，妳也不至於感到吃驚。妳會記得，三個月以前，妳在奧爾巴尼拒絕我的時候，我並沒有接受它。我提出了異議。妳實際上好像接受了我的意見，承認我可以保留我的權利。那次我來看妳，是希望妳讓我用我的信念來說服妳，我對抱有希望，我的理由是充足的。但是妳使這種希望破滅了，那時我發現妳變了，而妳不能向我解釋這種變化的理由。妳承認，妳沒有理由可講，這是妳做的唯一讓步，但那是毫無價值

的，因為這不符合妳的性格。是的，妳不是，而且永遠不是一個隨心所欲、反覆無常的人。

因此我相信，妳會讓我再見妳一次。妳告訴我，妳並不覺得我討厭，我相信這話，因為我看不出我怎麼會那樣。我會永遠想念妳，我絕不會想念任何別人。我到英國來只是因為妳在這裡。妳走後，我沒法再在國內待下去，我討厭那個國家，因為妳不在那裡。如果說我現在喜歡這個國家，那純粹是因為妳在這兒。我從前也到過英國，但我從沒對它發生好感。我能來跟妳談半個鐘頭嗎？這是我現在最熱烈的願望。

妳的忠實的朋友卡斯帕·戈德伍德

伊莎貝爾讀著戈德伍德的信，讀得非常認真，以致沒有發覺柔軟的草地上越來越近的腳步聲。然而在她抬起頭來，機械地把信摺好的時候，她看到沃伯頓勳爵站在她的面前。

第十一章

第十二章

伊莎貝爾把信塞在口袋裡，向客人發出了歡迎的微笑，沒有洩露一絲心緒不寧的痕跡。對這種鎮靜，她自己也有些吃驚。

「他們告訴我，妳在這兒，」沃伯頓勳爵說，「而且客廳裡沒一個人，再說，我要見的實際是妳，因此我乾脆到這兒來了。」

伊莎貝爾站了起來，她這時感到，她希望他不要在她的身旁坐下。

「我正打算進屋去呢。」

「請妳別走，這兒舒適得多。我是從洛克雷騎馬來的，今天氣候很好。」他笑盈盈的，顯得特別友好和親切。

他的全身似乎散發著心情舒暢、生活優裕的光輝，這便是他給予姑娘的第一個印象的魅力所在。它像風和日麗的六月天氣一樣，環繞在他的四周。

「那麼我們還是走走吧。」伊莎貝爾說。

她不能使自己擺脫一個感覺，似乎她的客人懷有一種目的，而她既想躲避這個目的，又想知道它，滿足自己的好奇心。它以前曾經在她的幻覺中閃現過，在那一次，我們知道，它引起了她一定程度的驚恐。這驚恐由幾種因素組成，它們不全都是不愉快的。她確實花過幾天工夫來分析它們，終於從沃伯頓

144

一位女士的畫像
The Portrait of a Lady

勳爵在向她「表示心意」的這個設想中,把愉快的部分和痛苦的部分區分了出來。有些讀者也許會覺得,這位少女既不夠穩重又過分苛求,但如果這種指責是對的,那麼後一點正好可以補救前者的不足。她並不指望讓自己相信,一個地方鉅子——她聽得人家這麼稱呼沃伯頓勳爵——已拜倒在她的魅力下,因為這樣一個人物一旦把自己的意思說出口,這一點她已獲得了鮮明印象,也對這觀念做過一番思考。我不怕讀者誤解,把我的話當作她自高自大的又一個證明,幾乎感到受了冒犯,甚至騷擾。她從沒認識過一個顯貴,她的生活中也沒出現過這樣的人物,她本國可能也沒有貴族。每逢她想到一個人的優點時,她總是從性格和智慧上來考慮——那位男子的思想和談吐是否令人喜愛。她自己也有優異的性格,這是她不能不意識到的。在她的想像中,完美的意識一向主要與道德觀念連繫在一起,這些觀念涉及的問題就是能不能引起她崇高的心靈的共鳴。現在沃伯頓勳爵在她的面前出現了,他那麼高大,那麼光輝燦爛,他具有的各種條件和力量已不能用那把簡單的尺子來衡量了,它們需要另一種評價方式。

沃伯頓勳爵是一個大人物,這一點她已獲得了鮮明印象,也對這觀念做過一番思考。

但這位少女習慣於敏捷而自由的判斷,覺得她缺乏耐心來從事這種評價。他對她的要求,會是任何其他人所不敢提出的。她感到的是,一個政治和社會方面的地方鉅子正在孕育著一個意圖,要把她拉進他所生存和活動的體系中去,而這種生存和活動的方式不如說是令人反感的。有一種本能,它並不專橫,但是有說服力,告訴她要抵制——它悄悄對她說,事實上她有自己的體系和軌道。它還告訴她另一些事——它們是既相互否定又相互肯定的。它說,一個女孩子的遭遇,可能會比把自己交托給這樣一個人,更糟得多,而且從他自己的觀點來看,他的體系中也包含著非常有趣的東西;然而從另一方面看,

第十二章

它顯然也包含著許多只會使她每時每刻感到麻煩的東西,而且總的說來,它是生硬而遲鈍的,這會使它成為一種負擔。何況,有一個年輕人剛從美國來,他壓根兒沒什麼體系,這性格在她心靈上留下了深刻的印象,儘管她力圖抹煞它,卻辦不到。她口袋裡藏著的那封信,便向她充分證明了這點。然而,我得再說一遍,不要笑這位來自奧爾巴尼的單純的少女,說她在一個英國貴族向她求婚之前,已在考慮該不該接受的問題,說她很自負,認為她還可以有更好的前途。她是有堅定而正直的信念的人,如果說她的頭腦中也有許多愚蠢的想法,那麼那些嚴厲批評她的人可以不必著急,他們以後會看到,她正是為這些愚蠢的想法付出重大代價之後,才變得完全聰明起來,因此幾乎可以說,這些想法是應該獲得我們充分同情的。

散步也好,坐下也好,幹別的也好,沃伯頓勳爵似乎一切都樂於從命,只要這是伊莎貝爾提出的。他讓她相信,他的態度與平時一樣,仍注重社交上的優雅風度。然而他的感情是不平靜的,他在她身旁走了一會兒,沒有作聲,只是偷偷瞧她,他的目光和那些不恰當的笑聲,顯示他有些心緒不寧。

是的,毫無疑問——由於我們已接觸到這點,我們不妨暫且回到上面來談一下——英國人是世界上最富有浪漫色彩的,沃伯頓勳爵即將成為這方面的一個例子。他將要跨出的一步,會使他所有的朋友大吃一驚,也會使他們中的大多數人大不高興,而且從表面上看,這一步是毫不足取的。那位正在他旁邊草坪上蹓躂的少女,來自大海那邊一個奇怪的國家,這個國家他是很了解的。但她的經歷和社會關係,對他來說還很模糊,他只有些籠統的概念,只是在這個意義上,它們還顯得清楚,不足掛齒。阿切爾小姐沒有財產,也沒有那種獲得一致公認的美貌。他跟她在一起的時間一共二十六個小時。他衡量了這一切:這種反常的感情,因為它放棄了可以使它得到滿足的更有利的機會,還有人們

的議論，尤其是人類中那饒舌而輕率的一半人的閒言閒語。他面對這些情況做了仔細考慮，然後把它們從思想中一筆勾銷了。他覺得它們不過像插在鈕扣洞上的一朵玫瑰花，沒有多大意義。一個人在一生的大部分時間裡，能夠輕而易舉地避免在朋友中引起不快，而當必須走上這一步時，又能夠不怕得罪朋友，堅決走下去，這樣的人是幸福的。

「我希望你騎馬騎得很愉快。」伊莎貝爾說，她覺察到，她的朋友正在躊躇。

「如果我只是到這兒來玩玩，沒有別的事，那自然是愉快的。」沃伯頓勳爵回答。

「你這麼喜歡花園山莊嗎？」姑娘問。

她越來越相信，他即將向她提出什麼要求，因此決定，如果他遲疑不定，她絕不去刺激他，但如果他走上這一步，那麼她必須使自己的理性保持充分的平靜。她倏地想起，要是這事發生在幾個星期以前，她一定會認為它非常富有浪漫氣息：在古老的英國鄉村住宅的花園裡，一位「偉大的」（她這麼想像）貴族向一個妙齡女郎求愛，而只要仔細看一下，就不難發現，這位女郎跟她本人異常相似。但是現在，即使她真是這幅畫中的人物，她仍能用旁觀者的態度來對待它。

「我對花園山莊毫無興趣，」沃伯頓勳爵說，「我關心的只是妳。」

「你認識我的時間還太短，沒有權利這麼說，我不相信你是當真的。」

伊莎貝爾講的是違心之論，因為她毫不懷疑他是真心實意的。這些話只是更突出了她已充分意識到的事實，即他剛才講的那番話只能引起社會上那些庸人的驚訝。再說，她很清楚，沃伯頓勳爵不是一個思想輕浮的人，如果除此以外她還需要什麼證明，那麼他回答她的口氣也完全可以滿足這個要求。

「權利這東西不是可以用時間來衡量的，阿切爾小姐，它是要靠感情本身來衡量的。哪怕我再等

第十二章　　147

三個月,情況也不會有什麼不同,我也不會比今天更有權利來說這些話。當然,我與妳見面的機會還很少,但是我的印象是從我們見面的第一分鐘開始的。我沒有浪費時間,我那時就愛上了妳。正如小說中所說的,那是一見傾心。我現在才明白,那不是無稽之談,它使我改變了對小說的看法。我住在這兒的兩天,使我下定了決心。我不知道妳有沒有發覺,但是我對妳的關心——當然這是從精神上講的——確實已經達到最大限度。妳說的任何一句話,妳做的任何一件事,我都沒有忽略。那天妳到洛克雷來的時候,或者不如說,妳離開的時候,我已經完全決定了。我這麼做了,這些天來我都在想這件事已。我不會輕舉妄動,但是我一旦看上了誰,我就終生不變。在這類事上,我不至於判斷錯誤,我是一個非常審慎的人。我不會嘲笑我自己,阿切爾小姐,終生不變。」

沃伯頓勳爵重複了幾遍,他的聲音那麼親切、柔和、興奮,是伊莎貝爾從未聽到過的。他望著她,眼睛裡射出熱情的光芒,那是篩除了狂熱、慾念和一切非理性雜質的感情,它像點在背風地方的燈光一樣平穩。

他們像取得了默契,在他講話時,兩個人的腳步都越來越慢,終於停了下來。他拿起她的手來。

「唉,沃伯頓勳爵,你太不了解我了!」伊莎貝爾說,聲音輕輕的,同時也輕輕地把手抽了回來。

「別那麼嘲笑我吧。這不能更好地了解妳,這使我夠不幸的了,我的苦惱就在這裡。但是我希望了解妳,我覺得我正在採取最好的辦法。如果妳做了我的妻子,我就會更了解妳,到那時,我向妳談到妳的一切優點,妳就不可能說我是出於無知了。」

「你了解我不多,我對你的了解更少。」

「妳認為我不能像妳那樣,促進我們的相互了解嗎?當然,那是完全可能的。妳放心,既然我對妳

這麼講,我一定會堅決做到,使妳滿意!妳應該喜歡我吧,是不是?」

「我非常喜歡,沃伯頓勳爵。」姑娘回答,這時候她是非常喜歡他的。

「妳這麼說,我太感激了。這表示妳沒有把我當作外人。我確實相信,我在生活的其他一切方面都處理得很好,我看不出為什麼我不能在這方面——在把我呈獻給妳的這件事上——也做得很好,因為我對它的關心大大超過了其他一切。妳可以問問熟悉我的人,我的朋友們會證明這點。」

「我不需要你的朋友的證明。」

「那妳太好了。妳是相信我的。」

「完全相信。」伊莎貝爾宣稱。

這時她心裡高興得熱乎乎的,因為她覺得她真的相信他。

她的同伴的目光中露出了微笑,歡樂不斷從他臉上洋溢出來。

「如果我辜負了妳的信任,阿切爾小姐,那麼讓我失去我所有的一切吧!」

她覺得奇怪,他這麼說是不是要提醒她,他所講的也就是他所想的。確實,他不怕把自己的思想告訴任何一個跟他談話的人,尤其是他心目中的終身伴侶。伊莎貝爾曾要求自己,千萬不能激動,她的心情是相當平靜的,甚至在她聽的時候,她問過自己,她應該說些什麼呢?她最大的希望是:她說的話應盡可能像他對她說的一樣親切。他的話帶有充分的信心,儘管一切顯得這麼奇怪。

「你的提議使我非常感激,我不知說什麼好,」她終於答道,「這是我很大的光榮。」

第十二章　　　　　　　　　　　　　　　149

「啊,別那麼說!」他叫了起來,「我就是怕妳說出那樣的話來。我不明白,妳說這類話是什麼意思。我不明白,為什麼妳要感謝我——那是我應該感謝妳,因為妳肯聽我說。妳對我還了解得這麼少,妳卻讓我對妳說了這麼莽撞的話!當然,那是一個大問題,但我可以告訴妳,我寧可把它提出,不願悶在心裡胡思亂想。我得說,妳肯聽我講——至少妳總算聽了——這給了我一些希望。」

「不要抱太大的希望。」伊莎貝爾說。

「啊,阿切爾小姐!」她的同伴喃喃地說,從他那嚴肅的神情中又露出了一絲笑容,彷彿在他心目中,這種警告只是精神興奮的表現,是得意情緒的流露。

「如果我要求妳根本不要抱什麼希望,你會不會感到非常驚訝?」伊莎貝爾問。

「驚訝?我不知道妳所謂驚訝是什麼意思。這不是驚訝,是一種比它壞得多的感覺。」

伊莎貝爾又走了起來,暫時沒有作聲。

「我完全相信,既然我對你的評價已經很高,如果我能夠更了解你,我對你的看法只會進一步提高。但我絕不認為,你因此便不會失望。我這麼說,絲毫也不是出於通常的謙虛,這完全是實話。」

「我願意冒這危險,阿切爾小姐。」她的同伴回答。

「你說得對,那是一個大問題,一個很難很難的問題。」

「當然,我不要求妳立刻做出回答。妳可以好好考慮,需要考慮多久就考慮多久。只要我的等待能有所收穫,我願意長時間等下去。只是請妳記住,我最寶貴的幸福就靠妳的答覆來決定。」

「讓你等待,我心裡非常不安。」伊莎貝爾說。

「啊,這沒什麼。我寧可在六個月以後得到一個好的答覆,不願在一天以內得到一個壞的答覆。」

「但很可能六個月以後，我還是不能給你一個你認為好的答覆。」

「為什麼不能，妳不是說妳真的喜歡我嗎？」

「你絕不應該懷疑這一點。」伊莎貝爾說。

「那麼我不明白，妳還要求什麼！」

「問題不僅在這裡，」伊莎貝爾說，「我是覺得我根本不想結婚。」

「不是我要求什麼，是我能夠給予什麼。我認為我跟你不相配，我確認為這樣。」

「這妳不用擔心，這是我的事。妳不必成為一個比國王更好的保皇主義者。」

「很可能是這樣。我不懷疑，有許多女人開頭是那樣的，」勳爵道，「但她們往往都給說服了。」

「很可能為她們需要這樣！」伊莎貝爾微微笑了一下。

「那只是因為自欺欺人而說出來的這條原理。」

「我怕那是因為我是英國人，才使妳感到為難，」他接著說道，「我知道，妳的姨父希望妳回國內去結婚。」

「求婚者的臉沉下去了，他默默地瞧了她一會兒。」

「他這麼對你說嗎？」

「我記得他講過這話，他也許是指一般美國女人說的。」

「他自己似乎在英國過得滿不錯呢。」伊莎貝爾說。

伊莎貝爾聽到這句話，覺得很有趣。她從沒想到，杜歇先生會跟沃伯頓勳爵討論她的終身大事。

她的態度也許顯得有些固執，但這說明她對姨父美好的生活環境的一貫看法，也表明她的性情一般

第十二章　　　　　　　　　　　　　　　　151

不願接受任何約束、採取狹隘的觀點。這給她的同伴帶來了希望，他馬上起勁地喊道：「說真的，親愛的阿切爾小姐，古老的英國是一個非常好的國家！我們只要把它整理一下，它還會變得更好呢。」

「啊，不必改變它，沃伯頓勳爵，別動它，我喜歡它保持現狀。」

「好吧，既然妳喜歡它，那我越來越不明白，妳為什麼要反對我提出的事。」

「我怕我無法使你理解。」

「妳至少應該試一下啊，我還是有理解能力的。妳是不是怕……怕這兒的氣候？妳知道，我們完全可以遷居國外。妳可以選擇一個氣候適宜的地方，全世界哪兒都成。」

這些話說得坦率誠懇，像兩條有力的胳臂在擁抱著她，又像一陣陣清香向她迎面吹來，自他那光潔的、翕動的嘴唇，來自她所不知道的奇異的花園，那芬芳撲鼻的空間。在這一剎那，她真恨不得把那顆赤子之心以外，不可能找到更好的出路了。」然而，儘管這機會使她陶醉，她還是像關在大鐵籠裡的野獸一樣掙扎著，要回到深山老林中去。他提供給她的那種「迷人的」安全感，不是她所嚮往的最重要的東西。因此她最後說自己說出口的，還是完全不同的話，它回避了她真正需要面對的危機：

「請你別見怪，我要求你今天別再談這件事了。」

「當然，當然！」沃伯頓勳爵喊道，「我絕對不想使妳感到煩惱。」

「你向我提出了一個必須反覆思考的問題，我答應你，我會合理地考慮它。」

「我對妳的要求其實也不過如此，還有，我希望妳記住，我的幸福掌握在妳的手裡。」

伊莎貝爾非常鄭重地聽取了這個期望，但過了一會兒，她說道：「我必須告訴你，我要考慮的是用

什麼方式來讓你知道，你所要求的事是不可能的，從而不至使你感到難過。」

「那是辦不到的，阿切爾小姐。我不想說，如果妳拒絕我，無異刺了我一刀。我不會為此死去，但我的生活從此會變得毫無目的。」

「你可以娶一個比我更好的女人。」

「請妳別講這種話，」沃伯頓勳爵說，態度很嚴肅，「它對我們兩人都是不公正的。」

「那麼就娶一個比我壞的。」

「如果有比妳好的女人，那麼我寧可要壞的，我能說的就是這些」」他繼續道，態度仍同樣誠懇，「愛好是談不到什麼理由的。」

他的嚴肅感染了她，使她也變得同樣嚴肅，它的表現就是她再次要求他，暫時不要再提這件事。

「我會很快找你談的，」她說，「也可能我會寫信給你。」

「看妳怎麼做方便吧，」他回答，「不論妳需要多少時間，在我說來都是長的。我想我必須充分利用這段時間。」

「我不會使妳等得很久，我只是要讓我的心情平靜一下。」

他發出了一聲憂鬱的歎息，站在那兒注視著她，把兩手反抄在背後，不安地搖了幾下獵鞭，「妳可知道，我最怕的就是……就是妳那顆難以捉摸的心？」

為我們的女主人公做傳的作者不知道是什麼原因，他只知道這問題使她震動了一下，她感到臉上飛起了紅暈。她也瞅了他一眼，然後幾乎像在籲求他憐憫似的，用奇異的聲調喊道：「我也是一樣啊，勳爵！」

第十二章 153

然而這沒有引起他的憐憫,他所有的同情和機能已全部用在自己身上了。

「唉!別那麼狠心,那麼狠心吧。」他咕噥著。

「我想你還是走吧,」伊莎貝爾說,「我會寫信給你的。」

「很好,不過不論妳怎麼寫,我反正都會來看妳。」於是他站在那兒想起心事來,眼睛直勾勾望著本奇那張機警的臉,牠那神氣彷彿對他們所講的一切,都已心領神會,只是為了掩蓋這種不夠光明正大的行為,牠裝出一副樣子,似乎在全神貫注地觀察那棵老山毛櫸樹的樹根。

沃伯頓勳爵說道:「還有一件事,妳知道,如果妳不喜歡洛克雷,嫌那地方太潮濕,或者有其他缺點,妳可以離得遠遠的,永遠不住在那裡。不過順便說一下,它並不潮濕,我對這幢房子做過澈底檢查,它是完全合乎衛生條件的。但如果妳愛這麼想,妳可以根本不必住在那兒。那是一點也不困難的,我還有不少房子。我想我應該這麼補充一下,妳知道,有些人不喜歡壕溝。再見。」

「我是喜歡壕溝的,」伊莎貝爾說,「再見。」

他伸出手來,她把手伸了出去,雖然時間很短,他已俯下他那美好而沒有戴帽的頭來,吻了它一下。然後他急匆匆走了,一邊克制著自己的感情,把獵鞭迅速地抽了幾下。他的心顯然是不平靜。

伊莎貝爾也並不平靜,但她不像她想像的那麼激動。她不覺得自己負有很大的義務,或者難以做出抉擇,她認為在這個問題上,她沒有選擇的餘地。她不能嫁給沃伯頓勳爵,這個想法不符合她一向懷有的、或者現在可能懷有的任何理想,不能滿足她自由地探索生活的要求。她必須把這點寫信告訴他,這個任務是比較簡單的。但是,擾亂她心情的,也就是使她感到大惑不解的,是她竟會毫不猶豫地拒絕這個千載難逢的「機會」。不論從哪一點看,沃伯頓勳爵給她提供了一個遠大的前

途。這地位可能有它的不足之處，可能對人有些束縛，也可能證明事實上只是一種麻痺意志的麻醉劑，但她可以公正地說，在她的姐姐妹妹中間，二十個人倒有十九個會興高采烈地歡迎這個機會。那為什麼她不覺得它具有不可抗拒的吸引力呢？她是誰，是什麼人，居然把自己看得這麼高不可攀？她對生活有什麼看法，對命運有什麼打算，對幸福有什麼見解，竟然把自己置於這麼偉大的、千載難逢的機會之上？如果她連這也不幹，那麼她應該幹得更好，取得更大的前途才成。可憐的伊莎貝爾曾經不時提醒自己，千萬不要太驕傲，她祈求自己不至陷入這種危險，她的祈求是最真誠不過的，因為驕傲所構成的孤獨和寂寞，對她的心靈說來，是一片充滿恐怖的不毛之地。如果說那是驕傲妨礙她接受沃伯頓勳爵的提議，那純粹是誤解。她完全清楚，她是喜歡他的，因此她敢於向自己保證，正是她的好心，她清醒的理智，她的同情心，使她不能這麼做。她太喜歡他，不能嫁給他，這就是事實。她總是感到，他在那件事上所遵循的熱情洋溢的邏輯中，包含著某種錯誤的推理，儘管她那纖細的手指還不能指出，這是在哪一個環節上。一個男人做出了這麼多的犧牲，得到的卻是天性愛好挑剔的妻子，這樣的事總是特別不值得稱道的。她答應他要考慮他的問題，因此在他離開以後，她又慢慢走回去，坐在他找到她時她坐的那只長凳上，陷入了沉思。看那樣子，她似乎沒有失信。但事實不然，她只是在琢磨，她是不是一個冷酷的、硬心腸的、自命不凡的女孩子。到最後她站起來匆匆忙忙走回屋裡的時候，她確實像她對她的朋友所說的，她對自己也感到害怕。

第十二章　　　　　　　　　　　　　　　　　155

第十三章

正是出於這種心情，而不是為了徵求意見——伊莎貝爾從來沒有這種要求——她把發生的事告訴了姨父。她希望找個人談談，在這方面，她的姨母或者她的朋友亨麗艾特，更有吸引力。當然，她的表兄也是一個可靠的人選，但是她總覺得，她先得克服心頭的重重阻力，才能把這個特殊的祕密告訴拉爾夫。

就這樣，第二天早餐以後，她就在尋找機會。她的姨父午前從不走出他那幾間屋子，但是常在他的整容室裡接見他所謂的老朋友。伊莎貝爾已在這一類人中取得了一席位置，其他還包括老人的兒子、他的醫生、他的貼身僕人，甚至斯塔克波爾小姐。杜歇夫人沒有列入這名單，這使伊莎貝爾單獨跟姨父在一起的機會又少了一道障礙。他坐在一張帶有複雜機械裝置的椅子上，靠近打開的窗戶，臉向西望著那一片園林和河流，他的旁邊放著報紙和信件。他剛剛梳洗過，顯得神清氣爽，整整齊齊，那張光滑而沉思的臉露出助人為樂的慈祥神色。

伊莎貝爾直截了當地提出了這件事，「我想我應該讓您知道，沃伯頓勳爵要求我嫁給他。我覺得我應該告訴姨母，但似乎最好還是先告訴您。」

老人沒有感到驚異，只是對她的信任表示了感謝。然後他問道：「妳願意告訴我，妳有沒有接受嗎？」

「我還沒有明確回答他，我請他讓我考慮一下，因為這樣似乎更有禮貌。但是我不打算接受。」

杜歇先生沒有發表意見，他的神情表明他在思考。他想，從友誼的角度看，不論他對這件事有多大興趣，他都沒有發言權。

「嗯，我告訴過妳，妳在這兒會獲得成功的。美國人很受歡迎。」

「確實很受歡迎，」伊莎貝爾說，「但是得付出不知好歹和不識抬舉的代價，我想我不能嫁給沃伯頓勳爵。」

「嗯。」姨父繼續說，「當然，一個老人不能替年輕姑娘來下結論。我很高興妳沒有在做出決定之後來找我。我想，我不妨告訴妳，」他補充道，說得很慢，但似乎那只是一句無關緊要的話，「這一切我三天前已經知道了。」

「知道沃伯頓勳爵的心情？」

「照這裡人的說法，知道他的意圖。他給我寫了一封非常客氣的信，把他的意思告訴了我。妳想看一下這封信嗎？」老人親切地問。

「謝謝您，我想我沒有必要看。但我很高興，他給您寫了信。他做得很對，凡是對的事他無疑都是會做的。」

「真的，我猜想妳是喜歡他的！」杜歇先生說，「妳不必掩飾，說妳不喜歡他。」

「我是非常喜歡他，我完全可以承認這點。但目前，我還不打算跟任何人結婚。」

「妳認為妳還可能遇到更滿意的人。是的，這很可能。」杜歇先生說。他似乎為了向姑娘表示親切起見，盡量緩和她的決定的嚴重性，為它尋找樂觀的理由。

第十三章　　　　　　　　　　　　　　　　　　157

「我根本不指望再遇到什麼人,我對沃伯頓勳爵已經相當滿意。」她好像突然改變了觀點,這種情況有時會使跟她談話的人大吃一驚,甚至很不高興。

然而她的姨父似乎對這兩種情緒天然具有免疫能力。

「他是一個很出色的人,」他又說道,那口氣簡直可以當作在鼓勵她接受求婚,「他的信是我幾個星期以來收到的最有趣的一封。我想,我喜歡它的原因之一,是它談的全部都是妳——當然,除了談他自己的部分以外。他大概把這一切告訴妳了。」

「要是我問他的話,他會把一切告訴我的。」伊莎貝爾說。

「但是妳不想知道?」

「既然我決定拒絕他的要求,我何必再關心這封信。」

姑娘沉默了一會兒,接著她承認道:「我覺得是這樣,但我不知道為什麼。」

「女人是幸運的,她們不必非提出理由不可,」姨父說,「這種事具有很大的誘惑力,但是我不明白,為什麼英國人要引誘我們離開自己的國土。我知道,在我們那邊,我們也想吸引他們,但那是因為我們人口不足。可妳知道,這兒是很擁擠的。不過,年輕漂亮的小姐到哪兒都能找到自己的天地。」

「您也找到了自己的天地呢。」伊莎貝爾說,眼睛打量著那一大片欣欣向榮的園林。

杜歇先生露出了機靈而自覺的笑容,「一個人在哪兒都能找到自己的天地,只要他肯付出代價。我有時覺得,我為此付出了太高的代價。也許妳也會付出很高代價的。」

「也許我也會。」姑娘回答。

這些話給了她啟示，使她看到了更明確的立足點，這是她在自己的思想中沒有找到的。她姨父那種從容自若的智慧，跟她的難題結合起來，似乎向她證明，這種野心促使她不滿足於沃伯頓勳爵那美好的提議，她的選擇不純粹出於了解世界的願望和渺茫的野心——這種野心促使她不滿足於沃伯頓勳爵那美好的、合理的感情，她的企圖更進一步，追求某種不明確的、也許還是不值得讚許的目標。就目前這件事來說，那種不明確的憧憬對伊莎貝爾的行為雖然有一定影響，但那不是跟卡斯帕·戈德伍德的結合，這種設想是連一點影子也沒有的。因為儘管她拒絕從英國求婚者沉著巨大的手上去接受愛情，她至少同樣不樂意讓那位波士頓的求婚者完全占有她。讀過他的信以後，她找到的避風港，就是對他到國外來這件事採取的批判態度，因為他對她的一部分影響，似乎使她失去了自由感。他的到來對她構成了一種不愉快的強大壓力，一種難以忍受的事實。她的眼前常常會出現他那種不以為然的神氣，這成了對她的威脅，使她老是擔憂——這一直是她考慮得最多的一個問題——不知道他是否贊成她做的一切。困難在於卡斯帕·戈德伍德可憐的沃伯頓勳爵（現在她已開始把這個形容詞賜給勳爵）不同，他給她一種力的感覺——她已經感受到了這種力量——這是他的天性。然而，這沒有成為他的「優點」，只是使他那對炯炯發亮的、銳利的眼睛流露出一股活力，彷彿有一個永不疲倦的人在從這對眼睛裡向妳窺視。不論她喜歡不喜歡，他總是以他的全部意志和力量堅持下去，哪怕只跟他保持一般的接觸，也不能不考慮這一點。

自由思想遭到限制的思想，這對目前的伊莎貝爾說來，是特別不能容忍的，因為她覺得，她剛才還親自對自己的獨立做過明確的表示，毫不在乎地拋棄了沃伯頓勳爵提供的優越機會。有時卡斯帕·戈德伍德似乎把自己跟她的命運放到了一起，這成了她最棘手的一件事。逢到這種時候，她總對自己說，她可以躲避他一時，但最終還得與他達成和解，而這種和解勢必是對他有利的。她的要求是利用一切機會使她

第十三章　　　　　　　　　　　　　　　　　　　159

可以抵制這種和解。她之所以熱衷於接受姨母的邀請前來歐洲，跟這種要求有很大關係，因為這個邀請正出現在戈德伍德先生隨時可能來找她的時候，用來回絕她知道他必然會提出的問題。在奧爾巴尼，杜歇夫人來訪的當天晚上，伊莎貝爾告訴戈德伍德先生，她急於找到一個答覆，跟她去歐洲的道路，她心裡很亂。但他宣稱，這根本不是答覆。現在正是為了得到更好的答覆，他才遠涉重洋跟蹤前來。對於一個充滿幻想的少女，他的許多表現都是理所當然的，她只要對自己說這是她的嚴酷的命運就夠了，但是讀者有權要求獲得更詳細、更清楚的說明。

他是麻薩諸塞州幾家著名棉紡織廠的老闆的兒子，這位先生靠經營這項企業發了大財。卡斯帕現在管理著工廠，他的見識和意志使它們在激烈的競爭和不景氣的年代中，仍保持著欣欣向榮的局面。他大部分是在哈佛學院受的教育，不過在學校裡，他的名聲主要在體育和划船方面，不在取得其他各種知識方面。但後來他懂得，文化知識也像體育運動一樣有用，甚至也可以打破紀錄，創造罕見的功勳。這樣，他發現他對機械學具有敏銳的天賦，發明了改進棉紡工序的方法，這方法以他的名字命名，現在已被普遍採用。你可以在報上看到，這項富有成果的發明與他的名字連繫在一起。為了證實這點，他曾把紐約《會談者報》上的文章拿給伊莎貝爾看，這篇文章詳細介紹了戈德伍德專利權——它不是出自斯塔克波爾小姐的手筆，她作為一個朋友，關心的主要是他的感情方面。他對一些複雜而棘手的工作感興趣，喜歡從事組織、競爭和經營管理方面的活動。正如人們所說，這是一種管理人員的藝術，靠的是膽大心細，有遠大的目標。熟悉他的人都覺得，他能夠從事更偉大的事業，不僅經營一家棉紡織廠。卡斯帕·戈德伍德一點不像棉花那麼柔軟，他的朋友們認為有朝一日他理所當然還會在其他方面發揮抱負。但適合他做的似乎是

160

一位女士的畫像
The Portrait of a Lady

一種規模巨大而混亂的、黑暗而醜惡的事,因為歸根結柢,他跟安居樂業、發財致富這一套格格不入,儘管這類事的重要性是盡人皆知、到處都在宣揚的。伊莎貝爾也樂於相信,他的長處是在馬上,是縱橫馳騁,是在戰爭的硝煙中叱吒風雲,這種戰爭——例如內戰——曾像烏雲一樣,籠罩過她初識人事的童年時代和他老練成熟的青年時代。

不管怎樣,她為他在性格上和事實上都是一個無所畏懼的英雄人物感到高興——她對他性格和外表上的這個特點,比其他一切喜歡得多。他的棉紡織廠,她根本不感興趣;戈德伍德專利權也只引起了她極端冷淡的反應。她希望他保持這種大丈夫氣概,一分也不減少,但有時她又覺得,也許會好看一些。比方說,他的下巴頰太方、太嚴峻,他的身子太直、太僵硬,這些特點表示對生活中較深的意境不容易協調。還有,他一年四季穿同樣的衣服,這也是她不贊成的,當然,這不是說他老是穿同一套衣服,相反,他的衣服都是嶄新的,但它們好像是用同一塊衣料做的,樣式、質地都一樣,叫人討厭。她常常提醒自己,就戈德伍德先生這樣一個重要人物而言,這種缺點實在微不足道。於是她修正了自己的指責。她常常提醒自己,認為如果她愛上了他,那麼這種缺點也會變得微不足道。但是她還沒有愛上他,因此她可以批評他的一切缺點,包括小的和大的——大的可以總括一句,就是他顯得太嚴肅。不,不是太嚴肅,因為一個人絕不可能那樣,而是他顯得太嚴肅了當,毫不掩飾。他跟一個人單獨在一起的時候,談一件事談得太多,有別人在場的時候,他又對任何事都談得太少。然而他仍是她認識的最堅強的人,是純粹由鑲嵌著美麗的金箔的鋼片組成的——這些鋼片非常多,她看到他那些不同的組成部分,就像她在博物館中和畫像上看到武士身上的盔甲的不同組成部分一樣。奇怪的是,我們看不到她的印象和她的行動之間有任何明顯的連繫。卡斯帕·戈德伍德從

第十三章　　　　　　　　　　　　161

來不符合她關於一個可愛的人的觀念,她猜想,符合這個觀念,而且還超過了它,獲得了她的讚美,但她還是不滿意。這無疑是奇怪的。然而,沃伯頓勳爵不僅這種矛盾的心情,對答覆戈德伍德先生的信,是沒有幫助的,伊莎貝爾決定暫時不寫回信。如果他膽敢來逼她,他會自食惡果,其中主要一點就是她要讓他看到,她不贊成他到花園山莊來。她已經把一個求婚者引了進來,雖然得到來自相反方面的頌揚,是一件愉快的事,但同時接待兩位熱情的追求者,儘管接待的目的是為了拒絕他們,還是使她感到不能容忍。她沒有答覆戈德伍德先生,但是三天後,她寫了封信給沃伯頓勳爵,這封信屬於我們的故事範圍。

親愛的沃伯頓勳爵:

關於你向我提出的那件事,我經過再三慎重考慮之後,還是不能改變我的初衷。我覺得我確確實實無法接受你做我的終身伴侶,或者接受你的家——你那不同的住所——作為我自己居住的地方。這些事是無法說明理由的,我非常誠懇地要求你,別再提起這件事,因為我們已經對它做了詳盡無遺的討論。我們從各自的觀點看待我們的生活,這是我們中最軟弱、最低微的人也應享有的權利,而我永遠不能按照你提出的方式來看待我的生活。希望你不再向我要求更多,相信我已對你的提議做了它理所應得的、極其尊敬的考慮。正是懷著這種尊敬的心情,我向你問好!

伊莎貝爾·阿切爾

就在這封信的作者下了決心,把它發出的時候,亨麗艾特·斯塔克波爾想出了一個主意,而且馬上

付諸實施了。她請拉爾夫·杜歇跟她一起到花園去散步,他滿口答應,這種爽快態度經常證明他是一個極可依靠的人。到了花園,她向他提出,她有件事要他幫忙。可想而知,聽到這個要求,年輕人有些為難,因為我們知道,他認為斯塔克波爾小姐是一個無所顧忌的人。不過驚慌是沒有理由的,因為他對她的冒失的深度和廣度還沒有足夠的認識。於是他很有禮貌地表示,他願意為她效勞。他怕她,而且直言不諱地告訴了她。

「有時妳瞧我的目光,」他說,「使我的膝蓋發抖,心裡沒了主意,我只覺得慌張不安,巴不得把妳要辦的事全都辦好。妳有一種我在任何女人那兒沒遇到過的目光。」

「好吧,」亨麗艾特心平氣和地回答,「如果我以前不知道你老是想挖苦我,那麼現在我知道了。當然,要挖苦我並不難——我是在完全不同的風俗和思想中長大的。我不習慣你們那些隨心所欲的標準,我在美國,從沒有人像你那樣對我講話。如果在那兒有一位先生跟我談話的時候這麼講,我會覺得莫名其妙。我們在那兒對待一切都很自然,我承認這點,我自己就很簡單。當然,如果因此你要嘲笑我,那就悉聽尊便。但是我想,總的說來,我還是願意做我自己,不願意做你。我對我自己很滿意,我不需要改變。許多人贊成我現在這個樣子,當然他們都是朝氣蓬勃、生來自由的美國人!」亨麗艾特近來採取了無可奈何的單純口氣,變得寬宏大量了。

「我要求你幫我一個忙,」她說下去,「我毫不在乎你是不是高興這麼做,不過我希望你的好心會使你感到高興。我是為了伊莎貝爾要你幫助我的。」

「她欺侮了妳嗎?」拉爾夫問。

「要是那樣,我不會計較,我也永遠不會告訴你。我是擔心她會害了她自己。」

「我想那是很可能的。」拉爾夫說。

他的同伴驀地在花園的小徑上站住，兩眼怔怔地望著他，那目光也許就包含著使他發抖的性質，「我看，你覺得很有趣吧？瞧你說的那麼輕鬆！我從沒聽到過這麼漠不關心的口氣。」

「不關心伊莎貝爾？哪兒的話。」

「好吧，我希望你沒有愛上她。」

「那怎麼可能，我已經愛上另一個人。」

「你愛上的是你自個兒，這就是那另一個人。」

「如果你願意一生中嚴肅這麼一次，那麼現在是一個機會，還有，如果你真的關心你的表妹，那麼現在正好可以證實這一點。我不指望你了解她，那是要求太高了。但你也不必那樣才能幫助我。我可以提供必要的情況。」

「我一定洗耳恭聽！」拉爾夫喊道，「我可以做卡列班，妳做愛麗兒。」

「你根本不像卡列班，因為你太複雜，卡列班可不是這樣。但我不是在談幻想的人物，我是在談伊莎貝爾。伊莎貝爾是有血有肉的人。我要告訴你的是，她大大地變了。」

「妳是說從妳來了以後？」

「我來以前她已經變了，她不是過去那個如此美好的她了。」

「過去那個在美國的她？」

「是的，在美國的她。你當然知道，她是從那裡來的。她沒有法子，不得不變。」

「妳希望把她變回去？」

164

一位女士的畫像
The Portrait of a Lady

「一點不錯,我需要你幫我一把。」

「原來這樣,」拉爾夫說,「可惜我只是卡列班。」

「得啦,你已經做了普洛士不羅,把她變成這個樣子了。自從伊莎貝爾·阿切爾來了以後,你對她施加了影響,杜歇先生。」

「是嗎?親愛的斯塔克波爾小姐,絕對沒有這樣的事。那是伊莎貝爾·阿切爾影響了我,是的,她對每個人都發生了影響。至於我,我是絕對被動的。」

「那麼你是太被動了。你最好還是讓自己主動一些,留心一下。伊莎貝爾每天都在變,她是在往外漂──漂到海裡去。我在觀察她,我看得到。她已經不是過去那個明朗的美國姑娘。她在接受不同的觀點,不同的影響,拋棄過去的理想。我要拯救那些理想,杜歇先生,這就是你應該出力的地方。」

「該不是要我來充當理想的角色吧?」

「當然不是,」亨麗艾特直截了當地回答,「我心裡感到擔憂,怕她嫁給一個歐洲人,我得阻止這件事。」

「哦,我明白了,」拉爾夫喊道,「為了阻止它,妳要我插手,把她娶過來?」

「根本不是,這種藥跟病一樣危險。我不讓她嫁給歐洲人,可你就是一個典型的最壞的歐洲人。不對,我是希望你對另一個人發生興趣,那是一個年輕人,他一度得到過她的好感,但現在她好像對他不

---

1 卡列班(Caliban)和愛麗兒(Ariel)以及下面提到的普洛士不羅(Prospero),都是莎士比亞的劇本《暴風雨》(The Tempest)中的人物。卡列班是惡的精靈,愛麗兒是善的精靈,普洛士不羅是理性和科學的魔術師。

第十三章　　165

夠滿意了。他是一個十分崇高的人,也是我非常好的朋友,我迫切希望你請他到這兒來玩玩。」

這個要求不能用最單純的目光來看它,這對他心靈的純潔而言,未始不是一個汙點。在他眼中,這件事有些蹊蹺,他的錯誤在於,他不能相信,世界上真有像斯塔克波爾小姐的這個要求那樣光明磊落的事。一個青年女子要求把一位她稱作是她非常好的朋友的先生請來,給他提供一個機會,讓他可以獲得另一個年輕女子的歡心,因為這個年輕女子對他已經有些變心,而這個年輕女子又比第一個更美——這樣一件不合常情的事,把拉爾夫的頭腦攪亂了,他一時無法做出解釋。從字裡行間猜測,比老老實實讀書容易。把斯塔克波爾小姐要求將那位先生請到花園山莊來,看作是為了達到她個人的目的,這種設想主要不是庸俗心理,而是困惑心情的流露。不過,哪怕這一點庸俗的想法,也給拉爾夫掃除了,我很難說他是靠什麼力量來掃除它的,只能說那是一種靈感。儘管在這個問題上,他沒有得到任何外來的啟示,他腦海中還是突然迸發了一個信念,認為對《會談者報》記者的任何行為加上不名譽的動機,都是極不公正的。這個信念一下子像閃電一樣照亮了他的心靈,這可能是那位年輕小姐鎮定自若的眼睛中射出的純潔光芒感染了他。他有意識地對這目光凝視了一會兒,沒有像人們在強烈的光線面前那樣皺一下眉頭。

「妳說的那位先生是誰?」

「卡斯帕‧戈德伍德先生,從波士頓來的。他非常關心伊莎貝爾,像看待自己的生命那樣看重她。他是到這兒來找她的,現在住在倫敦。我不知道他的地址,但是我想我可以打聽到。」

「我從沒聽到過他。」拉爾夫說。

「嗯,我想你什麼人也沒聽到過。我相信他也沒聽到過你,但那不是伊莎貝爾不能嫁給他的理

由。」

拉爾夫露出了曖昧的溫和的微笑,「妳為了別人結婚的事這麼起勁!前幾天妳還要我結婚呢,妳還記得嗎?」

「我已經放棄這個打算,你不懂得這件事的重要性。但是戈德伍德先生懂得,那就是為什麼我要為他出力的原因。他是一個很好的人,一位完美的紳士,伊莎貝爾知道。」

「她是不是很喜歡他?」

「要是她現在不喜歡,她也應該喜歡。他的整個心都在她身上。」

「妳希望我邀請他到這兒來?」拉爾夫一邊考慮一邊說。

「那才是真正的好客精神。」

「卡斯帕‧戈德伍德,」拉爾夫繼續道,「這名字聽起來倒是響噹噹的。」

「我不管他的名字怎麼樣。即使他叫伊齊基爾‧詹金斯,我也會這麼講。他在我見到過的人中,是唯一配得上伊莎貝爾的。」

「妳是一個忠心耿耿的朋友。」拉爾夫說。

「我當然是。如果你拿這來嘲笑我,我不在乎。」

「我說這話不是嘲笑動。」

「你的嘲笑越來越不像妳了,不過我勸你不要去嘲笑戈德伍德先生。」

「我保證我是非常認真的,妳應該理解這點。」拉爾夫說。

「他的同伴終於理解了,」「我相信你,你現在又太認真了。」

第十三章 167

「妳這個人太難辦。」

「哦，你確實非常認真。你不想邀請戈德伍德先生。」

「我不知道，」拉爾夫說，「不過我是會幹出人意料的事的。妳再談談戈德伍德先生吧。他是怎樣一個人？」

「他跟你正好相反。他是一家棉紡織廠的老闆，一個非常出色的人。」

「他的舉止很文雅嗎？」拉爾夫問。

「風度翩翩——當然是美國的方式。」

「他跟我們這幾個人合得來嗎？」

「我想他顧不上我們。他的心思完全集中在伊莎貝爾身上。」

「我的表妹喜歡他嗎？」

「很可能一點也不喜歡。不過那對她有好處，那會把她的思想喚回來。」

「喚回來——從哪兒喚回來？」

「從國外和其他不正常的地方喚回來。三個月以前，她讓戈德伍德先生有一切理由相信，她可以接受他。她不能僅僅因為換了個環境，就拋棄一個忠實的朋友。我相信，伊莎貝爾還是越早回去越好。我對她非常了解，我知道她在這兒不會真正幸福。我希望她跟美國建立一個牢固的關係，這對她起防腐劑的作用。」

「妳這麼做，是不是太急了一些？」拉爾夫問，「妳認為不應該讓她在可憐的古老的英國也得到一些機會嗎？」

「讓她有機會葬送她那光輝而年輕的生命嗎？為了搭救一個落水的人，永遠是越快越好的。」

「那麼，照我的理解，」拉爾夫說，「妳是希望我把戈德伍德先生也推到水裡去，跟她在一起。」

亨麗艾特：「妳可知道，我從沒聽到她提過他的名字？」

拉爾夫似乎同意這說法很有道理，「這話使我聽了很高興，它證明她多麼想念他。」

接著又說：「如果我把戈德伍德先生請來，我非跟他吵架不可。」

「別那樣。事實會證明他比你強。」

「妳真是在盡一切力量叫我恨他！我確實不想請他來。我怕我會得罪他。」

「那只能聽便了。」亨麗艾特回答，「我沒有想到你自己愛上了她。」

「妳真相信那樣嗎？」年輕人揚起了眉毛問。

「那是我從你嘴裡聽到的最自然的一句話！我當然相信。」

「好吧，」拉爾夫最後說，「為了向妳證明妳錯了，我決定邀請他。不過，得有言在先，他是作為妳的朋友來的。」

「如果作為我的朋友，他不會來。而且你答應請他來，這不能向我證明我錯了，只能向你自己證明你錯了！」

斯塔克波爾小姐最後這些話（說到這裡他們就分開了）包含著不少真實性，這是拉爾夫·杜歇也不得不承認的。不過這種承認對他來說算不得什麼，因為儘管他懷疑，遵守自己的諾言會比不守諾言更加輕率，他還是給戈德伍先生寫了六、七行字，表示老杜歇先生歡迎他光臨花園山莊，這兒人不多，斯

第十三章　　　　　　　　　　　　　　　　　　169

塔克波爾小姐便是其中傑出的一位。把信發出以後（這是由亨麗艾特指定的一位銀行家轉交的），他有些不安地等著回音。這位精力充沛、身強力壯的先生的大名，他還是第一次聽到，因為他的母親回來的時候，只向他提了一下，說她的外甥女在國內有一位「男朋友」，這些話缺乏具體內容，拉爾夫也不想費心打聽這件事，他覺得關於它的答覆只能是模糊的或者不愉快的。然而現在，這位以他的表妹作為目標的國內的男朋友，卻變得具體起來了，他是一個年輕人，跟在她的後面來到了倫敦，他經營著一家棉紡織廠，具有美國式的最優美的風度。拉爾夫對這位介入者做了兩種推測：一種認為，他的愛情是斯塔克波爾小姐編的感傷小說（那些女人作為女性是休戚相關的，因此她們之間總存在著一種默契，喜歡發現或者虛構彼此的情人），如果這樣，就不值得怕他，他也可能不會接受邀請。另一種推測認為，他會應邀前來，那麼這只能證明，他是一個不明事理的人，他也不值得對他過分重視。拉爾夫的論證中的後一個推測，可能顯得不合邏輯，但是它體現了他的信念，他認為，如果戈德伍德先生果真像斯塔克波爾小姐描摹的那樣，真心實意愛上了伊莎貝爾，那麼他不會願意在斯塔克波爾小姐的邀請下，前來花園山莊。

「根據這個假定，」拉爾夫說，「他必然會把她看作他那朵玫瑰花梗子上的一根刺。他也會發現，她作為一個中間人，還不夠老練。」

發出邀請信以後兩天，他收到了卡斯帕·戈德伍德的回信，信非常短，除了表示感謝以外，說他很遺憾，由於另有約會，不能前來花園山莊。拉爾夫把信拿給亨麗艾特看，後者看過以後，大喊道：「真是，我從沒遇到過這麼難辦的人！」

「恐怕他並不像妳想像的那樣關心我的表妹。」拉爾夫說。

「不，不是那樣，這有著更微妙的動機。他的個性是非常深邃的。但我決心要摸清它的底細，我要寫信問他，看他是什麼意思。」

他不接受拉爾夫的邀請一事，使這位年輕人隱隱感到不安。從他謝絕到花園山莊來的那一天起，拉爾夫開始重視他了。但他問自己，伊莎貝爾的那些追求者是緊跟不捨，還是若即若離，跟他什麼相干？他反正不想跟他們競爭，隨他們愛怎麼辦就怎麼辦。然而他心裡老是惦記著，不知斯塔克波爾小姐答應去追究戈德伍德先生難辦的原因，結果如何。但他的好奇心暫時沒有得到滿足，因為三天以後，他問她有沒有寫信到倫敦去，她不得不承認，她白寫了，戈德伍德先生沒有回信。

「我想他可能還在考慮，」她說，「他對每一件事都要再三考慮，他確實不是感情用事的人。但是我的信通常在當天就能得到答覆。」

不管怎樣，她立即向伊莎貝爾提議，兩人一起到倫敦去旅行一次。

「如果要我講老實話，」她說，「那麼我在這兒見到的東西不多，我想妳也不例外。我甚至還沒見到那位貴族——他叫什麼來著？沃伯頓勳爵？他似乎完全把妳給忘啦。」

「沃伯頓勳爵明天要來，我剛才知道這事，」伊莎貝爾回答，她收到了洛克雷主人的一封信，是答覆她的信。

「妳可以有充分的機會來研究他。」

「好吧，他可以做一篇通訊的材料，但我得寫五十篇呢，一篇算得什麼。這一帶的風景我都描寫過了，那些老太婆和驢子我也講夠了。隨妳怎麼說，風景不是通訊的好材料。我必須回倫敦去，獲得一些真正的生活印象。我在那兒只待了三天便到這兒來了，簡直還沒來得及開始呢。」

第十三章　　　　　　　　　　　　　　　　　　　171

伊莎貝爾從紐約到花園山莊來的時候，在英國首都停留的時間甚至更短，因此亨麗艾特提議到那裡去做一次愉快的訪問，立即受到了她的歡迎。她覺得這個主意很好，倫敦的風土人情使她嚮往，在她的心目中它始終是一個繁華熱鬧的都市。她們一起制訂了計畫，沉浸在美好的幻景中。她們要找一家風光如畫的古老客店——狄更斯描寫過的那類旅店——投宿，坐著舒適的彈簧馬車在市內兜風。亨麗艾特是個女記者，女記者的特權就是可以出入一切必要的場所，做一切要做的事。她們要在一家咖啡館裡吃飯，然後去看戲。伊莎貝爾興致勃勃，立刻把這些愉快的打算告訴了拉爾夫，惹得他哈哈大笑，這當然跟她希望得到的讚美有很少共同之處。

「妳們的計畫真有意思，」他說，「我勸妳們不如去住『公爵之頭』旅館，它在科文特花園廣場[2]，那兒舒適，隨便，古色古香。我還可以介紹妳們參加我的俱樂部呢。」

「你認為它不切實際嗎？」伊莎貝爾問，「我的天，難道這樣安排不成嗎？跟亨麗艾特在一起，我當然什麼地方都能去，她可以通行無阻。她跑遍了整個美國，在這個簡單的小島上，至少不會有什麼困難。」

「那好吧。」拉爾夫說，「讓我也在她的保護下，上那兒去觀光一下。我還從沒有過這麼安全的旅行呢！」

2 倫敦最古老的地區之一。這是拉爾夫在諷刺兩位女孩的懷古情緒。

第十四章

斯塔克波爾小姐預備馬上動身,但我們知道,伊莎貝爾已得到通知,沃伯頓勳爵將再度光臨花園山莊,她認為,她有責任留在那兒跟他見面。他收到她的信後,過了四、五天才寫回信,信也很簡單,只說兩天後他要來吃午飯。他遲遲的覆信和拖延,感動了這位少女,她重又意識到,他是要盡量慎重和忍耐,免得對她造成太大的壓力。由於她相信,他是「真心喜歡」她的,因此這種體貼更使她感動。伊莎貝爾告訴姨父,她已寫信給他,還提到了他來的意圖。這樣,老人提早離開了自己的屋子,在兩點鐘的午餐席上出現了。從他來說,這絕對不是要監視誰,只是出於一種仁慈的考慮:萬一伊莎貝爾願意再聽他們尊貴的客人訴說一遍,那麼老人的在場,可以對他們的雙雙離席起掩護作用。勳爵是從洛克雷坐馬車來的,他帶著一個大的妹妹,這措施應該也出於跟杜歇先生相同的考慮。兩位客人經過介紹,認識了斯塔克波爾小姐,午餐時,後者便坐在沃伯頓勳爵旁邊。伊莎貝爾心亂如麻,她沒有興趣重新討論他提出的那個即使她措手不及的問題。她不能不佩服他那麼心平氣和,鎮靜自若,完全掩蓋了他在她面前心神不定的任何跡象。他既不看她,也不跟她說話,唯一暴露他的感情的是他避免與她的眼睛接觸。然而他跟別人談笑風生,而且好像吃得津津有味,胃口很好。莫利紐克斯小姐的腦門兒光溜溜的,跟修女一般,脖子上掛著一個大銀十字架。她顯然一心在捉摸亨麗艾特·斯塔克波爾,不時拿眼睛去瞟她,那神情顯得似乎不知道應該對她敬而遠之,還是親熱一些。在洛克雷的兩位小姐中,她是伊莎貝爾最喜歡的

一個，她身上有一種先天的嫻靜氣質。而且伊莎貝爾相信，她那柔和的額角和銀十字架，跟英國國教某種不可思議的祕密有關——她也許發過別有風味的誓願，要為重建古老的女教士組織而努力。她心想，莫利紐克斯小姐要是知道她哥哥的求婚，不知會對她怎麼想呢，莫利紐克斯小姐永遠不會知道這類事，沃伯頓勳爵絕不會告訴她。他喜歡她，愛護她，但總的說來，他跟她談的事不多。至少伊莎貝爾是這麼推測的，在吃飯的時候，如果她不跟別人談話，通常就對同桌的人進行各種猜想。在伊莎貝爾看來，莫利紐克斯小姐一旦得悉了阿切爾小姐和沃伯頓勳爵之間的那段公案，也許會大吃一驚，為這位姑娘對這麼好的機會竟無動於衷感到納悶，不過也可能她只是認為，那是由於這位美國姑娘對雙方地位懸殊有自知之明（這是我們的女主人公的最後印象）。

不論伊莎貝爾怎樣對待她的機會，亨麗艾特‧斯塔克波爾絕不打算放棄她現在遇到的機會。

「你可知道，你是我見到的第一位勳爵？」她猝不及防地向鄰座的先生開口道，「我猜想，你一定認為我是蒙昧無知的野人。」

「他們非常醜惡嗎？可他們竭力使我們美國人相信，他們都風度翩翩，溫文爾雅，穿著華貴的長袍，戴著冠冕呢。」

「這使妳免得看到一些非常醜惡的人。」沃伯頓勳爵回答，有些心不在焉地望著餐桌。

「咳，長袍和冠冕早已過時了。」沃伯頓勳爵說，「就像你們的石斧和左輪手槍一樣。」

「這太可惜了，我總覺得，貴族應該是穿得花團錦簇的，」亨麗艾特宣稱，「如果不是這樣，那是什麼樣子呢？」

「要知道，其實大多不是這樣，」坐在她旁邊的先生回答道，「妳要不要來一點馬鈴薯？」

「我不稀罕這些歐洲的馬鈴薯。我看不出你跟普通的美國人有什麼不同。」

「那就當我是那樣的人吧，」沃伯頓勳爵說，「我不知道你們不吃馬鈴薯怎麼過活，妳一定覺得這兒很少可吃的東西。」

亨麗艾特沉默了一會兒，他說的可能不是真話。

「從我來到這裡以後，胃口一直不好，所以那算不得什麼，」她終於說道，「你知道，我不贊成你，我覺得我應該把這話告訴你。」

「不贊成我？」

「是的，我想從來沒有人對你說過這樣的話，是嗎？我不贊成爵位這種等級制度。我認為它已經落在世界後面——大大落後了。」

「我也這麼看。我一點也不贊成我自己。有時我想，要是我不是我自己，我會怎麼反對自己，妳明白嗎？不過，順便說一下，一個人不應該自我吹噓。」

「那你為什麼不放棄它？」斯塔克波爾小姐問。

「放棄什麼？」沃伯頓勳爵問，用非常柔和的聲音對待她那生硬的口氣。

「放棄你的爵位。」

「哦，我不過是其中一個小角色！要是你們這些討厭的美國人不經常提起這事，我確實早已把它忘了。不過，我是想在不久的將來，把它留下的這點尾巴割掉的。」

「我歡迎看到這一天。」亨麗艾特喊道，態度是嚴厲的。

「我一定請妳來參加慶祝會，我要辦一次晚宴，跳跳舞。」

第十四章　　175

「好吧。」斯塔克波爾小姐說，「我喜歡各方面都看看。我不贊成特權階級，不過我喜歡聽聽他們怎麼為自己辯解。」

「算了，有什麼好說的！」

「我希望你談談自己，」亨麗艾特繼續道，「可你總是望著別處。你怕看到我的眼睛。我知道你想避開我。」

「沒有的事，我只是在找那些妳瞧不起的馬鈴薯。」

「那麼請你談談那位小姐——你的妹妹吧。我不了解她。她是一位貴族小姐吧？」

「她是一位相當好的姑娘。」

「我不喜歡你講話的口氣——好像你想改變話題似的。她的地位是不是比你低些？」

「我們誰都沒有什麼地位可言，不過她的境況比我好一些，因為她沒煩惱。」

「說得對，她的樣子好像沒多大煩惱。我但願自己也能那樣。不管其他怎樣，你們這兒的人都很安靜。」

「是的，總的說來，我們對生活很隨便，」沃伯頓勳爵說，「妳還可以看到，我們都很遲鈍。唉，我們是但願遲鈍一些呢！」

「我倒要勸你們別那樣。我不知道該跟你的妹妹談些什麼，她的神氣那麼與眾不同。那個銀十字架是個標記吧。」

「標記？」

「身分的標記。」

176　一位女士的畫像
The Portrait of a Lady

沃伯頓勳爵一直左顧右盼，定不下神來，但聽到這話，他的目光又回到了旁邊這位小姐的眼睛上。

「哦，可不是，」他立刻回答，「女人總是愛好這些玩意兒。銀十字架是子爵的長女戴的。」

他在美國有時過於輕信而上了當，因此現在做了這不含惡意的報復。飯後他向伊莎貝爾提議，到畫廊去看看畫。雖然她知道，這些畫他已經看過二十來次，她還是同意了，沒有非難他的藉口。她的心現在非常平靜，自從她發出給他的信以後，她一直覺得精神特別輕鬆。他慢慢步向畫廊的一頭，一邊注視著畫，沒說什麼，但到了那兒突然開口了：「我沒想到妳會那麼給我寫信。」

「我只能那麼寫，沃伯頓勳爵，」少女說，「希望你相信這點。」

「如果我能相信，當然我就不會再來找妳。但我們不是要相信就能相信的，我承認我不理解。我能夠理解妳不喜歡我，理解得相當清楚。但妳承認妳……。」

「我承認什麼啦？」伊莎貝爾打斷了他的話，臉變得有一些發白。

「妳承認我這個人不錯，是不是那樣？」她沒作聲，他繼續道：「妳好像提不出什麼理由，這使我感到委屈。」

「我有一個理由的，沃伯頓勳爵。」姑娘說。她的口氣使他覺得寒心。

「我非常希望妳能告訴我。」

「等以後情況更明朗的時候，我會告訴你。」

「那麼請原諒，我得說現在我還是感到懷疑。」

「你使我很不愉快。」伊莎貝爾說。

「我不想為此表示歉意，這可以使妳更了解我的心情。妳是不是願意回答我一個問題？」伊莎貝爾

第十四章

沒有作聲，但是他顯然從她的眼睛裡看到了一種神情，這使他有勇氣繼續說下去：「妳是不是已愛上另一個人了？」

「我不想回答那樣的問題。」

「啊，那就對了！」她的追求者痛苦地咕噥道。

這痛苦打動了她，她喊道：「你錯了！我沒有。」

他在一張長凳上坐了下去，顯得不拘禮儀，固執己見，像一個心煩意亂的人。他把胳膊肘支在膝蓋上，注視著地面。

「即使那樣，我也並不高興，」他終於說道，一邊直起身來，背靠著牆，「因為那可能成為妳原諒自己的理由。」

伊莎貝爾揚起了眉毛，有些驚異，「原諒自己？難道我需要原諒自己？」

然而他沒有回答這個問題，另一個思想跑進了他的頭腦。

「是不是由於我的政治觀點？妳是認為我走得太遠了？」

「我不能反對你的政治觀點，因為我不知道它們是什麼。」

「妳並不關心我想些什麼，」他喊道，站了起來，「反正這對妳都一樣。」

伊莎貝爾走到了畫廊的另一邊，站在那兒。俯下頭去的時候那一長條白皙的頸項，還有那一頭濃密的烏油油的髮辮。她站在一小幅畫前，好像是在觀看它，她的動作洋溢著青春和自由的氣息，她這種靈活的體態似乎在向他發出嘲笑。然而她的眼睛什麼也沒有看到，它們突然充滿了眼淚。不久他便跟了過去，但這時她已把眼淚擦掉，等她回過頭來的時

候,她的臉色是蒼白的,眼睛的表情是奇怪的。

「那個我不想告訴你的理由,我想我還是告訴你得好,那就是——我不能迴避我的命運。」

「妳的命運?」

「如果我嫁給你,我就是想要躲避它。」

「我不明白。」

「因為它不是我的命。為什麼這件事就不能像別的事一樣成為妳的命運?」

「這不是從一般意義上說的。嫁給你對我有很大⋯⋯很大的好處。但那是拋棄其他的機會。」

「其他什麼機會?」

「我不是指結婚的機會,」伊莎貝爾說,紅暈驀地又回到了臉上。於是她不再說下去,緊鎖眉頭,望著地面,彷彿對說明自己的意思已感到絕望。

「妳把嫁給我看作是違背自己的命運?」

「不是我自吹自擂,我得說,妳嫁給我,有利的方面比不利的方面多。」

「我無法逃避自己的不幸,」伊莎貝爾說,「嫁給你就意味著我想逃避它。」沃伯頓勳爵說。

「我不知道妳想不想這麼做,但妳一定會這麼做,我可以坦率地這麼說!」他喊道,露出了焦急的笑容。

「我絕不——我不能!」伊莎貝爾大聲說。

第十四章　　　　179

「好吧,如果妳希望得到痛苦,我不明白為什麼妳要使我也變得這樣。不論對妳說來悲慘的生活有多麼美妙,但對我說來它毫不可愛。」

「我不是希望過悲慘的生活,」伊莎貝爾說,「我始終是堅決要求幸福的,我也常常相信我能幸福。我對大家都那麼說,你可以問他們。但我時常意識到,我絕不能靠任何特殊的途徑來獲得幸福,不能靠躲藏,靠逃避來獲得它。」

「逃避什麼?」

「逃避生活。逃避一般的遭遇和危險,逃避大多數人的經歷和痛苦。」

沃伯頓勳爵不覺轉悲為喜,幾乎像看到了希望。

「啊,親愛的阿切爾小姐,」他開始解釋,顯得鄭重其事,又萬分熱誠,「我不是要妳脫離生活,逃避一切不幸的遭遇和危險。我希望做到這點,你可以相信,但是我辦不到!因為請問,妳把我當作什麼人了?老天在上,我不是中國的皇帝!我能給妳的只是在比較舒適的條件下度過的普通人的命運。普通人的命運,明白嗎?因為我追求的就是普通人的命運!妳應該跟我聯合起來,我向妳保證,妳會非常滿意。妳用不著拋棄什麼——甚至不必跟妳的朋友斯塔克波爾小姐分開。」

「她永遠不會贊成我嫁給你。」伊莎貝爾說,竭力露出笑容,想乘機把話岔開,但對自己這麼做,又不免感到慚愧。

「我們是在談斯塔克波爾小姐嗎?」沃伯頓勳爵不耐煩地問,「我從沒見過一個人這麼教條地看問題。」

「好吧,我想你是在談我。」伊莎貝爾謙卑地說。這時她又轉過身去了,因為她看到,莫利紐克斯

小姐在亨麗艾特和拉爾夫的陪同下，正走進畫廊來。

沃伯頓勳爵的妹妹跟他說話時有些膽怯，她提醒他，她必須趕在用茶點的時間以前回去，因為她還有客人要來。他沒有回答——顯然沒有聽見她的話，他心裡有事，這是不足為怪的。莫利紐克斯小姐跟個宮廷女侍似地站著，好像他是國王。

「嘿，我可辦不到，莫利紐克斯小姐！」亨麗艾特·斯塔克波爾說，「如果我要走，他就得走。如果我要我的兄弟做什麼，他就得乖乖地照辦。」

「啍，沃伯頓什麼都肯做，」莫利紐克斯小姐回答，羞澀的笑容在她臉上迅速掠過，「啊，你的畫真多！」她轉過臉去對拉爾夫說。

「我把它們集中在一起了，所以顯得很多，」拉爾夫說，「這實在不是一個好辦法。」

「我覺得這很美。我希望我們在洛克雷也有一個畫廊。我多麼喜歡圖畫啊。」莫利紐克斯小姐對著拉爾夫一個勁兒地講下去，好像怕斯塔克波爾小姐再跟她打岔。她覺得，亨麗艾特又可愛又可怕。

「是的，圖畫是很適宜的消遣。」拉爾夫說，他似乎比較懂得她的心理，知道什麼樣的話才是她喜歡聽的。

「逢到下雨的時候，看看畫是最有趣的，」這位小姐繼續道，「近來天常常下雨。」

「我很遺憾你要走了，沃伯頓勳爵，」亨麗艾特說，「我還有不少事想請教呢。」

「我還不走。」沃伯頓勳爵回答。

「你的妹妹說你得走了。在美國，先生們得服從女士們。」

「我擔心我們家裡有客人要來用茶點。」莫利紐克斯小姐說，望著她的哥哥。

第十四章　　　　　　　　　　　　　　　　181

「很好,親愛的。我們就走。」

「我以為你會拒絕呢!」亨麗艾特喊道,「我想看看莫利紐克斯小姐怎麼辦。」

「我從來不知道怎麼辦。」這位小姐說。

「反正妳憑妳的地位已經可以生存了,」斯塔克波爾小姐說,「我非常想看看,妳在家裡是什麼樣子。」

「妳一定得再到洛克雷來玩玩。」莫利紐克斯小姐非常親熱地對伊莎貝爾說,沒有理睬伊莎貝爾的朋友的話。

伊莎貝爾凝視瞧了一下她那對平靜的眼睛,一時間彷彿在它們那灰色的深處,看到了她在拒絕沃伯頓勳爵的同時所拒絕的一切:和睦、親切、榮譽、財富、無憂無慮和出人頭地的生活。她吻了吻莫利紐克斯小姐,然後說道:「恐怕我再也不能去了。」

「再也不能?」

「也許我得離開這兒了。」

「哎,這太遺憾了,」莫利紐克斯小姐說,「我覺得妳這麼做是不對的。」

沃伯頓勳爵注視著這段小小的插曲,然後掉過頭去看一幅畫。拉爾夫兩手插在口袋裡,靠在畫前的欄杆上,打量了他一會兒。

「我想到你家裡去看你,」亨麗艾特忽然跑到沃伯頓勳爵身邊,這麼對他說,「我想跟你談個把鐘頭,我還有不少問題要問你。」

「我很歡迎,」洛克雷的主人回答,「但對妳的問題,我肯定回答不了多少。妳什麼時候來?」

「看阿切爾小姐願意什麼時候帶我去。我們打算上倫敦,但會先去看你。我要從你那兒了解一些東西。」

「如果要靠阿切爾小姐帶路,恐怕妳不會如願以償。她不會再去洛克雷,她不喜歡那地方。」

「她告訴我那地方很可愛!」亨麗艾特說。

沃伯頓勳爵遲疑了一會兒。

「反正她不會去。妳不如一個人來好了。」他說。

亨麗艾特挺直了身子,那對大眼睛睜得更大了。

「你對一位英國小姐會那麼講嗎?」她問,口氣稍稍顯得有些嚴厲。

沃伯頓勳爵有些愕然,「會,只要我相當喜歡她。」

「那你得當心別太喜歡她啦。阿切爾小姐不肯到你那兒去是因為不願帶我去。我知道她對我怎麼想,我猜你的想法也一樣,你們都認為我不應該把你們寫進去。」

沃伯頓勳爵愣住了,他還不知道斯塔克波爾小姐的職業是什麼,一時猜不透她那些話的意思。這時她接著說道:「阿切爾小姐已經警告過你啦!」

「警告過我?」

「她跟你單獨到這兒來不就是為了這個——讓你提高警惕?」

「哦,根本不是,」沃伯頓勳爵只得厚著臉皮回答,「我們談話的性質還沒那麼嚴重。」

「得啦,你已經有了防備,變得非常警惕了。我想,這在你是很自然的,完全在我的意料之中。莫利紐克斯小姐也是這樣,因此她才不肯表態。」接著,亨麗艾特對那位小姐說:「不論怎樣,妳已經得

第十四章　　　　　　　　　　　　　　　　　　　183

到了警告，但這對妳是不必要的。」

「我希望如此。」莫利紐克斯小姐說，簡直不知道是怎麼回事。

「斯塔克波爾小姐在收集材料，」拉爾夫風趣地解釋道，「她是一位偉大的諷刺作家，她正在研究我們，要把我們寫進她的大作呢。」

「老實說，我還沒從這位貴族移向他的妹妹和拉爾夫，「你們好像全都心事重重，你們的臉都這麼陰沉，彷彿剛收到了一份不吉利的電報。」

「妳的觀察很仔細，斯塔克波爾小姐，」拉爾夫小聲說，意味深長地向她點了點頭，一邊領著大夥兒走出畫廊，「我們全都心事重重。」

伊莎貝爾跟在這兩個人後面，莫利紐克斯小姐對她特別親熱，挽著她的胳膊，跟她並排著從光滑的地板上走過去。沃伯頓勳爵走在另一邊，反背著手，垂下了眼睛。他一直沒作聲，過了一會兒才問道：

「妳要到倫敦去是真的嗎？」

「有這個打算。」

「什麼時候回來呢？」

「幾天以後，不過也許只能待很短時間，我得跟姨母到巴黎去了。」

「那麼我什麼時候再跟妳見面呢？」

「也許要隔很久，」伊莎貝爾說，「但我想我們以後還會見面的。」

「妳真的這麼想嗎？」

一位女士的畫像
The Portrait of a Lady

「完全真的。」

他默默走了幾步,然後站住,伸出手來,「再見。」

「再見。」伊莎貝爾說。

莫利紐克斯又吻了她一下,於是她讓這兩人走了。這以後她沒有再找亨麗艾特和拉爾夫,便逕自回了臥室。晚飯以前,杜歇夫人在那兒找到了她,她是到客廳去順便來的。

「我應該告訴妳,」這位夫人說,「妳的姨父把妳跟沃伯頓勳爵的關係通知了我。」

伊莎貝爾躊躇了一會兒,「關係?那還談不到什麼關係。那是奇怪的一件事,他跟我才見過三、四次面。」

「妳為什麼告訴妳的姨父,不告訴我!」杜歇夫人問,口氣冷冰冰的。

伊莎貝爾又躊躇了一下,「因為他更了解沃伯頓勳爵。」

「是的,但我更了解妳。」

「我想不一定。」伊莎貝爾笑道。

「說到底,我也這麼想,尤其是妳用那麼傲慢的臉色看我的時候。瞧妳這副神氣活現的樣子,人家會以為妳中了頭獎呢!我認為,妳拒絕沃伯頓勳爵這樣的人的求婚是因為妳還想爬得更高。」

「啊,姨父可沒有講這種話!」伊莎貝爾說,還是笑著。

第十四章

第十五章

按照計畫，兩位年輕小姐將在拉爾夫的陪同下，前往倫敦，然而杜歇夫人對這個安排有些不以為然。她說，這種計畫正好符合斯塔克波爾小姐的意圖，因此她問，這位《會談者報》記者是否打算帶大夥兒去住她心愛的公寓宿舍。

「我不在乎她要我們住在哪裡，只要那兒有地方色彩就行，」伊莎貝爾說，「我們到倫敦去的目的就是這個。」

「我想，一個女孩子能夠拒絕一位英國勳爵的求婚，她自然什麼都不在乎，」姨母回答，「跟這相比，其他都算不得什麼了。」

「妳希望我嫁給沃伯頓勳爵嗎？」伊莎貝爾問。

「當然希望。」

「我以為妳對英國人毫無好感呢。」

「是這樣，不過正因為這樣，才更有必要利用他們。」

「這就是妳對結婚的觀念嗎？」伊莎貝爾還大膽補充了一句，說她覺得她的姨母並沒有很好利用杜歇先生。

「妳的姨父不是英國貴族，」杜歇夫人說，「然而即使他是，我大概還是得住在佛羅倫斯。」

「妳認為，沃伯頓勳爵能使我變得比現在更好嗎?」女孩子問，情緒有些激動，「我不是說我現在已經好得不能再好了。我的意思是……是我對沃伯頓勳爵的感情還沒有達到結婚的程度。」

「那麼妳拒絕他，這做得很對，」杜歇夫人說，聲音很低，顯得有氣無力，「不過下一次有人向妳求婚的時候，我希望妳不至降低妳的標準。」

「這還是等到那個時候吧，現在說也沒用。我但願沒有人再向我提這種事，攪得我心裡煩死了。」

「如果妳老是採取吉卜賽式的生活方式，大概誰也不會再來麻煩妳。不過我已經答應過拉爾夫，來批評這件事。」

「我覺得她該如此!」伊莎貝爾忍不住這麼回答。

「他的母親非常感激妳!」夫人冷笑著說。

「只要拉爾夫認為是對的事，我都願意做，」伊莎貝爾說，「我對拉爾夫是無限信任的。」

拉爾夫向他的母親保證過，他們這個三人小組在首都參觀訪問期間，不會幹什麼越軌的行為，但杜歇夫人有不同的看法。正如長期僑居歐洲的許多美國婦女一樣，她在這些問題上完全喪失了原有的靈活性，她對大洋彼岸的年輕人享受的自由懷有反感，儘管這種反感本身情有可原，她卻因此對他們產生了毫無必要的、言過其實的疑慮。拉爾夫陪同兩位小姐來到倫敦，把她們安置在一家幽靜的旅館裡，那是在跟皮卡迪利大街交叉的一條街上。本來他打算讓她們住在溫徹斯特廣場他父親的房子裡，那是一幢沉悶的大公館，在一年的這個季節裡，它總是靜悄悄的，周圍掛滿了褐色的窗簾布。但是他想起，廚師已去花園山莊，公館裡沒人給她們做飯，這樣，普拉特旅館才成了她們落腳的地方。拉爾夫自己則住在溫徹斯特廣場，他在那兒收拾了一個自鳴得意的「窩」，不僅廚房沒有起火，整個屋子都是冷清清的。實

第十五章 187

際上他大多依靠普拉特旅館，每天一早就去拜訪他的兩位旅伴。她們的飲食是由普拉特先生穿著大得鼓了起來的白坎肩親自照料的。由於九月的倫敦死氣沉沉，只留下了過去活躍時期的一些殘餘，年輕人不得不用抱歉的口氣向他的同伴說明，這時期在城裡找不到一個人，這引起了斯塔克波爾小姐的嘲笑。

「我想，你的意思是說，現在找不到一個貴族？」亨麗艾特回答，「但我認為，這正好證明，要是貴族統統走光了，對誰也沒有影響。在我看來，這地方還是足夠熱鬧的。當然，這兒沒有一個人，只有三、四百萬老百姓。你稱他們什麼？中下階級？他們只是倫敦的居民，那是不值得一提的。」

拉爾夫聲稱，對他說來，貴族沒有留下一個空隙是斯塔克波爾小姐所不能彌補的，現在再也找不到一個比他更滿意的人了。這話是真的，因為在這個走空了一半的大城市裡，單調乏味的九月仍包含著一種可愛的東西，彷彿在破布中裹著一顆鮮豔的寶石。他跟那兩位興致比他好得多的朋友消磨了一天光陰之後，晚上便回到溫徹斯特廣場空空蕩蕩的家裡，從大廳桌上拿起一支蠟燭，走進昏暗的大餐廳，這時，這支蠟燭便是他唯一的光明。廣場上靜悄悄的，屋子裡也靜悄悄的；當他拉起餐廳的一扇窗，讓空氣飄進室內時，可以聽到一個孤獨的員警在慢騰騰地踱來踱去，皮靴發出吱吱嘎嘎的聲音。在這冷冷清清的屋子裡，他自己的腳步聲顯得清晰而洪亮，地毯有一部分已經卷了起來，他一走動，就會引起憂鬱的回聲。他在一張扶手椅上坐下，深色的大餐桌在燭光下射出零零星星的閃光。牆上的畫灰溜溜的，顯得模糊而支離破碎。屋裡有一股陰森森的鬼氣，彷彿那早已消化掉的酒席，早已事過境遷的閒談，還留下了它們的魅影。這種超自然的意念也許跟拉爾夫那飛馳的想像力有關，因為上床的時間過了好久，他還一直坐在那兒，什麼也不做，甚至沒有翻一下晚報。我說他什麼也不做，儘管這時候他一直在想著伊

莎貝爾,我還是得這麼說。對伊莎貝爾的沉思,在拉爾夫看來只是一種消遣,它既無目的,也跟任何人沒有利害關係。在他眼中,他的表妹還從沒顯得這麼可愛,這幾天裡,她像一個旅行家那樣探訪著首都的底蘊和外貌。伊莎貝爾有的是前提、結論和熱情,如果說她是來考察地方色彩的,那麼她在哪兒都能找到它。她的問題多得使他應接不暇,她對歷史原因和社會後果提出的大膽議論,也往往是他所無法接受、又無法駁倒的。他們上大英博物館參觀過不只一次,還到過那個更光輝的藝術之宮[2],它開闢了一大片單調的郊區來陳列各種古物。他們在西敏寺消磨了一個上午,又乘小火輪前往倫敦塔遊覽。他們參觀了公家和私人收藏的美術作品,多次憩息在肯辛頓花園的大樹下。拉爾夫沒有想到,亨麗艾特·斯塔克波爾原來是一個不知疲倦的觀光者、一個心平氣和的評論家。她確實對不少地方感到掃興,她對美國城市優點的生動回憶,也使她對倫敦的印象大為減色。但是她盡量從它那陳舊暗淡的莊嚴神態中領受樂趣,只是偶爾歎一口氣,或者說一聲「算啦!」便不再講下去,沉浸在自己的回想中了。事實正如她自己所說,她對這一切感到格格不入。

「我對沒有生氣的事物缺乏好感。」她在國立美術陳列館對伊莎貝爾說。她所看到的一鱗半爪,只給她提供了貧乏的內在生活,這使她感到痛苦。特納[3]的風景畫和亞述的公牛[4],對她來說絕不能代替文學聚餐會,只有在那裡,她才有希望會見英國的天才和名流。

1　指不是倫敦的社交季節,這時有錢有地位的人家都到外地去了,顯得比較冷清。
2　指倫敦西郊的自然歷史博物館,陳列古代埃及、希臘、羅馬等的遺物。
3　特納(Joseph Mallord William Turner, 1775-1851),英國著名風景畫家。
4　古代亞述的藝術作品,以粗獷雄壯著稱。

「你們的社會活動家在哪裡？你們的男女知識分子又在哪裡？」她站在特拉法加廣場中央問拉爾夫，彷彿她認為，她應該在這兒遇到一些這樣的人物才對。「你說，柱子頂上站的便是這樣一個人，那是納爾遜`勳爵？他也是勳爵？難道他就這麼崇高，非得站在一百英尺高的空中不成？那是過去——過去跟我無關，我要見的是當代思想界的領袖人物。我不說未來，因為我不相信你們有遠大的未來。」

可憐的拉爾夫想不出他的熟人中有什麼思想界的頭面人物，而且他也沒有享受過拉住名流談天說地的樂趣，這種情況在斯塔克波爾小姐眼裡，是缺乏事業心的可悲表現。

「如果在我們那兒，」她說，「我可以直截了當去找他，不論他是誰，我對他說，我聽到了許多關於他的事，現在要來親眼看一看。但從你的話中我發現，這兒不興這一套。我看我只能把社會方面統統丟開了。」因此，儘管亨麗艾特隨身帶著旅行指南和鉛筆，給《會談者報》發過一篇關於倫敦塔的通訊（在其中她描寫了處死簡·格雷夫人[6]的故事），她的情緒是低沉的，她感到沒有達到預期的目標。

伊莎貝爾離開花園山莊以前發生的事，在這位少女心頭留下了痛苦的蹤跡。有時，最近那位求婚者的詫異神色，又會回到她的眼前，像一股陰冷的氣流，撲向她的臉上，使她不得不把頭蒙住，等待它過去。她只能回絕他，這是無可懷疑的事實。儘管這樣，這種必要性還是顯得那麼不合情理，像一個僵硬的、不自然的動作。當她隨著兩位不太相稱的同伴，在這大城市裡來來往往的時候，然而這種不合理的行為是不足為訓，這種自由感有時會有很奇合在一起。每逢她來到肯辛頓花園，看到一些孩子在草地上玩耍，便會喊住他們（主要是較窮苦的一類），問他們的名字，給他們幾個零錢，如果孩子比較漂亮，她還會吻他們。拉爾夫注意到了這些古怪

的慈祥行為——伊莎貝爾的一舉一動都沒有逃過他的眼睛。

一天下午,他要讓他的同伴們散散心,便請她們到溫徹斯特廣場去喝茶。為了接待她們,他把屋子大體整理了一下。兩位小姐在那兒認識了另一個客人——一個和藹可親的單身漢,他是拉爾夫的老朋友,那時正好在倫敦,他同斯塔克波爾小姐真是一見如故,十分投機。班特林先生生得強壯,整潔漂亮,臉上經常笑嘻嘻的,四十來歲,衣著講究,見多識廣,談話輕鬆活潑,但往往前言不搭後語,亨麗艾特不論講什麼,他都會捧腹大笑。他給她斟過幾次茶,還陪她參觀拉爾夫收藏的相當多的各種古玩。後來,當主人提議把茶點搬到廣場上去,算是遊園活動的時候,他又陪她繞著小花園來回散步,一邊談天說地,一邊聽她發表關於內在生活的高見,而且照例要回答幾句,彷彿天然愛好這種討論似的。

「哦,我明白了。」班特林先生說,「妳是覺得花園山莊太冷清。自然啦,那兒妳也病,我也病,還能有什麼活動。杜歇身體很糟,妳知道。醫生根本禁止他回英國,他只是為了照料他的父親才來的。那位老人,身上恐怕也有六、七種病。他們說那是痛風症,但我可以肯定,他還有嚴重的器官病,毫無疑問,他的日子不長了,拖不了很久。當然,這一類事把家裡弄得死氣沉沉,他們連自己也顧不上,怎麼還能接待客人。我還相信,杜歇先生老是跟他那位夫人爭爭吵吵的,妳知道,她不跟丈夫住在一起,這是妳們美國人的古怪作法。如果妳要找一家熱鬧的人家,我介紹妳到我姐姐那兒去住一陣,我的姐姐

---

5 納爾遜(Horatio Nelson, 1758-1805),英國海軍上將,抵抗拿破崙侵略的民族英雄。他的紀念像在特拉法加廣場上,高達165英尺。

6 簡・格雷夫人(Jane Grey, 1537-1554),英國王族,由於王位繼承和宗教改革問題,被瑪麗・斯圖亞特(Mary Stuart)女王囚禁在倫敦塔中,最後被處死。

第十五章　　191

彭西爾夫人住在貝德福郡。我明天就給她寫信，她一定歡迎妳去。我知道妳要的是什麼，妳要一家人家，那裡的人喜歡演戲、野餐以及諸如此類的事。我的姐姐正好就是這樣一個女人，她老是搞新花樣，也歡迎跟她一樣的人去給她湊熱鬧。我敢保證，她馬上會回信請妳去，她最喜歡有才能的人和作家。說真的，她自己也寫書，只是我還沒讀過她寫的東西。那大多是詩歌，可我對詩歌毫無興趣，除非那是拜倫的作品。我想，妳們美國人應該也是非常喜歡拜倫的。」

班特林先生看到斯塔克波爾小姐那副洗耳恭聽的樣子，更加得意，一會兒談這個，一會兒談那個，然而他還是很細心，沒有忘記那個使亨麗艾特神往的計畫——到貝德福郡彭西爾夫人家去做客。

「我知道妳需要什麼，妳想看看真正的英國式娛樂。妳知道，杜歇他們根本不是英國人，他們有自己的習慣，自己的語言，自己的飲食，我相信，他們甚至還有他們獨創一格的宗教。我聽說，那位老人還認為打獵是不人道的。妳應該到我的姐姐那兒去，最好趕上演戲的時候，她一定會給妳分配一個角色。我相信妳會演戲，我知道妳非常聰明。我的姐姐已經四十歲，有七個孩子，但她還是能演主角。我得說，她雖然不算漂亮，但化起妝來還滿不錯的。當然，如果妳不想演，妳可以不演。」

班特林先生就這麼一邊談，一邊散步的好地方。亨麗艾特覺得這位生氣勃勃、聲調柔和的單身漢，充分理解女性的價值，說話體貼入微，是一個非常有趣的人。她很重視他提供的機會。

「如果妳的姐姐請我去，我想我會去的。我覺得那是我的義務。你說她姓什麼？」

「彭西爾。那是一個古怪的姓，但並不壞。」

「我認為什麼姓名都一樣，沒什麼好壞。她的社會地位呢？」

192　一位女士的畫像　The Portrait of a Lady

「哦,她的丈夫是男爵。那是一種大小適中的身分。你說她住在哪裡?貝德福郡?」

「我不管那些,只要她對我好就成。」

「她住在它的北部。那是有些枯燥的鄉下,但我相信妳不會介意。妳在那兒的時候,我可以設法也到那兒去。」

這一切使斯塔克波爾小姐非常高興,她真有些捨不得離開這位彭西爾夫人的溫存體貼的兄弟。但是不巧得很,上一天她正好在皮卡迪利大街遇到了兩位已闊別一年的朋友,那是克萊勃小姐姐妹倆,她們是從德拉瓦州威爾明頓市來的,剛遊歷了歐洲大陸,現在打算搭船回國。亨麗艾特跟她們在皮卡迪利街的人行道上談了好久,雖然三位小姐都爭先恐後搶著講話,還是沒有把積在心裡的話講完。因此她們約定,亨麗艾特第二天下午六點到傑明大街她們的住處去共進晚餐。現在她想起了這個約會。她準備前往傑明大街,先來向拉爾夫·杜歇和伊莎貝爾告辭,這時他們正坐在草坪另一邊的露天坐椅上,不妨說也在愉快地談天,不過當然不像斯塔克波爾小姐和班特林先生那種實際的談話有意思。伊莎貝爾和她的朋友約定了在普拉特旅館重新碰頭的時間,這時,拉爾夫提出,後者應該雇一輛馬車,她不能這麼一直步行到傑明大街。

「你大概是說我一個人走路不合適!」亨麗艾特喊起來,「我的天,難道我變得這麼嬌滴滴啦?」

「妳完全不用一個人步行,」班特林先生高興地插進來說,「我願意陪妳一起去。」

「我不過是說,妳趕不上吃晚飯的時間,」拉爾夫回答,「那兩位可憐的小姐一定會以為我們捨不得跟妳分開,耽誤了妳的時間呢。」

「妳還是雇一輛街車得好,亨麗艾特。」伊莎貝爾說。

第十五章　　193

「如果妳信任我,我可以給妳雇一輛街車,」班特林先生繼續道,「我們先走一段路,等遇到車子再雇也不遲。」

「我為什麼不信任他,妳說呢?」亨麗艾特問伊莎貝爾。

「我不知道班特林先生怎麼樣,」伊莎貝爾親切地回答,「如果妳願意,我們可以陪妳走走,給妳雇一輛車子。」

「不必費心,我們自己會去。走吧,班特林先生,注意,你得給我雇一輛好些的車子。」

班特林先生答應盡力而為,於是兩個人走了。伊莎貝爾和她的表兄仍站在廣場上。明淨的九月的黃昏,現在已變得暮色蒼茫。周圍萬籟俱寂,高大的房屋顯得朦朧暗淡,所有的視窗都給百葉窗和窗簾遮得嚴嚴的,看不到一點燈光。人行道上空空蕩蕩,只有兩個小孩發現這兒有些異常的動靜,從旁邊的小街裡鑽了出來,把脖子伸在生鏽的鐵欄杆中間,向草坪上張望。從草坪上望去,只有東南角上那個紅色的大郵筒還清晰可見。

「亨麗艾特會請他雇一輛馬車,陪她一起上傑明大街。」拉爾夫說,他經常不叫她斯塔克波爾小姐,只稱她亨麗艾特。

「很可能。」他的同伴說。

「不過也許她不會這麼做,」他又說,「但班特林會要求陪她去。」

「這也很可能。我很高興,他們成了老朋友似的。」

「她贏得了他的心。他認為她是一個傑出的女人。事情還會發展下去呢。」拉爾夫說。

伊莎貝爾沉默了一會兒,「我認為亨麗艾特是一個非常傑出的女人,但是我不認為事情還會發展下

他們彼此永遠不會真正了解。他對她實際一點也不理解，她對班特林先生也沒有準確的概念。」

「結婚的基礎往往就是相互不理解。但是要理解鮑勃・班特林，應該不是一件困難的事，」拉爾夫又說，「他是一個非常簡單的人。」

「是的，但是亨麗艾特更加簡單。哎喲，現在我做什麼呢？」伊莎貝爾問，望著逐漸密集的夜色，它正在這片小小的草坪上越積越多，越來越濃。

「我想，你是不願意坐著馬車到倫敦街上去兜風取樂的。」

「只要妳願意，為什麼我們就不能留在這兒？天氣很暖和，離天黑還有半個小時。如果妳不反對，我想吸一支雪茄。」

「隨你的便吧。」伊莎貝爾說，「只要你能使我愉快地待到七點鐘就成了。這以後我就回普拉特旅館，在那兒吃一頓簡單而安靜的晚餐——兩個水煮荷包蛋和一個鬆餅。」

「我不可以跟妳一起吃飯嗎？」拉爾夫問。

「不，你還是到你的俱樂部去吃吧。」

他們又慢慢走回廣場中心，坐在椅子上，拉爾夫點燃了一支雪茄。如果他能親自參與她所描繪的那種簡單平凡的晚餐，他會覺得非常愉快，但是既然不可能，他對遭到拒絕也很高興。不過從眼前來說，他能夠單獨跟她在一起，他覺得十分滿意，這使她變得好像需要依賴他，好像已處在他的支配下。可惜他只能消極地行使權力，而最好的辦法還是百依百順，一切服從她的決定。他幾乎心甘情願這麼做。

「為什麼妳不讓我跟妳一起吃飯？」過了一會兒他問。

第十五章

「因為我不喜歡那樣。」

「恐怕妳已經討厭我了。」

「我在這兒還得待一個鐘頭呢。你瞧,我能夠未卜先知。」

「嗯,在這一個鐘頭裡我是很愉快的。」拉爾夫說。

但他沒有再講什麼,伊莎貝爾也沒回答什麼,他們默默無言地枯坐了一會兒,這跟他允諾的消遣是矛盾的。他覺得她有心事,很想知道她在琢磨什麼,最可能的有兩、三個問題。最後他開口了:「妳反對今晚上跟我在一起,是不是因為約了別的客人?」

她旋轉頭來,用那雙明亮美麗的眼睛瞅了他一下,「別的客人?我有什麼別的客人?」

他提不出一個人來,這使他覺得他的問題又愚蠢又粗魯。

「妳有許多朋友是我不認識的。妳的整個過去跟我處在不正常的隔絕狀態。」

「你是為我的未來留著的。你應該記得,我過去在大洋彼岸度過,它跟倫敦完全沒有關係。」

「好極啦,原來妳的未來就坐在妳的身旁。要是妳的未來就能伸手就能摸到,那太妙了。」拉爾夫又點起一支雪茄,一邊在心裡捉摸,伊莎貝爾也許表示:「我剛才答應要讓妳過一個愉快的晚上,但妳瞧,我達不到這要求,原因是我保證要使妳這樣的人愉快,實在有些自不量力。我的軟弱意圖根本不在妳的眼裡。」他點燃雪茄後,吸了幾口,然後繼續道:「你已得到消息,卡斯帕.戈德伍德先生到巴黎去了。」

「啊,」伊莎貝爾說,「你對這類問題上,妳的標準很高。我應該不問不聞,或者裝得什麼也不懂。」

「你已經裝得夠多了,你表演得很出色。你說下去吧,再過十來分鐘,我就要笑出來了。」

「我向妳保證,我是認真的,」拉爾夫說,「妳的要求確實很高。」

「我不明白你是什麼意思。我沒什麼要求!」

「妳是什麼也不接受。」拉爾夫說。

她臉又紅了,現在她驀地覺得,似乎猜到了他的意思。但是為什麼他要跟她談這些事?他遲疑了一會兒,又繼續道:「有一件事我很想跟妳談談。我希望問妳一個問題。我覺得我有權利問妳,因為我對妳的回答感到關切。」

「你要問就問吧,」伊莎貝爾溫和地說,「我可以盡量滿足你的要求。」

「那好吧,我希望妳別見怪,我想說的是:沃伯頓把你們中間發生的事,告訴了我。」

伊莎貝爾有些吃驚,眼睛盯著手中那把打開的扇子,「很好,我想他告訴你是很自然的。」

「我得到了他的允許,讓妳知道他告訴了我。他仍舊抱著一些希望。」拉爾夫說。

「仍舊?」

「我是說幾天以前。」

「請問,是不是他要你來跟我談的?」

「沒有,不是那樣。他只是把事情告訴了我,因為他忍受不了。我們是老朋友,他那時非常失望。他寫了張條子,約我去看他,我就騎馬到洛克雷去了,那是在他和他的妹妹來我們家吃飯前一天。他的心情非常沉重,他剛收到了妳的信。」

「他把信給你看了?」伊莎貝爾問,一時顯得有些傲慢。

「那麼我為他感到難過,他是一個正直的人。」姑娘說。

「我不相信現在他還懷有什麼希望。」

第十五章

197

「沒有。但是他告訴我,妳婉言拒絕了他。我為他感到難過。」拉爾夫又說了一遍。

伊莎貝爾沉默了一會兒,最後才問道:「你知道他跟我見過幾次面?五次或六次。」

「那是妳的光榮。」

「我不是這個意思。」

「那妳是什麼意思呢?應該不是想證明,可憐的沃伯頓的心情只是表面現象吧,因為我很清楚,妳不是那麼想。」

伊莎貝爾當然不能說她那麼想,但她馬上把話岔開了,「如果沃伯頓勳爵沒有要你來跟我辯論,那麼你這麼做是沒有意思的,也許是為辯論而辯論。」

「我根本不想跟妳辯論。我只是對妳的思想感情懷有很大興趣罷了。」

「謝謝,我十分感激!」伊莎貝爾笑道,笑聲顯得不太自然。

「當然,妳是說我愛管閒事。但是只要妳不生氣,我又不感到麻煩,為什麼我不能跟妳談這件事呢?如果我不能有一點點特權,那我當這表兄做什麼?如果我愛護妳,又不希望得到報答,我卻不能有一點點的補償,那又有什麼意思?如果我病了,不能參加生活的遊戲,只能做一名旁觀者,但在付出了這麼大的代價,拿到了門票之後,卻不能真正看到表演,那又有什麼意思?請妳回答吧,」拉爾夫繼續說著,伊莎貝爾聽得越來越注意了,「在妳拒絕沃伯頓勳爵的時候,妳心裡是怎麼想的?」

「我怎麼想的?」

「是什麼邏輯——對妳的境遇的看法——使妳採取這麼一個獨特的行動?」

「要說邏輯,那就是我不希望嫁給他。」

「不,這不是邏輯,這是我早已知道的。妳當時對自己是怎麼說的?妳當然不只說這麼一句話。」

伊莎貝爾考慮了一會兒,但她沒有回答他的問題,卻反問道:「為什麼你說這是一個獨特的行動?那正是你母親的想法。」

「沃伯頓是一個非常好的人。作為一個人,我覺得在他身上簡直找不到缺點。再說,他還是這兒所說的頭面人物。他擁有大量家產,他的妻子會受到大家恭維。他具有內在的和外在的各種優越條件。他說的時候,伊莎貝爾一直望著他,好像要知道他還會說多久。

「那麼我拒絕他就因為他太十全十美了。我自己不是一個十全十美的人,我配不上他。再說,他的完美會使我相形見絀。」

「說得好聽,但並不老實,」拉爾夫說,「事實上,妳認為世界的一切對妳說來,都不夠完美。」

「你認為我這麼好嗎?」

「不,但妳要求很高,儘管妳不知道,有不少人想嫁給他呢。」

「我不想知道,」伊莎貝爾說,「但我好像記得,有一天我跟你談到他的時候,你提到過他的一些缺點。」

拉爾夫一邊吸菸一邊想著,「我希望我那時說的話不至對妳產生影響,因為我談到的那些事算不得缺點,它們只是他所處地位的一些特點。要是我早知道他想娶妳,我絕不會提到它們。我想我說過,從他的地位來看,他算得一個懷疑論者。只要妳願意,妳可以把他變成一個有信仰的人。」

「我不這麼想。我不懂這種事,而且我也不認為我負有這樣的義務。」接著,伊莎貝爾又露出溫柔

第十五章　　　　　　　　　　　　　　　　　　　　　　　199

而遺憾的臉色，望著她的表兄說道：「你顯然感到失望，你是希望我答應這門親事的。」

「根本不是。在這件事上，我絕對沒有任何成見。我不想來勸妳，我要做的只是觀察——懷著最深厚的興趣觀察妳的活動。」

伊莎貝爾似乎故意歎了口氣，「可惜我對自己還不如你對我那麼感興趣！」

「他高興。我是為我自己高興。」

「難道你也想向我求婚不成？」

「哪兒的話。從我說的觀點來看，那無異是把給我下蛋的雞殺死，使我失去了做最可口的蛋捲用的原料。我是用這家禽來象徵我的病態的幻想。我說的是，我的樂趣是要看看，一位不願嫁給沃伯頓勳爵的年輕小姐，最後會怎樣。」

「那也是你母親的打算。」伊莎貝爾說。

「那麼看熱鬧的人一定不少！大家會注視著妳今後的動向。我不會全部看到，但那最有趣的幾年，也許我還能目睹。當然，如果妳嫁給我們的朋友，妳仍會有妳的前途——一條高貴而光明的道路。但相對說來，那有一點平凡。那是事先都明確規定了的，不會出現意外。妳知道，我是非常愛好意外的。現在妳把命運完全掌握在自己手裡，我相信妳會給我們提供一個光輝的範例。」

「我不大明白你的意思，」伊莎貝爾說，「但我可以相當清楚地告訴你，如果你希望我提供光輝的範例，你一定會大失所望。」

「如果這樣，妳只會使自己大失所望，而且還會大吃苦頭！」

對此，伊莎貝爾沒有直接回答。這些話包含著一定程度的真理，是值得鄭重思考的。最後她突然

說：「我看不出，我不願用婚姻來束縛自己，這有什麼壞處。我不希望從結婚來開始我的生活。一個女人還有別的事可做。」

「沒有一件事她能做得比這更好。當然妳是有多方面才能的。」

「有兩方面已經夠了。」伊莎貝爾說。

「妳是一個最可愛的多面手呢！」拉爾夫大笑起來。

但是他的同伴的眼光一接觸到他，他又變得一本正經了。為了證實這點，他繼續說道：「妳是要多見見世面——正如那些年輕人講的，如果辦不到，死也不甘心。」

「那些年輕人要見世面，可我想我跟他們不一樣，我不是想見世面，我是想看看我自己會變得怎樣。」

「妳想喝盡經驗的酒杯。」

「不，我連一口也不想喝。那是一杯毒酒！我只想親眼看看這一切。」

「妳只想觀看，不想體驗。」拉爾夫說。

「我認為，一個有知覺的人無法把這兩者區別開來。我很像亨麗艾特。有一天我問她，她想不想結婚，她說：『在我看到歐洲之前，不想！』我在看到歐洲之前，也不想結婚。」

「看來妳是指望引起一個國王的垂青呢。」

「不，那比嫁給沃伯頓勳爵更糟。天已經很黑了，」伊莎貝爾繼續道，「我得回去了。」

她從座位上站了起來，但拉爾夫還坐著，眼睛望著她。由於他沒有跟著她站起來，她站住了，他們互相注視了一會兒，雙方的目光，尤其是拉爾夫的，都充滿著無法用言語表達清楚的思想。

第十五章　　　　　　　　　　　　　　　　201

「妳回答了我的問題，」拉爾夫終於說，「妳把我要知道的告訴了我。我對妳十分感激。」

「我覺得我對你講得很少。」

「妳告訴了我主要的事，即妳對世界有興趣，妳要把自己投入它的懷抱。」伊莎貝爾那對銀灰色的眼睛在黑夜中閃亮了一下，「我根本沒說過那樣的話。」

「我認為妳的意思是這樣。不必否認，這是美好的理想！」

「我不明白你想把什麼強加給我，因為我沒一點兒冒險精神。女人跟男人不同。」

拉爾夫慢慢從座位上站了起來，他們一起走到廣場門口。

「確實不同，」他說，「女人不大吹噓她們的勇氣，男人卻往往這樣。」

「女人也有，妳就不少。」

「我只有坐馬車回普拉特旅館的勇氣，再多就沒有了。」拉爾夫開了門，他們出來以後，他又把門扣住了。

「我們去找一輛馬車。」他說。他們轉向鄰近一條街道，那裡是常常可以雇到馬車的。這時他又問她，要不要他送她回旅館。

「完全不必，」她回答，「你已經太累，你應該回家歇息了。」

馬車雇到了，他扶她坐上馬車，在車門口站了一會兒。

他說：「人們忘記我是一個病人的時候，我常常生氣。但他們記得太清楚的時候，我更加不滿！」

202 一位女士的畫像
The Portrait of a Lady

第十六章

伊莎貝爾不希望她的表兄送她回去,這沒有什麼祕密的動機。她只是覺得,這幾天來,她已經消耗了他太多的精力。美國女孩子的獨立精神使她決定,在這幾個鐘頭裡,她必須自己料理一切,因為她認為,過多的幫助勢必使她陷入一種「不太自然」的狀態。何況她非常喜歡得到一些清靜的時刻,自從來到英國以後,這種機會已難得遇到。但在國內,這是她隨時可以獲得的享受,她懷念那樣的時刻。然而那天晚上發生了一件事,如果給一位批評家看到了,他一定會把她的理論——即她是出於愛好清靜,才不要她的表兄護送——駁得體無完膚。快九點的時候,她正坐在普拉特旅館昏暗的燈光下,想靠兩支大蠟燭的幫助,專心閱讀她從花園山莊帶來的一本書,但她所看到的不是印在書上的話,卻是另一些話——拉爾夫下午對她講的那些話。突然,茶房那戴著手套的指關節在門上打了幾下,門隨即開了,他了伊莎貝爾全神貫注的目光前面。她讓茶房站在那裡,呈上了一位客人的名片,沒有表示態度。

「小姐,要不要讓這位先生進來?」他問,帶有一些催促的語氣。

伊莎貝爾仍在遲疑,她一面考慮著,一面望著鏡子。

「他可以進來。」她終於回答。

她與其說是在梳理頭髮,不如說在做好精神準備,等待他的到來。

不多一會兒,卡斯帕‧戈德伍德進來了,跟她握了手,但沒有開口,等僕役退出以後,他才說道:「妳為什麼不回我的信?」他的聲調急促、洪亮,有些傲慢,這說明這個人往往提出一些尖銳的問題,而且總是固執己見。

伊莎貝爾沒有回答,卻提出了一個現成的問題:「你怎麼知道我在這兒?」

「斯塔克波爾小姐通知我的。」卡斯帕‧戈德伍德說,「她告訴我,今天晚上妳可能一個人在家,妳會接見我。」

伊莎貝爾不再作聲。他們誰也沒有坐下,兩人都帶著挑戰、至少是爭論的神氣,氣呼呼站在那裡。

「她沒有見到我,她是寫信給我的。」

「她在哪兒見到你,告訴你這些話的?」

「亨麗艾特從沒告訴我她寫信給你,」她終於說,「她不應該那樣。」

「妳這麼不願意跟我見面嗎?」年輕人問。

「我毫無準備。我不喜歡這種突然襲擊。」

「但妳知道我在倫敦,我們會遇見是很自然的。」

「你說這是遇見?我甚至不願給我寫信。」

「很清楚,妳甚至不願給我寫信。」

伊莎貝爾沒有回答這話,亨麗艾特‧斯塔克波爾的背叛行為——她這時這麼稱呼它——傷了她的心。

「亨麗艾特太不懂得別人的心情了!」她牢騷滿腹地喊道,「這完全是自作主張。」

「大概我也一樣——也缺乏這種優美的情操。這是她的錯,也是我的錯。」

伊莎貝爾望望他，覺得他的下巴頰從來沒有這麼方。這也許使她感到不快，但她還是採取了另一種態度，「不，這主要是她的錯，不是你的。我認為，從你來說，你的行為是不足為怪的。」

「的確這樣！」卡斯帕·戈德伍德喊道，高興地笑了，「不管怎樣，現在我來了，我能坐下嗎？」

「當然，你可以坐下。」伊莎貝爾又走回她的椅子那兒，她的客人也隨便找個地方坐了下去，那神氣彷彿對這種享受從來不大在乎似的，「我每天都在等妳的回信。妳哪怕寫幾行也行啊。」

「我不寫信不是因為怕麻煩，寫四張紙和寫一張紙，在我來說都一樣。我的沉默是經過考慮的，我認為最好那樣。」伊莎貝爾說。

在她講話的時候，他一眼不眨地看著她的眼睛。然後他把目光移下來，停留在地毯的一點上，彷彿他在努力克制自己，決心除了該說的話，什麼也不說。他是禁得起打擊的人，但他也敏銳地意識到，毫不退讓地顯示自己的力量，只能使他的不利處境更加突出。伊莎貝爾對自己在這麼一種氣質的人面前取得的優越地位，不能不感到沾沾自喜，雖然她不想在他面前誇耀這種優勢，但她畢竟覺得高興，因為她可以對他說：「你自己也知道，你不應該寫信給我！」而且說得理直氣壯。

卡斯帕·戈德伍德又抬起眼睛來看她，目光像透過臉盔射出的兩道閃光。他認為他完全沒有錯，不僅這一次，他隨時準備跟她討論他的權利問題。

「妳說過，妳希望我永遠不再收到我的信，這我記得。但是我從來沒有接受這項規定。我告訴過妳，妳很快就會收到我的信。」

「我沒有說過我希望你永遠不再收到你的信。」伊莎貝爾說。

「那麼是在五年之內、十年之內、二十年之內。這是一樣的。」

第十六章

205

「你認為是這樣嗎?我覺得,這有很大的不同。我能夠想像,在十年之後,我們可以進行非常愉快的通信。到那時,我寫信的筆調也會成熟了。」

她這麼說的時候,眼睛望著別處,因為她知道,這些話很不誠懇,跟那位聽的人的臉色太不相稱。然而等他一開口,她終於又把目光回到了他身上。他的話是完全不相干的:「妳在妳姨父家裡過得愉快嗎?」

「確實很愉快。」她平靜了一下,然後又大聲說道:「你這麼固執己見,對你有什麼好處?」

「好處在於不至於失去妳。」

「對於一件本來不屬於你的東西,你沒有權利說失去。」接著她又道:「哪怕站在你自己的觀點上,你也應該知道,有時不宜去打擾別人。」

「妳非常討厭我。」卡斯帕·戈德伍德悶悶不樂地說,這倒不是為了激起她對一個意識到這種無望掙扎的人的同情,而是為了認清這一事實,以便針對它採取相應的行動。

「是的,你使我很不愉快,你現在這麼做是完全不適當的,最糟的是你這麼不顧一切,根本沒有必要。」伊莎貝爾知道,他的性格不是柔弱的,針尖刺不出血來。從她認識他的一天起,從她發現他對她懷有一種看法,彷彿他比她自己更清楚她的利益何在,因而她必須起而捍衛自己的時候,她就意識到,毫無保留地表明態度是她最好的武器。企圖不去刺激他,或者從旁邊避開他,一個不太堅決地擋在路上的人雖然有用,但對卡斯帕·戈德伍德卻是沒有用的,他可以忍受別人帶給他的一切痛苦。這倒不是由於他缺乏敏感的天性,而是因為他的防禦能力跟進攻能力一樣強大而堅韌。只要必要,他永遠可以自己包紮傷口。在衡量他忍受痛苦和不幸的功能的時候,她總會想起她過去的那個認

一位女士的畫像
The Portrait of a Lady

識:他天生是由鋼片組成的,是一個武裝到牙齒的人物。

「我不通。」他簡單地說。這話包含著一種危險的放任態度,因為伊莎貝爾覺得,他無異於要表示,她並不是一向這麼討厭他的。

「我也想不通,這種狀況不應該存在於我們中間。只要你肯把我從你的心頭拋開幾個月,我們就可以恢復友好關係。」

「我想不通。」

「我知道。如果我能夠在這段時間內不再想到妳,我就可以永遠這麼辦。」

「我並不指望永遠。這甚至是我所不願意的。」

「妳知道,妳要求的事是不可能的。」年輕人說,他認為這個形容詞用得很恰當,這種態度使伊莎貝爾感到生氣。

「難道你不能努力這麼做嗎?」她提出,「你在別的事上都很堅強,為什麼在這件事上偏偏不能?」

「妳要我努力做什麼呢?」由於她沒有作聲,他繼續道:「對於妳,我除了不顧一切地愛妳以外,什麼也辦不到。如果一個人是堅強的,他在愛情上只能更堅強。」

我們的年輕小姐心裡想:「他的感情是強烈的。」她確實感到了它的力量,感到它像向她的想像力拋出的誘餌,要把她引進真理和詩歌的天地中去。但是她馬上又鎮靜下來了。

「想不想我,隨你的便吧。不過請你不要再來找我。」

「這得多久?」

「嗯,一、兩年吧。」

第十六章 207

「究竟多久?一年和兩年相差很大。」

「那麼就算兩年吧。」

「這對我有什麼好處?」伊莎貝爾說,故意裝得一本正經的。

「我會非常感激你。」

「但我能得到什麼報答?」

「難道你做了一件好事,就要求報答嗎?」

「是的,如果那包含著重大的犧牲。」

「凡是慷慨的行為都有犧牲。男人不懂得這類事。如果你做了這種犧牲,我會非常欽佩你。」

「我根本不在乎妳欽佩不欽佩——如果沒有實際的表現,這毫無價值。妳會不會嫁給我?那才是問題所在。」

「肯定不會。」

「那麼,如果我不想來改變妳的感覺,我會得到什麼好處?」

「不會比你老糾纏著我少一些!」

卡斯帕·戈德伍德又垂下了眼睛,端詳了一會兒帽頂。深深的紅潮布滿在他的臉上,伊莎貝爾可以看到,這一擊終於打中了要害——那是古典的、浪漫的、還是贖罪性的作用,會使人產生同情,儘管他並不能因此得到什麼好處。

「為什麼你要使我不得不說這些話?」她用戰慄的聲音喊道,「我但願自己能溫柔一些,和善一些。人們關心我,我卻不得不說服他們,要他們不要關心我,這在我來說不是一件輕鬆的事。我覺得,

別人也應該替我考慮考慮,我們每人都應該自己做出判斷。我知道你是很體諒我的,你盡了自己的力量,你有充分的理由那麼做。但是我真的不想結婚,或者在現在來談這件事。也許我永遠不會結婚,是的,永遠不會。我完全有權利那麼想。這麼逼迫一個女人,要她違背自己的意志,這不是友好的行為。如果我使你痛苦,我只能說,我非常抱歉。這不是我的過錯。這不能僅僅為了討你喜歡,跟你結婚。我不想說我永遠是你的朋友,因為在這樣的情況下,我如果那麼說,我相信你會以為那是一種嘲笑。但是總有一天你會看到的。」

卡斯帕‧戈德伍德聽著這一番話,眼睛一直注視著帽子上帽商的名字。直到她說完以後,過了一會兒,他才抬起頭來。但是他的目光一接觸到伊莎貝爾那可愛的、微微發紅的關切的臉色,他的心情又紊亂了,這使他無法仔細領會她的話。

「我這就回國去⋯⋯我明天就走⋯⋯我不來打擾妳。」他終於囁嚅著說。

「別怕。」

「只是,」他又提高了一點聲音道,「不看見妳,我覺得受不了!」

「別怕。我不會出什麼事。」

「妳會嫁給別人,這簡直是毫無疑問的。」卡斯帕‧戈德伍德說。

「你認為這是合理的指責嗎?」

「為什麼不?許多人會向妳求婚。」

「我剛才已告訴你,我不想結婚,而且幾乎可以肯定,永遠不會結婚。」

「我知道,好一個『幾乎可以肯定』!我並不相信妳的話。」

「非常感謝你。你似乎認為我是故意欺騙你,好把你甩開。你講得太巧妙了。」

第十六章

「為什麼我不能那麼講?妳根本沒有向我做過任何保證。」

「是的,這正是我無法保證的!」

「也許妳相信妳是靠得住的,因為妳希望這樣。但是事實上不一定。」他繼續說,彷彿在為自己做最壞的準備。

「好吧,你說我靠不住就靠不住吧。隨你怎麼想都成。」

「不過,」卡斯帕·戈德伍德說,「哪怕我一直跟著妳,恐怕也無法阻止這種事的發生。」

「真的嗎?你實在使我覺得太可怕了。你認為我這麼容易愛上一個人嗎?」她突然問,聲音都變了。

「不,我沒這麼想,我還會用這樣的話來安慰自己呢。但是毫無疑問,世界上可以使人著迷的人還是有一些的,何況只要有一個已經夠了。他馬上會把妳吸引過去。當然,不是那樣的人,妳是不會嫁的。」

「如果你所謂使人著迷的人是指非常聰明的人——我想不出還有其他意思——那麼我不需要一個聰明人來說明我,教我怎麼生活,」伊莎貝爾說,「我自己會找到生活的道路。」

「找到獨身生活的道路?我希望妳找到以後,能教給我!」

伊莎貝爾瞅了他一眼,然後輕快地笑了笑,「哦,你應該結婚!」她說。

如果在這一霎間,他覺得這句話像箭一樣刺痛了他的心,那麼這是不能怪他的,而且我也不能保證,她發出這支箭的動機是完全純正的。但有一點卻是事實,這就是她認為他不應該老是孤零零,得不到一個女子的愛。

210

一位女士的畫像
The Portrait of a Lady

「上帝寬恕妳吧!」他咬緊牙齒喃喃地說,一邊轉過身去。

她為自己的話感到有些慚愧,過了一會兒,她覺得有必要求得良心上的平靜。最簡便的辦法當然就是把錯誤推在他的身上。

「你完全錯怪我了,你不了解我!」她大聲說,「我是不容易征服的,事實已經證明這點。」

「對,妳是向我證實了這點,而且證實得很澈底。」

「我也向別人證實了這點。」她停頓了一會兒,「我上星期還拒絕了一個人的求婚。毫無疑問,這是大家所說的最理想的婚姻。」

「聽到它我很高興。」年輕人嚴肅地說。

「這種婚姻是許多女孩子求之不得的,它具有十分美好的條件。」伊莎貝爾沒有打算把這件事告訴他,然而現在她開始說了,因為自己辯護的情緒支配了她。

「那是我非常喜歡的一個人,有很高的地位,很多的財產。」

卡斯帕懷著濃厚的興趣注視著她,「他是英國人嗎?」

「他是一位英國貴族。」伊莎貝爾說。

她的客人聽到這消息,起先沒有作聲,但最後說道:「我很高興他沒有如願以償。」

「現在你有了同病相憐的人,應該可以得到安慰了。」

「我不可能與他互相同情。」卡斯帕嚴峻地說。

「為什麼不能?要知道我斬釘截鐵地拒絕了他。」

「那不能使他成為我的朋友。何況他是一個英國人。」

第十六章 211

「請問，英國人不也是人嗎？」伊莎貝爾問。

「嗯，那些人嗎？他們不是跟我同一類的人，他們怎麼樣，根本不在我的心上。」

「你火氣很大，」女孩子說，「這件事我們談得太多了。」

「不錯，我火氣很大。我是罪有應得！」

她轉身離開了他，走到開著的窗戶跟前，站在那兒望了一會兒昏昏沉沉、冷冷清清的街道，那兒只有一盞光線渾濁的煤氣燈代表著人間的活力。一時間，兩個年輕人誰也不講一句話，卡斯帕在壁爐前面徘徊，他的眼睛陰鬱地注視著她。她實際已經下了逐客令，他心裡明白這點，但是他冒著引起她不快的危險，仍逗留在那兒。她對他來說太重要了，他不能輕易拋開她。千里迢迢從大西洋彼岸來到這裡，就是為了從她那兒獲得一種保證。不久，她離開視窗，又站到了他的面前。

「在我剛才告訴了你那些話以後，你還對我那樣，這是不公正的。我很後悔我告訴了你，因為這件事跟你毫不相干。」

「啊！」年輕人喊了起來，「難道妳是為了關心我才那麼做的！」他沒有再說下去，怕她會推翻這個愉快的假設。

「當時我是有些想到你的。」伊莎貝爾說。

「有些？我不明白。如果妳知道我愛妳，如果這在妳心目中還有一定的分量，那麼就不應該說只是『有些』。」

伊莎貝爾搖搖頭，彷彿要把那句錯話甩掉，「我已拒絕了一個最親切的貴族。你應該可以從中得到安慰。」

「謝謝妳。」卡斯帕・戈德伍德說，神色很嚴肅，「我非常感謝妳。」

「現在你還是回國去得好。」

「我們不能再見面了嗎？」他問。

「我想還是不見面得好。你無非要談這件事，可是你看到，這不會有什麼結果。」

「我答應不再說一句使妳煩惱的話。」

伊莎貝爾思忖了一會兒，然後答道：「過一、兩天我就回姨父家去了，我不能請你到那兒去。那會顯得自相矛盾。」

卡斯帕・戈德伍德也琢磨了一會兒，「妳也應該公正地對待我才是。一個多星期以前，我收到了妳姨父的邀請，他請我去玩，但我謝絕了。」

她露出了驚訝的臉色，「這信是誰寫的？」

「拉爾夫・杜歇先生。我想他是妳的表兄。我謝絕了，因為我沒有得到妳的同意，不能接受邀請。亨麗艾特實在做得太過分了。」

「這當然不是我的主意。亨麗艾特實在做得太過分了。」伊莎貝爾又說。

「不要過多地責怪她——那主要是我的事。」

「不，如果你拒絕了，你做得很對，在此感謝你。」她想到，沃伯頓勳爵和戈德伍德先生可能在花園山莊碰頭，不禁打了個寒噤，那會把沃伯頓勳爵弄得多麼尷尬啊！

「妳離開姨父家以後，打算到哪裡去？」卡斯帕問。

「我跟姨母到國外去——到佛羅倫斯和其他地方。」

第十六章

她說得這麼安詳,這像一股冷空氣吹進了年輕人的心坎。他彷彿看到她如同旋風一樣飛走了,飛到了一個他無從問津的地方。然而他很快又提出了他的問題:「妳打算什麼時候回美國?」

「也許要過很長一個時期。我在這兒很愉快。」

「妳是要拋棄妳的國家嗎?」

「不要孩子氣。」

「唉,那麼我真的看不到妳啦!」卡斯帕‧戈德伍德說。

「我不知道,」她用莊嚴的口氣回答,「世界並不大,儘管地方很多,還是靠得很近。」

「對我來說,它太大了!」卡斯帕喊道,他的直率態度也許會引起我們這位小姐的同情,但她已下定決心不再退讓。

這種態度是她近來懷有的一套思想、一種理論的一部分,為了徹底起見,過了一會兒,她又說道:「如果我說,讓你看不到我,這正是我的要求,那麼希望你不要認為我太忍心。如果我跟你在一個地方,我總覺得好像你在監視著我,這使我受不了。我非常愛好我的自由。要是在這世界上還有我喜歡的東西,」她接著說,「剛才那莊嚴的口氣又隱隱出現了,「那麼這就是我個人的獨立。」

但是這些話中的高傲聲調,不論它意味著什麼,卻引起了卡斯帕‧戈德伍德的敬意,它所表現的宏大氣魄,絲毫沒有使他畏縮。在他的想像中,她始終是長著翅膀的,也始終是要做美麗自由的翱翔的,伊莎貝爾的話如果是為了擊退他,那麼它們沒有達到目的,相反,卻使他露出了微笑,似乎表示,這是他們共同的立場。

「誰想限制妳的自由呢?看到妳完全獨立,能夠做妳所要做的一切,這是我最高興的。正是為了使

「那是一種美麗的詭辯。」女孩子說,露出了更加美好的笑容。

「一個沒有結婚的女人,一個像妳這樣年紀的女孩子,是不可能獨立的。有各種各樣事情,她不能幹。她每走一步都會遇到阻力。」

「那是由於她不能解決問題。」伊莎貝爾回答,情緒很高,「我不是小孩子,我能做我所要做的事,我沒有父親,也沒有母親,我窮苦,我的天性是嚴肅的,我也不漂亮。因此我不必有什麼顧慮,也不必隨波逐流,事實上我也無法享受那種舒適生活。此外,我試圖自己判斷事物,我覺得,哪怕我的判斷錯了,也比沒有自己的判斷光榮一些。我不希望僅僅做羊群中的一隻羊,我要自己選擇命運,了解人生的一切,不限於別人認為我可以知道的那些。」她停了一會兒,但並不太久,不讓她的同伴有插嘴的機會。在他正要這麼做的時候,她又說了下去:「讓我把這告訴你,戈德伍德先生。因為蒙你關心,說怕我會結婚。如果你聽到謠言,說我正在打算這麼做——女孩子們是很容易給人這麼議論的——那麼請你記住我對你說的這些關於我愛好自由的話,不要相信它們。」

伊莎貝爾向他提出這個勸告的時候,她的聲調顯得熱情洋溢,十分懇切。她的眼睛中流露出坦率的光輝,這使他不能不相信她。整個說來,他感到放心。從他說話的態度中可以看到,他的話是相當誠懇的:「妳只要旅行兩年?我完全願意等妳兩年,在這段時間裡,妳可以做妳要做的一切。如果那就是妳的要求,妳不妨這麼告訴我。我並不要求妳隨波逐流,難道妳覺得我是隨波逐流的嗎?妳要增長見識

---

1 編註:即狠心之意。

第十六章　215

嗎？在我看來，妳的見識已經很夠了。但如果妳有興趣到各地遊歷一番，看看各個不同的國家，那麼我願意幫助妳，盡我所有的力量來幫助妳。」

「你很慷慨，這是我早已知道的。你幫助我的最好辦法，就是離開我，盡量讓那遼闊的海洋把我們隔得遠遠的。」

「人家會以為妳要去幹什麼壞事呢！」卡斯帕‧戈德伍德說。

「這也難說。我希望自由，只要我喜歡那麼幹，我會在所不惜。」

「好吧。」他慢條斯理地說，「那我可以回去了。」他伸出手來，竭力露出滿意和信任的神色。然而伊莎貝爾對他的信任，還是比他對她的更大。他並不真的認為她可能去幹什麼壞事，但是他反覆考慮，總覺得她這種保留選擇權的作法，包含著不祥的預兆。在她跟他握手的時候，她對他感到了極大的敬意，總覺得她這種保留選擇權的作法，包含著不祥的預兆。在她跟他握手的時候，她對他感到了極大的敬意，她知道，他多麼關心她，她認為他的行為是光明磊落的。他們這麼站了一會兒，互相瞧著對方，手握著手，這在她來說，不是完全被動的。

「那就對了，」她講得非常懇切，幾乎顯得有些溫柔，「做一個通情達理的人，對你來說是不會吃虧的。」

「但兩年以後，不論妳在哪裡，我都會來找妳。」他回答，仍保持著他特有的嚴峻態度。

「我們已經知道，我們這位小姐往往反覆無常，現在她聽到這話，突然改變了聲調：「但是你要記住，我沒有許諾你什麼，絕對沒有！」然後，好像為了讓他離開她，又較為溫和地說：「還要記住，我不是可以輕易征服的人！」

「總有一天妳會對妳的獨立感到厭倦的。」

「也許會,甚至非常可能。等那一天到來的時候,我會很樂於看到你。」

她走到通向臥室的門口,將手搭在門把上,等了一會兒,看她的客人是不是馬上出去。但是他好像不能動彈似的,還站在那裡,他的態度表示他還不願離開,他的眼睛中露出了痛苦的抗議的神色。

「現在我必須走了。」伊莎貝爾說,打開門,走進了另一間屋子。

這間屋子黑沉沉的,但是微弱的光線從旅館的院子通過視窗射進來,把黑暗沖淡了一些。伊莎貝爾可以看到那些傢俱的幢幢黑影,鏡子上那暗淡的閃光,那張有四根柱子的大床。她一動不動地站了一會兒,靜靜聽著,最後終於聽到卡斯帕·戈德伍德走出起居室,把門隨手關上了。她又站了一會兒,然後才情不自禁地在床前跪了下去,把臉埋在手臂裡。

第十六章

第十七章

她不是在禱告,她是在哆嗦——渾身哆嗦著。她是容易激動的人,事實上也常常這樣。現在她覺得自己像彈壞的豎琴,哼哼唏唏發不出聲音來,只想躲進琴套中去,重新用褐色的麻布把自己遮蓋起來。但是她希望抵制自己的情緒,她一直跪在那裡,保持著禱告的姿勢,她覺得這能夠幫助她恢復平靜。卡斯帕·戈德伍德走了,這使她非常高興。她終於擺脫了他,好像付清了一筆長期掛在心頭的債務,拿到了蓋印的收據。她感到輕鬆愉快,於是她把頭埋得更深了。這種感覺是鮮明的,它在她的心頭跳動,這是她的感情的一部分,但它使她感到害臊,因為她問心有愧,覺得它並不合適。過了大約十分鐘,她才站起來,重新回到起居室,這時她的哆嗦還沒有完全平靜下去。她的激動實際來自兩個方面:一部分是由於她跟戈德伍德先生做了長時間的爭論,但其餘恐怕只是為自己所表現的力量感到興奮。她仍坐在那張椅子上,拿起她的書,但甚至沒有把它打開。她靠在椅背上,口裡發出低低的、柔和的、祈求的喃喃聲,這是當事物的光明面深刻地呈現在她眼前的時候,她常有的反應。她感到沾沾自喜,因為在兩個星期內,她拒絕了兩位熱情的求婚者。那種愛好自由的精神,她雖然向卡斯帕·戈德伍德做了勇敢的描繪,至今還幾乎只停留在理論上,她還沒有機會廣泛地運用它。但是現在她覺得,她似乎已經做了一些什麼,至少也是一種勝利。她做了最符合她要求的事。在這種興奮的感覺中,戈德伍德先生的形象卻帶有一種譴責的意味,她彷彿看到他邁

著淒涼的步子，穿過這昏昏沉沉的城市走回去。因此，當房門重新打開的時候，她幾乎同時從椅子上跳了起來，她怕他又回來了。

但那不是他，那是亨麗艾特‧斯塔克波爾赴宴回來了。

斯塔克波爾小姐立即看到，我們這位小姐「發生」了什麼事，確實，這是用不到深入觀察就能發現的。亨麗艾特徑直走到她的朋友面前，但後者沒有答理她。把卡斯帕‧戈德伍德打發回美國，這使伊莎貝爾感到得意，因此她對他來找她這事，已不存什麼芥蒂，然而同時她又不能忘記，亨麗艾特沒有權利設下圈套來作弄她。

「他到這兒來了嗎，親愛的？」斯塔克波爾小姐關心地問。

伊莎貝爾別轉了臉，好一會兒沒理睬她，最後才說：「妳做得太不對了。」

「我這是為了妳好。我只希望妳不至辜負了我。」

「妳不是法官。我不能信任妳。」伊莎貝爾說。

這聲明當然叫人聽了不舒服，但亨麗艾特沒有考慮自己，她不想理會它帶來的指責，她關心的只是她朋友的這句話所包含的意義。

「伊莎貝爾‧阿切爾！」她以同樣粗魯和莊嚴的口氣宣稱，「如果妳嫁給這兒的人，我從此與妳一刀兩斷！」

「在提出這麼可怕的威脅之前，妳最好先等一下，等有人向我求婚再說。」伊莎貝爾回答。關於沃伯頓勳爵的求婚，她從沒向斯塔克波爾小姐透露過一個字，她現在也不想把她拒絕那位貴族的事，告訴亨麗艾特，拿這來替自己辯護。

第十七章　　　　　　　　　　　　　　　219

「得啦,妳一到大陸,馬上有人向妳求婚。安妮·克萊勃在義大利有三個人向她求過婚,那還只是平凡而可憐的小安妮呢。」

「好吧,如果安妮·克萊勃抵制得住,為什麼我就不能?」

「我相信,追求安妮的人不多,妳可不一樣啦。」

「承蒙妳抬舉我。」伊莎貝爾滿不在乎地說。

「我不是抬舉妳,伊莎貝爾,我是講事實!」她的朋友喊道,「我希望妳不是想告訴我,妳沒有給戈德伍德先生留下一點希望。」

「我覺得,我沒有必要告訴妳什麼,我剛才已經說過,我不信任妳。但是妳既然對戈德伍德先生這麼關心,我不妨對妳直說,他馬上就要回美國去了。」

「妳是不是說,這是妳打發他走的?」

「我要求他別來糾纏我,我對妳也有同樣的要求,亨麗艾特。」亨麗艾特幾乎尖聲叫了起來。斯塔克波爾小姐一時間有些灰心喪氣,然後走到壁爐架上的鏡子前面,脫下她的帽子。

「我希望妳這頓晚飯吃得很愉快。」伊莎貝爾繼續說。

但是她的朋友沒有給這句無關緊要的話分散注意力。

「伊莎貝爾·阿切爾,妳知道妳現在是在走向哪裡嗎?」

「現在我是要上床去。」伊莎貝爾說,決心不跟她談正經事。

「妳可知道妳在滑到哪裡去?」亨麗艾特繼續說,小心翼翼地把帽子舉在前面。

「我一點也不知道,而且不想知道,因為這樣很愉快。乘著一輛輕快的馬車,由四匹馬拉著,在茫

茫黑夜中車聲轔轔地行駛在看不見的大路上——這就是我對幸福的理解。」

「戈德伍德先生顯然不會教妳說這樣的話，這像一本傷風敗俗的小說中的女主人公說的。」斯塔克波爾小姐道，「妳是在滑向一條極其錯誤的道路。」

伊莎貝爾對她的朋友的干涉有些生氣，但她還是在思考，那些話是不是包含著某些真理。然而她一無所得，因此她說：「亨麗艾特，妳一定非常喜歡我，以至非要這麼跟我過不去不可。」

「我非常愛妳，伊莎貝爾。」斯塔克波爾小姐帶著感情說。

「如果妳非常愛我，妳就別來管我。我這樣要求戈德伍德先生，我也這樣要求妳。」

「當心，不要太不聽勸告。」

「那也是戈德伍德先生對我說的話。我告訴他，我必須冒一些風險。」

「妳不惜鋌而走險，這使我擔心！」亨麗艾特大聲說，「戈德伍德先生什麼時候回美國？」

「我不知道，他沒告訴我。」

「也許是妳沒有問吧。」亨麗艾特帶著憤憤不平的嘲笑口氣說。

「我弄得他很不愉快，我沒有權利再問他這些問題。」一霎間，斯塔克波爾小姐覺得這句話是對她的批評的反擊，但最後她還是歎息道：「伊莎貝爾，要是我不了解妳，我會認為妳是一個沒有心肝的女人！」

「當心，妳不要慣壞了我。」

「我怕我已經把妳給慣壞了。」接著，斯塔克波爾小姐又道：「我至少希望，他能跟安妮·克萊勃一起回去！」

第十七章 221

第二天早晨,她告訴伊莎貝爾,她決定不回花園山莊(老杜歇先生已說過歡迎她回去),留在倫敦,等候班特林先生的姐姐彭西爾夫人的邀請,這是他認為沒有問題的。斯塔克波爾小姐談到她跟拉爾夫・杜歇那位熱心的姐姐的談話時,非常隨便,她向伊莎貝爾宣稱,她確實相信,她已經找到了一條門路。一接到彭西爾夫人的信——班特林先生實際已保證過,這封信是一定會來的——她將立即前往貝德福郡,如果伊莎貝爾關心她的自身印象,她無疑可以在《會談者報》上讀到它們。這一次,亨麗艾特顯然可以接觸到英國的內在生活了。

「亨麗艾特・斯塔克波爾,妳可知道妳在走向哪裡?」伊莎貝爾問,模仿著她的朋友昨天夜裡的口氣。

「我是在走向一個偉大的地方——美國新聞皇后的寶座。如果我的下一篇通訊不轟動整個西方,我就從此不寫文章!」

她跟她的朋友,那位在歐洲大陸給人追求過的安妮・克萊勃小姐,已經約好一起上街購買物品,這是克萊勃小姐在倫敦的臨別紀念,這以後她就要返回她至少得到過好評的西半球了。因此斯塔克波爾小姐馬上得前往傑明大街去找她的朋友。

她出門不久,拉爾夫・杜歇來了。他一進屋,伊莎貝爾就發覺他心裡有事。他立即把事情告訴了他的表妹。他接到他母親的電報,說他的父親舊病復發,情況相當嚴重,她很擔心,要拉爾夫立即趕回花園山莊。這一次,杜歇夫人對電報的愛好至少沒有引起他的批評。

「我決定最好先找一下那位大醫師馬修・霍普爵士,」拉爾夫說,「非常幸運,他在倫敦。他在十二點半來看我,我打算請他到花園山莊去一次——他大概不會拒絕,因為他已在那兒和倫敦給我父親

看過幾次病。兩點四十五分有一趟快車,我預備搭那趟車回去。妳是跟我回去,還是在這兒再留幾天,完全由妳自己決定。」

「我當然跟你回去!」伊莎貝爾回答,「我並不認為我對姨父會有什麼用處,但如果他病了,我希望留在他身邊。」

「我知道妳喜歡他,」拉爾夫說,臉上露出羞澀而愉快的神色,「妳對他的尊重超過了所有的人。這太好了。」

「我非常敬重他。」

「那很好。除了他的兒子,他是最寵愛妳的一個人。」

這句話,她聽了很舒服,不過她還是暗暗鬆了口氣,因為她想到,幸虧杜歇先生這樣的寵愛者是不可能向她求婚的。當然,她沒有這麼說,只是告訴拉爾夫,還有一些其他原因,使她不想再留在倫敦。她對它已經厭倦,希望離開這裡,而且亨麗艾特也要走了——她即將前往貝德福郡。

「前往貝德福郡?」

「到班特林先生的姐姐彭西爾夫人家去,他保證她會請她去的。」拉爾夫本來有些擔心,但聽到這話,笑了起來。不過,嚴肅的神色突然又回到了他臉上,「班特林是個勇敢的人。但是假如邀請信在路上遺失了呢?」

「我覺得,英國的郵政是完全可靠的。」

「智者千慮,必有一失。」他接著說,神色變得愉快了一些,「我們的好班特林是萬無一失的,不管怎樣,他會把亨麗艾特照料得無微不至。」

第十七章

223

拉爾夫回去等候馬修·霍普爵士，伊莎貝爾安排離開普拉特旅館的事。她的姨父病重，使她很難過，她站在打開的箱子前面，心煩意亂，東張西望，不知應該把什麼放進箱子，眼淚突然湧上了她的眼睛。也許就由於這個原因，到兩點鐘，拉爾夫來接她上車站的時候，她還沒有收拾好。然而他在起居室看到了斯塔克波爾小姐，她剛吃過午餐。這位小姐立即為他父親的病向他表示了問候。

「他是一位可敬的老人，」她說，「他的一生是忠誠的。如果這確實是他的最後時刻──請原諒我這麼說，但是你一定也常常想到這種可能性──那麼我很遺憾我不能到花園山莊去。」

「妳在貝德福郡會有趣得多。」

「我很遺憾，在這種時候我還要尋找樂趣，」亨麗艾特說，顯得很有禮貌，但是她接著又說道：「我喜歡這樣來結束最後的一幕。」

「我的父親還會活很久呢。」拉爾夫簡單地說。然後他就岔到了比較愉快的話題上去，他問斯塔克波爾小姐今後有什麼打算。

現在拉爾夫正處在不幸的時刻，因此她對他的口氣比較親切，向他表示，她非常感謝他給她介紹了班特林先生。

「他告訴我的正是我想知道的事。」她說，「他談到了社會上各方面的情況和王族的一切。據我看，他講的那些話，對王室是不太有利的，但是他說，那只是我的奇怪看法。好吧，我要他提供的只是事實，有了這些材料，我就可以很快地得出我的結論。」她又說，班特林先生非常客氣，他答應下來帶她出去。

「帶妳到哪兒去？」拉爾夫冒昧地問。

「白金漢宮[1]。他要帶我上那兒去參觀，好讓我對王族的生活有一些概念。」

「哦，」拉爾夫說，「那我們把妳留給了一個可靠的人。我希望我們聽到的第一個消息，是妳應邀訪問溫莎堡。」

「只要他們請我去，我一定去。我一旦開了頭，就什麼也不怕。不過儘管這樣，」亨麗艾特立即又說道，「我還是不滿意，對伊莎貝爾不滿意。」

「怎麼，她又有什麼事得罪了妳？」

「好吧，我以前已告訴過你，我想現在繼續談一下也沒妨礙，我喜歡把一個問題從頭至尾講清楚。

戈德伍德先生昨晚到這兒來了。」

拉爾夫睜大了眼睛，甚至臉色有一點發紅，這種紅色是他的感情有些激動的表現。他想起伊莎貝爾在溫徹斯特廣場跟他分手的時候，曾經反駁他，說她不要他送她回普拉特旅館，不是因為有客人要來看她，現在他不得不懷疑她心口不一，這使他感到出乎意外。但另一方面，他又馬上對自己說，她跟一個愛人約會，這跟他什麼相干？小姐們對這種約會保守祕密，不是自古而然，天經地義的嗎？拉爾夫用外交方式回答斯塔克波爾小姐道：「我想，根據妳上回向我表示的觀點來看，妳對這事應該十分滿意。」

「他來看她這事嗎？那當然好，這是不用說的。那是我搞的一點小花招，我把我們在倫敦的消息通知了他，等我安排好晚上出門的時候，我又給他寫了張條子——當然，一句話就夠了。我不想否認，我不願你在這裡妨礙他。他來看了她，但是也許他還是

---

[1] 在倫敦西部，英王居住的王宮。下文提到的溫莎堡在倫敦附近的伯克郡，也是英國王室的住所。

第十七章　225

不來得好。」

「伊莎貝爾對他很忍心嗎?」拉爾夫的臉色又變得開朗了,他知道他的表妹沒有騙他。

「他們談得怎樣,我不太清楚。但是她沒讓他達到目的——她把他打發回美國去了。」

「可憐的戈德伍德先生!」拉爾夫歎了口氣。

「她念念不忘的,好像就是要把他撐走。」

「可憐的戈德伍德先生!」拉爾夫又說了一遍。應該承認,這種歎息是機械的,它並不能準確表達他的思想,他的思想有另一條線索。

「你說的不是你真正的感覺,我不相信你關心他。」

「啊,」拉爾夫說,「妳應該記得,我不認識這位有趣的年輕人——我們從來沒有見過面。」

「好吧,我會見到他,我得告訴他不要灰心。如果伊莎貝爾不回心轉意,」斯塔克波爾小姐說,

「我絕不甘休。我會跟她一刀兩斷!」

第十八章

拉爾夫覺得，在這種情況下，伊莎貝爾跟斯塔克波爾小姐的分別可能有些彆扭，因此他比他的表妹先到旅館門口去，過了一會兒，後者才出來，據他看，她的眼睛裡還殘留著不接受規勸的痕跡。兩人在前往花園山莊的路上，幾乎都保持著沉默。一個僕人在車站上接他們，關於杜歇先生，他不能提供什麼好消息，這使拉爾夫重新感到慶幸，因為馬修・霍普爵士已答應乘五點鐘的火車下來，並在這兒過夜。回到家裡後，他知道，杜歇夫人一直陪著老人，這會兒也在他那裡。於是拉爾夫對自己說，他的母親畢竟只要有機會，還是會盡她的責任的。美好的天性會在重大的時刻發出光輝。伊莎貝爾走回自己的房間，她發覺，整幢房子靜悄悄的，這是暴風雨到來前的沉寂。過了一個小時，她下樓去找姨母，想向她探聽杜歇先生的病情。她走進圖書室，但杜歇夫人不在那兒。這時天氣潮濕陰冷，已變得很壞，因此她不可能像她平時一樣到屋外去散步。伊莎貝爾正想打鈴，派人上她屋裡去問一下，突然一陣出乎意外的聲音引起了她的注意，那是輕輕的琴聲，顯然是從會客廳傳來的。她知道，她的姨母從來不彈鋼琴，因此彈琴的可能是拉爾夫，他在為自己尋找消遣。在這時候，他能夠安心享受這種娛樂，這清楚地表明，他對父親的擔憂已經解除了。於是她幾乎又恢復了愉快的心情，向傳來琴聲的地方走去。花園山莊的會客廳是一間相當寬敞的屋子，鋼琴放在它的一頭，離伊莎貝爾進去的那扇門是最遠的，因此她的到來，沒有給坐在鋼琴前面的那個人發覺。這人既不是拉爾夫，也不是他的母親，是一位夫人，雖然她背對著

門，伊莎貝爾立即看到，那是一個陌生人。她的背部顯得寬闊，衣著講究，伊莎貝爾在驚訝中對她端詳了一會兒。這位夫人當然是她外出時到來的客人，她回來後，跟她談過話的兩個僕人——其中一個是姨母的使女——都沒有提到這個客人。然而她已經明白，供人差遣的職務總是跟守口如瓶結合在一起的，何況她已意識到，姨母的使女對她一直冷冰冰的，因為也許由於不信任，她從來沒有要這位大姐提供幫助，在梳妝打扮方面，她還是自己動手更好。一位客人的到來絕不是一椿不愉快的事，她從來沒有喪失青年時期的信念，認為每一個新認識的人都會給她的生活帶來一些重大的影響。在這麼思忖的時候，她又發覺那位夫人彈琴彈得相當好。那是舒伯特的樂曲——伊莎貝爾不知道它的名稱，但聽得出那是舒伯特的作品——她彈的時候顯得純熟自然，得心應手。這顯示了技巧，也顯示了感情。伊莎貝爾悄悄沒聲息地在最近的一張椅子上坐了下去，等待樂曲的結束。它一結束，她立即迸發了強烈的願望，要向演奏者表示感謝。她從座位上站了起來，打算這麼做，正在這時，那位陌生的夫人驀地旋轉身來，彷彿剛才感覺到她的存在。

「非常美，妳的彈奏使曲子生色不少。」伊莎貝爾說，臉上洋溢著青春的光輝，這是她在真正感到興奮的時候常有的現象。

「那麼妳認為我沒有打擾杜歇先生嗎？」演奏者回答，神態那麼甜蜜，跟那種讚美完全適合，「這兒房子這麼大，這間屋子又離得那麼遠，因此我想我不妨彈一下，尤其是像剛才那麼du bout des doigts —。」

伊莎貝爾心裡想：「她是法國人，她的法語講得跟法國人一樣。」這猜測使我們這位喜歡冥想的女主人公對陌生人更增加了興趣。於是她說道：「我希望我的姨父正在好起來。我想，聽了這麼可愛的音

樂,他一定會感到更舒服。」

夫人笑了笑,顯得另有看法,「不一定,生活中有些時候是連舒伯特也不能引起我們興趣的。然而必須承認,那是我們最痛苦的時刻。」

「可是我現在不是處在那種時刻,」伊莎貝爾說,「相反,我倒是希望妳再彈一點什麼。」

「如果妳喜歡聽,我一定從命。」於是這位和顏悅色的夫人重又轉過身去,彈了幾個和音,伊莎貝爾也坐近了一些。陌生人突然停了,雙手搭在琴鍵上,轉過一半臉來,從肩上望著姑娘。她有四十來歲,生得並不漂亮,但是有一種討人喜歡的表情。

「對不起,」她說,「妳就是外甥女,那位美國小姐吧?」

「我是我姨母的外甥女。」伊莎貝爾天真地說。

「這麼說,她不是法國人。」伊莎貝爾自言自語道。既然相反的假設曾使她神往,那麼現在的說明照理會大煞風景。但事實不然,伊莎貝爾覺得,一個美國人居然能彈得這麼出色,這比她是法國人更顯得難能可貴。

「那很好,」她說,「我們是同胞。」然後她開始彈琴了。

「那麼說,」伊莎貝爾天真地說。

彈琴的夫人仍那麼坐了一會兒,饒有興趣地從肩上望著伊莎貝爾。

那位夫人仍像之前一樣彈著,音調那麼柔和又那麼莊嚴。在她彈的時候,屋裡的陰影越來越濃了,秋日的暮色正逐漸籠罩下來。伊莎貝爾可以從她坐的地方,望見秋雨正越下越猛,沖洗著顯得冷清的草

---

1 法文,意為「彈得輕輕的」。

第十八章　229

坪，風在搖晃著大樹。最後，樂聲停止了，夫人站了起來，面含微笑，她走近一些，在伊莎貝爾還沒來得及向她表示謝意之前，就開口道：「我很高興看到妳回來，我聽到了許多關於妳的事。」

伊莎貝爾覺得她十分迷人，但她還是帶著一點粗魯的口氣回答這些話：「妳是從哪兒聽到我的？」

陌生人遲疑了一會兒，然後回答道：「從妳的姨父那兒。我到這裡已經三天了，第一天他讓我到屋裡去看他。那時他不斷談到妳。」

「可妳並不認識我，這些話一定使妳感到厭煩。」

「不，它們使我很想見到妳。特別因為那以後，妳的姨母老是陪著杜歇先生，我非常孤單，沒人做伴，心裡膩得慌。我給我的訪問選擇了一個不恰當的時刻。」

一個僕人拿來了燈，另一個又接著端來了茶盤。在茶點送來的時候，杜歇夫人看來已得到通知，因而現在也來喝茶了。她招呼了她的外甥女，但這種招呼跟她揭開茶壺蓋子看一下茶水沒有實質上的不同——兩個動作都不包含絲毫熱情。關於她的丈夫，她不能說他已好一些，但當地的醫生正陪著他，大家把希望寄託在他跟馬修・霍普爵士的會診上。

「我想妳們兩位應該已經認識了吧？」她說，「如果還沒有，那麼不妨認識一下，因為在這段時間裡，我們——拉爾夫和我——暫時離不開杜歇先生的病床，妳們除了自己，恐怕就沒人做伴了。」

「我對妳什麼也不知道，只知道妳是一位傑出的音樂家。」伊莎貝爾對客人說。

「除此以外，可談的還不少呢。」杜歇夫人用有些枯澀的聲音說。

「我相信，阿切爾小姐只要知道一點兒就夠了！」那位夫人露出嫵媚的笑容喊道，「我是妳姨母的老朋友，我在佛羅倫斯住過很久，我是梅爾夫人。」她最後報名字的時候，好像談的完全是另一個

人。然而伊莎貝爾覺得，這說明的情況太少。她總感到，梅爾夫人有一種迷人的風度，這是她從沒見到過的。

「儘管她的名字像外國人，實際不是，」杜歇夫人說，「她出生在——我老是忘記，妳出生在哪裡。」

「那就不值得再提它了。」

「正好相反，」杜歇夫人說，「她是不大會忽視邏輯性的，如果我記得，你再告訴我，那才是完全多餘的呢。」

「哎喲，」梅爾夫人叫了起來，「我有嚴重的缺點，但那一點我認為不是，尤其不是最大的。我是在布魯克林的海軍造船廠裡走進世界的。我的父親是美國海軍的高級軍官，當時在那個廠裡工作——擔任一項重要職務。照理我應該喜歡海，但我卻恨它。那是我不回美國的原因。我喜歡陸地，一個人總得愛點兒什麼。」

「她總喜歡故弄玄虛，」杜歇夫人說，「這是她最大的缺點。」

梅爾夫人露出滿臉笑容，簡直連耳朵都在發笑似的，「我是出生在國旗下面的。」

伊莎貝爾像一個冷若冰霜的證人，絲毫不理睬杜歇夫人對客人的評論，只覺得這位客人有一張富於表情、生動活潑、反應靈敏的臉，在伊莎貝爾心目中，這種臉是跟保守祕密一點也掛不上勾的。它表現了豐富的內心生活，活躍而奔放的感情，儘管它不具備通常所說的美，卻非常能博得人們的好感和愛慕。梅爾夫人身材高大、勻稱、豐腴，身上的一切都圓圓的，顯得飽滿，然而並不給人以笨重的肥胖感覺。她的相貌有些粗俗，但各部分之間顯得優美和諧。她的皮膚有一種健康而明淨的光澤。她的眼睛是

第十八章　　　　　　　　　　　　　　　231

灰色的，比較小，然而炯炯發亮，這種眼睛是不可能流遲眼淚的。她的嘴巴寬闊，嘴唇豐厚，笑的時候會向左上方牽動，這種樣子許多人認為非常奇怪，一些人認為很不自然，但也有少數人認為十分優美。伊莎貝爾則傾向最後一類人。她的手又大又白，形狀髮式頗有「古典」風味，伊莎貝爾認為，她有點像朱諾或尼奧比的半身雕像[2]。秀麗，因此它們的主人寧可不要裝飾，不戴任何寶石戒指。我們已經知道，伊莎貝爾起先以為她是法國人，但是進一步的觀察使她覺得她像德國人——一位地位很高的德國人，或者是奧地利人，一位男爵夫人、伯爵夫人、公爵夫人。誰也不會想到，她是在布魯克林出生的——雖然毫無疑問，她不能說明，為什麼生在那裡的人就一定會具有她那種儀態萬方、綽約多姿的風度。確實，國旗曾直接在她的搖籃上空飄揚，星條旗的自由氣息應該吹進了她的身體，對她的生活態度發生了影響。不過話雖這麼說，在她身上，找不到一點迎風招展、隨風飄舞的旗子的性質，她的舉止倒是表現了沉靜和信心，這是來自豐富的閱歷。然而閱歷沒有扼殺她的青春，它只是使她變得隨和柔順而已。總之一句話，她是一位風韻不減當年的女人。伊莎貝爾心想，這是多麼理想的一個人物啊！

她是在她們坐著喝茶的時候，這麼想的。但是沒有多久，倫敦的大醫師來了，他立即給請進會客廳，打斷了她們的茶會。杜歇夫人把他帶往書房，跟他密談。梅爾夫人和伊莎貝爾也各自走了，要到吃晚飯的時候再見面。伊莎貝爾念念不忘這位有趣的女人，跟他密談。梅爾夫人和伊莎貝爾也各自走了，要到吃晚飯的時候再見面。伊莎貝爾念念不忘這位有趣的女人，這使她忽略了當時正籠罩著花園山莊的憂鬱氣氛。

當她在晚餐前來到會客廳的時候，她發現那裡空無一人。但不多久，拉爾夫便來了。他為他父親感到的憂慮減輕了，馬修·霍普爵士對老人的病情不像拉爾夫那麼看得嚴重。大夫認為，在這三、四個小時內，只要留一個護士在老人身邊就成了，因此拉爾夫、他的母親以及這位大醫師本人，都可以抽出

身來用晚餐。杜歇夫人和馬修爵士也來了，梅爾夫人是最後到的。她來以前，伊莎貝爾跟拉爾夫談到了她，拉爾夫那時站在壁爐前面，「你說，梅爾夫人是怎樣一個人？」

「我認識的最聰明的女人，包括妳在內。」拉爾夫說。

「我覺得她非常可愛。」

「我相信妳會覺得她很可愛。」

「因此你才請她來嗎？」

「我沒有請她來，我們從倫敦回來的時候，我還不知道她在這兒。誰也沒有請她來。她是我母親的朋友，就在妳和我上城裡去的時候，我母親收到了她一封信。她已來到英國（她平常住在國外，雖然整個說來，她在這兒的時間也不少），要求到這兒來玩幾天。梅爾夫人有充分把握提出這種要求，她不論到哪裡都是受歡迎的。對我的母親，她更不必遲疑，她是世界上我母親最欽佩的一個人。要是她不是她自己（她畢竟還是最喜歡她自己），她就願意做梅爾夫人。當然，那得做很大的改變。」

「她非常令人喜愛，」伊莎貝爾說，「她是個完美的人。」

「她做什麼都很動人。她彈琴也彈得很動人。」

「相反！我有一次還愛上了她。」

伊莎貝爾看了表兄一眼，「你不喜歡她。」

「可她不把你放在眼裡，因此你不喜歡她。」

2　朱諾（Juno）是羅馬神話中的天后。尼奧比（Niobe）是希臘神話中的一位王后，有十二個子女，後全被神殺死，因而整天哭泣，變成石像。

第十八章　233

「那時怎麼能談這種事?當時梅爾先生還活著。」

「他現在去世了嗎?」

「她這麼說。」

「你不相信她?」

「是的,因為一面之詞總是有伸縮性的。梅爾夫人的丈夫也可能是真的故世了。」

伊莎貝爾又瞪了表兄一眼,「我不明白你的意思。你好像包含著什麼言外之意。梅爾先生是什麼人?」

「梅爾夫人的丈夫。」

「你非常討厭。她有孩子嗎?」

「一個孩子也沒有,這是幸運。」

「幸運?」

「我是說這是孩子的幸運,否則她一定會把他們糟蹋壞的。」

顯然,伊莎貝爾正想第三次提出,說他很討厭,但是作為他們的話題的那位夫人進來了,打斷了他們的討論。她走得很快,衣服窸窣出聲,一邊為遲到向大家道歉,一邊扣著手鐲。她穿一身深藍花緞衣服,敞露著白皙的胸部,一串新奇的銀項鍊並沒把它全部遮沒。拉爾夫故意裝得非常殷勤,伸出一條胳臂讓她挽著,這說明他已不再是她的情人了。

然而即使他仍是這種角色,他目前也有別的事要考慮。那位大醫師在花園山莊過了一夜,第二天跟杜歇先生自己的醫藥顧問會診之後,便返回倫敦,但答應拉爾夫,下一天再來探望病人。到了下一天,

馬修‧霍普爵士又到花園山莊。這一次，他對老人已不那麼樂觀，發現他的情況比二十四小時前變壞了。他十分虛弱，他的兒子一刻不離地坐在他的床邊，覺得他隨時都可能進入彌留狀態。當地那位醫生是很有見識的，拉爾夫心裡對他的信任其實比對那位名醫更大，他一直護著老人。馬修‧霍普爵士又到花園山莊來過幾次。杜歇先生不少時候昏迷不醒，睡眠時間很長，也很少講話。伊莎貝爾非常希望自己能對他有些用處。他們讓她守過幾次夜，使其他護理人員（杜歇夫人也常常擔任這項工作）去休息。他好像始終不認識她，他總是對自己說：「也許他會在我坐在這兒的時候死去。」這思想使她不安，一直不敢闔上眼睛。有一次，他睜開眼睛，盯著她看，似乎有些清醒，但當她走過去，想讓他認出她來的時候，他又閉上眼睛，昏迷過去了。然而下一天，他甦醒了較長一段時間，但這時只有拉爾夫在他身邊。老人開始說話了，這使他的兒子很興奮，他說馬上讓人來扶他坐起來。

「不，我的孩子，」杜歇先生說，「除非你打算讓我坐著葬進墳墓，古代有些人是這麼做的，是古代吧？」

「唉，父親，別說那些話，」拉爾夫喃喃道，「你不應該否認你在逐漸好起來。」

「如果你不這麼講，我也不必否認，」老人回答，「為什麼我們到了最後的時刻，還要撒謊呢？我們以前從沒互相欺騙過。我總有一天要死，病的時候死總比沒病的時候死好一些。我病得很重——已經不能再重。你該不會來向我證明，我還可能有比這更壞的時候吧？那就太糟了。你不會？那很好。」

把這道理講清楚以後，他安靜了。但是下一次拉爾夫跟他在一起的時候，他又跟他談話了。護士已去吃晚飯，他身邊只有拉爾夫一人，後者是剛來接替杜歇夫人的，杜歇夫人從飯後一直坐在這兒。屋裡只有爐火閃閃爍爍，發出一些亮光——近來已需要生火了。拉爾夫高高的黑影射在對面牆上和天花板

第十八章　　235

上,它的輪廓變化多端,始終顯得光怪陸離。

「誰跟我在一起?是我的兒子嗎?」老人問。

「是的,是你的兒子,父親。」

「這兒沒有別人吧?」

「沒有別人。」

杜歇先生暫時沒有作聲,過了一會兒,他繼續說道:「我有一些話要講。」

「你不會感到累嗎?」拉爾夫問。

「累也不要緊。我馬上要永遠休息了。我要談談你的事。」

拉爾夫把座位移近一些,坐了下去,身子向前俯著,握住父親的手。

「你最好談些愉快的事。」他說。

「你經常是愉快的,你的樂觀一直使我感到自豪。我多麼希望你能幹點兒什麼。」

「如果你離開了我們……」拉爾夫說,「我會什麼也不幹,整天只是想念你。」

「那正是我所反對的,我要跟你談的就是這點。你必須找一些新的樂趣。」

「我不需要新的樂趣,父親。舊的已經夠多,叫我應付不下了。」

老人躺在那兒,望著他的兒子。他的臉是垂危者的臉,但那對眼睛還是丹尼爾・杜歇的眼睛。他似乎在考慮拉爾夫的趣味。

「當然,你有你的母親。」他終於說,「你會關心她。」

「我的母親始終會自己關心自己。」拉爾夫回答

「好吧。」父親說,「也許她再老一些,就需要得到一些說明了。」

「我不會看到那個時候,她會活得比我長。」

「這很可能,但不能因此⋯⋯」杜歇先生沒有說下去,無可奈何地歎了口氣,但並無抱怨的意味,然後又沉默了。

「如果你離開了我們,我們也許會時常見面。」

「你們融洽是因為你們經常分開,那是不正常的。」

「不要為我們操心啦,」他的兒子說,「你知道,我的母親跟我很融洽。」

「算了,」老人說,精神顯得有些不集中,「不能說我死了,就會使你母親的生活有多大改變。」

「也許她的變化會超出你的想像。」

「是的,她會有更多的錢,」杜歇先生說,「我留給了她一個賢慧的妻子應該得到的一份財產,我總是把她當作一位賢慧的妻子的。」

「按照她自己的理論,她是一個賢慧的妻子,爹爹。」

「不過有些麻煩是愉快的⋯⋯」杜歇先生喃喃地說,「比如,你給我的那些麻煩。但是從我病了以後,你母親已比較⋯⋯比較⋯⋯我該怎麼說呢?已比較關心我了。她大概知道我已看出了這點。」

「我一定要把這話告訴她,我很高興,你提到了這點。」

「那不會使她有任何不同,她那麼做不是為了討好我。她那麼做是為了⋯⋯為了⋯⋯」他躺了一會兒,努力在想她為什麼那麼做。

「她那麼做是為了使自己安心。但那不是我要談的事,」他又說,「我要談的是你。你可以過得很

第十八章 237

富裕。」

「是的。」

「是的。」拉爾夫說,「這我知道。但是我希望你沒有忘記我們一年前的談話,那時我告訴你,我需要用多少錢,要求你把其餘的用在更好的方面。」

「是的,是的。我記得。我立了一份新的遺囑——在幾天以前。我想,那真是破天荒第一次有這種事——一個年輕人希望得到一張不利於他的遺囑。」

「那不會對我不利,」拉爾夫說,「要我來背上一大筆財產的包袱,這才是對我不利的事。像我這種身體的人,不可能花很多錢,只要夠用就上上大吉了。」

「好吧,你夠用的——可能還會多餘。那比一個人需要的多,那會夠兩個人花的。」

「那太多了。」拉爾夫說。

「哦,別那麼說。我死以後,你能夠做的最好的事還是結婚。」

拉爾夫已經料到,他的父親要說什麼,因此這個建議一點也不新鮮。很早以來,杜歇先生就用這最巧妙的辦法來表示,他對他兒子的壽限問題抱著樂觀態度。拉爾夫往往以幽默來對待這些話,但當前的處境使幽默變得不相宜了。他只能靠在椅背上,用沉默來回答父親懇求的目光。

「我的妻子不太喜歡我,但我還是生活得很愉快,」老人說,想方設法開導他的兒子,「那麼,如果你能娶一位跟杜歇夫人不同的人,你的生活會變得多麼好啊。跟她不同的人比跟她相同的人多。」

拉爾夫不作聲。停了一會兒,他的父親又溫柔地問道:「你覺得你的表妹怎麼樣?」

聽到這話,拉爾夫吃了一驚,勉強笑了笑,「你的意思是不是要我跟伊莎貝爾結婚?」

「我想結局應該是這樣。難道你不喜歡她嗎?」

「我喜歡她,非常喜歡。」於是拉爾夫站了起來,慢慢踱到壁爐那兒,在它前面站了一會兒,然後俯下身子,機械地撥了撥火,「我非常喜歡伊莎貝爾。」他又說了一遍。

「那就好了。」父親說,「我知道她喜歡你。她告訴過我,她多麼喜歡你。」

「她說過願意嫁給我嗎?」

「沒有,但是她不會對你有任何不滿。她是我見到過的最可愛的少女。她會待你好的。我反覆考慮過這問題。」

「我也考慮過,」拉爾夫說,又走回到床邊,「我覺得不妨把這告訴你。」

「那麼你是愛上了她?我想應該是這樣。好像她到英國來就是為了成全這件事。」

「不,我沒有愛上她,但是,如果有些情況不像現在這樣,我大概會。」

「咳,情況總不會像理想那麼美好的。」老人說,「如果你等待它們發生變化,你就什麼也幹不了啦。我不知道,」他繼續說,「但我想,在這樣一個時刻,我提到它已沒什麼妨礙了……前幾天這兒有一個人想娶伊莎貝爾,但她不願嫁給他。」

「我知道她拒絕了沃伯頓勳爵,他親口對我講的。」

「是的,這就證明別人還有機會。」

「有一個人前幾天在倫敦爭取這個機會,但一無所得。」

「那是你嗎?」杜歇先生焦急地問。

「不,那是她以前的一個朋友,這位可憐的先生巴巴兒的從美國趕來,尋找這個機會。」

「啊,我為他感到難過。不過這更加證明了我說的話:路對你還是敞開著。」

第十八章 239

「如果真是這樣,親愛的父親,那麼我無法跨上這條路就更值得遺憾了。我沒有很多信念,但是有三、四條我還是堅信不疑的。一條是,表兄妹之間最好不要結婚。另一條是,肺病到了晚期的人根本不應該結婚。」

老人舉起一隻瘦弱的手,在臉前微微移動著,「你說那話是什麼意思?你對事物的看法會把一切都搞糟的。你那位表妹在二十多年中從沒跟你見過面,這算什麼表妹?我們大家全都是表兄妹,要是我們拘泥這一點,那麼人類就會絕跡。關於你的肺病,也是這樣。你目前已比過去好多了。你現在所需要的就是過正常的生活。跟你所愛的一位漂亮小姐結婚,這比根據你那些錯誤的原則過獨身生活要正常得多。」

「我並沒有愛上伊莎貝爾。」拉爾夫說。

「你剛才還說,如果你不認為這是錯的,你會愛她。我只是要向你證明,這並沒有錯。」

「這只能使你過於疲勞,親愛的父親。」拉爾夫說。他父親的固執,他那種堅持到底的力量,使他感到驚訝,「到那時我們大家怎麼辦呢?」

「要是我不給你安排,你怎麼辦呢?你不用為銀行做什麼,你又不必再為我操心。你說你感興趣的事很多,我可捉摸不透它們是什麼。」

拉爾夫向後靠在椅上,合抱著雙手,眼睛呆呆的,陷入了沉思。最後,像一個人鼓足了勇氣似地,說道:「我對我的表妹很感興趣,不過這不是你所要求的那種興趣。我不會再活多少年,但我希望我能活到那一天,看到她把自己怎麼辦。她是完全不受我的約束的,我對她的生活只能發生極小的影響。但我願意為她做點兒什麼。」

「你希望做什麼呢?」

「我希望給她的帆上增加一點風力。」

「那是什麼意思?」

「我希望給她一些力量,讓她能做她要做的事。例如,她要求看看世界。我願意往她的錢袋裡放一些錢。」

「哈,我很高興你想到了這點。」老人說,「但我也想到了這點,我留給了她一份遺產——五千英鎊。」

「那太好了,這是你的寬宏大量。不過我希望更多一些。」

丹尼爾・杜歇一生跟財務問題打交道,在這方面具有習慣性的敏感,現在雖然病入膏肓,業務本能並沒從他身上銷聲匿跡,那種隱蔽的精明氣質仍滯留在他臉上。

「我願意考慮這件事。」他溫柔地說。

「而且伊莎貝爾很窮。我母親告訴我,她一年只有幾百美元收入。我願意使她富裕一些。」

「你認為怎樣才算富裕呢?」

「你認為,一個人能滿足自己幻想的需要才算富裕。伊莎貝爾有許多幻想。」

「你也有,我的兒子。」

「你對我說,」杜歇先生說,聽得很用心,但情緒有些混亂。

「我說,我會有足夠兩個人花的錢。我想要求的是,希望你把多餘的部分收回,留給伊莎貝爾。把我名下的遺產分成相等的兩份,一份給我,一份給她。」

「讓她愛做什麼就做什麼?」

「絕對不受限制。」

第十八章

「也不附帶任何條件?」

「你是指什麼條件?」

「有一種我已經提到過了。」

「結婚——跟某個人結婚?我提出這個建議正是為了要防止這類事。如果她有充裕的收入,她就可以永遠避免為了生活而嫁人。她希望自由,你的遺產會使她獲得自由。」

「好吧,你對這事似乎已經胸有成竹,」杜歇先生說,「不過我不明白,為什麼你要向我提出。錢都會歸你所有,你完全可以自己給她。」

拉爾夫坦率地看著父親,「唉,親愛的父親,我不能拿錢給伊莎貝爾!」

老人發出了一聲呻吟,「你還說你沒有愛她呢!你要我來承擔這個名義嗎?」

「正是這樣。我希望這只是你的遺囑中的一條,跟我沒有絲毫關係。」

「那麼你是要我再立一份新的遺囑?」

「這用不了幾個字。你可以等精神好一些的時候再做。」

「那你得打電報請希拉蕊先生來一下。沒有我的律師在場是不成的。」

「希拉蕊先生明天可以來。」

「他會以為我跟你吵架了呢。」老人說。

「很可能,我願意他這麼想,」拉爾夫笑道,「為了實現這個計畫,我現在通知你,今後我得對你毫不客氣,甚至跟你大吵大鬧啦。」

這句幽默的話好像刺痛了他的父親,他好不容易才把它咽了下去。最後他說:「你要怎麼辦,我都

「可以依你,但我總覺得,這不大對。你說你要給她的帆增加一點風力,你不怕風力太大嗎?」

「我但願看到她跑得比風更快!」拉爾夫回答。

「瞧你說的,好像這是一場遊戲。」

「基本上是這樣。」

「咳,我不理解你的意思,」杜歇先生說,歎了口氣,「現在的年輕人跟我過去大不相同了。在我年輕的時候,如果我愛一個姑娘,我不能光看著她,我還得幹別的事。你們有的那些疑慮,我不會有,你們有的那些想法,我也不會有。你說,伊莎貝爾希望得到自由,她富裕以後,就可以使她不至為金錢而結婚。那麼,你是認為她可能那麼做嗎?」

「不是那個意思。但是她現在有的錢已不如以前多,她的父親雖然給了她一切,可是他已把大部分錢揮霍光了。她現在只能靠剩下的那一點殘羹冷飯過日子,她還不明白她的處境有多麼寒磣——她還不理解。我的母親把一切告訴了我。伊莎貝爾一旦走入社會,她會發覺這點。我想到她有一天會意識到,她有許多需要不能得到滿足,我就感到很痛苦。」

「我留給了她五千英鎊。有了這筆錢,她可以滿足自己的大部分需要。」

「確實可以。但是也許在兩、三年內,她就會把它花光。」

「那麼你認為她很會揮霍?」

「完全可能。」拉爾夫說,安詳地笑著。

「那麼杜歇先生的那點兒精明神氣頓時消失了,他變得心煩意亂。

「可憐杜歇先生的那點兒精明神氣頓時消失了,他變得心煩意亂。

「那麼這不過是時間問題,錢再多她也會花光的!」

第十八章

「不,我想,一開始她會大手大腳,不顧一切,也許她會把一部分錢送給她的兩個姐姐。但那以後,她會清醒過來,想起她前面還有漫長的道路,於是量入為出地過日子。」

「好吧,你已經考慮得很成熟了,」老人無可奈何地說,「你一定對她很感興趣。」

「你不能說我走得太遠,那會自相矛盾。你希望我走得更遠呢。」

「唉,我不知道,」老人回答,「我想我並不贊成你的作法。我覺得那是不道德的。」

「不道德?親愛的父親。」

「是的,我覺得使一個人在各方面都一帆風順,這是沒有好處的。」

「這主要看那個人怎麼樣。如果那個人是善良的,使事情一帆風順,就是合乎道德的。這是幫助善良的意志得以實現,難道這不是最高尚的行動?」

這有些不好回答,杜歇先生考慮了一會兒。最後他說道:「伊莎貝爾是一個可愛的少女,但你認為她就好到那樣嗎?」

「她好到配得到一切最好的機會。」拉爾夫說。

「好吧。」杜歇先生宣稱,「有了六萬英鎊,她該可以獲得大量機會啦。」

「我相信可以了。」

「當然,我願意做你要做的事,」老人說,「我只是希望再多了解一點。」

「咳,親愛的父親,你現在還不理解嗎?」他的兒子深情地問,「如果還不,那麼我們不必再為它操心了,這事就隨它去吧。」

杜歇先生靜靜地躺了好久。拉爾夫以為,他已不想再理解它了,但是他終於又開口了,顯得相當

清醒。

「你先談談這點。你有沒有想過，一個青年女子有了六萬英鎊，可能成為獵取財產的人追逐的目標，結果害了她自己？」

「這至多只能使一個人如願以償。」

「得啦，一個人已經太多了。」

「這還用說。這是一種危險，我也考慮到了。它是可能的，但我想危險不大，我準備冒這風險。」

可憐的杜歇先生，他那種精明的神氣已變成困惑，現在這困惑又變成了讚美。

「好吧，你已經打定了主意！」他重複道，「但我看你不會從這中間得到什麼好處。」

拉爾夫俯到他父親的枕上，輕輕撫摩著它們。他意識到，他們的談話已經拖得太長了。

「我的好處就是我剛才說的，我想讓伊莎貝爾實現她的要求，這也能滿足我的幻想的需要。但我是利用你來達到這個目的的，這並不體面！」

第十八章　　　　　　　　　　　　　　　245

第十九章

杜歐夫人的預言沒有錯，伊莎貝爾和梅爾夫人在她們的主人病重期間，不得不經常在一起做伴。如果她們不成為親密朋友，那幾乎是違反禮節的。然而她們都非常重視禮貌，何況她們確實感到情投意合。也許，說她們已發誓要建立終生不渝的友誼，未免有些誇大，但至少在心裡，她們是希望時間能夠證明這點的。伊莎貝爾這麼做，完全是真心實意，儘管她還不肯承認，她跟她的新朋友已經有了親密友誼，因為根據她的理解，對這個詞是有獨特解釋的。她確實時常懷疑，她有沒有，或者能不能跟任何人建立親密友誼。正如對其他一些感情一樣，在目前這場合正如在其他場合一樣，她並不認為，實際情況已充分體現了這個理想。但她也常常提醒自己，理想不可能成為現實，這是完全有理由的。那是一種只能相信、不能目睹的事，它屬於信念，不屬於經驗。然而經驗能給我們提供非常可靠的模擬品，智慧的作用就是要充分重視這些模擬品。當然，總的說來，梅爾夫人這樣可愛和有趣的女人，伊莎貝爾還頭一次遇到。在她所認識的人中，那種成為友誼的主要障礙的缺點——一種使自己個性中令人厭惡的、平淡無味的、過於不拘禮節的部分越來越滋長的趨向——在梅爾夫人身上表現得最少。姑娘敞開了信任的大門，把它開得比任何時候都大。她把從不跟任何人講的話，告訴了這位和藹可親的朋友。有時她也對自己的坦率大吃一驚，彷彿她把開啟珠寶櫃的鑰匙交給了一個不太熟悉的人。這些精神珠寶，是伊莎貝爾所擁有的多少有些價值的東西，但正因為這樣，它們照理更應該得到謹慎的

246　一位女士的畫像　The Portrait of a Lady

保護。然而,事後姑娘總是對自己說,一個人絕不應為自己在坦率上所犯的錯誤感到後悔,如果梅爾夫人不具備她賦予她的那些優秀品質,那麼對梅爾夫人來說,更為可悲。

但毫無疑問,她有很大的優點──她是一個可愛的、有同情心的、有知識和修養的女人。不僅如此,她還是罕見的、卓越的、超出於常人之上的(伊莎貝爾一生沒遇到過幾個可以加上這些讚美詞的女性,儘管這不能說是她的不幸)。世界上不乏和藹可親的人,但梅爾夫人完全不是那種庸俗的老好人,也不是那種善於奉承的聰明人。她知道怎麼思考──這在女人是少有的能耐,而且她的思考是卓有成效的。當然,她也知道怎麼去感受,伊莎貝爾跟她認識才一個星期,就不得不相信這點。這確實是梅爾夫人極大的天賦,她最美好的才能。生活在她身上打下了烙印,她對它有過強烈的感受。伊莎貝爾之所以對她感到滿意,一部分也由於每逢姑娘談到她所謂的重要事物時,她的同伴都理解得那麼透澈,那麼敏捷。不錯,感情在她來說,已成為明日黃花,她並不諱言,情感的源泉雖然有一個時期曾在她心頭翻騰起伏,但現在已不像從前那麼自由奔放了。何況她自認為她應該,同樣也希望,不再掀起感情的漣漪。她坦率地承認,她過去有些傻,今後一定要絕對保持清醒了。

「我從來不像現在這麼思考得多,」她對伊莎貝爾說,「但我覺得那是我花了代價贏得的權利。一個人不到四十歲是不知道思考的,那以前,我太熱心、太固執、太殘忍,也太無知。我很遺憾,過了四十歲,一個人就不可能經歷一大段時間才能到達四十歲。但要有所得,總要有所失。我常常想,感覺上的新鮮感、靈敏感,無疑已一去不復返了。妳會把它們保留得比許多人長,我希望我能夠在若干年後再看到妳。我要看看生活對妳發生了什麼作用。一件事是肯定的:它不會敗壞妳。它可能使妳吃盡苦頭,但我不相信它能摧毀妳。」

第十九章

這番話伊莎貝爾聽來很順耳,就像一個年輕的戰士,剛從一場小小的戰鬥中打了勝仗回來,還喘息未定,肩上給他的上校輕輕拍了幾下一樣舒服。這種對功勞的贊許只能來自權威之口。現在梅爾夫人一句輕描淡寫的話,便會產生這樣的效果,因為她對伊莎貝爾告訴她的一切,幾乎都可以這麼說:「啊,我也有過那樣的情形,親愛的,它會過去,像其他一切那樣過去。」這種態度往往使她跟她談話的人產生不滿的反應,彷彿在她看來,一切都不足為怪。但是伊莎貝爾,儘管她絕不是不能做出這種反應的人,現在卻無意於此。她對這位明智的朋友太真誠,太心悅誠服了。何況梅爾夫人講這些話,用的始終不是誇耀或自負的口吻,它們是像冷靜的懺悔一樣,從她心頭迸發出來的。

陰雨時期已來到花園山莊,白天越變越短,草坪上美好的茶會已經停止。但是伊莎貝爾和她的同伴仍在室內進行長談,她們還往往不顧下雨,出外散步,隨身攜帶著防雨用具——英國的氣候和英國的天才已把這種用具發展到了盡善盡美的地步。梅爾夫人幾乎什麼都喜歡,包括英國的雨天在內。

「這兒經常下一點雨,又從來不一下子下得太多,」她說,「它從不把妳淋濕,而且總是挾帶著一股清新的氣息。」她宣稱,在英國常常能獲得一種嗅覺上的快感——這個無與倫比的島國,到處籠罩著霧、啤酒和煤煙混合而成的味道,不論聽來多麼怪,這可以說是一種國香,它會給鼻孔帶來特別舒適的感覺。她常常舉起她那件英國大衣的衣袖,把鼻子湊在袖管上,聞清新美好的羊毛香味。

但自從秋天降臨到這兒之後,可憐的拉爾夫幾乎成了囚犯。天氣一壞,他只得足不出戶,有時便手插在褲兜裡,露出又沮喪又不平的臉色,憑窗遠眺,望著伊莎貝爾和梅爾夫人撐著兩把傘,在林蔭路上散步。花園山莊的道路非常結實,哪怕陰雨連綿,它們也不會使人沾上泥土。兩位女士回屋的時候,照例紅光滿面,望望她們那精緻牢固的靴子後跟,聲稱這種散步使她們神清氣爽,有說不出的愉快。午

餐前,梅爾夫人總是忙於自己的事務,她這種在上午堅持工作的精神,使伊莎貝爾又羨慕又欽佩。我們的女主人公一向以博學多才著稱,她也為這種名聲感到自豪,但是在梅爾夫人的天賦、才能和聰穎面前,她只得自歎不如,它們像一個私人花園那樣,使她覺得可望而不可即。每逢這位多才多藝的朋友的某一方面突然顯露出來的時候,伊莎貝爾總不免暗暗驚歎:「我要是像那樣就好了!」不久她就知道,她從那位模範女性那兒學到了一些東西。確實,過不了多長時間,伊莎貝爾已發覺,她是名副其實地處在她的影響下。但她問自己:「只要這是好的影響,那有什麼害處?一個人越是接受好的影響,便越好。重要的只是在我們跨出步子的時候,要看清楚,知道這是在走向哪裡。這一點,毫無疑問,我是始終能做到的。我不必擔心變得太柔順,我的缺點正是不夠柔順。」

據說,模仿是最真誠的奉承。如果說伊莎貝爾有時把她的朋友看得高不可攀,不遺餘力地效法她,那麼這與其說是為了表現自己,不如說是為了突出梅爾夫人的光彩。她喜歡她到了極點,但是她對她的欽佩更超過了對她的喜愛。她有時間自己,她把祖國的這個畸形的產物想得這麼好,不知亨麗艾特·斯塔克波爾會怎麼說。她相信,亨麗艾特不會贊成。另一方面,她同樣相信,如果有機會的話,她的新朋友會對她產生愉快的印象。梅爾夫人輕鬆幽默,目光敏銳,不可能看不到亨麗艾特的優點。她一旦認識她,也許就會讓人看到,她的通情達理是斯塔克波爾小姐所望塵莫及的。她的生活經歷,似乎使她掌握了一切事物的試金石,在她的友好的回憶的大口袋中,可以找到理解亨麗艾特的價值的鑰匙。伊莎貝爾認真思考道:

「一個人能夠理解別人,超過了別人對你的理解,這是非常好的,這是極大的幸福。」她又說道,仔細

第十九章　　　　　　　　　　　　　　　　　249

想來，這只是作為一個貴族所應有的素質。如果撇開其他一切，單從這一點來看，貴族的地位還是值得嚮往的。

伊莎貝爾怎麼會把梅爾夫人的地位跟貴族連繫起來，這條思路的每一個環節，我無法一一說明，因為這位夫人從沒在任何問題上表現過貴族的觀點。她經過風雨，見過世面，但是她從沒扮演過重大的角色。她是人間渺小的一分子，她生來就跟榮譽無關。她又熟知人情世故，不會對自己的地位想入非非。那些幸運的少數人，她見過不少，她完全明白，這些人的命運跟她是不同的。但是儘管她有自知之明，並不把自己看作了不起的大人物，在伊莎貝爾的想像中，她卻具有一種高貴的氣質，何況她的舉止神態本來就像一位貴婦人。這麼有教養，這麼聰明，這麼從容自如，可是又對這一切這麼不以為意——這實際上就是一種高貴的氣靜，這麼有教養，這麼聰明，這麼從容自如，可是又對這一切這麼不以為意——這實際上就是一種高貴的氣靜，並不把自己看作了不起的大人物，在伊莎貝爾的想像中，她卻具有一種高貴的氣質。她這麼優雅文貌和優美風度，但或許這只是她深得其中三昧，巧妙地運用了它的一切，儘管她離它很遠，生活在一個爭名逐利的世界中，還是能表現得那麼超逸不凡。早飯後，她照例要寫不少信，她收到的信也很多；她的通信之廣，也是使伊莎貝爾驚歎不止的一個方面。她們有時是一起前往村裡的郵局，投寄梅爾夫人對郵政事業的貢獻。她交遊廣闊，據她對伊莎貝爾說，這簡直使她應接不暇，不過每天總有些事值得一寫。關於繪畫，她衷心愛好，畫幾筆速寫簡直就像脫下一副手套那麼容易。在花園山莊，她經常帶著便折凳和一匣水彩顏料，到屋外去利用一個小時的陽光。至於她的音樂才能，我們早已領教過，因此所當然，每到晚上，當她坐到鋼琴前面的時候，大家便一言不發聽她演奏，寧可放棄跟她談天的樂趣。伊莎貝爾自從認識梅爾夫人以後，變得不好意思彈琴了，總覺得自己彈得索然無味，缺乏技巧。確實，儘管在國內，大家認為她彈得不錯，但現在每當她坐上琴凳，背對人們的時候，大家總覺得她的缺點比

優點多。梅爾夫人在不寫信、不畫畫、不彈琴的時候,通常便從事精美絕倫的刺繡,繡一些坐墊、窗簾或者壁爐架上的飾物。在這類手藝上,她那大膽自由的創造,跟她那運用自如的繡花技巧,同樣博得人們的驚羨。她從不閒著,在我提到的這些事一件也沒有的時候,她便看書(伊莎貝爾覺得,彷彿「一切重要作品」她都讀過),或者出外散步,或者一個人玩紙牌,或者跟住在一起的人聊天。儘管有這一切活動,她始終保持著善於交際的特點,她從不突然離開,也從不坐得太久。她對於自己的消遣,可以隨時開始,也可以隨時結束。她好像對她從事的任何活動,都並不特別重視。她把她的速寫和繡製品隨意送人。她在鋼琴前坐下或者站起,全憑聽的人喜歡,而她總能準確地領會他們的意願。總之,跟這樣一個人一起生活是最舒適、最有益、最愉快的。

如果在伊莎貝爾的眼中,她還有缺點,那麼這就是她不太自然。這位姑娘所說的不自然,不是指她虛偽或做作,因為這些庸俗的缺點,沒有一個女人會比她少,而是指她的天性蒙上了一層社會習俗的塵埃,她的稜角也磨得太光滑了。她已變得太柔順圓滑,也太純熟、太高雅了。一句話,她是完美的社會動物,是一般男女所嚮往的典範。在她身上,那種健康的野性已蕩然無存,而這種野性在人類進入村居生活以前,是連最溫和的人也具備的。伊莎貝爾很難把梅爾夫人想像成一個孤立的人或一個個體,總是把她跟周圍的人直接或間接地聯在一起。人們不禁會想,不知道她跟自己的靈魂是什麼關係。不過,他們最後還是認為,迷人的外表並不必然是表面現象,這只是一種錯覺,由於他們的幼稚無知,現在才完全擺脫它的影響。梅爾夫人絕不虛有其表,她是表裡如一的。儘管她的談吐常流於俗套,她的天性仍表現在她的行為中。

「語言難道不就是習俗形成的嗎?」伊莎貝爾說,「她的高尚趣味使她不同於我見到的一些人,她

第十九章　　251

「恐怕妳忍受過不少痛苦。」有一次伊莎貝爾從她隨口提到的一些話中,感到了這點,乘機問道。

「妳為什麼那麼想?」梅爾夫人問,露出有趣的微笑,彷彿在跟人玩猜謎遊戲似的,「我想,我還不像一個生不逢時的厭世者吧?」

「我並不經常愉快,」梅爾夫人說,仍然笑著,但帶有一些嘲弄的意味,好像是在給孩子講一個祕密,「這真是妙不可言的一件事!」

「不像,但妳有時講到的一些話使我覺得,一個經常愉快的人不會產生這種感覺。」

「那是真的。我想,鐵罐總比瓷罐多。但是妳可以相信,每個人都經歷過一些事,哪怕最硬的鐵罐也會有一些傷痕,在某處出現一個小窟窿。不過我還管用,因為我經過了巧妙的修補,而且我盡量躲在碗櫥裡——那是平靜、陰暗的碗櫥,在那兒只能聞到一股發霉的味道。但是當我不得不走出碗櫥,來到強烈的光線中,我的天哪,我就會使人大吃一驚!」

但伊莎貝爾理解這種反話,「許多人給我的印象,好像他們對任何事從來沒有什麼感覺。」

我不知道,是在這一次還是另外一次,當談話轉到我剛才提到的那些情況時,她對伊莎貝爾說,將來什麼時候她會把她的經歷講給她聽。伊莎貝爾向她表示,她很樂意聽到這一切,還多次提醒她這個諾言。然而梅爾夫人卻一再要求延期,最後才老實告訴這位少女說,她還得等到她們彼此更了解的時候再講。這個時候無疑是會到來的,因為她們的友誼正來日方長。伊莎貝爾同意,但同時問梅爾夫人,是不是她還不值得信任,是不是怕她洩漏她的祕密。

「我不是怕妳傳播我的話，」年長的女士回答，「相反，我是怕妳把它們看得太認真。妳會毫不留情地批評我，妳正處在殘酷無情的年紀。」當前，她寧可跟伊莎貝爾談伊莎貝爾。她對我們的女主人公的經歷、情緒、意見和憧憬，表現了極大的興趣。她逗她講話，帶著無窮的耐心聽她開談。這一切使姑娘沾沾自喜，十分高興，因為她知道，梅爾夫人認識許多知名人士，據杜歐夫人說，她跟歐洲最傑出的人物有過來往。伊莎貝爾覺得，這個人可以進行廣泛的比較，如果得到她的好評，就無異提高了自己的身價。也許在一定程度上就是為了滿足這種通過比較來抬高自己的情緒，她才常常要求她的朋友把她以前的經歷講給她聽。梅爾夫人在許多地方居住過，跟十多個國家的人保持著社會聯繫。

「我不敢說我很有學問，」她會說，「但我想我了解我的歐洲。」有一天她談到要去瑞典，住在一個老朋友那裡，另一天又談到要去馬爾他島探望一位新朋友。英國是她常住的地方，她非常熟悉，給伊莎貝爾講了不少這個國家的風俗人情。她總是喜歡說，英國人「畢竟」是全世界最好相處的人。

杜歐夫人有一次對伊莎貝爾說：「妳不應該感到奇怪，在杜歐先生正處於彌留狀態的時候她還住在這兒。她不會做任何不謹慎的事，她是我認識的最有教養的人。她是出於對我的好意才住在這兒。她推遲了對許多體面人家的訪問呢。」杜歐夫人始終不會忘記，她一到英國，她的社會價值就降低了兩、三分。

「她可以去的好地方有的是，她到處都受到歡迎。但我要她暫時住下，因為我希望讓妳認識她。我覺得這是對妳有好處的。塞蘭娜·梅爾沒有一點缺陷。」

「要不是我已經很喜歡她，這種描繪會使我感到驚訝。」伊莎貝爾說。

「她從不會幹什麼錯事。我把妳帶到這兒，希望讓妳盡量得到好處。妳的姐姐莉蓮告訴我，她希望我給妳提供各種機會。我給妳介紹梅爾夫人，這就是為妳提供了一個機會。她是歐洲最光輝的婦女之一。」

第十九章　　　　　　　　　　　　　253

「她本人比妳對她的描繪更使我喜歡。」伊莎貝爾堅持這麼說。

「妳是不是以為妳能在她身上找到一個缺點？我希望妳找到以後能告訴我。」

「那對妳太殘酷了。」伊莎貝爾說。

「妳不必為我擔心。妳永遠不會找到的。」

「也許不會，但如果有，我敢說我不會看不到。」

「她完全懂得世界上應該懂得的一切！」杜歇夫人說。

這以後，伊莎貝爾對她們的朋友說，她希望她知道，杜歇夫人相信她沒有一點缺點。梅爾夫人回答道：

「我很感謝妳，但是我怕妳的姨母並不理解，或者至少並不是指鐘面上沒有顯示的誤差。」

「妳的意思是說，妳有些粗野的方面她還不知道？」

「哦，不是，我想我最壞的方面還是我太柔順了。我只是說，在妳的姨母看來，所謂沒有缺點，就是指一個人吃飯不遲到——那是說，不害她久等。順便說一下，妳從倫敦回來的那天，我也沒有遲到，我走進客廳的時候，鐘正打八下，那是你們大家到得太早了。它還指一個人當天收到信當天答覆，還有，誰住到她這兒來，不要帶太多的行李，還要注意不要生病。對杜歇夫人來說，這些事就構成了道德。能夠把道德分解成這些因素，是很幸福的。」

看得出來，梅爾夫人的談話是含有大膽的、直爽的批評意味的，這種意味儘管有時起了否定的作用，但伊莎貝爾並不認為那是惡意的。例如，姑娘從來不覺得杜歇夫人的這位有修養的客人是在誣衊她的女主人，這是毫不奇怪的。首先，伊莎貝爾完全同意她的看法；其次，梅爾夫人暗示，她還有許多話可說；第三，很清楚，跟一個人不拘禮節地談論這個人的近親，是令人愉快的親密的表現。隨著時間的

流逝,這種親密的表現也越來越多,而最使伊莎貝爾感動的是,她的朋友喜歡選擇阿切爾小姐本人作為談話的題目。雖然她常常提到她自己生活中的一些事,但從來不會談得很多,在這方面她並不自私自利,也不會口沒遮攔。

「我老了,過時了,憔悴了。」她不只一次這麼說,「我像一張上星期的報紙,已引不起人們的興趣。妳還年輕,像鮮花一樣,是屬於今天的。妳掌握著重要的東西——掌握著現實。我過去有過——我們大家都有,但只有一個小時。然而妳握有它的時間會長一些。那麼,我們來談談妳吧,妳說的一切,我都樂意聽。我喜歡跟年輕人談話,這是我正在逐漸衰老的跡象。我覺得這是一個很好的補救辦法。如果我們不能在自身內找到青春,我們可以從自身以外去得到它。我確實相信,這樣能使我更好地看到它,感到它。當然,我們必須同情它,但這是我始終辦得到的。我不知道,我會不會對老年人脾氣粗暴——我希望不會,毫無疑問,有一些老人我是尊敬的。但我永遠不會對年輕人自高自大,他們感動我、吸引我的地方太多了。我可以一切聽從,如果妳願意,妳甚至可以對我傲慢無禮,我不會計較,只會對妳姑息將就。妳說,我講得好像我已經一百來歲了。好吧,如果是,那就是吧,我是在法國大革命以前出生的。呀,親愛的,je viens de loin,我屬於舊世界。但我要談的不是這個,我要談的是新世界。妳應該多告訴我一些關於美國的事,妳告訴我的太少了。我來到這兒的時候是一個孤苦伶仃的孩子,從那以後,我一直在這裡,我對那個美好的稀奇古怪的國家知道得那麼少,這是可笑的,或者是不光彩的,它無疑是最偉大最有趣的一個國家。在這兒有許多人跟我一樣,我必須說,我們是一批不幸的畸零兒。」

1 法文,意為「我來自遠方」。

第十九章 255

一個人應該生活在自己的國家裡，不管它怎麼樣，他在那兒有他天然的位置。如果我們不是正常的美國人，我們肯定是可憐的歐洲人，我們在這兒沒有天然的位置。我們只是在地面上爬行的寄生物，我們沒有把腳伸進泥土。一個人至少應該知道這點，不要存什麼幻想。也許，一個女人可以這麼過活，在我看來，女人在任何地方都沒有天然的位置，不論她來到哪裡，她只能留在地面上，這兒那兒地爬一下，這兒那兒地爬，不像那許多可憐蟲。這很好，總的說來，我認為妳不會爬。但那些男人，那些美國男人，je vous demande un peu，妳說，他們在這兒幹什麼，他們不知道怎麼辦。妳瞧可憐的拉爾夫，妳說那是一種什麼人物？幸虧他有肺病——我說幸虧，因為這才使他有事可幹。他的肺病是他的事業，那是一種職業，能代表什麼？『拉爾夫·杜歇，一位住在歐洲的美國人。』這什麼也不能說明，空空洞洞，毫無內容。『他很有修養，』他們說，『他收藏了許多古色古香的鼻煙盒。』收藏這些玩意兒，這真是太無聊了。我聽到這名稱就討厭，我覺得這簡直荒唐透頂。但我始終認為，這在我們今天，是不比任何東西差的。不管怎樣，對一個美國人說來，這不是一件小事。但我覺得他根本不喜歡銀行。我有一個朋友，他的情況我覺得是最壞的。他也是我們美國人，住在義大利（他也是在不很懂事的時候就給帶到那兒去的），這是我認識的最可愛的人物之一。將來妳一定得認

他比鼻煙盒強得多。妳說，如果他沒有病，他能做點什麼——能接替他父親在銀行裡的位置？可憐的孩子，我不相信，我覺得他根本不喜歡銀行。不過，妳比我更了解他，雖然我一直認為我是了解他的，但這件事是無法證明的。

一位女士的畫像
The Portrait of a Lady

識他，我要讓妳們見面，這樣妳就會明白我的意思了。他名叫吉伯特‧奧斯蒙德，他住在義大利，這就是人們關於他所能說的一切，所知道的一切。他非常聰明，是一個天生應該出人頭地的人物。但正如我所說，他名叫奧斯蒙德，他住在義大利，tout bêtement ，這兩句話就把他概括盡了。他沒有職業，沒有名聲，沒有地位，沒有財產，沒有過去，沒有未來，沒有一切。哦，是的，對不起，他會畫畫，畫水彩畫，像我一樣，只是比我好。他的畫相當蹩腳，總的說來，這倒叫我很高興。幸虧他非常懶，懶簡直成了他的一塊擋箭牌。他可以說：『啊，我什麼也沒做，我懶得太糟糕了。除非你早上五點鐘起床，否則你今天甭想幹什麼。』他當然不是個早起的人，於是妳覺得，好像只要他起得早一點，他就能幹點兒什麼似的。他從不跟一般人談他的畫，這是他聰明的地方。但他有一個小女孩，一個可愛的小女孩，他時常談到她，他待她非常好。如果做一位好的父親可以成為一種職業，那麼奧斯蒙德幹得很出色。但我怕那不比鼻煙盒好一些，也許甚至還壞一些。告訴我，他們在美國幹些什麼？」梅爾夫人接著問。附帶說一句，事情很清楚，這些想法她不是一口氣說出來的，只是為了讀者的方便，我才把它們歸納在一起。她談到佛羅倫斯，奧斯蒙德先生便住在那兒，杜歇夫人也在那兒擁有一幢中世紀宮殿式住宅。她又談到羅馬，她自己在那兒有一所 pied-à-ter-re，屋裡有不少古色古香的上等錦緞裝飾品。她談到各種地方，各種人，甚至還有所謂「問題」。她還時不時談到她們可愛的老主人以及他復原的希望等等。一開始她就認

2　法文，意為「我得問你一下」。
3　法文，意為「什麼也沒做」。
4　法文，意為「臨時居所」。

為，這種希望很渺茫。她估計他殘餘的生命時，講得那麼斬釘截鐵，那麼明確，那麼有力，給伊莎貝爾的印象很深。一天晚上，她還確鑿無疑地宣稱，他已毫無指望了。

「這是馬修‧霍普爵士告訴我的，他已講得盡可能的明白。」她說，「那是晚飯以前，他站在火爐旁邊。這位大醫師顯得彬彬有禮。我不是說，他講的話包含任何這方面的意思。我對他說，我住在這裡覺得很不自在，總好像有些不識時務。但他非常婉轉地暗示了這種意思。我能起的作用微乎其微，事實上，我能在這兒起一些安慰的作用。不過事理病人。他回答道：『妳應該留下，應該留下；另一層是，我可能在這兒起一些安慰的作用。不過事嗎？一層是，可憐的杜歇先生的日子不會很長了；妳的姨母會安慰自己，她，也只有她知道得最清楚，她需要多少安慰。至於妳的表兄，那是另一回事，他會很傷心，老是想念他的父親。但我還有些自知之明，是很難恰如其分的。要別人來掌握用藥的分量，是很難恰如其分的。至於妳的表兄，那是另一回事，他會很傷心，老是想念人不只一次提到，她跟杜拉爾夫‧杜歇的關係不知為什麼有些不太和睦，因此現在伊莎貝爾乘機問她，他們是不是好朋友。

「很好，但他不喜歡我。」

「妳有什麼叫他不滿意的？」

「什麼也沒有。但這種事是不需要理由的。」

「不喜歡妳不需要理由？我覺得，這是需要最充分的理由的。」

「妳對我很好。但有朝一日妳不喜歡我的時候，千萬得準備好一個理由。」

「有朝一日不喜歡妳？永遠不會有這一天。」

「我也希望沒有,因為這一天一旦開始,妳就會永不回頭。妳的表兄也是這樣,他這種情緒不會消失。這是天然的反感——我可以這麼說,因為責任都在他那一邊。我對他不抱任何成見,儘管他對我不公正,我絲毫也沒有恨他。不過他是一個君子,他不會暗中詆毀我,一切都開誠布公。」梅爾夫人隨即又補充道,「我不怕他。」

「確實不用怕。」伊莎貝爾說,還補充了幾句,這位夫人可能會認為是一種隱晦曲折的中傷。然而她記得,她第一次向他打聽梅爾夫人時他回答的口氣,說,他們中間一定有什麼疙瘩,但她沒再講下去。她想,如果這是一件重要的事,那應該關懷,但如果不是,便不值得她去操心。儘管她喜歡了解一切,但對揭開隱私,看到陰暗的角落,天然懷有畏懼心理。在她心頭,求知慾和另一種最溫柔的對無知的喜愛,同時並存著。

但梅爾夫人有時講的話會使她大為驚愕,當場便把兩條清晰的眉毛揚了起來,事後又仔細考慮著這些話。

「如果我能回到妳的年紀,我什麼都肯犧牲。」有一次梅爾夫人脫口而出說道,露出悽楚的神色,這神色雖然被她那慣常的悠閒微笑沖淡了一些,但沒有完全消失。

「要是我能一切重新開頭的話⋯⋯要是我的生活還在我的前面!」

「妳的生活還在妳的前面。」伊莎貝爾溫柔地回答,因為那話使她有些不寒而慄。

「不,黃金時代已經過去了,白白過去了。」

「應該說不是白白過去的。」伊莎貝爾說。

「為什麼不——我得到了什麼?沒有丈夫、沒有孩子、沒有財產、沒有地位,也沒有一點美貌的影

第十九章 259

「子，而且從來沒有。」

「妳有許多朋友，親愛的夫人。」

「未必見得！」梅爾夫人喊了起來。

「啊，妳錯了。妳有回憶，有美好的風度，有才能⋯⋯。」

但梅爾夫人打斷了她的話，「我的才能給我帶來了什麼？什麼也沒有，可我還得繼續使用它們，用自欺欺人的所謂活動來迷惑自己。至於我的風度和回憶，那還是越少談到它們越好。我現在是妳的朋友，但一旦妳為妳的友誼找到了更好的用途，妳就會拋棄我了。」

「妳會看到，我不是那樣的人。」伊莎貝爾說。

「是的，我會盡量使妳不拋棄我。」梅爾夫人回答，嚴肅地看著她，「我說我希望回到妳的年紀，我的意思是讓我也具有妳那些品質：坦率、慷慨、誠懇，像妳一樣。那麼，我可能會使我的生命發揮更好的作用。」

「妳有什麼是妳想做而沒有做成的呢？」

梅爾夫人拿起一份樂譜——她本來坐在鋼琴前面，剛才開始說話時，才驀地從琴凳上轉過身來——機械地一頁頁翻著。最後她才回答道：「我是一個野心勃勃的人！」

「的確很大。如果把它們講出來，我會變得滑稽可笑。」

「妳的願望沒有得到滿足嗎？它們一定是很大的。」

伊莎貝爾感到奇怪，這些野心是什麼呢，難道梅爾夫人想登基當皇帝不成？

「我不知道，妳對成功有什麼看法，但在我看來，妳是成功的。真的，我覺得，妳本身就是成功的

260

一位女士的畫像
The Portrait of a Lady

生動體現。」

梅爾夫人丟開樂譜，微微一笑，「妳對成功是怎麼看的呢？」

「我的看法妳一定會認為平淡。那就是：一個人看到年輕時的夢想得到實現。」

「啊！」梅爾夫人喊道，「那我還從沒看到！但我的夢想這麼大，這麼荒謬。天哪，我的夢想至今仍是夢想呢。」她又轉過身去，對著鋼琴，用力彈了起來。

翌日，她對伊莎貝爾，她對成功下的定義非常美，但也會給人帶來很大的痛苦。用它來衡量，誰能說是成功的呢？一個人年輕時的夢想，那是迷人的，那是神聖的！誰曾經看見它們得到實現呢？

「我看到了……看到了其中的一些。」伊莎貝爾鼓起勇氣來回答。

「已經實現了？也許只是妳昨天做的夢吧？」

「我很小的時候就開始夢想了。」伊莎貝爾笑著說。

「啊，也許妳是指妳童年嚮往的東西——一條粉紅的腰帶，或者一個會閉上眼睛的洋娃娃。」

「不，我不是指那些東西。」

「那麼是一個留小鬍子的年輕人跪在妳的面前。」

「不，也不是那個。」

「那麼是什麼？」伊莎貝爾說，神態更加鄭重。

梅爾夫人注意到了這種鄭重其事的臉色，「我猜想那就是妳的意思。我們大家都幻想過留小鬍子的年輕人。這是照例會有的現象，這不能算數。」

伊莎貝爾沉默了一會兒，然後講了一句顯得前後矛盾、又充滿特色的話：「為什麼不算數？年輕人也有各種各樣，不可一概而論。」

第十九章　　　　　　　　　　　　　　　261

「那麼妳想的是一位英雄豪傑——我沒講錯吧？」她的朋友哈哈大笑，喊了起來，「如果妳已找到了妳夢想的年輕人，那確實是一大成功，我恭喜妳。只是既然這樣，為什麼妳不跟他遠走高飛，到亞平寧山中他的城堡去？」

「他在亞平寧山沒有城堡。」

「那麼他有什麼？四十號街上一幢醜陋的磚瓦房子？妳別騙我啦，我不承認那是一種理想。」

「我根本不在乎他的房子。」伊莎貝爾說。

「那是妳還太不懂事。要是妳經歷過我這麼長的生活，妳就會看到，每個人都有他的外殼，妳必須把這外殼也考慮在內。所謂外殼，我指的是整個生活環境。世界上沒有孤立的男人或女人，沒有，我們人人都是由一批附屬物構成的。我所謂一個人的『本身』是什麼？它從哪裡開始，又在哪裡結束？我它注入了屬於我們的一切，然後又流回來。我知道，我自己的很大一部分就存在於我選擇的衣服中。我非常尊重物質！一個人的自身，對別人說來，就是這個人的自身的表現，而一個人的房子，一個人的傢俱，一個人的衣服，他所讀的書，他所交的朋友——這一切都是他自身的表現。」

「這是很玄妙的，然而並不比梅爾夫人已經談到過的某些言論更玄妙。伊莎貝爾是喜愛玄學的，只是她不能附和她對人的個性的這種大膽分析。

「我不同意妳的觀點，」她說，「我的想法正好跟妳相反。我不知道我能不能表現我自己，但我知道，其他一切都不足以衡量我的尺度，相反，那是一種限制，一種障礙，一種完全帶有偶然性的東西。照妳的說法，我選擇了我的衣服，但毫無疑問，它們不能表現我，絕對不能！」

「妳穿得很漂亮。」梅爾夫人輕鬆地插了一句。

「也許,但我不願人家憑它們來評論我。我的衣服可以表現我的裁縫,但並不表現我。首先,我穿它們並不完全是我的選擇,它們是社會強加給我的。」

「難道妳願意光著身子出去?」梅爾夫人問,那口氣實際表示不願再討論下去了。

我不得不承認,雖然我已勾了一個輪廓,說明我們的女主人公對這位完美的女性如何懷抱著少女的忠誠,但這種忠誠還不免有些缺陷,因為關於沃伯頓勳爵的事,伊莎貝爾對她隻字未提,關於卡斯帕.戈德伍德,她也同樣保持著緘默。不過,伊莎貝爾沒有向她隱瞞她有過結婚的機會,甚至還讓她知道這些親事的條件是非常優越的。沃伯頓勳爵已離開洛克雷,前往蘇格蘭,他的妹妹們也跟他一起走了。雖然他給拉爾夫來過幾次信,探詢杜歇先生的病況,但這些問候已不像他還住在附近可以隨時親自前來那樣,使姑娘感到不安。他的表現是值得欽佩的,但是她相信,如果他到花園山莊來,他會看到梅爾夫人,而如果他看到了她,他就會喜歡她,因而把他愛上她這位年輕女友的事洩漏給她。事情就那麼巧,就是沒上梅爾夫人前幾次訪問花園山莊的時候——每一次都比現在這次短得多——他不是不在洛克雷,就是沒上杜歇先生家來過,因此雖然她知道他的名字,也知道他是本郡的一位大人物,卻從未想到他會向杜歇夫人新近帶來的外甥女求婚。

我們看到,伊莎貝爾雖然有時為自己講得太多感到後悔,但她對她的女友的信任並不是毫無保留的。儘管這樣,這種並不澈底的信任還是贏得了梅爾夫人的好感,有一次,後者對她說道:「妳的時間還很多,我很高興妳還沒有做什麼——妳還可以有所作為。對一個女孩子說來,拒絕一些有利的求婚,這是必要的——當然,這是指它們還不夠好,妳還可能有更好的機會的時候。對不起,也許我的口氣顯得庸俗討

第十九章　　　　　　　　　　　　　　　　　　　　　　　　　　　　　　263

厭,但一個人有時只能採取這種觀點。不過不要老是拒絕,為拒絕而拒絕。它能給人以運用權力的快感,但接受歸根結柢同樣是權力的運用。拒絕得太多,這總是危險的。這不是我遭到的情況——我是拒絕得不夠多。妳是一個高尚純潔的人,我覺得妳配得上嫁給一個內閣總理。但是嚴格說,妳不是我們的專門術語所說的Paris。妳生得非常好看,也非常聰明,從妳本身來說,妳是無可比擬的。但是妳似乎對世俗的財富看得十分淡薄,根據我的印象,妳對妳的收入好像毫不在意。我希望妳有一點錢。」

「我也希望有。」伊莎貝爾單純地說,顯然一時已忘記,她的貧窮對那兩位殷勤的紳士而言,只是一個微不足道的缺點。

馬修・霍普爵士雖然提出了仁慈的勸告,梅爾夫人並沒有留到最後,儘管可憐的杜歇先生的病結局如何,這時已很清楚。她跟別人還有一些約會,現在終於可以去踐約了。在花園山莊告別時,她保證離開英國前,還要到那裡或倫敦去探望杜歇夫人。她跟伊莎貝爾的話別,甚至比她們的會面更像友誼的開始。

「我要接連跑六個地方,」她說,「但是我不會看到比妳更叫我喜歡的人了。不過那些人都是老朋友,到了我這樣年紀,不會再結交新朋友的。我對妳算是一大例外。妳一定要記住這點,千萬不能忘記我。妳必須相信我,不要辜負了我的一片心意。」

伊莎貝爾用親吻來回答了她。雖然有些女人把親吻當作家常便飯,但這位親吻與一般親吻不同,伊莎貝爾的親吻是梅爾夫人感到滿意的。這以後,我們這位小姐大半是孤零零一個人,只有在吃飯的時候,杜歇夫人不露面的那些時間,現在只有一小部分是用在護理她的丈夫上。其餘的時間,她都花在自己的房間裡,這些屋子是連她的外甥女也不得入內的,她在那裡的活動很神祕,外人不得而知。在飯桌上,她總是板著臉,一言不發,但是她的嚴肅不是一種姿態——伊莎貝爾

可以看到，那是一種信念。她不知道，她的姨母是不是為自己的一意孤行感到後悔，但是關於這一點，沒有明顯的跡象——沒有眼淚，沒有歎息，也沒有情緒上的誇大表現，一切仍像平時一樣恰如其分。杜歐夫人似乎只是覺得，她需要對過去進行反省和總結。她有一本小小的道德帳簿，用鋼夾子夾得緊緊的，上面分門別類，準確精密地記載著一切。她的反省表現在言語上的，永遠帶有實際的意味。在梅爾夫人離開以後，她對伊莎貝爾說：「要是我早知道這樣，我就不在這個時候帶妳來了。我會等一下，寫信約妳明年來。」

「那麼，也許我會永遠看不到我的姨父？我倒是覺得，我現在來是很幸運的。」

「那很好。不過我帶妳到歐洲來，不是為了讓妳認識妳的姨父。」這完全是老實話，但伊莎貝爾覺得，這話一點也不合時宜。現在她很閒，可以思考這件事和另一些事。她每天獨自出外散步，把許多時間花在圖書室裡，翻閱各種圖書。她所惦記的事情中，有一件就是她的朋友斯塔克波爾小姐的活動，她們保持著經常的聯繫。伊莎貝爾對這位朋友的私人通信，比對她報上的通訊更感興趣，這就是說，她認為她那些公開的通訊要是不印在報上，也許會寫得更好一些。然而亨麗艾特的活動，即使從她個人的要求來看，也並不如預期的那麼順利。彭西爾夫人的邀請信，由於神祕莫測的原因，老是沒有寄到，可憐的班特林先生儘管為朋友絞盡腦汁，還是無法解釋，那封明明已經寄出的信，怎麼會至今下落不明。不過亨麗艾特來到這件事，顯然使他感到內疚，總覺得這次幻想的貝德福之行是他欠下的一筆債，必須償還。亨麗艾特來訊道：

5 法文，意為「理想對象」。

第十九章 265

「他說他認為我應該到大陸去。因為他自己也想到那兒去,我想他的勸告是真誠的。他問我,為什麼不去看看法國的生活。確實,我也非常想見識一下這個新共和國。班特林先生對共和國不太感興趣,但他還是很想到巴黎逛逛。我必須說,他的體貼入微,使我感到滿意,不論怎樣,我總算見到了一位彬彬有禮的英國人。我總是對班特林先生說,他應該是美國人才對。妳不知道,他聽了有多高興呢。每逢我這麼說,他便驚叫起來:『啊,真的,那敢情好!』」幾天後她又在信上說,她已決定在本週末前往巴黎,班特林先生答應送她——也許會一直陪她到多佛。亨麗艾特還說,她要在巴黎等伊莎貝爾,彷彿後者馬上就要獨自開始她的大陸之行似的。關於杜歇夫人,她連提也沒提。

我們的女主人公知道,拉爾夫很關心這位不久前的旅伴,因此把斯塔克波爾小姐信中的幾段話告訴了他。拉爾夫對《會談者報》記者的動向,似乎隱隱感到有些憂慮。

「這麼看來,她幹得挺不錯,」他說,「跟一個前槍騎兵軍官暢遊巴黎!如果她需要寫什麼,只要寫這個插曲就夠了。」

「當然,這是不合常規的,」伊莎貝爾回答,「但是如果你認為——至少就亨麗艾特來說——這不完全純潔,那麼你是大錯特錯了。你永遠不會了解亨麗艾特。」

「對不起,我完全了解她。起先,我一點不了解,但現在我已找到了立足點。不過我怕班特林先生還沒找到,他會碰到一些意想不到的事。說真的,我了解亨麗艾特,就像她是我親手塑造的一樣!」

伊莎貝爾不完全相信這一點,但是她沒有再表示懷疑,因為在這些日子裡,她總想對她的表兄慈祥一些。梅爾夫人走後不到一個星期,一天下午,她坐在圖書室中,手裡捧著一本書,但注意力沒有集中在書上。她坐在靠窗一張高背長凳上,望著陰沉潮濕的園子。由於圖書室與住宅的前門正好構成直角,她

可以看到，醫師的馬車等在門口已有兩個小時。醫師在這兒待這麼久，這使她有些吃驚，但最後，她看到他出來了。他在門廊中站了一會兒，慢條斯理地戴上手套，看看馬的膝蓋，然後跨進車子走了。伊莎貝爾又坐了半個來小時，屋裡安靜得沒有一絲聲息。在萬籟俱寂中，她終於聽到，圖書室的長毛地毯上傳出了輕輕的緩慢的腳步聲，這聲音使她幾乎吃了一驚。她驀地從視窗轉過身去，看到拉爾夫‧杜歇站在那兒，手還是插在口袋裡，但平時那種隱約的微笑已完全從他臉上消失。她站了起來，用她的動作和目光向他提出了問題。

「一切都過去了。」拉爾夫說。

「你是說姨父他……。」伊莎貝爾沒有說下去。

「我的父親一小時前去世了。」

「啊，可憐的拉爾夫！」姑娘溫柔地等待著，向他伸出了雙手。

第十九章

第二十章

這件事之後過了大約兩個星期,梅爾夫人坐了一輛出租馬車,來到溫徹斯特廣場。她下了車,一眼看到餐廳的兩扇窗戶之間掛著一塊精緻的大木牌,木牌是新近油漆的,黑底白字,上面寫著「吉屋出售」以及欲購者可與何人聯繫等字樣。客人打過大銅門環之後,一邊等候開門,一邊心想:「他們一刻也沒有拖延,這是一個講實際的國家!」進了屋子,上樓到會客室去的時候,她看到了搬家的種種跡象:牆上的畫取下了,堆在沙發上;窗簾拆掉了,地板上也已沒有地毯。杜歇夫人立刻出來接見她,簡單明瞭地告訴她,悼念是理所當然的,不必多講。

「我知道妳要說些什麼——他是一個正人君子之類。但我知道得比任何人清楚,因為我給他表現這一點的機會最多。從這方面說,我想我是一個很好的妻子。」杜歇夫人還說,她的丈夫最後顯然承認了這個事實。接著她又道:「他待我很寬大,我不想說,比我希望的更寬大,因為我沒有這麼希望過。妳知道,一般說,我從不希望什麼。但我相信,他願意承認,雖然我大部分時間住在國外,過著——妳可以說是無拘無束的——外國的生活,但是我從沒對任何別人表現過絲毫興趣。」

「除了妳自己,妳對誰也不會發生興趣。」梅爾夫人在心裡說,但這樣的話,杜歇夫人當然是聽不到的。

「我從沒有為別人犧牲我的丈夫。」杜歇夫人繼續道,她的話照例是簡短有力的。

「自然沒有。」梅爾夫人想，「妳從來不為別人做任何事！」

這些無聲的評論帶有一些挖苦的意味，這需要稍加說明，特別因為這不符合我們以前看到的——也許只是表面的——梅爾夫人的性格，也不符合杜歇夫人經歷中那些確鑿的事實。同時，也因為梅爾夫人完全有理由相信，她的朋友的最後那句話，一點沒有暗中攻擊她的意思。事實是，她一跨進門檻，就獲得了一個微妙的印象，知道杜歇先生的去世產生了一些後果，這些後果使少數幾個人得到了利益，然而她不在這些少數人中間。誠然，這樣一件事是必然會產生的，她住在花園山莊的時候，已不只一次地想像到這一切。但內心的預見是一回事，實際接觸到那大量的事實又是一回事。關於財產——她幾乎想說這是贓物——的分配問題，現在壓在她的思想上，使她為自己的被排斥在外，感到悶悶不樂。我完全不這樣想，梅爾夫人屬於貪婪的或嫉妒的一類人，但我們已經知道，她有著從未得到滿足的慾望。如果有人問她，她無疑會承認——同時露出美好而高傲的微笑——她對杜歇先生的遺產是不能存非分之想的。她會說：「我們在這世上從沒有過來，可憐的人，從沒有過！」然後用拇指和中指彈一個櫃子[1]。我還得馬上補充一句，這時儘管她心裡癢癢的，覺得不是味道，但她非常小心，一點沒有露出痕跡。不管怎樣，她自己雖然一無所得，杜歇夫人的心得還是使她同樣高興。

「他留給了我這幢房子，」那位新未亡人說，「當然，我不會住在這兒，我在佛羅倫斯的房子比這好得多。遺囑三天前才打開，但是我已經決定把這房子出售了。在銀行裡，我也分到了一筆錢，但我還不知道，我是不是只能把它留在那兒。如果不，我當然要把它取出來。花園山莊自然歸拉爾夫所有，但

---

[1] 編註：用拇指和中指相捻，發出清脆的聲音，即彈指。

第二十章　　　269

我不相信他能維持那個地方。他得到的當然不少，但他的父親已捐掉了一大筆錢，還有一部分遺產分給了佛蒙特州那些隔了三代的遠親。不過，拉爾夫很喜歡花園山莊，夏天完全可能住在那兒，雇一個打雜的女僕和一個孩子做園丁。我丈夫的遺囑中有一條是很奇怪的，」杜歇夫人接著說，「他給了我的外甥女一筆財產。」

「一筆財產。」梅爾夫人輕輕地重複道。

「伊莎貝爾拿到了將近七萬英鎊。」

梅爾夫人的雙手本來交叉著放在膝上，聽到這話，她把它們舉了起來，但兩隻手還是握在一起。她把它們暫時按在胸口，睜大了一些眼睛，注視著她的朋友，喊道：「啊，聰明的小東西！」

杜歇夫人迅速瞟了她一眼，「妳這話是什麼意思？」

梅爾夫人的臉紅了一下，她垂下了眼瞼，「不花一點力氣，就能取得這樣的收穫，這還不聰明？」

「力氣自然沒有花，不過她從沒覬覦過遺產。」

梅爾夫人是不大會弄得手足失措而把話收回的，她的智慧表現在維持原來的說法，卻賦予它使人滿意的解釋上。

「我的好朋友，伊莎貝爾要不是世上最可愛的姑娘，她當然不會得到那七萬英鎊。她的可愛包括她的極端聰明在內。」

「我相信，」杜歇夫人說，「她做夢也沒想到我的丈夫會給她什麼，我也沒有想到，因為他從沒把他的意圖告訴我，」杜歇夫人說，「她對他不能有任何要求，她是我的外甥女，跟他關係不大。她所得到的一切，都出乎她的意料之外。」

270

一位女士的畫像
The Portrait of a Lady

「啊。」梅爾夫人說,「這才是了不起的成就呢!」

杜歇夫人保留她的意見。

「這姑娘很幸運,我不否認這點。不過現在她簡直給弄糊塗了。」

「妳是說她不知道把這些錢怎麼辦嗎?」

「我看她還沒想到這點呢。她是不知道這究竟是怎麼回事。好像一尊大炮突然在她背後放了一炮,她還驚魂未定,正在看她有沒有受傷。三天以前,遺囑的主要執行人才親自來拜訪她,非常殷勤地把這事通知了她。事後他告訴我,他把意思說明以後,她突然哭了起來。這錢還是存在銀行裡,她可以去支取利息。」

梅爾夫人搖搖頭,露出聰明的、現在也是相當慈祥的笑容。

「太有意思啦!她這麼做過兩、三次以後,就會習慣了。」沉默一會兒以後,她又突然問道:「妳的兒子對這件事有什麼想法?」

「遺囑公布以前,他已離開英國——他又累又傷心,支持不住了,所以匆匆忙忙趕到南方去。他正在前往里維艾拉的途中,我還沒有收到他的信。但凡是他父親做的事,他看來都絕無異議。」

「妳不是說,他的一份給減少了嗎?」

「那完全是他願意的。我知道,他曾經要他的父親為美國人民做一些事。他從來不把自己放在第一位。」

「問題在於他把什麼人放在第一位!」梅爾夫人說,她繼續沉思了一會兒,眼睛注視著地面。最後她抬起頭來,問道:「我能不能見見妳那位快活的外甥女?」

第二十章　　271

「妳可以見她，但妳看到的她不會是快活的。三天來，她的神情一直那麼嚴肅，像契馬部埃[2]的聖母像！」於是杜歇夫人按鈴召喚僕人。

伊莎貝爾在僕人去請她後，馬上就來了。她一進屋，梅爾夫人就想，杜歇夫人的比喻是有些道理的。姑娘臉色蒼白而嚴肅——對死者的深切悼念沒有沖淡這種反應。但是她一看到梅爾夫人，她那最歡樂的時刻的微笑又回到了臉上。梅爾夫人走到她跟前，把一隻手搭在她肩上，端詳了她一會兒，便開始吻她，好像在回應她離開花園山莊時伊莎貝爾對她的親吻。這是梅爾夫人以她高尚文雅的姿態對她的年輕女友繼承遺產一事眼前所做的唯一表示。

杜歇夫人不想留在倫敦，等待出售她的房屋。她只是從那些傢俱裡挑選了幾件，動身前往歐洲大陸了。她這次旅行，當然由她的外甥女做伴。現在，這位小姐有的是時間，可以反覆考慮梅爾夫人向她隱蔽地表示祝賀的那筆意外之財了。伊莎貝爾經常想起接受遺產這件事，從許多不同的角度來考察它。但是我們暫時不想探究她的思想活動，或者解釋究竟為什麼這種新的意識開頭會對她構成一種壓力。不過這位小姐沒有立即起來迎接她的歡樂只是暫時的，她最終還是承認，富裕是一種有利條件，因為它使人可以有所作為，而有所作為總是甜蜜的。對愚蠢的軟弱——尤其在女性方面——說來，它是光輝的對立面。雖然在一位嬌嫩的小姐身上，柔弱也有它的魅力，但正如伊莎貝爾對自己所說，這畢竟不是最可愛的。確實，在眼前她還不能有太大的作為，她只是給莉蓮匯去了一筆錢，也給可憐的伊蒂絲寄了一筆錢。由於她穿上了喪服，由於她新近守寡，兩位女士不得不過恬靜的生活，這清靜的幾個月使伊莎貝爾感到欣慰。她所獲得的力量，使她變得嚴肅起來，她懷著又愛又恨的心情注視著這種力量，但她並不急於運用它。事實上，直到她跟她

272

一位女士的畫像
The Portrait of a Lady

的姨母在巴黎逗留的幾個星期中,她才第一次使用這力量,儘管使用的方式無疑是毫不足道的。那是住在擁有世界聞名的大商店的都市中自然而然會採取的方式,而在杜歐夫人的指導下更是不言而喻的,因為她在改變她的甥女的外形,使她從貧寒變為富麗這點上,持有極其現實的觀點。曾經有過那麼一次,她對伊莎貝爾說:「現在妳已經身價百倍啦,妳必須懂得怎麼去扮演這個角色——我是指扮演妳的財物,但妳必須懂得。」這是伊莎貝爾的第二項責任。伊莎貝爾表示同意,但眼前她的想像力還沒有燃燒起來,她還在等待機會,而這些不是她心目中的機會。

杜歐夫人很少改變她的計畫,早在她的丈夫去世以前,她已經打算在巴黎度過一部分冬季,現在她覺得沒有理由放棄這個計畫,更沒有理由使她的同伴失去這個機會。雖然她們在服喪期間只能過深居簡出的生活,她還是可以讓她的外甥女在小範圍內進行非正式的活動,所謂小範圍,就是指住在香榭麗舍大街周圍的一些美國人。這些移民,有許多是杜歐夫人熟悉的,她與他們有共同的信念、共同的樂趣、共同的苦悶。伊莎貝爾看到,他們老是到她姨母的旅館來串門,便尖銳地指責他們,這種指責無疑被認為是她一時心血來潮,激發了人的責任感。她堅決相信,他們的生活雖然奢侈,但很空虛。在晴朗的星期日下午,這些離開了美國的美國人忙於互相應酬的時候,伊莎貝爾公開表示了這個觀點,因而招來了一些不滿。聽到這些話的,都是依靠自己的廚師和裁縫保持著神聖的溫和儀表的人,然而仍有兩、三個人認為,她的聰明雖然博得公認,其實還比不上戲臺上那些時髦的臺詞。她

2 契馬部埃(Giovanni Cimabue, 1240-1302),義大利畫家,作有《聖母和天使》等名畫。

喜歡這麼問他們：「你們都這麼過日子，這有什麼出路？可以說，毫無前途。據我看，這只能使你們感到非常厭倦。」

杜歇夫人覺得，這個問題簡直像是亨麗艾特·斯塔克波爾提出的。亨麗艾特當時也在巴黎，伊莎貝爾經常跟她見面，因此杜歇夫人不無理由對自己說，也許她的外甥女還沒這麼聰明，不至於在幾乎一切問題上都標新立異，她那套理論可能是從那位記者朋友那裡販運來的。伊莎貝爾第一次講這番話是在她跟姨母去拜望盧斯夫人的時候，後者是杜歇夫人的老朋友，也是她當時在巴黎唯一走訪的人。

盧斯夫人從路易－菲力浦時代起就住在巴黎，她常常幽默地說，她是一八三〇年的一代——這句話的幽默意義往往不是每個人都能領會的。在人們不理解的時候，盧斯夫人總是解釋道：「可不是，我是個浪漫派人物。」她的法語從來沒有好過。星期日下午，她照例在家會見客人，周圍坐滿了跟她情投意合的美國同胞，而且照例是那麼些人。事實上，她每時每刻都在家，像奇蹟一樣，在這個光輝燦爛的城市中，這個逍遙自在的小天地裡，保持著她在家鄉巴爾的摩的生活方式。這使她那位高貴的丈夫盧斯先生，只需要對巴黎的「娛樂」做精神上的讚賞——這是他的一句名言，因為你永遠猜不出，他有什麼煩惱，使他感到有散心解悶的必要。

盧斯先生又瘦又高，頭髮灰白，穿得整整齊齊，戴一副金邊眼鏡，帽子略微推在後腦勺上。他的消遣之一，就是每天上美國銀行家俱樂部去一次，那裡有個郵政所，幾乎跟美國鄉鎮上的郵局一樣，是個聚會和閒談的好場所。天晴的日子，他在香榭麗舍大街旁邊一張椅子上消磨一個小時。吃飯他大多在自己家裡，飲食很講究，那裡的打蠟地板，盧斯夫人總是得意揚揚地宣稱，比法國首都任何一家的都光滑。有時他也跟一、兩個朋友上英吉利咖啡館用餐，他點菜的才能不僅是朋友們幸福的源泉，而且使店

裡的領班侍者大為欽佩。這些就是大家知道的他所有的娛樂，但它們讓他消磨了半個世紀以上的時間，無疑也證實了他常說的話：巴黎是世界上最好的地方。從這些方面看，盧斯先生認為，不論在哪裡，都不像這兒富有生活的樂趣。巴黎是人間的天堂，但必須承認，盧斯先生對這個供他消磨生命的地方，評價已不如早年高。在他的消遣中，政治遐想占有一席位置，不容忽視，因為在表面看來無所事事的許多時刻中，它們無疑仍是活躍的因素。像他一樣的移民中，盧斯先生是許多偏激的──或者不如說頑固的──保守分子中的一個。他不支持法國新近成立的政府，不相信它能長期存在，年復一年地向你保證，它的末日已迫在眉睫。他談到法國人民時，常常說：「他們應該給壓下去，先生，必須壓下去，只有強有力的手，只有鐵蹄，才能有效地對付他們。」他理想的光輝燦爛、英明偉大的政府是不久前被推翻的帝國政府。

「巴黎比皇帝[3]時期遜色多了，只有他才知道怎樣使一個城市變得舒適愉快。」盧斯先生常常對杜歇夫人說，後者的觀點跟他完全一致。他說，一個人苦苦度過大西洋來到這兒，為的什麼，還不是為了擺脫共和國！

「咳，夫人，從前我坐在香榭麗舍大街實業宮對面，總看到從杜樂麗宮[4]駛出的馬車來來往往，一天共達七次。我記得有時還多達九次。可現在妳看到什麼？說也沒用，這種排場都過去了。拿破崙知

3　法國發生資產階級「七月革命」的一年，路易─菲力浦於這年接位，建立「七月王朝」。
4　指一八七〇年被推翻的拿破崙三世。
5　法國舊王宮，拿破崙三世住在這裡。

第二十章　　275

道，法國人民需要什麼，現在籠罩在巴黎——我們的巴黎上空的烏雲，要等帝國恢復才會消失。」

到了星期日下午，盧斯夫人的客人中有一個年輕人，伊莎貝爾跟他談過不少話，發現他肚裡裝滿各種有價值的知識。愛德華‧羅齊爾先生——人們稱他內德‧羅齊爾——出生於紐約，在巴黎長大，他住在那裡的時候，由他的父親管教，事有湊巧，這位父親跟已故的阿切爾先生是相識多年的知交。愛德華‧羅齊爾記得，當年伊莎貝爾還是個小女孩。有一次，阿切爾姐妹幾個住在納沙泰爾一家旅館裡，她們的法國保姆跟一個俄國親王跑掉了。那時愛德華‧羅齊爾的父親正好帶著孩子路過那個地方，也住在那家旅館裡，正是他救了阿切爾姐妹三個，因為那幾天裡，阿切爾先生一直行蹤不明。

伊莎貝爾對那個衣冠端正的小男孩也記得很清楚，他的頭髮上總有一股髮蠟的香味，他也有一個法國保姆，只是她在任何引誘下都沒有離開他。伊莎貝爾常常與他倆在湖邊散步，覺得小愛德華漂亮得像一個天使——這種比喻在她心目中是不尋常的，因為她所想像的天使，一張小小的粉紅色臉龐，頭上戴一頂藍天鵝絨童帽，脖子上圍一條繡花硬領，這就是她童年夢想中的天使的外貌。後來有一段時期，她還堅決相信，那些天國居民彼此講的是又古怪又可愛的英法混合語，他們用它表達最高尚的情緒，因為愛德華就用這種語言跟她交談。他告訴她，他的保姆為了「保衛」他，不讓他靠近湖邊，還說一個孩子必須聽保姆的話。現在內德‧羅齊爾的英語已大有進步，至少那種法語腔調已經減少了。他的父親死了，他的保姆也辭退了，但年輕人還遵守著他們的教導，從不靠近湖邊。他的身上仍有一股沁人心脾的香味，以及一種彬彬有禮的青年，具有風雅高尚的趣味——懂得古瓷器、美酒和書籍的裝幀的氣息，熟讀《戈塔年鑑》[6]，知道高級的商店、高級的旅館，以及火車時刻

表。他點菜的本領幾乎可以與盧斯先生媲美，也許，隨著經驗的增長，他可以成為後者當之無愧的接班人，他也擁護那位先生的嚴峻政治觀點，只是口氣較為柔和而天真罷了。他在巴黎有一所漂亮的寓所，室內裝飾著古色古香的西班牙聖壇花邊，這是使他的女朋友們驚羨不止的，她們宣稱，他的壁爐架上鋪的花邊比許多公爵夫人披在高貴的肩膀上的更美麗。然而他每年冬天往往要在波城度過一段時間，有一年還在美國待了兩個月。

他對伊莎貝爾很感興趣，還清楚地記得他們在納沙泰爾散步的時候，她老是喜歡靠近湖邊。他彷彿從我剛才提到的那些叛逆性的疑問中也發覺了同樣的傾向，但他還是溫文爾雅地回答我們的女主人公的問題，儘管這些問題也許是不配得到這麼好的待遇的。

「阿切爾小姐，妳說這有什麼出路嗎？嗨，巴黎是四通八達的，路多得很，哪裡都能去。每一個到歐洲來的人，必須先通過這裡。妳主要不是這個意思嗎？妳是說這能有什麼結果吧？但一個人怎麼能洞察未來呢？妳能告訴我，前面有些什麼嗎？只要這是一條愉快的路，我就不管它能通向哪裡——哪怕想厭倦也不可能。妳不可能對它感到厭倦——條路，阿切爾小姐，喜歡這古老而可愛的柏油馬路。妳認為妳會厭倦，實際不會，這兒經常有出乎意外的新鮮事兒。就拿特魯奧大廈來說吧，那兒一星期總有三、四次大拍賣。除了這裡，哪兒還有這樣的便宜貨？不論人家怎麼說，我堅持只有在這兒才能買到真正價廉物美的東西，只要妳懂得上哪兒去購買。我知道許多這樣的地方，但我都保守祕密。如果妳想

6 德國出版商尤斯圖斯・佩特斯（1749-1816），自一七六三年起在戈塔地方出版的一種法文刊物，記載世界各地系譜學等方面的統計資料。

第二十章　　277

知道,我可以告訴妳,這是我對妳破格優待,只是妳絕對不能洩漏給任何人。妳不論要買什麼,先問我一聲,我要求妳同意這點。一般說,不要上那些林蔭大道上機會是不多的。憑良心說——sans blague[7]——我不相信誰會比我更熟悉巴黎。妳和杜歇夫人改天務必到我那兒去吃頓早飯,我可以把我收藏的小玩意兒給妳看看,je ne vous dis que ça![8]近來大家談倫敦談得很起勁,吹捧倫敦成了風氣。可那兒什麼也沒有——妳在那兒什麼也找不到,沒有路易十五時期的風格,沒有第一帝國的風格,有的永遠只是安妮女王時期的式樣。這種東西只配放在寢室裡,放在盥洗室裡,永遠登不了大雅之堂。我把生命消磨在拍賣商場嗎?」羅齊爾先生繼續說,回答伊莎貝爾的另一個問題。

「哦,不,我沒有財產。我希望我有,可是沒有。妳認為我遊手好閒,啥也不幹,我從妳的臉色看出來了,妳的臉非常富有表情呢。我這麼講,請妳不要見怪,我只是向妳提出一個警告。妳認為我應該幹點兒什麼,我也這麼想,我總是模模糊糊地意識到這點。可是一旦認真要做起來,妳就看到什麼也不能幹。我不能回國去,開店當老闆。妳認為我非常合適?唉,阿切爾小姐,妳把我估計得太高了。讓別人來買妳的東西,我會買東西,可是我不會賣東西。有時我想出賣一些什麼的時候,妳就會看到了。比妳去買別人的東西,需要大得多的能耐。那些能叫我去買他們的東西的人,我想一定是非常聰明的!唉,不,我不能當店當老闆。我不能當醫生,那是一種討厭的職業。我也不能當牧師,因為我並沒有信仰。不,不懂——《聖經》上那些名字,我也講不清楚。它們很難念,特別在《舊約全書》中。我不能當律師,我不懂——妳叫它什麼來著?——美國訴訟程式。此外還有什麼事可幹呢?沒有了,在美國一個上等人能幹的就這些。我倒想當一個外交家,但美國的外交——那也不是上等人幹的。我相信,如果妳見過前一任部長⋯⋯。」

羅齊爾先生大多在下午較晚的時候來拜訪伊莎貝爾,那時亨麗艾特‧斯塔克波爾往往也在。他講話的方式就像我上面描寫的那樣,每逢年輕人講到這種地方,亨麗艾特便打斷他的話,把他教訓一通,要他記住美國公民的責任。她認為他極不合人情,比拉爾夫‧杜歇更壞。不過這時期,亨麗艾特比以前更喜歡做道德說教,因為她的良心一直為伊莎貝爾感到不安。她沒有向這位小姐祝賀她得到了一筆財產,卻請她原諒她不能這麼做。

「如果杜歇先生跟我商量,要不要給妳錢,」她坦率地說,「我會對他說:『絕對不要。』」

「我知道,」伊莎貝爾回答,「妳認為,事實上這只是變相的災禍。也許是這樣。」

「把它送給一個妳不太關心的人——這就是我要說的。」

「比如說,給妳?」伊莎貝爾開玩笑道。接著又用完全不同的口氣問:「妳真的相信它會毀了我嗎?」

「我希望它不會毀了妳,但毫無疑問,它會助長妳那些危險的傾向。」

「妳這是指我愛好奢華,善於揮霍?」

「不,不。」亨麗艾特說,「我是指妳的精神方面。我不反對奢華,我認為我們應該盡可能打扮得漂亮。點。請妳想想我國西部城市的那種豪華生活,我看這兒根本沒法跟它相比。我希望妳不滿足於粗俗的物質享受,但我並不怕它。妳的危險在於妳過分沉湎在妳夢想的天地中,妳跟現實,跟妳周圍那

7　法文,意為「不吹牛、不開玩笑」。
8　法文,意為「不必多說了」。

第二十章　279

個辛勤勞動的、努力掙扎的、苦難重重的、甚至可說是罪惡的世界，妳又要求太高，妳抱著許多美麗的幻想。妳新近得到的那幾萬英鎊，正好使妳越來越陷入那些自私的、殘忍的少數人的圈子中，這些人是巴不得妳永遠沉湎在這些幻想中的。」

伊莎貝爾的眼睛睜得大大的，瞪著她未來的這幅可怕的圖景。

「我有什麼幻想？」她問，「我在竭力防止任何幻想呢。」

「得啦！」亨麗艾特說，「妳認為妳可以過一種理想的生活，可以過得使自己愉快，也使別人愉快。妳會發現妳錯了。不論妳過什麼樣的生活，妳必須把整個心靈投入進去，這樣才能使它多少有些意義。但從妳那麼做的一刻起，我告訴妳，它就不再是理想了，它變成了嚴峻的現實！再說，妳不能老是使自己愉快，有時妳必須使別人愉快。我承認，這是妳完全願意做的。但是妳根本辦不到的——妳太喜歡讚揚，妳希望別人把妳想得很好。妳以為我們可以憑不切實際的觀念避免那些令人不快的義務——那是妳最大的幻想，親愛的。但是我們辦不到。生活中有許多場合，妳必須準備妳根本不能使任何人感到愉快——甚至包括妳自己在內。」

伊莎貝爾傷心地搖搖頭，她顯得煩惱而惶恐。

「亨麗艾特，」她說，「對妳說來，現在大概就是這種場合之一吧！」

毫無疑問，斯塔克波爾小姐訪問巴黎期間，沒有生活在夢想的天地中，她業務上的收穫比她的英國之行豐富得多。班特林先生開頭陪伴了她四個星期，現在已經回英國，何況在班特林先生身上是連一點夢想的影子也沒有的。伊莎貝爾從她的朋友那裡得悉，他們兩人非常投機，而且由於這位先生對巴黎瞭

280

一位女士的畫像
The Portrait of a Lady

若指掌,因此這種友誼更使亨麗艾特獲益不淺。他向她解釋一切,帶她參觀一切,成了她寸步不離的嚮導和講解員。他們一起用早餐,一起用午餐,一起上劇場,一起吃晚飯,實際上就像完全生活在一起。亨麗艾特不只一次告訴我們的女主人公,說他是一位忠實的朋友,她從沒想到她會對一個英國人發生這麼大的好感。伊莎貝爾說不出為什麼,但是她總覺得,《會談者報》記者和彭西爾夫人的弟弟之間的來往,包含著一種令人發笑的東西。儘管她承認,這從雙方說,都是值得稱道的,她還是覺得有趣。伊莎貝爾不能消除自己的懷疑,總認為他們有些像在打啞謎,彼此都因單純而上了當。在亨麗艾特方面,這是值得讚美的,因為她相信,不論就雙方的哪一方說,這種單純仍是可敬的。他認為,《會談者報》記者的採訪活動——他對這份刊物從未形成過明確的概念——如果剝開它巧妙的偽裝(班特林先生覺得他完全能做到這點),不過是斯塔克波爾小姐需要滿足自己奔放的感情而已。兩位獨身者在暗中摸索,但他們都提供了對方所缺乏的東西,滿足了彼此的需要。班特林先生是一個性情迂緩散漫的人,現在這位果斷、敏銳、自信的女人使他感到別有風味,她那對明亮而咄咄逼人的眼睛,那優美整齊的儀表,都吸引著他,在這顆對日常生活感到平淡無味的心靈中,燃起了活躍的情趣。另一方面,亨麗艾特得到了一個很好的同伴,這位先生不愁衣食,無牽無掛,幾乎像「鬼差神使」似地來到了她的身邊。他的無所事事,一般說來固然不足為訓,但對一位到處奔走的伙伴卻是絕對有利的。他對她可能提出的任何社會的或實際的問題,幾乎都能做出簡單明瞭的、合乎傳統的、儘管絕不是十分透澈的答覆。她常常發現,班特林先生這些答覆非常合用,在爭分奪秒趕發美國郵件的時刻,它們可以成為通訊中現成的材料,跟讀者見面。伊莎貝爾警告過她,要當心自己在滑向哪裡,並希望得到她善意的反

第二十章　　281

駁，現在她才真的擔心，她會滑進那神祕的深淵中去。就伊莎貝爾而言，固然也存在著這種危險，但斯塔克波爾小姐如果樂於利用別人的觀點，弄虛作假，有時在我們的女主人公嘴上就成了不太光彩的取笑對象。然而亨麗艾特對班特林先生總是溫情脈脈，不可動搖，她往往明知要遭到伊莎貝爾的諷刺，還是得意揚揚地暢談她跟這位熟知人情世故的先生——這稱呼在她那裡已和以前不同，沒有惡意了——一起度過的時刻。她會把她們剛才講的玩笑話一下子丟諸腦後，情不自禁地提起她在他陪同下出遊的經歷。她會說：「啊，我現在對凡爾賽的一切已瞭若指掌，我跟班特林先生到那兒去過。我必須做全面的參觀，一到那裡，我就關照他，我要全面看一下。因此我們在那兒旅館裡待了三天，跑遍了所有的地方。那幾天天氣晴朗，有點像印度的夏季，只是沒那麼好。我們就住在那一片園林裡。真的，關於凡爾賽，妳再沒什麼可以告訴我的了。」看來，亨麗艾特已經跟她那位殷勤的朋友約定，春天在義大利會面。

第二十一章

杜歇夫人在到達巴黎以前，已定下了離開的日子，到二月中旬，她就開始南下。她在中途折往聖雷莫，探望她的兒子。聖雷莫在義大利地中海沿岸，他要在那兒悠悠飄浮的白雲下，度過沉悶而充滿陽光的冬季。伊莎貝爾當然跟她的姨母同行，不過杜歇夫人按照她一貫的樸素邏輯，還是讓她自行選擇。

「現在，妳像枝頭的鳥兒一樣自由，當然完全可以自己做主了。我不是說妳以前不能，但妳現在的地位不同了──財產已在妳周圍建立起一道屏障。有許多事，妳窮的時候做了，會受到嚴厲的指責，但現在妳有了錢，妳都可以做了。妳可以獨自來往，獨自旅行，妳也可以有自己的公館，當然，我的意思是妳應該雇一位伴娘──一位穿著織補過的開司米衣服，染著頭髮，經過梳妝打扮還風韻猶存的老婦人。妳認為妳不喜歡那樣嗎？當然，妳可以按照妳自己的意思做，我只是想讓妳明白，會受到嚴厲的指責，妳是自由的。妳可以把斯塔克波爾小姐當妳的 dame de compagnie¹，她一定會把所有的人統統撐走。不過我想，妳還是跟我在一起好得多，儘管妳並沒有義務非那麼辦不可。不管妳喜歡不喜歡，這麼做是有一些好處的。我估計妳不會喜歡，不過我勸妳還是委屈一下。當然，跟我做伴，不管開頭有多麼新鮮，現在這一切都已過去。妳發現我不過如此，只是一個遲鈍、頑固、氣量狹窄的老婦人。」

1　法文，意為「女伴、伴娘」。

「我覺得妳根本並不遲鈍。」伊莎貝爾回答。

「但妳同意我頑固而氣量狹窄，是不是？我對妳說，是這麼回事！」杜歇夫人道，覺得自己沒有猜錯，因而得意洋洋。

伊莎貝爾暫時留在姨母身邊，因為儘管她也有一些離心傾向，她對通常所謂的禮節還是十分注重的，一位年輕小姐身邊沒有幾個親戚，就好比紅花沒有綠葉。確實，杜歇夫人的談吐早已不那麼熠熠生光，像在奧爾巴尼的第一個下午那樣了，那時她穿著潮濕的雨衣，坐在那裡侃侃而談，描繪歐洲將給高雅的年輕人帶來的前景，講得多麼動人。然而這主要是這位少女自己的過錯。她對姨母的閱歷已看到了一個大概，加上她的想像力，使她能夠經常預見到這位缺乏想像力的婦女的見解和感情。一個人的天性。撇開這點不論，杜歇夫人確有一大優點：她像圓規一樣正直。她的呆板固執，一成不變是令人欣慰的，你可以準確地知道，她會出現在什麼地方，你永遠不會在意外的場合遇到她或者撞見她。杜歇夫人的談吐，她從不疏忽，但別人的事，她絕不妄加干預。伊莎貝爾終於對她產生了一種無法說明的憐憫。一個人的事，如果只有一小部分袒露在外面，這個人總給人以枯燥乏味的感覺，不論它像隨風飄揚的花瓣，還是善於攀附的苔蘚，都沒有機會附著在這上面。換句話說，任何溫柔和同情，不論它像隨風飄揚的花瓣，還是善於攀附的苔蘚，都沒有機會附著在這有限的接觸面。任何溫柔和同情，不論它像隨風飄揚的花瓣，還是善於攀附的苔蘚，都沒有機會附著在這有限的接觸面。然而伊莎貝爾有理由相信，隨著她的年事日高，她會不完全考慮自己的方便，逐漸向那些朦朧的感情讓步，做出比自己願意的更多的反應。她已開始明白，必須改弦易轍，把高傲的目光投向卑微的事物，在具體的事件中為自己尋找辯解的理由。現在她繞道前往佛羅倫斯，以便與她體弱多病的兒子共同度過幾個星期，就不符合她一成不變的生活態度，因為多年來她一直明確表示，如果拉爾夫想見她，他隨時可以前往佛羅倫斯，他知道，在克

里森蒂尼宮有一套寬敞的房間，就是專門留給這位少爺居住的。

到達聖雷莫的第二天，伊莎貝爾對她的表兄說：「我想問你一件事，為了這件事我幾次想寫信給你，但一直猶豫著，不知怎麼說才好。不過面對面談，我的問題似乎簡單得多了。你知道不知道你的父親打算留給我這麼多的錢？」

拉爾夫把腿伸直了一點兒，更加一眼不眨地注視著地中海，「親愛的伊莎貝爾，我知道不知道有什麼相干呢？我的父親是很固執的。」

「那麼，」姑娘說，「你是知道的。」

「是的，他告訴了我。我們甚至還就這事討論過一次。」

「他這麼做是為了什麼？」伊莎貝爾驚地問。

「沒什麼，只是對妳的一種表揚罷了。」

「表揚什麼？」

「表揚妳高尚美好的生活。」

「他對我太好了。」她立即聲稱。

「那是我們大家一樣的。」

「如果我信以為真，我會非常傷心。幸虧我並不相信。我需要大家公正地對待我，此外別無其他要求。」

「很好。但妳應該記住，對一個可愛的少女說來，公正不過是感情的點綴品。」

「我不是什麼可愛的少女。在我跟你談這些麻煩的問題時，你還講這樣的話？你一定把我當作一個

第二十一章　　　　　　　　　　　　　　　　285

嬌滴滴的小姐了。」

「我看妳有些心神不定。」

「我是心神不定。」

「為什麼？」

一時間她沒有回答，過了一會兒才突然喊道：「你認為我一下子變成一個暴發戶，這好嗎？亨麗艾特認為不好。」

「去他的亨麗艾特！」拉爾夫粗聲粗氣地說，「如果妳問我，我是歡迎這件事的。」

「你的父親那麼做，是為了使你高興？」

「我跟斯塔克波爾小姐看法不同，」拉爾夫繼續說，態度更嚴肅了，「我認為，妳有一些財產是大有好處的。」

伊莎貝爾用嚴肅認真的目光瞧了他一會兒，「我不相信你知道怎樣才對我有利，也不相信你關心這事。」

「妳放心，要是我知道，我是會關心的。要我告訴妳怎樣才對妳有利嗎？不要自尋煩惱。」

「我想你的意思是說，不要來麻煩你。」

「這妳辦不到，我是不怕麻煩的。別把問題看得那麼嚴重。不要老是問自己，這麼有利還是那麼有利。不要向妳的良心提出這麼多問題，這會使它走調，變成一架彈壞的鋼琴。要保護它，用在關鍵的時刻。不要千方百計想把妳的性格弄成什麼樣子——這就像用手去掰開包得緊緊的嬌嫩的玫瑰花苞。按照妳認為的最好的方式去生活，妳的性格就會自然形成。大多數事物對妳是有利的，例外很少，一份愜意

286　一位女士的畫像　The Portrait of a Lady

的收入不屬於這種例外。」拉爾夫停下來,笑了笑,伊莎貝爾仔細聽著。

「妳的思維能力太強,尤其是考慮良心考慮得太多,」拉爾夫又道,「這是毫無道理的,不要把許多事都看作錯誤。不要老是提心吊膽,不要頭腦發熱。張開妳的翅膀,飛上天去吧。這是永遠不會錯的。」

正如我所說,她聽得很認真,她的理解力天生是很強的。

「我不知道,你是不是讚賞你講的這番話。如果是的,那麼你得承擔重大的責任。」

「妳叫我有些害怕,不過我想我是對的。」拉爾夫說,繼續笑著。

「不管怎樣,你講的話還是正確的,」伊莎貝爾接著說,「沒有比這更正確的了。我一心想著自己——我對生活要求太多,好像這是醫生的處方。確實,為什麼我們老是考慮事情是不是對我們有利,彷彿我們是躺在醫院裡的病人?為什麼我們要那麼擔心,怕自己做錯呢?好像我做得對或錯關係到整個世界似的!」

「妳是個聰明人,一講就通了,」拉爾夫說,「我甘拜下風!」

她望著他,似乎沒有聽到他的話,其實她一直在按照他指點的方向進行思考。

「我老是想多考慮世界,少考慮個人,」她停了一下,聲音有些發抖,「是的,我害怕,我不知對你怎麼說才好。大量的財產意味著自由,但是我怕它。這是因為我害怕。」她停了一下,「我應該好好利用它。如果不能好好利用它,那才是可恥的。這使人必須經常思考,做持續不斷的努力。但我總是懷疑,不掌握這種力量是不是更為幸福。」

「我相信,只有儒弱的人才會覺得不掌握這種力量是幸福的。對於儒弱的人,要使自己不至為人所

第二十一章　287

「你怎麼知道我不是懦弱的人?」伊莎貝爾問。

「唉,」拉爾夫回答,臉上紅了一下,「這沒有逃過姑娘的眼睛,「如果妳是的話,那我就犯了一個大錯誤!」

地中海沿岸的景色,在我們的女主人公眼中,真是越看越迷人。它是義大利的門檻,那個人人憧憬的國家的大門。她對義大利還缺乏認識,缺乏感受,但它已像一片樂土那樣,一望無際地鋪展在她的前面,在那裡,對美的愛好將獲得無窮的滿足。每逢她和她的表兄在海邊漫步時——她每天陪他散步——常常用如饑似渴的眼睛望著大海的那邊,她知道,那裡就是熱那亞。然而她願意先稍事休息,再投入更廣闊的生活中去。不過,即將開始的飛行,還是使她充滿著驚悸。她覺得目前只是一段和平的插曲,是鑼鼓聲暫時沉寂的時期,因為她的一生雖然還不能說一定會多災多難,她卻常常根據她的希望、她的憂慮、她的幻想、她的野心、她的愛好,給自己描繪未來的圖景,在這圖景中,那些心理活動獲得了相當戲劇性的反映。梅爾夫人曾經向杜歇夫人預言,伊莎貝爾把手伸進口袋,掏過六、七次錢以後,就會心安理得,不再意識到這口袋裡的錢是那位慷慨的姨父給她裝進去的。梅爾夫人的洞察力獲得了證明,正如以前也常常獲得證明一樣。拉爾夫·杜歇曾經讚美他的表妹在道德上具有靈敏的反應,那就是說很善於領會別人提出的善意勸告。現在他的勸告或許也幫助了事物的發展。

不論怎樣,在她離開聖雷莫以前,她對自己的富有已經習以為常。這個意識在她本身固有的無數觀念中,占據了一席位置,而且絕對不再是一種不愉快的感覺。它始終包含著無數良好的意願。她沉醉在幻覺的迷宮中,一個富裕、獨立、慷慨的少女,對自己的機會和義務懷著廣泛而人道的觀點,這樣的人確實有

不少美好的事可做。因此在她心目中，她的財產成了她自身的優秀的一部分。它提高了她的身價，在她的想像中，它甚至給她帶來了某種理想的美。至於在別人的想像中，它對她具有什麼作用，那是另一回事，關於這點，我們到時候也會談到。我剛才提到的那些幻覺，跟另一些思想活動糾纏在一起。

伊莎貝爾喜歡遙想未來，不大喜歡回顧過去，但有時，在她諦聽地中海水波的淙淙低語時，她的視線也會向過去飛翔。它停留在兩個人身上，儘管距離遙遠，他們的形象還是相當清晰，不必費力就能認出，這是卡斯帕・戈德伍德和沃伯頓勳爵。說來奇怪，這兩個充滿活力的人物一下子就落在我們這位年輕小姐的生活後面了。不論何時，她的心情總是不願意相信往事的真實性；但必要的時候，她又努力喚回這種信念，不過哪怕那是愉快的往事，這種努力也常常是痛苦的。往事難免發出死亡的氣息，它的復活像末日審判中的屍體一樣，帶有幽靈的青光。何況這位姑娘也不相信她自己會活在別人的心頭──她沒有那種愚蠢的妄想，認為自己會留下不可磨滅的痕跡。發現給人忘卻，她會感到痛心，然而在所有的自由權利中，她覺得最甜蜜的卻是忘卻不可磨滅的權利。用感傷的語言來說，她沒有把她的最後一個先令[2]給予卡斯帕・戈德伍德，也沒有給予沃伯頓勳爵，然而她又不能不感到，他們得到了她很大的恩惠。當然，她知道，她還會收到戈德伍德先生的信，但那至少將是一年半以後的事了，到那時，許多情況都會發生變化。確實，她沒有對自己說，她的美國求婚者可能找到另一個比較容易追求的姑娘，因為雖然毫無疑問，這樣的姑娘很多，她一點也不相信，這種方便會引起他的興趣。不過她想起，她自己也可能不得不發生變化，因而對那些非卡斯帕的品質感到厭倦（儘管這種品質非常之多），同樣，今天被她看

2 編註：一種貨幣，通行於過去的英國、前英國附庸國或附屬國，與大英國協國家。

第二十一章　　289

作妨礙她自由呼吸的因素，卻會成為她所嚮往的東西。那麼，這些因素將來有一天會使她因禍得福，也未可知——它們像牢固的花崗岩防波堤，可以給她提供一個安全平靜的避風港。但那一天只能在它到來的時候，她也不能抄著雙手等它到來，希望他把她的形象繼續藏在心頭，這不符合謙遜的美德，也不是一個有自尊心的人應有的光明磊落的想法。她已經明確告誡自己，不應把他們中間發生的事再保留在心裡，在他來說，相應的努力也是最為合適的。這看來似乎只是帶有嘲弄意味的設想，其實不是。伊莎貝爾真的相信，勳爵會像通常所說的，克服他的失望情緒。他的心情非常沉重，這她相信，而且還從這種信心中感到了歡樂。但是一個這麼明智、又這麼尊貴的人，如果對任何創傷始終懷有過度的悲痛，這實在是荒謬的。伊莎貝爾說，何況英國人是喜歡舒服的，要是一個只見過幾次面的、目中無人的美國少女，老是念念不忘，未必舒服。因此她認為，一旦有一天她聽到他娶了一位本國的小姐，而且這位小姐又是值得他愛的，她一定歡迎這個消息，絲毫也不感到痛苦，甚至驚訝。這只是證明，他相信她很堅定，而這正是她希望他相信的。只有這樣才能滿足她的高傲情緒。

第二十二章

在杜歇老先生去世六個月之後，五月初的一天，幾個風姿秀逸、可能得到畫家賞識的人，聚集在一幢古老別墅的一間屋子裡，別墅屋宇寬敞，坐落在佛羅倫斯的羅馬門外，一個遍布橄欖樹的山頂上。這是長形建築，外表顯得有些單調，屋簷遠遠向前伸出，那是托斯卡納[1]人喜愛的式樣。它高踞在環抱佛羅倫斯的山上，遠遠望去，跟聳峙在屋旁的那些直溜溜、黑沉沉、輪廓分明的三五成群的柏樹，構成了一個和諧的長方形整體。屋子前面是一片長滿青草的小廣場，顯得空空蕩蕩，帶有田園風味，它占去了山頂的一部分。正面牆上，不規則地開著一些窗戶，沿牆腳是一條石砌的長凳，通常總有一、兩個人在這兒閒坐，他們或多或少帶有一種悠然自得的神情，這種神情還沒有得到充分評價，但在義大利，由於各種原因，它總是優美地掛在一切對生活採取毫不猶豫的消極觀望態度的人的臉上。

總之，房屋的這一面顯得古老、結實，雖然久經風雨，但還保持著莊嚴的外表，然而它卻帶有十分冷落的景象。原來這只是它的假面具，不是真正的臉。它有垂下的眼瞼，卻沒有眼睛。房屋實際面向另一面──面向它的後面，那裡一望無際，充滿著午後的陽光。別墅在這裡俯瞰著山坡，下面是亞諾河漫長的河谷，瀰漫著義大利絢麗多彩的煙靄。它有一個小小的花園，在屋前鋪展成一片草坪，生長的主

---

[1] 托斯卡納是包括佛羅倫斯在內的義大利北部一個地區，過去曾是托斯卡納公國。

要是一些錯落不齊的野玫瑰，那些古老的石長凳上生滿了苔蘚，給陽光照得暖烘烘的。草坪的欄杆高矮適中，正好可以讓人憑靠，它外面的地面開始向下傾斜，一眼望去，盡是影影綽綽的橄欖樹林和葡萄園。然而我們關心的不是這地方的外部，在這春意闌珊的晴朗的早晨，它的居住者有理由寧可待在牆後那陰涼的屋裡。底層的窗戶，正如你從廣場上看到的，顯得大小得體，建築精美，然而它們的作用似乎不是為了與外界溝通，而是為了防止外界的窺探。窗上裝著笨重的鐵條，而且高得使人哪怕踮起腳尖也滿足不了好奇心。別墅內部分隔成互相獨立的幾套房屋，住的大多是長期寓居佛羅倫斯的不同國籍的外國人。

有一間屋子開著那種一排三個戒備森嚴的窗洞，一位先生正坐在屋裡，另外還有一個小姑娘和兩位從修道院來的修女。然而我前面的描寫，可能使讀者認為這間屋子很陰暗，其實不然，因為它有一扇很大很高的門，現在門正開著，門外便是後面那樹木交錯的花園。何況豐富的義大利陽光，有時也會穿過那些高鐵格窗投射進來。屋裡布置得相當舒適，甚至顯得奢侈，給人以一種窗明几淨、精緻幽雅的感覺。牆上掛著各種褪色的大馬士革錦緞和花毯，周圍陳設著各種雕花衣櫃和櫥子，但這些櫟木傢俱已因多年使用而磨光了。此外，還有一些古代繪畫藝術的拙樸樣品裝在陳舊過時的鏡框裡，以及一些樣子難看的古董，那種中世紀的銅器和陶器，這類玩意兒在義大利是一向取之不盡的。但是為了滿足文明生活的需要，這些東西做出了慷慨的讓步，聽任各種現代傢俱跟它們混雜在一起。可以看到，所有的椅子都有高高的靠背和軟軟的坐墊，一張大寫字檯占去了很大一塊地方，它的精緻作工帶有十九世紀的倫敦風格。那裡還有大量的書籍、雜誌和報紙以及一些小巧玲瓏的圖畫，主要是水彩畫。一幅這樣的作品放在一個客廳用的小畫架上，在我們現在談到的這個時刻，剛才我提起的那個小姑娘，正站在畫前，默默地端詳著它。

一位女士的畫像
The Portrait of a Lady

屋裡靜悄悄的，雖然不能說沒一點聲音，但他們的談話斷斷續續，似乎難以為繼。兩位修女坐在各自的椅子上，顯得並不安心，她們的姿勢十分拘謹，臉上流露出小心翼翼的神色。她們相貌平常，戴一副眼鏡，臉色紅潤，面頰豐滿，比她的同事更懂事一些，看來是兩人中負責的一個。她們的任務顯然是跟那位小姑娘有關的。這個小姑娘戴著帽子——一種非常簡單的頭巾，這跟她那身樸素的薄紗長褂兒很相稱，這件長褂兒顯得短了一些，雖然看樣子，它已經「放長」過了。

那位先生可想而知，是在接待兩位修女，他也許對這項工作感到有些難辦，因為跟最溫順的人談話，正像跟最粗暴的人談話一樣不容易。同時，很清楚，他對她們帶來的那個文靜的小姑娘，興趣大得多，在她轉過身去，背朝著他的時候，他的眼睛不住打量著她那苗條纖小的身材。他四十來歲，氣概不凡，相貌端正，頭髮剪得短短的，還很稠密，但已過早地出現了一些銀絲。他的臉清秀、狹長，稜角鮮明，神態安詳，唯一不足之處是下巴頦兒太尖了一些，加上那鬍子，這個缺點就更突出了。他的鬍鬚是按照十六世紀畫像上的式樣修剪的，嘴唇上面蓄著兩撇漂亮的小鬍子，鬍子尖兒優美地向上卷起，給它的主人帶來了一些外國的、傳統的氣息，也說明這位先生很重視他的儀表產生的效果，而且總能達到預期的目的。那是一對敏感的、好奇的眼睛，眼神顯得既呆滯又犀利，既聰明又遲鈍，具有觀察者和夢想者的雙重氣質。至於他的國籍

2 編註：紡織品名稱，常用於製作西裝、軍服。

第二十二章　293

和出生地，你會覺得很難確定，那些使人一猜索然無味的表面特徵，他一概沒有。如果說他血管裡有英國人的血液，那麼大概也已經摻進了法國人或義大利人的雜質。他使人覺得，雖然他是一枚金質良幣，但不是那種供一般流通用的、有印記或圖紋的普通硬幣，那是一枚精緻複雜的金牌，是專為特殊用途鑄造的。他動作輕巧，身材清瘦，神氣懶洋洋的，生得不高也不矮。他不講究衣著，彷彿有些不修邊幅，但求不流於庸俗就成了。

「喂，我的孩子，妳覺得它怎麼樣？」他問小姑娘。他講的是義大利語，講得相當流利，然而這並不能使你相信他是義大利人。小姑娘把頭向一邊側轉一點，又向另一邊側了一下，仔細端詳著，「畫得真美，爸爸。這是你自己畫的嗎？」

「當然是我畫的。妳覺得爸爸聰明嗎？」

「是的，爸爸，你非常聰明。我也學過畫畫。」她轉過頭來，把美麗的小臉蛋對著他，這張臉經常笑盈盈的，顯得非常甜蜜。

「妳最好給我看一下妳的才能的樣品。」

「我帶了不少回來，都在我的箱子裡。」

「她畫得很……很用心。」修女中年長的一個說，用的是法語。

「我聽到這話很高興。是不是妳教的？」

「不是，我教不好。」修女說，有一些臉紅。

「Ce n'est pas ma partie.[3] 我不教課，那是比我聰明的人做的事。我們有一位出色的圖畫教師，他叫……他叫什麼名字？」她問她的同伴，她的同伴正看著地毯。

「那是一個德國名字。」她用義大利語說，彷彿那還需要翻譯似的。

「是的。」另一個接著道，「他是德國人，他在我們那兒已經好多年了。」

小姑娘不關心這些談話，獨自從這間大屋子中溜過去，站在打開的門口，望著花園。

「這位嬤嬤是法國人吧？」先生問。

「是的，先生。」客人溫柔地回答，「我跟學生們都是講我自己的語言。我不會講別的話。但我們修女中也有別國人——英國人、德國人、愛爾蘭人。她們都用她們本國的語言講話。」

先生笑了笑，「我的女兒有沒有受過哪位愛爾蘭小姐的照料？」然而他看到，他的客人懷疑這是一句笑話，但又不明白它的意義，因此立即又說道：「妳們那兒是很完備的。」

「是的，我們很完備。我們那兒一切都有，而且一切都是最好的。」

「我們還有體操課，」那位義大利修女鼓起勇氣說道，「但是並不危險。」

「我想不會。那是妳教的嗎？」這個問題引得兩位小姐坦率地笑了起來，笑聲沉寂之後，主人望著他的女兒，說她長高了。

「是的，但我想她不會再高了。她的身材是比較小的。」法國修女說。

「這我不在乎。我喜歡小巧玲瓏的女子，就像我喜歡小巧玲瓏的書一樣。」先生說，「但我不明白，我的孩子究竟為什麼生得矮小。」

修女稍微聳了聳肩膀，似乎表示這類問題已超出了她的知識範圍。

---

3 法文，意為「那不屬於我的工作」。

第二十二章　　295

「她的身體很健康,這是最值得慶幸的。」

「是的,她看來身體不壞。」於是小姑娘的父親端詳了她一會兒。

「妳在花園裡看到了什麼?」他用法語問。

「我看到有許多花。」她回答,聲音很輕,很甜蜜。她的法語講得跟他一樣好。

「是的,但是好的並不多。儘管這樣,妳還是去採一些來,送給兩位小姐吧。」

孩子向他轉過身來,高興得滿臉堆起了笑,「真的嗎?」她問。

「真的,只要我叫妳採,妳就可以採。」

孩子又看了看年長的修女,「真的可以嗎,嬤嬤?」

「聽妳父親的話,孩子。」修女說,臉又紅了。

孩子得到了准許,非常滿意,便跨出門檻,馬上消失在園子中了。

「妳們沒有縱容她們。」父親高興地說。

「她們每做一件事都得請求准許。那是我們的規矩。一般都是能獲得准許的,但她們必須請求。」

「哦,我並不反對妳們的規矩,我毫不懷疑這是很好的辦法。我把我的女兒交給妳們,就是要妳們教育她。我信任妳們。」

「一個人應該有信心。」修女和藹地說,從眼鏡後面注視著那位先生。「妳們把她教育得怎麼樣?」

「好吧,我的信心有沒有得到滿足呢?妳們把她教育成了一個善良的基督徒,先生。」

修女把眼睛垂下了一會兒,「我們把她教育成了一個善良的基督徒,先生。」

她的主人也垂下了眼睛,但也許這個動作在各人是出於不同的動機,「很好,但還有呢?」

一位女士的畫像
The Portrait of a Lady

他打量著這位來自修道院的女子，也許在想，她可能會說，一個好的基督徒就是一切。但是儘管她很單純，她還不至這麼魯莽。

「她也是一位可愛的小姐，一位真誠的少女，一個能夠使你完全滿意的女兒。」

「我看她長得嫻靜文雅，」父親說，「她確實很漂亮。」

「她各方面都很好，她沒有缺點。」

「她從小就沒有。我很高興，妳們沒有帶給她什麼缺點。」

「我們太愛她了。」戴眼鏡的修女說，神情是莊嚴的，「至於缺點，我們怎麼能帶給她我們所沒有的東西？Le couvent n'est pas comme le monde, monsieur⁴。你可以說，她是我們的孩子。她從小就是在我們那兒長大的。」

「所有在今年離開我們的孩子中，她是我們最捨不得的一個。」年輕些的女子喃喃地說，態度很恭敬。

「是的，我們以後會一直談到她，」另一個說，「我們要用她來教育新來的人。」說到這裡，那位修女似乎發現，她的眼鏡有些模糊了。她的同伴在口袋裡摸了一會兒，隨即掏出一塊質地結實的手帕來。

「你們是不是會失去她，還沒一定，現在什麼都沒決定呢。」主人趕快回答，這倒不是怕她們掉眼淚，他的口氣說明，他只是在講一句使他自己感到心情寬暢的話。

「但願如此。十五歲就離開我們，實在太年輕了。」

4 法文，意為「修道院不是世俗社會，先生」。

「妳們知道，」先生喊了起來，那種興奮的神情是他剛才還沒有過的，「不是我要接她回來的。我倒希望她永遠留在妳們那裡！」

「先生。」年長的修女笑道，站了起來，「儘管她很好，她還是屬於世俗社會的。Le monde y gagnera[5]。」

「如果所有的好人都躲進了修道院，這世界怎麼辦呢？」她的同伴溫柔地問，也站了起來。這個問題涉及的廣泛範圍，顯然不是那個善心的女人所能想像的。戴眼鏡的修女採取了調和的態度，自我安慰地說：「幸虧到處都有好人。」

「如果那兒多出妳們兩個，這兒就會減少妳們兩個。」這句多餘的俏皮話，沒有在兩位單純的客人那裡引起反應，她們只是彼此看看，表示了一種謙遜不敢當的態度。但是她們的惶惑心情很快就因小姑娘的到來給沖淡了，她捧著兩大束玫瑰花，一束全是白的，另一束是紅的。

「請您挑選一束，凱薩琳嬤嬤，」孩子說，「它們只是顏色不同，朱斯蒂娜嬤嬤，兩束玫瑰的數目都是一樣的。」

兩位修女給弄得面面相覷，一邊笑著一邊互相推讓，一個說：「妳要哪一束？」另一個說：「不，應該妳先挑。」

「我就拿紅的吧，」戴眼鏡的凱薩琳嬤嬤說，「我本身就這麼紅。在回羅馬的路上，它們會給我們帶來安慰。」

「不過它們很快就要凋謝的，」小姑娘喊道，「我真希望給妳們一點永不凋謝的紀念品！」

「妳給我們留下了美好的回憶，我的孩子。這是永不凋謝的！」

「我覺得修女應該戴一些漂亮的東西。我真想把我那串藍念珠送給您。」孩子繼續說。

「妳們今晚就回羅馬嗎?」她的父親問。

「是的,我們仍坐火車回去。我們在那兒還有不少事。」

「妳們不覺得累?」

「我們從來不覺得累。」

「啊,我的姐姐,有時是有些累的。至少今天不累,我們在這兒休息很久了。」年輕的修女嘟嚷道。

在她們跟孩子親吻告別的時候,主人走去開門,預備送她們出去。他剛打開門,就輕輕叫了一聲,望著門外愣住了。門外是一間拱頂前室,高得像教堂一樣,地上鋪著紅瓷磚,一位夫人剛走進這間前室,現在正由僕人——一個穿破舊號衣的少年帶領著,向我們的朋友們那間屋子走來。那位先生站在門口,發出驚叫之後,便不再作聲,那位夫人也一言不發,向前走著,向她伸出手去,只是靠在一邊,讓她走進會客廳。到了門口,她遲疑了。

「屋裡有人嗎?」她問。

「有人,不過妳可以進去。」

她走進屋子,發現前面是兩個修女,女學生在她們中間,一手拉著一個人的胳臂,正向前走來。看

---

5 法文,意為「她終將為世俗所有」。
6 法文,意為「願上帝保佑你,我的孩子」。

第二十二章　　299

見新到的客人，她們都站住了，夫人也立定下來。

小姑娘用輕輕的、柔和的聲音喊道：「啊，梅爾夫人！」

客人有些吃驚，但馬上又恢復了落落大方的風度。

「是的，是梅爾夫人，她來歡迎妳回家來了。」

於是她向這孩子伸出兩隻手去。孩子馬上走到她面前，伸出額頭，讓她親吻。梅爾夫人跟這位可愛的小姑娘行過這部分禮節之後，便站直身子，笑瞇瞇地望著兩位修女。她們對她的笑也客氣地回了禮，但不敢抬起眼睛來正視這位儀態萬方、珠光寶氣的女人，因為她似乎把那個花花世界的絢麗光輝帶進了屋子。

「這兩位小姐是送我的女兒回家的，現在她們就得回修道院去了。」先生解釋道。

「啊，妳們回羅馬去嗎？我剛從那兒來呢。這時候它非常可愛。」梅爾夫人說。

「她到修道院來看過我。」小姑娘搶在客人前面回答。

「我去過不只一次呢，帕茜。」梅爾夫人說，「我不是妳在羅馬的好朋友嗎？」

「那最後一次我記得最清楚，」帕茜說，「因為妳告訴我，我要離開那個地方了。」

「妳告訴她了？」孩子的父親問。

「我不大記得了。我對她說了一些，我認為她喜歡聽的話。我到佛羅倫斯一個星期了，我以為你會來看我。」

「我不知道妳在這兒，要不，我是會來的。這種事不是靠靈感能夠知道的——雖然我希望這樣。妳還是請坐下吧。」

這兩個人的話都是用一種特殊的口氣講的——音調壓得低低的，小心保持著平靜，但這似乎是出於習慣，不是出於任何特定的需要。梅爾夫人向周圍看看，選擇她的座位。

「你正在送兩位嬤嬤出去嗎？好吧，別讓我打擾這個禮節。Je vous salue, Mesdames[7]。」她又用法語對兩位修女說，彷彿在打發她們走。

「這位夫人是我們的老朋友，她還會到修道院來找妳們。」主人說，「我們很重視她的意見，她要幫助我來決定，是不是讓我的女兒在假期結束以後，仍回到妳們那兒去。」

「我希望妳的決定會使我們感到高興，夫人。」戴眼鏡的修女大膽提出。

「那是奧斯蒙德先生打趣的話，我什麼也不能決定。」梅爾夫人說，「我相信，妳們的學校不錯，但奧斯蒙德小姐的朋友們必須記住，她是為世俗社會而生的。」

「我也是這麼對先生說的，」凱薩琳嬤嬤回答，「我們正是為了使她適合於這個要求。」她輕輕地說，一邊打量著帕茜，她正站在稍遠的地方，瞧著梅爾夫人華麗的服飾。

「帕茜，妳聽見沒有？妳是為世俗社會而生的。」帕茜的父親說。

孩子用她那對純潔年輕的眼睛，看了他一下。

「我不是為你生的嗎，爸爸？」她問。

爸爸發出了輕鬆愉快的笑聲，「這並不抵觸！我就是屬於世俗社會的，帕茜。」

「那麼我們告辭了。」凱薩琳嬤嬤說，「不管怎樣，要乖乖的，又聰明又快活，我的孩子。」

---

[7] 法文，意為「再見，女士們」。

「我一定會回去看妳們的。」帕茜聲稱,又開始擁抱她們,但馬上給梅爾夫人制止了。

「孩子,留在我的身邊,」她說,「讓妳的爸爸送兩位嬤嬤出去。」

帕茜愣住了,感到有些失望,但沒有提出異議。顯然,服從的觀念已深深刻在她的心坎上,凡是用權威的口吻對她說話的人,她都應該服從。在命運的主宰面前,她只能做一名消極的旁觀者。不過她還是用非常溫和的口吻問:「我不可以送凱薩琳嬤嬤上馬車嗎?」

「如果妳留在我的身邊,我會更加高興。」梅爾夫人說。這時,兩位修女再一次向那位客人低低地鞠躬以後,便隨著奧斯蒙德先生走進前室去了。

「哦,真的,我願意留下。」帕茜回答。她站在梅爾夫人身旁,伸出小手,讓這位夫人握著。她注視著窗外,眼睛裡充滿眼淚。

「我很高興,她們教會了妳服從,」梅爾夫人說,「小姑娘應該這個樣子。」

「哦,真的,我很聽話。」帕茜用溫和而急切的、幾乎是誇耀的口氣喊道,彷彿在講她彈鋼琴彈得怎麼好。然後她輕輕歎了口氣,輕得幾乎不易聽到。

梅爾夫人握著她的手,把它疊在自己那纖細的手掌上端詳著。這目光是嚴格的,但它沒有找到可以譴責的缺陷,孩子的手小巧玲瓏,光滑細嫩。

「我想她們一定經常叫妳戴手套。」她過了一會兒說,「小姑娘往往不喜歡戴手套。」

「我以前不喜歡戴手套,但現在喜歡了。」孩子回答。

「很好,我要送給妳一打手套。」

「我非常感謝您。它們是什麼顏色的?」帕茜很有興趣地問。

梅爾夫人思忖了一會兒,「實用的顏色。」

「但它們漂亮嗎?」

「妳喜歡漂亮的東西?」

「是的,但……不是太喜歡。」

「嗯,它們不會太漂亮,」帕茜說,露出一絲禁慾主義的情緒。她拿起孩子的另一隻手,把她拉近一些,看了她一會兒,繼續說道:「妳會想念凱薩琳嬤嬤嗎?」

「是的,有時會想念她。」

「那麼想盡量不要想念她。也許有一天,」梅爾夫人又說,「妳又會有一位母親了。」

「我覺得那不一定需要,」帕茜說,又發出了一聲輕輕的、馴服的歎息,「我在修道院裡已經有三十多位嬤嬤了。」

「是的,」梅爾夫人說,「我覺得你非常不合情理。」

「妳那麼想是很自然的,但我違反妳的估計,這恐怕已不是第一次了。」

「奧斯蒙德先生在屋裡忙了一陣——屋子很大,有足夠的活動餘地——那神氣就像一個人為了擺脫不愉快的談話,在機械地尋找一些口實。不過,他的口實馬上使完了,他再找不到什麼事好做——除非拿起書來——於是只得反抄著手,站在那裡望著帕茜。

過了一會兒,她終於說道:「我一直在羅馬等你,我以為你可能到那裡去接帕茜。」

前室中又傳來了她父親的腳步聲,梅爾夫人站了起來,放開了孩子。奧斯蒙德先生走進屋子,掩上了門。他沒有看梅爾夫人,只是把一、兩把椅子推回了原處。他的客人等他開口,一邊看著他走來走去。

第二十二章　303

「妳為什麼不出來送凱薩琳嬤嬤?」他突然用法語問她。

帕茜遲疑了一會兒,眼睛望著梅爾夫人。

「我要她留在我的身邊。」這位夫人說,又在另一個地方坐下。

「噢,那更好。」奧斯蒙德讓步了,他一邊說一邊也在一張椅子上坐了下去,瞅著梅爾夫人。他微微俯身向前,用胳膊肘支著椅子的扶手,兩隻手交叉在一起。

「她要送一些手套給我。」帕茜說。

「妳不必把這種事告訴每一個人,親愛的。」梅爾夫人說。

「妳待她很好,」奧斯蒙德說,「不過我想,她可以得到她需要的一切。」

「我覺得她已經不需要那些修女了。」

「如果我們要討論這件事,最好讓她離開這間屋子。」

「讓她在這兒,」梅爾夫人說。「我們可以談別的事。」

「妳可以講,我不聽好了。」帕茜說,神色是坦率的,使人不得不信。

「妳可以聽,可愛的孩子,因為妳還不懂。」她的父親回答。

孩子恭恭敬敬地坐在開著的門邊,她的前面就是花園,她那天真的、沉思的眼睛注視著那兒。奧斯蒙德先生繼續跟他的另一個同伴隨便閒談,「妳今天的臉色特別好。」

「我想我的臉色一向這樣。」梅爾夫人說。

「妳是一向如此。妳沒有變化。妳是一個不可思議的女人。」

「我想是這樣。」

「不過有時候妳也反覆無常。妳從英國回來的時候曾對我說，妳暫時不打算離開羅馬。」

「我很高興，我的話你還記得這麼牢。那是我原來的打算。現在我是到佛羅倫斯來探望一些朋友的，她們剛到這兒，那時我還不知道她們的行蹤呢。」

「這理由是富有特色的，」她總在為妳的朋友們忙忙碌碌。」

梅爾夫人笑嘻嘻地瞧著她的主人，「因為既然你不相信你說的話，那就沒有理由要求你有誠意。不過我並不把它看作一種罪過，」她又說，「你這句注腳更富有你的特色，那就是毫無誠意。我沒有為我的朋友赴湯蹈火，你的讚美我不敢當。我關心的主要是我自己。」

「一點不錯，但是妳所說的自己也包含著許多別人——包含著各種各樣的人和事。我不知道，還有什麼人的生活像妳這樣，涉及到這麼多別人的生活。」

「你所謂一個人的生活是指什麼？」梅爾夫人問，「是指一個人的外表、一個人的行動、一個人的義務、一個人的社會活動？」

「我說的是妳的生活，就是指妳的野心。」奧斯蒙德說。

梅爾夫人望了一下帕茜。

「我懷疑她是不是懂得這些話。」她咕噥道。

「我正想這麼做呢。」帕茜喊道。

「妳瞧，她就是不應該留在這兒！」帕茜的父親露出了一絲苦笑，接著用法語說道：「我的孩子，到花園去，給梅爾夫人摘一、兩朵花來！」

「我正想這麼做呢。」帕茜喊道，一下子站了起來，毫無聲息地走了。她的父親跟過去，站在打開的門口，望了她一會兒，然後走回來，但仍站著，或者不如說踱來踱去，似乎在領略另一種姿勢所不能

第二十二章　　　　　　　　　　　　　　　　　　305

提供的自由的滋味。

「我的野心主要是為了你。」梅爾夫人說,似乎問心無愧地抬起頭來看著他。

「那就回到我說的話上來了。我是妳的生活的一部分——不僅是我,還有許許多多別的人。妳絕不自私——那是我不能同意的。如果妳自私,那我該怎麼說呢?該用什麼話來形容我呢?」

「你是懶惰成性。我覺得這是你最大的缺點。」

「我倒覺得這實在是我最好的方面。」

「你什麼也不關心。」梅爾夫人嚴肅地說。

「是的,我對一切都不大關心。妳認為這是一種什麼缺點呢?不管怎樣,我的懶散是我不到羅馬去的原因之一。」

「你沒有去,那算不得什麼,至少對我說來是這樣。我倒是很高興,你現在不在羅馬——如果你一個月以前去了,你可能至今仍在羅馬。目前在佛羅倫斯,有一件事我希望你去做。」

「請不要忘記,我是懶散慣了的。」奧斯蒙德說。

「我沒有忘記,但我要求你忘記它。如果你肯照我的話做,你就會名利雙收。那不是什麼苦差事,實際上倒是怪舒服的。你已有多久沒結識新的朋友啦?」

「自從我認識妳以來,我想我沒有過新的朋友。」

「那麼現在你應該去結識一位新朋友了。有一位朋友,我想介紹給你。」

奧斯蒙德先生躊躇著,又走回了那扇打開的門邊,望望他的女兒,只見她正在大太陽下走來走去。

「那對我有什麼好處?」他問,顯得親熱而不拘形跡。

梅爾夫人等了一下。

「它會使你感到有趣。」這答覆完全沒有粗魯的意味，它是經過深思熟慮的。

「妳那麼講，我相信，」奧斯蒙德說，向她走去，「在一些問題上，我對妳是絕對信任的。比如，我完全相信，妳在社會交際中能夠區別好壞。」

「一切交際都是壞的。」

「對不起。那不是一種普通的見解，我認為這是妳特有的見識。妳是通過正確的途徑——通過經驗得來的，妳把許多形形色色的人互相做了比較。」

「好吧，現在我願意憑我的見識來使你出人頭地。」

「出人頭地？妳真的相信我能行？」

「那是我的希望。事情要靠你自己。如果你聽我的話，肯花力氣，你就能成功！」

「說得多好！我就知道麻煩的事要來了。在這世界上，居然會出現什麼值得我花力氣的事？」梅爾夫人臉有些發紅，彷彿她的意圖遭到了打擊，「不要說蠢話，奧斯蒙德。你比誰都清楚，有不少事是值得花力氣的。難道我不知道你過去是怎樣的嗎？」

「是有不少事，這我承認。但在這不幸的生活中，沒有一件是可能的。」

「事在人為，要成功得靠自己努力。」梅爾夫人說。

「這有些道理。妳的朋友是誰？」

「我到佛羅倫斯來拜訪的那個人，她是杜歇夫人的外甥女。你應該還記得杜歇夫人。」

「外甥女？外甥女的意思應該是還年輕無知。我知道妳打的是什麼主意了。」

第二十二章　　307

「是的,她還年輕——二十三歲。她是我的好朋友。我第一次見到她是在英國,幾個月以前,我們彼此十分投機。我非常喜歡她,我做了我不常做的事——對她說了不少奉承的話。你也會這麼做。」

「不見得,我不想奉承誰。」

「話雖這麼說,到時候你會欲罷不能。」

「她很美?很聰明?很有錢?很有風度?學識淵博?空前的貞潔?只有具備這些條件,我才想認識她。妳知道,前些時候我要求過妳,凡是不符合這些條件的,請妳免開尊口。那種不三不四的女人,我見得多了,不想再認識她們。」

「阿切爾小姐可不是不三不四的女人,她像早晨一樣清新。她具備你這些條件,正因為這樣我才介紹給你。她符合你的一切要求。」

「應該是大體上吧。」

「不,百分之百符合。她人品好,有才能,為人慷慨,而且作為一個美國人,出身高尚。她還非常聰明,待人和氣,又有一筆很大的財產。」

奧斯蒙德先生默默聽著,似乎在心裡盤算這件事,眼睛望著這位介紹人。

「妳預備把她怎麼辦?」他終於問。

「妳心裡明白。把她介紹給你。」

「難道她找不到更好的前途嗎?」

「我不想知道別人的前途是什麼,」梅爾夫人說,「我只知道我應該怎麼對待她們。」

「我為阿切爾小姐感到遺憾!」奧斯蒙德宣稱。

梅爾夫人站了起來，「如果這是對她發生興趣的開始，我會記住這點。」兩人面對面站在那兒，她整理著披巾，一邊垂下眼睛去看它。

「妳今天的臉色很好。」奧斯蒙德重複著剛才的話，只是口氣更加隨便。

「妳心裡在盤算著什麼。每逢妳心裡在盤算著什麼的時候，妳的臉色總是特別好，顯得神采奕奕。」

這兩個人在任何場合，乍一見面的時候，尤其是當著別人的面，態度和語氣總顯得不大坦率，顧慮重重。他們彼此躲躲閃閃，談起話來也轉彎抹角。每人似乎都要使對方聚精會神，思想高度集中，才能聽懂自己的話。當然，這種不自然的狀態，在梅爾夫人方面比她的朋友容易忍受一些，但即使梅爾夫人，這一次也不能保持她願意保持的姿態，讓她的主人看到她具有充分的自我克制精神。不過現在我要說明的是，不論他們之間的阻力是什麼，到了一定的時機，它總會自行消失，使他們又臉對著臉，超過了跟任何其他人的關係。這也是目前發生的情形。他們站在那兒，彼此有著深刻的了解，而且總的說來，每人都因了解對方而感到沾沾自喜，覺得這可以補償因被對方了解而產生的不利，不論這種不利有多大。

「我衷心希望你不要那麼不近人情。」梅爾夫人說，「這一向是對你不利的，現在也會對你產生不利的影響。」

「我並不像妳想像的那麼不近人情。隨時隨地都有一些事使我感動，比如妳剛才說妳的野心是為了我，便是這樣。這句話我不明白，我也看不出它的道理和原因何在。但不管怎樣，它還是感動了我。」

「也許隨著時間的過去，你會更加不理解的。有些事，你是永遠不會理解的。而且你也沒有必要非理解不可。」

第二十二章　　　309

「妳畢竟是最了不起的女人,」奧斯蒙德說,「妳的心眼幾乎比誰都多。我不明白,為什麼妳認為杜歇夫人的外甥女對我那麼重要,可是……可是……。」他停了一下。

「可是我自己卻無足輕重?」

「那當然不是我要說的。我是說,可是我已經認識和接近過妳這樣的女人了。」

「伊莎貝爾‧阿切爾比我好。」梅爾夫人說。

她的同伴笑了起來,「妳這麼說,一定根本沒把她放在眼裡!」

「你以為我很會嫉妒嗎?請你回答這個問題。」

「為我嫉妒?不,我根本沒這麼想。」

「那麼兩天以後你來看我。我住在杜歇夫人家裡,在克里森蒂尼宮,那位姑娘也在那裡。」

「妳一開頭就乾脆邀我到那裡去,不提那個姑娘,這不好嗎?」奧斯蒙德問,「反正妳跟她在一起。」

梅爾夫人看著他,露出一副有恃無恐的神氣,似乎不論他提出什麼問題,她都早有準備。

「你想知道為什麼嗎?因為我已經對她談到過你了。」

奧斯蒙德皺起眉頭走開了。「那我還是不知道得好。」過了一會兒,他指著畫架上的小水彩畫,說道:「妳有沒有看到?那是我最近的一幅畫。」

梅爾夫人走近畫架,端詳了一下,「那是威尼斯的阿爾卑斯山——你去年勾的草圖之一吧?」

「對,妳真是料事如神,一猜就著!」

梅爾夫人又看了一會兒,然後轉身走開,「你知道,我對你的畫根本沒有興趣。」

310　一位女士的畫像　The Portrait of a Lady

「我知道,但我還是為此感到詫異。它們實在比許多人畫的好得多。」

「可能不壞。但作為你唯一的工作,這太少了。我還指望你幹許多別的事,那就是我的野心。」

「是的,妳跟我談過不少次,可那些事都是不可能的。」

「是不可能的。」梅爾夫人說。然後換了完全不同的口氣說道:「你這幅小小的畫本身是不錯的。」她掃視了一下屋裡的陳設——那些古色古香的櫃子、那些畫、那些掛毯、那些褪色的綢緞方面,你的能耐是誰也比不上的。你有高人一等的鑑賞力。」

「可是這高人一等的鑑賞力使我厭煩死了。」奧斯蒙德說。

「你應該讓阿切爾小姐來看看這一切。我已經跟她講過。」

「我不反對人家來參觀,只要這些人不是傻瓜。」

「你把它布置得這麼幽雅宜人。你作為你自己的博物館的導遊出現,對你是最有利的。」

聽到這種讚美,奧斯蒙德先生只是變得更冷漠,也更注意了。

「妳說她很有錢?」

「她有七萬英鎊家私。」

「En écus bien comptés?」[8]

「關於她的財產,那毫無疑問。可以說我是親眼看到的。」

---

[8] 法文,意為「妳都算清楚啦」。

第二十二章 311

「真是令人滿意的女人！──我是指妳。如果我去看她,我會遇到她的母親嗎?」

「母親?她沒有母親,也沒有父親。」

「那麼她的姨母,妳說她是誰?杜歇夫人?」

「要她不來插手,那很容易。」

「我並不反對她,」奧斯蒙德說,「我還挺喜歡杜歇夫人。她有一種老派人的性格,那樣鮮明的個性現在已經不多了。但那個老氣橫秋的長條子,那個兒子,他在不在那裡?」

「他在那兒,但他不會給你添麻煩。」

「他是一頭大蠢驢。」

「我看你錯了。他是個很聰明的人。但我在那兒的時候,他不會露臉,因為他不喜歡我。」

「那還不像一頭驢?妳說她很漂亮?」奧斯蒙德繼續道。

「是的,但我不想再說什麼了,要不,你會失望的。來吧,開一個頭,我要你做的就是這麼回事。」

「開什麼頭?」

梅爾夫人沉默了一會兒,「我對你的希望,當然是跟她結婚。」

「那麼這是為結束而開頭!好吧,這我自己會考慮。妳把這跟她說了?」

「你把我當什麼人啦?她不是一架簡單的機器,我也不是。」

「確實,」奧斯蒙思忖了一會兒,說道,「我不理解妳的野心是什麼?」

「我相信,在這個問題上,你見到阿切爾小姐以後,會理解的。到那個時候,你再下結論吧。」在說這話的時候,梅爾夫人已走近通往花園的那扇敞開的門。她在那兒站了一會兒,望著園子。

「帕茜確實長得很漂亮了。」她接著又說。

「我也有同感。」

「但她身上修道院的氣息太濃了。」

「我不覺得，」奧斯蒙德說，「我對她們教育的結果感到滿意。那是很迷人的。」

「這並非來自修道院，這是孩子的天性。」

「我想，兩者都有。她像珍珠一樣純潔。」

「她為什麼還不把我的花拿來？」梅爾夫人問，「她好像不太願意。」

「我們自己去拿吧。」

「她不喜歡我。」梅爾夫人嘟噥著，一邊撐開陽傘。兩個人走進了花園。

第二十三章

梅爾夫人是在杜歇夫人回到佛羅倫斯以後，應她的邀請前來的——杜歇夫人請她在克里森蒂尼宮居住一個月。在這兒，賢明的梅爾夫人再度向伊莎貝爾提起了吉伯特·奧斯蒙德，表示希望她能認識他，當然，這跟我們看到的她向奧斯蒙德先生介紹這位姑娘的方式大不一樣。原因大概就在於，不論梅爾夫人提出什麼，伊莎貝爾無不百依百順。

這位夫人在義大利，正如在英國一樣交遊廣闊，無論在當地居民、還是來自四面八方的遊客中，她都有不少熟人。她提到了許多伊莎貝爾應該「見面」的人——當然，她說，伊莎貝爾可以認識她願意認識的任何人——而在這些人中，她把奧斯蒙德先生放在很高的位置上。他是她的老朋友，她認識他已有十多年，他是最聰明、最和氣的先生之一——當然，這是指在歐洲而言。他大大高出於普通人之上，他不是那種專門會討好人的人——根本不是，他給人的印象在很大程度上取決於他的情緒和精神。如果他的情緒不好，他會跟普通人一樣，顯得一無可取，只有那神色還儼然是一位鬱鬱不得志的流亡王子。但如果他願意，或者感到了興趣，全然與眾不同。他不像多數人那樣，故意要標榜或者炫耀自己的聰明才智。他以後，他就會變得才氣橫溢，大放異彩。他有他的怪癖——確實，伊莎貝爾會發現，凡是真正值得認識的人，都是這樣——他絕不讓他的光華平均地照射在每個人身上。然而梅爾夫人覺得，她可以擔保，在伊莎貝爾面前，他會光芒四射。他很容易厭

煩，非常容易，那些冥頑不靈的人總使他受不了。但像伊莎貝爾這樣一個聰明伶俐、博學多才的少女，會使他感到興奮，這在他的生活中是不多見的。不論怎樣，他是一個值得結識的人。誰想在義大利待下去，都應該認識吉伯特・奧斯蒙德。除了兩、三個德國教授外，他對這個國家的了解是任何人比不上的，哪怕那些教授，儘管他們的知識比他淵博一些，見識和趣味卻大不如他，而且他的見解不落窠臼，別有風味。

伊莎貝爾記得，在花園山莊豐富多彩的談心活動中，她的朋友多次提到過他，對這兩個優異出眾的人的關係是何性質，她不免有些納悶。她覺得，梅爾夫人跟人的關係總有它們的歷史緣由，這種印象正是這位奧妙莫測的女人引人入勝的部分原因。然而，關於她跟奧斯蒙德先生的關係，梅爾夫人沒有提供任何線索，只說這是多年建立的一種平靜的友誼。伊莎貝爾說，她很願意認識這個人，因為他這麼多年來一直得到她這麼大的信任。

「妳應該廣泛接觸一些人，」梅爾夫人指出，「接觸得越多越好，這樣妳才能對他們習慣起來。」

「習慣？」伊莎貝爾重複道，目光那麼嚴肅，這種目光有時使人覺得她缺乏幽默感，「可是我並不怕他們，我對他們很習慣，就像廚師熟悉屠夫一樣。」

「我所謂對他們習慣，是為了藐視他們。那是對待他們大多數人的態度。妳可以挑選少數妳不藐視的人，做妳的朋友。」

這話包含著憤世嫉俗的意味，那是梅爾夫人不大願意流露出來的，但是伊莎貝爾並不因此感到驚異，因為她從沒認為，隨著一個人見識的增長，崇敬的情緒會成為各種感情中最活躍的部分。然而美麗的城市佛羅倫斯，卻激發了她的這種情緒，它給予她的喜悅不比梅爾夫人許諾的少。如果她的識別能力

第二十三章　　315

還不足以獨立測定它的魅力,那麼她那些聰明的朋友會像善於發聲振聵的神父一樣,幫助她把捉潛在的優點。確實,她並不缺乏審美的指導,因為拉爾夫很樂於給這位渴望看到一切的年輕親戚做嚮導,這也可以使他乘機重溫一下早年的印象。梅爾夫人留在家中,佛羅倫斯的名勝古蹟對她說來早已司空見慣,而且她經常有些事情要辦。但是她談起一切來還栩栩如生,記憶猶新——她記得皮羅奇諾¹的大幅油畫上右首一角是什麼,也記得下一幅畫上聖伊莉莎白的手的位置。她對許多名畫的特點,有她自己的見解,這些見解跟拉爾夫的往往大相逕庭,她在說明這些見解時既精闢透澈,又心平氣和。

伊莎貝爾對兩個人的辯論,聽得津津有味,覺得可以從中得到不少啟發,這些啟發是她在,比方說奧爾巴尼,所不能得到的。在佛羅倫斯那些狹小、幽暗的街道上閒逛,或者走進哪個陰森森的古老教堂、哪個闃無人跡的修道院的拱頂屋子,稍事休息。她參觀畫廊和宮殿,欣賞那些聞名已久的繪畫和雕刻,把往往顯得虛無縹緲的預感換成有時僅僅有限的一點知識。她履行著這一切精神膜拜的步驟,凡是初次遊覽義大利的人,總是興高采烈,熱情洋溢,沉湎在這種喜悅中。面對那些不朽的天才作品,她的心激烈地跳動著,她的眼睛充滿了甜蜜的眼淚,連那褪色的壁畫、那發黑的大理石也在她眼前模糊了。

但是每天的回家甚至比出門更加愉快,在這燕住多年,它的院子是那麼寬敞、宏偉,那些高大陰涼的屋子裡盡是畫棟雕梁,十六世紀的壁畫琳琅滿目,跟這個商業化時代的親切舒適的陳設交相輝映。杜歐夫人住的是歷史上有名的建築,在一條小街上,它的名稱便使人想起中世紀內亂頻仍的局面。房屋的外表灰暗無光,然而它的租金也相應的比較低廉,而且花園裡風光明媚,大自然本身在那裡彷彿也跟這粗獷的宮廷建築一樣,顯得古樸可愛,它把光明和香味送進了經常使

用的屋子。伊莎貝爾覺得，生活在這樣一個地方，就是整天面對著歷史的海洋，那隱隱約約的永恆的音響總是在她耳邊繚繞，使她遐想聯翩，不能自己。

吉伯特·奧斯蒙德來探望梅爾夫人，後者給他介紹了那位小姐，當時她正坐在屋子的另一頭幾乎看不到的地方。這一次，伊莎貝爾很少參加談話，甚至在別人露出懇求的目光向她轉過臉去的時候，也幾乎從不笑一聲。她彷彿坐在劇場裡看別人表演，她花了錢，買了票，但不必參加演出。杜歇夫人沒有出場，因此這兩個人無拘無束，談笑風生。他們講到佛羅倫斯，講到羅馬，講到世界各地，就像賑災義演中的兩位名角。他們表演得那麼熟練，似乎一切都已經過排練。梅爾夫人不時拿話跟她搭訕，好像她也在臺上，但是儘管她並不介入，她也不至破壞劇情，只是她覺得，她這種態度一定會把她的朋友弄得十分尷尬，因為她必然已向奧斯蒙德先生誇讚過她聰明伶俐。不過僅僅一次，還沒有關係，哪怕有關係，她這兒也不想顯露鋒芒。那位客人身上有一種東西限制著她，使她狐疑不定，似乎覺得，對他獲得一個印象，比她自己對他產生一個印象更為重要。何況伊莎貝爾不善於給人以人們所希望的初次表現，也不例外。何況他的面容，他的腦袋，都說明他是一個敏感的人，因此這種態度更加感人。他並不漂亮，但優美動人，就像烏菲齊宮[2]橋上那長長的畫廊中一幅精緻的畫。他的嗓音美妙悅耳，奇怪的是，儘管它那般說，表現得光芒四射是最幸福的，但她對故意做作懷有發自內心的厭惡。應該說句公道話，奧斯蒙德先生顯得落落大方，毫無心計，他一向溫文爾雅，平易近人，哪怕這是他的智慧的初次表現，也不例外。

1　皮羅奇諾（Pietro Perugino, 1446-1523），義大利畫家，曾長期在佛羅倫斯作畫，不少作品保存在該地。

2　十五世紀時建於佛羅倫斯的宮殿，後闢為美術館（Galleria degli Uffizi）。它位於亞諾河邊，與河對岸的皮蒂宮（Palazzo Pitti）有橋相通，橋

麼清晰響亮，卻不像是甜言蜜語。正是客人的這種特點，使她保持著沉默，不想插嘴。她覺得，他講起話來像玻璃在琤琤作響，她只要伸出一根手指，就可能改變它的音調，破壞這和諧的樂聲。然而在他離開以前，她還是被迫講了話。

「梅爾夫人答應，下個星期要到我的山頂上去一次，在我的花園裡喝一杯茶。」他說，「我非常歡迎妳跟她一起光臨。那兒風景不錯，正像人們說的可以極目遠眺。我的女兒見到妳會很高興，不過她還太小，談不上深厚的感情，但我一定很高興……非常高興……」奧斯蒙德先生沒有把話說完，似乎有些不好意思，停了一會兒才接著道：「我非常希望我的女兒能認識妳。」

伊莎貝爾回答，她很願意見到奧斯蒙德小姐，如果梅爾夫人肯帶她去，她真是感激萬分。得到這樣的允諾後，客人便告辭了。這以後，伊莎貝爾滿心以為，她剛才那麼笨頭笨腦一定會遭到她的朋友的責備。但她沒有想到，那位不落俗套的夫人過了一會兒卻對她說道：「妳真可愛，親愛的，妳今天的態度很好，正是我所希望的。妳從來不會使人失望。」

責備也許會使伊莎貝爾感到不舒服，然而看來她還是準備逆來順受的。現在說來奇怪，梅爾夫人實際講的那些話，卻在她心頭激起了不愉快的感覺，這還是她認識這位好友以來的第一次。

「那可真是出乎我的意料之外了。」她冷冰冰地回答，「我認為我沒有義務要讓奧斯蒙德先生覺得我可愛。」

顯而易見，梅爾夫人的臉紅了一下，但我們知道，她是從來不會退縮的。

「我的好孩子，我不是為他，為那個可憐的人說的，我是為妳說的。這當然牽涉不到他喜歡妳的問題。他喜歡不喜歡妳，這並不重要！不過我覺得妳是喜歡他的。」

「是的。」伊莎貝爾說，「但我認為，這也沒有什麼重要。」

「一切跟妳有關的事，對我都是重要的。」梅爾夫人回答，露出一副討厭的高尚的臉色，「尤其是事情涉及到另一位老朋友的時候。」

不論伊莎貝爾對奧斯蒙德先生的義務是什麼，必須承認，她已覺得她有必要向拉爾夫提出各種有關他的問題。雖然她認為，拉爾夫的看法總有些故弄玄虛，但她相信她已經懂得怎樣來對待他的話。

「我是不是認識他？」她的表兄說，「當然，我認識他，不太熟，但大體說來還可以。我從沒想跟他來往，他顯然也從不認為我對他的幸福是不可缺少的。他是誰——是怎樣一個人？他是一個神祕莫測的美國人，在義大利已經住了二十來年。為什麼我說他神祕？這只是為了掩飾我的無知，因為我不知道他的祖先、他的家庭、他的來歷。從我所知道的一切來看，他可能是一個隱姓埋名的親王。順便說一下，他確有那麼一點兒派頭，像一時覺得不稱心，放棄了王位的王子，從此過著不求名利的生活。他一向住在羅馬，近年來又搬到了佛羅倫斯當寓公[3]。我記得，他有一次對我說，羅馬已變得庸俗了。他最怕庸俗，那是他的特點，此外我不知道他還有什麼特點。他有些收入，他便靠這過活，我估計那不會太多，以致流於庸俗。他是一個窮得有骨氣的紳士——他自己這麼說。他年輕時結過婚，妻子死了，但我相信他有一個女兒。他還有一個姐姐，嫁了一個伯爵那樣的人物，也住在這一帶，我記得過去、見到過她。我得說，她比他和氣一些，但叫人受不了。我記得，關於她，這兒傳播著一些流言蜚語。我想，妳

---

3 指亡國後寓居他國的諸侯貴族。

還是不認識她好。但妳要打聽這些，為什麼不去問梅爾夫人？她對他們比我了解得多。」

「我問你是因為我需要聽聽你的意見，不僅是她的。」伊莎貝爾說。

「我的意見算得什麼！如果妳愛上了奧斯蒙德先生，我的意見有什麼用？」

「也許作用不大。儘管那樣，它還是有些意義的。對一個人面臨的危險了解得越多越好。」

「我不同意——道聽塗說會使危險真的變成危險。這些天來，我們知道得太多了，聽得太多了。我們的耳朵、我們的心、我們的嘴巴，成天都離不開對人們的評論。但不論什麼人對妳談到哪一個人，妳都不要信以為真。對每一個人、每一件事，都應該自己做出判斷。」

「我也想這麼做。」伊莎貝爾說，「但是每當你這麼做，人家就說你自高自大。」

「妳別把他們當一回事——這就是我的主張。不論他們講妳什麼，也不論講妳的朋友或妳的敵人什麼，妳可以同樣不予理會。」

伊莎貝爾思忖了一會兒，「我想你是對的，但有一些事我不能置之不顧，例如，我的朋友受到攻擊，或者我自己受到稱讚的時候。」

「當然，妳始終有權對批評者的話做出自己的判斷。然而，只要妳像批評者一樣對待人們，妳就會把他們的意見看得分文不值！」拉爾夫又道。

「我要自己來觀察奧斯蒙德先生，」伊莎貝爾說，「我已答應去拜訪他。」

「去拜訪他？」

「去看看他那兒的風景、他的畫、他的女兒——我也說不清究竟是什麼。梅爾夫人會帶我去，她告訴我，不少夫人小姐到他那兒去參觀。」

「啊,有了梅爾夫人,妳哪兒都能去,de confiance[4],」拉爾夫說,「她認識的全是最高尚的人。」

「我覺得你講起她來,總有些弦外之音。我不知道你是什麼意思,但如果你有任何理由不喜歡她,我認為你要麼公開提出,要麼根本不提。」

伊莎貝爾沒有再提奧斯蒙德先生,但她馬上向表兄指出,他談到梅爾夫人時的語氣使她不滿意。

然而拉爾夫不接受這種指責,他的態度比平時明朗而認真,「關於梅爾夫人,我背後怎麼說,當著她的面也怎麼說,我對她的尊重甚至已有些過分。」

「對了,有些過分。這正是我所反對的。」

「我這麼說,是因為梅爾夫人的優點也被過分誇大了。」

「請問,被誰誇大了?被我?如果那樣,那麼我是給她幫了倒忙。」

「不,不,是被她自己誇大了。」

「這我不能同意!」伊莎貝爾聲色俱厲地喊了起來,「如果有一個女人,她表現了一點小小的自尊心——」

「她完全有權保持充分的自尊心。」

「這是妳自己的解釋。」拉爾夫打斷了她的話,「她的謙遜是被誇大的。這跟小小的自尊心根本無關——」

「心⋯⋯。」

「這無異是說她有很大的優點。你已經自相矛盾了。」

「她的優點非常多,」拉爾夫說,「她是絕對無可指責的,她的品德像一片人跡難到的沙漠。她是

4 法文,意為「放心好了」。

我認識的最完美的女人，在她身上妳找不到一個缺口。」

「什麼缺口？」

伊莎貝爾不耐煩地扭過頭去，「我不明白你的意思，你的理論太深奧，我平凡的頭腦理解不了。」

「讓我解釋給妳聽。我說她誇大，這不是從通常的庸俗的意義上說的，例如吹噓、誇口，把自己說得過於美好等等。我的確切意思是，她對完美的要求提得太高，這麼一來，她就過分渲染了她自己的優點。她似乎顯得太善良、太親切、太聰明、太有學問、太完美，一切的一切都太好。一句話，她太十全十美了。我向妳老實說，她使我的神經受不了，我在她面前感到不自在，就像普通的雅典人在正直的阿里斯忒得斯，面前一樣。」

伊莎貝爾目不轉睛地瞧著她的表兄。如果說他的話中隱藏著嘲笑的意味，那麼這種意味現在卻沒有從他的臉上流露出來。

「你希望把梅爾夫人撞走嗎？」

「絕對沒有這個意思。她是一個很好的朋友。我歡迎梅爾夫人。」拉爾夫・杜歇簡單地說。

「真叫人討厭，先生！」伊莎貝爾嚷道。然後她問他，是不是他知道她那位光輝的朋友有什麼不名譽的事。

「一點沒有。妳還不相信那就是我的意思嗎？在每一個人的性格上，都可以找到一些小小的黑點。如果哪一天我肯花上半個來小時，我無疑也會在妳的性格上找到一個。至於我自己，我身上的黑點當然多得跟豹皮一樣。但在梅爾夫人身上卻沒有，絕對沒有！」

322

一位女士的畫像
The Portrait of a Lady

「我也正是這麼想!」伊莎貝爾說,把頭往上一抬,「就因為這樣,我才那麼喜歡她。」

「我想你的意思是說,她太世故?」

「她是一個值得妳好好去認識的人。妳不是要認識世界嗎?這是最好的入門。」

「太世故?不!」拉爾夫說,「她就是這個大千世界本身!」

拉爾夫說,他歡迎梅爾夫人,這當然不像伊莎貝爾當時憑空想像的那樣,只是一種惡意的偽辭令。拉爾夫在一切可能的地方尋找他的樂趣,如果他不能在一個善於交際、八面玲瓏的女人那裡獲得大量的樂趣,他一定不會寬恕自己。有些同情和反感是深藏不露的。當然,儘管他對她有恰當的評價,如果她離開他母親的家,他的生活也不至於就此變得枯燥無味。但拉爾夫‧杜歇懂得,梅爾夫人的日常表演是值得欣賞的——儘管他不一定完全理解它們——也許還是最「耐人尋味」的。他一口口品嚐著她的話,但他從不干預她的事務,他那種恰如其分的態度是連她自己也望塵莫及的。有的時候,他還幾乎為她感到惋惜,但說來奇怪,這時他的同情心卻往往流露得最少。他相信,她有無法滿足的野心,她實際取得的成就比起她內心的希望來,簡直微不足道。她多才多藝,長袖善舞,可是沒有贏得任何收穫。她始終只是一個平凡的梅爾夫人,一位瑞士批發商的未亡人,帶有一種悲劇的性質——她想像得到,這些人在不同的時期曾成為她嚮往的目標。他的母親以為,他跟這位溫情脈脈的客人會相處得十分融洽,在杜歇夫人心目中,這兩個人對人的行為都有這麼多古怪的理論,他們一

5 阿里斯忒得斯(Aristides B.C. 530-B.C. 468),雅典政治家、軍事家,號稱「正直的阿里斯忒得斯」。

定有許多相同之處。他對伊莎貝爾和她那位傑出的女友的親密關係，做過不少考慮，但他早已明確，他不能約束表妹的行動，否則一定會遭到她的白眼，因此他只能盡量容忍，像他對待其他更壞的事情一樣。他相信，問題會自行解決，它不可能始終不變。這兩位優異的女人，其實誰也不像自己想像的那樣了解對方，只要各人在一、兩件事上有了重大發現，這種關係即使不至破裂，至少也會淡薄下去。同時，他完全願意承認，那位夫人的談話，對那位小姐還是有好處的，後者需要學習的東西很多，毫無疑問，從梅爾夫人學比從其他青年導師學會好一些。伊莎貝爾看來不會遇到什麼危險。

第二十四章

確實很難看出，她現在到奧斯蒙德先生的山頂上去訪問，會對她產生什麼危險。沒有比這更令人心曠神怡的時刻了——這是一個風和日麗的下午，正當托斯卡納春意盎然的季節。兩位女士乘車直駛羅馬門，穿過美麗整潔的拱門，拱門頂上還有一層雄偉單調的城樓，因此整個城門更顯得巍峨壯麗。馬車行駛在彎彎曲曲的小巷中，小巷兩旁聳峙著高高的圍牆，圍牆後面是鮮花盛開的果園，果樹從牆頂探出頭來，散發著陣陣清香。最後她們來到了郊外那形狀歪斜的小廣場，奧斯蒙德先生占有一部分房屋的那個別墅便在這裡，它那一長條棕色圍牆構成了廣場的主要一邊，或者至少是最莊嚴的一邊。伊莎貝爾和她的朋友穿過又寬又高的庭院，只見地上鋪展著清晰的陰影，上面是兩列半圓拱頂遊廊遙遙相對，陽光投射在細長的圓柱上端，圓柱上攀緣著各種花草。這地方有一種莊嚴肅穆的氣氛，彷彿一個人一旦走進那裡，就不容易出來了。然而對伊莎貝爾說來，現在想到的當然只是進去，不是出來。奧斯蒙德先生在陰涼的前室——哪怕在五月，那裡也是陰涼的——迎接她，然後帶著她和她的帶路人向我們已經見到過的那間屋子走去。伊莎貝爾和奧斯蒙德先生一邊談話，一邊慢悠悠走著，因此落到了梅爾夫人後面，後者不拘禮數，先走進了屋子，招呼坐在客廳裡的兩個人。其中一個是小帕茜，她吻了她一下。另一個是一位夫人，據奧斯蒙德先生向伊莎貝爾介紹，這是他的姐姐格米尼伯爵夫人。他又指著帕茜說：「那是我的小女孩，她剛從一所修道院出來。」

帕茜穿著一件顯得太小的白外衣，金黃的頭髮整齊地攏在髮網裡，腳上的鞋小小的，式樣像涼鞋，腳踝那兒有帶子繫著。她按照修女的方式向伊莎貝爾行了禮，然後走上前來讓她親吻。格米尼伯爵夫人只是點點頭，沒有站起來。伊莎貝爾看得出，她是上流社會的婦女。她生得瘦小，面目黧黑，一點也不漂亮，相貌有點像熱帶鳥──鼻子跟鳥嘴那麼長，小眼睛骨碌碌地直打轉，嘴和下巴瘦得尖尖的。然而這張臉由於經常露出各種大驚小怪、喜怒哀樂的表情，還是很有人情味。至於她的外表，顯然她很有自知之明，因此盡量打扮得花枝招展，鮮豔奪目，像熠熠閃光的羽毛，她的動作輕快俐落，像在枝頭跳躍的小鳥。她的姿態千變萬化，伊莎貝爾從沒見過這麼裝模作樣的人，因此立即把她歸入最會做作的女人這一類。她講起話來全身都會動，像全面停戰時揮動的白旗，只是多了一些五彩繽紛的飄帶。

「妳可以相信，我多麼喜歡見到妳，老實告訴妳，我只是因為妳要光臨，才到這裡來的。我很少來看我的兄弟，奧斯蒙德，我那兩匹馬總有一天會為你累死，如果牠們為我受不了──我真不知道他為什麼留戀這兒。今天我就聽到牠們喘得上氣不接下氣，我告訴你，這一點也不假。一個人聽到他的馬喘氣的時候，坐在車子裡是怪不舒服的，那聲音就像牠們難過得快死了。不過我的馬一向都很好。義大利人大多不懂得馬，在這方面我是不將就的。我的丈夫，他對馬還懂得好壞。我的馬就是英國馬，因此要是累壞了就更加可惜。」接著她又向伊莎貝爾說道：「我必須告訴妳，奧斯蒙德不大請我來，我想他不樂意見到我。我今天來完全是我自作主張。我喜歡結識一些新人物，我相信妳一定是個新派人物。但是請妳別坐在那兒，那椅子

靠不住。這兒有些椅子很舒服，可也有一些很危險。」

她講話的時候，身子扭來扭去，腦袋忽上忽下，有時還發出一、兩聲尖厲的怪叫，好像她那口純正的英語，或者不如說純正的美語，突然在路上出了事，掉了隊，她只得大聲呼叫，要它們快些趕上來。

「親愛的，我不歡迎妳嗎？」她的兄弟說，「我倒認為妳是難得賞光的貴客呢。」

「我看不出哪兒有什麼危險，」伊莎貝爾說，向周圍打量著，「我看這兒的一切都是又美麗又珍貴。」

「這兒有一些東西還不錯，」奧斯蒙德先生咕嚕道，「確實，太壞的東西是沒有的。但我還沒有得到我喜愛的一切。」

他站在那兒，似乎有些不好意思，笑著向周圍看了一遍。他的表情顯得既淡漠又關切，兩者奇怪地結合在一起。他彷彿在表示，只有真正的「價值」才有意義。伊莎貝爾立即得到一個結論：單純簡樸不是他的家庭的特色。那個從修道院來的小姑娘，穿著整潔的白外衣，仰起溫馴的小臉蛋，兩手交叉在胸前，彷彿正準備領取第一次聖餐，但即使是奧斯蒙德先生的這個小女兒的優美姿態，也不能說是完全自然的。

「你恨不得把烏菲齊宮和皮蒂宮中的東西也搬一些到自己家裡來呢——我看這就是你的要求。」梅爾夫人說。

「可憐的奧斯蒙德，他有的只是一些舊窗簾和十字架！」格米尼伯爵夫人喊了起來，她總是用他的姓稱呼他。她這句話不是專門對哪一個人說的，她一邊講，一邊向伊莎貝爾笑笑，從頭到腳打量著她。她的兄弟沒有聽她，只是在捉摸應該對伊莎貝爾說些什麼。

第二十四章　　　　　　　　　　　327

「妳要不要喝點茶?妳一定很累了。」他終於想起了這兩句話。

「我不累,真的不累,我沒做什麼,怎麼會累呢?」伊莎貝爾覺得自己應該胸懷坦率,應該毫不作假。這兒的氣氛,這兒的一切給她的印象,好像包含著一種東西,她還說不清楚,這是什麼,但它使她失去了表現自己的一切要求。這個地方、這個場合、這些人物,除了表面,許多更深的意義,她要設法理解它,她不能只是說些美好的陳詞濫調。可憐的伊莎貝爾也許還不明白,許多女人正是用美好的陳詞濫調來掩蓋她們暗中的觀察。必須承認,她的自尊心受到了一些損傷。有一個男人,她聽到別人用饒有興味的話談到他,他自己顯然也善於表現得與眾不同,這樣一個人邀請她,一個不輕易許諾的年輕小姐,到他家中來做客。現在她來了,那麼款待的責任自然落到了他的身上。然而伊莎貝爾發現,奧斯蒙德先生對承擔這個責任並不像預料的那麼殷勤熱心,她對這個事實不能視而不見,看見之後,一時也不能毫不介意。她想像他在心裡責怪自己:「我多麼傻,毫無必要找這些麻煩!」

「如果他把他那些個小玩意兒都搬給妳看,還一件件加上一篇說明,那麼等妳回家的時候,妳確實非累倒不可。」格米尼伯爵夫人說。

「這我不怕,也許我會感到累,但我至少可以學到一點什麼。」

「恐怕很少很少。但我的姐姐,不論妳要她學什麼,她都怕得要命。」奧斯蒙德先生說。

「對,這我承認,我不想再學什麼,我覺得我知道得已經夠多了。一個人知道得越多,也越不愉快。」

「妳不應該當著帕茜的面貶低知識的意義,她還沒完成她的學業呢。」梅爾夫人插嘴道,一面笑了笑。

「帕茜永遠不會遭到任何危險,」孩子的父親說,「帕茜是一朵小小的修道院之花。」

「嘿,修道院,修道院!」伯爵夫人喊道,又把那一身羽毛抖動了一下。

「對我談修道院!你們要到那兒去學什麼,你們去學吧,至於我,我自己就是修道院之花。我不想冒充好人,只有修女才那麼做。妳不明白我的意思嗎?」她對著伊莎貝爾問道。

伊莎貝爾覺得自己並不明白,她回答說,她對這種辯論,領會能力很差。伯爵夫人於是宣稱,她自己也討厭這種辯論,但這是她弟弟的愛好,他隨時隨地都會跟人辯論。

「至於我。」她說,「我認為,任何事總是有人喜歡,有人不喜歡。當然,一個人不可能什麼都喜歡,但不一定非得講出一番道理不可,因為誰也不知道最後會怎樣。有一些非常美好的感情,卻不能找到很好的理由,妳說是不是?反過來說,有時有些很壞的感情,卻能找到很好的理由。妳不明白我的意思?我根本不管有沒有理由,我只知道我喜歡什麼。」

「啊,妳講得真有意思,」伊莎貝爾笑道,但心想,跟這位輕佻活潑的夫人的結識,大概不會使她的頭腦得到平靜。如果伯爵夫人反對辯論,那麼伊莎貝爾這會兒興趣也不濃。於是她向帕茜伸出一隻手去,心情很輕鬆,因為她知道,這個動作是不會使她捲入漩渦,引起觀點上的分歧的。吉伯特·奧斯蒙德聽到他姐姐的口氣,顯然覺得已無可奈何,於是扯到別的話題上去了。他在他的女兒的另一邊坐下,當時她正用自己的手指怯生生地撫摩著伊莎貝爾的手。但最後他把她拉出了座位,讓她站在他的膝蓋中間,靠著他的身子,同時用一條胳臂圍在她細小的腰上。孩子用平靜而淡漠的目光凝視著伊莎貝爾,這目光不包含任何意圖,它只是感受到了一種吸引力。奧斯蒙德先生談天說地,興致很好。梅爾夫人說過,他只要願意,會顯得很可愛,今天過了一會兒以後,他似乎不僅願意,還決心這麼做呢。梅爾

第二十四章　　　　　　　　　　329

夫人和格米尼伯爵夫人坐得稍遠一些，正在閒談，像兩個相當熟悉的朋友那樣無拘無束。伊莎貝爾不時聽到，伯爵夫人對她的朋友講的某些話往往迫不及待地趕緊解釋，就像一隻獅子狗看到手杖扔來，趕緊逃走一樣。而梅爾夫人彷彿在欣賞這一切，看這隻獅子狗究竟能跑多遠。奧斯蒙德先生談著佛羅倫斯和義大利，還談到了生活在這個國家中的樂趣以及一些煞風景的事。這裡有歡樂，也有不足之處還是相當多的，可是外國人往往給義大利抹上一層浪漫色彩。不過，它對某些人，對社會上的失意分子——他這是指那些鬱鬱「不得志」的人——確實是世外桃源，儘管他們在這裡過的是清貧的生活，但不會受到奚落，可以把自己的意願保存在心頭，像保留一件傳家寶，或者一塊祖傳的毫無出息的土地一樣。總之，住在一個美不勝收的國家，還是利多於弊。有些印象只有在義大利才能得到，但也有一些從來不能在那兒得到，他可能比現在好一些。不過在那裡，隨時隨地可以得到一些樂趣，這就補償了一切。儘管這樣，義大利使許多人安於逸樂，有時他甚至毫無根據地相信，如果他不把一生的大好時光浪費在這裡，還有的人只得到了一些很壞的印象。它使人變得懶惰，對一切不求甚解，庸庸碌碌，隨波逐流，因為在義大利的生活中缺乏一種嚴格的素質，它不能在你身上培植積極有為的因素，也不能使你「臉皮變厚」，這只有在巴黎和倫敦才辦得到。

「說真的，我們是逍遙自在的鄉巴佬，」奧斯蒙德先生說，「我完全明白，我自己就像一把生鏽的鑰匙，什麼鎖也用不上它。跟妳的談話，把我的鏽磨掉了一些」——當然，我不敢說我已經能夠開妳那把鎖，妳的智慧的鎖是相當複雜的！但是等不到我第三次看見妳，妳恐怕已經走了，我也許再也不會看到妳。住在一個旅遊國家，就是這樣。來的人使你討厭，這當然很糟，但如果來的人使你喜歡，這更糟。你剛發現你喜歡他們，他們已經走了！我上當上得太多了，我再也不想認識他們，我盡量不讓自己

330

一位女士的畫像
The Portrait of a Lady

受他們的吸引。妳要在這兒住下去——定居下來？那實在太好了。是的，妳的姨母是一種保證，我相信她是肯定不會離開的。對，她是一個老佛羅倫薩人了，我是說她是一個名副其實的老居民，不是那些時髦的外國人。她是麥地奇[1]的同時代人，薩伏那洛拉[2]被燒死的時候，她一定也在場，可能還往火堆上扔過一些木片呢。她的臉很像那些古畫上的臉，那種小小的冷漠而嚴峻的臉，儘管它們有過千變萬化的表情，它們還是同一張臉。真的，我可以在基蘭達奧[3]的壁畫中指給妳看她的畫像。我這麼談妳的姨母，希望妳不要見怪，嗯？我想妳不會。也許妳把這看得甚至更糟。但我可以保證，這絲毫也沒有對妳們不尊敬的意思。妳知道，我是特別讚賞杜歇夫人的。」

伊莎貝爾的主人盡量跟她進行這樣開誠布公的談心的時候，她一邊聽，一邊不時看一眼梅爾夫人，但後者只是用漫不經心的微笑來回答她——她不再自討沒趣，暗示她已經贏得對方的好感了。最後，梅爾夫人向格米尼伯爵夫人提出，要她陪她到花園去走走。伯爵夫人站了起來，抖了抖那一身柔軟的羽毛，便帶著窸窸窣窣的聲音，向門口走去。

「可憐的阿切爾小姐！」她喊道，露出同情的臉色，打量著另外那兩個人。

「她聽你老是談你的家庭，一定聽得厭煩死了。」

「阿切爾小姐對妳所從屬的家庭，除了同情是不會有其他感情的。」奧斯蒙德先生回答，他的笑容

---

1 中世紀佛羅倫斯的著名家族，其中羅倫佐・麥地奇（Lorenzo di Piero de Medici, 1449-1492）曾成為佛羅倫斯的僭主，操縱了當地的政治和經濟大權。

2 薩伏那洛拉（Girolamo Savonarola, 1452-1498），義大利宗教改革家，曾領導佛羅倫斯人民舉行起義。後為教皇處以火刑，被焚而死。

3 基蘭達奧（Domenico Ghirlandaio, 1449-1494），佛羅倫斯著名畫家，米開朗基羅的老師，以壁畫著名。

第二十四章　　331

雖然含有一點譏刺的意味,但還是顯得寬宏大量,並無惡意。

「我不知道你這是什麼意思!我相信,她不會從我身上看到什麼害處,除非你跟她講了些什麼。阿切爾小姐,我不像他講的那麼壞。」伯爵夫人繼續道,「我只是有些傻,有些討厭。他說的就這一些?我告訴妳,有兩、三個話題他是最有研究的。他一講起來,心情很舒暢。他有沒有打開話匣子,大談他的得意話題?」

「我不知道,奧斯蒙德先生的得意話題是什麼。」

「算了。」伯爵夫人一時間做出了一副認真思考的樣子,把幾個手指尖捏在一起,按在額角上。

「我馬上可以告訴你,」她回答道,「一個是馬基維利,另一個是維多利亞‧科隆納[4],此外還有個梅塔斯塔‧西奧[5]。」

「不過在我面前,奧斯蒙德先生從沒表現過這種歷史癖。」梅爾夫人說,一邊把一條手臂伸進伯爵夫人的胳臂彎中,彷彿急於帶她去遊花園似的。

「再過一會兒我們還會聽說,可憐的梅爾夫人是梅塔斯塔‧西奧呢!」吉伯特‧奧斯蒙德無可奈何地歎了口氣。

伊莎貝爾本來已經站起來,認為他們也得到花園去,但奧斯蒙德先生站在那兒,顯然沒有離開屋子的意思。他兩手插在上裝口袋裡,他的女兒挽著他的胳臂,偎依在他身旁,仰起頭,把眼睛從他臉上移到伊莎貝爾臉上。伊莎貝爾懷著一種說不出的滿意心情,等待著別人來決定她的行動。她喜歡奧斯蒙德先生的談話,喜歡跟他在一起……她意識到了一種新的友誼的開始,這是始終會給她的內心帶來喜悅的。

從這間大屋子的敞開的門口望出去，她看到梅爾夫人和伯爵夫人正從花園中濃密的草地上慢慢走去。然後她回過頭來，掃視了一眼散置在她周圍的一切。她相信，她的主人是要讓她參觀一下他收藏的物品；他的畫和櫃子看來都很珍貴。過了一會兒，伊莎貝爾走到一幅畫前面，想仔細看看，但她正要這麼做的時候，奧斯蒙德先生驀地對她說道：「阿切爾小姐，妳認為我的姐姐怎麼樣？」

伊莎貝爾向他露出了驚訝的臉色，「啊，別問我這個——我跟你的姐姐怎麼認識呢。」

「是的，妳剛認識她，但妳一定看到，她身上是沒有多少東西可以認識的。妳覺得我們的家庭氣氛怎麼樣？」奧斯蒙德繼續說，露出一絲淡淡的笑容。

「我很想知道，它在一個不帶成見的新朋友心頭產生的印象。我知道妳預備怎麼說——妳還才看到了一點兒。當然，現在只有一個粗淺印象。但以後如果有機會，希望妳多多留意，談談妳的看法。有時我覺得，我們的作法不大好，孤單單地住在一些陌生的人和物中間，既不必負什麼責任，也沒什麼可留戀的，沒有把我們連繫起來或者拴在一起的東西。於是我們跟外國人結婚，培養人為的趣味，把我們的天然使命置之不顧。不過我補充一下，我說這些話，主要是指我自己，不是指我的姐姐。她是一個十分正直的女人——比表面看來的好。她很不幸，但她把一切都看得很淡薄，因此從不哭哭啼啼，相反，一直嘻嘻哈哈的。她嫁了一個糟糕的丈夫，不過我覺得，她沒有盡量使他變好。不用說，一個糟糕的丈夫是一件很棘手的事。梅爾夫人給她提出過一些忠告，但那充其量就像給孩子一本辭典，要他去學習語

4 維多利亞·科隆納（Vittoria Colonna, 1492?–1547），義大利女詩人，詩歌富有宗教情緒。

5 彼得羅·梅塔斯塔西奧（Pietro Metastasio, 1698-1782），義大利詩人和歌劇作家，所作詩富有抒情意味。

第二十四章　　　　　　　　　　　　　　　　　　　333

言。他可以找到單字,可是不懂得怎麼把它們組成句子。我的姐姐需要一本文法書,不幸的是她沒有文法概念。對不起,我用這些小事來麻煩妳,我老是跟妳談我的家庭,一定把妳弄得厭煩死了。讓我把那幅畫拿下來,這兒光線不夠。」

他取下了畫,把它拿到視窗,談了它的一些奇妙之處。她還看了看其他美術品,他又向她做了一些講解,這些講解,他認為一個在夏季下午前來訪問的年輕小姐是可以接受的。他那些畫,那些雕塑品和壁毯,都很有趣,但過了一會兒,伊莎貝爾還是覺得,它們的主人更加引人入勝,他超過了它們,儘管它們掛得琳琅滿目,美不勝收。他跟她見過的任何人不同。她見過的人大致可分成六、七種類型,其中也有一、兩個例外,她認為她的姨母莉迪亞就不能歸入任何一類。還有一些,相對說來也是獨特的──所謂獨特是客氣的說法──例如,戈德伍德先生、她的表兄拉爾夫、亨麗艾特‧斯塔克波爾、沃伯頓勳爵、梅爾夫人等。但是如果仔細看一下,就會發現,這些人與她已經了解的一些類型,並無實質上的不同。然而她在心中找不到一種類型,可以讓奧斯蒙德先生在那兒取得一個自然的位置──他屬於與眾不同的一類。

這不是說,她當時已經意識到了這些事實,這是她後來才明確起來的。當時她只是對自己說,這「新友誼」對她說來,可能是別開生面的。梅爾夫人雖然也顯得罕見,但這個特色體現在男人身上的時候,就有了完全不同的力量!他的獨特不在於他所說和所做的,而在於他沒有說和沒有做的,正是這個方面他給她看的、印在古盤子的背面和十六世紀古畫角上的那些印記一樣,成了他珍貴稀罕的標誌。他不是標新立異,為不同而不同;他是一個獨特的人,但不是一個怪物。伊莎貝爾從沒見到過這麼晶瑩剔透的一粒種子。他的特色首先表現在外形上,然後遍及於精神方面。他的頭髮濃密而柔

334

一位女士的畫像
The Portrait of a Lady

和，他的容貌精緻而端正，他那潔淨的皮膚雖已成熟，但並不粗糙，他的鬍子長得整齊勻稱，手的形狀顯得輕巧、光滑、細嫩，因此每一根手指的動作都能發揮表情的效果——所有這些身體上的特點，在我們這位觀察細緻的小姐眼中，都成了天性異常敏感，具有引人入勝的氣質的標誌。他無疑要求很高，很會挑剔，也許還火氣很大。他的敏感支配著他——也許這種支配力太大了，使他不能容忍生活中庸俗的瑣事，因而離群索居，躲進自己精緻、幽雅、平靜的小天地，陶醉在藝術、美和歷史中。他憑自己的興趣，也許僅僅憑自己的興趣看待一切，興趣成了他的唯一依靠，就像一個病人到了自知不可救藥的時候，律師成了他的唯一依靠一樣，這種情況使他顯得跟所有的人都判然不同。拉爾夫也帶有一些同樣的特點，也是憑自己的興趣把生活當作藝術品在鑑賞，但這在拉爾夫是一種反常的現象，一種幽默的派生物，而在奧斯蒙德先生那裡，這是他的基調，他的一切都是同它統一的。當然，伊莎貝爾還遠不能完全理解他，他的意思不是任何時候都很明顯的。例如，他說他是逍遙自在的鄉巴佬，這句話的意思就不易理解，在她的想像中，這恰恰是他所缺少的東西。那麼，這是不是一種並無惡意的反話，只是為了跟她故弄玄虛呢？或者這是一種修養高深的文雅表現？伊莎貝爾相信，她總有一天會恍然大悟，而理解這一切是饒有興趣的。如果那是鄉巴佬的氣質使他顯得那麼和諧平靜，那麼試問，大都市的氣質又是什麼呢？伊莎貝爾雖然看到，她的主人是一個醜胂的人，還是不能不向自己提出這個問題，因為她覺得，這種醜胂跟鄉巴佬的氣質無關，它來自敏感的神經和美好的觀念，是跟良好的教養完全一致的。確實，這幾乎只是證明他有很高的標準和要求，不是證明他的庸俗——如果是

6 指立遺囑。

第二十四章 335

庸俗，他自己首先就會起來消滅它。他不是一個狂妄自大、誇誇其談、淺薄圓滑的人，他對自己和別人同樣持有批判精神。他對別人固然要求苛刻，但同時也承認他們有可愛之處，而對他自己的表現更不惜採取冷嘲熱諷的態度。這也足以證明，他跟粗俗的自滿情緒毫無因緣。如果他不是醜陋的話，他就不必為了克服這種醜陋情緒，一步步進行那種微妙而成功的努力了。伊莎貝爾覺得，這正是他今天的談話既使她喜悅，又使她難以理解的原因。他突然問她，她覺得格米尼伯爵夫人怎麼樣——這無疑又證明，他對她的感受懷有興趣，因為這不可能是為了要她來說明他認識他的姐姐，顯示了一種好奇心理。但他為了好奇，甘願犧牲姐弟的情誼，未免有些特別。這是他今天所做的最古怪的一件事。

除了接待伊莎貝爾的那間屋子，這裡還有兩間屋子，那裡參觀了大約一刻鐘，每一件件看過去，一邊仍握著他的小女孩的手。奧斯蒙德先生繼續充當著最親切的嚮導，領著她把這些美好的東西一件件看過去，一邊仍握著他的小女孩的手。他那副親切的樣子幾乎使我們的小姐感到驚訝，她有些納悶，為什麼他要為她找這些個麻煩。最後，那紛至沓來的美的印象和知識，終於使她感到應接不暇。今天已經夠了，她無法再集中思想聽他講解，她的眼睛仍注視著他，但她的思想已離開了他講的一切。也許他把她想得比實際更靈敏、更聰明、更有學問了，梅爾夫人可能出自好心，向他做了誇大的介紹，這真是憾事，因為他最終必然會發現真相，到那時，也許她真正有的那一點聰明也會被一筆抹煞。伊莎貝爾的疲勞，一部分便由於她努力要使自己表現得很聰明，因為她相信，梅爾夫人是這麼描摹她的；也由於她怕暴露自己（這是她平常很少有的）——不是暴露自己的無知，因為比較起來，這還是次要的，而是暴露自己的欣賞能力可能很粗俗。她擔心她會對一些事物表示興趣，而這些事物，按

照她主人的高明見解,是不值得喜愛的。她還擔心她會忽略一些事物,而這些事物的人是不應該視而不見的。因此她小心翼翼,對她所說的話,所重視或不重視的一切,都十分注意,比過去任何時候都更注意。

他們回到了第一間屋子,那裡已經擺好茶點,但由於兩位夫人還在屋前的草坪上,也由於伊莎貝爾還沒有觀賞過風景,而風景優美又是這兒最大的特色,因此奧斯蒙德先生毫不遲疑,立即領她走進了園子。梅爾夫人和伯爵夫人已把坐椅搬到屋外,而且這天午後天氣很好,伯爵夫人提議在露天用茶。於是帕茜奉命去吩咐僕人,把茶具搬出屋子。太陽快下山了,金黃的光線逐漸變濃,在山上和山麓的平原上,一簇簇紫銅色的陰影,似乎也和沒有陰影的地方一樣鮮豔奪目。景色顯得異乎尋常的美。空氣肅穆而寧靜,一望無際的大地上,樹木蔥蘢,輪廓秀麗,谿谷中流水滾滾,山丘給沖刷得綽約多姿,星星點點的住宅顯示出人的蹤跡,這一切構成了一幅光輝燦爛的和諧的畫面,使大自然顯得格外優美。

「妳似乎非常愉快,因此我相信,妳一定還會回來。」奧斯蒙德先生說,一邊領著他的同伴走向草坪的一角。

「我當然會回來,」伊莎貝爾回答,「儘管你說住在義大利不是一件好事。你提到人的天然使命,這是指什麼?如果我在佛羅倫斯定居下來,我不知道我會不會拋棄我的天然使命。」

「女人的天然使命是住在她最受歡迎的地方。」

「問題在於怎樣找到這樣一個地方。」

「一點不錯,女人常常為了尋找這樣一個地方,浪費了不少光陰。人們應該幫助她,使她一眼就看到它。」

「但願我也能一眼就看到它才好。」伊莎貝爾笑道。

「不論怎樣,聽到妳要在這兒定居下來,我很高興。梅爾夫人使我得到一個印象,彷彿妳天性喜歡漫遊各地。我記得她說過,妳有一個周遊世界的計畫。」

「談到我的計畫,我實在很慚愧。我每天都有新的計畫。」

「我不知道妳為什麼要慚愧,這應該是最大的快樂。」

「我想這顯得有些輕舉妄動,」伊莎貝爾說,「一個人應該慎重考慮之後做出抉擇,然後始終不渝地忠於它。」

「根據這個標準,那麼我從來沒有輕舉妄動過。」

「難道你從沒有過什麼計畫嗎?」

「有過,幾年以前我定了一個計畫,一直奉行到今天。」

「這一定是一個很有趣的計畫。」伊莎貝爾直率地說。

「一個很簡單的計畫。那就是盡量平靜無事。」

「平靜無事?」姑娘跟著問道。

「不尋煩惱——不用努力,也不必奮鬥。聽天由命。清心寡欲。」

他說得慢條斯理,每句話之間都停頓一下,那對聰明的眼睛注視著伊莎貝爾的眼睛,露出一種決心開誠布公的神氣。

「你認為那很簡單嗎？」伊莎貝爾帶著溫和的嘲弄口氣問道。

「是的，因為那是消極的。」

「那麼你的生活是消極的嗎？」

「說它是積極的也可以，隨妳的便。但它所積極肯定的只是我的恬淡自如。妳注意，這不是說我天性恬淡——我沒有這種東西。這只是我經過深思熟慮，決心棄絕一切。」

伊莎貝爾簡直不能理解，甚至懷疑他是不是在開玩笑。為什麼這個性格孤獨緘默的人，突然會對她這麼開誠布公起來？然而這是他的事，他的坦率還是饒有趣味的。

「我不明白，你為什麼要棄絕一切？」她過了一會兒說。

「因為我不可能做什麼。我沒有前途、沒有錢、沒有天才。我甚至什麼能耐也沒有，我很早就看清楚了我自己。那時我只是一個對什麼都看不上眼的年輕人。世界上只有兩、三種人使我羨慕——比方說，俄國的沙皇，還有土耳其的蘇丹！有些時候我還羨慕過羅馬教皇，因為他享有無上的尊敬。如果我也受到那樣尊敬，我就感到心滿意足了。但那是不可能的，我又不願退而求其次，於是我決心不再追求榮譽。一個最窮的上等人也永遠可以尊重自己，幸好我是一個上等人，儘管我很窮。我在義大利不能幹什麼，甚至不能做一個義大利的愛國者。要我愛義大利，除非我離開這個國家，但我又太喜歡它，不能離開它。何況整個說來，我對它還是很滿意的，我希望它就像當年那樣，不要改變。因此我在這兒一住就是許多年，實現了我剛才說的那個安靜的計畫。我不是一點也不快活。我也不是說我一無所求，但我所求的只是可憐的、有限的一點東西。我生活中的大事，除了我自己，絕對不為任何人所知道，比如，買一件便宜的銀十字架古董（當然我從來不會出大價錢來收購），或者像有一次那樣，在一塊給一

第二十四章　　　　　　　　　　　　　　　　　　339

個心血來潮的傻瓜塗得亂七八糟的油畫板上，發現了柯勒喬[7]的一幅草圖！」

如果伊莎貝爾完全相信這一切，那麼奧斯蒙德先生的一生實在是很枯燥的，但她的想像力給它補充了人的因素，因為她相信，這是不可能沒有的。他一生與其他人的接觸，一定比他承認的多，當然，她不能指望他把這一切講給她聽。他暫時只能到此為止，不宜再深入一步向他表示，他沒有把一切告訴她，會顯得過於親暱，又不夠慎重，這不是她目前所願意的——事實上那也是庸俗得可笑，他無疑已講得相當多了。她現在的心情，還是要為他保持他的獨立所取得的成功，向他表示恰如其分的同情。

她說：「拋棄一切，唯獨保留柯勒喬，那是一種非常有意思的生活！」

「是的，我使我的生活一直過得很愉快。不要以為我現在是在發牢騷。如果一個人不愉快，那是他自己的過錯。」

這個問題太大了，她只想談小一些的事，「你是不是一向住在這裡？」

「不，不是一向住在這裡。我在拿坡里住過很長一段時間，還在羅馬住了多年。但我到這兒已經很久了。不過，也許我還得遷移地方，還得幹點兒什麼。我已經不能僅僅想到自己了。我的女兒長大了，很可能她對柯勒喬和十字架不像我那麼有興趣。我不得不為她盡自己最大的力量。」

「是的，應該這樣。」伊莎貝爾說，「她是多麼可愛的一個小姑娘。」

「啊，」吉伯特・奧斯蒙德像充滿感情似地叫了起來，「她是天國的一位小天使！她是我最大的幸福！」

---

[7] 柯勒喬（Antonio Allegri da Correggio, 1489-1534），義大利文藝復興時期的著名油畫家。

第二十五章

在這相當親密的談話進行的時候（它在我們離開以後還繼續了一段時間），梅爾夫人和她的同伴打破了持續已久的沉默，又開始交談起來。她已枯坐了好久，這在格米尼伯爵夫人方面特別明顯，因為她比她的朋友性情急躁，對掩飾自己的厭煩情緒不如後者那麼在行。至於兩位夫人在等待什麼，這是不容易看出來的，也許連她們自己思想上也不十分明確。梅爾夫人在等她的年輕朋友從她跟奧斯蒙德的密談中脫身出來；伯爵夫人則因為梅爾夫人在等，所以也在等。但由於她等得心焦，她認為現在已經是時候，可以發一點小脾氣了。這只要幾分鐘的時間。她的兄弟和伊莎貝爾又朝花園的另一頭走了過去，她盯著他們看了一會兒。

「親愛的，」她向她的同伴說道，「如果我不向妳表示祝賀，請妳不要見怪！」

「一定照辦，因為我根本不知道妳為什麼要向我祝賀。」

「難道妳沒有一個自鳴得意的小計畫嗎？」於是伯爵夫人向躲在遠處的那一對偏了偏頭。

梅爾夫人的眼睛也轉到了那個方向，然後她安詳地看看身旁的人。

「妳知道，我一點也不明白妳的意思。」她笑道。

「只要妳願意，妳會比誰都理解得清楚。我看妳現在是不想理解。」

「妳對我講的話是別人誰也不會講的。」梅爾夫人說，態度很認真，但沒有抱怨的意思。

「妳是指妳不愛聽的話吧?奧斯蒙德有時不也講這種話嗎?」

「妳弟弟講的話是有道理的。」

「對,有時還是很尖刻的道理。如果妳是說我不如他聰明,那麼妳別以為妳的歧視會使我不舒服。但我還是希望妳理解我的話,那會好得多。」

「為什麼?」梅爾夫人問,「那有什麼不同?」

「如果我不贊成妳的計畫,妳就該明白這點,以便隨時注意我干預的危險性。」

梅爾夫人似乎預備承認,這話有一些道理,但過一會兒,她便若無其事地說:「妳把我想像得太會盤算了。」

「我反對的不是妳太會盤算,是妳的算盤打錯了。現在就是這樣。」

「妳自己一定仔細盤算過,才會發現這點。」

「不,我沒有工夫來幹這種事。我才頭一次見到這個女孩子,」伯爵夫人說,「我是突然想到這點的。我非常喜歡她。」

「我也一樣。」梅爾夫人宣稱。

「妳表示好感的方式有些特別。」

「一點不錯,我給她提供了一個認識妳的機會。」

「對極了,」伯爵夫人尖聲喊道,「那也許是她最大的幸運!」

梅爾夫人暫時沒說什麼。伯爵夫人的態度叫她討厭,那實在太卑鄙了。不過這並不稀奇,於是她眼望著莫雷洛山紫紅色的山坡,開始沉思起來。

342　一位女士的畫像
The Portrait of a Lady

「親愛的夫人,」她最後說道,「我勸妳不必自找麻煩。妳提到的這件事牽涉到三個人,他們已打定主意,他們比妳堅決得多。」

「三個人?妳和奧斯蒙德,這是當然的。但是難道阿切爾小姐也很堅決嗎?」

「完全同我們一樣。」

「那很好,」伯爵夫人眉飛色舞地說,「如果我使她相信,反抗妳們才符合她的利益,她一定會這麼辦!」

「反抗我們?妳為什麼要用這麼粗俗的字眼?她不會受騙,也不會受到暴力的威脅。」

「我看不一定。你們是什麼都幹得出來的,妳和奧斯蒙德。我不是指奧斯蒙德一個人,我也不是指妳一個人。但是你們兩個人合在一起就很危險──這會起化合作用。」

「那妳最好不要來管我們。」梅爾夫人笑道。

「我不想來碰你們,但我得跟那個女孩子談談。」

「可憐的艾米,」梅爾夫人咕嚕道,「我不明白妳的頭腦是怎麼想的。」

「我對她發生了興趣──這就是我頭腦裡所想的,我喜歡她。」梅爾夫人猶豫了一會兒,「我認為她可不喜歡妳。」

伯爵夫人把那對明亮的小眼睛睜得大大的,哭喪著臉喊了起來:「啊,妳很危險,哪怕妳一個人也是危險的!」

「如果妳要她喜歡妳,妳就不要在她面前說妳兄弟的壞話。」梅爾夫人說。

「妳不要以為她已經愛上他──他們才見過兩次面。」

第二十五章　　　　　　　　　　　　　　343

梅爾夫人向伊莎貝爾和這屋子的主人那邊望了一會兒。他正靠在欄杆上，面對著她，合抱著雙臂。她呢，這時顯然不完全在欣賞自然景色，儘管那對眼睛一直望著它。發現梅爾夫人的目光後，她把眼睛垂下了。她也許有些局促不安，一邊聽他說話，一邊把陽傘的尖端戳著園徑。梅爾夫人從椅上站了起來。

「但是我認為是這樣！」她說。

帕茜已把一個衣衫不整的小廝叫來——他的號衣已經退色，式樣古怪，像來自古代簡陋的風俗畫中的人物，經過隆吉或哥雅的畫筆潤飾之後，「放進」了生活中來——他把一張小桌子搬到外面，放在草地上，然後進去把茶具拿來擺好。這以後，他又走了，端了兩把椅子出來。帕茜站在那兒，把兩隻小手合在短小的外衣前面，望著他這麼來來回回地忙碌，覺得怪有趣的，但並沒有想給僕人幫一下忙。然而等茶桌安排好以後，她緩緩走到她的姑母前面。

「您說，爸爸會反對我來沏茶嗎？」

伯爵夫人用挑剔的目光仔細端詳著她，沒有回答她的問題。

「可憐的姪女，」她說，「這是妳最好的外衣嗎？」

「不是，」帕茜回答，「這只是平常穿的衣服。」

「您說，我來看妳的時候，這也是平常日子嗎？何況今天還有梅爾夫人和那位漂亮小姐呢。」

帕茜思忖了一會兒，用嚴肅的目光把提到的人一個個看了一遍，後來臉上突然堆起了美好的笑容，說：

「我還有一件漂亮衣服，不過那也是很普通的。它根本比不上妳們那些美麗的衣服，那我何必拿它來獻醜呢？」

344

一位女士的畫像
The Portrait of a Lady

「既然它是妳最漂亮的衣服,妳一定要把它穿上,妳在我面前一定要打扮得漂漂亮亮。下一次別忘了穿它。我覺得,他們沒有盡量讓妳穿得好一些。」

孩子愛惜地把那條太舊的裙子往下拉一拉直,「穿這身衣服沏茶正合適,您說是嗎?您不相信爸爸會讓我沏茶嗎?」

「這我說不上來,孩子,」伯爵夫人說,「妳父親的想法,我捉摸不透。梅爾夫人比我知道得清楚,妳可以問她。」

梅爾夫人露出平時那種和藹的神情,笑了笑,「這是一個很有分量的問題,我得想想。在我看來,妳父親看到一個細心的小女孩替他沏茶,是會感到高興的。這是一個女孩子長大以後應盡的職責。」

「我也這麼想呢,梅爾夫人!」帕茜喊了起來,「您會看到我幹得多麼好。每人一調羹。」於是她開始在茶桌旁忙起來了。

「給我兩調羹,」伯爵夫人說,她和梅爾夫人望著她,沒再說什麼。過了一會兒,伯爵夫人又開口了⋯

「聽我說,帕茜。我想問妳,妳覺得妳的客人怎麼樣?」

「哦,她不是我的客人,她是爸爸的客人。」帕茜說。

「阿切爾小姐也是來看你的。」梅爾夫人說。

「這使我太高興了。她對我非常客氣。」

「那麼妳喜歡她嗎?」伯爵夫人問。

---

1 隆吉(Pietro Longhi, 1701-1785),義大利威尼斯派畫家。哥雅(Francisco José de Goya y Lucientes, 1746-1828),西班牙畫家。

第二十五章　　345

「她真可愛，真可愛，」帕茜用她那清新動聽的聲調說了兩遍，「我太喜歡她了。」

「妳覺得妳爸爸也喜歡她嗎？」

「咳，算了，伯爵夫人！」梅爾夫人輕聲勸阻道。接著又對孩子說：「去叫他們來喝茶吧。」

「也許他們還不想喝茶呢。」帕茜說，一邊走去叫那兩個人。他們仍在草坪的另一頭蹓躂。

「如果阿切爾小姐要做她的母親，那當然得了解一下，孩子喜歡不喜歡她。」

「妳的兄弟要是結婚的話，那可不是為帕茜結婚的。」梅爾夫人回答，「她已經快十六歲了，到那時她需要的是丈夫，不是繼母。」

「妳也會替她找一位丈夫吧。」

「我當然會關心她的婚姻大事。我想妳也會關心。」

「說實話，我不想管！」伯爵夫人喊了起來，「我自己已經夠了，我幹麼還要把丈夫看得這麼重要？」

「妳的婚姻不美滿，那正是我要說的。我講一個丈夫，意思是指一個好的丈夫。」

「沒有一個好的。奧斯蒙德也不會好。」

梅爾夫人把眼睛閉了一會兒。

「妳現在的心情很不好，」她接著說道，「我想，到了妳的兄弟，或者妳的姪女真要結婚的時候，妳不會真的反對。談到帕茜，我相信將來有一天，我們會一起來關心她，替她物色一位丈夫。妳認識的人多，這是很好的條件。」

「是的，我心裡很煩躁，」伯爵夫人回答，「妳老是惹我生氣。妳這麼冷靜，叫我不能理解。妳是

346　一位女士的畫像　The Portrait of a Lady

一個奇怪的女人。」

「我們經常採取一致行動,那會好得多。」梅爾夫人繼續道。

「妳這是要脅迫我嗎?」伯爵夫人問,站了起來。梅爾夫人搖搖頭,彷彿心裡很得意,「我沒這個意思,妳確實不像我那麼冷靜!」

這時,伊莎貝爾和奧斯蒙德先生正向她們慢慢走來。伯爵夫人問道:「妳真的相信,他會使她幸福嗎?」

「如果他跟阿切爾小姐結婚,我想,他的行為會像一位紳士的。」

伯爵夫人全身扭動著,做出了各種各樣的姿勢,「妳是指大多數紳士的行為?那真是謝天謝地啦!當然,奧斯蒙德是一位紳士,他的親姐姐用不到別人來提醒她。但難道他認為,他可以跟隨便哪一位姑娘結婚嗎?當然,奧斯蒙德是一位紳士,但我必須說,我從來沒有,的的確確從來沒有見過像奧斯蒙德那樣自命不凡的人!他這是憑的什麼,我說不上來。我是他的親姐姐,我照理應該知道。請問,他是怎樣一個人?他做過些什麼?如果他的出身有什麼特別尊貴的地方——如果他是用特殊材料做成的那麼照理我應該知道一點其中的消息。如果這個家族有過它的光榮史,有過輝煌的業績,我當然也會盡量利用這一切,這完全符合我的利益。可是沒有,沒有,沒有。一個人當然覺得他的父母很了不起,可妳的也一樣啊,這是不成問題的。時至今日,每個人都自以為了不起,連我也變得了不起了。妳不要笑,我一點也沒有誇張。至於奧斯蒙德,他好像一直相信他是神的後代。」

「妳愛怎麼說都可以。」梅爾夫人道,「我們可以相信,她對這些連珠炮似的話聽得很仔細,儘管她的眼睛沒有看講話的人,她的手也忙於整理衣服上的緞帶結子。

第二十五章

「你們奧斯蒙德家是優秀的家族——你們的血一定有非常純潔的來源。妳的兄弟是個聰明人,他相信這點,儘管他拿不出證據來。妳在這問題上太謙遜了,但妳自己也是非常傑出的。至於妳的姪女,那該怎麼說呢?這孩子是個小公爵夫人。儘管這樣,」梅爾夫人補充道,「奧斯蒙德想跟阿切爾小姐結婚,不是輕易可以成功的。只是他不妨試試。」

「我希望她拒絕他。這可以殺殺他的威風。」

「我們不應該忘記,他是最聰明的男人之一。」

「我以前已經聽妳說過這話,但我還沒發現他幹過什麼。」

「他幹過什麼?他從沒幹過一件不應該幹的事。他知道怎樣等待。」

「是等待阿切爾小姐的錢吧?這有多少?」

「我不是這個意思,」梅爾夫人說,「阿切爾小姐有七萬英鎊。」

「啊,可惜她生得這麼漂亮,」伯爵夫人宣稱,「做犧牲品,任何女孩子都辦得到。她不需要有高人一等的條件。」

「如果她不是高人一等,妳的兄弟就不會愛上她了。他必須得到最好的。」

「是的,」伯爵夫人回答,一面跟梅爾夫人一起走前幾步,去迎接另外那兩個人,「他是不容易滿足的。這使我不得不為她的幸福擔憂!」

第二十六章

吉伯特・奧斯蒙德再度拜望了伊莎貝爾，那是說，他又到克里森蒂尼宮去了。他在那兒還有其他朋友，他對杜歇夫人和梅爾夫人一向也是彬彬有禮，同樣友好的。但前面那位夫人發現了一個事實，就是在兩個星期中，他專程拜訪了五次。她把它跟她不難回想起來的另一個事實做了比較，那就是以前他來到尊貴的杜歇夫人面前表示敬意，一年至多兩次，而且每逢梅爾夫人在這裡進行週期性訪問的時候，杜歇夫人從沒看到他光臨過。由此可見，他不是為杜歇夫人來的，他們是老朋友，他絕不會為她勞動大駕。他不喜歡拉爾夫——拉爾夫對她這麼說過——因此不能設想奧斯蒙德先生會突然對她的兒子另眼相看。

拉爾夫一向不露聲色，把一件不太合身的文雅外衣裹在身上，它像做工拙劣的外套，不過這件外套是從不脫下的。他認為奧斯蒙德先生是很好的同伴，任何時候都樂意接待他。但他沒有欺騙自己，認為他們的客人來訪的動機是要糾正過去的誤會。他對當時的情況看得比別人清楚——原因在於伊莎貝爾，憑良心說，她有足夠的吸引力。奧斯蒙德是藝術鑑賞家、美的研究者，他自然會對這麼一件稀罕的藝術品感到興趣。

因此，當他的母親對他說，很清楚，奧斯蒙德先生在想什麼的時候，拉爾夫回答道，他完全同意她的看法。從很早的時候起，杜歇夫人已把奧斯蒙德先生列入了她為數不多的幾個客人的名單中，只是她還不太明白，他是憑什麼方法和手段——儘管它們是不值得恭維的，但很聰明——使他到處受到歡迎

的。由於他不是一個常來打擾的客人，他當然也沒有機會使她感到討厭，而且他的表現告訴杜歐夫人，他完全無求於她，正如她無求於他一樣，而這種品質，說來奇怪，她認為是跟她保持友好關係的基礎。儘管這樣，他覺得她居然敢覦她的外甥女，還是很不滿意。從伊莎貝爾方面來看，這種結合幾乎是反常的、病態的。她想到他。杜歐夫人很容易聯想到，那位女孩子拒絕過一個英國貴族。一位年輕小姐，連沃伯頓勳爵都不在她的眼裡，如果對一個來歷不明的美國蹩腳畫家發生好感，而這個人又是個中年的鰥夫，還有一個怪模怪樣的女兒，又沒有固定的收入，這在杜歐夫人心目中，當然與美滿的姻緣是掛不上勾的。由此可見，她對婚姻問題採取的不是感情觀點，而是政治觀點——這種觀點一向是最得人心的。

「我相信她不應該那麼傻，去聽他胡言亂語。」她對兒子說。

拉爾夫回答道，「伊莎貝爾聽不聽是一回事，怎麼回答又完全是另一回事。」

他知道，她聽過幾個當事人——像他父親愛用的說法——向她吐露心事，但也使別人聽了她的答覆。他覺得非常有趣，在他認識她的這短短幾個月中，他又看到了一個新的求婚者找上門來。她希望增長閱歷，見識世面，命運真是投其所好，幾位體面的紳士接連不斷拜倒在她的腳下，這本身便是一件了不起的事。拉爾夫還在等待看到第四位、第五位以至第十位求愛者。他不相信她會在第三位面前停止下來。她當然不會讓這第三位登堂入室。他有一種隱晦曲折、光怪陸離的表達方式，也許他用聾啞人的手勢跟她交談還更好一些。

「我不明白你是什麼意思，」她說，「你用的比喻太多，我從來不懂這些啞謎。在所有的語言中，最重要的，我認為只有兩個字：『是』和『否』。如果伊莎貝爾要嫁給奧斯蒙德先生，不管你用多少比

喻,她還是要嫁給他。讓她自己去為她所做的事尋找合適的比方吧。關於那位在美國的年輕人,我知得不多,我也不相信她會花時間去考慮他。據我猜測,他已經等得不耐煩,不會再等她。現在只要她對奧斯蒙德先生有點意思,什麼也不能阻止她嫁給他。這都沒什麼,誰也不像我那麼贊成獨行其是。但是她不應該幹出這麼荒唐的事來,她很可能為了奧斯蒙德先生的高談闊論,為了那些米開朗基羅的複製品嫁給他。她反對利害打算,好像只有她一個人面臨著利害打算的危險!等他把她的錢花光以後,看她會不會不計較利害。在你父親去世以前,她的思想本來就是那樣,這以後,它更變得登峰造極了。她應該嫁給一個她相信不是為了看中她的錢才娶她的人,這一點的最好證明,就是他自己有一份家私。」

「親愛的母親,我可並不擔心,」拉爾夫回答,「她是在愚弄我們大夥兒呢。當然,她喜歡自行其是,但她這麼做是要從跟人的接觸中研究人的天性,同時又保持自己的自由。她正在進行一次勘探旅行,我不相信,她剛剛出發,遇到了一個吉伯特‧奧斯蒙德,就會改變她的航向。她可能會延緩個把鐘頭,但不等我們發覺這點,她又會再度出發了。請原諒,我又用了一個比喻。」

杜歇夫人也許原諒了他,但她還是不放心,因此不能不向梅爾夫人表示她的憂慮。

「妳什麼都知道,」她說,「妳一定也知道這件事,那個古怪的傢伙是不是在追求我的外甥女?」

「妳是說吉伯特‧奧斯蒙德?」梅爾夫人睜大了明亮的眼睛,露出充分理解的神色,驚叫道,「上帝保佑我們,真有這樣的事!」

「難道妳從沒想到過?」

「妳使我覺得我像個傻瓜一樣,不過我得承認,我沒想到過。」接著,梅爾夫人又補充道:「我不知道,她有沒有想到過這事。」

第二十六章　　　　　　　　　　　　　　　　　　　351

「我得馬上問問她。」杜歇夫人說。

梅爾夫人考慮了一下,「別讓她想到這種事。只要問奧斯蒙德先生就行了。」

「我不能那麼做,」杜歇夫人說,「我不想讓他來質問我:這關我什麼事?」——他對伊莎貝爾有了那種企圖,是很可能這麼講的。」

「我可以替妳問他。」梅爾夫人自告奮勇地說。

「但他也可以說,這關妳什麼事?」

「跟我毫不相干,但正因為這樣,我才可以問他。這件事跟我的關係比任何人少,他因此可以任意搪塞,愛怎麼講就怎麼講。不過我卻可以乘機從他的話中聽出他的意思來。」

「那了解後的結果怎樣,妳馬上告訴我,」杜歇夫人說,「我不便跟他談,至少可以跟她談。她的朋友從這話中引起了警惕,「對她不能操之過急,不要勾起她的幻想。」

「我從來不會幹勾起別人幻想的事。但我始終覺得,她會幹出一些⋯⋯嗯,不合我心意的事。」

「妳不會喜歡這件事。」梅爾夫人說,沒有用疑問的口氣。

「請問,我怎麼會喜歡?奧斯蒙德先生是個窮光蛋,一無所有。」

梅爾夫人又沉默了一下。那若有所思的微笑把她的嘴扭向了左上角,「奧斯蒙德當然不是頭號人物。但他這個人在順利的條件下是能給人良好印象的。據我所知,吉伯特·奧斯蒙德給過人這種印象。」

「我不要聽他的桃色事件,那也許只是玩弄女性,我對它們毫無興趣!」杜歇夫人喊道,「妳所說的正是我不希望他再上門來的原因。據我所知,他在世上一無所有,除了一、二十件古畫,還有一個淘

352

一位女士的畫像
The Portrait of a Lady

「古畫是很值錢的東西呢，」梅爾夫人說，「至於那位女兒，她還很小很天真，沒什麼害處。」

「換句話說，她是一個枯燥無味的黃毛丫頭。妳是不是這個意思？沒有財產，按照這兒的風俗，她別指望攀一門好親事，因此得由伊莎貝爾來供養她，或者給她一份嫁妝。」

「也許伊莎貝爾願意照顧她呢。我覺得她喜歡那個可憐的孩子。」

「這又是要請奧斯蒙德先生別再上門來的一個原因！要不，再過一星期，我們就會發現，伊莎貝爾已經相信，她的生活使命就是要證明，一個繼母可以犧牲自己──為了證明這點，她當然首先要使自己成為繼母。」

「她會成為一個很可愛的繼母，」梅爾夫人笑道，「但我完全同意妳的意見，她最好不要輕易決定她的使命是什麼。改變一個人的人生觀往往像改變一個人的鼻子那麼困難──它們都處在核心地位，一個處在性格的中央，一個處在臉的中央。我會把事情了解清楚，向妳回話。」

這一切完全是瞞著伊莎貝爾進行的，她根本沒有想到，她跟奧斯蒙德先生的關係已成為大家議論的題目。梅爾夫人沒向她透露一個字，讓她有所警覺。她也沒有向奧斯蒙德先生直接提到這件事，正如她沒有向佛羅倫斯的其他先生們提到這件事一樣，這些人現在不時來拜訪阿切爾小姐的姨母，人數很多，有本地人也有外國人。伊莎貝爾覺得，奧斯蒙德先生很有趣──這是她事後的回憶，因此她常常喜歡想到他。她訪問他的山頂以後，帶回了一個印象，這個印象是她以後對他的認識所改變不了的，那就是一個沉靜的、聰明的、敏感的、與眾不同的其他幻想和憧憬、跟最美妙的傳奇故事完全一致的人，在俯瞰著美麗的亞諾河谷的、苔蘚叢生的花園中踽踽獨行，攙著一個小女孩的手，她那銀鈴般清

第二十六章　　353

脆的聲音給她的童年增添了新的魅力。這幅畫並不鮮豔奪目，但她喜歡它那低沉的情調，那洋溢在畫面上的夏晚的朦朧氣氛。它表現了一條生活道路，那條最激動她心靈的道路：表現了一種在客觀事物、主觀意識和社會接觸——她怎麼說好呢？——之間，在膚淺和深刻的生活之間進行的選擇；表現了至今仍有時隱隱作痛的舊日的創傷；表現了一種在可愛的土地上度過的孤獨而勤奮的生活；表現了既得自天然，又經過人工培植的對美和善的嚮往——這個人把自己的一生獻給了它們，他生活在美麗如畫的風景中，生活在拾級而上的山頂上，生活在整齊的義大利花園的碧草清泉中，他與他的女兒相依為命，那種既一往情深、又無可奈何的、奇異的父愛，像大自然的雨露一樣，灌溉著他生活中的不毛之地。

在克里森蒂尼宮，奧斯蒙德先生的神態每次都一樣：開頭有些靦腆——這無疑是一種敏感的表現！——然後努力打開這個不利局面（這是只有同情的眼睛才能看到的），努力的結果通常就出現了那許多輕鬆活潑、充滿信心，甚至有些咄咄逼人、但始終顯得含蓄雋永、耐人尋味的談話。奧斯蒙德先生講話時，沒有自我炫耀的缺點。伊莎貝爾覺得不難相信這個人是真誠的，因為他處處表現出他具有堅強的信念，例如，凡是符合他看法的話，也許尤其是出自阿切爾小姐之口的時候，他都光明正大、理直氣壯地表示贊同。還有一點也是這位年輕小姐感到滿意的，這就是他跟人談天是為了娛樂，並不像有些人那樣是為了取得某種「效果」。儘管他的想法有時顯得奇怪，他講起來總是娓娓動聽，熟練自然，那些話像做手杖用的磨光的圓球、杖頭和杖柄，木質優良，必要的時候連在一起，便成了一根新手杖，不是臨時應急、從普通的樹上折下來的樹枝，儘管揮舞得漂亮，也還是一根樹枝。

有一天，他把他的小女兒帶來了，伊莎貝爾重新見到她，感到分外興奮。

當孩子仰起前額,讓大家親吻的時候,伊莎貝爾清楚地想起了她在法國戲劇中看到的一個 ingénue[1]。她從沒見到過這種類型的女孩子,美國的小女孩與她完全不同,英國的也不一樣。儘管帕茜在世界上只是個小女孩,她的態度卻這麼嫻雅、端莊,然而從內心來看,她又那麼天真,充滿著孩子氣。她坐在沙發上,伊莎貝爾旁邊,身上披一件薄紗無袖外套,手上戴的是梅爾夫人給她的所謂實用的灰色小手套,手套上只有一粒鈕扣。她像一張白紙——外國小說中理想的 jeune fille[2]。伊莎貝爾希望,這美好潔白的一頁將會寫上給人以教益的文字。

格米尼伯爵夫人也來拜望過她,但伯爵夫人完全是另一回事。她絕對不是一張白紙,她已給寫上了各種各樣的字。杜歇夫人對她的來訪絲毫不引以為榮,相反,宣稱她身上帶有許多不容置疑的汙點。確實,格米尼伯爵夫人在女主人和她的羅馬客人之間,引起了一場小小的爭論。在這場爭論中,梅爾夫人(她不是一個傻瓜,只會對人唯唯諾諾,以致令人討厭)巧妙地利用了女主人所能允許的最大限度的表示異議的特權。杜歇夫人聲稱,這個聲名狼藉的女人居然這麼放肆,在這種日子闖到克里森蒂尼宮來,她應該早已知道,她在這裡是不受歡迎的。

伊莎貝爾因此知道了姨母府上對伯爵夫人的評價。按照這種評價,奧斯蒙德先生的姐姐生性輕薄,她的放蕩行為由於處置不善,已弄得滿城風雨,無法掩飾——而這是在這類問題上最起碼的要求——她的名聲已一敗塗地,再也不宜在社會上流通。她的母親更加厚顏無恥,由於覬覦外國的貴族

---

1. 法文,意為「天真少女、仙女、精靈」。
2. 法文,意為「少女」。

稱號——說句公道話，女兒當時也許還沒有把這種稱號放在心上——把她嫁給了一位義大利貴族。他可能給了她一些口實，使她不能對他的凌辱逆來順受。然而伯爵夫人是能夠以牙還牙的，她得不到丈夫的安慰，就自己安慰自己，時至今日，在這條歧途上已流連忘返了。儘管她一再做過友好的表示，杜歇夫人從沒同意接待她。佛羅倫斯不是一個嚴肅的都市，但正如杜歇夫人所說，她總得在某個地方劃一條界線。

梅爾夫人以飽滿的熱情和機智，替那位不幸的夫人辯護。她真不明白，為什麼杜歇夫人要把一個女人當作替罪的羔羊，她實在沒有幹什麼壞事，她只是好人犯了些錯誤。一個人當然應該劃條界線，但是要劃界線，就得劃直——把格米尼伯爵夫人排斥在外的界線，是一條彎彎曲曲的粉筆線。如果那樣，杜歇夫人不如把她的大門關起來，只要她還待在佛羅倫斯，這也許是最好的辦法。一個人應該公平合理，不能任意製造差別。毫無疑問，伯爵夫人不夠謹慎，她不像其他女人那麼聰明。她是一個老實人，根本談不到聰明，但是從什麼時候起，這也成了把人們排除在上流社會之外的理由？關於她的流言蜚語，那是很早以前的事，而且她希望成為杜歇夫人的座上客，這正是最好不過的證明，她決心改正錯誤。

伊莎貝爾對這場有趣的爭論不能表示什麼，甚至沒有耐心聽她們爭吵。她並不後悔她向這位不幸的夫人表示了友好的歡迎，不論她有多少缺點，她至少有一個優點，那就是她是奧斯蒙德先生的姐姐。伊莎貝爾想，既然她喜歡那位弟弟，她當然也應該盡可能喜歡那位姐姐。儘管世界已日趨複雜，她還是尊重這些原始的關係。她在別墅跟伯爵夫人會面的時候，對她沒有什麼良好的印象，但現在有機會來補救這缺陷，她覺得很高興。

奧斯蒙德先生不是說過她是一個好心的女人嗎？吉伯特・奧斯蒙德的這句話還只是一個簡陋的輪廓，但梅爾夫人給它補充了一些細節。她向伊莎貝爾談到可憐的伯爵夫人，談得比奧斯蒙德先生多，還講到了她結婚的經過和後果。那位伯爵是托斯卡納的世家子弟，但已經敗落，因此儘管艾米・奧斯蒙德不太美麗，這卻沒有影響她的終身，他還是願意娶她為妻。她的母親能給的妝奩不多，數目大約與她弟弟已經取得的那份遺產相等。不過那以後格米尼伯爵繼承了一筆錢，以致儘管他的妻子有了各種藉口，在義大利人看來，他們的日子還是過得滿不錯的。伯爵是個荒淫無恥的傢伙，這使他的揮霍成性，在義大利人看來，他們的日子還是過得滿不錯的。伯爵是個荒淫無恥的傢伙，這使他的妻子有了各種藉口。她沒有孩子，雖然生過三個，但都在出世後不到一年便死了。她的母親喜歡附庸風雅，發表過一些敘事詩，還以義大利為題材給英國一些週刊寫通訊。這位母親在伯爵夫人結婚後三年死了——她的父親早已去世，那還是在美國開始形成的黎明時期，對他的印象早已消失在朦朧的曙光中了，但據說他本來很有錢，性情粗獷。梅爾夫人認為，這一切在吉伯特・奧斯蒙德身上留下了痕跡——可以看出他是由一個女人養大的。但是，儘管奧斯蒙德太太喜歡自稱為「美國的柯麗娜」[3]，應該為她的兒子說句公道話，他倒像是由一個更實事求是的女人養大的。她在丈夫死後，帶著孩子來到了義大利，杜歇夫人還記得她來以後的頭幾年的情形。她認為那是一個勢利得可怕的婦人，但這在杜歇夫人說來，是一種反常的看法，因為這位夫人也像奧斯蒙德太太一樣，是主張根據名利地位來考慮婚姻問題的。

3　柯麗娜（Corinna）是法國浪漫主義女作家斯達爾夫人（Madame de Staël，1776-1817）的長篇小說《柯麗娜》（Corinna or Italy）的主人公，一個熱情奔放的少女，後為情人拋棄，抑鬱而死。

伯爵夫人是一個很不錯的朋友,她並不像表面那麼幼稚,只要注意到她相處得很好,那就是不要把她講的任何話信以為真。梅爾夫人為了她的弟弟的緣故,總是待她很好。對艾米的任何友好表示,都使他感激不盡,因為,如果他肯直言不諱的話,他總覺得,她的尖聲怪叫,她的自我吹噓,她的低級趣味,尤其是她那些不顧事實的謊話。自然,他不可能喜歡她的作風,她玷汙了他們家的名聲。他不喜歡她,對她感到哭笑不得,她不是他心目中的那種女人。

他心目中的女人怎樣?哦,那就是跟伯爵夫人相反,一貫尊重事實的女人。不過伊莎貝爾還想不出,她的客人在半小時內給她講了多少假話,伯爵夫人給她的印象倒不如說是愚蠢而真誠的。她講的話幾乎總離不開她自己,說她多麼喜歡認識阿切爾小姐,多麼希望得到一個真誠的朋友;佛羅倫斯的人又多麼下流,她多麼討厭這個地方,多麼想住到別處去,例如巴黎、倫敦,或者華盛頓;在義大利,除了一些老式花邊,要弄到好的裝飾品多麼困難;各地的生活費用多麼貴,她過的日子又是多麼艱難,多麼困苦。伊莎貝爾把這些話原原本本告訴了梅爾夫人,後者聽得津津有味。但她不必聽了這些話才能消除自己的顧慮,總的說來,她不怕伯爵夫人,她有她最好的辦法,那就是不露出怕她的樣子。

這時,伊莎貝爾還有一位客人,這個人,哪怕在她背後,也是不容易對付的。亨麗艾特·斯塔克波爾在杜歇夫人前往聖雷莫以後,也離開了巴黎,取道南下,經過義大利北部的一些城市,大約在五月中旬來到了亞諾河邊。梅爾夫人一見面就看清了她,從頭到腳看清楚了。經過一陣失望的折磨之後,她決定對她採取容忍的態度。事實上,也是決定對她表示好感。她不是一朵香氣撲鼻的玫瑰花,但至少是可以把握在手裡的蕁麻。梅爾夫人把她緊緊握在手裡,使她的影響縮小到了最低限度。伊莎貝爾覺得,她的預料沒有錯,她對她朋友的寬闊胸懷做了正確的估計。亨麗艾特到來的消息,是由班

一位女士的畫像
The Portrait of a Lady

特林先生宣布的,他從尼斯到達這兒的時候,她還在威尼斯。他本以為可以在佛羅倫斯找到她,但她還沒有抵達,因此他只能到克里森蒂尼宮來表示他的失望。

亨麗艾特本人的駕臨是在兩天以後,這在班特林先生心頭引起的興奮是不言而喻的,因為自從遊覽凡爾賽以後,他還沒有跟她見過面。他的處境的幽默意味也是有目共睹的,但只有拉爾夫·杜歇把它公開表示出來。他在自己的屋子裡當著正在那兒吸雪茄的班特林先生談笑風生,把鋒芒畢露的斯塔克波爾小姐和她的英國支持者大開了一番玩笑。班特林先生對這種玩笑完全不以為意,坦率地承認,他只是把他們的活動看作一場有益的智力遊戲。他非常喜歡斯塔克波爾小姐,覺得她的肩膀上長著一個奇妙的腦袋,認為跟這樣的女人來往十分有趣。她並不老是考慮她應該怎麼說,應該怎麼做,或者他們應該怎麼做,可是事實上,他們做得很出色!斯塔克波爾小姐從不在乎人家怎麼看他們,既然她不在乎,請問他為什麼要在乎?不過他的好奇心已給激發起來,他非得弄個水落石出不可,看她究竟在乎不在乎。他準備跟著她到處轉悠——他覺得他沒有理由先停下來。

但亨麗艾特根本沒有停下來的意思。她在離開英國的時候,充滿著希望,現在正充分領略著那應接不暇的印象。確實,在內在生活方面,她已不得不打消主意。歐洲大陸的社會問題,甚至比她在英國見到的更加困難重重。但是大陸上的外在生活卻總是看得見、摸得到的,隨時可以用在寫作上,不像那些隱晦的島國居民的生活習慣那麼不可捉摸。照斯塔克波爾小姐的天才說法,一個人出了大門,一眼看到的就是掛毯的正面。可是出了大門,來到英國,看到的卻是反面,根本不知道它放在外部生活上。她在威尼斯對它研究了兩個月,從那裡給《會談者報》發了不少通訊,暢談威尼斯河什麼圖樣。不得不承認這點是痛苦的,但亨麗艾特對隱祕的事物感到失望之後,現在已把大部分注意力

第二十六章　　　　　　　　　　　　　　　　359

懷著這個意圖，她目前在佛羅倫斯只預備停留幾天。班特林先生要陪她一起前往羅馬，她向伊莎貝爾指出，由於他以前去過那裡，由於他受過古典教育——他在那座凱撒的城市裡，他曾在伊頓公學讀書，那裡除了拉丁文和懷特—梅爾維爾[6]的作品什麼也不讀——他會是一個最有用的同伴。這時候，拉爾夫忽然生出一個愉快的想法，建議伊莎貝爾由他親自陪同，也到羅馬去觀光一次。她本打算今年冬季上那兒居住一段時間——那是很好的，不過現在去遊歷一次也未嘗不可。美麗的五月還剩下十天，這真正喜愛羅馬的人說來，是一年中最好的一個月。伊莎貝爾也會成為羅馬的愛好者，這是可以事先做出的結論。何況她還可以有一位久經考驗的女性旅伴，梅爾夫人要留在杜歇夫人這兒，她是離開羅馬來過夏季的，現在不想回去。這位夫人表示，她喜歡佛羅倫斯的安靜生活，她已經把她的寓所上了鎖，把她的廚子打發回帕勒斯特利納了。然而她慫恿伊莎貝爾同意拉爾夫的建議，還告訴她，一個好的嚮導在羅馬是不容忽視的。實際上，伊莎貝爾不用慫恿，因此這四個人就著手安排他們的旅行了。這次，杜歇夫人沒有對缺乏年長婦女陪伴的情況提出異議，我們已看到，她現在開始相信，我們的年輕女士應該獨立活動以前要做的事情之一，就是會見吉伯特‧奧斯蒙德，把她到羅馬去的事告訴他了。

「我很願意在羅馬陪妳玩玩，」他說，「我希望跟妳一起遊覽那個美妙的地方。」

她遲疑了一會兒，「你要來就來吧。」

「但是有不少人跟妳在一起。」

「是的,」伊莎貝爾承認,「我當然不會只有一個人。」

暫時他沒有再說什麼。

「妳會喜歡它的,」他終於又說,「它已經給糟蹋得不像樣子,不過妳還是會喜歡它的。」

「這個可憐的古城——說真的,它像各民族的尼俄伯[7]——既然它給糟蹋壞了,我應該不喜歡它吧?」她問。

「我想不會。它是經常遭到損壞的,」他笑道,「要是我去的話,我把我的小女孩怎麼辦呢?」

「你不能把她留在別墅裡嗎?」

「我不大願意那麼做——雖然那兒有一個很好的老婦人可以照顧她。我請不起保姆。」

「那麼你把她帶去就是了。」伊莎貝爾直截了當地說。

奧斯蒙德先生有些為難,「她整個冬季都在羅馬,在修道院裡。而且她還太年輕,不是一個愉快的旅伴。」

「你不愛帶她出門?」伊莎貝爾問道。

4　在威尼斯市內,由於犯人必須經由此橋前往監獄,因而得名。

5　塔索(Torquato Tasso, 1544-1595),義大利著名詩人,寫有《耶路撒冷的解放》(La Gerusalemme liberata)。

6　懷特-梅爾維爾(G. J. Whyte-Melville, 1821-1878),蘇格蘭作家,擅長描寫狩獵文化與馬術運動,也寫過一些以古羅馬為背景歷史小說,很受當時英國一些貴族學生的歡迎。

7　尼俄伯(Niobe)是古希臘神話中一個多子女的母親,這裡指各民族的母親。

第二十六章　　361

「是的,我認為女孩子應該跟社會隔絕。」

「我可是在另一種方式下長大的。」

「妳?哦,妳可以那麼辦,因為妳……妳是一個例外。」

「我不明白這是為什麼。」伊莎貝爾說,然而她認為這句話也有一些道理。

奧斯蒙德先生沒有解釋,他只是繼續道:「如果我相信,她在羅馬的社會生活會使她變得像妳一樣,那麼我一定明天就把她送到那裡去。」

「不要使她像我,」伊莎貝爾說,「應該使她像她自己。」

「我可以把她交給我的姐姐,」奧斯蒙德先生說。他的神情有點像在徵求她的意見,他彷彿很喜歡跟阿切爾小姐談他的家庭事務。

「對,」她贊成道,「我覺得這辦法很好,這是不至使她像我的!」

她離開佛羅倫斯以後,吉伯特·奧斯蒙德在格米尼伯爵夫人家遇到了梅爾夫人。當時還有其他人在場——伯爵夫人的客廳通常座無虛席,大家在那裡無話不談。過了一會兒,奧斯蒙德先生離開自己的座位,走到一張土耳其長榻那裡坐下,長榻的位置一半在梅爾夫人的椅子旁邊,一半在它的背後。

「她要我跟她一起到羅馬去。」他壓低了嗓音說。

「跟她一起去?」

「等她動身以後我再去。這是她提出的。」

「我想你的意思是說,你提出以後,她同意這麼辦。」

「當然,我讓她自己選擇。但是她很贊成,非常贊成。」

「我聽到這話感到高興，但不要高喊勝利喊得太早了。當然，你應該到羅馬去。」

「是的，」奧斯蒙德說，「這是妳出的主意，它使人不得不幹下去！」

「算了，不要裝模作樣，好像你不樂意似的，你太不知好歹了。這麼多年來，你還從沒這麼專心幹過一件事。」

「這件事妳辦得很漂亮，這是我應該感謝妳的。」奧斯蒙德說。

「然而還不夠好。」梅爾夫人回答。她談話時照例露出微笑，靠在椅背上，眼望著客廳。

「你給了她很好的印象，我還親眼看到，她也給了你很好的印象。你從沒為我到杜歐夫人家去過這麼多次。」

「這姑娘還不算討厭。」奧斯蒙德平靜地承認道。

梅爾夫人瞅了他一眼，同時帶著堅決的神氣把嘴唇閉得緊緊的。

「對那麼好的一個女孩子，你能說的就這麼一句話嗎？」

「就這麼一句？這還不夠？妳聽見我為多少人說過更多的話？」

她沒有回答，但還是露出談話時的微笑，望著客廳。

「你叫我捉摸不透，」她最後咕嚕道，「我想到我可能使她掉進深淵就心裡發抖！」

奧斯蒙德聽了幾乎感到很高興，「妳不能後退了──妳已經走得太遠。」

「很好，但今後可得靠你自己去做啦。」

「我會做的。」吉伯特‧奧斯蒙德說。

梅爾夫人不再作聲，他又換了個座位。

第二十六章　　　　　　　　　　　　　　　　363

但當她站起來要走時,他也告辭了。杜歐夫人的敞篷馬車在院子裡等著她,他扶她上了馬車,但仍站在那兒,不讓她走。

「你太不謹慎了,」她說,有些不耐煩,「在我走的時候,你應該留在那兒別動。」

他摘下帽子,用手抹了一下額角,「我老是不注意,我忘記了這個習慣。」

「你實在不可捉摸。」她又說了一遍,望了望房屋的窗戶,那是位在新市區的一幢現代建築。

他沒有留意這話,只顧談自己的事,「她確實很可愛,我幾乎沒有見過比她風度更好的人。」

「你這麼說,我很高興。你越喜歡她,我也越滿意。」

「我非常喜歡她。她像妳描摹的一樣,此外我覺得她還具有熱烈的獻身精神。她只有一個缺點。」

「那是什麼?」

「她太會思想。」

「我警告過你,她很聰明。」

「幸虧那全是很壞的思想。」奧斯蒙德說。

「為什麼要說幸虧?」

「夫人,因為那是必須統統拋棄的!」

梅爾夫人靠在座位上,直愣愣地望著前面,然後吩咐車夫趕起車來。

但奧斯蒙德又叫住了她,「如果我去羅馬,我把帕茜怎麼辦?」

「我會去看她的。」梅爾夫人說。

第二十七章

我們這位小姐對羅馬的深刻感染力反應如何,我不想做全面的報導,我也不想分析她憑弔古羅馬廣場時的心情,或者計算她在跨進聖彼得教堂門檻時脈搏跳動的次數。我只想說,她的印象正是她這樣一個清新活潑、熱情洋溢的人所必然感受的。她一向愛好歷史,而在這兒,街上的每一塊石頭,陽光中的每一粒分子,都包含著歷史。她的想像力馳騁在偉大的歷史事件中,凡是她的足跡所到之處,都有過這類事件。它們引起了她強烈的激動,然而那都是在內心中。她的同伴們發覺,她講話比平常少了。有時,拉爾夫·杜歇裝出一副沒精打采、呆頭呆腦的樣子,彷彿在從她的頭頂上觀看景物,實際卻垂下眼睛,在仔細詳她。但從她自己來說,她覺得她非常愉快,這是她一生中最愉快的時刻。人類可怕的過去使她感到窒息,但是有一種與眼前密切相關的聯想,卻使它突然長上了翅膀,可以在藍天中任意翱翔。各種不同的感覺麋集[1]在她的心頭,她簡直不知道,它們會把她帶往何處。她在一種強自克制的狂喜中,遐想聯翩——她從她接觸的事物中看到的東西,往往比它們實際所有的多得多,然而默里的書[2]中列舉的項目,她卻又有許多沒有看到。正如拉爾夫所說,羅馬當時正處在最動人的時

---

1 編註:成群聚集的意思。
2 默里(John Murray)為十九世紀著名的出版企業,於一八三六年發行紅皮袖珍而便於攜帶的默里旅遊指南(Murray's Handbooks for

刻。大批吵吵鬧鬧的遊客已經離開，許多莊嚴肅穆的地方又恢復了它們莊嚴肅穆的面貌。蔚藍的天空光輝燦爛，泉水從長滿青苔的石孔中汩汩噴濺，已不再那麼冷，聲音也更悅耳動聽了。在溫暖明朗的街頭巷尾，常常可以看到一簇簇鮮豔的花朵。

我們的朋友們到達後第三天下午，到古羅馬廣場去參觀最新的發掘工作，[3] 這項工程比前一段時期已大為擴展。他們從現代的街道往下走，來到聖路，邁著虔敬的步子在那兒徘徊，只是這種虔敬在各人身上的表現不同。亨麗艾特‧斯塔克波爾印象最深的，是古羅馬的路面跟紐約的非常相似，她甚至覺得，在這古老的街道上還隱約可見的深深的戰車車轍，跟美國馬車的鐵輪輾成的溝紋一模一樣。太陽已開始落山，空中迷漫著金黃色的暮靄。毀損斷裂的圓柱和殘缺不全的雕像墊座投下的長長陰影，鋪展在這片廢墟上。亨麗艾特隨著班特林先生向前漫步，她聽到他把尤利烏斯‧凱撒稱作「不要臉的傢伙」，顯然覺得很滿意。拉爾夫則把他早已準備提供的各種解釋，滔滔不絕地灌進我們的女主人公全神貫注的耳朵中去。一位卑躬屈節的古蹟講解員在這一帶躉來躉去，一心要為這兩位遊客效犬馬之勞，他那流利的講解也沒有由於遊覽季節的過去而稍見遜色。發掘工作正在廣場的一個偏遠角落裡進行，因此他提出，如果「先生們」願意去走走，就可以看到許多有趣的東西。這個建議主要是對拉爾夫，不是對伊莎貝爾說的，因此她請她的同伴去滿足好奇心，她可以耐心地等待他回來。拉爾夫跟著導遊走了，伊莎貝爾坐在一間和地點非常合她的口味，她願意獨自待在這兒領略這種樂趣。拉爾夫跟著導遊走了，伊莎貝爾坐在一根倒塌的圓柱上，離朱比特神廟不遠。她希望得到短時間的安靜，但她沒有享受多久。她對羅馬這些粗獷質樸的古蹟懷有濃厚的興趣，它們散布在她的周圍，雖然經歷了許多世紀的風吹雨打，還保留著不少人類生活的痕跡。然而她的思想經過了一系列不可捉摸的變化，卻飄飄忽忽地進入了當前更活躍的事物

366

一位女士的畫像
The Portrait of a Lady

和領域中間。從遠古的羅馬到伊莎貝爾‧阿切爾的未來，是一段漫長的歷程，然而她的想像力卻完成了迅速的飛躍，現在已在較近、較豐富的田野上慢慢徘徊。她深深地沉浸在自己的思想中，因此當她把眼睛移向腳邊，注視著鋪在地上的一排已有裂縫、但還沒有破碎的石板時，她沒有聽到逐漸行近的腳步聲。不久，一個陰影闖進了她的視覺範圍，她抬起頭來，看到了一位先生——他不是拉爾夫，不是他覺得那些發掘毫無意思而提早跑了回來。這個人看到她，吃了一驚，就像她也吃了一驚一樣。他站在那兒，向著她驚訝得發白的臉色舉帽行禮。

「沃伯頓勳爵！」伊莎貝爾喊了一聲，站起身來。

「我沒有想到這是妳。我從那邊角上轉過來，正好碰到了妳。」

她向周圍看看，做了解釋，「我一個人在這裡，幾個朋友剛才走開。我的表兄到那兒去參觀古蹟的發掘工作了。」

「哦，原來這樣。」沃伯頓勳爵的眼睛呆呆地望著她指點的方向。現在他堅定地站在她前面，已經恢復了平靜，似乎還希望讓她看到這點，只是神情十分親切。

「別讓我打擾妳，」他繼續說，望著她有些消沉的蒼白臉色。「我想妳大概累了。」

「是的，我很累。」她躊躇了一會兒，然後又坐下了。

「但是請你別為我中斷你的遊覽。」她補充了一句。

3　Travelers），開旅行指南類書籍的先河。

於十九世紀起，義大利陸續發掘古羅馬廣場、神廟與其周邊街道，並修復各種古蹟的遺址。

第二十七章　367

「沒什麼，我一點事也沒有。我沒想到妳在羅馬。我剛從東方來。我只是路過這兒。」

「是的，我到國外已經六個月了——從上一次見到妳以後不久，我就走了。我到過土耳其和小亞細亞，前幾天才從雅典來到這裡。」他盡量使自己顯得很自然，但仍有些拘束，直到向這位少女又瞧了一會兒後，才完全平靜下來。

「你這次旅行一定走了不少地方。」伊莎貝爾說，她聽拉爾夫講過，沃伯頓勳爵已離開英國。

「妳希望我離開，還是可以讓我在這兒待一會兒？」

她的反應很合乎人情，「我並不希望你離開，沃伯頓勳爵，見到你，我覺得很高興。」

「謝謝妳這麼說。我可以坐下嗎？」

伊莎貝爾坐的這根有凹槽的柱子，可以供好幾個人休息，哪怕一位氣宇軒昂的英國紳士也能夠在這兒找到寬敞的位置。於是那個偉大階級的優秀標本，在我們的年輕小姐旁邊坐了下去。在接著的五分鐘內，他問了她幾個問題，都是偶然想起的，有的他還問了兩次，由此可見，他沒有聽到她的回答。他還向她提供了一些自己的消息，這對她逐漸平靜的女性意識不是毫無作用的。他重複了不只一次，說他沒有想到會遇見她，很明顯，這次邂逅即使他感到措手不及，毫無準備。他的表情條忽變換著，一會兒顯得輕鬆自然，一會兒顯得莊嚴沉重，一會兒快活，一會兒又有些不好意思。他穿的衣服顯得寬大，上下身也不一致，這是英國人在國外旅行時的打扮，它既考慮到了舒適，又能說明他們的國籍。他那平靜和藹的眼睛，那雖然黝黑、仍顯得鮮嫩的古銅色皮膚，那魁梧的身材，那謙遜的儀表，以及那種紳士和探險家一般的神態，都說明他可以代表不列顛族，不論到哪裡，都不會使對它懷有友好態度的人感到失望。伊莎貝爾看到了這

一切，她為自己始終喜歡他覺得高興。顯然，儘管他受了重大打擊，他仍保持著他的一切優點——這些品質，可以說體現了那些偉大尊貴的家庭的本質，它們像這些家庭的核心裝置和設備一樣，一般的騷動對它們不起作用，除非整個大廈坍毀，它們才會同歸於盡。他們談到了一些自然會談到的事：她的姨父的去世、拉爾夫的健康狀況、她怎樣度過她的冬季、她對羅馬的訪問、她的返回佛羅倫斯、她的避暑計畫、她所居住的旅館以及沃伯頓勳爵的漫遊生活，他的動向、意圖、印象和現在的住處。最後他們陷入了沉思，但是這沉默表現了比他們任何人的話更多得多的意義，以致他最後的話反而是多餘的了。

「我寫過幾封信給妳。」

「給我？我從沒收到你的信。」

「我沒有把信發出。我把它們燒了。」

「啊，」伊莎貝爾笑了起來，「你這麼做，比我這麼做更好一些！」

「我想妳不會重視這些信，」他繼續說，「那種老實的態度也許使她很感動，「我覺得，不管怎麼說，我沒有權利寫信來打擾妳。」

「我得到你的消息，會感到很高興。你知道，我希望……希望……。」但她把話咽了下去，覺得把這種想法講出來毫無意義。

「我知道妳要說什麼。妳是希望我們始終做好朋友。」這句客套話在沃伯頓勳爵口裡，顯得索然無味，然而他喜歡用這樣的口氣。

伊莎貝爾覺得沒什麼好講的，只得說道：「請不要再談這一切了。」

但她又意識到這句話不比前一句有意思一些。

第二十七章　　369

「即使讓我談，這對我也不是什麼安慰！」她的朋友大聲強調道。

「我不能為了安慰你來欺騙你。」姑娘說。

儘管她一動不動地坐在那裡，她的心卻回到了六個月前給他的那個使他不滿的答覆上面，她覺得自己勝利了。他舉止文雅，強大有力，殷勤體貼，沒有比他更好的男子。但她的答覆沒有變。

「我不想安慰我，這做得很對，這是由不得妳自己的。」她在離奇的喜悅心情中，聽得他這麼說。

「我曾經希望我們能重新見面，因為我並不擔心你會使我感到我對不起你。但如果你像現在這樣，那麼這只能給你帶來更大的痛苦，不會使你愉快。」於是她站了起來，神色顯得有些莊嚴，一邊張望著，看她的朋友們來了沒有。

「我並不想要妳感到妳對不起我，我絕不會那麼說。我只想讓妳知道一、兩件事，不妨說那是為了使我聊以自慰。我不會再舊事重提。我去年向妳談的事，使我的心情老是起伏不定，我幾乎不能考慮任何別的事。我竭力想忘記它——我不斷努力這麼做。我還試圖對另一個人發生興趣。我告訴妳這些，因為我希望妳知道我盡了自己的責任。我沒有成功。正是為了同樣的目的，我到了國外——離開英國越遠越好。人們說，旅行可以使人忘記一切，但它沒有使我忘記。自從我最後一次看到妳以來，我還一直想念著妳。我的心情完全沒有變。現在我還是那麼愛妳，我那時對妳說的每一句話，至今仍是同樣真實的。就在我對妳說話的這個時刻，我還是同樣感到——這是我很大的不幸——妳對我有著不可超越的魅力。是的，我不能縮小這個事實。然而我並不想繼續來麻煩妳，剛才那只是一會兒工夫。我不妨補充一句，幾分鐘以前我遇到妳的時候，雖然我完全沒有想到會遇見妳，說實話，我卻正在捉摸，不知道妳這會兒在哪裡。」他已經恢復了他的自制力，在談話的時候，他已一切正常。他的樣子彷彿在一個小小的

370

一位女士的畫像
The Portrait of a Lady

委員會上發言——向它平靜而準確地發表一篇重要聲明,只是偶然看一下藏在帽子裡的發言提綱(那頂帽子摘下後沒有再戴上)。可想而知,委員會已理解了他的觀點。

「我常常想到你,沃伯頓勳爵。」伊莎貝爾回答,「你可以相信,我會永遠那麼做。」然後她換了一種口氣,彷彿既想保持親切的意味,又想貶低那句話的意義,說道:「這對雙方都是沒有害處的。」

他們並排走著,彷彿在試想起他的兩個妹妹,要他向她們轉達她的問候。他希望知道,她打算什麼時候離開羅馬,聽到她說出停留的期限後,他聲稱他很高興,因為這日子還很遠。

「你為什麼要那麼說,你自己不是僅路過這兒嗎?」她問,有些擔心似的。

「咳,我說我路過這兒,我的意思當然不是把羅馬只當作克拉彭樞紐站。路過羅馬就是在這兒停留一、兩個禮拜。」

他笑了笑,彷彿在試探她似的:「妳不喜歡我留在這兒。妳怕常常看到我?」

「這不是我喜歡不喜歡的問題。我當然不能為了我離開這個城市。但我承認我怕你。」

「怕我又舊事重提嗎?我保證注意這點。」

他們逐漸停下,面對面站了一會兒。

「可憐的沃伯頓勳爵!」她說,露出了希望使兩個人都感到愉快的同情。

4 克拉彭樞紐站(Clapham Common),倫敦西南郊外的火車交接站。

第二十七章　　371

「可憐的沃伯頓勳爵,一點不錯!但我會小心的。」

「你可能會不愉快,但你不必使我也變得這樣。那是我不能允許的。」

「如果我相信我能使妳不愉快,我也許會試一下。」

「我絕不再說一句妳不愛聽的話。」

「很好。要不,我們的友誼就完了。」

「也許有一天——過一段時間——妳會允許我⋯⋯」

「允許你使我不愉快嗎?」

他遲疑了一下。

「允許我重新向妳說⋯⋯。」但他把話咽了下去,「我要保持沉默,永遠保持沉默。」

拉爾夫·杜歇在參觀發掘工作時,遇到了斯塔克波爾小姐和她的衛士,現在三個人從地洞周圍的一堆堆泥土和石塊中走出來,望見了伊莎貝爾和她的同伴。可憐的拉爾夫又是高興又是驚奇,大聲招呼他的朋友。亨麗艾特尖聲叫了起來:「我的天,那位勳爵來了!」拉爾夫和他的鄰居在不露感情的融洽氣氛中見了面——這是英國朋友在長期分別之後見面的方式——斯塔克波爾小姐則睜起聰明的大眼睛,瞪著那位晒得黑黝黝的旅行家。但她馬上確定了她對這個意外事件的態度。

「恐怕你不記得我了吧,先生。」

「不,我完全記得妳,」沃伯頓勳爵說,「我曾經請妳到我家裡去玩,但妳始終不肯賞光。」

「我不能要我到哪裡就到哪裡。」

「好吧,那我就不再邀請妳啦。」洛克雷莊園的主人大笑起來。

「但如果你邀請,我一定去,一定去!」

沃伯頓勳爵儘管很高興,還是沒有邀請她。

班特林先生站在一旁,不想上來搭訕,到現在才乘機向勳爵點了點頭,後者友好地回答道:「啊,班特林,你在這兒?」一邊說一邊跟他握手。

「哎喲,」亨麗艾特說,「我還不知道你認識!」

「我想妳不會知道我認識的每一個人的!」班特林先生打趣道。

「我認為,一個英國人認識了一位勳爵,他是一定會告訴你的。」

「我想,班特林先生恐怕是不好意思提到我。」沃伯頓勳爵說,又笑了起來。伊莎貝爾看到這情形,覺得很愉快,在他們取道回家的時候,她輕鬆地歎了口氣。

第二天是星期日,上午她寫了兩封長信,一封給她的姐姐莉蓮,另一封給梅爾夫人,但在兩封信中,她都沒有提到一位被拒絕的求婚者威脅她要再度向她提出要求。按照習慣,每逢星期日下午,所有虔誠的羅馬人(而最虔誠的羅馬人往往是來自北方的滿族)都前往聖彼得大教堂做晚禱。我們的朋友們已相互約定,一起驅車前去。午飯後,馬車到來前一小時,沃伯頓勳爵來到巴黎大飯店,拜望兩位小姐。拉爾夫、杜歇和班特林先生已一起上街。客人似乎想以實際行動向伊莎貝爾證明,他決心遵守昨天傍晚做出的諾言。他既謹慎又坦率,甚至沒有流露一點表情,或者做過一點暗示。他要讓她自己去判斷,他可以成為一個多麼好的純粹的朋友。

他談他的旅行,談波斯和土耳其,於是斯塔克波爾小姐問他,她去訪問這些國家是否「值得」,他向她保證,一個女性在那兒可以大有作為。伊莎貝爾對他很客氣,但是她感到納悶,猜不透他的目的是

第二十七章　　373

什麼，他表現得這麼豁達大方，希望得到什麼。如果他希望讓她看到他是多麼好的一個人，那可以不必多此一舉。她已經知道，他在一切方面都是正直大方的，對於這個信念，他不能再增加什麼。何況他在羅馬這件事本身，就使她惴惴不安，好像什麼地方出了差錯。然而在他結束訪問的時候，他卻說他也要到聖彼得教堂去，他會在那兒等候她和她的朋友們。她不得不回答，他可以一切聽便，不必管她。

到了教堂，她穿過鑲嵌棋盤花紋的廣場時，他是她遇到的第一個人。她不是那種高貴的旅遊者，會對聖彼得教堂感到「失望」，認為它徒有虛名，不夠偉大。當她第一次張在門口、簾下步入教堂的時候，當她第一次置身於巍峨的拱頂下，看到日光從香煙繚繞、金碧輝煌的空中，從大理石、鑲花圖案和青銅製品的反光中，濛濛細雨般撒下的時候，她只覺得眼花撩亂，頭腦中的偉大的觀念膨脹起來了。這以後，它再也不會感到缺乏翱翔的空間。她像一個孩子或者一個鄉下人一樣，看得目瞪口呆，驚訝不止，對著這雄偉壯麗的場面默默禮贊。沃伯頓勳爵跟在她旁邊，談著君士坦丁堡的索菲亞大寺院；她有些擔心，怕他談到最後，又會要她注意他的模範行動。晚課還沒有開始，但是在聖彼得教堂可看的東西很多，而且這地方寬敞異常，幾乎帶有一種世俗的性質，似乎它不僅可以滿足精神活動的需要，同樣可以滿足體力活動的需要，形形色色的禮拜者和觀光者匯集在一起，大家可以各取所需，互不妨礙或干涉。在這種莊嚴偉大的氣氛中，個別的輕率言行不可能產生多大影響。不過伊莎貝爾和她的同伴們是無可指責的，因為亨麗艾特林先生雖然坦率地宣稱，米開朗基羅設計的圓頂比不上華盛頓的國會大廈，但這種批評，她主要是對著班特林先生的耳朵講的，後來在《會談者報》的專欄上，它才以更尖銳的方式出現。伊莎貝爾隨著沃伯頓勳爵對教堂做了巡禮，他們來到入口處左首的唱詩班附近，教廷歌手的聲音從麇集在門口的人群頭上向他們飄來，人群中，本地的羅馬人和好奇的外國人同樣的多。他們在

人群外面站住,聽著神聖的樂聲在空中回旋。顯然,拉爾夫已同亨麗艾特和班特林先生擠進裡面去了,只見屋裡煙霧瀰漫,跟莊嚴的讚美歌聲打成一片,下午的光線從高大的窗戶經過窗旁雕花的牆壁斜射進來,在煙霧中變得銀光閃閃。過了一會兒,歌聲停止了,沃伯頓勳爵似乎又打算離開那裡。伊莎貝爾只得跟著他,但剛一轉身,就發現了吉伯特・奧斯蒙德,原來他剛才就站在她後面不遠的地方。於是他興高采烈地走上前來——他的到來好像一下子使他們站的地方變得擁擠起來了。

「那麼你終於來了?」她說,向他伸出手去。

「是的,我昨天夜裡到的,今天下午上妳的旅館找妳去了。他們告訴我,妳到這兒來了,我正找妳呢。」

「別的人進裡面去了。」她決定這麼說。

「我不是為別人來的。」他毫不猶豫地回答。她望著別處,沃伯頓勳爵在看他們,也許他聽到了這句話。她突然想起,這正是他到花園山莊來向她求婚的那個早上對她講的話。奧斯蒙德先生的話使她臉上湧起了紅暈,而這回憶並不能驅散它們。為了掩蓋這一切,她給兩人互相介紹了姓名。幸好這時班特林先生已從唱詩班那兒出來,正以英國人特有的毅力從人群中往外擠著,他後面跟著斯塔克波爾小姐和拉爾夫・杜歇馬上變得憂心忡忡,似乎有些不以為然。然而他沒有違反必要的禮節,立刻露出恰如其分的親切臉色,向他的表妹說道,她馬上會把她所有的朋友都吸引到這兒來了。他見到過奧斯蒙德先生,她已經有機會向伊莎貝爾表明態度,說她不喜歡他,就像她不喜歡她的另幾位崇

第二十七章　　　　　　　　　　　　　　　　　　　375

拜者——杜歐先生、沃伯頓勳爵，甚至巴黎的小羅齊爾先生——一樣。她老實不客氣地說：「我不知道妳是怎麼回事，但妳這位漂亮小姐吸引來的卻都是最彆扭的傢伙。戈德伍德先生是唯一我還滿意的人，可是妳偏偏不喜歡他。」

「妳對聖彼得教堂有何觀感？」奧斯蒙德先生這時問我們的年輕小姐。

「它很大，顯得光輝奪目。」她隨便回答道。

「它太大了，使一個人覺得自己像原子一樣渺小。」

「這不正是我們在人間最偉大的教堂裡應有的感覺嗎？」她問，彷彿對自己這句話很讚賞似的。

「如果是一個微不足道的人，那麼這是他在任何地方都應有的感覺。但是不論在教堂還是在別的地方，我都不喜歡這種感覺。」

「我看你是應該當教皇才對！」伊莎貝爾喊了起來。她想起了他在佛羅倫斯對她說過的一些話。

「我沒有說我不想當！」吉伯特·奧斯蒙德說。

這時，沃伯頓勳爵已來到拉爾夫·杜歐身旁，兩人在一起蹓躂。

「那位跟阿切爾勳爵說話的先生是誰？」勳爵問。

「他名叫吉伯特·奧斯蒙德，住在佛羅倫斯。」拉爾夫說。

「還有呢，他是怎樣一個人？」

「什麼也不是。哦，對啦，他是美國人，但人們忘記了這點，他已經一點不像美國人了。」

「他認識阿切爾小姐很久了？」

「三、四個禮拜。」

「她喜歡他嗎?」

「她正在考慮。」

「結果會怎樣?」

「結果?」拉爾夫問。

「她會不會喜歡他?」

「你是說她會不會接受他吧?」

「對,」沃伯頓勳爵過了一會兒說,「我想我要問的正是這個可怕的問題」。

「如果沒有人干預,也許不會。」拉爾夫回答。

勳爵愣了一會兒,終於明白了,「那麼我們應該保持沉默?」

「絕對沉默。一切聽其自然!」拉爾夫說。

「萬一她走上那條路呢?」

「也許不會吧?」

沃伯頓勳爵聽了,起先沒說什麼,但接著又開口了,「他非常聰明嗎?」

「非常聰明。」拉爾夫說。

「他的朋友想了想,「還有呢?」

「你還需要什麼?」拉爾夫嘆了口氣。

「你是說她還需要什麼吧?」

拉爾夫挽著他的胳臂,轉過身去。他們得跟其他人會合了。

第二十七章　　　　　　　　　　　　377

「要知道,我們不能給她提供什麼。」

「好吧,如果她不要我們提供什麼⋯⋯。」勳爵一邊走,一邊寬容地說。

第二十八章

下一天晚上，沃伯頓勳爵又到旅館去探望他的朋友們，他在那裡得悉，他們已上歌劇院了。他驅車前往歌劇院，打算按照義大利人方便的習慣，上他們的包廂拜訪他們。那是一家第二流的劇場，他獲准進去後，在寬敞、簡陋而光線暗淡的場子裡東張西望。一場戲剛才結束，他可以任意走來走去尋找他們。他一排排包廂望過去，望了兩、三排以後，在一間最大的包廂裡看到了他一眼就認得出來的少女。她的旁邊是吉伯特·奧斯蒙德，他靠在椅背上坐著。包廂裡似乎只有他們兩個人，沃伯頓心想，她的朋友們大概利用幕間休息，到比較涼快的休息室去了。他站在那兒，望著包廂裡那一對有趣的人，一時不知道該不該上去打斷他們那融洽的談話。最後，他明白，伊莎貝爾發現了他，這件事使他下了決心。他取道前往樓上，在樓梯口遇見了拉爾夫·杜歇，後者正慢吞吞往下走，顯得百無聊賴似的，戴著帽子，兩手照例放在老地方。

「我剛才已看到你在下面，正要來找你。我覺得很孤單，想找個伙伴呢。」拉爾夫迎著他說。

「你有一位很好的伙伴，你自己把她丟了。」

「你是指我的表妹吧？唉，她有了一個客人，就不要我啦。斯塔克波爾小姐和班特林又上咖啡館吃霜淇淋去了——斯塔克波爾小姐喜歡吃霜淇淋。我想他們也不需要我。這歌劇又不堪入目，那些女角兒跟洗衣婦似的，唱起歌來像孔雀叫。我一點興趣也沒有。」

「你還是回家去好。」沃伯頓勳爵直截了當地說。

「把我那位年輕小姐留在這個糟糕的地方?不成,我得看著她。」拉爾夫同樣用充滿譏嘲和傷感的口吻說。

「她有的是朋友。」

「可不是,因此我才得看著她呢。」

「如果她不要你,她大概也不會要我。」

「不,你不一樣。你到包廂去,待在那兒,讓我在外邊走走。」

沃伯頓勳爵走進包廂,伊莎貝爾對他的歡迎,像是見到一位認識多年的老朋友,他不禁在心裡問自己,難道她已發現了一塊美妙的新大陸?他和奧斯蒙德先生前一天已經認識,兩人互相問了好。自從他進來後,那位先生一直冷冷地坐在一邊,默不作聲,彷彿不論他們談什麼,他都不屑理睬。何況她的談話說明她十分沉靜,它表現了一種聰明伶俐、深思熟慮的友好態度,由此可見,她的一切機能都處於正常狀態。可憐的勳爵度過了一些迷惘困惑的時刻。她發揮了一個女人最大的能耐,使他完全失去了希望。然而她那些圓滑巧妙的談吐,她為什麼要對他玩這些花招?她的聲音裝得那麼甜蜜,又意味著什麼呢?包廂很寬敞,有的是地方,沃伯頓勳爵只要挪後一點,就可以坐在暗處,不引人注目。他這樣坐了半個小時,奧斯蒙德先生在他前面,身子向前傾斜,胳膊肘支在膝上,他的前面便是伊莎貝爾。沃伯頓勳爵什麼也沒有聽到,從他那陰暗的角落裡也什麼都看不到,只看見這位小姐的輪廓在劇場昏暗光線的襯托下,顯得格外清晰。幕又落下

380

一位女士的畫像
The Portrait of a Lady

了，這一次沒有人離開。奧斯蒙德先生在跟伊莎貝爾談天，沃伯頓勳爵仍留在自己的角落裡。不過他待了沒多長時間，便站起身來，向兩位小姐道了晚安。伊莎貝爾沒有挽留他，這使他再一次感到困惑。為什麼她對他的一個方面——那完全是虛假的——這麼重視，而對另一個方面——那是完全真實的——卻毫不理會？他為自己的困惑感到生氣，然後又為自己的生氣感到生氣。維爾第的音樂不能安慰他，他離開了劇場，步行回家。他不認識路，只是在彎彎曲曲的淒涼的羅馬街道上イ亍，在這兒，多少人曾懷著比他更加深沉的憂鬱，在星光下徘徊過呢！

「那位先生是怎麼一個角色？」客人走後，奧斯蒙德問伊莎貝爾。

「一個無可指責的人——你難道看不出來嗎？」

「他幾乎擁有半個英國——他就是這麼一個角色，」亨麗艾特說，「這就是他們所說的一個自由的國家！」

「啊，那麼他是一個大財主？好幸福的人！」吉伯特·奧斯蒙德說。

「你認為操縱窮人的生命財產是一種幸福嗎？」斯塔克波爾小姐喊了起來，「他操縱著他的佃戶，他們有千千萬萬。當然，誰都想擁有一些財物，但我只要沒有生命的東西就夠了。我不指望擁有人們的血和肉、思想和良心。」

「據我看，沃伯頓支使他的佃戶還不如妳支使我厲害呢。」班特林先生打趣道，

「我想，妳至少也掌握著一、兩個人，」

1　維爾第（Giuseppe Fortunino Francesco Verdi, 1813-1901），義大利歌劇作曲家，寫有歌劇三十餘。

「沃伯頓勳爵是一個激進派人物,」伊莎貝爾說,「他的思想非常進步。」

「他的公館也非常高大,他的莊園是用大鐵柵欄圍起來的,周圍有三十來英里,」亨麗艾特說,無異在向奧斯蒙德先生介紹情況,「我希望他跟我們波士頓的激進分子談談。」

「他們不贊成用鐵柵欄嗎?」班特林先生問。

「除非用來關押做惡多端的保守分子。我總覺得我跟你講話的時候,好像隔著一道頂端有碎玻璃的圍牆!」

「這位沒有經過改革的改革家,妳跟他很熟嗎?」奧斯蒙德繼續問伊莎貝爾。

「相當熟,因為我很喜歡他。」

「喜歡到什麼程度?」

「喜歡到我願意喜歡他的程度。」

「願意喜歡他──這不是一種自然的感情!」奧斯蒙德說。

「不,」她考慮了一下,「那是說,我但願能不喜歡他。」

「妳是要挑起我對他的嫉妒吧?」奧斯蒙德笑道。

她暫時沒說什麼,但過了一會兒,露出跟這個輕鬆的問題不相稱的嚴肅神情回答道:「不,奧斯蒙德先生,我想,我已經不敢給你的嫉妒火上加油了。」然後又用比較和緩的口氣說道:「不管怎樣,沃伯頓勳爵是一個很好的人。」

「他是一個很有才能的人嗎?」

「有出色的才能,就像他的外貌一樣。」

「妳是說,就像他有漂亮的外貌吧?他是很漂亮。多麼叫人嫉妒的幸運!又是英國的大人物,又聰明又漂亮,最後,還能得到妳的好感!那正是我所羨慕的一個人。」

伊莎貝爾懷著興趣打量著他,「我覺得,你好像總在嫉妒著什麼人。昨天你嫉妒的是教皇,今天變成了可憐的沃伯頓勳爵。」

「我的嫉妒對人沒有害處,連一隻耗子也傷害不了。我並不想消滅別人,我只想跟他們一樣。妳瞧,我要消滅的實際倒是自己。」

「你喜歡當教皇嗎?」伊莎貝爾說。

「我是想當當教皇的,不過現在打這個主意已經太遲了。」接著,他把話鋒一轉,問道:「不過,妳為什麼說妳的朋友可憐呢?」

「女人——如果她們非常、非常好——有時在傷害男人之後,便說他們可憐,這是她們表示同情的偉大方式。」拉爾夫說,這是他第一次在談話中插嘴。他毫不掩飾自己的嘲笑態度,因此反而顯得沒有什麼惡意了。

「難道我傷害了沃伯頓勳爵嗎?」伊莎貝爾問,揚起了眉毛,彷彿她壓根兒沒想到過這點。

「如果妳傷害了他,那是他活該。」亨麗艾特說,這時舞臺的幕又升起了。

這以後二十四小時內,伊莎貝爾沒有再見到她那位所謂的受害者。但在看歌劇後的隔天,她在朱比特神廟的美術陳列館遇到了他,他正站在收藏的傑作《垂死的角鬥士》[2]前面。她跟她的同伴們在一起,其中也有吉伯特·奧斯蒙德,大家上了樓梯,走進第一間、也是最好的陳列室。沃伯頓勳爵相當機敏地招呼了她,但過了一會兒又說,他正打算離開陳列室。

第二十八章　　　　　　　　　　　　　　　　　　383

「而且我也快離開羅馬了,」他補充道,「我應該向妳告別。」相當矛盾的是,伊莎貝爾現在聽了這話,卻有些傷心。也許這是因為她已不再擔心他會重新向她求婚,她想到了一些別的事。她幾乎脫口而出,表示她很遺憾,但她忍住了,只是祝他一路平安。這使他有些失望,他望著她說道:「也許妳會認為我『反覆無常』。前幾天我還對妳說,我非常想在這兒住一段時間呢。」

「不,一個人是很容易改變主意的。」

「我正是這樣。」

「那麼,祝你一路順風。」

「妳好像恨不得早點把我打發走。」勳爵說,情緒有些憂鬱。

「哪兒的話。只是我最怕分別。」

「唉,」她說,「你沒有遵守你的諾言!」他可憐巴巴地說。伊莎貝爾瞅了他一眼。

「我做什麼,妳其實都無所謂。」

「你沒有遵守你的諾言!」他像一個十五歲的孩子,把臉漲得通紅,「如果我沒有遵守,那是因為我欲罷不能。正因為這樣,我才要離開這兒。」

「那麼。」

「那麼,再見。」

「再見。」然而他還是逗留著,「我什麼時候能再見到妳呢?」伊莎貝爾遲疑了一下,然後彷彿靈機一動,愉快地說道:「等你結婚以後。」

「那永遠不會。只能等妳結婚以後。」

「那也一樣。」伊莎貝爾笑笑說。

「對,也一樣。再見。」

他們握了手，他便走了。

她一個人留在光輝奪目的屋子裡，周圍是閃閃發亮的大理石古物。她在一圈雕像中間坐下，茫然地望著它們，目光滯留在那些美麗而呆板的臉龐上，彷彿在靜聽它們那永恆的無聲的言語。長時間凝視著大量的希臘雕塑，一點也不受到它們那種崇高的寧靜感染，那是不可能的，至少在羅馬是不可能的。它們好像在一間大房子裡，關上了門，讓和平的白色幕布慢慢降落在人們的心靈上。我說尤其在羅馬是這樣，這是因為羅馬的氣氛是獲得這種印象的最好媒介。金黃色的陽光籠罩著這些雕像，那偉大的靜寂的過去，雖然只剩了一堆空虛的名字，這時仍顯得栩栩如生，似乎賦予了它們一種莊嚴的魅力。神廟的百葉窗半關著，清晰溫煦的陰影分布在雕像上，使它們變得那麼柔和，彷彿真人一般。伊莎貝爾坐了很久，陶醉在望著什麼，它們那異族的嘴唇要向我們的耳朵傾訴些什麼。室內那深紅色的牆壁把它們映襯得更加輪廓鮮明，光滑的大理石地面反映出它們美麗的形體。這些雕像她以前全都看過，但她的樂趣並不稍減，何況這會兒她希望清靜一些，獨自待在這兒。但最後，她的注意力鬆弛了，給有著更豐富的生命力的形象吸引過去了。一位不相識的遊客走進屋子，在《垂死的角鬥士》前面站住，看了一會兒，又從另一扇門中出去了。

半小時後，吉伯特·奧斯蒙德又出現了，顯然他是搶在別人前面來的。他慢悠悠地向她走去，兩手反抄在背後，臉上像平時那樣笑容可掬，彷彿要問什麼，又還不想提出似的，「我沒想到妳一個人在這

2 西元前一世紀希臘雕刻家依弗所的阿加西阿斯所作的著名雕像。

第二十八章　385

「裡，我以為有人給妳做伴呢。」

「是的，那是最好的伴侶。」伊莎貝爾望著安提諾斯[3]和農牧之神的雕像。

「你認為這些伴侶比英國貴族更好嗎？」

「我的英國貴族已經離開我好一會兒了。」她站了起來，故意把話說得冷冰冰的。奧斯蒙德先生發現了她的冷漠態度，這使他對自己的問題更增加了興趣，「我想那天晚上聽到的話可能是真的，妳對那位貴族有些殘忍。」

伊莎貝爾望了一眼那個打敗的角鬥士，「那不是真的。我對他非常同情。」

「我正是這個意思！」吉伯特・奧斯蒙德回答說，顯得那麼興奮，因此應該對他的快活做個說明。現在他看到了沃伯頓勳爵，他認為他是我們知道，他喜歡與眾不同的、罕見的、高級的、美好的事物。這樣，把那位拒絕與英國貴族結成美滿姻緣的少女占為己有，在他眼裡就他的民族和階級的優秀典範。具有了新的魅力，她的條件使她可以成為他寶庫中的一件珍品。吉伯特・奧斯蒙德對英國的貴族階級極其景仰，這主要不是由於它的榮譽，他認為這還是容易超越的，而是由於它那強大的實力。上帝沒有使他成為英國的公爵，這是他始終不能容忍的。伊莎貝爾那種出人意料的行為，當然會引起他的重視。他要娶的女人有過這樣一段美妙的經歷，那真是再好沒有了。

---

[3] 安提諾斯（Antinous）是《奧德賽》（*Odyssey*）中的人物，因追求珀涅羅珀（Penelope），被奧德修斯（Odysseus）殺死。

第二十九章

我們知道，拉爾夫‧杜歇在跟他那位傑出的朋友談話時，對承認吉伯特‧奧斯蒙德的優點，有著不少保留，但是他看到那位先生在遊覽羅馬的其餘日子裡的表現，確實感到自己的度量未免有些狹窄。奧斯蒙德每天要跟伊莎貝爾和她的同伴們消磨一部分時間，以致最後，大家覺得他是一個溫和可親的人。誰會看不到他既機智老練又輕鬆愉快呢？但也許這正是拉爾夫要用交際手腕的舊觀念來責備他的緣故。然而哪怕伊莎貝爾這位別有用心的親戚也不能不承認，在目前他不失為一個討人喜歡的伙伴。他性情溫和，從不發脾氣，又見多識廣，出言吐語生動有趣，使你覺得，好像有一隻友好的手，隨時準備在你吸菸的時候把火送到你的面前。顯然，他興致很好，儘管他不是一個少見多怪的人，這是他值得稱讚的地方。他從不盛氣凌人，大聲叫嚷——在歡樂的協奏曲中，他絕不會去打鼓，連指關節也不會碰它一下。他對刺耳的噪音，對他所說的精神錯亂的胡言亂語天然深惡痛絕。他覺得，阿切爾小姐有時太性急，太直截了當。她有這個缺點是很可惜的，因為要不然，她真可以稱得上完美無缺，她會跟象牙檯球那樣光滑可愛，用起來也得心應手。然而，如果說他從不鋒芒畢露，大喊大叫，他卻是深沉的。在羅馬五月的這最後幾天裡，他一直沾沾自喜，就像在柏格薩別墅[1]的松樹下，在遍地的芳草和鮮

[1] 柏格薩別墅（Villa Borghese），羅馬的名勝之一。

花中，在長滿苔蘚的大理石上，悠閒自得地漫步。他對一切都感到滿意，他還從來沒有同時對這麼多東西感到滿意過。舊日的印象和過去的樂趣復活了。一天晚上，他回到旅館中，便寫下了一首小小的十四行詩，它的題目是《重遊羅馬》。一、兩天後，他把這首精雕細琢的詩拿給伊莎貝爾看，向她解釋道，用寫詩來紀念生活中愉快的事件，是義大利的傳統。

他一向自命清高，孤芳自賞。他不得不承認，他總覺得有一些醜惡或可憎的事使他悶悶不樂，對一切都滿意的幸福心情跟他是很少緣分的。但是現在他很愉快——也許比他一生中的任何時候都愉快，而這種情緒是有堅實基礎的。這實際只是勝利的意識——一種最令人陶醉的心情。奧斯蒙德向來很少這種感覺，在這方面，他沒有嘗到過甜頭，這一點他自己也很清楚，而且常常提醒自己。

「我沒有過僥倖的遭遇，毫無疑問，沒有，」他總是一再對自己說，「如果在我死以前，我能成功的話，我一定要大撈一把。」他自以為是地認為，要「大撈一把」首先就得暗中抱定宗旨，只要有這個決心就夠了。他的一生也不是絕對沒有獲得過成功，確實，在任何一個旁觀者面前，他都可以心安理得地表示，他的成就不大，但已經夠了。只是那些勝利，現在看來，有的已經太久，有的又太微不足道。目前這一次不如預計的那麼困難，但它之所以容易——也就是進展較快——只是因為他做了前所未有的努力，他肯花這麼大的力氣是連他自己都不相信的。希望出人頭地、獲得成功的必要條件，變得越來越來顯露——這是他青年時代的理想。但隨著歲月的流逝，出人頭地、獲得成功的必要條件，變得越來越困難，越來越難以達到了，就像誇耀酒量的人，一杯杯越喝越不是味道一樣。如果掛在博物館牆上的一幅無名氏的畫，有朝一日終於被人發現，原來它出自一位名家的手筆，只是它的優美特色未引起重視而已，那麼，要是這幅畫有知覺和靈性的話，它的喜悅可想而知。現在，奧斯蒙德也處在這種狀態，他的

一位女士的畫像
The Portrait of a Lady

「優美特色」是由那位少女經過別人小小的指點之後發現的。如今不僅她自己在欣賞這幅畫，還要把它印出去，介紹給全世界。而且這件事不必他花絲毫力氣，她會替他辦理一切。他的等待總算沒有白等。

在預定回佛羅倫斯前一、兩天，這位小姐收到了杜歇夫人的電報，電報內容如下：「六月四日離佛羅倫斯，去貝拉焦，如爾無其他打算，可同行。請勿在羅馬遊蕩，不能等待。」在羅馬遊蕩是很愉快的，但伊莎貝爾不想遊蕩，於是她寫信給姨母，她將立即回來與她同行。她把這事告訴了吉伯特·奧斯蒙德。他回答說，他在義大利過了許多夏季和冬季，現在打算在聖彼得大教堂清涼的陰影下再休息幾天。他想過十天回佛羅倫斯，到那時，她已經前往貝拉焦了。這樣，他可能要隔好幾個月才能再見到她。這次談話是在我們的朋友們住的旅館裡，那間富麗堂皇的大起居室中進行的，時間已經很晚，明天拉爾夫·杜歇就要攜同表妹回轉佛羅倫斯。奧斯蒙德去時，只有姑娘一個人在那兒。斯塔克波爾小姐認識了住在四樓的一家可愛的美國人，現在已登上漫無止境的樓梯，前去拜望他們。亨麗艾特在旅行中無拘無束，常常會認識一些朋友，伊莎貝爾獨自坐在空空蕩蕩的屋子裡，後來一直跟她保持著重要的聯繫。拉爾夫正在準備明天的行裝，屋子的裝潢顯得黃燦燦的，椅子和沙發用的是橙黃色，牆壁和窗戶用的是紫紅色和金黃色。鏡子和畫裝在火紅色的大鏡框裡，天花板構成高聳的拱頂，畫著一些裸體的女神和小天使。

奧斯蒙德認為，這地方粗俗不堪，色彩不和諧，徒有虛張聲勢的華麗外表。伊莎貝爾拿著一本安培[2]的書，這是拉爾夫在他們到達羅馬的時候送給她的。但是她雖然把它攤在膝上，用手指隨意按住了

---

2 安培（Andre-Marie Ampère, 1775-1836），法國物理學家，對電磁學有重要貢獻，創立了安培定律。

它,卻並不急於閱讀。她旁邊的桌上點著一盞燈,燈罩是用淺紅色的紗紙做的。燈光帶著異樣的蒼白的玫瑰色,照射在她的周圍。

「妳說妳就會回來,但誰知道呢?」吉伯特・奧斯蒙德說,「我覺得,這彷彿就是妳周遊世界的開始。妳沒有必要非回來不可,妳完全可以愛怎麼辦就怎麼辦。妳可以漫遊各地。」

「義大利也是各地之一,」伊莎貝回答,「我可以把它列為一個遊歷的地點。」

「列為妳周遊世界中的一站?不,我不同意。別把我們只當作一個插曲,應該把我們作為專門的一章。我不想在妳的旅途中看到妳。我寧可在這些旅行的終點看到妳。」接著,奧斯蒙德又道:「我希望在妳對旅行感到厭倦和滿足之後看到妳,我寧可那樣。」

伊莎貝垂下了眼皮,用手指撥弄著安培的書,「你是在取笑這些事,雖然表面上好像不是這樣,但我想,那正是你的意思。你瞧不起我的旅行——你認為它們是可笑的。」

「妳從何見得?」

伊莎貝爾用同樣的口氣往下說,一邊用裁紙刀刮著書邊,「你看我一無所知,不懂事,我在各地遊歷,似乎世界是屬於我的,這只是因為⋯⋯因為我有力量這麼做。你不認為一個女人應該這樣,你認為那是胡鬧,是不體面的事。」

「我認為這是很美妙的事,」奧斯蒙德說,「妳知道我的看法——我已經對妳談得很多了。我對妳說過,一個人應該使自己的生活成為一件藝術品,妳還記得嗎?妳起先似乎有些吃驚,於是我告訴妳,我覺得,妳正是在使妳自己的生活變成這樣一件藝術品。」

伊莎貝爾從書上抬起頭來,「你在世上最厭惡的就是拙劣的、淺薄的藝術品。」

「很可能。但我覺得妳的是很純潔、很美好的。」

「如果我打算今年冬天到日本去，你一定會笑我。」伊莎貝爾繼續道。

奧斯蒙德笑了——笑得很明顯，但並不是嘲笑，因為他們的談話沒有開玩笑的意味。伊莎貝爾幾乎顯得有些一本正經，他以前也看到過她這副樣子。

「妳的想像力使我感到吃驚！」

「我完全沒有說錯。你以為這種想法荒謬可笑。」

「到日本去，在我是求之不得的事呢。那是我嚮往已久的國家之一。我對日本漆器那麼感興趣，難道妳還不相信嗎？」

「我可對日本漆器不感興趣，這不能成為我的理由。」

「妳有更好的理由——花得起旅行的費用。妳認為我在笑妳，這是完全錯了。我真不明白，妳怎麼會這樣想的。」

「怪不得你覺得可笑，因為我有錢去旅行，你卻沒有，可是你一切都知道，而我一無所知。」

「這只是使妳更有理由去旅行和學習，」奧斯蒙德笑道。接著，他又煞有介事地補充道：「再說，我也不是一切都知道。」

他為什麼講得這麼鄭重其事，伊莎貝爾沒有注意，她是在想，她生活中最愉快的一件事——她喜歡這麼形容她對羅馬的短暫訪問。在她的印象中，羅馬好像古代的一位王子，披著華麗的長袍，後面拖著長長的衣裾，需要一大批侍從或歷史學家把它提起來——那短短幾天的幸福，即將結束了。這段時期的樂趣，大多得感謝奧斯蒙德先生——這想法不是現在才勉強出現的，她早已對此做出了充分評價。但是

第二十九章　　　　　　　　　　　　　　　　　　391

她對自己說,即使他們有不再見面的危險,這一段經歷畢竟還是美好的。愉快的事不可能經常反覆,這次遊覽彷彿在一個幻想的小島上,觀賞它面海一邊變幻莫測的奇景,而現在,她飽餐了紫葡萄之後,就要在微風吹拂中揚帆離開了。也許,她回到義大利的時候,會發現他變了,而這個奇怪的人使她滿意的正是那過去的他,那麼她寧可不回來也不願冒這風險。但如果她不回來,聽任這快樂的一章就此結束,那更加可惜。一時間她的心在痛苦中怦怦跳動,眼淚湧了上來。這種心情使她沉默不語,吉伯特·奧斯蒙德也沒作聲,他望著她。

「到各地去吧,」他終於用輕輕的、親切的聲音說道,「做妳要做的一切,從生活中取得妳要取得的一切吧。願妳幸福,願妳成功。」

「你所謂成功是什麼意思?」

「能夠做妳喜歡做的一切。」

「那麼,這成功在我看來,正好是失敗!做我們喜歡做的一切,不管它們有沒有意義,這往往是最容易使人感到厭倦的。」

「一點不錯,」奧斯蒙德馬上隨聲附和道,「正如我剛才對妳說的,妳終於有一天會感到厭倦。」

他停了一會兒,然後繼續道:「我不知道,我要對妳說的話是不是不必等以後,還是現在說得好。」

「啊,我不明白你要講什麼,我沒法提供意見。不過,在我厭煩的時候,我是很可怕的。」伊莎貝爾故意漫不經心地補充道。

「我不相信。妳有時會生氣——這我相信,雖然我還沒有見到過。但我知道,妳永遠不會跟人『過不去』。」

「甚至我發脾氣的時候也不會嗎？」

「妳不會發脾氣——妳會控制它，那是很了不起的，」奧斯蒙德說，顯得光明正大，熱情洋溢，「要是我現在不能控制它呢？那是再好沒有了。」

「能夠看到這種情形，那是再好沒有了。」

「我不怕，我會抱著兩臂欣賞妳的態度，真的，我不是說笑話。」他向前俯出一些，把胳臂肘擱在兩個膝蓋上，眼睛朝地面注視了一會兒。最後，他抬起頭來，說了下去：「我要對妳說的是：我覺得我愛上了妳。」

伊莎貝爾驀地站了起來，「請你把這話留到我厭煩的時候再說吧！」

「等妳從別人那裡聽得厭倦以後嗎？」奧斯蒙德仍坐在那裡，抬頭望著她，或者永遠不聽，隨妳的便。但是不管怎樣，我得現在說。」

她轉過身去打算走開，但又停住了，垂下眼睛來打量他。兩人在這樣的姿勢中停頓了一會兒，彼此注視著對方——這是在一生的關鍵時刻發出的聚精會神的觀察。然後他站起來，走到她身邊，態度恭恭敬敬，彷彿怕自己會表現得太隨便似的，說道：「我深深地愛上了妳。」

他又說了一遍，口氣顯得戰戰兢兢的，就像一個人對這抱著極其渺小的希望，但又不得不把心中的話吐露出來。眼淚湧上了伊莎貝爾的眼睛，這一次是由於她心頭感到了一陣劇烈的疼痛，彷彿有一根精緻的門閂突然插上了——這是在前面還是後面，她說不清楚。他講的那些話使他站在那裡顯得那麼美好，那麼崇高，似乎有一道初秋的金黃色光線照亮了他。但從精神上講，儘管她仍面對著他，她卻想躲避這些話，就像另外幾次她聽到這種話想躲避一樣。

第二十九章　　　　　　　　　　　　　　　　　　393

「啊,請你別說了。」她終於回答,這是一種懇求的口氣,在目前,它表現了由於必須做出選擇和決定而產生的畏懼心理。然而最使她感到恐懼的,恰恰是那股似乎能把全部恐懼一掃而盡的力量——她知道自己的心頭,自己的心靈深處,蘊藏著一種感情,那種她認為具有鼓舞力的、信任的感情。它在那裡很安全,就像一筆鉅款存在銀行裡,現在她卻要開始支取它了,這使她感到害怕。她一旦觸動它,它就會失去控制,一躍而出。

「我並不妄想妳會重視這件事,」奧斯蒙德說,「我能給妳的太少了。我所有的,我自己固然覺得夠了,但對妳是不夠的。我既沒有財產,也沒有名望,也沒有任何外在的有利條件。因此我不能給妳什麼。我只是把這告訴妳,因為我想,妳不會認為這是對妳的冒犯,而且將來有一天,它也許會使妳感到愉快。它對我是一種愉快,我可以向妳保證。」他繼續說,站在她的面前,溫存體貼地俯下一點身子,把已經拿在手裡的帽子慢慢轉動著,他的動作有些哆嗦,那是一種可愛的局促不安的表現,但絲毫也不顯得古怪。他那張堅定的、清秀的、已有了幾條皺紋的臉對著她。

「它不會使我痛苦,因為它是非常單純的。對於我,妳永遠是全世界最重要的女人。」

伊莎貝爾看著自己擔任的這種角色——看得目不轉睛,她覺得自己完全能夠勝任。但是她嘴上沒有透露這種自鳴得意的情緒。

「這對我不是一種冒犯,但是你應該知道,除了冒犯,這種事還會給人帶來不便,帶來麻煩。」她聽到自己說「不便」,覺得這是一個可笑的詞,但它卻愚蠢地來到了她的頭腦中。

「我完全知道。當然,這使妳詫異,使妳吃驚。但如果僅僅是這些,那麼這是會過去的。也許它會留下一點什麼,但我不會為此感到羞恥。」

394

一位女士的畫像
The Portrait of a Lady

「我不知道它會留下什麼。不論怎樣,你看到我很鎮靜,」伊莎貝爾說,蒼白的臉上露出了笑容,「我沒有心慌意亂,不能思考。我認為,我們即將分手,這是很好的。我明天就離開羅馬了。」

「當然,我不同意妳這個意見。」

「我還完全不了解你。」她突然說。說完,她的臉刷地紅了,她好像聽到了將近一年前她向沃伯頓勳爵說過的話。

「但願如此。我是很容易了解的。」

「不見得,」她慎重地回答,「你這話是不誠懇的。你並不容易理解,比任何人都不容易。那也許有些誇口,但我相信是這樣。」

「好吧,」他笑了笑,「我那麼說是因為我了解我自己。」

「很可能,不過你是很聰明的。」

「妳也一樣,阿切爾小姐!」奧斯蒙德喊道。

「這會兒我覺得我一點也不聰明。不過我還是得提醒你,你該走了。再見。」

「上帝保佑妳!」吉伯特·奧斯蒙德說,握著她不願伸給他的手。

過了一會兒,他又說道:「如果我們能重新見面,妳會看到我還像妳離開的時候一樣。如果不再見面,我也還是這樣。」

「非常感謝你。再見。」

伊莎貝爾的客人帶有一種沉著而堅決的神氣,他可以自動走開,但不能給撐走。

第二十九章　　395

「還有一件事。我沒有向妳要求什麼,甚至沒有要求妳將來不忘記我,對這一點,妳應該給我公正的評價。不過我想要求妳為我辦一件小事,我這幾天還不回家,羅馬很可愛,對像我這種心情的人,是一個合適的地方。哦,我知道妳不願離開它,但妳聽妳姨母的話,這做得很對。」

「她根本沒有要我離開!」伊莎貝爾奇怪地嚷了起來。

奧斯蒙德顯然也想說一句針鋒相對的話,但話到嘴邊,他又改變了主意,只是簡單地回答道:「好吧,反正一樣,妳要跟她一起走,這是合乎情理的。我們的一切行動都應該合乎情理,我贊成這麼辦。請別計較我這麼老氣橫秋的。妳說妳不了解我,但是妳一旦了解我,妳就會發現,我是非常尊重禮節的。」

「你不是反對俗套嗎?」伊莎貝爾嚴肅地問。

「妳這是問得好!是的,我反對俗套,因為我就是俗套本身。妳難道不明白嗎?」他停了一會兒,笑了笑,又說:「我希望有機會向妳解釋這一切。」接著,突然用輕鬆明朗、單純自然的口氣要求道:「妳還是回來吧!我們還有不少話可以談呢。」

她站在那裡,垂下了眼睛,「你剛才說要我辦一件事,是什麼事?」

「請妳在離開佛羅倫斯以前,去看看我的小女孩。她一個人住在別墅裡,我決定不把她送到我姐姐家裡去,因為她跟我的思想不同。請妳告訴孩子,一定要好好愛她的可憐的父親。」吉伯特・奧斯蒙德充滿柔情地說。

「這是我很高興做的,」伊莎貝爾回答,「我會把你的話告訴她。我再說一次:再見。」

於是他立即恭恭敬敬地出去了。他走後,她又站了一會兒,向周圍打量著,然後帶著深思的神情,慢慢坐了下去。在她的朋友們回來之前,她一直這麼坐著,合抱著雙手,注視著醜陋的地毯。她的驚愕

還沒有減輕,但它已成為一種非常沉靜、非常深刻的心情。剛才發生的一切,正是一星期前她在想像中所嚮往的事,可是當它到來的時候,她卻站住了——那莊嚴的憧憬忽然煙消雲散了。這位年輕小姐的想像力神活動是離奇的,我只能把我看到的告訴你們,我不指望把它變得非常自然。正如我所說,她的想像力現在停止不前了,它的前面出現了一條它不能跨越的鴻溝——一片黑暗的、看不真切的地方,它顯得不可捉摸,甚至似乎充滿著危險,正如籠罩在冬天晚上昏暗的光線下的沼澤一般。但她還是得跨過去。

第三十章

翌日,伊莎貝爾在表兄的陪同下,返回佛羅倫斯。拉爾夫・杜歇平時雖然不喜歡坐火車,這一次在車上接連度過幾個小時,卻覺得異常舒服,因為火車正載著他的表妹,匆匆離開吉伯特・奧斯蒙德所讚美的那個城市,這即將成為一個更大的旅行計畫的第一段路程。斯塔克波爾小姐仍留在那裡,她打算在班特林先生的陪同下,前往拿坡里做一次小小的旅行。按照杜歇夫人規定的動身日期——六月四日,伊莎貝爾只能在佛羅倫斯逗留三天,她決定用最後一天來實踐她的諾言,去探望帕茜・奧斯蒙德。然而,為了服從梅爾夫人的打算,她的計畫差一點做了修改。那位夫人還待在杜歇夫人府上,但她也即將離開佛羅倫斯,她的下一站是托斯卡納山中的一個古堡,當地一家貴族的府邸。跟這家人家的來往(據她說,她是「一向」認識他們的),伊莎貝爾根據她的朋友給她看的一些照片上那雄偉的蝶狀建築推測,是這位夫人引以為榮的一件事。

伊莎貝爾向這位幸運的女人講起,奧斯蒙德先生要求她去看看他的女兒,但沒有提到他還向她做過求婚的表示。

「Ah, comme cela se trouve!」梅爾夫人喊了起來,「我也正想在我走以前去看看這孩子呢。」

「那麼我們可以一起去。」伊莎貝爾按照情理這麼說。

我講「按照情理」,因為這提議不是用很熱情的口吻講的。在她的想像中,她打算單獨去看這孩

子，她覺得這樣更好。然而由於她對梅爾夫人十分尊重，她願意犧牲這種神祕的感情，她的朋友露出微笑，考慮了一下，「算了吧，在這最後幾個鐘頭裡，我們各人都有不少事要辦，何必一定要一起行動呢？」

「很好，我一個人也可以去。」

「妳一個人到一個漂亮的單身漢家裡去，恐怕未必合適吧。他結過婚，但那是很久以前的事啦！」

伊莎貝爾愣住了，「奧斯蒙德先生不在家，這有什麼關係？」

「別人不知道他不在家。」

「別人？妳指什麼？」

「所有的人。」

「妳既然可以去，為什麼我不能？」伊莎貝爾問。

「因為我是個老太婆，妳卻是個漂亮的年輕小姐。」

「就算那樣吧，我是有約在先，妳卻沒有。」

「妳把妳的諾言看得太重了！」梅爾夫人說，臉上掠過一絲帶有溫和的諷刺的笑。

「我把我的諾言看得很重要。難道妳覺得奇怪嗎？」

「妳說得對，」梅爾夫人沉思地說，「我相信妳是真心希望對孩子好。」

「我非常願意對她好一些。」

1　法文，意為「啊，真有這麼巧的事」。

第三十章　　　　　　　　　　　　　　　399

「那麼去看她吧,這不會有人知道。妳告訴她,如果妳不去,我本來是要去看她的……不過,」梅爾夫人補充道,「別說了,她並不在乎。」

伊莎貝爾是坐著敞篷馬車,光明正大地去的。馬車沿著彎彎曲曲的美麗道路向奧斯蒙德先生的山頂駛去。她有些納悶,不明白她的朋友為什麼要說沒有人知道。這位夫人一向穩健持重,在遼闊的海面上航行,不走風浪險惡的海峽,可是每隔一段時間,總會漏出一、兩句使人捉摸不透的話,像是和諧的樂曲中突然出現了一個不協調的音符。那些市井小人的庸俗議論,伊莎貝爾·阿切爾幾時理會過?梅爾夫人也不至於以為她會幹什麼陰私勾當吧?當然不會,那麼她一定另有所指,只是動身前事情忙,來不及解釋罷了。伊莎貝爾哪一天得問問她,有些事她喜歡搞得清清楚楚。她給領進奧斯蒙德先生家的客廳時,聽得帕茜在另一間屋子裡彈鋼琴。小姑娘正練習彈琴呢,伊莎貝爾想到她能夠嚴格地履行自己的職責,覺得很高興。不久帕茜進來了,一邊還在拉直她的外衣。她以機靈而又認真的態度,在她父親家裡替他招待客人。

伊莎貝爾坐了半個小時,帕茜彷彿突然長大了——像童話劇中生翅膀的小仙女,依靠看不見的鐵絲,一下子升到了空中——不再嘰嘰喳喳,而是認認真真地談話,對伊莎貝爾又恭敬又關心,就像伊莎貝爾關心她一樣。伊莎貝爾對她感到驚異,彷彿這是一朵純潔的鮮花,又那麼文雅、甜蜜,她還從沒跟這樣的孩子直接打過交道。這位讚美不止的小姐在心裡說,她給教育得多麼好,她的舉止神情多麼美,然而她仍是多麼單純、多麼自然、多麼天真!伊莎貝爾一向喜歡探討性格和品質問題,就像人們所說,一直抱著懷疑態度。她那種極探索人性的深奧祕密。在這以前,她對帕茜小姐是不是一切都出自天然,一直抱著懷疑態度。她那種極端的坦率,是否只是自我意識的完美發展?這是為了討得她父親的客人的歡心,故意裝出來的,還是一

400

一位女士的畫像
The Portrait of a Lady

塵不染的天性的直接表現？在奧斯蒙德先生那些美麗、寬敞、陰暗的屋子裡——那裡的窗大多用布幔遮蓋著，防止熱氣的侵入，夏季明亮的陽光有時從一些隙縫中射進屋子，閃閃爍爍地照在褪色的帷幔上，或者失去光澤的塗金鏡框上，把陰暗的屋子點綴得絢麗多彩——伊莎貝爾跟那位小女孩的會見，可以說，使這問題迎刃而解了。帕茜實在是一張白紙，毫無瑕疵。她不會裝模作樣，弄虛作假，她沒有脾氣也沒有才能，她有的只是兩、三種無關緊要的美好的本能，例如，認識一位朋友，一件舊的玩具或者新的外衣。然而柔弱使她顯得楚楚可憐，看來她很容易成為命運手中的玩物。她沒有意志，沒有反抗的力量，她還談到了她的重要性。她很容易受到蒙蔽，受到摧殘，她所有的力量只是使自己緊緊依附在別人身上。伊莎貝爾要她陪她再到其他屋子裡走走，在那些屋子裡，帕茜對一些藝術品談了她自己的感受，她還做的事、她想做的事、她父親的打算。她並不想突出自己，但是她覺得，她應該把這樣一位體貼入微的客人自然希望知道的一切告訴她。

「請您告訴我，」帕茜說，「爸爸在羅馬有沒有去看凱薩琳嬤嬤？他告訴我，如果他有時間，他會去的。也許他沒有時間。爸爸非常愛惜時間。他想去談談我的教育問題。您知道，我還沒有畢業。我不知道，她們還要教我什麼，但我知道，它還遠遠沒有結束。一天爸爸告訴我，他想自己來教我，因為在修道院的最後一、兩年，那些教大姑娘的老師收費非常貴。爸爸沒錢，如果他要為我付不少錢，我覺得很難過，因為我不值得花那麼多錢。我學得不很快，我的記性不好。講給我聽的這些話很有趣的時候，但書上讀的，我記不住。那裡有一個小姑娘，她是我最好的朋友，十四歲的時候，家裡把她從修道院接回去了，因為要給她準備——我不知道你們用英語是怎麼講的——準備dot。你們在英語中沒有這個字嗎？我想我沒有講錯，我是說他們想積一些錢，好打發她出嫁。我不知道是不是為了這

第三十章 401

個，爸爸才想省一些錢，以後好打發我出嫁。嫁女兒得花好多錢呢！」帕茜繼續說，歎了口氣。

「我想爸爸可能是為這件事在積錢。不過我還太小，考慮這事還太早。我不喜歡任何一位男子，我是說除了他以外。如果他不是我的爸爸，我會嫁給他。我寧可做他的女兒，不願做⋯⋯做任何陌生人的妻子。我非常想念他，但也並不像您想像的那麼厲害。爸爸大多只在假期才跟我見面。我幾乎更想念凱薩琳嬤嬤，但您千萬別把這話告訴他。您跟他不會再見面嗎？這使我非常傷心，他也會很傷心。所有到這裡來的人，我最喜歡您。這算不得了不起的讚美，因為到這裡來的人不多。今天您來看我，實在對我太好了，這裡離您的家又那麼遠。我還只是一個小孩子。哦，真的，我現在只幹些孩子幹的事。您是什麼時候不幹這些孩子幹的事的？我真想知道您有多大了，但我不知道該不該問。在修道院裡，大家告訴我們，我們不應該問人家的年紀。我不想做大人不要我做的事，免得人家以為我沒有教養。我自己⋯⋯我從來不願給人抓到錯處。爸爸對一切事情都做了交代。我很早就上床睡覺。太陽快落山的時候，我才到花園去。爸爸再三叮囑我，不准我在太陽裡晒。我總喜歡觀看風景，那些山多麼美。在羅馬，從我們的修道院裡，除了屋頂和鐘樓，什麼也看不到。我每天練三個鐘頭鋼琴。我彈得不太好。您也彈琴嗎？我非常希望您為我彈點兒什麼，爸爸認為我應該聽一些好的音樂。梅爾夫人給我彈過幾次，這是我最喜歡她的地方。她彈得非常熟練，我永遠不會彈得那麼好。我的嗓音也不好——像用石筆寫字，聲音細得吱吱喳喳的。」

伊莎貝爾滿足她這個謙恭的要求，脫下手套，坐到鋼琴前面。帕茜站在她旁邊，看著她那雙白皙的手在琴鍵上迅速地移動。彈完以後，她吻了吻孩子，跟她告別，又拉住她看了一會兒。

「要做一個好孩子，」她說，「讓你的爸爸感到高興。」

「我想那就是我生活的目的，」帕茜回答，「他不大快活，他是一個很傷心的人。」

伊莎貝爾聽到這話，非常關心，但她為自己不得不掩蓋這種心情感到痛苦。這是她的驕傲約束著她，還有禮節觀念也在一定程度上起了作用。然而她的頭腦中還有另一些東西，它們使她產生一種強烈的要求，想跟帕茜談談她的父親，但話到嘴邊又縮了回去。她還感到想聽孩子，或者使孩子講點什麼。但她一意識到這些想法，就吃了一驚，不敢再想下去，因為她想到，這是她在利用這個小女孩，她應該為此責備自己，而且這將使她那戀戀不捨的心情在這兒留下蛛絲馬跡，而他那敏感的心靈將會感到這一切。她來了——她是來了，但是她只待了一個小時！她趕緊從琴凳上站了起來。然而即使這時，她還是遲疑了一會兒，握著孩子的手，把她那柔軟纖小的身體拉近一點，幾乎懷著嫉妒的心情俯視著她。她不得不向自己承認，但是她如果能向這個天真的小姑娘談談吉伯特・奧斯蒙德，她會多麼高興，因為這個孩子是他的親骨肉。但是她沒有再說一句話，只是又吻了一下帕茜。她們一起穿過前廳，走到門口，外面便是院子了。年輕的女主人在門口站住，沉思似地望著外面。

「我不能再往前走了。我答應過爸爸，不走出這扇門。」

「妳聽他的話，這是很對的，他不會要妳做任何不合理的事。」

「我會永遠聽他的話。但您什麼時候再來呢？」

「恐怕得隔很長一段時間了。」

「我希望您能來的時候，馬上就來。我只是一個小女孩，」帕茜說，「但我會永遠盼望您來。」

2 法文，意為「嫁妝」。

第三十章　　　　　　　　　　　　　　　　　　　403

她那小小的身子站在高大陰暗的門洞裡，眼看著伊莎貝爾穿過明亮的灰色院子，消失在大門外面的陽光中。大門開時，一縷較寬的光線射了進來。

第三十一章

伊莎貝爾又回到佛羅倫斯的時候，已過了好幾個月。這段時間裡發生的事是相當多的，但與我們沒有密切關係，我們的注意力還是得集中在她回到克里森蒂尼宮後不久的某一天，那時正當春末，離我們剛才敘述的那些事件大約一年。這一天，她獨自待在一間屋子裡，這是杜歇夫人用來接待客人的許多屋子中較小的一間。從她的表情和神態上看得出來，她正在等一位客人。高大的窗戶敞開著，雖然它的綠百葉窗拉上了一部分，花園中清新的空氣還是從寬闊的空隙中湧進來，使屋裡充滿了溫暖和香味。

我們的年輕小姐在視窗站了一會兒，兩手倒背著攏在一起，眼睛迷茫不安地望著外面。她心煩意亂，神思恍惚，不能集中注意力。不過看樣子，她也不是想在客人進屋以前，先瞥見他的來臨，因為這幢房屋的進出不必經過花園，那裡始終靜悄悄的，人跡罕至。她寧可靠一系列的猜測來估量他的到來，從她臉上的表情看，這種猜測給了她不少事幹。她的神色異常沉重，但很清楚，這不完全是一年來旅行各地的經歷造成的。這一年中，她可以說跑了不少地方，看到了不少人世的場面，因此她現在覺得，跟兩年前那個淺薄的小姑娘已判然不同，那時她剛從奧爾巴尼來到花園山莊的草坪上，開始她對歐洲的旅行。她感到滿意，她已經獲得了豐富的閱歷，她對生活的大量感受，是那個幼稚無知的小形象，有一些我們這會兒已經熟悉，例如，一位就是脾氣隨和的莉蓮，我們的女主人公姑娘做夢也想像不到的。如果她的思想這會兒不是為眼前的事忐忑不安，而是用在回顧上，它們一定會喚來無數有趣的畫面。這些畫面上

有風景，也有人物，然而後者更多一些。出現在這些畫面上的姐姐、艾德蒙・勒德洛的妻子，從紐約來到這兒，跟她的妹妹一起過了五個月。她把丈夫留在國內，但帶著孩子們，於是伊莎貝爾對他們扮演了既慷慨又溫柔的小阿姨的角色。到了最後，勒德洛先生也從一帆風順的法律事務中抽出幾個星期，以最快的速度橫渡大西洋，在帶他的妻子回國以前，跟兩位女士在巴黎住了一個月。小勒德洛們，哪怕從美國人的觀點來看，也還沒有達到正常的旅行年齡，因此伊莎貝爾跟她的姐姐，她們在阿爾卑斯山中度過了自己的活動局限在狹小的範圍內。莉蓮和孩子們是七月間在瑞士跟她會合的，她們在阿爾卑斯山中度過了氣候適宜的夏季，那裡處處是鮮花和碧草，高大的栗樹下綠蔭遍地，正好為兩位女士和孩子們在溫暖的下午登山遊覽時，用作休憩之所。然後，她們來到了法國首都，這是莉蓮嚮往的都市，它給她提供了不少樂趣，但伊莎貝爾卻覺得它吵吵鬧鬧，沒有意思，這些日子裡她念念不忘的還是羅馬。想起羅馬，她就好像在悶熱擁擠的屋子裡，把包在手帕裡的一瓶提神的藥水，掏出來喝了幾口。

正如我所說，勒德洛太太陶醉在巴黎的懷抱中，但她的疑問和驚愕沒有減少。她的丈夫到來以後，並不能體會她的這些心情，於是她更加悶悶不樂。他們都關心伊莎貝爾，但艾德蒙・勒德洛像他一貫的表現一樣，對他的小姨子所做的或者沒有做的一切，從不表示驚異，或者憂慮、或者迷惑、或者興奮。勒德洛太太的心情卻變化多端。一會兒她認為那位小姐自然應該回家去，在紐約買一幢房子，例如羅西特家的房子，那裡有一間很好的暖房，而且就在她自己住的街道的拐角上。過一會兒，她又會毫不掩飾地表示驚異，不明白為什麼她的妹妹不在外國嫁一個大貴族。不過總的說來，我得說，她對這些可能性缺乏深入的思考。伊莎貝爾得到了一筆財產，這是她滿意的，甚至比她自己得到這筆錢更滿意！在她看來，這似乎給她的妹妹那稍微顯得單薄，然而仍相當高貴的形象，提供了一個她當之無愧的墊座。然

第三十一章

而，伊莎貝爾並不像莉蓮想像的那麼有出息——按照莉蓮的理解，所謂有出息是跟白天的交際和晚上的舞會神祕地結合在一起的。在知識方面，毫無疑問，她有了很大的進步，但是在勒德洛太太所嚮往的那些社交成就上，她似乎收穫不大。莉蓮對這些成就的認識是非常模糊的，但這正是她對伊莎貝爾的希望所在——希望她來使這種認識具體化、形象化。伊莎貝爾在紐約可以幹得同樣出色，勒德洛太太要求她的丈夫說明，她在歐洲享有的任何權利，有哪一種是那個城市的社交界所不能提供的？不過我們知道，伊莎貝爾是有成績的，至於它們比她在她的祖國所可能取得的是大是小，這是一個不容易回答的問題。但是我不得不懷著遺憾的心情再一次指出，她沒有把那些光榮的成績公之於眾。她沒有向她的姐姐談過沃伯頓勳爵的事，也沒有提起過奧斯蒙德先生的愛情的美酒，卻不想向可憐的莉蓮徵求意見，只是她不願意講。她覺得不談更有詩意，她喜歡獨自暢飲這些愛情的美酒，並沒有太大的理由，只是她在這種思想中，勒德洛太太有時覺得，彷彿她的妹妹真的失去了勇氣。繼承財產這樣一件令人振奮的事，卻產生了這麼離奇的後果，這當然使快活的莉蓮大惑不解，同時也使她更加覺得，伊莎貝爾實在有些與眾不同。

然而，伊莎貝爾的勇氣，從她的親戚們回國之後，似乎達到了它的高潮。現在她可以想像一些比在巴黎過冬——巴黎有些方面跟紐約那麼相似，它只是一篇精雕細琢的華麗的散文——更有意思的活動了。她跟梅爾夫人的頻繁通信也助長了她的這些幻想。在十一月末的一天，當火車載著可憐的莉蓮、她

的丈夫和孩子，前往利物浦搭船回國後，伊莎貝爾從尤斯頓車站的月臺上走出來的時候，她所感到的自由，那種逍遙自在、無牽無掛的心情，從來沒有這麼強烈過。當然，她喜歡跟他們在一起，她清楚地意識到這點，我們也知道，她完全明白她需要的是什麼，她經常努力尋找的，也就是符合她的要求的東西。為了最大限度地利用當前這個機會，她陪著這些沒人重視的旅行者，從巴黎出發。她本想把他們一直送到利物浦，可是艾德蒙‧勒德洛表示過意不去，要求她千萬別那麼做，這弄得莉蓮心煩意亂，提出了一些使他難堪的責問。伊莎貝爾看著火車開走，她吻了下自己的手，向小外甥中最大的一個示意，那個感情外露的男孩把身子危險地遠遠伸到了車窗外面，使這次告別變得異常熱鬧。這以後，她回到了大霧彌漫的倫敦街頭，她可以做她要做的一切。這使她深深感到激動，但是她目前的打算還是相當謹慎的，她只是決定從尤斯頓廣場步行返回旅館。

十一月的日子是短的，黃昏已經來臨，街燈在昏黃渾濁的空氣中顯得暗淡發紅。我們的年輕小姐沒人陪伴，而尤斯頓廣場離皮卡迪利大街有一大段路。但伊莎貝爾興致勃勃，不怕危險，幾乎故意繞著彎路，好使自己多一點感受，以致當一位好心的員警告訴她應該怎麼走的時候，反使她有些失望。她對人生的場景這麼喜愛，甚至倫敦街頭越來越濃的暮色，那奔馳而過的街車，那燈光燦爛的商店，那五光十色的雜貨攤子，那黑暗的、閃閃爍爍的、濕漉漉的一切，都使她感到陶醉。

當天晚上在旅館裡，她寫了一封信給梅爾夫人，說她一、兩天內就啟程前往羅馬。她這次旅行沒有什麼人幫助，只帶了一名使女，因為她那幾位天然的保護人現在都不在她身邊。拉爾夫‧杜歇在科孚過冬，斯塔克波爾小姐早於九月間由《會談者報》來電召回美國。報社已為這位傑出的記者準備了一片遠比這些腐朽的歐

洲城市新鮮的園地以發揮她的才能。亨麗艾特高高興興首途返國，因為她得到了班特林先生的保證，他要很快前去看她。伊莎貝爾寫信給杜歇夫人表示歉意，說她暫時不能前來佛羅倫斯。她的姨母回答得很有特色，她說，歉意像肥皂泡一樣毫無用處，她自己也從來不搞這種名堂。任何事，一個人可以做，也可以不做；至於她「預備」做什麼，這純粹屬於無關緊要的範圍，正如對未來世界或事物起源的設想一樣。她的信是坦率的，但是（就杜歇夫人而言，這是罕見的）並不像表面看來那麼坦率。她毫不計較她的外甥女不在佛羅倫斯停留，是因為她認為這是一個跡象，表明她跟吉伯特·奧斯蒙德已沒有聯繫。當然，她注意著奧斯蒙德先生，看他現在會不會去羅馬，但發現他沒有離開這兒，因此放心了一些。

再說伊莎貝爾，她到了羅馬還沒有兩個星期，就向梅爾夫人提出，她們應該到東方去做一次小小的朝聖旅行。梅爾夫人指出，她的朋友老是安不下心來，但又補充道，她自己也一向懷有強烈的願望，想去雅典和君士坦丁堡觀光。因而兩位女士開始了這次遠征，在希臘、土耳其和埃及消磨了三個月。伊莎貝爾對這些國家發生了很大興趣，然而梅爾夫人繼續指出，即使在這些文明古國，面對最能引發人的安詳心境和懷古情緒的景色，她還是安不下心來。伊莎貝爾的旅行像旋風似的，急急忙忙，一刻也不停頓，彷彿渴了幾天的人，一杯接一杯地喝水。梅爾夫人這時像宮廷女侍，跟在一位微服出遊的公主背後，跑得氣喘吁吁。她是應伊莎貝爾的邀請來的，她使這位小姐的寒磣處境具有了一切必要的尊嚴。她扮演這個角色，她不露鋒芒，接受了一個待遇優厚的伴娘的地位。然而這種處境對她說來並無困難，任何人在旅行中遇到這一對沉默寡言，然而引人矚目的麗人的時候，都無法告訴你，誰是誰的主人。要說梅爾夫人促進了她們的友誼，那未免對她給予她朋友的印象講得太簡單化了，因為後者從初次見面起，就相信她是一個胸襟開闊、容易相處的人。經過三個月的朝夕相處以後，伊莎

第三十一章　　　　　　　　　　　　　　　　　　409

貝爾覺得更了解她了，她的性格也顯露得更充分了。最後，這位傑出的女人還履行了自己的諾言，從她自己的觀點敘述了她的歷史——這一步是十分必要的，因為伊莎貝爾已聽過從別人的觀點所做的敘述。這段歷史相當悲慘（這是指與已故的梅爾先生有關的部分。她說，他是一個貨真價實的冒險家，雖然起先還不太惡劣。多年以前，她由於年輕無知，沒有經驗，受了他的利用，當然，今天才認識她的人，對她當年的幼稚是很難相信的），它充滿著驚心動魄的傷心經歷，以致伊莎貝爾感到不可思議，這個飽經滄桑的女人怎麼還會生氣勃勃，沒有對生活失去信心。她對梅爾夫人的這種生命力，獲得了相當深入的理解，她發現，這只是多年養成的、帶有機械性的表現，它是演奏家裝在匣子裡隨身攜帶的小提琴，或者跟騎師寸步不離的備好鞍韉、套上嚼子的「愛馬」。伊莎貝爾仍像以前一樣喜歡她，然而她意識到，有一角幕布一直未曾揭開，這位夫人歸根結柢只是一位演員，只能穿上戲裝粉墨登場。她有一次說過，她來自一個遙遠的地方，她屬於「舊世界」。伊莎貝爾總覺得，她是另一種社會或道德條件的產物，是在不同的星星下長大的。

伊莎貝爾相信，她實際上有著另一種道德觀念。當然，文明人的道德觀念始終大同小異，但伊莎貝爾懷疑她對某些價值有著錯誤的觀念，或者像商店裡的夥計說的，把它們標價低了。她以年輕人的武斷相信，凡是跟她自己的不同的道德觀念，總是比較低級的，但這種信念卻幫助了她，使她可以從一個人的談話中，覺察偶然流露的殘忍，偶然在坦率方面失於檢點的表現，儘管這個人用巧妙的仁慈偽裝著自己，然而這個人的自尊心又過於龐大，不能穿過欺騙的羊腸小徑。她對人的動機的認識，從某些方面看，好像是從一個沒落的王國的朝廷繼承來的，在她的單子上，有幾項是我們的女主人公聞所未聞的。她沒有聽到過那十分平常的一切，顯然，世上有些事還是不聽為妙。有一、兩次，她簡直有些不寒

而慄，因為她的朋友使她感到那麼出乎意外，她不免在心裡驚呼道：「上帝寬恕她吧，她並不了解我的意思！」儘管在梅爾夫人看來不可信，這發現卻像當頭一棒，使伊莎貝爾灰心喪氣，彷彿它包含著一種不祥的預兆。當然，在梅爾夫人的傑出智慧突然光芒四射的時候，這種沮喪心情會自行消失，但它已在這融洽的友誼的發展中劃下了一條高潮線。梅爾夫人曾經說過，她相信，友誼不再增長的時候，它馬上會開始下降——對一個人的友誼總是不進則退，兩者之間沒有靜止的平衡狀態。不論這個理論是否正確，總之，在這些日子裡，這位少女的幻想已找到了許多新的用途，它甚至比以前更活躍了。是的，當她在開羅一帶遊覽，仰望著金字塔的時候，或者當她站在雅典衛城的斷壁殘垣之間，注視著被她看作薩拉米海峽[1]的那一點時，她的想像力曾經多麼活躍。但是我指的還不是這些，儘管這些感情也是深刻而難忘的。到了三月末，她從埃及和希臘回來，重又住在羅馬。幾天以後，吉伯特·奧斯蒙德從佛羅倫斯來了，他在這兒待了三個星期。由於她跟他的老朋友梅爾夫人在一起，而且寄居在她的家裡，這事實上就使她不可避免地會跟他每天見面。到了四月末，她寫信給杜歇夫人，表示她現在願意接受夫人很久以前的邀請，前來訪問克里森蒂尼宮了。這時，梅爾夫人仍留在羅馬。伊莎貝爾看到姨母一個人在家裡，她的表兄還在科孚。然而拉爾夫隨時可望到達佛羅倫斯，伊莎貝爾跟他已闊別一年多，現在準備最熱烈地歡迎他。

---

[1] 薩拉米（Salamis）在雅典附近。西元前四八〇年，希波戰爭期間，希臘軍隊曾在此地大敗波斯軍隊。

第三十一章　　411

第三十二章

但是前一會兒我們看到她站在視窗的時候，她不是在想念他，也不是在回顧我們剛才匆匆敘述的那些往事。她想的不是過去，而是未來，那即將到來的、逐漸臨近的時刻。她有理由相信，會出現一場風波，可是她並不喜歡風波。她沒有問自己，她準備對她的客人說些什麼，這問題已經有了答案。他會對她說什麼，這才是值得深思的。它不可能帶來任何歡樂，伊莎貝爾相信這點，毫無疑問，這信念表現在她緊鎖的眉尖上。然而除此以外，她的一切都是正常的。她已脫去喪服，打扮得珠光寶氣，就像收藏的古董一樣，越老越好。然而她沒有無限期沉浸在憂慮中，因為一個僕人終於走了進來，他的托盤裡放著一張名片。

「讓這位先生進來吧。」她說。僕人退出以後，她繼續注視著窗外，直到聽得進屋的人隨手關上了門，才轉過身來。

卡斯帕・戈德伍德站在那裡——他站著，暫時接受著她從頭到腳的檢閱，她的目光是明亮而冷漠的，她的問候也十分勉強。戈德伍德先生是不是也像伊莎貝爾一樣，覺得自己比過去老了，這一點也許我們很快就會明白，現在我只想說，在伊莎貝爾那挑剔的目光中，時間沒有給他造成任何損傷。他站得直挺挺的，身強力壯，在他的外表中，沒有一個部分可以證明他年輕，也沒有一個部分可以證明他年老。如果說幼稚和軟弱跟他從來沒有緣分，那麼，實用哲學對他也是陌生的。他的下巴頰仍像以往一

樣，表現出堅強的毅力，但是眼前這樣的危機，當然會給它帶來一些嚴峻的表情。他像經歷了長途跋涉，跑得氣喘吁吁，講不出話來，因此沒有馬上開口。這給了伊莎貝爾思考的時間：「可憐的人，他本來可以大有作為的，可是他浪費了旺盛的精力，這多麼可惜！一個人不能滿足每一個人的要求，這又多麼遺憾！」

他還是沒有說話，她等了一會兒，開口道：「我真想說，我多麼希望你不要來啊。」

「你一定很疲倦了。」於是他向周圍看看，想找一個座位。他不僅來了，而且還想待一會兒。

「我相信是這樣。」伊莎貝爾說，自己坐了下去。照她的想法，這是一個慷慨的行動，因為它使他也可以坐下去。

「不，我一點也不疲倦。妳什麼時候看到我疲倦來著？」

「從來沒有，但我希望能夠看到。你是什麼時候到達的？」

「昨天夜裡，已經很遲了。坐的是蝸牛火車，可他們說這是快車。這些義大利火車慢得真跟美國的出殯一樣。」

「那正合適——你這次彷彿是來埋葬我的！」伊莎貝爾說，勉強笑了笑，盡量想使緊張的空氣緩和下來。她已經合情合理地說明了這件事，已經講得很清楚，她沒有失信，沒有違背任何相約，儘管這樣，她還是有些怕她的客人。她為自己的畏縮感到害羞，但謝天謝地，她沒有任何別的事可以害羞的。他帶著他那種生硬的、固執的神情望著她，這種固執幾乎沒有一點變通的餘地。尤其是他眼睛中射出的那陰沉暗淡的亮光，幾乎像石頭一樣壓在她身上。

「不對，我沒有那種感覺，因為我不能想像妳已經死了。如果我能那樣倒好了！」他坦率地宣稱。

第三十二章　　　　　　　　　　　413

「我非常感謝你。」

「我寧可想妳死了,也不願想像妳嫁給了另一個人。」

「這表明你非常自私!」她認真地回答,彷彿她真的相信這樣,「即使你感到不幸,別人還是有得到幸福的權利。」

「很可能那是自私的,但妳這麼說,我毫不在乎。現在不論妳說什麼,我都不在乎——我對它們沒有感覺。妳所能想到的最殘忍的話,對我不過像針尖刺了一下。妳所幹的事,已使我對一切失去了知覺。我是指除了那件事以外的一切。只有那件事,我會一輩子記著。」

戈德伍德先生用乾巴巴的深思熟慮的態度,把這些話一句句講得清清楚楚,他那種生硬緩慢的美國聲調,不能給它們所包含的粗魯內容披上一件溫情脈脈的外衣。這種口吻只能使伊莎貝爾生氣,不能使她感動,但她的氣憤對他說來也許是幸運的,因為它使她覺得更有必要克制自己。正由於這種克制自己的要求,過了一會兒她才用一句毫不相干的話回答他:「你什麼時候離開紐約的?」他仰起了頭,彷彿在計算日子:「十七天以前。」

「你的旅行還是很快,儘管火車很慢。」

「我是盡可能地快。我但願能早到五天,可惜辦不到。」

「這不會有什麼不同,戈德伍德先生。」她冷冷地笑道。

「對妳沒有,但對我還是有意義的。」

「我覺得你不會因此獲得什麼。」

「那得由我來判斷!」

「自然。我認為,這只能使你自己受到折磨。」

然後她改變了話題,問他有沒有見到亨麗艾特·斯塔克波爾。他的神色表示,他不是從波士頓到佛羅倫斯來談亨麗艾特·斯塔克波爾的,但他還是做了回答,說他離開美國以前,這位小姐來看過他。

「她來看你?」伊莎貝爾追問道。

「不錯,她正在波士頓,她到我的辦公室來找我。那天我正好收到了妳的信。」

「你告訴她啦?」伊莎貝爾問,顯得有些擔憂。

「沒有,」卡斯帕·戈德伍德簡單地回答,「我不想那麼做。她很快就會知道的,她一切都會知道。」

「我猜她馬上會來。」他說。

「為了來罵我?」

「我不知道。她似乎在想,她對歐洲的考察還不澈底。」

「我很高興你告訴了我這點,」伊莎貝爾說,「我得準備跟她見面。」戈德伍德先生垂下眼睛,朝地上看了一會兒,又抬起頭來問道:「她認識奧斯蒙德先生嗎?」

「有一點認識。她不喜歡他。但是當然,我不是為了讓亨麗艾特高興才結婚的。」她補充道。

然而卡斯帕·戈德伍德仍保持著嚴峻的臉色。

「我會寫信給她,然後她會寫信來罵我。」伊莎貝爾說,又勉強笑了笑。

「我會寫信給她,然後她會寫信來罵我。」

如果她對斯塔克波爾小姐客氣一些,可憐的卡斯帕也許會好受一些,不過他沒有這麼說。他接著只是問她,婚禮什麼時候舉行。

第三十二章　　　　　　　　　　　　　415

對此她回答說,她還不知道,「我只能說不會太久。這件事我還只告訴過你和另一個人——奧斯蒙德先生的一位老朋友。」

「這門婚姻,妳的親友們怕不會滿意吧?」卡斯帕‧戈德伍德問。

「我確實還不知道。正如我說的,我不是為我的親友們結婚的。」他既不表示驚異,也不發表意見,只是繼續提出問題,態度直截了當,「奧斯蒙德先生是怎麼樣的人?」

「怎麼樣一個人?一個微不足道的無名小卒,」伊莎貝爾說,「他也沒有錢。他沒有任何值得稱道的地方。」

她不喜歡戈德伍德先生的問題,但是她對自己說,她應該盡量滿足他的要求。但是可憐的卡斯帕沒有感到滿足。他坐在那裡,身子挺得直直的,眼睛瞪她,他的波士頓口音從來沒這麼叫她惱火。

「他來自什麼地方?他是哪裡的人?」

「他不來自任何地方。他一生大部分時間住在義大利。」

「妳在信上說,他是美國人。難道他沒有一個家鄉嗎?」

「當然有,但他忘記了。他從小就離開了那裡。」

「他再也沒回去過?」

「為什麼要回去?」伊莎貝爾反問道,漲紅了臉,極力替他分辯。

「他在那裡沒有職業。」

「回去玩玩也是可以的。難道他不喜歡美國嗎?」

「他不了解美國。而且他喜歡安靜清閒,簡簡單單過日子——他不想離開義大利。」

「不想離開義大利和妳。」戈德伍德先生說，顯得憂鬱而平靜，沒有一點挖苦的意思。

「他曾經幹過什麼？」他突然又問。

「以致我會嫁給他？什麼也沒幹過，」伊莎貝爾回答，她的忍耐逐漸消失，「如果他幹過一些偉大的事業，你是不是就會原諒我？不要再想我了，戈德伍德先生，我嫁的是個無足輕重的人。不要再對他發生興趣了，這是沒有意思的。」

「妳是說我不可能認識他的價值。妳說他是一個無足輕重的人，這不是妳的真意。妳認為他是一個偉大的人，雖然別人都不承認這點。」

伊莎貝爾的臉色變紅了，她覺得，他這句話確實一針見血，這無疑證明，他的熱情使他的感覺變得靈敏了，而她一向認為他是遲鈍的。

「為什麼你老是要提到別人怎麼想？我不能跟你討論奧斯蒙德先生。」

「當然不能。」卡斯帕心平氣和地說。於是他帶著那種無能為力的生硬神情坐在那裡，似乎他們不僅無法討論這件事，連別的事也不能談了。

「你瞧，你不能獲得什麼，」她於是大聲說道，「我能給你的安慰或滿足，實在不多。」

「我並不希望妳給我什麼。」

「那麼我不明白，你為什麼要來。」

「我來是因為我想再看妳一次——哪怕是現在這個樣子。」

「我很感激，但是如果你能稍等一下，我們或遲或早肯定還會見面，到那時，我們的會面不論對你或我，都會比現在愉快一些。」

第三十二章　417

「等到妳結婚以後嗎?那正是我所不願意的。到那時,妳就不同了。」

「不會有很大的不同。將來我仍是你的一個好朋友。你等著瞧吧。」

「那只會使我更加受不了。」戈德伍德先生悶悶不樂地說。

「你實在是一個不容易討好的人!我可不能為了使你死心,故意不喜歡你。」伊莎貝爾說,「你怎麼做,我根本無所謂!」伊莎貝爾站了起來,她的動作似乎是為了克制不耐煩的心情。她走到窗前,站了一會兒,眺望著窗外。當她轉過身來的時候,她的客人仍一動不動地坐在原來的地方。她又走到他前面,站定下來,把一隻手搭在她剛才坐的椅子的背上,「你是不是說,你只是來看看我?那也許對你會好一些,但不是對我。」

「我希望聽聽妳說話的聲音。」卡斯帕說。

「你已經聽到了,你瞧,它不會說出你愛聽的話來。」

「不管怎樣,它還是使我感到愉快。」說到這裡,他站了起來。

今天早晨,她收到了他的信,他說他已經讓送信的人帶了回音給他,如果她允許的話,他可以在一小時內來看她,這使她感到痛苦、感到不愉快。雖然她已經讓送信的人帶了回音給他,說他隨時可以前來,她的心情還是煩惱的、氣憤的。當她看到他的時候,她的情緒也沒有好一些,因為他的出現本身就包含著各種意義——堅持自己的權利、譴責、抗議、申斥,想使她改變主意的希望——都是她所不能同意的。然而,如果說他的出現包含著這些意義,那麼它們並沒有表現出來,而現在,說來相當奇怪,我們的年輕小姐卻對這位客人的堅定的自制力,開始產生了反感。他那種無聲的憂鬱使她惱怒,他那種毅然忍受一切、不予反擊的態度,使她的心跳得更加劇烈。她感到她的不安在增長,她對自己說,她這麼憤

怒，好像一個女人做了錯事。但她並沒有錯，她不必忍受這種痛苦，儘管這樣，她還是希望他譴責她一下。她曾經希望，他的拜訪不要太長，它沒有意義，也不合適，然而現在他打算離開的時候，她卻突然感到了惶恐，因為他沒有說一句話，使她可以得到一個為自己辯白的機會，雖然在一個月以前，她在給他的信上已經這麼做過，但那是很簡單的，只是用再三斟酌過的幾句話向他宣布了她訂婚的消息。然而，既然她沒有錯，她為什麼要為自己辯護呢？從伊莎貝爾說來，為了表示她的無邊寬大，她需要戈德伍德先生對她發怒。這時，如果他沒有堅決忍受一切，也許他會從她突然發出的呼喊聲中聽到，她似乎是在譴責他對她做了譴責：「我並沒有欺騙你！我是完全自由的！」

「不錯，我知道。」卡斯帕說。

「我給過你明確的警告，我會按照我自己的意志行事。」

「妳說妳也許永遠不會結婚，妳說得那麼肯定，因此我完全相信這話。」

伊莎貝爾考慮了一會兒，「沒有人會對我現在的決定，比我自己更感到奇怪的。」

「妳告訴我，如果我聽到妳訂婚的消息，我不應該相信它，」卡斯帕繼續道，「二十天前，我從妳自己那裡聽到了它，但我想起妳說過的話。我心想這可能有什麼差錯，那也是我來的部分原因。」

「如果你希望我親口來重複一遍，那是不難辦到的。這件事完全是真的。」

「在我踏進這屋子的時候，我已看到了這點。」

「我不結婚，對你有什麼好處呢？」伊莎貝爾問道，口氣顯得有些凶惡。

「我覺得這比現在的情況好一些。」

「正如我已經說過的，你非常自私。」

第三十二章 419

「我知道。我的自私像鐵一般堅硬。」

「哪怕鐵有時也會融化。如果你能合情合理地對待一切,我們還可以見面。」

「妳認為我現在不合情理嗎?」

「我不知道該對你怎麼說。」她回答,突然變得謙遜起來。

「短時期內我不會再來麻煩妳,」年輕人繼續道。他向門口走了一步,但又站住了,「我來的另一個原因,是想聽聽妳對改變主意的事怎麼解釋。」

她的謙遜好像又突然消失了,「解釋?難道你以為我必須解釋嗎?」

他又一言不發地久久凝視著她,「妳的態度非常明確。我相信它。」

「我也一樣。哪怕我願意,你以為我能解釋嗎?」

「不能,我想不能。好吧,」他又說,「我已經做了我想做的事。我看到了妳。」

「你把這種長途跋涉太不當一回事了。」她覺得她現在的回答毫無意思。

「如果妳擔心我會疲倦,妳完全可以放心。」他轉身走了,這次是真心走了。他們沒有握手,沒有告別。到了門口,他站住了,把手擱在門的把手上,說道:「我明天就離開佛羅倫斯。」他的聲音沒有一點顫抖。

「聽到這話,我很高興!」她熱情地回答。他走過了五分鐘,她突然哭了起來。

第三十三章

不過她哭了一會兒便忍住了，一小時以後已經不留一點痕跡，那時她向姨母公開了那個消息。我用這說法，是因為她堅信杜歇夫人聽了不會高興，所以一直保守祕密，直等見過戈德伍德先生以後才告訴她。她有個奇怪的感覺，彷彿在聽到戈德伍德先生對這件事的反應以前，就把它公開出去，是不夠光明正大的。但出乎她的意料之外，他沒有講什麼，因此現在她有些懊惱，覺得自己浪費了時間。她不願再拖延了，她在客廳裡等杜歇夫人下來用中午的早餐。她對她說：「莉迪亞姨母，我想跟你談一件事。」

杜歇夫人吃了一驚，帶著幾分凶惡的神色瞪了少女一眼，「妳不必講了，我知道這是什麼事。」

「我不明白妳怎麼知道的。」

「憑我的感覺，就像我感到了風，知道窗戶開著一樣。那麼妳就要嫁給那個人了。」

「妳是指哪個人？」伊莎貝爾問，態度極其莊嚴。

「梅爾夫人的朋友——奧斯蒙德先生。」

「我不知道妳為什麼稱他梅爾夫人的朋友。難道這是他的主要身分嗎？」

「如果他不是她的朋友，那麼在她替他出了這麼大的力氣以後，也應該成為她的朋友了！」杜歇夫人喊了起來，「我沒有想到她會這樣，我感到失望。」

「如果妳以為我是在梅爾夫人的攛掇下訂婚的，那妳完全錯了。」伊莎貝爾宣稱，情緒顯得激烈而

第三十三章　421

「妳以為那位先生不用別人慫恿，單憑妳自己就能使他發生興趣嗎？妳想得完全對。妳對他有很大的吸引力，但如果她不去鼓勵他，他永遠不敢對妳抱任何奢望。他把自己看得很了不起，但他不是一個肯花力氣的人。梅爾夫人替他出了力。」

「那都是他自己幹的。」伊莎貝爾喊道，故意發出了一陣笑聲。

杜歇夫人氣呼呼地點了點頭，「不管怎麼說，看來他已贏得了妳的歡心。」

「我以為妳以前也是喜歡他的。」

「這是以前的事，但正因為這樣，我才生他的氣。」

「那是生我的氣，不是生他的氣。」姑娘說。

「老實說，我是一直在生妳的氣，那不是一件使人滿意的事！難道妳是為了這個人才拒絕沃伯頓勳爵的嗎？」

「請妳不要再提過去的事。既然別人可以喜歡奧斯蒙德先生，為什麼我不能？」

「別人哪怕在最瘋狂的時刻，也沒有想嫁給他，他是個毫不足道的人。」杜歇夫人解釋道。

「既然這樣，他也不可能對我有什麼害處。」伊莎貝爾說。

「妳以為嫁給他會幸福嗎？要知道，沒有一個人這麼做會得到幸福。」

「那麼我要在這方面樹立一個榜樣。一個人結婚是為的什麼？」

「妳為什麼結婚，只有天知道。一般人結婚就像建立一種合夥關系──成立一家公司。但是在你們的合夥關係中，一切都得靠妳去投資。」

「是不是因為奧斯蒙德先生沒有錢?妳要講的就是這意思吧?」伊莎貝爾問。

「他沒有錢、沒有名聲、沒有地位。我重視這些東西,我也敢於直言不諱地說出這一切,我認為它們是很好的。許多人也這麼想。」

伊莎貝爾遲疑了一會兒,「我想我重視一切值得重視的東西。我沒有小看錢,也正因為這樣,我才希望奧斯蒙德先生能有一些錢。」

「他也有提出的是另一些理由!」

「可以給他一些錢,但嫁給另一個人。」

「他的名字對我來說已經夠了,」姑娘繼續說,「那是一個很好的名字。我自己有的不也是這麼一個名字嗎?」

「這更說明妳應該使它增加一些光彩。美國人有名的不過十來家人家。那麼妳是為了大發慈悲才嫁給他的?」

「我應該把我結婚的事告訴妳,莉迪亞姨母,但是我想,我沒有義務向妳做出解釋。因此請妳不必再反對了,在這件事上,妳已使我處於無法招架的地位。我不能再談下去。」

「我沒有反對,我只是回答妳的話,我必須表明我的一些見解。我看到它在到來,我沒有說什麼。」

「我從沒進行干涉。」

「確實沒有,我非常感激妳。妳考慮得很周到。」

「這不是周到,是免得多事,」杜歇夫人說,「但我得找梅爾夫人談一下。」

「我不明白,妳為什麼要把她拉進來。她對我說來是一個很好的朋友。」

第三十三章

「也許是的，但對我說來卻並不太好。」

「她什麼地方對不起妳啦?」

「她欺騙了我。她實際答應過我，要阻止你們這件事。」

「她阻止不了。」

「我不知道她對妳扮演了什麼角色，」伊莎貝爾說，「那是妳們之間的事。但對我，她是正直的、親切的、忠誠的。」

「她什麼都做得成，正因為這樣，我才始終喜歡她。我知道她能扮演各種角色，但我以為她只是在不同的時間扮演不同的角色。我沒有想到，她會同時扮演兩種角色。」

「當然是忠誠的，她希望妳嫁給她看中的候選人呢。她告訴我，她密切注意著妳，以便在適當的時候進行干預。」

「她是為了討妳喜歡才那麼說的。」姑娘回答，然而她意識到，這樣的解釋是不恰當的。

「為了討我喜歡才欺騙我?她比妳了解我。我今天喜歡她嗎?」

「我覺得妳從來不是一個容易討好的人，」伊莎貝爾不得不這麼回答，「如果梅爾夫人知道妳會發現真相，她弄虛作假有什麼好處?」

「這很清楚，她可以贏得時間。在我等待她干預的時候，妳卻在大踏步前進，她實際是在給妳打掩護。」

「那也很好。但妳自己承認，妳是看到我在前進的，那麼即使她向妳發出警告，妳也不會來阻止我。」

「不,但是有人會的。」

「妳是指什麼人?」伊莎貝爾問,目不轉睛地盯著她的姨母。杜歇夫人那對明亮的小眼睛,儘管平時很犀利,現在卻只是忍受著她的凝視,不予還擊。

「妳聽拉爾夫的話嗎?」

「不聽,如果他誣衊奧斯蒙德先生。」

「拉爾夫從不誣衊人,這妳知道得很清楚。」

「我知道,」伊莎貝爾說,「我現在也很重視他的關心,因為他知道,我不論做什麼都是經過思考的。」

「他從不相信妳會幹出這件事來。我告訴他,妳可能會這麼做,他卻反駁說不會這樣。」

「他是好玩,為辯而辯,」伊莎貝爾笑道,「妳沒有責備他欺騙妳,為什麼妳要責備梅爾夫人?」

「他從來沒有假裝要阻止這件事。」

「這使我聽了很高興!」女孩子愉快地叫了起來,接著又道:「等他一到,我非常希望妳先把我訂婚的消息告訴他。」

「我當然會提到它,」杜歇夫人說,「我不想再跟妳談這件事,但我可以預先告訴妳,跟別人我還是要談的。」

「這是妳的自由。我只是說,由妳來宣布這消息,比由我來宣布好一些。」

「我完全同意,這樣做合適得多!」談到這裡,姨母和外甥女倆便去用早餐了。杜歇夫人遵守諾言,沒有再提到吉伯特・奧斯蒙德。然而,在沉默了一會兒以後,她問她的外甥女,一小時前來找她的

第三十三章　　　　　　　　　　　　　　　　　　　　425

「一個老朋友——一個美國人。」伊莎貝爾說,臉色刷地變紅了。

「當然是美國人。只有美國人才會在上午十點鐘來串門。」

「那時是十點半,他時間不多,今天晚上就得離開。」

「他不能在昨天正常的時間來嗎?」

「他昨天夜裡才到達這兒。」

「他在佛羅倫斯只停留二十四小時?」杜歇夫人叫了起來,「他真是個美國人。」

「確實是的。」伊莎貝爾說,想起卡斯帕・戈德伍德為她做的事,覺得又可笑又可敬。

兩天以後,拉爾夫到了。雖然伊莎貝爾相信,他一到,杜歇夫人就把消息告訴了他。可他不露聲色,好像對這件大事一無所知似的。他們開頭談的自然是他的身體,關於科孚,伊莎貝爾也有不少問題要問。他剛進屋子的時候,他的樣子使她吃了一驚——她已經忘記他那副憔悴的病容。儘管在科孚住了一段時期,他今天的神色還是很壞,伊莎貝爾不能確定,是他確實病得更重了,還是不過因為她已不習慣跟一個病人打交道。可憐的拉爾夫沒有隨著生活的進展而有所改善,現在已很清楚,他的健康澈底垮了,但這絲毫也沒有使他那副天生的古怪模樣變得好一些。他受到了摧殘和打擊,但他仍那麼敏感和風趣。他的臉像點著的燈籠,只是外面多糊了一層紙,腦袋晃動著。瘦削的面頰上那稀疏的鬢髯顯得凋敝零落,鼻梁上高聳的弧線更加輪廓鮮明了。他骨瘦如柴,整個身體鬆散疲遝,像是由一些不規則的角錐隨便黏合起來的。他那件咖啡色絲絨上裝彷彿已經跟他結了不解之緣,他的手也還是固定在口袋裡。他步履蹣跚,搖搖晃晃,抬不起腳來,那神氣說明他體力不濟,已經無計可施。也許正是這種

426

一位女士的畫像
The Portrait of a Lady

恍恍惚惚的步態，更突出了他作為一個幽默的病人的性格——在這位病人眼中，甚至自己的虛弱身體也成了調笑打趣的對象。這種無能為力的狀況，對拉爾夫確實大有用處，它成了他玩世不恭的主要根據，因為在這個世界上，連他自己繼續存在的理由也找不到了，更何況其他一切。伊莎貝爾已逐漸對他的醜陋發生了好感，他那種不太雅觀的外表也變得可愛了。經常的接觸使她喜歡了這一切，在她目中，它們是他之所以富有魅力的條件。他是如此令人神往，以致他的病在她思想中也一直成了值得欣慰的東西。他的贏弱似乎不是對他的限制，而是一種智力上的有利因素，它解除了他一切職業上和公務上的熱情，使他只剩下了作為一個單純的人的難能可貴的狀況。這樣形成的個性是惹人喜愛的，他沒有給疾病弄得萎靡不振，他不得不承認自己已病入膏肓，但始終泰然自若，沒有露出一副愁眉苦臉的樣子。這位少女對他的印象就是這樣，只有在深入思考的時候，她才會可憐他。由於她思考得很多，她給予他的同情也越來越多。然而伊莎貝爾始終對無用的同情懷有戒心，因為這種美好的感情除了給予同情的人有些價值之外，對其他任何人都是沒有意思的。然而現在，哪怕一個並不敏感的人也可發覺，可憐的拉爾夫的生命期限已經指日可待。他是一個親切的、開朗的、慷慨的人，他具有智慧的一切光輝，卻沒有絲毫學究的迂腐氣息，可是他卻正在悲慘地走向死亡。

伊莎貝爾又看到，生命在某些人無疑是艱難的，她心中隱隱升起了一股慚愧的感覺，因為她想到，它現在對她卻是那麼寬宏大量。她準備看到拉爾夫對她的訂婚表示不滿，但是儘管她對她的表兄很有感情，她並不準備讓這情況來破壞她的決定。她甚至不準備——或者她這麼想——對他的不表同情給予指責，因為這是他的權利，事實上也是他的一貫作風，她為結婚而邁出的任何一步，都會遭到他的挑剔。表兄總是妄想反對表妹的丈夫，這是歷來如此，到處皆然的，彷彿表兄的任務就是要崇拜表妹。拉

第三十三章　　　　　　　　　　　　　　　　　　　　　　　　　　　　　　　427

爾夫要是不吹毛求疵，就不成其為拉爾夫了。雖然毫無疑問，她但願她的結婚，其他事情也一樣，能使拉爾夫，同樣也使其他任何人，感到滿意，但是如果認為，她的選擇必須以他的好惡做準繩，那就荒謬可笑了。再說，他的觀點究竟是什麼？他曾經裝模作樣地表示，她還是嫁給沃伯頓勳爵好，但那只是因為她已經拒絕了那位體面的先生。如果她接受了他，拉爾夫肯定就會用另一種口氣講話了，這就更叫人納悶了。而且任何婚姻都不是無懈可擊的，毫無缺點的婚姻是沒有的。如果她願意花這種心思，她自己就可以對這次結合提出不少意見！然而她沒有工夫幹這種事，拉爾夫能夠代她來幹，這是應該歡迎的。伊莎貝爾準備平心靜氣地聽取一切。他當然看到了這情形，可是他一言不發，這比母親的親吻更使他感到冷氣逼人。拉爾夫打了個寒噤，覺得受了委屈，他的估計全部錯了，他失去了他在世界上最關心的人。他在屋裡轉來轉去，像一艘沒有舵的小船在布滿礁石的河流中漂蕩，有時則坐在花園裡的大籐椅上，伸直了兩條細長的腿，頭靠在椅背上，用帽子遮住了眼睛。他覺得心頭發冷，他從來沒有這麼灰心過。現在他能做什麼，能說什麼呢？如果伊莎貝爾已經不可挽回的努力，除非能夠奏效，才是可行的。向她提出忠告，說她受了騙，上了當，把終身委託給了一個卑鄙無恥的人，這只有在她能夠接受勸告的情況下才是適宜的，否則他只有使自己蒙受不白之冤。開誠布公和掩飾自己的思想，在他說來都同樣困難，他既不能真心贊同，又不相信反對能夠生效。同時他知道──或者不如說相信──這對於訂了婚約的人，每天都在海誓山盟，互訴衷腸。這時期，奧斯蒙德很少

在克里森蒂尼宮露臉,但伊莎貝爾每天上別處跟他相會,因為他們的婚約公布以後,她已不必再避嫌疑。她為了不至叫她姨母露臉,自己包了一輛馬車,從事杜歇夫人所不贊成的活動,每天早上前往卡希納田野。市郊的這片曠野清晨空無一人,我們的年輕小姐便在她的情人的陪同下,來到它最幽靜的一角,在義大利灰濛濛的樹蔭下漫步,聽夜鶯的啼囀。

第三十三章

第三十四章

一天上午,她郊遊回來,離中午用膳還有半個小時。她在院子裡下了馬車,沒有走上寬闊的樓梯,卻穿過院子,從另一個拱道中走進了花園。在這個時刻,不能想像有比這裡更舒適的地方了。中午的寧靜籠罩著園子,暖洋洋的樹蔭寂然不動,在樹木的環抱中,顯得像一個寬敞的山洞。拉爾夫坐在一片鮮明的黑影中,忒耳西科瑞的塑像下——這位舞蹈女神十指尖尖,披著寬大的衣衫,是按照伯尼尼[1]的風格塑造的。他那軟綿綿的慵倦神態,使伊莎貝爾起先以為他睡著了。她輕輕走過草地的腳步聲,沒有驚醒他,在轉身回去以前,她站在那兒,望了他一會兒。就在這時,他睜開了眼睛,於是她在一張跟他坐的一樣的粗木椅子上坐了下去。雖然她生氣時,總是責備他對一切漠不關心,她還是不能不看到,他有著滿腹心事。但是她認為他這麼精神恍惚,一部分是由於他身體越來越虛弱,一部分也由於他為他繼承的財產所做的安排在煩惱,因為有些安排不僅杜歇夫人不同意,他應該到英國去,而不是到佛羅倫斯來,他離開那兒已經好幾個月,他對銀行就像對巴塔哥尼亞[2]一樣毫不關心。

「對不起,我吵醒了你,」伊莎貝爾說,「你好像很疲倦。」

「我覺得很累,但是我沒有睡著。我正在想妳的事。」

「你感到很厭倦吧?」

「確實很厭倦,因為我想不出一個結果來。路太漫長,我永遠走不到了。」

「你指望走到哪裡呢?」伊莎貝爾說,合攏了陽傘。

「希望我能夠對妳的訂婚有個明確的看法。」

「不要為它太操心了。」伊莎貝爾輕描淡寫地說。

「妳以為它跟我毫無關係嗎?」

「是的,如果超出某一點的話。」

「我正是想確定這一點。我知道妳認為我很不懂禮貌,我還沒有向妳道喜呢。」

「我當然會注意到這一點,我不知道你為什麼沉默。」

「這是有許多原因的,我現在可以告訴妳。」拉爾夫說。他摘下帽子,把它放在地上,然後坐在那裡望著她。他在伯尼尼[1]的保護下把身子靠後一些,把頭枕在大理石墊座上。他的胳臂垂在身體兩側,手撐在那張大椅子的邊上。他顯得心慌意亂,局促不安,猶豫了很長一段時間。伊莎貝爾沒有說什麼,每逢人們不知道怎麼辦的時候,她總是為他們難過,想幫助他們一下,但是她決定不給拉爾夫幫這個忙,因為他的話對她的崇高決定是絕不會表示讚美的。

「我直到現在還是不能不感到驚異,」他終於說道,「我對妳是最放心的,因此萬萬沒有想到妳會落進羅網。」

1 伯尼尼(Giovanni Lerenzo Bernini, 1598-1680),義大利雕刻家,對歐洲的雕塑藝術曾發生深刻影響,形成了所謂伯尼尼風格。
2 南美舊地名,在阿根廷和智利最南端。

第三十四章　　431

「我不明白,你說落進羅網是什麼意思。」

「因為妳就要給關進籠子了。」

「如果我喜歡我的籠子,那不必你來操心。」她回答。

「那正是我不能理解的,也正是我一直在思索的。」

「如果你一直在思索,你應該想像得到我是怎麼想的!我覺得我做得很對,我很滿意。」

「妳一定大大地變了。一年以前,妳把妳的自由看得比什麼都寶貴。妳的要求只是多增長一些見識。」

「我已經見識過了,」伊莎貝爾說,「我承認,世界並不像我想像的那麼可愛。」

「我也沒有說它可愛,但是我覺得妳對它懷有一種美好的理想,妳希望對它獲得一個全面的印象。」

「我發現那是一個人不可能做到的。一個人只能選擇它的一角,在那裡進行耕作。」

「那正是我所想的。但一個人必須盡可能選擇一塊肥沃的土壤。整個冬季,當我讀著妳那些有趣的信件時,我沒有想到妳正在進行選擇。妳沒有一句話提到這件事,妳的沉默使我喪失了警惕。」

「那樣的事,我不會放在信上來談。而且我不能預見未來,它完全是以後發生的。然而,如果你保持警惕的話,你預備怎麼辦呢?」伊莎貝爾問。

「我會對妳說:『再等一會兒吧。』」

「等什麼?」

「等了解得更清楚一些。」拉爾夫說,露出了無可奈何的笑,兩隻手又伸進了口袋。

「我該從哪裡去了解呢?從你那裡?」

「我至少也可以提供一些線索!」

伊莎貝爾脫下手套,把它們放在膝上撫摸著。這種溫和的動作是偶然的,因為同她的臉色顯得毫不調和,「你不要轉彎抹角,拉爾夫。你只是想說,你不喜歡奧斯蒙德先生,可是你又不敢直說。」

「心裡不滿又不敢講嗎?是的,我是對他不滿,但不是對妳。不過我是怕妳,不是怕他。如果妳嫁給他,那麼我說這樣的話是不會有好結果的。」

「如果我嫁給他!難道你還想勸我改變主意不成?」

「這在妳看來當然是荒謬的。」

「不對,」伊莎貝爾過了一會兒說,「這使我覺得很感動。」

「那也一樣。你覺得我很可笑,因此可憐我。」

「不對。我不能忘記這點。」

「千萬別忘記。妳要牢牢記住這點。這會使妳相信,我多麼希望妳有一個美好的前途。」

「可是你對我多麼不信任!」

「一時間誰也沒有作聲,溫暖的中午似乎在靜靜地等他們開口。

「我信任妳,但是我不信任他。」拉爾夫說。

伊莎貝爾抬起頭來,睜大眼睛注視著他,「你現在這麼說,把問題講清楚,我很高興。但是你以後會為此感到難過的。」

「如果妳對了,我不會難過。」

「我當然不會錯,」伊莎貝爾說,「我沒有對你生氣,這難道還不是最好的證明嗎?我不知道這是

第三十四章　　433

怎麼回事,但是我沒有生氣。在開始的時候,我有些生氣,但奧斯蒙德先生不會這麼想。他要求我理解一切,那就是我喜歡他的原因。在你心目中,我只是作為一個小姑娘才是美好的,因此你完全有理由希望我保留原狀。你提出了很好的意見,你以前也常常這麼做。不,我非常平靜,我始終相信你的智慧。」她自訕很平靜,她的口氣卻包含著一種強自抑制的興奮情緒,那種希望自己表現得公平合理的強烈心願,使拉爾夫非常感動,覺得好像一個受到他傷害的人,現在卻在竭力安慰他。他想打斷她的話,讓她消除顧慮,一時間他充滿著荒謬的矛盾心理,恨不得把她說過的話收回。但是她不給他機會,她繼續說著,覺得彷彿看到了這種英勇的意圖,因此決心沿著這個方向進行下去。

「我看到你有一些特別的想法,我非常想聽一聽。我相信,那是沒有私心的,我意識到這點。我覺得我不應該爭辯,那是不適宜的,當然,我應該明確告訴你,如果你想勸阻我,你還是打消這個主意得好。你絕對不能使我退後一步,這已經太遲了。正如你所說,我已經落進了羅網。當然,想起這事,你不會感到愉快,但是你的痛苦只在於你自己愛這麼想。我永遠不會責備你。」

「我知道妳不會,」拉爾夫說,「在我的想像中,妳的結婚完全不是這種樣子。」

「請問,那是怎麼一種樣子?」

「我也說不上來。關於這事,我不清楚它應該怎樣,但我知道它不應該怎樣。我從沒想過,嫁給那樣一個人。」

「那麼,你認為奧斯蒙德先生是怎樣一個人?在我看來,他是一個獨特的人,一個有個性的人,這給……嗯,嫁給一個人。」

「我知道妳不會,」姑娘宣稱,「你憑什麼反對他?你對他根本不理解。」是他最大的特點。」

434

一位女士的畫像
The Portrait of a Lady

「是的，」拉爾夫說，「我跟他不熟，我也拿不出任何事實或證據來證明他是一個壞人。但不管怎樣，我總覺得，妳走上了一條十分危險的道路。」

「那是他的事！如果他怕，他可以撤退，我巴不得他那麼做呢。」

伊莎貝爾靠在椅背上，合抱著雙手，向她的表兄注視了一會兒。

「我覺得我不理解你，」她終於說，口氣是冷淡的。「我不明白你在講些什麼。」

「我認為妳應該嫁一個更有價值的人。」

「對誰更有價值？我覺得，一個人的丈夫只要對這個人有價值就夠了！」

拉爾夫的臉也紅了，他覺得他的處境有些尷尬。他決心先從糾正姿勢入手，於是他把身子挺一挺直，然後向前俯出一些，把手擱在兩個膝頭上。他的眼睛注視著地面。他覺得心裡七上八下，非常煩躁。現在他既然已經開始辯論，他希望把心裡的話統統講出來，但也希望能夠心平氣和，不帶一點火氣。

「我馬上就會告訴妳，我是什麼意思。」他立即說。

伊莎貝爾等了一會兒，然後莊嚴地說了下去：「在一個人應該重視的一切問題上，奧斯蒙德先生都是無可非議的。也許還有更高尚的性格，但是不幸我還沒有遇到。奧斯蒙德先生是我認識的最好的人，對我說來，他已經很有價值，很令人喜愛，很聰明。我覺得，他的優點，他所表現的品質，已經大大超過他的缺點。」

「我對妳的未來懷有一種美麗的幻想，」拉爾夫說，沒有回答她的話，「我一直在為妳設想一種崇

高的命運,我對這事感到興趣。但在那裡完全沒有妳現在那樣的情況,妳不應該這麼容易、這麼快就摔下來。」

「你說,摔下來?」

「是的,它表現了我對這事的看法。在我的心目中,妳是在蔚藍的天空中高高翱翔,在光芒萬丈的雲端中,在人們的頭頂上飛行。突然有人向上拋了一朵已經凋謝的玫瑰花——它拋了上去,可是根本達不到妳的高度——妳就一頭栽下來,掉到了地上。這使我感到委屈,」拉爾夫鼓足了勇氣說,「彷彿我自己掉了下來!」痛苦和迷惘的神色在對方臉上變得濃厚了。

「你的話我一點也不理解,」她重複著她已經說過的話,「你說你在為我設想我的未來,你對這感到興趣——我不明白這意思。不要太感到興趣了,否則我會以為你在拿我消遣呢。」

拉爾夫搖搖頭,「妳不相信我對妳抱有很大的希望,這我不怕。」

「你所說我的翱翔和飛行,這是指什麼?」姑娘問,「我還從來沒有達到過我現在的高度。一個女孩子飛行的最高點就是結婚——跟一個她心愛的人結婚。」可憐的伊莎貝爾說,走上了道德說教的歧途。

「我現在不同意的,只是妳愛上了我們所談到的那個人,親愛的表妹!我得說,妳嫁的人應該有更生動、更寬廣、更豐富的性格。」拉爾夫遲疑了一會兒,然後又補充道:「我不能排除我的感覺,我總覺得奧斯蒙德顯得……嗯,太渺小。」他講最後這句話的時候,有些提心吊膽,他怕她的怒火又會爆發出來。但出乎他的意料,她很平靜,她的神情說明她在思考這些話。

「渺小?」她用鄭重的口氣問。

「我覺得他狹隘、自私。他把自己看得那麼了不起!」

436

一位女士的畫像
The Portrait of a Lady

「他的自尊心很強。對這一點,我並不責怪他,」伊莎貝爾說,「只有尊重自己的人,才會尊重別人。」

「是的,不過一切都是互相聯繫的,一個人應該意識到他和別人的關係。但我覺得,奧斯蒙德先生不理會這點。」

「我關心的主要只是他對我的態度,在這方面他是無可非議的。」

「他一切都從自己的興趣出發,」拉爾夫繼續說,努力思考著怎樣把吉伯特・奧斯蒙德那些邪惡的特點解釋得非常透澈,同時又不至使自己受到懷疑,彷彿是在故意詆毀他。「他對事物的判斷和評價、贊成和否定,完全從他自己出發。」

「那麼,只要他的趣味是美好的,這還是值得歡迎的。」

「它確實是美好的,因為它使他選擇了妳做他的妻子。但是妳有沒有看到過美好的趣味——真正美好的趣味——遭到拂逆的情況?」

「我希望我的命運永遠不至使我不能滿足我丈夫的趣味。」

聽到這些話,拉爾夫突然情不自禁地叫了起來:「啊,那是任性,妳不值得那麼做!妳是不應該用那種尺度來衡量的——妳應該有更好的命運,不是去迎合一個一無成就的半吊子藝術家的愛好!」

伊莎貝爾一下子站了起來,拉爾夫也站了起來,兩個人面對面站了一會兒,彷彿他發出了挑戰,或者侮辱了她。

「你太過分了。」她簡單地咕嚕道。

第三十四章　　　437

「我說的是我心裡所想的——我這麼說是因為我愛妳！」

伊莎貝爾臉色發白了：難道他也列入了那個討厭的行列？她突然希望盡快把他排除出去。

「那麼你也不是毫無私心的！」

「我愛妳，但我不抱任何希望。」拉爾夫趕緊說，勉強笑了笑。他覺得，最後那句話已超出了他希望表達的範圍。

伊莎貝爾走了幾步，站在那裡，望著陽光燦爛而寂靜無聲的園子，但過了一會兒，她又走回到他身邊。

「我想，你的話可能是過於絕望造成的。我不了解它的意義——不過那沒關係。我不想跟你辯論，我也不可能那麼做，我只是想聽聽你怎麼講。你努力向我解釋，我非常感激，」她溫和地說，彷彿剛才使她一躍而起的怒火已經熄滅了。

「你竭力向我發出警告，你做得很對，因為你確實感到有危險。但我不能考慮你說的這些話，我要盡快地忘記它們。希望你也盡量忘記它們，你盡了你的責任，在這方面沒有人能超過你。我不能向你解釋我的感覺，我的信念，即使我能，我也不想講。」她停了一會兒，然後繼續說下去，口氣有些前後不一致，這是連拉爾夫也覺察得到的，儘管他一心想從她的話中發現一些讓步的跡象。

「我無法了解你對奧斯蒙德先生的看法，我不能認為那是對的，因為我看到的情況完全不同。他的價值不大，確實不大，他是把一切名利地位都不放在眼裡的人。如果你說的他的『渺小』是指這個而言，那麼他確實像你所說是渺小的。但我認為這是偉大的——這是我知道的最偉大的東西。我不想為一個即將跟我結婚的人和你辯論，」伊莎貝爾又聲明道，「我絲毫也不想為奧斯蒙德先生辯護，他也不至

這麼經不起批評，需要我來替他辯護。也許甚至你也會覺得奇怪，我談到他的時候這麼平靜，這麼冷淡，好像他是一個跟我無關的人。我根本不想跟任何人談論他，除了你。在你跟我講了那麼大抱負的結後，我不妨對你做一次回答。請問，你是不是希望我為了金錢結婚——那種人們稱作有遠大抱負的結婚？我的抱負只有一個，是不是因為能夠按照美好的感情來行動。我有過其他的抱負，但它們都過去了。你沒有像今天這樣為我的富有感到高興。有時候，我真想跑到你父親的墳前去跪下，也許他給我錢的時候沒有想到，他做了一件多麼好的事，他使我可以嫁給一個貧窮的人——一個在貧窮面前保持著尊嚴的人，一個視富貴如浮雲的人。奧斯蒙德先生從來不想出人頭地——世俗的榮譽不在他心上。如果那是自私，那麼這是很好的。我不怕這些字眼，我甚至不覺得難過，我遺憾的只是你所產生的誤解。其他人可以誤解，但是你不應該。你是可以了解一個高尚的人的——你能了解一顆美好的心。奧斯蒙德先生從來不會犯這種錯誤！他知道一切，理解一切，他有最親切、最溫柔、最高尚的精神。你形成了一些錯誤的觀念，這很可惜，但是我也沒有辦法，這是你的事，不是我的事。」伊莎貝爾停了一會兒，看看她的表兄，目光中閃耀著一種跟她那審慎平靜的態度相矛盾的情緒——這是一種混合的情緒，它包含著由他的話所引起的憤怒和痛苦，同樣也包含著自尊心受到傷害的心理，因為她覺得在她所選擇的人身上，除了高尚和純潔之外，別無其他，她需要使這一點得到承認。雖然她住了口，拉爾夫沒說什麼，他看到她的話還沒有完。她是莊嚴的，但也是焦急不安的，她顯得心平氣和，但心裡卻在暗暗激動。

「你希望我嫁給怎麼樣一個人呢？」她倏地問，「你談到了翱翔和飛行，但一個人結了婚，就得回

第三十四章

439

到地面上來。人有人的感情和需要,他的胸膛裡有一顆心,他必須跟一個特定的個人結合。你的母親對於這樣一個人,他不具備沃伯頓勳爵的任何優越條件——沒有財產、沒有稱號、沒有榮譽、沒有房子、沒有土地、沒有地位、沒有一切光輝的東西。但正是這種一無所有的狀況,使我感到滿意。奧斯蒙德先生只是一個人——他不是一個闊氣的有產者!」

拉爾夫全神貫注地聽著,好像她講的每一句話都值得深思似的。其實他的心思只有一半用在她的話上,其餘他只是在使自己適應那個強烈的總的印象:她具有熱烈而堅定的信念。她錯了,但她是真誠的;她迷了路,但她堅定不渝。她為吉伯特·奧斯蒙德創造了一套美麗的理論,這是完全符合她的性格的,她愛他不是因為他實際擁有什麼,而是因為她給他的一無所有披上了一件金光閃閃的外衣。拉爾夫想起了他對他父親說過的話,他說他希望讓伊莎貝爾獲得一種能使她的幻想得到滿足的力量。他這麼做了,這位少女也就充分運用了她所獲得的權利。可憐的拉爾夫感到痛心,感到羞恥。伊莎貝爾以低沉莊嚴的、充滿信心的聲調說出了她最後的話,這實際已使討論不必再繼續下去。於是她轉身向屋裡走去,正式結束了談話。拉爾夫走在她的旁邊,他們一起來到院子裡,走到寬大的樓梯前面。拉爾夫站住了,伊莎貝爾也停下來,向他轉過臉去,臉色顯得非常興奮,那是一種堅定而固執的感激的表情,因為他的反對使她對自己的行為獲得了更鮮明的概念。

「你不上去用早飯嗎?」她問。

「不,我不想吃早飯,我不餓。」

「你應該吃一點,」姑娘說,「你不能靠空氣生活。」

440

一位女士的畫像
The Portrait of a Lady

「我主要得靠空氣,我得回花園去,再吸一口新鮮空氣。我跟妳走到這兒來,只是為了對妳說一句話。去年我向妳說過,如果妳遇到了不幸,我會覺得我犯了一個大錯誤。我今天的感覺就是這樣。」

「難道你認為我遇到了不幸嗎?」

「一個人走上了歧途,就是遇到了不幸。」

「很好,」伊莎貝爾說,「你放心,我永遠不會為我的不幸來向你訴苦!」於是她走上了樓梯。

拉爾夫站在那兒,兩手插在口袋裡,眼睛怔怔地望著她。這時他驀地感到,隱藏在院子深處高大圍牆內的寒氣正向他襲來,他打了個寒噤,於是趕緊走回花園,用佛羅倫斯的陽光來做自己的早餐了。

第三十四章 441

第三十五章

伊莎貝爾在卡希納田野跟她的情人散步時，覺得沒有必要告訴他，克里森蒂尼宮對他的反應並不好。她的姨母和表兄小心翼翼表示了反對，但這些意見總的說來，沒有給她留下深刻印象，它們的意義無非是他們不喜歡吉伯特・奧斯蒙德。這種不喜歡沒有引起伊莎貝爾的不安，她甚至沒有為此感到遺憾，因為它們只是更突出了一個事實，即她是為自己結婚的，她一切都問心無愧。一個人可以為別人做別的事，但這件事只要本人滿意就成。伊莎貝爾是滿意的，這也因為她的情人的行為是正直的，無可非議的。吉伯特・奧斯蒙德愛她，在他的希望得到實現以前的這些寧靜光明的日子裡，包括其中的每一天，他的行為從來沒這麼好過，拉爾夫・杜歇對他的粗暴批評也從來沒有顯得這麼不合理。這批評在伊莎貝爾心頭產生的主要印象是，愛情使它的受難者痛苦地離開了所有的人，但沒有離開心愛的人。她覺得她跟她以前認識的每一個人脫離了，其中有她的兩個姐姐。她們寫信來表示祝賀，這是義不容辭的，但同時也以比較隱晦的方式表示了驚異，不明白她為什麼不選擇一位王親國戚，那種給豐富多彩的傳說渲染得光輝奪目的英雄人物，做自己的夫婿；還有亨麗艾特，這個人，她相信，會為了阻撓這件事，特地從美國趕來，只是已為時過晚；還有肯定會找到如意夫人的沃伯頓勳爵和也許找不到如意夫人的卡斯帕・戈德伍德；還有姨母，她對婚姻抱著冷酷的、膚淺的觀點，因此不惜對她公開表示鄙視；還有拉爾夫，他對她寄託著偉大希望之類的話，無疑只是本人失望之餘的一種想入非非的偽裝。顯然，拉

爾夫是希望她根本不要結婚，這就是他那些話的實質，因為他對她作為一個獨身女子的冒險活動，感到津津有味。失望使他針對那個人講了一些憤怒的話，因為她把那個人甚至看得比他更好。伊莎貝爾自以為了解拉爾夫，她相信他在發怒。她寧可相信這點，因為正如我說的，她現在已沒有多餘的、空閒的心情來思考這些枝節問題了。她認為，像她這樣不顧一切地選擇了吉伯特·奧斯蒙德，這就必然會使其他一切關係破裂，這是她不得不接受的命運，但也幾乎懷著惶恐的心情感到，這種令人神往和陶醉的地位，卻是容易招來嫉恨和反對的，儘管愛情從古以來受到讚美，給披上了美德的外衣。這是幸福的悲劇一面，一個人的對始終要以另一個人的錯作為條件。

成功的意識現在必然已在奧斯蒙德的心頭熊熊燃燒，然而這一堆光輝的火焰卻沒有洩漏出一絲煙霧。就他而言，滿足從來沒有以庸俗的方式表現出來。在自我感覺強烈的人那裡，興奮只是一種自我克制的狂喜心理。然而這種氣質卻使他成為一個可愛的情人，經常顯得如魚得水，依依難捨。正如我所說，他從不忘記所以，也從不忘記保持優雅的風度和柔順的外表，呈現出一副溫情脈脈、體貼入微的姿態——這在他來說是並不困難的。他對他的年輕小姐十分滿意，梅爾夫人贈予他的是一件無價之寶。高尚的精神加上溫柔的性情，生活中還有比這更好的東西嗎？因為溫柔不是完全為自己所有，而高昂的精神卻是面向愛慕虛榮的社會的嗎？在一個終身伴侶身上，敏捷而充滿幻想的心靈是最可寶貴的，它不會使他感到索然無味，愚蠢呆板，他要求在重現這些思想時呈露出光輝的才華，就像給他的「歌詞」配上樂譜一樣。他的利己主義從來沒有表現為一種粗俗的形式，滿足於得到一個百依百順的妻子。這位小

第三十五章　　443

姐的智慧不應該只是一隻陶土的盤子，應該是一隻純銀的盤子，當他把成熟的水果裝進這盤子，它會把它們反映得更加光輝燦爛，以致使他們的談話永遠像一道甜點那麼可口。現在他從伊莎貝爾身上看到了這只完美的純銀盤子，他可以開動她的想像力，讓它發出悅耳的音響。雖然沒有人同他講過，但他完全知道，他們的結合在女孩子的親屬中反應很壞，但是他始終把她看作一個完全獨立的女人，因此大可不必為她的家屬的態度表示遺憾。不過，一天早晨，他還是突然提到了這件事。

「我們在財產上的差距使他們感到不愉快，」他說，「他們認為我愛的是妳的錢。」

「你是指我的姨母……我的表兄嗎？」伊莎貝爾問，「你怎麼知道他們的想法？」

「妳沒有告訴我他們贊成這件事，還有，前幾天我寫了封信給杜歇夫人，她始終沒有回信。如果他們滿意的話，我應該會看到一些跡象。說實話，我從來不在乎這些事，今天，當我已經在一切方面得到了補償的時候，我為什麼反而要在乎起來呢？我不想說假話，說我為妳的富有感到遺憾，不，它使我感到愉快。我喜歡妳所有的一切，不論那是錢還是美德。錢是一種難以得到的可怕的東西，但也是一種值得歡迎的可愛的東西。我一生從沒想要掙一文錢，因此我應該比大多數爭名奪利的人更少這種嫌疑。他們懷疑，那是他們的事，妳家裡人有這種想法，實際上也不足為奇。以後他們會改變對我的看法，在這一點上，妳也會這樣。我覺得，我已經充分證明，我不是一個貪心不足的人。錢是一種難以得到的可怕的東西，但也是一種值得歡迎的可愛的東西。何況我的貧窮和妳的富有，是他們不滿意的最清楚的解釋。當然啦，一個貧窮的男人娶了一位富有的小姐，他就必須準備承受各種莫須有的罪名。我並不理會這些，我重視的只有一件事……妳毫不懷疑這一切都是對的。別人怎麼想，我不管，我對他們無所需求，我甚至不想認識他們。說實話，我應該會看到一些跡象。我的貧窮和妳的富有，是他們不滿意的最清楚的解釋。就我來說，我不應該懷恨在心，我只應該感謝生活和愛情。」

444

一位女士的畫像
The Portrait of a Lady

在另一次，他又說：「對妳的愛使我變好了，變得聰明而溫和了。我也不想否認，它使我變得有希望了，高尚了，甚至堅強了。以前我總是要求得到許多東西，由於我不能得到它們，我感到生氣。從理論上說，我很滿足，正如我有一次對妳說的那樣。我認為我可以限制我的要求。但我不能免除煩惱，我常常在慾望和企求的煎逼下，迸發出一種痛苦的、無可奈何的、可憎的情緒。現在我才真正滿足了，因為我不能想像還有什麼更好的事。這就像一個人正在黃昏中吃力地讀書的時候，燈突然亮了。生活的書在我眼前已經模糊，我的痛苦的閱讀不能得到任何報償，但是現在我又能看到它了，我看到這是一篇有趣的故事。親愛的姑娘，我無法向妳描繪，生活怎樣鋪展在我們的面前──夏季那漫長的下午怎樣在等待著我們。這是義大利白天的下半段，它籠罩在金黃色的霧靄中，陰影正在慢慢伸長，日光、空氣和風景中都充滿著神聖的美，那是我一生所愛的，也是妳今天所愛的。真的，我看不出，我們怎麼不能相親相愛地過下去。我們得到了我們喜愛的一切，且不說我們已經得到了彼此的心。我們有欣賞的才能，我們也有一些美好的信念。我們不是愚蠢和平凡的人，我們不會受到無知或憂鬱的困擾。妳朝氣蓬勃，而我久經風霜。我那可憐的孩子足以承歡膝下，何況我們的身邊還會出現一些小生命。一切都那麼柔和，那麼美好──帶有一種義大利的色彩。」

他們制訂了不少計畫，但也留下了不少餘地。不過，那是當然的事，他們暫時仍得住在義大利。他們是在義大利相遇的，他們彼此的第一個印象是與義大利結合在一起的，他們的幸福也不能與義大利分開。奧斯蒙德有值得留戀的老朋友，而伊莎貝爾有興趣無窮的新朋友，這為她的未來提供了一種無限美好的希望。要求個性得到充分發展的心情，換上了另一種意識，即認為如果沒有私人的義務，使一個人的精力集中在一點上，那麼生活就是空虛的。她對拉爾夫說過，這一、兩年中她已「見識了生活」，她

第三十五章

已感到厭倦了生活的觀察。至於她那一切熱情、那些抱負、那些理論，不是厭倦了生活，而是厭倦了對生活的觀察。至於她那一切熱情、那些抱負、那些理論，她對獨立自主的高度評價，她那開始萌芽的永不結婚的信念，如今都到哪裡去了呢？它們都融化在一種更原始的需要裡了，這需要排除了無數問題，然而也滿足了許多願望。它使情況一下子變得簡單了，它像星光一樣來自天上，它不需要任何解釋，一個事實就足以解釋一切，是他是她的愛人，是她自己所有的，而她對他也是有用的。她可以懷著謙卑的心情俯伏在他面前，她也可以和他結婚，因為她不僅有所收穫，她也有所貢獻。

有兩、三次，他帶著帕茜一起到卡希納田野去，帕茜比一年前稍高了一些，沒有大多少。她的父親表示，他相信她永遠是個小孩子。她今年十六歲，但是還是牽著她的手。他告訴她，他跟這位漂亮的小姐要坐一會兒，她可以自己去玩。她穿的衣服很短，但是外套很長，她的帽子始終顯得太大。她興沖沖地邁著又快又小的步子，跑到小徑的末端，然後又一步步走回來，臉上笑嘻嘻的，想得到大人的誇獎似的。伊莎貝爾一迭連聲稱讚她，而這孩子溫柔多情的性格，也正是渴望著得到人們的好感。她注視著她的這些表現，好像它們跟她有著密切關係——帕茜已經代表著她可能提供的一部分責任。她的父親仍把她當作一個小女孩，還沒有向她說明，他跟這位文雅的阿切爾小姐的新關係。他對伊莎貝爾說：「她不知道，她也沒有懷疑，她認為跟我一起來這兒玩玩是非常自然的，我們只是兩個普通的好朋友。我覺得這種天真很耐人尋味，這正是我所喜歡的。是的，我並不像我以前想的那樣一無成就，我至少做成了兩件事：我即將娶一個我所崇拜的女子；我按照我的要求，用老式辦法教育大了我的孩子。」

不論什麼，他都喜歡「老式」的，在伊莎貝爾看來，這已成了他優美、沉靜、真誠的性格中的一個

446

一位女士的畫像
The Portrait of a Lady

「我覺得，只有等你告訴她以後，才說得上你有沒有成功，」她說，「你得看看她對這消息的反應。她可能會害怕，她也可能會嫉妒。」

「我不擔心這些，她自己本來就非常喜歡妳。我暫時還不想讓她知道真相，我想看看，她自己會不會想到，如果我們還沒訂婚，我們應該訂婚才是。」

伊莎貝爾覺得，奧斯蒙德對帕茜的天真，似乎抱著藝術家的、雕塑家的欣賞態度，但就她自己而言，她更重視它的道德意義。幾天以後，當他告訴她，他已把這消息向他女兒公開的時候，她的高興也許並不比他的小。他說，帕茜聽了以後，講了這麼一句很有趣的話：「哦，那麼我要有一個美麗的姐姐了！」她既沒感到奇怪，也沒表示吃驚，她沒有像他預期的那樣喊叫起來。

「也許她猜到了。」伊莎貝爾說。

「別那麼說，如果我相信這話，我會感到厭惡。我本以為那會引起一點震動，但她的反應證明，她的禮貌已勝過其他一切。那也是我所希望的。妳自己會看到，明天她還會親自向妳祝賀呢。」

第二天她們在格米尼伯爵夫人家相遇了。帕茜是她父親帶去的，他知道，伊莎貝爾下午會去回拜伯爵夫人，因為後者知道她們即將成為姑嫂以後，已到了學習社交禮節的年齡。伊莎貝爾的看法卻是，這位小女孩在待人接物方面還可供那位長輩學習，她們一起在會客室中等候伯爵夫人的時候，帕茜的表現就是最好的證明。一年以前，她父親終於還是決定送她回修道院，接受最後的薰陶；凱薩琳嬤嬤認為帕茜應該適合上流社會的

第三十五章　　　　　　　　　　　　　　　　　　447

要求，這個理論顯然已經得到實現了。

「爸爸告訴我，您那麼好，已經同意嫁給他了，」那位修女的學生說，「這使我太高興了，我想您是非常合適的。」

「對妳很合適嗎？」

「我對您是非常滿意的，不過我的意思是說，您和爸爸互相很合適。你們兩人都這麼文靜，這麼嚴肅。您不像他那麼文靜，也許甚至不像梅爾夫人那麼文靜，但您比別的許多人文靜。比如，他就不會娶我的姑媽那樣的人做妻子。她老不安靜，總是大驚小怪的，尤其是今天，待一會兒她來了，您會看到的。在修道院裡，她們對我說，不應該議論大人，但我想，如果我們的議論沒有惡意，那是不妨事的。您會成為爸爸的一個愉快的伴侶。」

「我希望對妳來說也是這樣。」伊莎貝爾說。

「我是故意先提到他的。我已經告訴過您，我對您是怎麼想的，我從一開始就喜歡您了。我這麼崇拜您，因此我想，要是我能夠一直看到您，那真是太幸運了。您會成為我的模範，我要盡量模仿您，儘管我恐怕學不像。我非常替爸爸高興，因為他除了我，還需要別的什麼。您就要成為我的繼母，但是我想您不會用這個名稱。我覺得除了您，沒有人能滿足他的這種需要。您根本不像我的繼母。這些繼母據說都是很凶惡的，但我想您不會擰我，甚至推我一下。我一點不害怕。」

「我的小帕茜，」伊莎貝爾溫柔地說，「我會對妳非常親切的。」她彷彿突然看到，她怯生生地走到她的面前，要求她對她親切一些，這使她不禁打了個寒噤。

「那太好了，我沒什麼要害怕的了。」孩子回答，露出興高采烈的樣子。這似乎使人看到，她受的

是什麼教育，或者不守規矩會得到什麼懲罰！

她對她的姑母形容得沒有錯，格米尼伯爵夫人比以前更不安靜了。她走進屋子的時候，好像是拍動著翅膀飛進來的，一進屋，就抱住伊莎貝爾親吻，先是吻額頭，然後吻兩邊的面頰，一口氣說了幾百句話，彷彿在履行某種古老的儀式。她把客人拉到沙發上坐下，又把頭扭來扭去，做出各種姿勢來看她，有恃無恐地把圖像描出來。

「要是妳指望我來恭喜妳，那我只得請妳原諒了。我想，妳也不在乎我祝賀不祝賀，我相信，妳對一切應酬話都是不在乎的，因為妳非常聰明。不過我得考慮，我講的話是不是實在。除非我能得到什麼好處，我是不講謊話的。但在妳那裡，我看我不會得到什麼，尤其是妳看來並不相信我。我不會講漂亮話，就像我不會做紙花或荷葉邊燈罩一樣——我不知道怎麼做。我做的燈罩肯定會著火，我的玫瑰花和謊話也不像真的。妳被稱作美國的柯麗娜。但是我想，我們沒落了，也許妳會把我們扶起來。我對妳是完全信任的，我有不少事要對妳講。我是很有前途的——妳知道，大家都這麼說，妳繼承了財產，生得又漂亮，不像一般人，真是世上少見的，因此誰不想把妳討回家去。妳知道，我們的家是很好的，奧斯蒙德應該已給妳講過，我的母親可以說還很有聲望——她被稱作美國的柯麗娜。但是我想，我們沒落了，也許妳會把我們扶起來。我對妳是完全信任的，我有不少事要對妳講。任何姑娘要結婚，我都不會向她道喜，我認為人們不應該把它變成這麼可怕的一個鐵籠子。我想，帕茜不應該聽這些話，不過她到我這兒來，實際就是要學學這些——懂得一些上流社會的風氣。因此，讓她知道有什麼危險在等待著她，這是沒有害處的。我開始想到我的弟弟對妳有意思的時候，我就想寫信給妳，用最強有力的措詞提醒妳不要上當。後來我又想，這是不顧手足之情，而對這一類事，我都是深惡痛絕的。何況正如我所說，我自己就非常喜歡妳。歸根結

第三十五章　　449

柢，我是非常自私的。順便說一下，妳不會尊敬我,我們永遠不會成為知心朋友。我當然願意，但妳不會。不過不管怎樣，總有一天我們的關係會好起來，這是妳今天想像不到的。我的丈夫會來看妳，雖然妳也許知道，他跟奧斯蒙德從不來往。他很喜歡去拜訪漂亮的女人，但我不怕妳。首先，他幹什麼我都無所謂。其次，妳根本不會把他放在眼裡，他任何時候都不會引起妳的興趣，而且儘管他笨得要命，他會看到妳不會上他的勾。如果妳願意聽，將來我可以把他的事告訴妳。妳是不是認為我的姪女兒應該出去？帕茜，到我的房間去彈一會兒琴。」

「請妳讓她待在這兒，」伊莎貝爾說，「帕茜不能聽的話，我也寧可不聽！」

一位女士的畫像
The Portrait of a Lady

第三十六章

一八七六年秋季的一個下午，將近黃昏的時候，一位溫文爾雅的年輕人來到羅馬一幢古老房子的三樓，在一套小小的寓所門口打鈴。門開了，他說他要找梅爾夫人，於是那個整潔樸素、生著一張法國人的臉，樣子像夫人的貼身侍女的傭人，領他走進一間小會客廳，問了他的姓名。

「愛德華・羅齊爾先生。」年輕人說，便坐了下去，等女主人出來。

讀者也許還沒有忘記，羅齊爾先生是巴黎美國人圈子中的頭面人物，也可能還記得，他有時會離開那個小天地。有幾個冬季，他曾在波城度過一些日子。但在一八七六年夏季，他遇到了一件事，它不僅改變了他的思想傾向，也改變了他的生活習慣。

他到上恩格登[1]去了一個月，在聖莫里茲遇見了一位漂亮的姑娘。這位姑娘立即引起了他特別的興趣，她正是他夢寐以求的那種可以做終身伴侶的安琪兒。他從不魯莽，謹慎小心是他的最大特點，因此他暫時沒有宣布他的愛情。後來這位小姐去了義大利，而她的愛慕者則前往日內瓦，因為他有約在先，要到那裡會見一些朋友。他們分別以後，他一直悶悶不樂，覺得非再跟她見面不可。最簡單的辦法當然

---

1 在瑞士阿爾卑斯山中，那裡有不少礦泉療養地，聖莫里茲即其中之一。

就是秋天到羅馬去，奧斯蒙德小姐和她的家人便住在那裡。羅齊爾先生開始了他向義大利首都的朝聖旅行，於十一月一日抵達羅馬。這是一次愉快的旅行，但在年輕人心目中卻是充滿驚險的英勇遠征。他不習慣羅馬的氣候，可能受到它的毒害，因為眾所周知，在十一月，那裡還是危機四伏的[2]。然而老天不負苦心人，羅齊爾先生每天吃三顆奎寧，到一個月結束的時候，對自己的深入虎穴還沒什麼可抱怨的。他在一定程度上利用這段時間對帕茜‧奧斯蒙德小姐做了研究，發現她真是白璧無瑕。她舉止穩重，各方面都顯得完整無缺，實在是一幅精美絕倫的畫。他對她情意綿綿、朝思暮想，就像他為德累斯頓的牧女瓷像神魂顛倒一樣。確實，正當綺年玉貌的奧斯蒙德小姐，頗有洛可可[3]的風味，而那正是羅齊爾最為賞識的一種風格，因此他不能不拜倒在那位小姐的腳下。至於他對那個比較膚淺時期產品的愛好，從他在梅爾夫人的客廳裡的表現，可以清楚地看出來。那裡雖然陳列著各種風格的藝術珍品，大多還是最近兩個世紀的東西。他立刻戴上單眼鏡，向四周打量了一遍，接著便自言自語地咕噥道：「哎喲！她的這些玩意兒可真不賴呢！」客廳不大，擺滿了傢俱，一眼望去，盡是褪色的絲綢和小巧玲瓏的雕像。羅齊爾站了起來，小心翼翼地走過去，俯身觀看桌上琳琅滿目的小擺設，以及繡有高貴紋飾的靠墊。梅爾夫人進屋時，發現他正站在壁爐前面，鼻子已差一點接觸到鋪在壁爐架上的大馬士革錦緞的大荷葉花邊了。他把花邊輕輕提起一角，彷彿在嗅它的味道。

「那是老式的威尼斯花邊，」她說，「質地挺不錯的。」

「用在這裡太可惜了，應該用在衣服上。」

「人家告訴我，你在巴黎有一些比這更好的，也這麼用呢。」

「呀，可我的衣服上不能用花邊啊。」客人笑道。

「我不明白,你為什麼不能!我衣服上用的花邊比這更好。」

羅齊爾的眼睛又轉來轉去,向屋裡的一切戀戀不捨地打量著,「妳有一些東西確實不錯。」

「妳打算丟掉它們嗎?」年輕人馬上問。

「是的,不過我討厭它們。」

「不,有一些討厭的東西總比沒有好,它們可以賣錢。」

「我是喜歡我那些小玩意兒的,」羅齊爾先生說,他坐在那兒,臉色紅紅的,他所看到的一切使他感到興奮,「但我今天不是來跟妳談這些東西——不論是妳的還是我的。」他停了一會兒,然後用更柔和的口氣講下去:「在我眼裡,奧斯蒙德小姐比歐洲的全部小擺設更重要!」

梅爾夫人睜大了眼睛,「你是來告訴我這件事嗎?」

「我是來請妳的指教。」

她望著他,眉頭有一點皺了起來,一邊用又大又白的手指彈著下巴頦兒,「你知道,一個人在戀愛的時候,是不需要別人指點的。」

「如果他遇到了困難,為什麼不可以呢?在愛情上是往往會遇到困難的。我以前有過這種體會,我知道。但困難從來沒有這次這麼大,真的,從沒這麼大。我特別想聽聽,妳認為我有沒有希望。奧斯蒙德先生恐怕認為,我不配……嗯,我不是他心目中恰當的人選。」

---

2 指瘧疾。

3 洛可可(Rococo),歐洲十八世紀盛行的一種藝術樣式,以纖細和華麗為其特色。

第三十六章 453

「你是要我替你當說客嗎?」梅爾夫人問,合抱著兩條漂亮的胳臂,俊俏的嘴角向左翹起了一點。

「如果妳肯幫忙,那我太感謝了。我想,我不應該去打擾奧斯蒙德小姐,除非我有充分的理由相信,她的父親會答應這件事。」

「你辦事很周到,那是值得誇獎的。但是你以為我會把你看作合格的人選,這未免毫無根據。」

「妳一向對我很好,」年輕人說,「因此我才來找妳。」

「我對那些手裡有路易十四時期的小玩意兒的人,從來都是很好的。現在這些東西很值錢,說不定哪一天我能靠它發一筆小財呢。」說到這句打趣的話,梅爾夫人的嘴角左邊露出了一絲微笑。

「不錯,我很喜歡你,不過我們現在不必來分析這問題,」啊,我本來以為妳是真心喜歡我呢!」

「儘管這樣,他還是感到這不是好兆,心裡有些緊張,如果我說話有些老氣橫秋,請你別見怪,我相信你是個很好的年輕人。不過帕茜·奧斯蒙德的婚姻大事,不能由我做主。」

「我也沒那麼想。我只是覺得,妳跟她的家庭關係很密切,因此我想,妳也許可以發揮些作用。」

「自然是指她的父親,還有——英國話怎麼說?——她的 belle-mère。」[4]

「奧斯蒙德先生是她的父親,但他的妻子很難說是她家庭中的一員。奧斯蒙德夫人跟她的婚姻大事完全無關。」

「這使我很遺憾,」羅齊爾說,帶著誠懇的神色歎了口氣,「我想,奧斯蒙德夫人對我是有好感的。」

「很可能,如果她的丈夫對你沒有好感的話。」

454

一位女士的畫像
The Portrait of a Lady

他把眉毛揚了起來，「難道她跟他採取相反的立場嗎？」

「在一切方面都如此。他們的想法完全不同。」

「好吧，」羅齊爾說，「我對這感到遺憾，但這不關我的事。她是很喜歡帕茜的。」

「是的，她很喜歡帕茜。」

「帕茜對她也很有感情。她對我說過，她愛她，就像她是她的親生母親一樣。」

「你跟這個可憐的孩子一定有過非常親密的談話吧，」梅爾夫人說，「你們互相表白過感情嗎？」

「從來沒有！」羅齊爾嚷了起來，舉起了一隻戴著整潔的手套的手，「在我確實知道她父母的意志之前，我不會那麼做。」

「你一直在等著嗎？你有高尚的原則，你能遵守禮法。」

「我覺得妳是在嘲笑我，」年輕人喃喃地說，把身子靠在椅背上，一邊摸摸他的小鬍子，「我沒有想到妳會這樣，梅爾夫人。」

她搖搖頭，神態很安詳，像一個胸有成竹的人，「你錯怪了我。我認為你的行為是合乎情理的，這也是你能採取的最好的態度。說真的，我是這麼想的。」

「我不想給她增加煩惱——那只能給她增加煩惱。我太愛她了，不能那麼做。」羅齊爾說。

「不管怎麼樣，你把這事告訴了我，我很高興，」梅爾夫人繼續道，「你暫時把這事交給我，我想我能夠幫助你。」

4 法文，意為「繼母」。

第三十六章　　　　　　　　　　　　　　　455

「我就知道妳是我應該找的人!」她的客人馬上高興得叫了起來。

「你很聰明,」梅爾夫人回答,口氣比較冷淡,「我說我能夠幫助你,這是指我確實知道你這件事是對的以後。現在讓我們看看,它是不是這樣。」

「妳知道,我一向非常正派,」羅齊爾認真地說,「我不想說我沒缺點,但我能說,我沒有壞心。」

「那都是消極的,而且那還得看,人們所說的壞心是指什麼。積極的方面呢?我是指正面的東西。」

「除了那些西班牙邊和德累斯頓茶杯以外,你還有什麼?」

「我有一份足可溫飽的小產業——大約四萬法郎一年。我還有些才能,在我的安排下,我們可以靠這筆錢過得逍遙自在。」

「逍遙自在做不到,只能說不至於挨餓。而且那還得看你們住在哪裡。」

「當然在巴黎。我保證在巴黎。」

梅爾夫人的嘴又向左上角扭過去了,「在那裡憑這點錢可不能過得很闊氣,你還得靠你那些茶杯來貼補,可它們是會打碎的。」

「我們不想過得很闊氣。奧斯蒙德小姐有了一切心愛的東西,她就滿足了。一個像她那麼漂亮的人,不必打扮得花枝招展。她倒是穿細洋布衣服最好看,也不必用首飾。」羅齊爾先生思量著說。

「你連首飾也不讓她戴嗎?她對你這套理論一定非常感激。」

「我敢說,我的看法是對的。我相信她會贊成。她理解這一切,就因為這樣我才愛她。」

「她是很好的小女孩,非常溫柔體貼,也非常文雅。但我完全相信,她的父親不會給她什麼,羅齊爾躊躇了一下,「我根本沒指望他給什麼。儘管這樣,我還是得指出,他過得像富翁似的。」

「那是他妻子的錢，她帶給了他一大筆家產。」

「可是奧斯蒙德夫人非常喜歡她丈夫的女兒，她可能會給她些什麼。」

「你這個害了相思病的少年情郎，腦袋倒還挺清醒呢！」梅爾夫人說，笑了起來。

「我從來沒有小看妝奩的價值。我可以沒有它，但是我並不輕視它。」

「奧斯蒙德夫人也許寧可把錢留給自己的孩子。」

「她自己的孩子？我知道她沒有。」

「她還可能有。她有過一個男孩，兩年前死了，活了六個月。因此，她還可能有其他的孩子。」

「我希望她有，如果這能使她愉快的話。她是一個非常可愛的女人。」

梅爾夫人沒有馬上答話。

「關於她有不少話好講。你說她非常可愛就非常可愛吧！我們還沒有弄清楚，你是不是一個合適的物件呢。沒有壞心，這不見得就會給你帶來收入。」

「對不起，我不認為這樣。」羅齊爾說，充滿著自信。

「你們只能成為可憐的小倆口兒，靠你們的天真當飯吃！」

「我覺得，妳把我估計得太低了。」

「你不至於天真到那種地步吧？好吧，我們談正經的，」梅爾夫人說，「當然，四萬法郎一年，加上正直的性格，這不是不值得考慮的。我不能說那有多麼了不起，但比上不足，比下有餘。不過，奧斯蒙德先生也許相信，他還可以攀一門更好的親事呢。」

「他也許能，但他的女兒恐怕不能。她最好的親事就是嫁給她所愛的人。妳知道，她是愛我的。」

第三十六章

羅齊爾趕緊補充了一句。

「是的，我知道。」

「這就對了，」年輕人喊了起來，「我說妳是我應該找的人呢。」

「但是你既然沒有問過她，我不明白，你是怎麼知道的？」梅爾夫人繼續道。

「這種事是不需要問了以後才知道的。妳剛才說，我們是一對天真的孩子，那妳是怎麼知道的？」

「我這不天真的人怎麼知道？我靠我的狡猾知道。你把這事交給我吧，我會把情況告訴你的。」

羅齊爾站了起來，立在那裡撫摩著帽子，「妳的口氣太冷淡。妳不要光是把她父親的答覆告訴我，妳應該盡量使它得到合理的解決。」

「我會盡力而為。我盡量考慮你的利益。」

「我非常感謝妳。同時我會跟奧斯蒙德夫人打個招呼。」

「Gardez-vous-en bien!」梅爾夫人也很快站了起來，「不要叫她來插手，要不，你會把事情全部弄糟。」

羅齊爾瞪著他的帽子，他心裡納悶，不知道這位女主人是不是真的是他應該找的人。「我不明白妳的意思。我是奧斯蒙德夫人的老朋友，我想她應該是歡迎我成功的。」

「只要你願意，你還是可以做她的老朋友。在她來說，老朋友越多越好，因為她跟一些新朋友不太合得來。但眼前切勿讓她插手，替你說情。她的丈夫可能有別的看法，我作為一個希望她好的人，勸你不要使他們之間的裂痕進一步擴大。」

可憐的羅齊爾露出了驚異的臉色，想不到向帕茜‧奧斯蒙德求婚有這麼複雜，照他喜愛的正常途徑

458

一位女士的畫像
The Portrait of a Lady

進行還不成。他的健全的理智本來隱藏在謹慎小心的「美好風度」下，現在出來幫助他了。

「我覺得我沒有必要對奧斯蒙德先生考慮得這麼多！」他嚷道。

「是的，不過你得為她考慮。你說你是她的老朋友，你願意使她痛苦嗎？」

「當然不願意。」

「那就得加倍小心，讓我做一些試探再說。」

「親愛的梅爾夫人，我不要管？不要忘記，愛情的烈火在我胸中燃燒。」

「算了，它不會燒死你。如果你不聽我的話，你來找我幹麼？」

「妳對我很好，我會聽妳的話，」年輕人許諾道，「但我怕奧斯蒙德先生不好對付。」他又用溫和的口氣補充了一句，一邊向門口走去。

梅爾夫人笑了一笑，「這話已經講過了。不過他的妻子也不好說話呢。」

「咳，她是一個非常可愛的女人！」羅齊爾又說了一遍，走了出去。

他的謹慎一向足以為人表率，他決定他的行動應該無愧於這樣的名聲。但他還是覺得，不論他給了梅爾夫人什麼保證，偶爾到奧斯蒙德小姐家去拜訪一下，讓自己的情緒不至低落，這完全沒有違背他的諾言。他常常回憶梅爾夫人對他說過的話，在心裡翻來覆去琢磨她那種圓滑周到的口氣。他去找她，像巴黎人所說的，對她 deconfiance⁶，但可能做得輕率了一點。他很難想像自己是個魯莽的人——他受到

5　法文，意為「千萬注意」。
6　法文，意為「推心置腹」。

第三十六章　　　　　　　　　　　　　　　　　　　　459

這種指責太少了。但有一點是沒有疑問的：他認識梅爾夫人才一個月，雖然他覺得她和藹可親，但仔細想想，卻沒有理由相信她會對他赤膽忠心，把帕茜・奧斯蒙德送進他的懷抱，儘管他的兩隻手張得大大的，全心全意在等待著她。是的，梅爾夫人待他很有情義，她在那位姑娘的親屬中間是一個有分量的人，她跟他們不能說很親熱，但關係之密切卻引人注目（羅齊爾始終不明白，她這是憑的什麼）。但也許他誇大了這些有利條件。沒有特別的理由說明她肯為他出力，一個殷勤的女人對任何人都是殷勤的。羅齊爾覺得自己實在是個傻瓜，僅僅因為她奉承了他幾句，便想請求她幫忙。很可能她真的是在覬覦他那些小擺設，儘管這話她像是開玩笑說的。她是不是希望他從自己收藏的珍品中，送兩、三件給她？但如果她能玉成他跟奧斯蒙德小姐的婚事，他哪怕把它們全部奉送給她，也心甘情願。可是他不能直截了當這麼說，否則豈不成了粗俗的收買。但是他願意她相信這點。

他正是懷著這些思想，再度踏進了奧斯蒙德夫人的客廳——奧斯蒙德夫人每星期四舉行一次「晚會」，接待客人，因此他的到來完全符合上流社會的一般禮節。羅齊爾先生那嚴密控制的感情所嚮往的意中人，住在羅馬市中心一幢高大的公館中，那是深色的雄偉建築物，在法內斯宮[7]附近，俯瞰著陽光燦爛的一片廣場。小帕茜住的也是宮殿——按照羅馬人的說法，這是「宮殿」，但在可憐的、憂心忡忡的羅齊爾的眼中，這卻是一座土牢。他覺得，他想娶作妻室的少女住在這種宮殿式堡壘中，實在是不祥的預兆。她那個不容易討好的父親，他能不能取得他的諒解，還不得而知。而那幢帶有古老而嚴峻的羅馬名稱的房子，散發著歷史上罪惡、陰謀和暴行的氣息。默里的導遊手冊提到過它，它成了遊覽勝地，但遊覽過的人都對它感到失望和洩氣。它的底層有卡拉瓦喬[8]的壁畫，在拱頂雄偉的、寬敞的涼廊上陳列著一個個肢體殘缺的雕像和積滿灰塵的水甕，涼廊俯瞰著潮濕的院子，院子裡，泉水從長滿青苔的噴

泉口裡噴射出來。羅齊爾先生要是沒有心事的話，他可能會對這座羅卡內拉宮發生好感，也可能會體會到奧斯蒙德夫人的心情——她有一次告訴他，她和丈夫遷居羅馬的時候，選擇這幢房子是愛上了它的地方色彩。它的地方色彩確實很濃，儘管他對建築不像對利摩日的琺瑯製品那麼在行，他還是可以看到，那些窗戶的格局，甚至屋簷上的精細雕刻，都相當有氣派。可惜羅齊爾心頭一直縈繞著一個可怕的思想：在那些美好的時代裡，一些年輕姑娘卻被囚禁在這裡，得不到真正的愛情，在給送進修道院的威脅下，被迫接受了邪惡的婚姻。然而，每逢他來到二樓奧斯蒙德夫人那些溫暖如春、富麗堂皇的會客室中，有一點他卻始終能給予準確的評價，這就是他承認，這些人對「好東西」很有鑑別能力。但這屬於奧斯蒙德本人，與她完全無關。在他首次登門拜訪時，她已告訴了他這點，當時他在心裡盤算了一刻鐘，懷疑他們收羅的「法國貨」是否比他在巴黎收藏的更好，但他不得不當場承認，他們有許多東西比他的好。他作為一個紳士，甚至克制了嫉妒，向女主人表示，他對她擁有的奇珍異寶不勝欽羨。於是奧斯蒙德夫人告訴他，她的丈夫在他們結婚以前，已有大量收藏，雖然在過去三年中，他也購得了不少精品，但他最好的收藏還是在他可以吸取她的意見之前就有的，他對自己說，所謂「意見」無非是「錢」而已。但吉伯特·奧斯蒙德在窮愁潦倒中能收集到大量古玩這件事，卻使他堅定了一個最神聖的信念：一位收藏家只要耐心物色，窮些是毫無妨礙的。一般說，羅齊爾在星期四晚上來到這兒的時候，首先注意的是大客廳的幾堵牆壁，那裡照例掛有三、四件叫他眼

7　法內斯宮（Palazzo Farnese），羅馬的著名宮殿之一，由米開朗基羅設計建築。

8　卡拉瓦喬（Michelangelo Merisi de Caravaggio, 1571-1610），義大利巴洛克派著名畫家。

第三十六章　　461

紅的物品。但在他跟梅爾夫人談過話以後,他意識到了他所處地位的嚴重性,現在進屋後,首先用眼睛尋找的卻是這家的小姐,儘管他仍裝得笑容可掬,環顧著這兒的舒適布置,眉宇之間卻顯得有些焦急。

第三十七章

帕茜不在第一間屋子裡，這是一間大客廳，上面有凹面的天花板，牆上蒙著老式的大馬士革紅錦緞。奧斯蒙德夫人通常便坐在這裡——雖然她今晚不在這個待慣的老地方——一群比較親密的朋友團團圍在壁爐前面。屋子裡暖洋洋的，情調顯得柔和而明朗。這裡的傢俱都比較大，空中幾乎總有一陣陣花香。這時帕茜大概在隔壁一間屋子裡，比較年輕的客人都聚集在那裡，那也是供應茶水的所在。奧斯蒙德站在壁爐前面，背靠著它，兩手伸在身後，抬起了一隻腳，正在烤暖鞋底。他沒有參加他們的談話。他的眼睛流露出一種它們常有的表情，彷彿他在考慮一些比表面看來更為重要的事物。羅齊爾進屋的時候，沒人通報，因此沒有引起他的注意。但是這位年輕人是非常注重禮節的，雖然他完全明白，他要找的是夫人，不是先生，他還是走上前去，跟他握手。奧斯蒙德伸出左手來，沒有改變他的姿勢。

「你好！內人不知在哪裡呢。」

「不用操心，我會找到她的。」羅齊爾高興地說。

然而奧斯蒙德的眼睛注視著他，這麼犀利的目光是他一輩子從沒感到過的。

「梅爾夫人告訴他了，他不同意。」他在心裡盤算著。他本以為梅爾夫人會在這裡，但沒有看到她，也許她在另一間屋子裡，或者要晚一些才來。他一向不怎麼喜歡吉伯特・奧斯蒙德，總覺得他架子

太大。但羅齊爾不是一個容易生氣的人,在有關禮貌的問題上,他從來不讓自己有任何疏忽。他向周圍看看,無緣無故地笑了笑,隨即說道:「我今天看到了一件非常出色的卡波迪蒙特瓷器。」

奧斯蒙德起先什麼也沒回答,等他把鞋底烤暖以後,才說道:「我根本不稀罕卡波迪蒙特瓷器!」

「我想你不至已經失去興趣了吧?」

「對那些舊罐子舊盤子嗎?對,我失去了興趣。」

羅齊爾一時間忘記了他的微妙處境。

「那麼你打算脫手一、兩件東西嗎?」

「不,我沒有什麼要脫手的,羅齊爾先生。」

「那麼你是不想脫手,也不想收進。」羅齊爾說,興致還是很好。

「一點不錯。我沒什麼可以跟你打交道的。」

可憐的羅齊爾一下子覺得臉上火辣辣的,他有些傷心,感到一點指望也沒有,只得嘀咕了一句:「可我還是得跟你打交道呢!」說完便走了,知道奧斯蒙德沒有聽清他的話。他向隔壁一間屋子走去,正好遇到奧斯蒙德夫人從深深的門洞裡出來。她穿一身黑天鵝絨衣服,神色端莊,正如他所說的,非常可愛,甚至顯得光彩奪目,雍容華貴!我們知道,羅齊爾先生對她是怎麼想的,他向梅爾夫人表達過他的讚美。這跟他對她丈夫的小女兒的評價一樣,一部分是憑他欣賞裝飾美的目力,那種藝術鑑定的本能,一部分也由於他對另一種難以名狀的價值,那種超越一切有形的衡量標準的神祕「光輝」的嚮往。

儘管羅齊爾陶醉在那些脆性的工藝品中,他並沒有喪失對精神美的興趣,而奧斯蒙德夫人現在完全可以滿足這種趣味。幾年的歲月僅僅使她變得豐滿一些,在她身上,青春之花還沒有萎謝,只是靜靜地掛

464

一位女士的畫像
The Portrait of a Lady

「妳瞧，我又來了，」他說，「不過我當然是應該經常來的。」

「可不是，我認識你比認識這兒所有的人都早。但是我們不應該沉醉在這些美好的回憶中，我現在想給你介紹一位年輕小姐。」

「請問，哪一位小姐啊？」羅齊爾的態度顯得很親熱，但這當然不是他來的目的。

「她坐在那兒壁爐旁邊，那個穿粉紅色衣服的，她沒人跟她說話呢。」羅齊爾遲疑了一下，「奧斯蒙德先生不能陪她聊天嗎？他離她不滿六英尺。」奧斯蒙德夫人也遲疑了一下，「她不太活潑，而他不喜歡呆板的人。」

「但她對我很合適嗎？妳這話未免使人太難堪了。」

「我只是認為你很會談天。而且你一向是助人為樂的。」

「妳的丈夫也是這樣。」

「不，他對我不是這樣。」奧斯蒙德夫人的笑有些勉強。

「那是表明他對其他女人會加倍殷勤。」

在枝頭。她失去了一些急躁的脾氣，那是她的丈夫曾在暗中感到不以為然的，她的態度變得較能忍耐了。不管怎樣，現在她站在門口，在鍍金門框的襯托下，使我們的年輕人覺得，就像一位高貴的夫人的畫像。

1 卡波迪蒙特（Capodimonte）是那不勒斯拿坡里國王查理三世的一個宮殿，它的工廠於十八世紀出產的瓷器精細美觀，各地曾競相仿製。

第三十七章

「我也這麼對他說呢。」她說道，仍然笑著。

「妳瞧，我是想來喝茶的。」羅齊爾繼續道，不斷向她背後打量著。

「那很好。去吧，也給我的年輕小姐斟一杯茶。」

「好吧，不過那以後，我可不能管她，只得讓她聽天由命了。事情很簡單，我急於要找奧斯蒙德小姐談幾句話。」

「啊，」伊莎貝爾說，一邊轉身走開，「這件事我可無能為力！」五分鐘以後，他已把那位穿粉紅色衣服的小姐帶到隔壁屋裡，還端了一杯茶給她。不過這時他心裡一直在琢磨了我剛才記下的那句話，是不是違反了他向梅爾夫人所做諾言的精神。這樣一個問題在這位年輕人的心頭，是可以供他思索很長時間的。然而最後他變得——相對地說——不耐煩了，不再關心有沒有違背諾言的事。他曾經威脅說，他只能讓那位穿粉紅色衣服的小姐聽天由命，但事實證明，這命運並不可怕，因為帕茜‧奧斯蒙德給他沏了茶——她還像過去一樣，喜歡給人沏茶——讓他端給他的同伴以後，馬上自己跑來，陪她聊天了。在這場溫和的談話中，愛德華‧羅齊爾很少插嘴，他愁眉苦臉地坐在旁邊，望著年輕的意中人。如果我們現在用他的眼睛來看她，那麼我們起先會覺得她跟那個唯一命是從的小女孩大不相同，完全不像三年前在佛羅倫斯的樣子了，那時在卡希納田野，她的父親和阿切爾小姐為了談一些只有大人才能聽的話，還特地把她打發到附近去散步呢。但過了一會兒我們就會發現，十九歲的帕茜雖然已經算是一位少女，實際並沒有長高多少。儘管她出落得一表人才，不幸的是她缺乏一種氣質，就是在女性的外表中人們所津津樂道的風度，還有，她雖然穿得煥然一新，她對那些時髦衣服卻毫不掩飾地流露出一種愛惜的神情，彷彿這些衣服是臨時借來的。可以想像，愛德華‧羅齊爾正是那種會注意到這

些缺點的人。事實上，這位少女身上的一切特點，不論好的壞的，都逃不過他的眼睛。不過他對這些特點都有他自己的說法，其中有些是相當有趣的。他常常對自己說：「不，她是與眾不同的──絕對與眾不同。」你可以相信，他壓根兒不會向你承認她缺乏風度。風度？得啦，她這是一位年輕公主的風度，如果你看不到這點，那只怪你沒生眼睛。那不是摩登的、虛榮的、會轟動百老匯²的風度。這個瘦小的、嚴肅的小閨女穿著她那套筆挺的小衣服，簡直就跟魏拉斯開斯³的「公主」一模一樣。這對愛德華·羅齊爾來說已經夠了，他覺得她有一種令人神往的古典美。她那憂心忡忡的眼神，那富有魅力的嘴唇，那苗條的身材，就像一個孩子的祈禱那麼動人。他心頭迸發了一種強烈的願望，想知道她究竟喜歡他到什麼程度。這願望使他坐立不安，覺得身上熱得難受，不得不用手帕輕輕地按額角，他還從來沒有這麼心煩意亂過。但她是一位完美的 jeune fille⁴，對一位 jeune fille 是不宜提出這樣的問題請她回答的。jeune fille 一向是羅齊爾夢寐以求的，而且這位 jeune fille 還不應該是法國人，因為他覺得，這個國籍會使問題變得複雜起來。他相信，帕茜從來不看報，在小說方面，她至多讀過瓦爾特·司各特爵士的作品。一位美國的 jeune fille，難道還有比這更好的嗎？她一定又坦率又活潑，但還沒有單獨出過門，還沒有收到過男人的信，也還沒有給人帶到劇場去看過時髦的喜劇。羅齊爾不能否認，在目前的情況下，直接向這位天真無邪的少女提出請求，未免辜負了主人的殷勤接待。但是他心猿意馬，不能自持，他要問自己，難道

2　百老匯（Broadway），美國紐約的一條繁華街道。

3　魏拉斯開斯（Diego Rodriguez de Silva y Velázquez, 1599-1660），西班牙著名畫家，作有大量肖像畫，《瑪麗亞公主》是他的一幅名畫。

4　法文，意為「少女」。

第三十七章　　467

主人的殷勤接待就是世上最神聖的事物嗎?他對奧斯蒙德小姐的感情,不是比這重要得多?是的,對他重要得多,但對這家的主人卻未必見得。不過有一點是可以放心的,哪怕梅爾夫人已經使這位先生引起警惕,他還不至於向帕茜提出警告,這不符合他的行為法則,他不會讓她知道,一位溫柔體貼的年輕人愛上了她。但他,這個溫柔體貼的年輕人,確實愛上了她。這一切環境上的限制,終於使他憤憤不平。吉伯特·奧斯蒙德只伸出左手兩個手指頭來跟他握手,這是什麼意思?既然奧斯蒙德如此粗魯,他當然也可以大膽行事。那個沒人理睬的穿粉紅衣服的遲鈍少女給她的母親叫走了,那位母親跑來,對羅齊爾露出得意洋洋的傻笑,說她得帶她去見其他年輕人了,他覺得真可以大膽行事了,現在,一切就看他自己了,只要他膽大一些,實際上他就可以單獨跟帕茜在一起。這是一個重要的時刻,可憐的羅齊爾又開始用手絹按他的額角了。他們待的這間屋子的另一邊,還有一間會客室,她在一起,也從沒單獨跟任何jeunefille單獨在一起過。羅齊爾站了一會兒,從這門裡張望著,門口望去,它跟愛神的廟宇似的。它現在還空著,屋裡的陳設都是淺黃色的,點著幾盞燈,燈也亮著,但由於客人不多,整個晚上一直空著。他真怕帕茜跑掉,幾乎想伸出手臂去攔住她。但她沒有走,儘管那個穿粉紅衣服的少女已經離開他們,她也沒有到屋子的另一頭去,參加那裡的一些客人的談天。一霎間他覺得,她也許還是感到害怕,害怕得不敢動了。但他看了她一眼,便知道她不是害怕,於是他想起,她確實還太天真,還不知道害怕。在再三躊躇之後,他終於問她,他能不能去看看那間黃客廳,它顯得那麼迷人,那麼純潔。其實奧斯蒙德帶他到那裡去參觀過,那裡陳設的是法國第一帝國時期的傢俱,他還特別稱讚了那架鐘(實際他並不喜歡),那是一架古色古香的大鐘,也是那個時期的產品。因此他覺得,他現在已經在開始耍花招了。

「當然可以，」帕茜說，「如果你喜歡，我可以陪你去。」

「妳說得正合我的心意，妳對我真太好了。」羅齊爾輕聲說。

他們一起走了進去。羅齊爾實際覺得這間屋子非常難看，而且有些陰冷。帕茜似乎也有同樣的感覺。

「這不是冬天晚上用的，主要用在夏天，」她說，「它符合爸爸的趣味，他的愛好非常多。」羅齊爾心想，他的愛好確實不少，但有些非常庸俗。他向周圍看看，簡直不知道，應該說些什麼。

「奧斯蒙德夫人對她的屋子怎麼布置，從不過問嗎？她難道沒有自己的愛好？」他問。

「哪裡，她有許多愛好，但那大多是在文學方面，」帕茜說，「她也愛好交際。不過爸爸對這些也都有興趣，我覺得他什麼都知道。」

羅齊爾靜默了一會兒。

「有一件事，我相信他是確實知道的！」他突然說道，「他知道我到這兒來，雖然也是出於對他的敬意，也是出於對奧斯蒙德夫人的敬意，因為她真的很可愛，但實際上還是來看妳的！」年輕人說。

「看我？」帕茜說，抬起那對有些困惑的眼睛來望著他。

「看妳，那是我來的原因。」羅齊爾重複道，陶醉在跟權威的決裂中。她沒有臉紅，但神色羞答答，帕茜站在那兒望著他，顯得單純、熱誠、坦率。「我想那是這樣。」

「這沒有使妳感到不愉快吧？」

「我說不清楚，我不知道。你從沒對我講過這件事。」帕茜說。

第三十七章　　　　　　　　　　　　　　　469

「我怕我會惹妳生氣。」

「我沒有生氣。」少女低聲笑道,覺得彷彿有一位天使吻了她一下。

「那麼妳喜歡我?帕茜。」羅齊爾十分溫柔地問,心裡高興極了。

「是的……我喜歡你。」他們一起走到壁爐那裡,那架帝國時代的大鐘就冷漠地高踞在壁爐架上。他們離門口已很遠,從屋外看不到他們。她最後那句話,他覺得是發自內心的聲音,他唯一的回答就是拿起她的手來,把它舉到唇邊。接著,他又把它舉到唇邊。羅齊爾覺得,如果他把她拉到身邊,抱在懷裡,她也不會出聲、不會反抗,她會毫不懷疑地靠在他的身上。確實,在具有帝國風味的小女孩那樣,可她卻像一個純粹的小女孩那樣,不露一點聲色!一種魯莽的舉動。她明明知道,主人的殷勤接待畢竟還是不能忘記的。

「妳是我最親愛的人。」他喃喃地說,盡量使自己相信。

她對他吻過的那只手望了一會兒,「你說爸爸知道這事?」

「我想你必須弄清楚這件事。」帕茜說。

「自然,親愛的,現在我已經明白妳的意思了!」羅齊爾在她耳邊輕聲說。於是她回到別的屋子去了,臉上掛著一絲堅定的神色,彷彿表示,他們即將提出自己的要求了。

這時,其他屋子裡的人正在迎迓梅爾夫人的光臨——她不論來到哪裡,只要一進門,就會引起人們

470

一位女士的畫像
The Portrait of a Lady

的注意。她怎麼會做到這點，連最細心的觀察者也不能告訴你，因為她既不高聲說話，也不大聲發笑，走路不急不忙，穿得也不豪華，也不裝出一副和顏悅色的樣子來討好別人。她高大、美麗，態度安詳，然而她的安靜本身卻散發著令人矚目的氣息，正是那種突然降臨的沉靜，使人回過頭去看她。現在，她正以極其文雅的風度走進屋子，又以更加動人的姿態擁抱奧斯蒙德夫人，然後在一只小沙發上坐下，跟這家的主人交談起來。他們講了幾句客套話——在眾人面前，他們總是要講幾句應酬性質的客套話的——於是梅爾夫人一邊骨碌碌轉動著眼珠，一邊問，小羅齊爾先生今晚來了沒有。

「幾乎一個鐘頭以前他就來了，不過現在不知在哪裡。」奧斯蒙德說。

「帕茜在哪兒？」

「在隔壁屋裡。有幾個人在那兒。」

「他也許在他們中間。」梅爾夫人說。

「你想找他嗎？」奧斯蒙德問，口氣傲慢，彷彿不屑提到這個人似的。

梅爾夫人瞅了他一眼，她聽得出他的調子，連一個八分音符也不會忽略，「是的，我想對他說，已把他要我告訴你的話轉告了你，但你對此興趣很小。」

「不要對他這麼說，要不，他就要來討好我，提高我的興趣了，這正是我最討厭的。你對他說，我拒絕他的求婚。」

「但是你沒有拒絕呀。」

「這沒關係，反正我不喜歡。今天晚上我已讓他明白這點，我故意對他很粗魯。這樣的事實在叫人討厭。沒有必要這麼匆忙。」

第三十七章

「那麼我告訴他,你得慢慢考慮。」

「不,別那麼說。他老是來糾纏不清。」

「哪怕我掃了他的興,他還是會來糾纏的。」

「不錯,但是在一種情況下,他會來哀求、解釋,弄得你非常厭煩。在另一種情況下,他也許會保持緘默,然後採取其他更隱蔽的手段。但這至少可以使我比較清靜。我不想跟一頭蠢驢打交道。」

「難道你認為可憐的羅齊爾先生是一頭蠢驢嗎?」

「嘿,他就知道他那些小擺設,實在叫人洩氣。」

梅爾夫人垂下眼睛,勉強笑了笑,「他是一位上等人,不管怎樣,他有四萬法郎的收入!」

「那是個廢物——上等人中的廢物,」奧斯蒙德不讓她說下去,「我希望帕茜嫁的不是這樣一種人。」

「那好吧。他答應過我,他自己不跟她談。」

「你相信他嗎?」奧斯蒙德心不在焉地問。

「完全相信。帕茜把他想得很了不起,不過我想,你不會認為那是值得重視的。」

「我認為那根本不值得重視,但我也不相信她會把他想得怎麼樣。」

「不相信當然是最方便的。」梅爾夫人平靜地說。

「她有沒有告訴妳,她愛上了他?」

「你把她當什麼人啦?你又把我當什麼人啦?」梅爾夫人立即反問道。

奧斯蒙德舉起一隻腳,把細細的腳踝骨擱在另一隻的膝蓋上。他用手愛憐地握住踝骨——他那又細

472

一位女士的畫像
The Portrait of a Lady

又長的食指和拇指可以把它整個圈住——朝前面注視了一會兒。

「對這樣的事，我不是毫無準備的。我教育她的目的就在這裡。一切都為了這個目的，當這樣的事出現的時候，她就應該按照我的要求行事。」

「我相信她會這麼做的。」

「這就是了，那麼還有什麼為難的呢？」

「我看沒有。儘管這樣，我還是勸你不要丟掉羅齊爾先生。要把他捏在手裡，他會有用的。」

「我不想拉住他。要做妳自己做吧。」

「很好。我要把他放在一個角落裡，讓他天天抱著一些希望。」在他們談話的大部分時間裡，梅爾夫人一直東張西望的，這是她處在這種情況下的習慣。她還有個習慣，就是在談話中常常突然停頓一會兒，臉上一點表情也沒有。說完我記下的那最後一句話以後，她也停頓了好長一會兒，在她重新開始之前，她看到帕茜從隔壁屋子裡出來，後面跟著愛德華・羅齊爾。帕茜向前走了幾步，隨即站住，望著梅爾夫人和她的父親。

「他跟她談過了。」梅爾夫人對奧斯蒙德說。

她的同伴連頭也沒轉一下，「妳相信他的諾言相信得很好。應該用馬鞭抽他一頓。」

「他打算來懺悔呢，可憐的小傢伙！」

奧斯蒙德站了起來，他現在銳利地看了他的女兒一眼。

「這沒什麼。」他咕噥著，轉身走了。

過了一會兒，帕茜向梅爾夫人走過去，態度彬彬有禮，但並不親熱。夫人對她的接待也同樣淡漠，

第三十七章　473

只是在她從沙發上站起來的時候，向她表示了一點友好的微笑。

「您來得很遲。」小姑娘溫柔地說。

「我的好孩子，我遲到總是有原因的。」梅爾夫人站起來不是為了對帕茜表示禮貌，她向愛德華・羅齊爾走去。他迎了上來，彷彿要把心事丟開似的，迫不及待地小聲說道：「我對她講過了！」

「我知道，羅齊爾先生。」

「她告訴妳了嗎？」

「是的，她告訴我了。今天晚上你可別再胡來了，明天五點一刻你來找我。」她很嚴厲，隨即轉身走開了，那副神態在一定程度上包含著對他的鄙視，這使他不由得發出了一聲小小的詛咒。他不打算去找奧斯蒙德，這既不是時候，也不是地方。但他本能地向伊莎貝爾走去，她正坐在那兒跟一位老太太談天。他坐在她的另一邊，那位老太太是義大利人，羅齊爾想當然地以為她不懂英語。

「也許妳會改變主意，如果妳知道……如果妳知道……。」

「妳剛才說，妳不能幫助我，」他開始向奧斯蒙德夫人說道，「如果妳知道……。」

伊莎貝爾看他躊躇不決，便說道：「如果我知道什麼？」

「你這話是什麼意思？」

「如果妳知道她並不反對。」

「是這樣，我們已經取得了諒解。」

「她完全錯了，」伊莎貝爾說，「這是不可能的。」可憐的羅齊爾瞅著她，又像懇求，又像生氣，臉上突然堆起了紅暈，這證明他的感情受到了挫傷。

474

一位女士的畫像
The Portrait of a Lady

「我從沒遭到過這樣的對待，」他說，「我究竟什麼地方不夠條件？這跟人們平常對我的看法不一樣。我如果要結婚，二十次都結過了。」

「可惜你還沒有。二十次是不必的，滿意的婚姻只要一次就夠了，」伊莎貝爾親切地笑著說，「對帕茜而言，你的錢還不夠多。」

「她根本不在乎我有多少錢。」

「是的，但她的父親在乎。」

「不錯，他早已證明是這樣一個人！」年輕人喊了起來。伊莎貝爾站起身來，一言不發地丟下老太太轉身走了。這以後十來分鐘，他只得假裝在觀看吉伯特‧奧斯蒙德收集的小畫像，它們整齊地排列在一塊塊不大的天鵝絨上。但是他望著它們，卻什麼也沒看到。他的面頰發燒，心裡充滿著委屈的情緒，毫無疑問，以前從來沒有人這麼對待過他，他不習慣給人看得這麼卑賤。他知道他多麼好，如果這種謬見沒有這麼刺痛他，他聽了一定會大笑不止。他又想找帕茜，但已看不到她。現在他一心想的只是趕快離開這地方。在離開以前，他又找伊莎貝爾談了一次。他想起剛才對她說的那句粗魯的話，覺得很不舒服，這是唯一可以使她對他不滿的理由。

「剛才我不應該那麼談論奧斯蒙德先生，」他說，「但妳不應忘記我的處境。」

「我不記得你講過什麼了。」她冷冷地回答。

「呀，妳生氣了，現在妳再也不會幫助我了。」

她沉默了一會兒，然後換了一種口氣說道：「不是我不願意，只是我無法辦到！」她的態度幾乎還顯得相當誠懇。

第三十七章 475

「只要妳肯幫忙,哪怕一點兒也好,我非但不會再講妳丈夫的壞話,而且會把他當作一位天使。」

「這引誘太大了。」伊莎貝爾板著臉說。但是正如他後來對自己說的,他對這話感到不能理解。

她還目光炯炯地注視了他一下,這也使他不能理解。不知為什麼,這目光叫他想起,雖然他從小就認識她,他還是覺得它相當犀利,使他受不了。於是他只得訕訕地走了。

第三十八章

第二天他去找梅爾夫人,使他奇怪的是,她沒有太多責備他,只是要他答應立即停止活動,等事情有了眉目以後再說。奧斯蒙德先生懷有更高的要求,當然,由於他不肯給他的女兒一份嫁妝,他的這種要求是應該受到非議的,甚至也是可笑的。但她還是要奉勸羅齊爾先生,別用那種口氣說話,如果他能夠克制一下,耐心等待,說不定還會如願以償。奧斯蒙德先生對他的求婚沒有好感,但他逐漸回心轉意,也不是完全不可能的。帕茜永遠不會反抗她的父親,因此輕舉妄動對他沒有好處。奧斯蒙德先生需要有一個過程,才能使自己的思想適應他從沒想到過的這種求婚,這個結果只能讓它自行到來,硬幹是沒有用的。羅齊爾指出,在這段時間裡,他的處境將是世界上最難忍受的。梅爾夫人說,她很同情他,但她可以公正地告訴他,一個人不可能要什麼有什麼,在這方面,她自己也是有過教訓的。他寫信給吉伯特·奧斯蒙德也不濟事,因為奧斯蒙德將自己要說的話已委託她全部轉告他了。他希望讓這事冷一下,過幾個星期再講,如果到那時,他有什麼使羅齊爾先生高興的話要告訴他,他自己會寫信的。

「你找帕茜談話,他很不滿意,咳,非常不滿意。」梅爾夫人說。

「我願意讓他當面向我指出這點!」

「要是那樣,他講的話恐怕你會受不了。在下一個月裡,你要盡可能少上他們家去,其餘你就交給

「我辦吧。」

「盡可能少?少到什麼程度,由誰來定呢?」

「由我來定。星期四晚上,你可以像其他人一樣登門拜訪,但是其餘時間千萬別去,也不必為帕茜煩惱。我相信,她很懂事。她是一個文靜的小東西,她會默默忍受一切的。」

愛德華·羅齊爾不能不為帕茜煩惱,因此他雖然去得很早,到的客人已相當多。奧斯蒙德像平時一樣,在第一間客廳裡的壁爐旁邊,眼睛直瞪瞪望著門口。這樣,羅齊爾為了免得失禮,只得走過去,跟他搭訕。

「我很高興你能領會我的暗示。」帕茜的父親說,把犀利而靈敏的眼睛稍微合攏了一點。

「我沒有得到什麼暗示。但你的口信已經帶到,我相信這是口信。」

「口信?你是從誰那裡聽到的?」

可憐的羅齊爾覺得他受了侮辱,他等了一會兒,心裡在盤算,一個忠誠的情人應該做多大讓步。

「梅爾夫人告訴我的,根據我的理解,這是你的口信,大致是說,你拒絕給我機會,不願聽我當面向你解釋我的願望。」他自以為講得不卑不亢。

「我不明白,這跟梅爾夫人有什麼相干。你為什麼去找梅爾夫人?」

「我只是想聽聽她的意見,沒有別的用意。我這麼做是因為我覺得,她跟你很熟。」

「她並不像她想像的那樣了解我。」奧斯蒙德說。

「我很遺憾,因為她給了我一些希望。」奧斯蒙德向爐火注視了一會兒,「我把我的女兒看得十分寶貴。」

「不論你看得怎麼寶貴，也不會超過我。我希望跟她結婚，這難道還不能證明嗎？」

「我希望她攀一門出色的親事。」奧斯蒙德繼續說，態度冷淡而傲慢，可憐的羅齊爾要不是處在現在這種心情下，對這種態度倒是會讚賞的。

「當然，我敢說她嫁給我，這就是一門出色的親事。」

「我的女兒愛什麼人，不必你來猜測。」奧斯蒙德說，抬起頭來，發出了一聲短促的冷笑。

「這不是我的猜測，這是令嬡親口講的。」

「我沒有聽到。」奧斯蒙德繼續說，向前微俯著身子，垂下眼皮，注視著皮鞋的鞋尖。

「我已得到她的同意，先生！」羅齊爾怒氣衝衝地嚷了起來。由於他以前一直把聲音壓得很低，這一喊聲吸引了一些人的注意。

奧斯蒙德等這個小小的反應平靜之後，泰然自若地說道：「我相信，她不記得她做過這樣的承諾。」

他們一直臉朝壁爐站著，說完最後這句話，奧斯蒙德轉過身去，面對屋子了。羅齊爾還沒來得及回答，已看到一位陌生的先生正走進屋子。按照羅馬人的習慣，他沒有經過通報，便來到了主人面前。後者雖然笑容可掬，神色卻有些茫然。客人生得清秀俊美，留著一大簇漂亮的鬍鬚。顯然他是英國人。

「你大概不認識我了。」他說，露出了比奧斯蒙德更可愛的笑容。

「哎喲，現在我認出來了，真沒想到你會光臨。」

羅齊爾走開了，他直接去找帕茜。他照例上隔壁那間屋子去，但走到半路，遇到奧斯蒙德夫人迎面

第三十八章　　479

走來。他沒有問候這位華麗的夫人——他正憤憤不平,氣得要命呢——只是對她粗魯地說道:「你的丈夫太冷酷無情了。」

她又露出了他上次看到的神祕的微笑,「你不能要求每個人都像你一樣熱烈。」

「我不贊成冷酷,但我是冷靜的。他對他的女兒說了些什麼?」

「我不知道。」

「妳一點也不關心嗎?」羅齊爾問,覺得她也使他生氣。

一時間她沒有回答什麼,過了一會兒才驚地說道:「不關心!」然而她那對眼睛卻忽閃忽閃地發亮,跟那些話正好相反。

「請原諒,我不相信。奧斯蒙德小姐在哪裡?」

「在犄角那兒沏茶呢。請你別去糾纏她。」

「她沒有拋棄你。」伊莎貝爾說,聲音很輕,也沒有看他。

「那太好了,謝謝妳!這樣我可以不去找她,等妳認為合適的時候再去!」

「他究竟對她說什麼啦?」他又用懇求的口氣問,「他說她已經拋棄了我。」

「他沒有對她說什麼。」羅齊爾頓時發現了那位年輕小姐,只是剛才有一群人站在他們中間,擋住了他的視線。他望著她,但她的注意力完全集中在她的工作上。

他還沒說完這句話,便看到她的臉色變了。他發現奧斯蒙德正向她走來,旁邊是剛才到達的那位先生。他覺得,那位先生儘管相貌俊秀,富有社交經驗,神色卻有些惶惑不安。

「伊莎貝爾,」她的丈夫說,「我給妳帶來了一位老朋友。」

奧斯蒙德夫人雖然面露微笑，但也像她的老朋友一樣，顯得有些局促不安。

「很歡迎，沃伯頓勳爵。」她說。

羅齊爾轉身走了，現在他跟她的談話已被打斷，他覺得他不必再遵守剛才做出的小小保證。他很快得到了一個印象，奧斯蒙德夫人這時不會注意他的行動。應該說他的判斷沒有錯，伊莎貝爾暫時已顧不到他。她有些驚慌，簡直不知道自己是喜是悲。然而沃伯頓勳爵現在跟她見面以後，倒非常平靜，那對灰色眼睛仍保持著原來美好的特色，顯得光明磊落，誠懇樸實。他比以前更魁梧壯實了，模樣也老了一些，但站在那裡，顯得鎮靜沉著，神采奕奕。

「妳大概沒想到我會來吧，」他說，「我是剛到的。嚴格說，是今天傍晚才到達這兒。妳瞧，我一刻也沒耽擱便來拜望妳了，我知道妳是星期四在家接待客人的。」

「你瞧，你的星期四名聲這麼大，連英國也知道了。」奧斯蒙德對他的妻子說。

「承蒙沃伯頓勳爵一到就來看我們，這真是我們極大的光榮。」伊莎貝爾說。

「可不是，那比待在那些糟糕的旅館裡總強一些。」奧斯蒙德繼續道。

「那家旅館看樣子還挺不錯，我記得四年前我就是在那兒見到妳的。妳知道，我們初次見面便是在羅馬這兒，那已過了多長一段時間啦。」接著他又向女主人說，「妳還記得我是在哪裡跟妳告別的嗎？那是在朱比特神廟的第一間屋子裡。」

「我也記得，」奧斯蒙德說，「那時我也在那兒。」

「對，我記得你也在那兒。那時我對羅馬有些依依不捨——不知為什麼那麼依依不捨，因此它幾乎成了傷心的回憶，我一直不想重遊舊地，以致直到今天才來。但我知道，你們住在這兒，」這位老朋

第三十八章　　481

友繼續對伊莎貝爾說,「說真的,我是常常想起你們的。啊,這房子真漂亮。」他向屋子周圍打量了一下,在這目光裡,她還能隱隱覺察到他過去那種惆悵心情的影子。

「我們歡迎你隨時光臨。」奧斯蒙德彬彬有禮地說。

「非常感謝。從那以後,我再沒離開英國。直到一個月前,我還以為我的旅行生活已經結束了呢。」

「我不時聽到過你的一些消息。」伊莎貝爾說。她已經憑我罕見的內心活動的能耐,在估量這次再度會見將對她產生什麼影響了。

「我希望妳沒有聽到什麼不愉快的事。我的生活風平浪靜,簡直像一張白紙。」

「像歷史上的太平盛世。」奧斯蒙德介面道。他似乎認為,他作為主人的責任現在已經結束,他的表演是真誠的,他對他妻子的老朋友這麼客氣,也是無可指摘,值得稱道的。他的態度那麼謙恭有禮,那麼誠摯坦率,如果說還缺少什麼,那就是不夠自然——這個缺點,沃伯頓勳爵大概是不難發現的,因為總的說來,勳爵的為人是很自然的。於是奧斯蒙德說道:「我失陪了,你可以和奧斯蒙德夫人談談,你們有不少回憶是我無從置喙的。」

「恐怕你也大都忘記了!」沃伯頓勳爵在他離開時,從後面向他喊道,那口氣好像對他的寬宏大量不勝感激似的。然後客人把目光移向伊莎貝爾,越來越密切地注視著她,那眼神也逐漸變得嚴肅了。

「我看到你,確實感到非常高興。」

「那實在太感激了。妳非常親切。」

「妳可知道,妳變了——有一點兒變了?」

伊莎貝爾遲疑了一會兒,「是的,變得很多。」

「當然,我不是說變得壞了,不過要說變好,恐怕也不合適吧?」

「我想,我倒可以毫不猶豫地對你這麼說。」她勇敢地回答道。

「好吧,對我說來,這是一段很時間。要是它沒有留下一點痕跡,那倒是一件憾事。」他們坐了下去,伊莎貝爾問起了他的兩個妹妹,還問了其他一些無關緊要的事。他對她的問題回答得好像津津有味,有時候她還看到——或者相信她看到——他盡量不使她像以前那樣,對他感到一種壓力。時間已把它的氣息注入了他的心臟,但沒有使它變冷,只是給了它一種吸收新鮮空氣的舒暢感覺。伊莎貝爾覺得,她平素重視的時間觀念,一下子跳了出來。毫無疑問,沃伯頓勳爵顯得心滿意足,又唯恐人家、至少是唯恐她看不到這一點似的。

「有一件事我必須立即通知妳,」他說,「我把拉爾夫·杜歇帶來了。」

「你把他帶來了?」伊莎貝爾吃了一驚。

「他在旅館裡。他太累了,不能出來,只得躺在床上。」

「我會去看他。」她立即說。

「那正是我所希望的。我覺得,自從妳結婚以後,妳很少見到他,你們的關係事實上只⋯⋯只剩了一個名義。正因為這樣,我像一個笨拙的英國佬那樣感到猶豫。」

「我仍像以前一樣喜歡拉爾夫,」伊莎貝爾回答,「但是他為什麼到羅馬來?」她的態度很溫柔,但問題提得有些尖銳。

「因為他病得非常嚴重,奧斯蒙德夫人。」

「那麼羅馬不是他待的地方。他寫過信給我,說他已決定放棄在國外過冬的習慣,留在英國,足不

第三十八章　　　　　　　　　　　　　　　　483

出戶，待在他所說的人造氣溫中。」

「這個可憐的傢伙，他靠人造氣候過不下去啦！三個星期以前，我到花園山莊去看他，發現他病得非常厲害。他每況愈下，現在已沒有一點力氣。他連香菸也不抽了！我確實搞了一種人造氣候，屋裡熱得跟加爾各答似的。儘管這樣，他忽然心血來潮，要到西西里去。我不相信這有什麼用，醫生們也不相信，他的朋友也沒一個相信。他的母親，你大概知道，目前在美國，因此沒人可以勸阻他。可他固執得很，認為他的唯一出路就是到卡塔尼亞去過冬。他說他可以帶一些僕人和傢俱，使自己過得舒舒服服，但事實上他什麼也沒帶。我要他至少從海上走，免得太疲勞，但他說他恨海，他要在羅馬停一下。雖然我想那都是廢話，但我聽了以後，還是決定陪他走一趟。我現在起的作用可以說像鎮靜劑──這東西在你們美國不知叫什麼？可憐的拉爾夫現在很安靜。

「我們是兩個星期以前離開英國的，一路上他的情況很壞。他總覺得不夠暖和，我們越往南走，他越覺得冷。他總算得到了一個好人的照顧，但我怕人力已幫不了他的忙。我要求他帶一個聰明懂事的人一起走──我這是指一位精明的醫生，但他不同意。如果妳不計較我的話，我得說，杜歇夫人選擇這麼一個時候到美國去，實在有些不可思議。」

伊莎貝爾焦急地聽著，她的臉充滿了痛苦和驚奇。

「我的姨母每隔一段時間就得到美國去一次，什麼也不能阻擋她。時間一到，她就動身走了。我想，哪怕拉爾夫已經到了彌留狀態，她還是非走不可。」

「我有時覺得，他真是到了彌留狀態。」沃伯頓勳爵說。

伊莎貝爾跳了起來，「我現在就去看他！」

他制止了她。他的話引起這麼快的反應,這使他有些慌張。

「我不是說,我覺得他今晚是這樣。相反,今天在火車裡他的情況似乎特別好,妳知道,他非常喜歡羅馬,我們已到達羅馬的思想給了他力量。一小時前,我跟他分手的時候,他告訴我,他很疲倦,但很愉快。妳明天早上去看他,這就是我的意思。那時我回想起了他的話,他曾告訴我,有一個晚上在家接待客人。那就是星期四,就是今天。於是我想我何不來一次,告訴妳他在這兒,還讓妳知道,妳也許最好不要等他來看妳。我記得,他說過他沒有寫信給妳。」伊莎貝爾願意按照沃伯頓勳爵的指示行動,這是不必她再做說明的。她坐在那兒,就像張開翅膀,等待飛行的鳥一樣。

「再說,我自己也想來看看妳呢。」她的客人又殷勤地補充了一句。

「我不了解拉爾夫的計畫,不過我覺得那太冒險了,」她說,「我認為他應該待在花園山莊,讓那些厚厚的牆壁把他保護起來。」

「他太孤單了,整天看到的就是那些厚厚的牆壁。」

「你常常去看他,你對他非常親切。」

「咳,我反正沒有事幹。」沃伯頓勳爵說。

「我們聽到的正好相反,聽說你在幹一些很重要的事呢。大家談到你,都把你當作一個大政治家,我也常常在《泰晤士報》上看到你的名字。不過,順便說說,它似乎對你不太尊敬。顯然你還像以往一樣,是一個熱烈的激進分子。」

「我覺得我並不那麼熱烈,妳知道,世界已快趕到我前面去啦。從倫敦來的時候,一路上,杜歇跟

第三十八章　　485

我一直在進行議會辯論呢。」我說他是最頑固的托利黨人,他便說我是哥德人」的王,說我的一舉一動,一言一行都像野蠻人。由此可見,生命還在他身上跳躍。」

關於拉爾夫,伊莎貝爾有不少問題要問,但是她克制著自己,沒有把它們全都提出來。她明天就可以親眼見到他了。她覺得,不用多久,沃伯頓勳爵就會討厭這個話題——他要談的事還多得很。她逐漸明白,他已恢復正常,更重要的是,她不必再為這一切感到痛苦了。本來,他在她的心頭一直是一種壓力,一個縈繞不去的魅影,需要她不斷地抵制,不斷地跟它辯論,因此他的再度出現,起先給她造成了一種威脅,彷彿新的麻煩又要來臨。但是現在她安心了,她可以看到,他只是希望跟她維持友好關係,希望她理解他已經寬恕了她。不可能對她懷有惡意,想用尖刻的話來重提舊事。這種放棄是健康的、勇敢的、感情上的一種報復的方式,她相信,他不是想表示自己已跳出情網,用這辦法來懲罰她。這不是一段非為他只是要求她善意地諒解他,知道他已經放棄了過去的意圖。她早知道它們會發生這種作用。她覺得,那些創傷已不可能再在他身上發炎潰爛。英國的政治醫好了他,也使他很高興,要不是那次相逢,也許他還不可能認識他。對她一生的那件大事,他沒有寫信祝賀,但他並未為此頓勳爵談到了過去,但他的話毫無弦外之音,他甚至提到了他們上次在羅馬的邂逅,認為那是一段非向她表示歉意。他這種態度無非表示他們是老朋友,是親密朋友,不必拘泥這一套。他也確實像一個親愉快的經歷。他告訴她,他聽到她結婚的消息,覺得十分有趣。他能夠認識奧斯蒙德先生,密的朋友,在面露微笑停頓了一會兒之後,他環顧著周圍,彷彿一個在外鄉遊覽的人,不免做一些天真的猜測,因此驀地問道:「好吧,我想妳現在很幸福,一切都如意吧?」

伊莎貝爾失聲笑了，她覺得他的口氣幾乎有喜劇的情調，「你以為我不幸福，我會告訴你嗎？」

「哦，我不知道。我不明白為什麼不能告訴我。」

「可我是這麼想。不過幸好我很幸福。」

「你們有一所非常漂亮的房子。」

「是的，住著很舒服。不過那不是我的功勞，那是我丈夫的功勞。」

「妳是說這是他布置的？」

「是的，我們來的時候，它什麼也沒有。」

「妳一定非常聰明。」

「他對室內裝潢很有才幹。」伊莎貝爾說。

「現在大家都熱衷於這類事。不過妳一定也有妳自己的愛好吧？」

「我只是等一切完成以後，安享清福。我沒有自己的想法，我從來不能提供什麼意見。」

「妳是說妳總是接受別人提供的意見？」

「一點不錯，大部分是這樣。」

「這使我聽了很高興。但願我也能向妳提點兒建議。」

「很歡迎。不過我得聲明，在少數一些事情上，我是保持著我的主動權的。比如說，現在我認為，我應該給你介紹幾個這裡[1]的人。」

---

1 古代的日爾曼滿族之一，這裡泛指一般的野蠻人，文明的破壞者。

第三十八章　　　487

「啊,何必多此一舉,我不如坐在這兒得好。除非是介紹那位穿藍衣服的小姐。她有一張很漂亮的臉蛋呢。」

「正在跟那個臉紅紅的年輕人講話的嗎?那是我丈夫的女兒。」

「你的丈夫真是一個幸運的人。多麼可愛的小姑娘啊!」

「你應該認識她。」

「請等一會兒。我喜歡從這兒望著她。」不過他很快就不再看她了,他的眼睛老是回到奧斯蒙德夫人身上。

「它對多數人的影響比對妳的影響大。因此我至今還沒有結婚。」伊莎貝爾溫和愉快地說。

「不過我還是覺得,結婚會帶來重大的變化。」

「妳可知道,我剛才說妳是講錯了?」他繼續說,「我覺得,妳畢竟還是跟過去差不多。」

「這使我很驚奇。」

「妳應該了解這點,奧斯蒙德夫人。不過我是要結婚的。」他簡單地補充了一句。

「那應該是很容易的事。」伊莎貝爾說,站了起來,臉有一些紅,因為她立即意識到,她不適宜講這樣的話。她這種不安的心情也許太明顯了,沃伯頓勳爵不能不注意到,也許正因為他注意到了,他才寬恕了她,沒有提醒她,她沒有在這方面提供什麼方便。

這時,愛德華・羅齊爾正坐在一張土耳其睡榻上,它的旁邊便是帕茜的茶桌。他起先假裝跟她談一些無關緊要的話,她問他,那位正在跟她的繼母談話的新來的先生是誰。

「他是一位英國勳爵,」羅齊爾說,「我只知道這麼一點兒。」

488 一位女士的畫像 The Portrait of a Lady

「我不知道他要不要喝茶。英國人是很喜歡喝茶的。」

「別管它。我有一些事要跟妳談談呢。」

「別講得那麼響,要不,大家都會聽到的。」

「它還不會聽到,只要妳繼續保持那個姿勢,好像妳一輩子想的就是等水壺裡的水煮開。」

「它還剛灌滿水,那些僕人什麼也不管!」她歎了口氣,好像覺得身上的擔子很重似的。

「妳可知道,妳的父親剛才跟我怎麼說?他說,妳一星期前講的話不是真的。」

「我講的話都不能當真。一個小姑娘怎麼能那樣?不過我對你說的話是當真的。」

「他對我說,妳已經忘記我了。」

「哦,沒有,我沒有忘記。」帕茜說,她繼續笑著,笑得美麗的牙齒都露了出來。

「那麼一切都照舊不變?」

「哦,不,不是完全照舊。爸爸非常嚴厲。」

「他對妳怎麼啦?」

「他問我,你對我說了些什麼,我把一切都告訴他了。他不准我嫁給你。」

「妳不要聽他的。」

「不,我必須聽。我不能不服從爸爸。」

「為了像我這樣愛妳的人,為了妳自稱是妳所愛的人,妳也不能嗎?」

帕茜揭開茶壺蓋,往裡邊瞧了一會兒,然後對著那撲鼻的香氣,說出了六個字⋯⋯「我還照舊愛你。」

「但那對我有什麼意義?」

第三十八章

「啊,」帕茜說,抬起那對甜蜜的、有些茫然的眼睛來,「我不知道。」

「妳使我感到失望。」可憐的羅齊爾長吁短歎地說。

帕茜沉默了一會兒。她遞了一杯茶給僕人,「請你不要再說什麼了。」

「難道這就是我所能得到的一切嗎?」

「爸爸說,我不能再跟你講話。」

「妳就這麼拋棄我嗎?啊,我受不了!」

「我希望你等待一些時候。」年輕的姑娘說,聲音很輕,但可以聽到有些發抖。

「只要妳給我希望,我當然願意等待。但妳使我蹉跎了歲月。」

「我不會丟掉你,絕不會!」帕茜繼續道。

「他會把妳嫁給別人。」

「我絕不會那麼做。」

「那麼我們還等待什麼呢?」

她遲疑了一會兒。

「我要告訴奧斯蒙德夫人,她會幫助我們。」她大都是這麼稱呼她的繼母的。

「她幫不了我們大忙。她很怕。」

「怕什麼?」

「大概是怕妳父親。」

帕茜把小腦袋搖了搖,「她什麼人也不怕!我們必須忍耐。」

「啊,那是可怕的字眼。」羅齊爾歎了口氣,覺得心裡亂得很。他忘了上流社會的風度,垂下了頭,用兩隻手捧住腦袋,露出一副沮喪而又無可奈何的神情,死盯著地毯。不多久,他發覺他的周圍忽然熱鬧起來了,他抬起頭,看見帕茜正在向奧斯蒙德夫人介紹給她的英國勳爵行屈膝禮──她在修道院裡學的那種優美的屈膝禮。

第三十九章

善於思考的讀者也許不會覺得奇怪,拉爾夫·杜歇在他的表妹結婚以後,跟她見面不如以前多了,因為他對這件事採取的觀點,很難證明是促進友好關係的表現。我們知道,他說出了他的想法,這以後就保持緘默了,伊莎貝爾沒有要求他重新進行討論,因而使這次討論成了他們關係中劃時期的界線。它造成的分歧使他感到害怕,這不是他所希望的後果。它沒有使姑娘履行婚約的熱情冷淡下去,但它卻使他們的友誼達到了幾乎破裂的危險邊緣。拉爾夫對吉伯特·奧斯蒙德的看法,在他們之間從此再沒提起,他們讓神聖的沉默籠罩著這個問題,企圖以此來保持外表上的融洽。但分歧依然存在,正如拉爾夫時常告誡自己的,分歧依然存在。她沒有寬恕他,她也永遠不會寬恕他,這就是他所能得到的全部收穫。但她認為她已經寬恕了他,她相信她對他並不介意。由於她非常寬大,又非常高傲,這些信念具有一定的真實性。但不論他做得對還是不對,他實際上是傷害了她,而這種傷害是女人不容易忘記的。作為奧斯蒙德的妻子,她不可能再做他的朋友。如果她在扮演這種角色以後,得到了她所希冀的幸福,那麼她對曾經在事先企圖破壞這珍貴的幸福的人,除了蔑視之外沒有其他。但如果是另一種情況,他的警告得到了證實,那麼她決心向他隱瞞真相的願望,會成為她精神上的負擔,使她永遠恨他。因此,在她跟妹妹結婚之後的一年中,對未來的悲觀預測便是這樣。他盡量安慰自己,表現得落落大方(他自認為這樣),還參加了伊莎

貝爾和奧斯蒙德先生的結婚典禮——那是六月間在佛羅倫斯舉行的。他聽他的母親說，伊莎貝爾本來打算回到家鄉去舉行婚禮，但是一切使她的主要願望，因此儘管奧斯蒙德表示即使跋涉萬水千山也在所不辭，她最後還是決定，體現從簡的最好辦法，還是由住得最近的一位教士，在最短的時期內給他們完成這個儀式。因此婚禮是在一所小小的美國教堂中舉行的，那天氣候酷熱，參加的只有杜歇夫人母子、帕茜‧奧斯蒙德和格米尼伯爵夫人這麼寥寥幾個人。我剛才提到的這件事的簡陋性質，一部分也由於兩個應該到場的人沒有到，否則就不會顯得這麼冷冷清清。梅爾夫人收到了請帖，但梅爾夫人不能離開羅馬，寫了賀信來表示歉意。亨麗艾特‧斯塔克波爾沒有收到請帖，因為戈德伍德先生雖然向伊莎貝爾宣稱，她要從美國到歐洲來，事實上她的重返歐洲推遲了一段時間，直到秋季她才在巴黎跟伊莎貝爾會面。她的職務使她不能實現這個計畫。但是她也寄了一封信來，只是不像梅爾夫人那樣表示祝賀，而是通知伊莎貝爾，要是她能一步跨過大西洋，她不僅要作為一位參加者，而且要作為一位批評者，在她的婚禮上出現。她的重返歐洲推遲了一點。批評的矛頭主要指向可憐的奧斯蒙德，他為此提出了強烈抗議，以致亨麗艾特不得不向伊莎貝爾宣稱，她走的這一步已在她們之間造成了一道障礙。

「這完全不是因為妳嫁了人，而是因為妳嫁給了他。」她認為她的責任使她必須指出這點。由此可見，她的意見跟拉爾夫‧杜歇的大同小異，這是她沒有想到的，只是她不像後者那麼遲疑不決，悔恨交加而已。然而亨麗艾特的第二次訪問歐洲不是毫無收穫的，因為就在奧斯蒙德向伊莎貝爾宣稱他不得不反對那位女記者，而伊莎貝爾回答說，她認為他對亨麗艾特太嚴厲的時候，那位好好先生班特林來到了巴黎，他提議他們應該到西班牙去。她從西班牙發出的通訊，是她發表的最受歡迎的作品，尤其是從

第三十九章 493

阿爾漢布拉宮」發出的一篇,題目是《摩爾人和月光》,大家公認是她的傑作。伊莎貝爾覺得,她的丈夫對這個可憐的女孩子失之過嚴,不夠風趣,她為此暗暗感到失望。她的幽默感,那種風趣和輕鬆的性格,是否已一下子煙消雲散。至於她本人,當然,她現在的幸福使她可以對亨麗艾特混亂的良知不予計較。奧斯蒙德把她們的友誼稱作咄咄怪事,他不能想像,她們有絲毫共同之處。對她來說,班特林先生的旅伴不過是庸俗不堪的女流之輩,他還聲稱她是無恥之尤。伊莎貝爾提出了抗議,她的激烈措詞使他對妻子的某些審美能力重新發生了懷疑。伊莎貝爾的唯一解釋只是說,不論人們跟她本人多麼不同,她願意認識他們。奧斯蒙德問她:「那妳為什麼不跟妳的娘姨交朋友呢?」伊莎貝爾回答道,她倒是怕她的娘姨不會這麼關心她,而亨麗艾特是非常關心她的。

她結婚後的兩年,拉爾夫大多沒有跟她見面。她開始定居羅馬的那個冬季,他又是在聖雷莫度過的,到了春天,他的母親到那兒探望他,然後同他一起前往英國,她要去檢查一下銀行的業務,這事她是無法交代他去完成的。拉爾夫在聖雷莫的房子是租的,那是一幢小小的別墅,他在那兒又住了一個冬季。但到第二年四月末,他來到了羅馬。自從伊莎貝爾結婚後,這是他跟她第一次見面,那時,他想跟她重新見面的願望已發展到了頂點。她不時有信給他,但他需要知道的事,她的信偏偏隻字不提。他曾問他的母親,她過得怎樣,她的母親只是回答說,她過得還不錯。杜歇夫人缺乏想像力,對未曾目睹的事一概不問不聞,而且她現在不想跟她的外甥女打交道,她們很少碰頭。那位年輕夫人的生活似乎相當體面,但杜歇夫人還保持原來的看法,認為她的出嫁是一件丟臉的事。想起伊莎貝爾的所作所為,她便覺得不痛快,她相信,那不會有好結果。在佛羅倫斯,她不時遇到格米尼伯爵夫人,她總是盡量少跟她接觸。伯爵夫人使她想起奧斯蒙德,而奧斯蒙德又使她想起伊莎

貝爾。在這些日子裡，提到伯爵夫人的人少了，但杜歐夫人認為這也不是好兆頭，這只是證明她以前給談得太多了。還有一個人更使她直接想起伊莎貝爾，那就是梅爾夫人和杜歐夫人的關係已發生了明顯變化。伊莎貝爾的姨母直截了當對她說，她扮演了一個很不簡單的角色。梅爾夫人從不跟人吵嘴，似乎她認為沒有一個人是值得她吵的，她跟杜歐夫人來往了這麼些年，從沒有過一星半點不愉快的表情，這更是一大奇蹟。但就是這位梅爾夫人，現在卻提高了嗓門宣稱，對於這樣的指責，她沒有必要為自己辯護。然而她還是認為有必要補充，她的行為一向光明正大，她只相信她所看到的，而她看到的是伊莎貝爾並不急於結婚，奧斯蒙德也並不想討得她的歡心（他的一再拜訪是毫無用意的，他只是在他的山頂上厭煩得要死，想出來散散心罷了）。伊莎貝爾的感情只有她自己明白，在希臘和埃及旅行的時候，她一直聲色不露，把她蒙在鼓裡。梅爾夫人沒有反對這件事，因為她並不認為這是一件出乖露醜的事，但如果說，她在這裡要了什麼花招，不論是跟人串通的，或是單獨搞的，這都是莫須有的罪名，她要高傲地提出抗議。毫無疑問，就是由於杜歐夫人的態度，也由於在許多美好歲月中形成的習慣遭到了損害，梅爾夫人這以後跑到英國去了，她一住就是好幾個月，因為在那裡，她的聲譽還是完美無缺的。杜歐夫人辜負了她，有些事是不能寬恕的。但是梅爾夫人默默地忍受了一切，她的尊嚴始終令人肅然起敬。

正如我所說，拉爾夫希望親自來看看，但是當他從事這項探索時，他重又感到他實在太傻了，他已引起了女孩子的防備。他出錯了牌，現在全部輸了。他什麼也不會看到，什麼也不會知道，在他面

1　阿爾漢布拉宮（Alhambra），西班牙格拉納達城（Granada）附近的著名宮殿，中世紀摩爾人（Moors）所建造。

第三十九章　　　495

前,她始終戴上了假面具。他當初真正應該做的,是對她的結婚表示祝賀,然後,照拉爾夫的說法,讓事實水落石出,到那時,她會主動來找他,說他是一隻呆頭鵝,讓伊莎貝爾把真相一股腦兒講出來。但現在她既不奚落他胡言亂語,也不自鳴得意,聲稱她的信任已得到事實的證明。如果這是假面具,那麼這假面具已把她的臉整個遮蓋起來。畫在那上面的安詳神色顯得呆板、機械,拉爾夫說,這不是一種表情,只是一種臉譜,甚至這是一張騙人的畫皮。她失去了孩子,這是一種不幸,但對這不幸,她很少提起,實際上這有許多話可談,豈止她跟拉爾夫說的那一點。何況這事已經過去,它發生在六個月以前,悼念的標誌早給她撤在一邊。她似乎領導著當地的社交生活,拉爾夫聽她談到,她占有一個「迷人的地位」。他發覺,她給了人一種特別值得羨慕的印象,許多人認為,哪怕見她一面也不勝榮幸。她的公館並非人人得以問津,她一星期接待一次客人,但不是每個人都會理所當然地受到邀請。她過著豪華闊綽的生活,但你得先跨進她的圈子才能目睹它的一切,因為在奧斯蒙德夫婦的日常活動中,沒有什麼值得驚訝的,也沒有什麼可以指責的,甚至沒有什麼可以羨慕的。

拉爾夫看得出來,這一切都是主人的安排,因為他知道,伊莎貝爾缺乏這種心計,不可能製造預期的效果。她給他的印象是她非常喜歡活動、喜歡熱鬧快樂、喜歡夜生活、喜歡兜風、喜歡疲倦、熱衷於宴會、熱衷於尋歡作樂,甚至不怕厭煩,她愛好交際,愛好會見知名人物,愛好考察羅馬的四郊,愛好接觸舊時代的一些黴爛不堪的遺物。她對這一切都不分彼此,同樣喜歡,這跟她以前為了理解事物的發展而運用智力完全不同。她的某些衝動帶有狂熱性,某些嘗試顯得粗魯,這使他感到駭異。他甚至覺得,她說話也比以前快了,行動也比以前急了。毫無疑問,她已變得喜歡誇誇其談,可是她卻一向那麼

重視質樸無華的真理。過去，她陶醉於心平氣和的論爭，忘情於智力的角逐（她最可愛的時刻，就是在熱情洋溢的辯論中，對迎面而來的沉重打擊，只當雞毛一樣滿不在乎），現在，她似乎覺得，意見上的分歧和一致都是毫無意義的。過去，她充滿好奇心，現在她卻對一切無動於衷，然而儘管她的態度那麼淡漠，她的活動卻比以前多了。她的身材還是那麼苗條，但風度比以前好了，外表也沒有顯得太成熟。然而她的舉止儀態卻流露出一種講排場、擺闊氣的意味，這給她的美貌抹上了一層傲慢的色彩。可憐的溫柔仁慈的伊莎貝爾，有什麼不如意的事咬齧著她的心呢？她那輕快的腳步後面有了長長的拖裙，她那智慧的頭腦上面增加了豪華的首飾。那個無拘無束、機智靈活的少女，彷彿已成了另一個人，出現在他眼前的，只是一個代表著某種力量的華貴夫人。拉爾夫不禁問自己，伊莎貝爾代表著什麼呢？他只能回答，她代表著吉伯特·奧斯蒙德。

「我的天哪，這是怎樣的一種職能啊！」他傷心地喊道。他對事物的神祕莫測感到驚慌失措。

正如我所說，他認出了奧斯蒙德的影子，他看得出來，奧斯蒙德在主宰著一切。他看到，他怎樣把一切限制在一定的範圍內，怎樣調節、控制和推動著他們的生活方式。奧斯蒙德正如魚得水，躊躇滿志，他終於取得了他可以支配的物質條件。他一向重視效果，他的效果是經過精心設計的。它們不依靠庸俗的手段，但動機是庸俗的，儘管技巧是高明的。使他的小天地籠罩在一種令人眼紅的神聖光輝中，使外界對它感到可望而不可即——這就是這個人所不遺餘力追求的效果，而伊莎貝爾卻把崇高的道德附會在他的身上。拉爾夫對自己說：「他掌握了優異的物質手段，他的資源比以前不知豐富了多少。」拉爾夫是個聰明人，但是在他看來，他還從未這麼聰明過，以致能在私下的觀察中發現，在只關心內在價值的幌子

第三十九章　　497

下，奧斯蒙德關心的其實只是世俗的榮譽。他假冒是世界的主人，實際根本不是，只是它最卑賤的奴隸，它對他的重視是他衡量成功的唯一標準。他的眼睛從早到晚對著世界，而世界卻這麼愚蠢，從來沒有懷疑他的詭計。他所做的每一件事都是pose[2]——一種經過周密考慮的pose，誰如果不提防，就會把它當作自發的行動。像這麼完全以利害得失為準則的人，拉爾夫還從沒遇到過。這個人的趣味、思考、作為以及他所收藏的一切，都是為了一個目的。他在佛羅倫斯那個山頂上的生活，也是保持多年的有意識的姿態。他的離群索居，他對生活的厭倦，他對女兒的愛，他的禮貌和不禮貌，都是同一精神狀態的不同表現，這種精神狀態在他看來，始終是孤芳自賞和神祕莫測的最高境界。他的野心不是取悅於世界，而是取悅於自己，同時引起世界的好奇，但又不讓它得到滿足。玩弄世界永遠使他感到自己偉大。他在一生中，為了取悅於自己而幹的一件最直接的事，便是把阿切爾小姐弄到了手。在這件事上，可憐的伊莎貝爾給他玩弄於股掌之上，實際只是體現了那個輕信的世界。拉爾夫當然看到，他不必改弦易轍，他原來懷有的一份信念仍然有效，他為它蒙受過痛苦，他也不忍心拋棄它。我現在只是按照這些信條的本來面目，勾勒了一個輪廓。毫無疑問，在用事實來印證他的理論方面，他還是十分擅長的。眼前這件事，即他在羅馬停留的一個月中，他所愛的那個女人的丈夫，絲毫也沒有把他當作敵人這一點，也可以靠他的理論來得到說明。

在吉伯特·奧斯蒙德眼裡，拉爾夫目前已無足輕重。這不是指他作為一個朋友的意義，什麼意義也沒有。他是伊莎貝爾的表兄，他已病入膏肓——奧斯蒙德對他的態度就建立在這個基礎上。他做了一些恰如其分的問候，提到了他的健康，提到了杜歇夫人，提到了他對冬季氣溫的感想，以及他在旅館裡是否舒適等等。在他們僅有的幾次會見中，他隻字不提不必要提的話，但他的態度始

498

一位女士的畫像
The Portrait of a Lady

終溫順恭敬，表現了一個勝利者在一個失敗者面前所應有的禮貌。儘管這樣，到這一個月的末了，拉爾夫的內心明確意識到，奧斯蒙德已讓他的妻子感到，繼續接待她的表兄，會給他們帶來不快。這不是嫉妒——他沒有嫉妒的理由，誰也不會對拉爾夫產生嫉妒。但是他使她為過去的友誼付出了代價，在他的疑慮增強時，他斷然離開了。他這麼做，使伊莎貝爾失去了一種有趣的消遣：她一直在研究，是什麼美好的因素在維持著他的生命。她認為，那是他對談天的愛好，不再是一個幽默的漫步者。他整天坐在椅子裡——幾乎什麼椅子都成。他的話比以前更有風趣了。他已經放棄散步，要不是他的談話說明他還在精神地思索，你會以為他是盲人。但是讀者知道的已比伊莎貝爾多，因此他們可以找到打開這個祕密的鑰匙。維持著拉爾夫的生命的只是一件事，那就是他還要看看，他在世界上最關心的這個人會變得怎樣，他還沒有看夠。情況不斷變化，他不能橫下心來不問不聞。他希望看到，她對她的丈夫會怎樣，或者她的丈夫會對她怎樣。他的決心是堅定的，這使他又度過了十八個月，正因為這樣，然後偕同沃伯頓勳爵回到了羅馬。它確實賦予了他一種神氣，彷彿他打算無限期活下去，對自己也無益的兒子，比以前更加覺得不能理解，我們知道，杜歇夫人雖然對這位古怪、對別人無益、對自己也無益的兒子，比以前更加覺得不能理解。如果說拉爾夫是靠那個懸念在維持著生命，那麼伊莎貝爾在沃伯頓勳爵把他來到羅馬的消息通知她以後的翌日，走上旅館的樓梯，到他的房間去的時候，心頭懷有的大致也是同樣的情緒——一種急於知道他處

2　法文，意為「姿態」。

第三十九章　　499

在什麼情況下的不安心情。

她在他那兒待了一個鐘頭,這是幾次探望的第一次。吉爾伯特‧奧斯蒙德也按時前來看他,伊莎貝爾還曾不只一次,派車接他前往羅卡內拉宮。兩個星期過去了,就在這時,拉爾夫向沃伯頓勳爵宣稱,他不想到西西里島去了。這一天,沃伯頓勳爵在康派奈平原,轉悠了一天,現在他們剛一起吃過晚飯,離開餐桌。沃伯頓站在壁爐前面,點起了一支雪茄,但他馬上又把它從嘴唇上拿開了。

「不到西西里去?那你打算上哪兒去?」

「嗯,我覺得我哪兒也不想去。」拉爾夫坐在沙發上說,好像一點也不覺得害羞。

「你的意思是要返回英國?」

「哪兒的話,我要住在羅馬。」

「羅馬對你不合適,它不夠暖和。」

「它會合適的,我會使它合適。你瞧,我這不很好嗎?」

沃伯頓勳爵瞧了他一會兒,一邊一口口吸著雪茄,彷彿正在琢磨,這是怎麼回事,「當然,你比在路上好了一些。我真不知道,那時你是怎麼挨過來的。但我不了解你的情況。我看你還是到西西里去試試得好。」

「我不想試,」可憐的拉爾夫說,「我已經試夠了。我不能再走,我受不了那種旅行。現在我真是進退兩難啦!我不想死在西西里平原上——跟普羅賽平[4]一樣,從那個地方給帶進陰曹地府。」

「見你的鬼,那你到這兒來幹麼?」勳爵質問他。

「因為我想來。可現在我看到這沒用。現在我實際在哪兒都一樣。所有的藥對我都已失效,所有的

500

一位女士的畫像
The Portrait of a Lady

氣候對我都不濟事。既然我在這兒，我就在這兒住下算了，我在西西里還沒有一個單身的表妹也沒有呢。」

「你的表妹在這裡，這當然是個理由。但是醫生怎麼說呢？」

「我沒有問他，我也不在乎他怎麼說。如果我死在這兒，奧斯蒙德夫人會埋葬我。但是我不會死在這兒。」

「我也希望不會。」沃伯頓勳爵繼續一邊吸菸，一邊思考。

「好吧，」他接著道，「就我來說，你不到西西里去，我還很高興呢。我也怕那種旅行。」

「咳，不過這件事你大可不必擔心。我不想拖你一起上火車。」

「但我當然不能讓你一個人走。」

「可愛的沃伯頓啊，我從沒指望你陪我走得更遠。」拉爾夫喊道。

「可我還是得奉陪到底，看你安頓下來才放心。」沃伯頓勳爵說。

「你是一個老好人，你待我太好了。」

「然後我會再回到這兒來。」

「於是再回英國去。」

「不，不，我要住在這兒。」

3

環繞羅馬的一片荒野，各種古蹟甚多。

4

普羅賽平（Proserpina），羅馬神話中的冥后。相傳普羅賽平有一天在西西里的恩納地方採花時，被冥王劫走，帶往地府成婚。

第三十九章　　　　　　　　　　　　　　501

「哦，」拉爾夫說，「既然我們兩人都要這麼做，我看更不必到西西里去了！」

他的同伴沒有作聲，只是坐在那兒，直愣愣望著爐火。最後，他抬起頭來，驀地說道：「我說，你老實告訴我，我們動身那時候，你是不是真的想到西西里去？」

「唉，vous m'en demandez trop！⁵讓我先提一個問題。你跟我一起來，是不是毫無其他動機？」

「我不明白這是什麼意思。我本來要到國外來。」

「我懷疑我們各人都在搞自己的小花招。」

「你只能說你自己。我打算在這兒待一個時候，這從來不是什麼祕密。」

「是的，我記得你說過，你想去拜會外交部長。」

「我見過他三次了，他是個很有趣的人。」

「我想，你忘記你為什麼到這兒來了。」拉爾夫說。

「也許是吧。」他的同伴回答，但神情是嚴肅的。這兩位先生實際是難兄難弟，都不是開誠布公的人。從倫敦來羅馬的時候，他們一路上對各自心頭想得最多的事，卻隻字不提。他們一度討論過的那個老問題，在他們所關心的事物中，已失去了公認的地位，因此哪怕到了羅馬以後，許多事使他們回想起它，他們還是躲躲閃閃、吞吞吐吐地保持著沉默。

「不管怎樣，我還是勸你先取得醫師的同意。」沃伯頓勳爵停了一會兒，突然繼續道。

「醫師的同意會把事情弄糟。我能不找他，從來不找他！」

「奧斯蒙德夫人什麼意見？」

「我還沒有告訴她。她大概會說，羅馬太冷，甚至願意送我到卡塔尼亞去。她是會那麼做的。」

「我要是你的話，我會歡迎她這麼做。」

「她的丈夫可不會贊成。」

「不錯，這我想像得到，但我覺得你不一定要管它。那是他的事。」

「我不想在他們中間引起更多的糾葛。」

「難道那已經很多了嗎？」

「已經積壓了不少，她再跟我一走，事情非爆炸不可。不過你待在這兒，他就不會尋事嗎？」

「那麼一來，他當然非大吵不可。不過你待在這兒，他就不會尋事嗎？」

「那正是我想看看的事。上次我在羅馬的時候，他吵過一回，那時我認為我的義務是離開。現在我認為我的義務是留下來保護她。」

「我的好杜歇，你的保護能力⋯⋯。」沃伯頓勳爵開始說，笑了笑。但他發現他同伴的臉色有些不對，趕緊把話縮了回去。

「根據這些前提，我認為，你的義務是什麼還很難說。」他改口道。

拉爾夫暫時沒有回答什麼。

「不錯，我的保護能力很小，」他終於答道，「但我的攻擊能力更小。這樣，奧斯蒙德可能認為，他不值得為我浪費彈藥。」接著他又補充道：「但不管怎樣，有些事我很想看看。」

「那麼你願意為你的好奇心犧牲你的健康？」

5 法文，意為「你對我太苛求了」。

「對我的健康我沒有多大興趣,對奧斯蒙德夫人,我卻非常感興趣。」沃伯頓勳爵很快補充道。這是他直到現在沒有機會提到的一句話。

「我也是這樣。但這不是我以前的那種興趣。」

「你是不是覺得她很幸福?」拉爾夫問,對方的信任使他鼓起了勇氣。

「這我可不知道,我也很難想像。那天晚上她對我說她很幸福。」

「當然,那是她告訴你的。」拉爾夫笑著喊了起來。

「我不知道。不過,如果她有委屈,要向誰訴苦,我還是合適的人選。」

「訴苦?她永遠不會訴苦。這是她自己做的,她自己做的事自己擔當。她尤其不會向你訴苦,她防你還來不及呢。」

「那沒有必要。我並不想再追求她。」

「我聽到這話很高興,關於你的義務,至少是無可懷疑的。」

「一點不錯,」沃伯頓勳爵地說,「無可懷疑!」

「請允許我問一下,」拉爾夫繼續道,「你是不是為了表示你不想再追求她,才對那個小女孩大獻殷勤?」

沃伯頓勳爵愣了一下,站起來,立在爐火前面,一眼不眨地望著它,「你覺得這非常滑稽嗎?」

「滑稽?我一點也沒那個意思,只要你是真正喜歡她。」

「我覺得她是一個很惹人喜歡的小東西。沒有一個那樣年紀的女孩子引起過我更大的興趣。」

「她是一個可愛的孩子。嗯,至少她毫不虛偽。」

「當然，我們的年齡差別太大——相差二十多歲。」

「親愛的沃伯頓，」拉爾夫說，「那麼你是當真的？」

「完全當真——我的意思就是這樣。」

「我聽了很高興。」拉爾夫喊道，「老奧斯蒙德不知會多麼得意呢！」

「可他還是會執迷不悟，自得其樂的。」

「他不見得那麼喜歡我。」勳爵說。

「不見得那麼喜歡？我的好沃伯頓，你的地位之所以糟糕，就在於人們不一定要喜歡你才來巴結你，跟你攀親戚。這種事要是碰在我身上，我倒可以放心，相信人們是真的愛我。」

沃伯頓勳爵當時的心情，好像對這些大道理都不怎麼關心，他考慮的是具體的事件，「你認為她會高興嗎？」

「那個女孩子嗎？她當然高興。」

「不，不，我是指奧斯蒙德夫人。」

拉爾夫瞧了他一會兒，「我的好人，這跟她有什麼關係？」

「她要有關係就有關係。她非常喜歡那個女孩子呢。」

「一點不錯，這是事兒。」於是拉爾夫慢吞吞地站了起來，「她對這女孩子的好感會使她走到哪一步，這是一個有趣的問題。」他在那兒站了一會兒，兩手插在口袋裡，目光不如說有些憂鬱。

「你知道，我希望你千萬……千萬要明白……真見鬼！」他停住了，「我不知道怎麼說好。」

第三十九章　　505

「沒有的事,你很會講話,你一切都能講清楚的。」

「得啦,那實在很難講。我想,在奧斯蒙德小姐的優點中,她……哦,她跟她的繼母很接近這一點,應該不是你考慮的主要方面吧?」

「我的天哪,杜歇!」沃伯頓勳爵怒衝衝地嚷了起來,「你把我當什麼人啦!」

第四十章

伊莎貝爾結婚以後，很少見到梅爾夫人，因為後者常常離開羅馬。有一次她在英國住了六個月，另一次她又在巴黎度過了一部分冬季。她多次出遊，訪問遠方的朋友，還公開表示，今後她不想再像過去那樣，當一個老羅馬人了。其實，她過去除了在品欽山一個陽光燦爛的山谷裡經常租著的一套房間——它們往往空關著——以外，很難說跟羅馬有什麼根深柢固的關係，因此她的話無異表示，她今後不大想再到羅馬來了。有一段時間，這種危險曾引起伊莎貝爾的憂慮。親密的來往雖然已在一定程度上沖淡了她對梅爾夫人的最初印象，但並沒有從根本上改變它，後者仍在她心中保留著光輝的形象。在社交生活的戰場上，梅爾夫人是一個武裝到牙齒的人物，所向披靡，是很有趣的。她把旗子舉得小心謹慎，但她的武器是純鋼的，她的槍法也出神入化，伊莎貝爾越來越覺得，她的意志足以主宰她的生活，她的處世態度總顯得熠熠生光，彷彿生活的祕密她已瞭若指掌。她從不疲倦，也從不為厭惡所壓倒，因此後者也知道，在高度自我克制的外表下，這位優雅出眾的朋友隱藏著敏銳的感覺。但是她的意志足以主宰她的生活，她的處世態度總顯得熠熠生光，彷彿生活的祕密她已瞭若指掌。她有她自己的思想，以前她曾向伊莎貝爾透露過不少，因此後者也知道，這位優雅出眾的朋友隱藏著敏銳的感覺。但是她的意志足以主宰她的生活，她的處世態度總顯得熠熠生光，彷彿生活的祕密她已瞭若指掌。伊莎貝爾隨著年齡的增長，也對生活感到過幻滅和厭惡，有些日子，她覺得世界那麼黑暗，不禁斷然決然地問自己，她生活的目的究竟是什麼。她原來的習慣是憑熱情來生活，陶醉在突然出現的機會，突然想到的新的驚險活動中。作為一個年輕的姑娘，她總

是從一次小小的興奮走向另一次,其中幾乎沒有任何沉悶的間歇。但梅爾夫人卻抑制著熱情,時至今日,她已什麼也不愛,完全憑理性和智慧在生活。有時伊莎貝爾對這種生活藝術非常嚮往,願意不惜一切代價來學會它,如果這位光輝的朋友在她身邊,她無疑會向她要求指教。她已比以前更意識到了那樣生活的益處,這種生活就是使自己冷若冰霜,裹在銀盔甲那樣的表皮裡。

但是,正如我所說的,直到最近我們跟女主人公重新會面的這個冬季,梅爾夫人才回到羅馬,住了一段時間。伊莎貝爾自從結婚以後,現在才能經常見到她,而遺憾的是,伊莎貝爾這時的需要和心情已發生了重大變化。她現在已不稀罕梅爾夫人的指教,這位夫人的巧妙魔術在她眼中失去了魅力。如果她有煩惱,她應該把它們藏在肚裡,如果生活發生挫折,承認失敗並不能減少痛苦。毫無疑問,梅爾夫人對她自己是大有用處的,在任何圈子裡,她都是一顆明星,但她是不是——願不願——對處在微妙的精神危機中的別人有用呢?從梅爾夫人得到教益的最佳途徑——這實在也是伊莎貝爾所經常想到的——便是模仿她,像她一樣冷酷,一樣笑容可掬。她不承認煩惱,伊莎貝爾考慮到這一事實,也就決定這已是第五十次——把自己的煩惱丟諸腦後。此外,在恢復事實上已經中斷的來往時,她還看到,她的老朋友變了,變得幾乎疏遠了——她那種裝模作樣、謹慎小心的態度已發展到登峰造極的地步。我們知道,拉爾夫·杜歇有過一個看法,認為她喜歡誇大,提高調門,用通俗的說法,也就是容易做得過火。伊莎貝爾從來不同意這個指責——事實上她從來沒有理解這點。在她看來,梅爾夫人的行動始終落大方,高雅得體,謹慎小心,始終是「溫和文靜」的。但是當她看到,這位夫人盡量避免過問奧斯蒙德家的內部生活時,她才終於想到,她實在是做得過頭了點。那當然不是最大方的風度,那毋寧說是粗俗的。她對伊莎貝爾已經結婚這點,記得太牢了,似乎後者的利益現在已有所不同,她梅爾夫人雖然跟吉伯特·奧斯蒙

508

一位女士的畫像
The Portrait of a Lady

和他的小帕茜非常熟悉,也許比任何人更熟悉,但她畢竟不是這個家庭的成員。她在這個問題上處處提防,她從不談論他們的事,除非萬不得已,必須有所表示時,才談一下自己的看法。她唯恐人家認為她在干預他們。我們知道,梅爾夫人是很坦率的,有一天,她就坦率地向伊莎貝爾表示了這種顧慮。

「我必須警惕,」她說,「我很可能自己都沒有意識到,便得罪了妳。妳生氣是理所當然的,哪怕我的意圖極其純正。我不應該忘記,我認識妳的丈夫比妳早得多,我不能讓這種情況影響我和妳的關係。如果妳是一個傻女人,妳可能會對我嫉妒。妳不是一個傻女人,這我完全明白。但我也不是,因此我決定不要自找麻煩。出一點小問題是很容易的,一個人往往不知不覺就惹了禍。當然,如果我對妳的丈夫有什麼意思,十年前我早可以這麼幹了,那時什麼阻礙也沒有,我何必等到今天我已經年老色衰、大不如前的時候才來開始。但如果我引起了妳的懷疑,好像我在覷覦一個不屬於我的位置,到那時,妳就不會前前後後想一想了,妳會簡單地說,我忘記了某些界線。我決心不忘記它們。當然,一個好朋友不應該老是顧慮這點,不應該懷疑他的朋友會對他不公正。我不是懷疑妳,親愛的,一點也沒有,但是我懷疑人的天性。不要以為我在自尋煩惱,我不是一個謹小慎微的人。我現在這麼對妳說,已充分證明了這點。不過,我要說的只是:如果妳產生了嫉妒——那是這種情緒採取的形式——我一定會覺得,這是我犯了一點過錯。它跟妳的丈夫絕對無關。」

根據杜歇夫人的推測,吉伯特·奧斯蒙德這次結婚是梅爾夫人一手促成的,現在伊莎貝爾已有了三年時間來思考這件事。我們知道,她開頭的態度怎樣。就算吉伯特·奧斯蒙德的結婚是梅爾夫人造成的吧,但伊莎貝爾·阿切爾的結婚肯定跟她毫無瓜葛。那麼這是誰造成的呢?伊莎貝爾不知道,大概是自然、天意、命運,是冥冥之中永恆的神祕造成的吧。確實,她的姨母不滿的主要不是梅爾夫人幹了這

第四十章　509

事,而是她的兩面派作風,她製造了這件奇怪的事,她又矢口否認她有過錯。在伊莎貝爾心目中,這種過錯算不得什麼,在她生平所獲得的最重要的友誼中,梅爾夫人插了一手,起了推動作用,這當然不是罪惡。在她跟姨母發生那次小小的爭執之後,她在結婚前的想法幾乎保持著冷靜的歷史學家的態度,能夠對她年輕單純的經歷,進行深入的反省和思考。何況梅爾夫人對她光明磊落,從沒隱瞞過她對吉伯特‧奧斯蒙德的高度評價。但結婚以後,伊莎貝爾卻發現,她的丈夫一碰到這問題,便不大自在,他在談話中,總是盡量避免接觸這顆最圓、最光滑的念珠。

「你不喜歡梅爾夫人嗎?」伊莎貝爾有一次對他說,「她很器重你呢。」

「我不妨跟妳談一下,」奧斯蒙德回答道,「有一個時期我很喜歡她,不像今天那樣。但現在我討厭她,我為這事感到害臊。她對我好得簡直過分了!我但願她離開義大利,讓我輕鬆一下,這對我是精神上的休息。妳不要老提起她,把她帶回到我的眼前。她回來的時候有的是呢。」

真的,梅爾夫人又回來了,而且還不太晚——所謂不太晚,是指人們還沒有把她完全忘記。但同時,如果她像我所說,有了明顯的變化,那麼伊莎貝爾的感情也不完全一樣了。她對自己的處境還像過去那麼敏感,但她的不滿已大為滋長。一顆不滿的心靈,不論它缺少什麼,絕不會缺少理由,它們會跟六月的毛茛一樣迅速繁殖。吉伯特‧奧斯蒙德的結婚,梅爾夫人曾經插手這一點,已不再是伊莎貝爾思考的題目。這件事看來並不那麼值得感謝她,而且隨著時間的過去,似乎越來越不值得了。伊莎貝爾有一次甚至對自己說,要不是她,也許這件事就不至發生。不過這想法馬上給她壓下去了,她覺得自己不該這麼想,她為此感到戰慄。

「不論我的遭遇怎樣，我不能不公正，」她說，「我應該自己承擔責任，不能把它推給別人！」

這種心情終於受到了考驗，這是我前面所寫的梅爾夫人的那段話引起的，因為梅爾夫人雖然認為，那是她在為她現在的行為委婉地表示歉意，但她所做的微妙區分，她所表現的明確的自信心，在伊莎貝爾聽來卻有些刺耳，幾乎包含著嘲笑的意味。今天伊莎貝爾心裡什麼也不明白，她只覺得悔恨交加，疑慮重重。她聽完那位朋友講了我記述的那一席話以後，便快快不樂地走了。那是對她的嫉妒——為她和吉伯特的關係感到嫉妒多麼不了解啊！其實她自己也說不出個所以然來。那是對她的嫉妒——為她和吉伯特的關係感到嫉妒嗎？這想法似乎並不接近事實。她幾乎希望自己能夠嫉妒，這至少是一種調劑。從一定意義上說，嫉妒不正是幸福的跡象之一嗎？不過，梅爾夫人是聰明的，也許她可以說，她比伊莎貝爾本人更了解伊莎貝爾。這位年輕婦女經常心血來潮，胡思亂想——這些想法大多具有高尚的性質，但它們從來沒有像今天這麼活躍過（在她的內心深處）。確實，它們顯得大同小異，歸結起來不外是這麼一個決定：如果她今後會遭遇不幸，那麼這不應是她自己的過錯來造成。她那可憐而又崇高的精神總是懷著強烈的願望，想盡力而為，她還沒有真正感到氣餒。因此她仍希望保持公正——不用無聊的報復來發洩自己的苦惱。把這可以消一消她心頭的怨氣，但無法解除她的鏽銹。不能說她當時不是自投羅網，要是世界上有可以自己做的主的姑娘，那麼這就是她。一位熱戀的少女無疑是不可能不受外界影響的，但她的錯誤的根源卻純粹在於她自身。沒有人對她搞過陰謀，設過圈套，她觀察、思考，然後做出了選擇。一個女人犯了這樣的錯誤，唯一的出路就是寬宏大量地（是的，懷著最高尚的精神！）接受既成事實。一件蠢事已經夠了，它可以抱恨終生，不論你再做什麼，也無法得到多大的補救。這種保持緘默的心願，包含著伊莎貝

第四十章　　　　　　　　　　　　　　　　　　　　　　　　　　　　　　　　　　　511

爾待人接物方面的一種高貴情操，但儘管這樣，梅爾夫人採取預防措施，還是必要的。有一天，那是在拉爾夫·杜歇來到羅馬大約一個月之後，伊莎貝爾和帕茜出外散步回來。她現在對帕茜非常好，這不完全是由於她決心公正行事的緣故，這也是出於她對一切純潔的弱者的同情。她喜愛帕茜，這給了她一種溫柔的依戀是正當的，她能夠意識到這點也是甜蜜的，這樣的事，她一生中還從沒有過。這給了她一種溫柔的感覺，彷彿一隻小手伸進了她的手裡。在帕茜方面，這不僅是一種愛，也是一種熱情而有力的信任。就她自己來說，帕茜對她的依賴，也不僅是一種快感，在她無法為自己的行為找到動機的時候，它成了一種明確的理由。她曾對自己說，在我們看到我們的責任時，就應該把它承擔起來，而且我們必須盡可能地來發現它。對帕茜的同情是一種直接的敦促，它似乎在說，這兒是一個機會，也許它算不得偉大，但這是明白無疑的。這是什麼機會，伊莎貝爾不清楚，大致說來就是，多為孩子著想，在她需要幫助的時候幫助她。在這些日子裡，伊莎貝爾想起她曾認為她的小朋友不好理解。她不能相信，一個人會這麼念念不忘地、這麼異乎尋常地想得到別人的喜歡。但從那以後，她看到了這種美好機能的活動，她知道應該怎麼看待它了。這是那個女孩子的整個生命，是她的天賦才能。帕茜沒有足以妨礙它的驕傲情緒，雖然她不斷贏得人們的好感，她沒有自視不凡。這兩個人現在經常在一起，哪裡有奧斯蒙德夫人，哪裡往往也有帕茜。

伊莎貝爾喜歡跟她在一起，這就好像一個人捧著一朵特大的鮮花。關心帕茜，不論遇到什麼不愉快的事，也要關心她，這已成為她的一條宗教信念。那位少女在伊莎貝爾身邊，比在任何人身邊都顯得愉快，但是除了她的父親，她對他充滿著愛，這是難怪的，因為父愛是吉伯特·奧斯蒙德最大的歡樂，他對她總是表現得無限溫柔。伊莎貝爾知道，帕茜多麼喜歡跟她在一起，總在琢磨怎樣才能得到她的好

感。她決定，得到她好感的最佳辦法是消極的，就是不引起她的煩惱——這信念當然不涉及她已經有的煩惱。因此她處處以被動的姿態出現，她的柔順幾乎是難以想像的，甚至對伊莎貝爾提出的事表示同意時，她也盡量表現得不太熱烈，彷彿她在想的是另一回事。她從不插嘴，從不打聽上流社會的問題。雖然她喜歡得到稱讚，每逢人家稱讚她的時候，她便緊張得臉色發白，可是從不把自己的喜悅表現出來。她喜歡用沉思的眼睛望著對方，隨著她年齡的增長，這種神態使她那對眼睛變成了世界上最美的眼睛。遷居羅卡內拉宮的第二個冬天，她開始參加社交活動和舞會，但是到了適當的時刻，為了免得奧斯蒙德夫人感到厭倦，她總是首先提議離開。她從不流連忘返，這種犧牲精神得到了伊莎貝爾的好感，因為她知道，她的小朋友熱愛跳舞，每當她隨著樂聲婆娑起舞的時候，總是飄飄欲仙。何況在她眼裡，社交生活是美滿無缺的，甚至那些令人厭煩的場面——舞廳的悶熱、宴會的沉悶、門口的擁擠、等車時的尷尬處境，她也覺得很有趣。在白天，她坐在馬車裡伊莎貝爾旁邊，身子向前彎著，面露微笑，總好像是第一次給人帶去兜風似的。

在我要談的這一天，她們坐車出了城門，半小時後下了車，讓它在路邊等著，她們便朝康派奈平原走去，那裡的青草並不長，甚至在冬天也點綴著一些美麗的鮮花。這幾乎是伊莎貝爾每天必到的所在，她喜歡散步，走路輕快，步子很大，雖然已不像初到歐洲時那麼輕快了。這不是帕茜最愛好的運動方式，但她也喜歡它，因為她什麼都喜歡。她邁著細小飄逸的步子，隨著繼母走來走去。在回羅馬的時候，伊莎貝爾按照帕茜的要求，到品欽山或柏格薩別墅去繞一圈。帕茜在遠離羅馬城牆的陽光燦爛的山谷裡，採集了一束鮮花。回到羅卡內拉宮，她馬上到自己的臥室去，用水把花養起來。伊莎貝爾則向客廳走去，那是她平常起居的地方，從寬敞的前室過去是第二間。上了樓梯就是前室，那裡顯得空空蕩

第四十章　　　　　　　　　　　　　　　　　　　　　　513

蕩，似乎連吉伯特・奧斯蒙德那豐富多彩的設計手段也無法改變這種狀況。伊莎貝爾剛跨進客廳的門檻，便站住了，原因是她看到了一個場面。嚴格說，這場面也不是以前沒有過的，但她總覺得它包含著一種新的意義。由於她的腳步極輕，沒有一點聲息，因此在她進入這個場面以前，有時間對它進行仔細觀察。梅爾夫人戴著帽子站在那裡，吉伯特・奧斯蒙德正在跟她談話。一時間，他們沒有發覺她進來。當然，這情形是伊莎貝爾以前也常常見到的，她沒有見到過，或者至少沒有注意過的，卻是他們的談話暫時陷入了不拘禮節的沉默，這使她立即意識到，她的到來會使他們感到驚慌。梅爾夫人站在離壁爐不遠的一塊小地毯上，奧斯蒙德坐在一張高背椅子裡，身子靠著椅背，眼睛望著她。她像平時一樣，昂起了頭，但眼睛卻垂下去對著他的目光。伊莎貝爾感到詫異的第一個印象是他坐著，梅爾夫人卻站著，這種不正常的狀態吸引了她的注意力。隨後她看出，他們是在交換意見中臨時停頓的，現在正帶著老朋友無拘無束的神情，面對面陷入了沉思，因為有時候老朋友之間的談心是用不到依靠語言的。這不值得驚奇，他們本來就是老朋友嘛。但這僅僅在一剎那間造成的印象，卻像閃電一樣照亮了她的心。他們彼此的位置，他們那聚精會神的面對面的注視，使她覺得好像發現了什麼。但是她剛剛看清這一切，這一切便過去了。梅爾夫人發現了她，沒有走過來，但是向她表示了問候。另一方面，她的丈夫卻馬上跳了起來。他隨即嘟嘟噥噥的，說他得出去散散步，於是向梅爾夫人表示歉意之後，立即走出了屋子。

「我是來找妳的，我以為妳回來了，但是妳沒有，我只得等著。」梅爾夫人說。

「他沒有請妳坐下？」伊莎貝爾笑著問。

梅爾夫人向周圍看看，「噢，一點不錯，我剛預備走呢。」

「妳現在可得留下啦。」

「當然。我來是有原因的,我心裡想到了一件事。」

「我以前對妳說過,」伊莎貝爾說,「妳是無事不登三寶殿,不會輕易上門來的。」

「妳知道我也對妳說過,不論我來與不來,都出自相同的動機,這就是對妳的感情。」

「對,妳對我說過這話。」

「可妳現在的樣子,好像妳並不相信我。」梅爾夫人說。

「哪兒的話,」伊莎貝爾回答,「妳的動機的深厚意義,我是萬萬不會懷疑的!」

「妳主要是懷疑我的話是否出自真心。」

伊莎貝爾嚴肅地搖搖頭,「我知道妳對我始終是親切的。」

「只要妳允許,我始終會這麼做。但是妳並不經常歡迎。我來是因為我遇到了一件麻煩事要找妳——託妳來解決。不過我今天來,不是要向妳表示好意,這完全是另一回事。我剛才正跟妳的丈夫談這事呢。」

「這倒奇怪了,他是從來不喜歡惹麻煩的。」

「尤其是別人的事,這我知道。但我想,妳也是不喜歡的。不過不管妳願意不願意,妳得幫我個忙。」

「啊,」伊莎貝爾一邊想一邊說,「那麼這是他的麻煩事,不是妳的。」

「我也叫無可奈何,他硬要我給他幫忙。他一星期找我十次,跟我談帕西的事。」

「不錯,他想娶她。這事我都知道。」

梅爾夫人遲疑了一會兒,「我聽妳丈夫說,好像妳還不知道。」

第四十章 515

「他怎麼知道我知道不知道呢?他從沒跟我談過這事。」

「也許這是因為他不知道怎麼談好。」

「不管怎樣,在這類問題上,他是不大會出差錯的。」

「對,一般說,他完全知道怎麼考慮問題。但今天不然。」

「那妳沒有指點他嗎?」伊莎貝爾問。

梅爾夫人裝出了愉快的笑容,「妳可知道,妳顯得有點兒冷淡?」

「這是不奇怪的。妳跟這孩子很熟。」

「是的,我不得不這樣。羅齊爾先生也跟我講過這話。」

「我相信,他想妳還可以為他多出一些力。」

「對,」伊莎貝爾說,「因此我才對他那麼好呢!如果妳認為我冷淡,我真不知道他該怎麼想。」

「我無能為力。」

「至少妳的力量比我大一些。我不知道,他在我和帕茜之間發現了什麼祕密關係,一開始就找上我的門來,好像我掌握著他的命運似的。如今他不斷來找我,慫恿我給他出力,問我這事有多大希望,向我大談他的感情。」

「他的愛情很熱烈。」伊莎貝爾說。

「就他來說,已相當熱烈。」

「不妨說,就帕茜而言,也已相當熱烈。」

梅爾夫人垂下眼睛,過了一會兒說道:「妳不認為她很可愛嗎?」

「她是非常惹人喜歡的小姑娘,不過她還很幼稚。」

「對羅齊爾先生說來,這正合適。他自己也不見得不幼稚呢。」

「對,」伊莎貝爾說,「他的見識不過手帕那麼大——一塊有花邊的小手帕。」她的幽默感近來大多變成嘲笑,但她馬上覺得有些不好意思,因為她想到,帕茜的追求者是這麼忠厚,不該這樣對待他。

「他對人非常親切,也非常正直,」她立即補充道,「而且也不像表面看來那麼愚蠢。」

「他向我保證,她對他很滿意。」梅爾夫人說。

「我不知道,我沒問過她。」

「妳沒有試探她一下?」

「這不關我的事,這是她父親的事。」

「唉,妳太死板了!」梅爾夫人說。

「我必須有自知之明。」伊莎貝爾說。

「沒有辦法?」梅爾夫人說,非常認真,「妳這是什麼意思?」

「妳很容易生氣。妳瞧,我小心一些還是有道理的。不管怎樣,我得告訴妳,就像我剛才告訴奧斯蒙德一樣,我不再過問帕茜小姐和愛德華·羅齊爾先生的戀愛事件。Je n'y peux rien,moi!¹ 我不能跟帕茜來談他。尤其是,」梅爾夫人又加了一句,「我並不認為他是一個十全十美的丈夫。」

伊莎貝爾想了想,過了一會兒,含笑說道:「可是妳不會撒手不管!」然後用另一種口氣補充道:

---

1 法文,意為「我什麼也不能幹」。

第四十章　　517

「妳辦不到,這件事跟妳的關係太大了。」

梅爾夫人慢慢站起來,瞟了伊莎貝爾一眼,時間那麼短,就像幾分鐘以前,我們的女主人公獲得的那個閃電式啟示一樣快。只是這一次,伊莎貝爾什麼也沒發覺。

「下一次妳問他一下,妳就知道了。」

「我不可能問他,他已經不到這兒來。」

「可不是,」梅爾夫人說,「我忘了這點,這正是他感到最傷心的。他說,奧斯蒙德侮辱了他。儘管這樣,」她繼續道,「奧斯蒙德並不像他想的那麼討厭他。」她已經站了起來,彷彿談話已經結束,但仍逗留著,打量著周圍,顯然還有什麼話要說。伊莎貝爾看出了這點,甚至猜到了她的意圖,但伊莎貝爾也有自己的理由,不給她開這個頭。

「如果妳這麼告訴他,他一定很高興。」伊莎貝爾笑著回答。

「當然我告訴了他,我還盡可能地鼓勵他。我要他耐心一些,我說,只要他能夠保持緘默,安心等待,他的事不是毫無指望的。不幸的是他胡思亂想,嫉妒別人。」

「嫉妒?」

「嫉妒沃伯頓勳爵,他說他老在這兒。」

伊莎貝爾已經很疲倦,因此一直坐著,但聽到這裡,她也站了起來。

「啊!」她簡單地喊了一聲,慢慢向壁爐走去。梅爾夫人瞧著她走過去,只見她在壁爐架上的鏡子前面站了一會兒,把一綹披散下來的頭髮攏回了原處。

「可憐的羅齊爾先生老是說,沃伯頓勳爵愛上帕茜是完全可能的。」梅爾夫人繼續道。

伊莎貝爾沉默了一會兒,從鏡子前面轉過身來。

「一點不錯,這是完全可能的。」她終於回答,神情顯得嚴肅,但口氣較為溫和。

「我也向羅齊爾先生這麼表示。妳的丈夫也這麼想。」

「我不知道。」

「妳問他就知道。」

「我不想問他。」伊莎貝爾說。

「對不起,我忘記妳已經指出過這點了。當然,」梅爾夫人又道,「妳對沃伯頓勳爵的行為,看得比我清楚得多。」

「我想我沒有理由不告訴妳,他非常喜歡我丈夫的這位女兒。」

梅爾夫人又迅速地瞟了她一眼,「妳所謂喜歡她的意思,跟羅齊爾先生說的意思一樣嗎?」

「我不知道羅齊爾先生是什麼意思,但沃伯頓勳爵告訴我,他覺得帕茜很可愛。」

「這話是突然想起的,梅爾夫人幾乎不假思索,脫口說了出來。

伊莎貝爾的眼睛注視著她,「我想,到時候他自己會知道。沃伯頓勳爵也有嘴,他需要講的時候,自己會講。」

梅爾夫人立即意識到,她講得太快了,這使她的臉色有些發紅。她停了一下,讓這洩露心事的情緒平靜下去,然後彷彿經過了思考似的,說道:「那會比嫁給可憐的羅齊爾先生好一些。」

「我想,好得多。」

「那太叫人高興了,那是一樁了不起的親事。他實在心腸太好了。」

第四十章

「心腸太好？」

「對，因為他居然肯垂青於一個普通的小姑娘。」

「我不這麼看。」

「妳這麼說是妳的好意。但是歸根結柢，帕茜‧奧斯蒙德是他認識的最可愛的少女！」

「歸根結柢，帕茜‧奧斯蒙德……」

梅爾夫人愣住了，確實，她不能理解是難怪的。

「我想，妳剛才好像還在說她的壞話呢。」

「我說她還幼稚。她確實是這樣。沃伯頓勳爵也是這樣。」

「要是這麼說，我們大家都一樣。既然這對帕茜說來是相稱的，那更好了。就是一件，如果她偏把她的感情放在羅齊爾先生身上，那麼她就不相稱了。那未免太不合情理。」

「羅齊爾先生是塊絆腳石！」伊莎貝爾突然喊了起來。

「我完全同意妳的話，妳希望我不去助長他的感情，這使我很高興。今後他再來找我的話，我會把門關上。」於是梅爾夫人把斗篷披一披好，準備走了。然而她向門口走去的時候，卻給伊莎貝爾住了，後者向她提出了一個前後矛盾的要求：「不論怎樣，妳對他態度要好一些。」

她聳了聳肩膀，站在那兒，揚起眉毛望著她的朋友，「妳這種自相矛盾的作法，我不理解！老實說，我不想對他很好，因為那是虛偽。我希望看到她嫁給沃伯頓勳爵。」

「妳最好等他向她求婚以後再說。」

「如果妳說的一切是真的，那他肯定會問她求婚的。尤其是，」梅爾夫人接著又說，「如果妳要他

520

一位女士的畫像
The Portrait of a Lady

「我要他這麼做的話。」

「那是妳完全辦得到的。妳對他有很大的影響力。」

伊莎貝爾的眉頭有些皺起來了，「妳從哪兒知道的？」

「杜歇夫人告訴我的。當然不是妳——妳從沒說過！」梅爾夫人笑道。

「我當然從沒告訴過妳這方面的事。」

「在我們彼此信任、互相談心的時候，妳本來是應該告訴我的，那時有的是機會。但妳實際上告訴我的很少，從那以後我常常這麼想。」

伊莎貝爾也一直這麼想，有時還對此感到很滿意。但她現在不想承認這點——也許這是因為她不願流露自己得意的心情。

「我的姨母似乎成了妳的可靠的情報員。」她簡單地說。

「她告訴我，妳拒絕了沃伯頓勳爵的求婚，她為這事非常惱火，因此心裡老想不開。當然，我認為妳現在這麼做更好。但是如果妳自己不願嫁給沃伯頓勳爵，那麼作為一種補償，妳不妨幫他另外物色一個人。」

伊莎貝爾聽著，決心不讓梅爾夫人那種興高采烈的神色在自己臉上反映出來。但過不一會兒，她便以相當理智而溫和的口氣說道：「關於帕茜的事，要是辦得成的話，我確實也很高興。」她的朋友似乎認為這句話是吉祥的預兆，因此用出乎意外的溫柔態度擁抱了她一下，然後得意揚揚地告辭了。

第四十章

521

第四十一章

那天晚上,奧斯蒙德第一次提到這件事。他很遲才來到客廳,那時她獨自坐在屋裡。他們晚上沒有出門,帕茜已經上床。飯後,他一直坐在一間小房間裡,那是放圖書的,他把它叫作書房。十點鐘,沃伯頓勳爵來過一次,每逢他從伊莎貝爾那裡知道她不出門的時候,總要來一下。他還要到別處去,所以坐了大約半個鐘頭。伊莎貝爾向他問了拉爾夫的情況,便很少跟他說話,這是故意的,她希望他跟她丈夫的女兒多談談。她假裝在看書,後來甚至還去彈了一會兒鋼琴。她問自己,是不是應該離開這屋子。對於帕茜成為美麗的洛克雷的女主人的計畫,她起先並不熱心,但逐漸對這事發生了興趣。那天下午,梅爾夫人給這門親事增加了一些火力。她的理論造成的。她始終相信,不論這是什麼事——便能擺脫煩惱,不愉快是一種病態,它之所以痛苦是由於無事可做。因此,活動活動,找一點事幹——不論這是什麼事——便能擺脫煩惱,甚至治癒創傷。此外,她希望自己相信,這種幻覺使她苦惱。如果他可能使她丈夫感到滿意。她不能想像自己是一個對丈夫的要求無動於衷的女人,這種幻覺使她苦惱。如果他看到帕茜嫁給一位英國貴族,一定十分高興,這也是合理的,因為這位貴族為人這麼好。伊莎貝爾覺得,如果她能夠玉成這事,她就是盡了賢妻良母的責任。她願意成為這樣一個人,她希望有充分的證據使她相信,她是這樣一個人。何況這件事還有其他一些可取之處。它使她有事可幹,而她希望幹一些事。再說,這也是一件有趣的事,如果她真能從中感到樂趣,她也許還有得救的希望。最後,這對沃伯頓勳爵也有好

處，他顯然非常喜歡這位可愛的姑娘。當然，他過去那樣，現在怎麼會這樣，未免有些「奇怪」，但這種感情上的事，是很難有道理可說的。帕茜可能使任何人拜倒在她的腳下，但至少沃伯頓勳爵不在此例。伊莎貝爾總覺得她太渺小，太沒分量。帕茜太不自然，夠不上他的要求。

在她身上總有一點玩具娃娃的氣息，這絕不是沃伯頓勳爵所希冀的東西。然而，男人希冀的是什麼，誰知道呢？他們找到了什麼，就喜歡什麼；他們看到了什麼，才知道自己喜歡什麼。在這類事情上，找不到行之有效的理論，沒有比這更不可理解的，也沒有比這更自然的。如果他過去看上過她，那麼他現在看上帕茜是很奇怪的，因為帕茜跟她這麼不同。

但是他對她的感情實際並不像他想像的那麼深切。或者就算那麼深切吧，這一切早已成為明日黃花，那麼在那次失敗以後，他自然會想，要是換了另一種類型的女人，他也許可以成功。我已經說過，伊莎貝爾對這件事起先並不熱心，但到了今天，她卻對它發生了濃厚的興趣，大有欲罷不能之勢。為了討好她的丈夫，她這麼幹，究竟能得到什麼樂趣，這確實令人詫異。不過，可惜的是，愛德華‧羅齊爾還擋著他們的道路！

想到這個人，在那條路上突然閃現的光芒，便顯得有些黯淡了。不幸在於伊莎貝爾相信，帕茜認為羅齊爾先生是所有年輕人中最好的一個──她完全相信這點，就像她跟她談過這個問題似的。儘管她小心翼翼避免向自己這麼說，她心裡還是相信的，這使她感到很棘手，幾乎像可憐的羅齊爾先生想法一樣不好辦。當然，他是萬萬比不上沃伯頓勳爵的。這還不在於財產的大小，而在於人品的不同。這位年輕的美國人實在很淺薄，他比那位英國貴族，更像那種毫無用處的高等紳士，而且像得多。確實，帕茜對於嫁一個政治家，不會特別感到興趣。不過，如果一個政治家看中了她，那麼這是他的事，

第四十一章 523

她是可以扮演一個年輕美貌的上議院議員夫人的。

讀者也許覺得奇怪,怎麼伊莎貝爾一下子變得不講原則了,因為她最後還是對自己說,這個困難也許是可以解決的。由可憐的羅齊爾來體現的障礙,是不可能很危險的,搬開這類不太大的絆腳石,總是可以找到各種方法。但伊莎貝爾充分意識到,她還沒有測出帕茜的頑強程度,這可能證明是不容易對付的。不過她願意相信,她不會太頑強,只要好言相勸,她就會屈服,因為在她身上,服從的機能比反抗的機能發達得多。她有攀附能力,是的,她會緊緊黏在別人身上,但是她依附在誰的身上,這問題對她說來意義不大。她可以依附在羅齊爾先生身上,也可以依附在沃伯頓勳爵身上,何況她看來還是喜歡他的。

她向伊莎貝爾毫無保留地表示過這種情緒,她說,她覺得他的談話非常有趣——他給她講的都是印度的故事。他在帕茜面前總是和藹可親,平易近人,這是伊莎貝爾親眼看到的。她還發覺,他對她講話一點不擺大人架子,總是提醒自己,她還年輕,還很單純,因此彷彿他講的一切,她都能充分理解,跟理解流行的歌劇一樣——那是只要注意聽音樂和男中音歌唱就夠了。只是他盡量使自己表現得很親切,就像過去他在花園山莊對另一個心跳不止的小妮子講話那樣。一個女孩子面對這種態度,是很容易感動很單純,實際還是有理解能力的,她歡迎沃伯頓勳爵跟她談天,不是談舞伴和花束,而是談意大利的現狀,農民的處境,著名的磨粉稅——糙皮病,他對羅馬社會的印象。她一邊繡掛毯,一邊用甜蜜的目光注視著他。在她低下頭去的時候,她也不時悄悄地斜過眼來,打量他的身材、他的手、他的腳、他的衣服,彷彿她在考慮著他。伊莎貝爾可以對自己說,哪怕他的外表也比羅齊爾先生的強。但伊莎貝爾目前

一位女士的畫像
The Portrait of a Lady

只想到這裡,她覺得詫異,不知這位先生如今在哪裡,他已經好久不到羅卡內拉宮來了。正如我所說,幫助丈夫使他如願以償,這個思想竟會這麼牢牢地支配著她,這是很奇怪的。

它顯得奇怪是有各種原因的,我現在就要接觸到它們了。在我談到的那個晚上,沃伯頓勳爵坐在那兒的時候,她已打算採取那個偉大的步驟,離開這屋子,讓她的兩個朋友單獨在一起。我說這是偉大的步驟,因為根據吉伯特・奧斯蒙德的看法,應該是這樣,而伊莎貝爾則力圖用她丈夫的觀點來看待一切。她在一定程度上做到了這一點,但沒有達到我剛才說的那個程度。她畢竟沒有站起來,似乎有什麼牽制著她,使她站不起來。這倒不是她覺得這是卑鄙的、狡詐的,因為一般說來,女人對這樣的行動是完全不會受到良心責備的,而伊莎貝爾具有女性的共同特點,從本能上說,也許還超過了其他人。起作用的是一種不明確的疑慮——一種說不清楚的感覺。這樣,她仍留在客廳裡,過了一會兒,沃伯頓勳爵去參加他的社交活動了,他答應明天把它的情形詳細講給帕茜聽。他走後,伊莎貝爾問自己,她有沒有造成什麼障礙,也許她離開一刻鐘,那件事就可能發生了。但她接著又說道——這一切當然都是在心裡進行的——如果沃伯頓勳爵希望她走開,他很容易找到一個藉口來讓她知道這點。他走以後,帕茜一句話也沒提到他,伊莎貝爾也故意什麼都不說,她已經下定決心,在他公開表示以前,始終保持沉默。在這件事上,他似乎拖得久了一些,跟他向伊莎貝爾表白他的感情的方式不大一樣。帕茜去睡了,伊莎貝爾不得不承認,她現在猜不透帕茜心裡在動什麼腦筋。她這位透明的年輕朋友,一時間變得不大透明了。

---

1 十九世紀在義大利實行的一種稅收,曾多次引起政治風波,被迫廢除,但至七十年代仍由議會通過法令予以實行。

第四十一章　525

伊莎貝爾單獨留在那裡，望著爐火，直到過了半個鐘頭，她的丈夫進來了。他一聲不吭，在屋裡踱了一會兒，然後坐下去，像她一樣望著爐火。但現在，伊莎貝爾已把眼睛從壁爐裡閃爍不定的火焰上移到了奧斯蒙德的臉上。她端詳著他，他則一言不發地坐著。暗中觀察已經成為她的習慣，它是一種本能造成的，而這種本能，可以毫不誇張地說，是與自衛的本能聯繫在一起的。她希望盡可能地了解他的思想，預先知道他要說的話，這樣她可以準備她的回答。事先準備回答，這不是她過去所擅長的，在這方面，她倒是往往事後想起一些機智的話，當時卻忘了講。但是她學得謹慎了——這一部分就是從她丈夫的臉上學來的。在佛羅倫斯的別墅的平臺上，她看到的同樣是這張臉，用的也是同樣認真的眼睛，但是她只看到了它的表面，現在她卻看得深入一些了。奧斯蒙德已比結婚以前強壯了一些，然而他的神態還是那麼自命不凡。

「沃伯頓勳爵來過了？」他過了一會兒問。

「是的，坐了半個小時。」

「他看到帕茜啦？」

「是的，他跟她一起坐在沙發上。」

「他跟她講話多嗎？」

「他幾乎全都在跟她講話。」

「我看他對她很關心。我說是不是這樣？」伊莎貝爾說，「我一直在等你表示態度。」

「我什麼也沒想過，」奧斯蒙德過了一會兒回答道，「這種思想方法跟妳平常的不一樣。」

「我決定這一次盡量按照你的好惡辦事。這是我以前常常忽略了的。」

奧斯蒙德慢慢扭過頭來，望著她，「妳是不是想跟我吵嘴？」

「沒有，我盡量想跟你和好相處。」

「這是再容易不過的，知道，我自己不會跟人吵嘴。」

「你想使我發怒的時候，你認為這是什麼？」伊莎貝爾問。

「我並不想使妳發怒。如果以前有過，那也是世界上最自然的事。再說，我現在一點也沒有這種意思。」

伊莎貝爾笑了，「這沒關係。我已經決定，今後不再發怒了。」

「這是一項很出色的決定。妳的脾氣並不好。」

「是的，並不好。」她把剛才讀的一本書推開，隨手拿起了帕茜丟在桌上的一條掛毯。

「我沒有跟妳談我女兒這件事，」奧斯蒙德說，他談到帕茜經常用這樣的稱呼，

「我怕遭到妳的反對，因為妳對這事也會有妳的看法。我把小羅齊爾攆走了。」

「你怕我給羅齊爾先生說情嗎？你沒發覺，我從沒向你提到過他？」

「我從沒給妳機會。近來我們很少談話。我知道，他是妳的一個老朋友。」

「不錯，他是我的一個老朋友。」伊莎貝爾對他，就像對手裡的掛毯一樣，毫不關心，但他是一個老朋友，那是事實，而且她不想在丈夫面前掩飾這種關係。他對這種關係總是採取鄙視的態度，這使她更加需要忠於它們，哪怕它們實際毫不足道，就像她跟羅齊爾的關係那樣。她有時候會對它們產生一種溫柔而眷戀的感覺，無非因為它們是屬於她婚前的生活的。

第四十一章　527

「但是在帕茜這件事上,我沒有支持過他。」她接著補充道。

「那還算幸運。」奧斯蒙德說。

「我想,你是說對我還算幸運。對他,這是無所謂的。」

「現在不必再談他了,」奧斯蒙德說,「我對妳說過,我已把他撐出去了。」

「是的,不過一個情人在外邊,也還是一個情人。有時甚至更不好辦。羅齊爾先生仍抱著希望。」

「讓他去希望吧,我並不反對!我的女兒只要安心坐著,就可以成為沃伯頓勳爵夫人。」

「你對這事很滿意吧?」伊莎貝爾問,口氣很簡單,幾乎不帶一點感情色彩。她決定不表示任何態度,因為奧斯蒙德往往出其不意,把她表示的態度拿來反對她。她意識到他念念不忘要使他的女兒成為沃伯頓勳爵夫人,這是她近來一直在思索的問題。但她只是把它放在心裡,在奧斯蒙德公開說出口之前,她什麼也不想表示。她還不能完全相信,他準備不惜一切爭取沃伯頓勳爵,奧斯蒙德家的人是不大肯花這種力氣的。吉伯特經常吹噓,在他眼裡,一切都沒什麼了不起,哪怕世界上最顯赫的人,他也得跟他平起平坐,他的女兒即使想嫁一個王子,也唾手可得。因此,如果他公然說,他想得到的只是沃伯頓勳爵,要是讓他跑掉,就不容易找到第二個這樣的人選,那麼,這未免跟他日常的言論有些脫節,何況他一向表示,他從來是言行一致的。如果他的妻子願意給他當橋梁,幫他跨過這難關,他一定會大喜過望。但相當奇怪的是,儘管一小時以前,伊莎貝爾還在想方設法,要取得他的歡心,現在當她跟他面對面的時候,她卻不想遷就他,給他當這種橋梁。她還完全明白,她的問題會在他心頭產生什麼後果,對面的時候,她卻不想遷就他,給他當這種橋梁。她還完全明白,她的問題會在他心頭產生什麼後果,那就是一種使他感到屈辱的作用。但沒有關係,他是非常善於羞辱她的,而且他還善於等待有利的時機,但在一些無關緊要的小事上,他有時會不予計較,輕輕放過,顯得不可理解似的。伊莎貝爾也許只

能利用這種無關緊要的小事，因為她在一些關鍵問題上撈不到機會。

不過這一次奧斯蒙德卻沒有弄虛作假：「我非常滿意，這會是一門了不起的親事。何況沃伯頓勳爵還有另一個好處，他是妳的老朋友。跟我們攀親戚，他應該會感到愉快。真奇怪，追求帕茜的人都是妳的老朋友。」

「這是很自然的，他們要來看我，來了以後，就會遇到帕茜。看到了她，他們會愛上她，這也是很自然的。」

「我也這麼想。不過妳沒有義務非這麼辦不可。」

「要是她能嫁給沃伯頓勳爵，我也很高興，」伊莎貝爾繼續說，態度很坦率，「他是一個非常好的人。不過你說，她只要安心坐著。也許她不會安心坐著，如果她失去了羅齊爾先生，她可能會跳起來！」

奧斯蒙德似乎並不把這當一回事。他坐在那兒，注視著爐火。

「帕茜不會不願意當一位貴族夫人，」他隨即說，口氣是比較溫柔的。

「何況她一向希望獲得別人的好感。」他又說道。

「也許是獲得羅齊爾先生的好感。」

「不，獲得我的好感。」

「我想，對我也有一點兒。」伊莎貝爾說。

「是的，她對你很崇拜。不過她聽我的話。」

「如果你有這把握，那很好。」她繼續道。

第四十一章　　　　　　　　　　　　　　　　529

「不過，」奧斯蒙德說，「我們那位高貴的客人得先開口才好。」

「他對我說過了。他有一次告訴我，如果他相信她喜歡他的話，他會感到非常愉快。」

奧斯蒙德很快轉過頭來，但起先沒說什麼，過了一會兒，才嚴厲地問道：「妳為什麼不告訴我？」

「我沒有機會講。你知道我們是怎麼生活的。我這是第一次得到機會說這話。」

「妳有沒有跟他談到羅齊爾？」

「談到一點兒。」

「那是不太必要的。」

「我想最好讓他知道，這樣……這樣……。」伊莎貝爾沒說下去。

「怎麼樣？」

「妳的意思是他可以退出去？」

「不，他應該趁早快些進行。」

「現在得到的效果看來不是這樣。」

「他可以採取相應的行動。」

「你應該有些耐心，」伊莎貝爾說，「你知道，英國人是怕羞的。」

「這位可不然。他向妳求婚時不是這樣。」

「請你原諒，他是非常怕羞的。」她說。

他暫時沒回答什麼，只是拿起一本書隨便翻著。伊莎貝爾一言不發，坐在那兒端詳帕茜的掛毯。

「妳對他有很大的影響，」奧斯蒙德終於說道，「這件事只要妳真心想辦，妳是能使他提出來的。」

這話使伊莎貝爾聽了更不愉快，但她覺得，她的丈夫這麼說也是很自然的，況且這話歸根結柢跟她對自己說的並無多大不同。

「為什麼我對他有影響？」她問，「我為他幹過什麼，他才非得聽我的不可？」

「妳拒絕過他的求婚。」奧斯蒙德說，眼睛仍看著書本。

「我並不認為這件事有多大意義。」伊莎貝爾回答。

他隨即把書扔下，站了起來，倒背著兩手，立在爐火前面。

「好吧，」他說，「我認為這件事全在妳的手裡。我把它交給妳了。只要妳有一點誠意，妳是可以辦成功的。妳自己考慮吧，不要忘記，我把希望寄託在妳身上。」他等了一會兒，讓她有時間回答他的話，但她什麼也沒說，於是他立即走出了客廳。

第四十一章

第四十二章

她沒有回答什麼,因為他的話讓她看清了自己的處境,它吸引了她的注意力。這些話包含的意義,使她的心一下子怦怦跳動起來,失去了說話的勇氣。奧斯蒙德走後,她靠在椅背上,閉上眼睛,呆呆地坐在靜悄悄的客廳裡,直到午夜,直到午夜過去之後,她仍沉浸在思索中。一個僕人進來給爐子添了火,她吩咐他拿幾支蠟燭來,然後去睡好了。奧斯蒙德要她考慮他說的話,她確實這麼做了,還想到了許多別的事。她對沃伯頓勳爵有特殊的影響力,這句話出自別人口裡,使她感到心驚膽戰,但又不得不承認這是事實。難道他們中間真的還存在著什麼,可以作為槓桿,推動他向帕茜提出求婚嗎?這在他來說,是那種希冀得到她的好感的情緒,那種想做點什麼來贏得她的歡心的願望嗎?在這以前,伊莎貝爾沒有向自己提出過這個問題,因為她不覺得有這必要,但現在它直接提到她面前來了,她看到了答案,這答案使她嚇了一跳。是的,存在著什麼——在沃伯頓勳爵身上存在著什麼。當初來到羅馬的時候,她相信,他們之間的紐帶完全斷了,但她逐漸意識到,它還存在著,還可以感覺得到。它已經像頭髮那麼細,但有時候她仍能聽到它在顫動。從她來說,她什麼也沒有變,她過去怎麼看沃伯頓勳爵,今天還是怎麼看,那種情緒是不需要變的,相反,她認為它甚至比以前更為美好。但是他呢?他是不是仍保留著那個思想,認為她對他可以比其他女人具有更多的意義呢?他們一度經歷過一些親密的時刻,他是不是還想從這種往事中得到什麼呢?伊莎貝爾知道,她發現過這種心情的一些跡象。但是

他的希望，他的要求是什麼呢？他對可憐的帕茜的好感顯然是十分真誠的，那麼這好感是以什麼方式與它們奇怪地結合在一起的呢？難道他還在愛著吉伯特·奧斯蒙德的妻子，如果這樣，他指望從中得到什麼慰藉呢？如果他愛上了帕茜，他就不應該愛她的繼母；如果他愛著她的繼母，他就不應該愛帕茜。運用她所掌握的有利條件，促使他向帕茜求婚，儘管她知道，他是為她，而不是為那個女孩子這麼做——這不就是她的丈夫要求她做的事嗎？不管怎樣，從她發現她的老朋友對她還藕斷絲連、情意綿綿的那一刻起，她覺得她所面臨的任務就是這樣。這不是一件愉快的工作，事實上是令人厭惡的。她愁眉不展地問自己，沃伯頓勳爵是不是為了尋求另一種的所謂機會，才假裝愛上帕茜的？不過她立即把這種巧妙的兩面作風，從他的行為中排除了，她寧可相信，他是完全真誠的。但如果他對帕茜的愛慕只是自欺欺人的錯覺，那麼這不見得比弄虛作假好一些。伊莎貝爾在這種種醜惡的可能性中間來回徘徊，終於迷失了方向，其中有一些，她驀然一見，不禁大驚失色。於是她衝出迷津，擦擦眼睛，說，她的想像力無疑沒有給她帶來益處，她丈夫的想像力對他更是如此。沃伯頓勳爵是心口如一、毫無私心的，她對他的意義也沒有超過她所希望的範圍。她應該相信這是事實，除非相反的情況能夠得到證明，而且這證明必須是實事求是的，不能由奧斯蒙德那厚顏無恥的嘴說了算。

然而今天晚上，這樣的決定沒有使她得到安寧，因為恐怖困擾著她的心靈，它們一有機會，立即從她的思想中跳了出來。為什麼它們突然變得這麼活躍，她不太清楚，除非這是由於她下午得到的那個奇怪的印象：她的丈夫和梅爾夫人有著她意料不到的更直接的關係。這個印象不時回到她的眼前來，現在她甚至奇怪，她以前怎麼沒有發現這點。除此以外，半個小時以前，她跟奧斯蒙德的短暫談話是一個顯著的例子，證明他可以使他的手接觸到的一切變得萎謝，可以使他的眼睛看到的一切在她眼前失去光

第四十二章　　533

彩。向他提供忠誠的證明,這自然很好,但實際情況是:知道他希望的是什麼事,卻往往引起一種意圖要反對這件事。這就彷彿他生著一隻毒眼——彷彿他的出現就會帶來死亡,他的好感只會產生不幸。這過錯是在他本身,還是只在於她對他懷有深刻的不信任?這不信任很清楚,是他們短短的婚後生活的結果。深淵已在他們之間形成,他們在它的兩邊互相觀望,雙方的眼神都表明他們認為自己受了騙。這是一種奇怪的對峙,是她做夢也沒想到過的,在這種對峙中,一方所重視的原則總成為另一方所鄙視的東西。這不是她的過錯,她沒有玩弄過欺騙手段,她對他只有欽佩和信任。她憑著最純潔的信賴,總是在一切方面跨出第一步,但後來她突然發現,婚後生活的無限遠景,實際只是一條又黑又小的胡同,而且是一條沒有出路的死胡同。它不是通向幸福的高處,使人看到世界在自己腳下,他可以懷著興奮和勝利的心情俯視著它,給予它裁判、選擇和憐憫。它倒是通向下面,通向受束縛、受壓抑的領域,在那裡,別人的生活,那更安樂、更自由的生活的聲音,卻從上面傳來,這是一種容易指出,但不容易解釋的失敗的感覺。正是她對她丈夫的深刻的不信任,使世界變成了一片漆黑。這是一種促使她思索、反省、對每一種壓力做出反應的感受。然而,她認為她可以把失敗的意識深深藏在心底,除了奧斯蒙德,誰也不會猜到。是的,他是知道的,不僅知道,有時還感到得意。它是逐漸形成的,儘管他們的婚後生活開頭是美好的,但到第一年結束的時候,她就發現了它,這使她吃了一驚。黑影起先是淡薄的、稀疏的,她還能看到自己的道路。但是它在不斷變濃,如果有時它會偶然顯得稀薄一些,那麼在她展望中的某些角落卻終於變

緒,它的性質那麼複雜,以致需要經歷很長的時間,忍受更多的痛苦,才能真正得到解脫。對於伊莎貝爾,痛苦是一種積極的因素,它引起的不是沮喪、不是麻木、不是絕望,它是一種促使她思索、反省、對每一種壓力做出反應的感受。然而,她認為她可以把失敗的意識深深藏在心底,除了奧斯蒙德,誰也不會猜到。是的,他是知道的,不僅知道,有時還感到得意。它是逐漸形成的,儘管他們的婚後生活開頭是美好的,但到第一年結束的時候,她就發現了它,這使她吃了一驚。黑影起先是淡薄的、稀疏的,她還能看到自己的道路。但是它在不斷變濃,如果有時它會偶然顯得稀薄一些,那麼在她展望中的某些角落卻終於變

一位女士的畫像
The Portrait of a Lady

成了漆黑一片。這些陰影不是她自己心靈的產物，這是她丈夫本身的一部分，這是她完全清楚的，她曾經盡量公正，盡量不偏不倚，唯求了解真實情況。它們是她自己分泌和產生出來的，它們不是他的罪行、他的劣跡，她對他沒有什麼可以指責的，除了一件事，然而那卻不是罪惡。她說不出他幹過什麼壞事，他並不粗暴，他也並不殘酷，她只是相信他恨她。這是她唯一可以指責他的，而它之所以可悲，正在於它不是一種罪惡，因為對於罪惡，她是可以找到補救辦法的。這是她心目中想像的那個人。起先他以為他可以改變她，她也盡量滿足他的要求。但是她畢竟是她自己，這是不以她的意志為轉移的。現在已經沒法掩飾，沒法戴上假面具，扮演別的角色了，因為他了解她，他已經死了這條心。她並不怕他，她也並不擔心他會傷害她，因為他對她的敵意不屬於那種性質。只要可能，他絕不給她任何藉口，絕不讓自己有什麼失著。這是因為當時他盡量表現光明、展望未來的時候，卻看到自己的處境很不利。她會給他許多口實，她常常陷入錯誤。有時候，她幾乎有些可憐他，因為雖然她沒有存心欺騙他，但她完全明白，她事實上必然已經這麼做了。她見面，他就掩飾著自己，她使自己顯得很渺小，裝得比實際的她更不足道。這是她迷人的光輝之下。他沒有變，在他追求她的那一年中，他的偽裝絲毫也不比她的大。但那時她只看到了他的個性的一半，正如人們只看到了沒有給地球的陰影遮沒的那部分月亮。現在她看到了整個月亮——看到了他的全貌。可以說，她始終保持著靜止，讓他可以有充分的活動餘地，儘管這樣，她還是錯把部分當做了全體。

1 西方流行的一種迷信，認為有些人生有「毒眼」，凡其視線接觸到的一切，都會死亡。

第四十二章　　535

啊，她曾經那麼陶醉在他的魅力下！它還沒有消失，還存在著，她還知道得很清楚，使奧斯蒙德顯得可愛的是什麼——只要他願意，他可以做到這點。在他向她求愛的時候，他成功是因為他是真誠的，他是願意這樣的，而且由於她樂意陶醉在這種魅力下，因此毫不奇怪，他獲得了成功。他成功是因為她知道的最富於想像力的女人。她對他有一個美妙的幻象，那是她在迷戀他的時候形成的，啊，那些充滿著幻想的時刻！——但那不是真正的他。某些特點的綜合打動了她，她在那裡看到了一幅最動人的圖畫：他貧窮、孤獨，然而又顯得那麼高貴——這一切引起了她的興趣，似乎給她提供了一種機會。正是在這一切中，她看到了他出力的機會。她要幫他把船推進海裡，她將改善他的命運，她覺得愛他是一件美好的事。現在她發現，要是她沒有錢，她就不可能那麼做。於是她的思想岔到了已故的杜歇先生那兒，他如今已躺在墳墓裡，他是她的大恩人，可是卻成了無限憂傷的製造者！這是難以相信的，然而這也是事實。她的錢實際上成了負擔，壓在她的心頭，她希望找到另一顆心，另一個更願意接受它的容器來承擔它的重量。那麼，為了減輕良心的壓力，把它交給具有世界上最高尚的情操的人，不是最有效的
妙的幻象，那是她在迷戀他的時候形成的，啊，那些充滿著幻想的時刻！——但那不是真正的他。某些可名狀的美。同時她也看到，他一無所能，無所作為，但這種感覺卻以溫情脈脈的形態出現，彷彿都包含著一種不是與尊敬一脈相承的。他像一個狐疑不定的航海家，漫步在沙灘上等待漲潮，他望著海洋，可是沒有出海去。正是在這一切中，她看到了他出力的機會。她要幫他把船推進海裡，她將改善他的命運，她覺得愛他是一件美好的事。於是她愛上了他，她急不可待地、熱情洋溢地獻出了自己——主要是為了她在身上看到的一切，但同樣也是為了她所賦予他的一切，為了她能給予他的一切。當她回顧這豐富的幾個星期的熱戀時，她在這中間看到了一種母性的因素——一個女人在覺得自己有所貢獻，呈上自己的一切時的幸福感。

嗎？除非把它捐給一家醫院，她不能找到比這更好的處理辦法。然而沒有一個慈善機構像吉伯特·奧斯蒙德那樣，使她感到興趣。他會把她的錢用在她認為比較合理的方面，使這筆意外之財的僥倖性質不至顯得那麼刺目。繼承七萬英鎊遺產這件事本身，並不包含什麼美好的性質，美好的只是杜歇先生把它贈送給她的這個行動。那麼，嫁給吉伯特·奧斯蒙德，把這部分財產帶給他，這也將成為她的一個美好的行動。就他而言，這不太美好，但那是他的事，如果他愛她，他就不應反對她是一個有錢的人。難道他沒有勇敢地承認，她的富有使他感到高興嗎？

但是，當她問自己，她的結婚是否真的出於一種虛假的理論，是為了使她的錢得到合理的使用時，她的臉有些發燒了。不過，她趕快回答道，這只是事情的一半。她結婚是因為當時有一種感情支配了她，她對他的愛情的真誠深信不疑，對他的個人品質感到滿意。在她眼裡，他比任何人都好。這個至高無上的信念，幾個月中充斥在她的心頭，至今還沒有完全消失，還可以向她證明，她當時不可能不這麼做。她所知道的這個最美好的——也就是最精巧的——男性有機體，成了她的財富，她只要一伸手，就能接觸到它，這個認識便構成了一種獻身的行動。關於他的頭腦的美妙，她的認識並沒有錯，她現在對這器官已有充分的了解。她曾經跟它生活在一起，幾乎可以說，生活在它中間，彷彿它成了她的寓所。如果說她是被俘虜了，那麼這是它用它那堅強的手把她逮住的。這樣的回顧也許不是毫無意義的。她沒有遇到過更機靈、更敏銳、更有修養、更善於思考的頭腦，她現在所要對付的，也正是這個高度發達的器官。她想起他的矇騙的深廣，便陷入了無限的憂鬱。從這一點來看，他沒有比現在更加恨她，也許倒是奇怪的。她記得很清楚，他在這方面發出的第一個信號——它打響了鈴，給他們真實生活的戲劇拉開了幕。一天他對她說，她的想法太多了，她必須拋棄它們。在他們結婚以前，他已經對她說過這話，只

第四十二章

是那時她沒有重視，直到以後她才又回想起來。但這一次她不能不理會了，因為他是認真講的。從表面上看，這些話算不得什麼。但是隨著她在這方面經驗的加深，她看到了這是一種不祥的預兆。他這話是認真講的，他的意思是要她丟掉她所有的一切，只剩下美麗的外表，她曾經是虛偽的，因為她太愛他了。他的想像，比他向她求婚以前，她向他流露過的更多得多。是的，她知道她的想法很多，多得超過了她把許多想法藏在心裡，可是一個人結婚正是為了跟另一個人分享這些想法。一個人可以把它們壓在心裡，小心不講出來，但不能把它們連根剷除。不過問題還不在於他反對她那些意見，那是算不得什麼的。她沒有自己的意見──她的任何意見，她都心甘情願可以犧牲，只要她感到這是他愛她所必要的。但他要求的是全部──她的整個性格、她的感覺方式、她的判斷方式。這正是她不願放棄的，也是他直到它們面對面的時候才發現的。天知道，至少從現在看來，那是多麼微不足道。她對生活有她自己的看法，也是他直認為這是對他個人的冒犯。她對生活有她自己的看法，而他認為這是對他個人的冒犯。天知道，至少這時門已經關上，沒有退路了。她對生活有她自己的看法，多麼平易近人的看法！奇怪的是，她從來沒有想到，他的看法會這麼不同。她一直認為，那一定是非常開通，非常明朗，完全符合一個正直的人、高尚的人的身分的。他不是一再對她說，他沒有迷信，沒有愚蠢的偏見，沒有落後過時的舊觀念嗎？他不是擺出一副樣子，彷彿生活在廣闊的天地中，無意於瑣屑的俗務，只關心真理和知識，相信兩個有文化的人應該一起從事這方面的探索，而且不論有無收穫，至少這探索本身就是一種樂趣嗎？當然，他也對她說過，他愛好公認的準則，但他的意思似乎表示這只是一種高尚的自白，那就是他愛好和諧、秩序、禮儀和生活中一切崇高的職責，從這個意義上說，她還是可以跟他和睦相處的，他的警告並不包含任何不祥的徵兆。但是隨著歲月的過去，她跟著他越走越遠，他把她帶進了他居住的殿堂，於是、於是她才看清，她究竟來到了一個什麼所在。

538

一位女士的畫像
The Portrait of a Lady

她回想起這一切，她當時懷著怎樣驚疑不定的心情打量自己的住處。從此她便在這四堵牆壁裡消磨歲月，它們要在她今後的一生中把她包圍起來。這是一幢黑暗的房子，沒有聲音的房子，使人透不出氣來的房子。奧斯蒙德那美好的頭腦不能給它帶來光和空氣，事實上，這美好的頭腦似乎從又高又小的窗口在向她窺視，對她發出嘲笑。當然，這不是肉體上的痛苦，肉體上的痛苦還可以找到醫治的辦法。她可以隨意來去，她有她的自由，她的丈夫是彬彬有禮的。他的態度那麼嚴肅，甚至有些使人望而生畏。但在他的文化修養、他的聰明能幹、他的優雅風度、他的老成練達、他的生活閱歷下，卻隱藏著他的自私自利，就像在遍地鮮花中隱藏著一條毒蛇。她也曾認真地對待他，但她從沒這麼認真過。她怎麼能夠呢？——尤其是當她對他的印象還較好的時候。她願意像他看他自己一樣看他——把他當作歐洲第一名男子。這正是她開頭對他的看法，事實上，這也是她嫁給他的原因。但是當她看到這件事所包含的意義時，她退縮了。這婚姻對她的要求超過了她打算給予的。它要求，對世上的一切事物，除了他所羨慕的三、四個地位極高的人以外，對每個人都採取極端傲慢的態度；它要求，對這個卑鄙醜惡的世界的無限庸俗，對這個人潔身自好的崇高精神，獲得了深刻印象。但是這個卑鄙醜惡的世界，原來歸根結柢便是這個人嚮往的目標，他的眼睛永遠朝著它，而不是為了使它進步，或者改造它、或者拯救它。以外，沒有任何想法。但那也可以，她甚至願意跟他走上這條路，因為他向她指出過，生活中充滿著卑鄙和醜惡，他讓她睜開眼睛，看到了人類的愚蠢、腐敗和無知，因此理所當然，她對外在世界的無限庸俗，對這個人潔身自好的崇高精神，獲得了深刻印象。但是這個卑鄙醜惡的世界，原來歸根結柢是希圖它承認他的高貴地位。一方面，它是卑鄙的；另一方面，它卻給他的行動提供了一種規範。奧斯蒙德曾對伊莎貝爾大談他的自我克制，他的超然物外，他對一切名利地位的無動於衷，視同等閒，這一切都在她眼中提高了他的身價。她認為這是一種可敬的清高思想，是不願同流合汙的獨立精神。實際上，他從

第四十二章　　539

來不是一個不計名利地位的人，她從沒看到一個人，像他這樣念念不忘於別人的成就。在她看來，世界始終包含著樂趣，對人生的探索始終為她所喜愛，然而她還是願意為了個人的私生活，放棄她的一切探索精神和是非觀念，只要跟她有關的這個人能夠使她相信這是值得的！至少這是她目前的信念，比起像奧斯蒙德那樣對社會耿耿於懷來，這當然還是比較容易做到的。

他不能生活在這個社會之外，她看到，他從沒真正這麼做過。哪怕他表面上裝得遠離塵囂，其實他始終站在視窗，把眼睛盯住了它。他有他的理想，正如她也試圖有她的理想一樣，奇怪的只是人們會從這麼不同的角度來看待它。他的理想是飛黃騰達，闊綽體面，過貴族式的生活。她現在看到，奧斯蒙德認為，他一生過的都是這種生活。他從未一刻背離過這個軌道，如果他這麼做了，他會永遠認為這是他的恥辱。不過那還是沒什麼，在這一點上她也願意追隨他，問題是同樣的用語在他們那裡，卻有完全不同的聯想和要求。她心目中的貴族生活只是廣博的知識和充分的自由相結合，知識將給人帶來責任感，自由則使人感到心情舒暢。但在奧斯蒙德看來，這種生活只包含一些形式，一種有意識的、深思熟慮的態度。他愛好舊的、神聖的、傳統的一切，她也是這樣，只是她認為，人生最重要的就是取得這種傳統，如果一個人不幸而沒有取得它，必須馬上取得它。他知道，他的意思是她缺乏這種傳統，這是毫無疑問的，不久她就開始看得出他對她說，人生最重要的就是取得這種幸運，但她怎麼也不明白，他是從哪裡獲得他的傳統的。他擁有大量的傳統觀念，這是毫無疑問的，伊莎貝爾有個模糊的信念，認為傳統觀念不僅要為它們的所有者，也要為別人服務，因此它們必須是超越一切的。但重要的是按照這些觀念來行動，這不僅對他，對她也是重要的。她就開始看到了。可以按照自己的意願對待它們；他卻把傳統看得至高無上。有一次他對她說，伊莎貝爾有個模糊的願意承認，她也應該隨著她丈夫那種高貴的樂曲行進，這是他從他過去那個隱祕的時期繼承下來的，儘管

540

一位女士的畫像
The Portrait of a Lady

她一向是一個行動自由、隨心所欲、不受約束、反對按部就班照習俗行事的人。現在有一些事是他們必須做的，有一些姿態是他們必須表示的，有一些人是他們必須來往或者不來往的。伊莎貝爾看到，這個嚴峻的體系正在向她圍攏過來，儘管它顯得花團錦簇，五彩繽紛，我講到過的那種黑暗和窒息的感覺還是籠罩著她的心靈，她覺得自己彷彿給關在充滿黴爛和腐臭氣味的屋子裡。當然她掙扎過，開頭還是以幽默詼諧的、諷刺的、溫和的方式進行反抗，然而當情況越來越嚴重的時候，她就變得嚴峻、焦急、激動，提出申辯了。她提出，人應該享有自由，應該按照自己的意願行動，不問他們的生活以什麼面目和名稱出現——這是跟他不同的一些本能和願望，一種判然不同的理想。

這時，她的丈夫站出來了，他屹立在她的面前，彷彿受到了從未有過的冒犯。她所說的一切只是遭到了他的嘲笑，她可以看到，他把她當作他的奇恥大辱。他對她怎麼想——認為她下賤、庸俗、可恥？現在他終於知道，她跟傳統毫無因緣！他從未料到，他會發現她這麼平凡，她的情緒只配做急進派報紙和神體一位論派[2]講道的材料。真正觸怒他的，正如她最後所看到的，是她有她自己的一套思想。她應該用他的頭腦來思想，她的思想應該從屬於他，就像一方小小的花圃應該從屬於一片巨大的獵園一樣。她應該用他的頭腦來思想，她的思想應該從屬於他，就像一方小小的花圃應該從屬於一片巨大的獵園一樣。她應該用他的頭腦來思想，她的思想應該從屬於他。他會來輕輕翻土、澆水；他會來除草，偶然採摘幾朵鮮花。它將成為已經擁有廣大土地的主人的一個精巧玲瓏的遊憩地。他並不希望她愚蠢，相反，正因為她聰明，他才喜歡她。但是他要求她的智慧完全為他的利益效勞，他不指望她的頭腦空洞無物，他倒是願意她具有豐富的接受能力。但他要求他的妻子與他感覺相同，志趣相同，完全接受他的意見、抱負、愛好。伊莎貝爾被迫承認，從一個多才多藝的人來

2　基督教中的一派，認為耶穌是人，強調他的仁愛性質，因此具有一定的民主主義精神，成為人民反對封建制度的武器。

說，從一個至少本來還算溫存體貼的丈夫來說，這種要求也是無可厚非的。但有些事，她無論如何不能同意。首先，它們是卑鄙齷齪的。她並非清教徒的女兒，儘管如此，她相信貞潔、甚至高尚這些觀念。然而奧斯蒙德卻不以為然，他的某些傳統觀念，使她退避三舍。難道所有的女人都有情夫？難道她們都要說謊，哪怕其中最好的也有自己的價格？難道只有三、四個女人不欺騙她們的丈夫？伊莎貝爾聽到這些話，覺得它們比市井小人的閒言閒語更加可恨——這是在汙濁的空氣中保持著清新氣息的一種憎恨。這些話帶有她的大姑子的臭味，難道她的丈夫跟格米尼伯爵夫人是一丘之貉嗎？這位夫人經常撒謊，她的欺騙還不僅限於口頭上。在奧斯蒙德的傳統觀念中有這些事實，已經夠了，其他就可以不必談了。她對他的自以為是表示的輕蔑，正是使他大為惱火的事。他一向以蔑視來對待一切，那麼他把它的一部分奉送給他的妻子，是理所當然的，但是她居然也把她的輕蔑的烈火投向他的觀念，這是他不能置之不問的危險。他本來以為，他能夠在她的情緒形成之前控制住它，但是現在，她可以想像得到，他會怎樣老羞成怒，因為他發現他過於自信了。當一個妻子使丈夫產生了這種情緒以後，那麼他對她除了憎恨，就不會有別的了。

現在她已完全相信，這種憎恨情緒起先雖然只是奧斯蒙德的避風港和休息室，現在終於成了他生活中的常規活動和安慰。這種情緒是深刻的，因為它發自內心，他看到了一種預兆：她終究會跟他鬧翻。如果對她說來，這思想使她不寒而慄，一開始甚至覺得這是一種不忠誠的表現，是墮落的徵兆，那麼這在他心頭引起的反應有多大，還用說嗎？

那非常簡單，他藐視她，她毫無傳統觀念，連神體一位派教士的道德水平也夠不上。可憐的伊莎貝爾，她還從沒懂得什麼叫神體一位派呢！可是這個信仰不知從什麼時候起，已成了她生命的一部分。接

542

一位女士的畫像
The Portrait of a Lady

著出現的將是什麼——他們的前途怎樣?這是經常縈繞在她頭腦中的問題。他要做什麼——她應該怎麼辦?當一個男人恨他的妻子的時候,他會幹出什麼來?她並不恨他,這是她知道的,因為她常常情不自禁地,要出其不意地讓她的丈夫高興一下。然而她也常常感到害怕,正如我已提到過的,她往往想到,她一開始就欺騙了他。無論如何,他們的結合是奇怪的,這是一種可怕的生活。在那天早晨以前,他幾乎已有一星期沒跟她講話,他的態度冷冰冰的,像沒有火的爐子。她明白,那是有具體原因的,他不喜歡拉爾夫·杜歇在羅馬待下去。他認為她跟她的表兄會面太多——一星期前他對她說過,她到旅館去看他是不合適的。他本來還想講下去,只是拉爾夫重病在身,使他不便指責她,以免顯得太粗魯,但是把那些話放在心裡,只能更加深他的仇恨。伊莎貝爾看出了這一切,就像從錶盤上看鐘點一樣清楚。她完全明白,她對表兄的關心激起了丈夫的憤怒,她相信,奧斯蒙德恨不得把她鎖在她的臥室裡。她問心無愧,因為雖然總的說來,她不想違抗他,但是她不能對拉爾夫漠不關心。她相信,他終於活不久了,今後她再也不能見到他,這使她產生了前所未有的戀戀不捨的心情。現在她已沒有什麼樂趣,這使她覺得,今天她跟他坐在一起的時候,她為自己一個自知已經葬送了一生的女人,還會有什麼樂趣呢?只有永恆的憂愁壓在她的心頭,使她看到一切都籠罩在陰暗中。但是拉爾夫的短暫訪問,像黑夜中升起了一盞燈,每逢她跟他坐在一起的時候,她從沒有過兄弟,但如果她有一個,她正處在煩惱中,他正在死去,她一定也會像愛護拉爾夫那樣愛護他。啊,是的,如果吉伯特感到的痛苦彷彿變成了為他而痛苦。今天她覺得,彷彿他是她的弟兄。而她正處在煩惱中,他正在死去,她一定也會像愛護拉爾夫那樣愛護他。啊,是的,如果吉伯特和拉爾夫在一起的半個小時,總會使吉伯特相形見絀。這不是因為他們談到她,那也許還有一些理由。跟拉爾夫在一起的半個小時,總會使吉伯特相形見絀。這不是因為他們談到了他,也不是因為她埋怨了他。他的名字從沒在他們的談話中出現過。原因僅僅在於拉爾夫心胸開闊,而她的丈夫卻不然。拉爾夫的談吐,他的笑容,甚至單單是他住在羅馬這一點,似乎都包含著一種東

第四十二章　　543

西，使她那個死氣沉沉的生活圈子一下子變得明朗了。他使她感到了世界的美好，感到了可能有的希望。歸根結柢，他像奧斯蒙德一樣聰明——且不說他為人更好。正因為這樣，她覺得向他隱瞞自己的憂傷，是對他的愛護。在佛羅倫斯花園中的那一幕，又在她眼前復活了——它還沒來得及死去——就在那天早上，他向她提了警告，要她提防奧斯蒙德。她煞費苦心地向他隱瞞著一切，在他們的談話中，她永遠拉上了幕布，打開了屏風。在她眼前展開了那個地方，聽到他的聲音，感到那溫暖甜蜜的空氣。他怎麼會知道的呢？多麼不可思議！多麼驚人的智慧！像吉伯特一樣聰明嗎？他聰明得多，才能做出這樣的判斷。現在她仍在提防發生這種情況。這使她有不少事要做，這涉及到感情、崇高的精神，還有良心問題。在女人那裡，良心有時起著奇特的作用。現在，伊莎貝爾在她的表兄面前扮演她的角色時，她相信，這是她對他的仁慈。如果他受騙，哪怕一分鐘也好，那麼這也許可以算是一種仁慈。因為這仁慈主要是要使他相信，他曾經大大傷了她的心，他應該為此感到害臊，但是由於她寬宏大量，他又病得這麼嚴重，因此她並不埋怨，甚至故意不在他面前炫耀自己的幸福。她不願他由於知道她不幸而感到痛苦，這是主要的。至於他知道了真相，會感到自己沒有做錯，這件事並不重要。

這種異乎尋常的思考方式，在心裡笑了笑，但是他寬恕她，因為她也寬恕了他。她不覺得冷，她渾身在發燒。她聽到鐘聲早已過了午夜、一點、兩點、三點。三點過了，但是她絲毫也不想睡。無數的幻象向她眼前湧來，她心亂如麻，不能安靜。不論她走到哪裡，這些幻象照樣會找到她，哪怕她靠在枕上，它們還是會來作弄她，不讓她休息。我說過，她相信她不想違抗他，最好的證明就是：她在客廳裡一直逗留到了半夜，

544

一位女士的畫像
The Portrait of a Lady

力圖說服自己，為什麼不能像往郵筒裡丟一封信那樣，把帕茜嫁出去，反對這麼做是毫無理由的。鐘打了四下，她站起來了，她終於不得不上床去了，因為燈早已熄滅，蠟燭已經燒到了燭臺上。但是哪怕這時，她仍在屋子中央停了一下，凝視著重又來到她眼前的幻象：她的丈夫和梅爾夫人沒有意識到她的存在，親暱地待在一起。

第四十二章

第四十三章

過了三天,她帶帕茜去參加一個盛大的舞會。奧斯蒙德是從來不跳舞的,他沒有陪她們去。帕茜照舊愛好跳舞,她缺乏推理的氣質,不會把愛情上的禁令推廣到其他的歡樂上去。但伊莎貝爾覺得不像是這麼回事,另一種可能性倒大得多,這就是她簡單地決定做一個聽話的姑娘。她從沒得到過這樣的機會,她仍像往常一樣小心翼翼,毫不懈怠地注意著她那輕盈美麗的裙子。她緊緊捧著一束花,點了二十來次花的數目。她使伊莎貝爾感到自己老了,似乎她在舞會上婆娑起舞已經是很久以前的事。帕茜受到了普遍的讚美,她從不缺乏舞伴。她們到達以後不久,她就把花束交給了伊莎貝爾,因為後者沒有跳舞。但是她接到花束才幾分鐘,便發現愛德華・羅齊爾來到了她面前。他已失去了他那和藹可親的微笑,臉色變得幾乎像軍人一樣堅決。他身上有的始終是紫丁香的氣息,不是火藥味。他瞅了她一眼,神色那麼嚴厲,彷彿在責備她,他很危險,然後他垂下眼皮,看她手中的那束花。把它端詳了一會兒以後,他的目光變得柔和了,於是他迅速地親切地笑了,說道:「這都是紫羅蘭,這一定是她的!」伊莎貝爾親切地笑了,「是的,這是她的,她要我給她拿著。」

「可以讓我拿一會兒嗎,奧斯蒙德夫人?」可憐的年輕人問。

「不成,我不信任你,你不會還給她。」

「也許是這樣,我會帶著它馬上離開這兒。但至少可以給我一朵花吧。」

伊莎貝爾躊躇了一下,然後依舊笑笑著,把花束伸給他,「你自己挑一朵吧。我為你這麼做,實在是不應該的。」

「咳,奧斯蒙德夫人,妳不過為我做這麼一點事罷了!」羅齊爾喊道,舉起單眼鏡,仔細地選擇他的花。

「不要把它插在你的鈕扣洞上,」她說,「千萬不要!」

「我倒是希望她看到。她拒絕跟我跳舞,但是我得讓她知道,我依舊信任她。」

「你要讓她知道也可以,但不必當著別人的面這麼做。她的父親叮囑過她,不要跟你跳舞。」

「這就是妳能為我做的一切嗎?我可對妳抱著更大的希望呢,奧斯蒙德夫人,」年輕人說,口氣帶有一些恭維的性質,「妳知道,我們認識那麼久了——可以說在天真的童年時代就認識了。」

「別把我說得那麼老啦,」伊莎貝爾耐心地回答,「你常常提到這事,我也從沒否認過。不過我必須告訴你,儘管我們是老朋友,如果當初承蒙你向我求婚的話,我一定敬謝不敏。」

「哦,那麼妳是瞧不起我。妳不如乾脆說,我只是巴黎的一個二流子!」

「我根本沒有瞧不起你,我只是不喜歡你。當然,我這話的意思是,我並不因為帕茜的緣故便喜歡你。」

「妳講得很好,我明白了,妳只是可憐我,如此而已。」於是愛德華‧羅齊爾舉起單眼鏡,漫無目的地向周圍打量著。他沒有想到,人們會這麼高興,但是他的自尊心使他不願在這狂歡的人群面前,流

第四十三章

露出羨慕的神色。

伊莎貝爾暫時沒有再說什麼。他的舉止神態沒有那種可歌可泣的悲劇的莊嚴色彩，別的不說，他那小小的單眼鏡就使人覺得可笑。但是她突然心中一動，她自己的不幸，歸根結柢，不是跟他的有著某種共同之處嗎？她不禁比以前更深切地感到，正是在這裡——雖然表現得不太富有詩意，但很清楚——包含著世界上最動人的東西：在苦難中掙扎的年輕人的愛情。

「你真的會待她非常好嗎？」她終於問，聲音很輕。

他虔誠地垂下了眼睛，把夾在手指裡的那朵小小的花，舉到了唇邊。然後他望著她，說道：「妳可憐我，但是妳一點也不可憐她嗎？」

「我不知道，我不清楚。她始終會對生活感到很愉快的。」

「這就看妳認為怎樣才算生活啦！」羅齊爾喊道，「如果她有痛苦，她就不會對生活感到愉快？」

「但是不會出現這樣的事。」

「這使我聽了很高興。她知道她應該怎麼辦。」

「我相信她知道，她永遠也不會違抗她的父親。她已在向我走來，」伊莎貝爾又說，「我不得不請你離開了。」

羅齊爾又逗留了一會兒，終於看到帕茜靠在舞伴的胳臂上走來了，但他仍站著沒動，直等可以看清她的臉色後，才昂起了頭慢慢走開。他願意暫時忍受這樣的犧牲，這種態度使她相信，他對她的愛是真誠的。

帕茜在跳舞時，不大會弄得衣履不整，她舞罷回來仍那麼神采奕奕，冷靜沉著。等了一會兒，

她取回了花。伊莎貝爾望著她，看到她在數花，於是她對自己說，在她身上一定有更深刻的力量在活動，只是她還沒有發現。帕茜是看見羅齊爾轉身走開的，但她沒有向伊莎貝爾提到他。她只是談她的舞伴——那時他已鞠躬告退了——談音樂、談地板，還談到她很不幸，已經把衣服扯破了。然而伊莎貝爾相信，她還沒有向伊莎貝爾提到他的情人拿走了一朵花，不過這不一定就是她在下一位舞伴來請她跳舞時，態度那麼溫順和藹的原因。在極端緊張的心情下表現出來的這種優美嫻雅的風度，是一個更廣大的計畫的一部分。她又跟著一個羞紅了臉的年輕人走了，這一次她帶著她的花束。她走後不多久，伊莎貝爾發現，沃伯頓勳爵正從人群中穿過來。不久他便到了她的面前，向她道了晚安。從前一天起，她還沒見到他。他向周圍看看，然後問道：「那位小閨女上哪兒去啦？」他一向是用這麼一個無傷大雅的稱呼來談奧斯蒙德小姐的。

「她跳舞去了，」伊莎貝爾說，「你可以在那兒找到她。」

他在跳舞的人群中間探望著，終於遇到了帕茜的眼睛。

「她看到了我，但是她不想招呼我，」他說，「妳不跳舞嗎？」

「你沒看到，我只是一名旁觀者？」

「妳願意跟我跳嗎？」

「謝謝，我寧可你跟你那位小閨女跳。」

「這兩者並沒有衝突，尤其因為她現在沒有空。」

「她不會老是沒有空的，你可以休息一會兒。她跳得很起勁，你得有所準備。」

「她跳得很美，」沃伯頓勳爵說，眼睛一直瞧著她。接著他又說道：「啊，她總算向我笑了一

第四十三章　　549

「真的，這樣更好，這跟你的尊嚴更加相稱。大人物是不宜跳華爾滋舞的。」

「那麼請問，我有沒有權利讓自己散散心？」

「沒有，因為你的手裡掌握著大英帝國的公務。」

「什麼大英帝國！妳動不動就挖苦它呢。」

「你要散心，還不如跟我談談天吧。」伊莎貝爾說。

「那可是另一回事。如果你跟她跳舞，那在別人看來，只顯得你平易近人——彷彿你是為了逗她快活，才那麼做的。如果你跟我跳舞，這就顯得你是為了使自己快活了。」

「別挖苦我。既然這樣，妳為什麼介紹我跟奧斯蒙德小姐跳舞呢？」

「這不見得能給我帶來樂趣。妳太尖刻，我不能不時刻提防著。我覺得妳今晚比往常更危險。妳真的不願跳舞不成？」

「我不能離開我的崗位。帕茜要到這兒來找我。」

他沉默了一會兒。「你對她太好了。」他突然說。

伊莎貝爾瞅了他一眼，笑道：「你能想像誰會對她不好嗎？」

下。」他站在那兒，容貌顯得清秀、平靜、莊重。伊莎貝爾端詳著他，不禁又像以前一樣想道，這麼一個氣概不凡的人，居然對一個小姑娘發生興趣，這實在不可思議。她覺得，事情有些蹊蹺，不論帕茜那一點兒動人的風度，或是他的仁慈、他的善良，甚至他那經常流露的對歡樂的強烈渴望，都不足以解開這個疑團。過了一會兒，他轉過臉來，對伊莎貝爾說道：「我很喜歡跟妳跳舞，但是我想，我們還是聊聊更好。」

550

一位女士的畫像
The Portrait of a Lady

「確實不能。我只知道別人怎麼喜歡她。妳一定幫她做了不少事。」

「我帶她出門，」伊莎貝爾說，仍然笑著，「我還給她打扮，讓她穿上合適的衣服。」

「妳跟她在一起，一定對她有不少好處。妳跟她談話，開導她，幫助她提高修養。」

「是啊，如果她不是玫瑰花，她至少生活在它的旁邊。」

伊莎貝爾笑了起來，她的同伴也露出了微笑，但他的臉色顯得恍惚不定，這使他不能盡情歡笑。他躊躇了一會兒，說道：「我們大家都想盡量靠近它呢。」

伊莎貝爾掉過臉去了。帕茜即將回到她的身邊，她歡迎她來扭轉這個僵局。我們知道，伊莎貝爾多麼喜歡沃伯頓勳爵，她覺得他為人可愛，這不僅在於他那些優點，他的友誼中似乎包含著一種東西，在你一旦需要的時候，它就會給你提供援助，彷彿你在銀行裡存著一筆款子。他在屋裡的時候，她會覺得愉快一些；他在旁邊的時候，她心裡會踏實一些；他的聲音使她想起大自然對人的仁慈。儘管這樣，她還是不願他太接近她，把她的好意當作理所當然的事。她感到擔憂，隨時提防著，她希望他不至於那樣。她心想，如果他走得太近的話，她就得表明態度，命令他保持應有的距離。帕茜回到了伊莎貝爾身邊，她的裙子上又多了一條裂縫，這是頭一條的必然後果，她愁眉不展地把它指給伊莎貝爾看。那兒穿軍裝的先生太多了，他們的靴子上都有可怕的踢馬刺，這對小姐們的衣服威脅太大。不過在這類問題上，女人的辦法是很多的。伊莎貝爾著手來處理帕茜這件受委屈的衣服了，她找出一枚別針，用它修補那條裂縫。她面露微笑，聽她講她的驚險經歷。她聽得很仔細，她對她也很同情，但是有一種毫不相干的情緒也同樣活躍——她在緊張地猜測，沃伯頓勳爵是不是有意向她試探愛情。這不僅僅是他剛才講的那句話，別的話也一樣，她在帕茜的衣服上，用別針別住裂縫時，心裡所想的。如果它與它們是有關聯的，是它們的繼續。這就是

第四十三章　　551

事情正如她所擔心的那樣，他當然是無意識的，他自己並不明白他的意圖。但這絲毫也沒減少這件事的嚴重性，它還是她所不能接受的。但願沃伯頓勳爵能夠回到正常的關係上來，而且越早越好。他立刻開始跟帕茜談天了——這多麼不可思議。在談話時，他不得不盡量向她俯下身去，她的眼睛也像平常那樣，在他身上忽有幾分真誠的景仰的神氣。在談話時，他不得不盡量向她俯下身去，她的眼睛也像平常那樣，在他身上忽然打量著，彷彿他那強壯的身體是一件展覽品。她始終顯得怯生生的，但這種膽怯沒有痛苦的性質，不帶厭惡的意味，相反，她的神情倒是表明，她明白他知道她喜歡他。她跟這個朋友一直談到下一個舞曲開始的時候，她知道這一次獨在一起，因為她在附近看到了一個朋友。伊莎貝爾走開了一會兒，讓他們單帕茜也已有了舞伴。這位年輕姑娘立即又來到了她身邊，她的臉色有些不安，有些發紅。伊莎貝爾嚴格按照奧斯蒙德的觀點，把他的女兒當作一件物品，像交付臨時出借的寶石一樣，把她交給她約定的舞伴。關於這一切，她有她自己的想法。有時帕茜那種寸步不離、唯命是從的樣子，使她覺得，她們像兩個傻瓜一樣。但是奧斯蒙德對她作為他女兒的陪伴者的任務，有具體規定，其中包括寬和嚴的恰如其分的交替。對他的一些指示，她不想反抗，願意不折不扣地服從。但也許也有一些，她之所以這麼做，只是為了使它們更加顯得荒謬可笑而已。

帕茜走後，伊莎貝爾發現，沃伯頓勳爵又向她走來了。她的眼睛牢牢盯住了他，她希望她能夠摸清他的思想。但是他的神色那麼鎮靜。

「她答應過一會兒跟我跳舞。」他說。

「這使我很高興。我猜你是約她跳沙龍舞'啦。」

聽了這話，他有些發窘，「不，我沒請她跳那個。我約她跳的是瓜德利爾舞。」

「真沒意思，你這麼笨！」伊莎貝爾說，幾乎有些發怒似的，「我已經告訴她，你會約她跳沙龍舞，要她把這留給你。」

「可憐的小閨女，我真沒想到！」沃伯頓勳爵坦率地大笑起來，「當然，妳要我跳，我跳就是了。」

「我要你跳？難道你跟她跳舞，只是因為我要你跳不成！」

「這樣嗎？」

「我怕惹她討厭。等著跟她跳舞的年輕人還不少呢。」伊莎貝爾垂下了眼睛，緊張地思索著。沃伯頓勳爵站在那兒望著她，感到她的目光停留在他的臉上。她真想提出，要他別這麼瞧她。但她沒這麼做，過了一會兒，只是抬起頭來對他說道：「請你向我說明一下⋯⋯。」

「說明什麼？」

「十天以前你告訴我，你希望娶我丈夫的女兒。你應該沒有忘記吧？」

「忘記？我今天上午還為這事，給奧斯蒙德先生寫信來著。」

「這樣嗎？」伊莎貝爾說，「他沒向我提起他收到你的信。」

「我⋯⋯我沒把信發出。」

「你大概忘了發出。」

「不是。我對它不滿意。妳知道，這種信不好寫。不過今天晚上我一定把它發出。」

「在半夜三點鐘嗎？」

「我的意思是稍晚一些，在白天。」

1 沙龍舞（Cotillon）又譯高替良舞，是法國的一種複雜的大型交誼舞。下面的瓜德利爾舞是一種簡單的普通四對舞。

第四十三章　　553

「很好。那麼你還打算娶她?」

「毫無疑問。」

「你不怕她討厭你嗎?」她的同伴聽到這問題愣住了,於是她又說:「如果她連跟你跳半個鐘頭舞都不願意,她怎麼會跟著你跳一輩子?」

「噢,」沃伯頓勳爵有恃無恐地回答,「我願意讓她跟別人跳舞!關於沙龍舞,事實是我想,應該妳⋯⋯妳⋯⋯。」

「應該我跟你跳嗎?我跟你說過,我不想跳。」

「一點不錯。那麼在跳沙龍舞的時候,我們可以找一個安靜的角落,坐下來聊天。」

「謝謝。」伊莎貝爾嚴峻地說,「你為我想得太周到了。」

沙龍舞快開始了,帕茜已另外有了舞伴,她的自卑心理使她認為,沃伯頓勳爵不願跟她跳這個舞。伊莎貝爾請他另外找一個舞伴,但是他告訴她,除了她,他不想跟任何人跳。然而,她已經不顧這兒女主人的反對,拒絕了另一些人的邀請,理由是她根本不打算跳舞,因此她不可能把沃伯頓勳爵作為例外,答應他的要求。

「不過說實在的,我並不喜歡跳舞,」他說,「這是一種野蠻的娛樂,我還是比較喜歡談天。」於是他提出,他發現了一個地方,那正是他要找的——一間較小的屋子裡一個靜靜的角落,在那裡音樂聲不會太響,不至影響談話。伊莎貝爾決定讓他按他的意思辦,她希望自己得到滿意的解答。她和他走出了舞廳,雖然她知道,她的丈夫要求她一刻也不離開他的女兒。然而,她是為了跟他的女兒談話,這是奧斯蒙德所願意的。她走出舞廳的時候,遇到了愛德華·羅齊爾,他正站在一個門口,合抱

著雙手，看人們跳舞，那神態像一個失去了幻想的年輕人。她停了一下，問他為什麼不去跳舞。

「我不能跟她跳舞，我就寧可不跳！」他回答。

「那你不如離開這兒。」伊莎貝爾說，態度像是善意的勸告。

「她不走，我也不走！」他讓沃伯頓過去，連正眼也沒瞧他一下。

然而憂鬱的年輕人引起了這位貴人的注意，他問伊莎貝爾，她這個哭喪著臉的朋友是誰，他以前好像在哪兒見到過他。

「這就是我告訴過你的那個愛上了帕茜的年輕人。」伊莎貝爾說。

「啊，我想起來了。他的臉色很不好。」

「這怪不得。我的丈夫不願理睬他。」

「那為什麼？」沃伯頓勳爵問，「他看來滿不錯呢。」

「他不太有錢，也不太聰明。」

沃伯頓勳爵聽得津津有味，愛德華·羅齊爾的遭遇似乎給了他深刻的印象，「我的天，這小夥子生得挺漂亮呢。」

「是很漂亮，不過我的丈夫有他自己的要求。」

「哦，我明白了。」於是沃伯頓勳爵停了一會兒，然後大膽發問道：「他有多少錢？」

「大約一年有四萬法郎收入[2]。」

---

[2] 法文，意為「求婚者」。

第四十三章　555

「一千六百英鎊?嗯,不過那已經不算壞了。」

「我也這麼想。但我的丈夫抱著更大的希望。」

「對,我也看到,你的丈夫實在雄心勃勃。這個年輕人,他是不是真是個傻瓜?」

「傻瓜?哪兒的話,他是很可愛的。他十二歲的時候,我還愛上過他呢。」

「他今天看來比十二歲也大不了多少,」沃伯頓勳爵望了望周圍,隨便回答了一句。然後較為鄭重地問道:「妳看,我們坐在這兒怎麼樣?」

「隨你的便。」這屋子像貴婦人的小客廳,屋裡充滿柔和的粉紅色光線,我們的兩個朋友進去時,一位夫人和一位先生正從裡邊出來。

「你這麼關心羅齊爾先生,實在心腸很好。」伊莎貝爾說。

「我覺得他受到了不公平的待遇。瞧他那副愁眉苦臉的樣子,我真不知道什麼事使他這麼傷心。」

「你是一個正直的人,」伊莎貝爾說,「你對一個情敵還這麼關心。」

「沃伯頓勳爵驀地扭過頭來,瞅了她一眼,「情敵!妳把他叫作我的情敵嗎?」

「當然,因為你們兩個想娶同一個女人。」

「不過,他是沒有可能的啊!」

「反正一樣,我很賞識你設身處地為他著想的精神。這是一種想像力。」

「妳喜歡我這樣嗎?」沃伯頓勳爵用神色不定的眼睛望著她,「我覺得妳好像是在嘲笑我。」

「是的,是有一點兒在嘲笑你。不過我喜歡你那副真像應該受到嘲笑的神氣。」

「好吧,那麼讓我再進一步看看他的處境。妳認為別人能夠為他做什麼呢?」

「我剛才還表揚了你的想像力，這問題得你自己去想像，」伊莎貝爾說，「你這態度也會討得帕茜的喜歡。」

「奧斯蒙德小姐呢？哎喲，我還以為她已經喜歡我呢。」

「我想，她很喜歡你。」

他等了一下，仍在琢磨她的臉色，「這麼說，我就不明白妳的意思啦。妳該不是說，她很關心他吧？」

「很清楚，我對你說過，我認為她很關心他。」紅暈突然湧上了他的臉。

「你告訴我，除了她父親的意願，她沒有別的意願，那麼我得到的印象，他似乎贊成我……。」他停頓了一下，然後紅著臉，含而不露地說：「妳明白嗎？」

「是的，我告訴過你，她非常希望得到她父親的歡心，這也許會使她走得很遠。」

「我覺得那是一種正當的感情。」沃伯頓勳爵說。

「當然，這是正當的感情。」伊莎貝爾沉默了一些時候。屋子裡還是空空的，音樂聲從遠處傳來，由於隔了幾間屋子，顯得特別柔和。最後她說道：「但是我很難設想，這是一個人希望從他的妻子那兒得到的感情。」

「我不知道，我認為只要妻子為人不錯，他也覺得她做得很對就成了！」

「對，你當然只能那麼想。」

「我是那麼想的，我不得不那麼想。當然，妳會說那完全是英國人的想法。」

第四十三章

「我沒那麼想。我認為，如果帕茜嫁給你，她就做得非常對。我知道沒有人比你更清楚這點。但是你並不愛她。」

「哪裡，我是愛她的，奧斯蒙德夫人！」

伊莎貝爾搖搖頭，「在你跟我坐在這兒的時候，你希望自己相信你愛她。但是你給我的印象卻不是這樣。」

「我不像站在門口的那個年輕人。我承認這點。但是這有什麼奇怪的呢？奧斯蒙德小姐難道不是世界上最可愛的人嗎？」

「也許是這樣。但愛情跟講道理是兩回事。」

「我不同意妳的看法。我認為是合乎情理就是對的。」

「你當然這麼想。如果你真正愛一個人，你根本不必考慮這些理由。」

「真正愛一個人……真正愛一個人！」沃伯頓勳爵喊道，合抱著兩手，頭向後靠著，身子伸直了一些，「妳應該記得，我已經四十二歲了。我不可能再像過去那樣。」

「好吧，既然你相信，那就好了。」伊莎貝爾說。

他沒有回答什麼，只是坐在那裡，頭微微仰起，向前望著。然而他驀地改變了姿勢，一下子把頭扭過去，對著他的同伴說道：「妳為什麼這麼不相信我，這麼懷疑我？」

她遇到了他的目光，一時間他們一眼不眨地互相注視著。如果說她希望得到解答，那麼她看到了一種可以使她得到解答的東西。她從他的表情中發現了一種思想的閃光，它使她為自己感到不安——也許甚至害怕。它表現了一種疑慮，不是一種希望，儘管這樣，它告訴了她要知道的事。他一刻也沒想到，

她從他打算娶她丈夫的女兒這件事中,察覺了他進一步接近她的意圖,也沒想到,她察覺之後,會認為這是可怕的。然而在這短暫的對視中,他們完全沉浸在各自的思想中,一時誰也沒有意識到,有一種更深刻的意義存在於他們之間。

「親愛的沃伯頓勳爵,」她笑著說道,「只要是跟我有關的,不論你頭腦中出現什麼想法,你都會照做的。」

說完這話,她便站了起來,到隔壁屋裡去了。她剛到那裡,還沒離開她的朋友的視線,便遇到了兩位先生,那是羅馬的重要人物,他們好像正在找她。在她跟他們談話的時候,她發現她對自己的離開有些後悔,那有一點像逃避,尤其因為沃伯頓勳爵沒有跟過來。然而她還是很高興,不管怎樣,她得到了答案。她是這麼滿意,以致在走回舞廳,遇到仍站在門口的愛德華·羅齊爾時,她站住了,又跟他攀談起來。

「你沒有走開,這做得很對。我替你打聽到了一點好消息。」

「這正是我所需要的,」年輕人哀求似的小聲說,「可是我看到你跟他那麼親熱!」

「不要提他,我會盡我的力量幫助你。我怕我的力量不大,但我會盡力的。」

他把憂鬱的目光斜過去看著她,「什麼事使妳突然改變了主意?」

「就是你站在門口擋住了路這件事!」她笑著回答,從他身旁走了過去。半小時後,她帶著帕茜告辭了。在臺階腳下,她跟其他許多離開的客人一起,等了一會兒馬車。正在車子到來的時候,沃伯頓勳爵從屋裡出來,扶她們上了車。他在車門口站了一會兒,問帕茜玩得可高興,她回答以後,便朝後一靠,顯得有些疲倦。這時伊莎貝爾從車窗口伸出一隻手指,示意他慢一點走開,輕聲對他說道:「你給她父親的信,別忘了發出!」

第四十三章 559

第四十四章

格米尼伯爵夫人常常感到非常厭倦,用她自己的話來說,是厭倦得想自殺。然而她沒有自殺,她跟命運進行著相當英勇的搏鬥,因為命運使她嫁給了一個無情無義的佛羅倫斯人,她跟命運進行著相當英勇的搏鬥,因為命運使她嫁給了一個無情無義的佛羅倫斯人。他堅持住在他出生的城市,他在那裡有些聲望,那就是善於輸錢,卻不善於贏得別人的感謝。甚至那些贏了他錢的人,也不喜歡這位格米尼伯爵。他的名字在佛羅倫斯多少還有一點價值,可是正像過去義大利各邦的地方貨幣一樣,一到半島的其他部分就無法流通了。在羅馬,他只是一個呆頭呆腦的佛羅倫斯人,這就難怪他不大願意訪問那個城市,他的一舉一動在那裡都會背上愚蠢的名義,怎麼也解釋不清。可是伯爵夫人的眼睛卻老是盯著羅馬,她一輩子最遺憾的事便是在那兒沒有一幢公館。她覺得她不大有機會到那裡去,這是她的恥辱。她一有機會就去,這就是她能說的一切。也許並不是一切,只是她能說的一切。事實上,關於這件事,她能說的話多得很,她還常常列舉種種理由,說明她為什麼恨佛羅倫斯,希望在聖彼得大教堂的腳下度過自己的一生。不過這些理由跟我們沒有多大關係,它們歸結起來不過一句話:羅馬是「永恆之城」,而佛羅倫斯不過是一個美麗的小地方,跟其他城市大同小異。顯而易見,伯爵夫人要把永恆的觀念跟她的尋歡作樂聯繫起來。她相信,羅馬的社會生活充滿樂趣,那兒整個冬季你都可以在晚會上遇到名流學者。在佛羅倫斯卻沒有一個知名人士,至少一個也沒聽到過。自從她的兄弟結

560

一位女士的畫像
The Portrait of a Lady

婚之後，她的不滿更是大為增加。她相信，他的妻子的生活比她的豐富多彩。她不像伊莎貝爾那麼有知識，不過她的知識用在羅馬還是綽綽有餘——當然，她對那些廢墟和古墓，也許甚至那些紀念碑和博物館、那些宗教儀式和風景，都一竅不通，但除此以外，她一切都懂。關於她的弟媳婦，她聽到了不少傳說。她完全知道，伊莎貝爾過得逍遙自在。那是她兄弟結婚後的第一個冬季，她應邀在羅卡內拉宮做客的時候。她兄弟結婚後的第一個冬季，她在那兒住了一個星期，遺憾的是只此一遭，以後她再也沒有接到邀請。奧斯蒙德不歡迎她，這她知道得很清楚，但不管怎樣，她還是可以去，奧斯蒙德怎麼想，根本不在她的話下。只是她的丈夫不讓她去，而且錢老是不湊手。伊莎貝爾是非常文雅的，伯爵夫人從一開始就喜歡她的，她對伊莎貝爾個人的優點的嫉妒，沒有蒙住她的眼睛。她始終認為，與其跟自己這樣愚蠢的女人打交道，不如跟聰明的女人打交道，愚蠢的女人永遠不會理解她的智慧、聰明的——真正聰明的——女人卻永遠會理解她的愚蠢。在她看來，儘管在外表和一般作風上，伊莎貝爾和她有天淵之別，她們仍有一塊共同的地方，最後她們還是會走到一起來。它並不大，但很堅固，因為她們兩人一接觸到它，都會知道。還有，她跟奧斯蒙德夫人在一起，心裡總有一種又驚又喜的感覺，因為她相信，伊莎貝爾總有一天會「輕視」她，可是她又發現，這個行動始終沒有到來。她老是問自己，它會在什麼時候開始，好像在等煙火、四旬齋，或者歌劇季節一樣，這倒不是她把它看得怎麼了不起，她只是奇怪，是什麼擋住了它的路。她的弟媳婦一向對她平等相待，她既不輕視，也不重視可憐的伯爵夫人。事實上，伊莎貝爾根本不想瞧不起她，正如她不想對一隻蚱蜢進行道德評價一樣。然而她對這位姑奶奶也不是毫不理會的，她不如說還有一點怕她。她對她感到奇怪，覺得她非常特別。在她看來，伯爵夫人好像缺少了靈魂，只有一個漂亮得少見的軀殼，表面很光滑，還

第四十四章　　　　　　　　　　　　　　　561

有一張鮮紅的嘴巴,你把它搖一下,裡邊便有個東西咕隆咕隆響起來。這咕隆聲顯然就是伯爵夫人的精神基礎,那是一顆小小的、活動的核在她身體裡打滾。她太古怪,不正常,不能跟別人相比。伊莎貝爾倒願意再請她去玩玩(邀請伯爵是不用考慮的),但是奧斯蒙德自從結婚以後,不惜公開表示,艾米是最糟糕的一種傻瓜——這種傻瓜的傻勁兒是跟天才一樣沒法控制的。另一次他還說,她是沒有心肝的。跟著他又解釋道,她把它送掉了——把它當結婚蛋糕,切成一塊塊送人了。沒有得到邀請,當然也是伯爵夫人無法前往羅馬的一個原因,但是在本書現在涉及的這個時期裡,她突然接到了邀請,要她到羅卡內拉宮去住幾個星期。這提議來自奧斯蒙德本人,不過他在信上叮囑他的姐姐,她必須準備保持安靜。這句話包含的意思,她有沒有完全領會,我不敢說,但是對這樣的邀請,她是什麼條件都願意接受的。何況她還有個疑團需要解決,因為上次的訪問留給她的印象之一,便是她的弟弟找到了一個旗鼓相當的對手。在他們結婚以前,她曾為伊莎貝爾叫屈,甚至認真考慮過——如果伯爵夫人的任何想法談得上認真二字的話——要請她多加小心。但是她終於沒有干預,而且不久便放心了。奧斯蒙德仍像以往一樣傲慢,然而他的妻子也不會輕易就範。伯爵夫人的估量不一定十分準確,但她認為,如果伊莎貝爾挺起腰板來,她會是兩個人中更高的一個。現在她還不知道的是,伊莎貝爾有沒有挺起腰板來。要是有人能把奧斯蒙德比下去,她當然會心花怒放。

在她動身去羅馬的前幾天,僕人向她呈上了一張名片,名片上只簡簡單單印著幾個字:「亨麗艾特·斯塔克波爾」。伯爵夫人把手指尖頂在額角上,她想不起她認識一個叫亨麗艾特的人。於是僕人報告道,那位小姐要他轉告,如果伯爵夫人想不起這個名字,那麼她一見面就知道了。果然,她跟客人見面之後,便想起她在杜歇夫人府上,見過這麼一位女記者,那是她認識的唯一的女作家。這是說,唯一

一位女士的畫像
The Portrait of a Lady

的當代女作家，因為她那故世的母親也是一位女詩人。她立即認出了斯塔克波爾小姐，尤其因為斯塔克波爾小姐的外表絲毫也沒有變。伯爵夫人的心腸是相當好的，她覺得這麼一個體面的人來拜訪她，是她的光榮。她心想，斯塔克波爾小姐是不是為她的母親來找她的——也許她聽到了美國的柯麗娜的大名。她的母親跟伊莎貝爾的朋友完全不同，伯爵夫人一眼就看得出來，這位小姐現代化得多，她獲得了一個印象：女作家的特性（職業特性）有了進展，尤其是在一些遙遠的國家中。她的母親經常穿一件緊身的黑絲絨衣服（啊，那些老式衣服！），肩膀從那裡膽怯地袒露出來，肩上披一塊羅馬圍巾，還在一絡絡光潤的鬈髮上戴一頂金黃色桂冠。她講話嬌聲嬌氣，心不在焉，帶有她的「克里奧爾」祖先（這是她向來承認不諱的）的口音。她老是長吁短歎，毫無進取心。但是伯爵夫人可以看到，亨麗艾特始終把鈕扣扣得緊緊的，髮辮梳得光光的。她的外表顯得生氣勃勃，富有事業心，她對人幾乎總保持著真誠的友好態度。不可能想像她會唉聲歎氣，心不在焉，以致把一封沒有地址的信投進郵筒。伯爵夫人不能不感到，《會談者報》記者比美國的柯麗娜活動能力強得多。亨麗艾特說明，她來拜訪伯爵夫人，是因為她是她在佛羅倫斯認識的唯一的人，她訪問外國城市時，希望比淺薄的遊客看到更多的東西。她認識杜歇夫人，但杜歇夫人到美國去了，而且即使她在佛羅倫斯，亨麗艾特也不想去拜訪她，因為杜歇夫人不是她所喜歡的人。

「妳的意思是不是說我是呢？」伯爵夫人問，樂得眉開眼笑的。

「不錯，我喜歡妳超過我喜歡她，」斯塔克波爾小姐說，「我彷彿記得，我以前見到妳的時候，妳

1 克里奧爾人是指出生在拉丁美洲或美國墨西哥灣沿岸各州的白人移民的後裔。

第四十四章　563

是非常有趣的。我不知道那是碰巧，還是妳的一貫作風。不管怎樣，妳的話給我留下了深刻印象。後來我把它用在我的文章中了。」

「天哪！」伯爵夫人喊了起來，呆呆地看著她，有些吃驚，「我真不知道，我講了什麼值得一提的話！我真希望我能早一點知道。」

「是關於婦女在這城市裡的地位的話，」斯塔克波爾小姐指出道，「提供了不少情況。」

「婦女的地位是很不舒服的。妳是不是這個意思？妳把它寫了出來，登到了報上？」伯爵夫人說，「啊，妳得讓我瞧瞧啊！」

「妳要的話，我寫信回去，讓他們把報紙寄一份給妳，」亨麗艾特說，「我沒有提到妳的名字，我只說一位有身分的夫人。然後引述了妳的觀點。」

伯爵夫人立即把身子往後一靠，伸起握緊的兩手，「我很遺憾，妳沒有提到我的名字，妳知道嗎？我倒是喜歡看到我的名字登在報上。我忘記我的觀點是什麼了，它們太多啦！但它們並不使我覺得害臊。我跟我的兄弟不同——妳大概認識我的兄弟吧？他認為把名字登在報上是不體面的，如果妳引述他的話，他一輩子也不會饒恕妳。」

「他可以放心，我永遠不會提到他，」斯塔克波爾小姐說，口氣顯得溫和而冷淡。接著她又道：「這是我要來找妳的另一個原因。妳知道，奧斯蒙德先生娶了我最好的朋友。」

「可不是，妳是伊莎貝爾的朋友。我正在想，我還知道妳些什麼呢。」

「我很高興妳知道這點，」亨麗艾特說，「可是妳那位兄弟卻不願意知道這點。他企圖破壞我跟伊莎貝爾的關係。」

564　一位女士的畫像　The Portrait of a Lady

「那可不成。」伯爵夫人說。

「這正是我要談的事。我就要到羅馬去。」

「我也要去！」伯爵夫人喊道，「我們可以一起走。」

「那太好了。」伯爵夫人從椅子上跳了起來，走到沙發那兒，坐在客人旁邊，「說真的，妳得把報紙寄給我！我的丈夫不喜歡，但他永遠不會知道。而且他不認得字。」

亨麗艾特的大眼睛變得更大了，「他不認得字？我能把這事寫進我的通訊嗎？」

「寫進你的通訊？」

「《會談者報》的通訊。那是我的報紙。」

「妳要寫就寫，還可以連他的名字也寫上。妳要不要住在伊莎貝爾那裡？」

亨麗艾特抬起頭來，默默地瞧了女主人一會，「她沒有邀請我。我寫信給她，說我要去，她回信說，她可以替我在一家公寓裡訂一個房間。她沒有說明理由。」

伯爵夫人非常注意地聽著。

「那是奧斯蒙德的主意。」她意味深長地說。

「伊莎貝爾應該反抗，」斯塔克波爾小姐說，「我想她恐怕已經變得多了。我早對她說過她會變的。」

「聽到這話我很遺憾。我還以為她能按自己的意志行事呢。為什麼我的兄弟不喜歡妳？」伯爵夫人坦率地問道。

第四十四章 565

「我不知道,我也不知道。他不喜歡我,我還不要他喜歡我呢。我不能要求每一個人都喜歡我,有些人如果喜歡了我,我倒會覺得自己有了問題。一個記者不得罪許多人,就做不好工作,他知道他的職業要求他這樣。一個女記者當然也是這樣。但我沒想到,伊莎貝爾會那樣。」

「妳是說她討厭妳嗎?」伯爵夫人問。

「我不知道,我得把事情弄清楚。這就是我要到羅馬去的原因。」

「我的天,這是多麼傷腦筋的事!」伯爵夫人喊道。

「她寫給我的信有些變了,很清楚,她跟過去不同了。要是妳了解什麼,」斯塔克波爾小姐繼續道,「我希望妳先告訴我,讓我可以決定我的方針。」

伯爵夫人把下嘴唇向前一撇,輕輕聳了聳肩膀,「我知道得很少,我跟奧斯蒙德不常見面,也不常通信。他對我恐怕也像妳一樣不歡迎。」

「然而你不是一個女記者啊。」亨麗艾特想了想說。

「得啦,他的理由多得很。不過我是他們請去的,我得住在他們家裡!」伯爵夫人笑得幾乎合不攏嘴,這種得意勁兒使她暫時忘記了斯塔克波爾小姐的失望。

不過這位小姐的反應很平靜。

「她哪怕請我去住,我也不去。我是說,我不會去,不過我很高興,我還沒有做出決定。公寓對我也滿合適的。但問題不僅僅在這裡。」

「羅馬這時是最美的,」伯爵夫人說,「現在各種知名人士都聚集在那。妳聽到過沃伯頓勳爵

566

一位女士的畫像
The Portrait of a Lady

嗎?」

「聽到過他?我跟他熟得很呢。妳認為他是個知名人士?」亨麗艾特問。

「我不認識他,不過聽說他是個非常闊氣的老爺。他在向伊莎貝爾獻殷勤呢。」

「向她獻殷勤?」

「我是這麼聽說,詳細情形我不知道,」伯爵夫人輕描淡寫地說,「但伊莎貝爾,妳是不用替她擔心的。」

亨麗艾特心事重重地看著她的同伴,但暫時沒說什麼。

「妳什麼時候去羅馬?」她突然問。

「哎喲,那太可惜了,我正在做一些衣服。我聽說,伊莎貝爾那邊客人很多。但我會在那兒看到妳,我會上妳的公寓去拜訪妳。」

亨麗艾特靜靜地坐著——她沉浸在思索中。伯爵夫人又突然嚷了起來:「哎喲,要是妳不跟我一起走,那妳不能描寫我們一起旅行啦!」

斯塔克波爾小姐好像對這種考慮毫不關心,她在想另一些事,不久她就把它講了出來:「妳講的關於沃伯頓勳爵的話,我有些不大理解。」

「不理解?我不過說他風流瀟灑罷了。」

「妳認為向一個有夫之婦獻殷勤是風流瀟灑嗎?」亨麗艾特問,口氣空前地明確。

第四十四章　　　　　　　　　　　　　　567

伯爵夫人愣住了，然後大笑了一聲。

「毫無疑問，凡是有教養的男人都在那麼做。妳結了婚就知道啦！」她說。

「單憑這一點，我就不想結婚，」斯塔克波爾小姐說，「我要的是我自己的丈夫，不想要任何別人的丈夫。妳的意思是不是說，伊莎貝爾犯了……犯了……。」她沒說下去，還在考慮她的措詞。

「犯了過錯嗎？沒有的事，我想，還沒有。我只是說，奧斯蒙德非常討厭，我還聽說，沃伯頓勳爵老在他們家裡。妳大概感到很氣憤吧？」

「不，我只是很擔憂。」亨麗艾特說。

「咳，妳對伊莎貝爾的態度可不值得恭維！妳應該對她有些信心。我告訴妳，」伯爵夫人立即又說，「如果妳覺得需要，我可以把他弄走。」

斯塔克波爾小姐先沒有回答，只是眼神變得更嚴肅了。過了一會兒，她才說道：「妳沒理解我的話，我並沒有妳猜想的那個意思。我不是怕伊莎貝爾會有那種事。我只是怕她並不幸福——那才是我需要了解的。」

伯爵夫人把頭扭來扭去，做出了不少姿勢。她顯得有些不耐煩，用揶揄的口氣說：「那倒是很可能的，不過我來說，我要知道的是奧斯蒙德是不是幸福。」斯塔克波爾小姐開始使她感到有些厭煩了。

「如果她真的變了，根源一定就在這裡。」亨麗艾特繼續說。

「妳會知道的，她會告訴妳。」伯爵夫人說。

「咳，她也可能不告訴我——這正是我所憂慮的！」

「不過如果奧德心情不愉快，照他過去那副樣子，我可以說我是看得出來的。」伯爵夫人回答。

「這不關我的事。」亨麗艾特說。

「可跟我關係大得很！如果伊莎貝爾不幸福，我為她很難過，但我也無能為力。我講的話可能使她更難過，我沒有什麼可以安慰她的。誰叫她嫁給他呢？要是她肯聽我一句話，她就會撇開他。不過，要是我看到她把他弄得束手無策，我一定會寬恕她！要是她聽任他把她踩在腳下，我甚至不會可憐她。不過我認為，這不大可能。我估計情況是，她很傷心，但至少她也使他很不好過。」

亨麗艾特站了起來，這些在她看來，自然是非常可怕的前景。憑良心說，她對伯爵夫人感到失望，奧斯蒙德先生不幸，事實上，他也不可能成為她馳騁想像力的主要問題。總的說來，她並不希望看到奧斯蒙德的胸襟那麼狹隘，然而粗俗的習氣倒不少，這是她沒有料到的。

「如果他們彼此相愛，那會好一些。」她用勸導的口氣說。

「那不可能。他不可能愛任何人。」

「我相信情況是這樣。但這只能使我更加替伊莎貝爾擔心。我決定明天動身。」

「伊莎貝爾當然不缺少忠實的朋友，」伯爵夫人說，笑得眉飛色舞的，「我宣布我不想可憐她。」

「也許我並不能幫助她。」斯塔克波爾小姐說，彷彿覺得還是不抱幻想得好。

「不管怎樣，妳可以抱些希望，也許妳還幫得了忙。我相信，這是妳從美國來的目的。」伯爵夫人突然又說。

「是的，我應該關心她。」亨麗艾特平靜地說。

女主人站在那兒對著她微笑，不僅那對明亮的小眼睛，連那個鼻子都好像在笑似的。紅暈湧上了她的兩頰。

第四十四章 569

「啊，那非常好，c'est bien gentil!²」她說，「那就是人們所說的友誼吧？」

「我不知道人家怎麼說。我認為我應該來。」

「她非常愉快，她非常幸福，」伯爵夫人繼續道，「她有別人跟她在一起。」

我以前有過，但全都走了。沒有一個人，沒有一個男人或女人，會為我做妳為她做的事。」

亨麗艾特感動了，在這痛苦的傾訴中流露了人的天性。她凝神看了她的同伴一會兒，說道：「妳聽著，伯爵夫人，妳要我做什麼，我都願意。我可以等幾天，跟妳一起動身。」

伯爵夫人回答，立刻改變了聲調，「只要妳在報上給我寫幾句話就成了！」

「妳不用擔心，」

然而在離開以前，亨麗艾特還是不得不讓她明白，她不能弄虛作假，把沒有的事寫進她去羅馬的旅途見聞中。斯塔克波爾小姐是一絲不苟、實事求是的記者。辭別伯爵夫人後，她直向亞諾河走去。在這條黃澄澄的河流旁邊那個陽光燦爛的碼頭上，有一排漂亮的旅館，那是遊客們都很熟悉的。事先她已打聽清楚，從佛羅倫斯市內前往那裡的路徑（對這類事，她是很靈敏的），因此她可以毫不猶豫地穿過通向聖三一橋的小廣場，然後向左轉，朝維琪歐橋的方向走去，停在俯瞰著那美麗的橋面的一家旅館門前。她掏出小筆記本，從裡面取出一張名片和一支鉛筆，略想了想，寫了幾個字。我們是有權從她背後偷看的，我們偷偷一瞧，可以看到那是一句簡單的話：「今晚有要事面談，請勿外出。」接著，亨麗艾特又加了一句，說她明天就得去羅馬。她拿著這張小小的便條，向門房走去，後者這時正站在門前，問他，戈德伍德先生在不在屋裡。門房像所有的門房那麼回答道，他出去大約有二十分鐘了。於是亨麗艾特拿出名片，請他在他回來時交給他。她離開了旅館，便沿著碼頭，向烏菲齊宮威嚴的門廊走去。到

了那裡，她馬上來到著名的畫廊的入口處。進去以後，她沿著高高的樓梯到了樓上。長長的走廊一邊鑲嵌著玻璃，陳列著一些古代的半身雕像，另一邊便通向各個陳列室。走廊上現在空無一人，只見冬日明朗的光線照得大理石地板閃閃發光。這個畫廊非常冷，在仲冬季節是很少遊客的。看來，斯塔克波爾小姐對藝術美有濃厚的興趣，這是我們以前還沒發現的，不過她有自己的愛好和欣賞的目標。其中之一便是「聖壇」[3] 內柯勒喬的一幅小小的畫——神聖的嬰兒躺在一堆乾草上，聖母跪在他旁邊，向他輕輕拍手，孩子快活得咿咿呀呀喊叫著。亨麗艾特特別愛好這親切的場面，認為這是全世界最美的畫。這次她從紐約前往羅馬途中，只能在佛羅倫斯逗留三天，儘管這樣，她還是提醒自己，在這三天中，她必須再去欣賞一下她心愛的這幅藝術品。她對美的各方面都懷有崇高的觀念，其中包括許多認識上的價值。她正要轉身走進聖壇，恰好一位先生從裡邊出來，她一看到他，便「啊」了一聲，站在她面前的是卡斯帕‧戈德伍德。

「我剛到你的旅館去過，」她說，「我留了一張名片給你。」

「承蒙妳來看我，我很感謝。」卡斯帕‧戈德伍德回答，彷彿他真的很感謝她似的。

「我不是為了要你感謝才來看你的。以前我也去找過你，我知道你不喜歡見我。但我有一點事要跟你面談。」

他對她帽子上的扣子端詳了一會兒，「妳要講什麼，我一定洗耳恭聽。」

2　法文，意為「這實在太可愛了」。

3　「聖壇」是烏菲齊宮內收藏名畫和雕像的著名陳列室。

第四十四章　571

「你不喜歡跟我講話，」亨麗艾特說，「但我不想跟你計較，我不是為了使你高興才跟你談的。我留了個字條，要你來找我，但既然在這裡遇到了你，可以就在這裡談。」

「我剛要離開，」戈德伍德說，「不過當然，我可以等一下。」他很客氣，但並不熱情。不過亨麗艾特也從未指望得到熱情的接待，而且她心裡很急，無暇計較他的態度，只要他肯聽就成了。但她還是先問他，這兒的畫他都看過沒有。

「我要看的都看了，我已來了一個鐘頭。」

「我不知道，柯勒喬的那幅畫你看了沒有，」亨麗艾特說，「我是特地來看它的。」她走進了聖壇，他沒精打采地陪著她。

「我想我看過了，但我不知道是不是妳指的那一幅。我記不清那些畫──尤其是那一類的。」

「不是，」亨麗艾特說，「我要講的事可沒有這麼有趣！這間小小的明亮的屋子裡，藝術珍品琳琅滿目，屋裡除了他們兩個，只有一個管理員在梅第奇的維納斯我們附近躡躅著。

「我希望你答應我一個要求。」斯塔克波爾小姐繼續道。

卡斯帕·戈德伍德的眉頭有一點皺了，但他對自己這種不太熱心的神色，並不覺得不好意思。他的臉比我們過去看到的老多了。

「我相信，那是我不大喜歡的事。」他說，聲音還很響亮。

「是的，我想你不會喜歡。要不然，就不必我來要求了。」

「好吧，妳講出來聽聽。」他說，那是一個意識到自己通情達理的人的口氣。

「你可以說，我向你提出要求是沒有特別理由的。確實，我只知道一個理由，這就是如果你要我做什麼，我一定很樂意幫助你。」她那溫和而嚴正的口氣顯得非常誠懇，毫無討好的意味。她的同伴儘管表面上還是那麼冷酷，心裡不能無動於衷。這個人在有所感動的時候，也很少通過一般的方式流露出來。他既不臉紅，也不左顧右盼，也不忸怩不安。他只是把目光死死盯著對方，似乎在加緊思考問題。因此亨麗艾特繼續平靜地講下去，沒有意識到自己已取得的有利地位。

「確實，現在已到了合適的時候，我應該說，如果我給你招來過煩惱──我有時想，這是有過的──那麼這是因為我知道，我願意為你忍受煩惱。我打擾過你，這沒有疑問。但我也願意為你承擔麻煩。」

戈德伍德遲疑了一下，「妳現在就是在自找麻煩。」

「是的，我是有一些。我要求你考慮一下，從根本上說，你到羅馬去是不是合適。」

「我就知道妳要說的是這話！」戈德伍德喊了起來，態度很直率。

「那麼你已經考慮過了？」

「當然考慮，仔細考慮過。我各方面都想過了，要不然，我就不會跑這麼老遠地到這兒來了。我在巴黎待了兩個月，就為了這個，那時我一直在考慮這件事。」

「恐怕你已經照你的意思做了決定。你認為這麼辦最好，因為你不能擺脫這件事。」

「妳的意思是說對誰最好？」戈德伍德問。

「自然首先是對你自己，其次是對奧斯蒙德夫人。」

第四十四章　573

「咳,這對她沒什麼好處!我不想自欺欺人。」

「問題是……會不會對她有害處?」

「我看不出這會對她有什麼影響。我對奧斯蒙德夫人來說等於零。但我不妨告訴妳,我要親自去找她。」

「我知道,這是你去的目的。」

「當然這樣。難道還有更好的理由嗎?」

「這麼做對你有什麼好處?這是我需要知道的。」斯塔克波爾小姐說。

「那正是我無法奉告的,也正是我在巴黎所考慮的。」

「它會使你更加不滿。」

「妳為什麼說『更加』?」戈德伍德問,顯得很嚴峻,「妳怎麼知道我現在不滿意?」

「好吧,」亨麗艾特說,稍微躊躇了一下,「我看你從沒為別人考慮過。」

「妳怎麼知道我考慮什麼?」他大聲說,臉漲得通紅,「我現在考慮的就是到羅馬去。」

亨麗艾特默默地望著他,露出憂鬱的、然而也是充滿希望的臉色。

「好吧,」她終於說,「我只是想告訴你,我是怎麼想的,因為它一直壓在我的心頭。當然,你會認為這不關我的事。但是根據那個原則,那麼一個人應該什麼也不管。」

「妳對我很好,我的關心使我非常感激,」卡斯帕·戈德伍德說,「我要到羅馬去,但我不會使奧斯蒙德夫人受到危害。」

「也許你不會造成危害,但是你能幫助她嗎?——真正的問題在這裡。」

「難道她需要幫助嗎?」他慢條斯理地說,用尖銳的目光瞅了她一眼。

「大多數女人是永遠需要幫助的。」亨麗艾特說,謹慎地迴避做正面的答覆,她的概括也顯得比平常缺乏說服力。

「如果你到羅馬去,」她又說,「我希望你像一個真誠的朋友,而不是一個自私的人!」於是她轉身走了,開始欣賞那些名畫。

卡斯帕・戈德伍德沒有動,站在那裡望著她從屋子裡繞過去。隔了一會兒,他才向她走去。

「妳在這兒大概聽到了她什麼,」他隨即說道,「我想知道妳聽到了什麼。」

亨麗艾特一生從沒信口胡謅過,雖然按照目前的情況,這麼做似乎是合適的,她在躊躇了一會兒之後,還是決定不公然這麼辦。

「是的,我聽到了一點,」她回答,「但由於我不希望你到羅馬去,因此我不想告訴你。」

「隨便。我自己會看到的,」戈德伍德說。然後有些前後矛盾似地,又道:「妳聽到她很不幸!」

「算了,這是你不會看到的!」亨麗艾特喊道。

「我希望不。妳什麼時候動身?」

「明天,預備坐傍晚的車。你呢?」

戈德伍德有些遲疑不決,他不願跟斯塔克波爾小姐做伴,一起到羅馬去。他之所以不願意,跟吉伯特・奧斯蒙德的理由,性質是不同的,但他的態度同樣鮮明。這與其說是對斯塔克波爾小姐的不滿,不如說是對她的優秀品質的一種肯定。他認為她為人厚道,光明磊落,從理論上說,他對她的身分也不抱任何偏見。在他看來,女記者是一個先進國家的天然結構的一部分,雖然他從不閱讀她們的通訊,但他

第四十四章　　575

認為，它們對社會進步多少有些作用。然而正是她們這種地位的卓越性質，使他希望斯塔克波爾小姐不要自以為是。因為她老是自以為地認為，只要提起奧斯蒙德夫人，他隨時會表示歡迎。在他來到歐洲六個星期以後，他們在巴黎碰面的時候，她便是這樣，一有機會，就不厭其煩地提到這件事。他其實根本不想提到奧斯蒙德夫人，他不是經常在想她，這是他自己完全知道的。他是最沉默寡言，最不願意多講話的人，可是這位喜歡問長問短的女作家，老是想把她的燈照到他靈魂中最隱蔽的深處去。他希望不要管得那麼多，他甚至不顧態度粗魯向她表示，希望她不要來找他。然而，儘管這樣，他現在想的卻不是這些──這證明他的不滿跟吉伯特·奧斯蒙德的不滿，性質上有天壤之別。他希望立即到羅馬去，但他情願單獨行動，一個人坐夜車走。他討厭歐洲的火車車廂，在那裡人們接連幾個鐘頭擠在一起，跟素不相識的人膝蓋對著膝蓋，鼻子對著鼻子，使你越來越討厭他，恨不得馬上把車窗打開。雖然在夜裡情況甚至更糟，但在夜裡至少可以睡覺，從夢中的美國客廳式車廂去尋找安慰。但斯塔克波爾小姐既然決定明天動身，他就不宜搭乘夜車，否則未免是對無人陪伴的女人的一種侮辱。他又不能讓她先走，除非他願意再等幾天，而這使他受不了。下一天就動身是不成的。她使他發愁，使他無計可施。他悶悶不樂地沉默了一段時間，挺身而出為她做伴，是義不容辭的。這不應有任何懷疑，也是明擺著不得不照辦的事。然而她是一個單獨旅行的女人，他挺身而出為她做伴，是義不容辭的。這不應有任何懷疑，也是明擺著不得不照辦的事。然而她是一個單獨旅行的女人，雖然毫無向女人表示殷勤的俠義心腸，也只得用十分明確的口氣宣告道：「既然妳明天走，我當然也一起走，也許我還能對妳有些幫助。」

「好，戈德伍德先生，這正是我所希望的！」亨麗艾特安詳地回答。

第四十五章

我已經有理由說，伊莎貝爾知道，拉爾夫繼續留在羅馬，使她的丈夫感到不滿。在她要求沃伯頓勳爵為他的誠意提供一份書面證明後的翌日，她到旅館去探望她的表兄時，對這一點是瞭若指掌的。不論這時和其他時候，她都完全明白，奧斯蒙德不滿的根源是什麼。他不允許她有思想的自由，而他非常清楚，拉爾夫是自由的使者。但伊莎貝爾對自己說，正因為拉爾夫是這樣一個人，她去看他才感到心情愉快。可想而知，她是不顧她丈夫的反對，去獲取這種愉快的。不過，正如她自己相信的一樣，她做得很謹慎。她還沒有打算在行動上跟奧斯蒙德的意志發生直接對抗。他是她正式的、法定的主人，儘管她有時對這個事實感到難以相信，迷惑不解，但它像一塊石頭壓在她的思想上。一切傳統的禮儀和婚姻的神聖義務經常呈現在她的心頭。因為在她獻出自己的時候，她沒有想到這種意外的變化，她完全相信，使她不僅感到羞恥，也感到可怕，是同樣無私的。儘管這樣，她似乎看到，她不得不把她莊嚴地交出去的東西收回的日子，正在迅速到來。這個儀式是醜惡的、駭人的，她盡量閉上眼睛不去看它。奧斯蒙德絕不會先開口，使這個問題迎刃而解。他要把這包袱丟給她。他還沒有正式禁止她去探望拉爾夫，但她相信，除非拉爾夫很快離開，否則這個禁令總是要來的。可憐的拉爾夫怎麼能離開呢？氣候也使他不可能動身。她完全可以理解她丈夫對這事的希望，憑良心說，要他喜歡她跟她的表兄來往，那是妄想。拉爾夫從沒說過一句反

對他的話，但奧斯蒙德那種無聲的、強烈的仇視仍是理所當然的。如果他正面進行干涉，如果他施展他的權力，她就不得不做出抉擇，那是不容易的。這個前景使她一想起來，就心跳不止，面頰發燒有時，她為了避免跟丈夫公開決裂，不禁希望拉爾夫快些離開，哪怕冒險也成。儘管她發現自己這種心理狀態以後，罵自己意志薄弱，是膽小鬼，還是沒有用。這倒不是因為她對拉爾夫的感情減少了，而是因為不論發生什麼事，都比背棄她一生最重要的、唯一神聖的行為要好一些。那彷彿會使整個未來也為之黯然失色。跟奧斯蒙德的關係一旦破裂，就意味著永恆的決裂。對不可調和的要求的任何公開承認，或能證明他們的整個意圖已告失敗，他們的關係已經無法彌補，無法和解，已不能置之不顧，或者從形式上再進行調整。本來，他們試圖獲得的只有一件事，但這一件事必須是完整無缺的。一旦他們失去了它，其他一切都無濟於事，沒有任何事物可以代替它取得成功。目前，伊莎貝爾仍時常前往巴黎大飯店，她認為這是合適的。是非觀念離不開人的好惡，這再好不過地證明，道德意識其實只是感情上的鑑別。今天伊莎貝爾運用這種衡量標準時，特別無所顧忌，這不僅因為她不能讓拉爾夫單獨死去，除了這個一般的事實以外，她還有一件重要的事要問拉爾夫。這實際上既是她的事，也是吉伯特的事。

她開門見山，一下子接觸到了她要談的事。

「我要求你回答我一個問題，」她說，「那是關於沃伯頓勳爵的。」

「我想我知道妳要問什麼。」拉爾夫坐在扶手椅上回答，兩條瘦弱的腿伸得直直的，顯得比從前更長了。

「這很可能，那就請你回答吧。」

「不過我沒有說我能回答。」

「你跟他是知心朋友，」她說，「他的一舉一動，你都看得清清楚楚。」

「完全不錯。可別忘了他的偽裝！」

「他為什麼要偽裝？這不符合他的性格。」

「咳，妳應該明白，這是特殊情況。」拉爾夫說，彷彿心中在暗暗感到有趣。

「從一定程度上說，是這樣。但他的愛情是不是真的？」

「我想，完全是真的。這我看得出來。」

「啊！」伊莎貝爾應了一聲，口氣有些冷淡。拉爾夫瞟了她一眼，彷彿在怡然自得中出現了一絲困惑的神色，「聽妳的口氣，好像妳感到失望似的。」

伊莎貝爾慢慢站了起來，撫摸著她的手套，若有所思地看著它們。

「這畢竟不關我的事。」

「妳大有哲學家的意味，」她的表兄說。然後忽然問道：「我可不可以問一下，妳要談的是什麼？」

伊莎貝爾瞪了他一眼，「我以為你知道呢。沃伯頓勳爵告訴我，目前他最大的希望就是要娶帕茜。這事我以前告訴過你，只是沒有要你提供意見。不過今天上午你不妨談一下你的看法。你是不是相信，他真的愛上了帕茜？」

「愛上帕茜？沒有的事！」拉爾夫喊道，非常肯定。

「可你剛才說，他的愛情是真的呢。」

拉爾夫躊躇了一會兒，「我說的是他對妳的愛，奧斯蒙德夫人。」

第四十五章

伊莎貝爾嚴肅地搖搖頭,「你知道,那是胡鬧。」

「當然是胡鬧。不過胡鬧的是沃伯頓,不是我。」

「那太沒意思了。」

「但我應該告訴妳,」伊莎貝爾繼續道,自以為講得很婉轉。

「你把這話一起告訴我,這太好了!他有沒有告訴你,他愛上了帕茜?」

「他對她的印象很好,說她相當不錯。當然,他還說過,他認為她住在洛克雷是很合適的。」

「他真的這麼想?」

「咳,沃伯頓真正想的是什麼,誰知道!」拉爾夫說。

伊莎貝爾又撫摩起她的手套來了,這是又長又大的手套,她完全可以用它們來消磨時間。但是過不多久,她又抬起頭來,突然激動地喊道:「唉,拉爾夫,你不肯給我幫助!」

這是她第一次提到需要幫助,這句話的強烈情緒震動了她的表兄。他長長地舒了口氣,那聲音中包含著寬慰、憐憫和同情,他覺得,他們中間的深淵上終於出現了一座橋。正是這種心情使他發出了一聲喊叫:「妳一定多麼不幸啊!」

但他剛講完這話,她已恢復了她的鎮靜,她對這話的第一個反應是假裝沒有聽到。

「我談到要你幫助我,這實在毫無意思,」她說,臉上很快掠過了一絲笑容,「我用我的家庭問題來麻煩你,這太可笑了!事情實際很簡單,沃伯頓勳爵應該自己來進行。我無法給他包辦代替。」

「他要成功是很容易的。」拉爾夫說。

伊莎貝爾躊躇了一會兒,「是的,不過他也不是始終都能成功的。」

「話是不錯,但妳知道,那件事始終使我感到驚訝。奧斯蒙德小姐是不是也會使我們大吃一驚呢?」

「會使我們大吃一驚的恐怕還是他。據我猜想,他最後會把這事擱下。」

「他不會幹任何不正當的事。」拉爾夫說。

「我完全相信這點。對他說來,最正當的是不要去討好那個女孩子。她喜歡的是另一個人,想用榮華富貴做釣餌去引誘她,使她拋棄他,那是殘酷的。」

「也許只是對另一個人——她喜歡的那個人是殘酷的。但沃伯頓勳爵沒有義務考慮這一點。」

「不,對她是殘酷的,」伊莎貝爾說,「如果她經不起勸誘,拋棄可憐的羅齊爾先生,她是不可能幸福的。你對你的想法似乎很滿意,這也難怪,因為你並不愛他。他有一個優點——對帕茜來說——這就是他愛她。可是沃伯頓勳爵不是這樣,她應該一眼就看得出來。」

「他會待她非常好。」拉爾夫說。

「他現在已經待她很好。幸虧他還沒有向她開口,以致弄得她心神不定。如果他明天跑來跟她道別的話,在禮數上是沒有什麼虧損的。」

「那妳的丈夫會高興嗎?」

「根本不會,他不高興也許有他的理由。不過他要滿意,應該自己想辦法。」

「他有沒有要妳給他幫忙?」拉爾夫大膽問。

「我是沃伯頓勳爵的老朋友——我認識他比認識奧斯蒙德更早——我關心他的婚姻大事,這是很自然的。」

「妳不是關心這事,妳是要他放棄它,是吧?」

第四十五章　　　　　　　　　　　　　　　　　　　581

伊莎貝爾躊躇了一下，眉頭有些皺起來了，「我不知道怎麼理解你的話。難道你贊成他這麼幹嗎？」

「根本不是。我倒是但願他不至於成為妳丈夫的乘龍快婿，這會使他跟妳的關係變得更加尷尬！」拉爾夫笑著說，「不過我不免替妳擔心，妳的丈夫會以為妳不肯出力。」

「他對我相當了解，不會指望我替他出力。我相信，他沒有這個意思。而且我不必擔心，因為我心無愧！」她輕鬆地說。

她把假面具摘掉了一下，馬上又戴上了，這使拉爾夫非常失望。他瞥見了她的真面目，他多麼希望再深入地看一下。他幾乎懷著無法克制的願望，想聽她向他理怨她的丈夫——聽她說，她的丈夫會把沃伯頓勳爵改變主意的事歸罪於她。拉爾夫完全相信，這是她目前的處境。他憑本能早已捉摸到奧斯蒙德對這件事的不滿會用什麼方式來發洩。這只可能是最卑鄙、最殘忍的方式。哪怕伊莎貝爾知道得比他清楚得多，也沒關係。這主要是他要使自己痛快一下，他要讓她明白，他沒有受她的騙。他一再試探，想使她吐露關於奧斯蒙德的真相，他幾乎感到自己這麼做是冷酷的、殘忍的、不光彩的。但這算不得什麼，因為他從未成功。那麼她為什麼要來，為什麼簡直像要給他機會，讓他來打破他們這種保持緘默的狀態？既然她不讓他暢所欲言地回答她，她怎麼能討論她詼諧地稱之為她的家庭問題的那件事？既然她不願提到那個主要因素，那他們怎麼能討論她詼諧地稱之為她的家庭問題的那件事？這些矛盾本身只可能是她心緒不寧的表現，而這以前她要求幫助的呼聲，才是他唯一應該考慮的事。

「不管怎樣，你們肯定會產生分歧。」他隨即說。由於她沒有回答什麼，那神情好像她不太明白他

的意思,於是他又繼續道:「你們會發現,你們的想法大不相同。」

「這種情況哪怕在最親密的夫妻中間,也是難免的!」她拿起了陽傘,他看到,她很不安,生怕他會講出什麼來。

「不過我們何必為這事爭論不休,」她繼續道,「因為這只是跟他的利益有關。那是非常自然的。帕茜歸根結柢是他的女兒,不是我的。」

於是她伸出手來,跟他告別。

拉爾夫下了決心,在她離開以前,一定要讓她知道,他什麼都了解,現在這個機會太好了,不能錯過。

「妳可知道,他的利益會使他怎麼講?」他一邊跟她握手,一邊問。她搖搖頭,態度是冷漠的,但沒有責怪的意思,於是他繼續道:「他會講,妳不熱心幫助他是由於嫉妒。」他沒有再說下去,她的臉色使他感到害怕。

「由於嫉妒?」

「對他的女兒的嫉妒。」

她漲紅了臉,把頭向後一仰。

「你好狠心。」她說,那聲調是他從來沒有在她那裡聽到過的。

「如果妳不想瞞我,妳就會明白了。」拉爾夫回答。

但她沒有再說什麼,只是用力掙脫了他還想握住的手,飛快地走出了屋子。她決心跟帕茜談一下,當天找了個機會,在飯前走進女孩子的房間。帕茜已穿好衣服,她總是提前做好準備,這說明她很有耐

第四十五章　　583

心，性情溫和文雅，能夠坐在那裡靜靜地等待。現在她打扮得鮮豔奪目，坐在臥室的爐火前面。蠟燭在她梳妝完畢以後，已經吹滅，她從小的生活環境使她養成了節約的習慣，在這方面她現在甚至比過去更加注意，因此室內只有兩根木柴在發出亮光。羅卡內拉宮的房間不僅數量多，面積也大，帕茜的閨房便非常寬敞，屋頂是結實的深色天花板。它那位小巧玲瓏的女主人坐在屋子中央，顯得更小了，她看到伊莎貝爾進來，立即懷著敬意站了起來，那種怯生生的真誠的表情，這時給後者留下了特別深刻的印象。

伊莎貝爾面臨的是一件棘手的事，她的唯一希望是盡量辦得簡單一些。她感到痛苦而憤怒，但是她警告自己，千萬別向帕茜流露這種情緒。她甚至擔心自己的表情太嚴峻，或者至少太鄭重，她還擔心別使她感到害怕。但是帕茜似乎已經猜到，她是要來擔當一名懺悔神父的角色，因此在她把她坐的椅子向爐火移近一些，讓伊莎貝爾坐下以後，她便跪在她前面的一個坐墊上，仰起了頭，把握緊的手擱在繼母的膝上。伊莎貝希望的是聽她親口告訴她，沃伯頓勳爵並沒有佔有她的心。但是儘管她希望得到這個保證，她覺得她怎麼也不能促使她這麼做。女孩子的父親會把這種行為看作對他的無恥背叛。確實，伊莎貝爾知道，只要問題不帶一點色彩是不容易的，帕茜非常單純，她的天真程度甚至是伊莎貝爾沒有想像到的，這使純粹試探性的詢問，也會發生一些勸誡的作用。她跪在昏暗的火光中，美麗的衣服閃出淡淡的亮光，兩手緊握著，又像哀訴，又像聽任命運的安排似的。她仰起頭，注視著伊莎貝爾，充滿著對當前處境的嚴重性的認識，像一個註定要做犧牲的幼小的殉道者，似乎對改變這種命運已不抱任何希望。伊莎貝爾對她說，她還從沒跟她談過，在她的婚姻問題上可能出現一些什麼情況，但是她的沉默不是表示她漠不關心或者一無所知，只是希望不至影響她的情緒。帕茜聽了，把身子俯前一些，使她的臉越來越

584

一位女士的畫像
The Portrait of a Lady

靠近伊莎貝爾的臉，用一種顯然發自內心的、極輕的聲音回答道，她一直在盼望著她跟她談談，現在要求她告訴她該怎麼辦。

「要我告訴妳怎麼辦是困難的，」伊莎貝爾回答，「我想我不能答應妳的要求。那是妳父親的責任，妳應該徵求他的意見，尤其重要的是，妳應該照他的話做。」

聽到這話，帕茜垂下了眼睛，一時她沒說什麼。

「我想我更希望得到您的指導，而不是爸爸的。」她接著提出。

「那是不應該的，」伊莎貝爾冷靜地說，「我非常愛妳，但是妳的父親更愛妳。」

「這不是因為您愛我，這是因為您也是個女人，」帕茜回答，態度顯得非常理智，「一位夫人對一個少女的指導會比一位先生的更合適一些。」

「那麼我的意見是：妳應該極端尊重妳父親的願望。」

「是的，」孩子熱烈地說，「我必須那麼做。」

「但我現在跟妳談到妳結婚的事，這不是為了妳，而是為了我，」伊莎貝爾繼續道，「我想知道妳的希望、妳的要求，因為這使我可以採取相應的行動。」

帕茜注視著她，然後很快地問道：「您願意一切照我的要求做嗎？」

「在我答應妳以前，我必須先知道妳的要求是什麼。」

帕茜立即告訴她，她唯一的願望就是嫁給羅齊爾先生。他向她求過婚，她告訴他，只要她的爸爸同意，她願意嫁給他。可現在她的爸爸不同意。

「很好，那麼這是不可能的。」伊莎貝爾說。

第四十五章

「是的,這是不可能的。」帕茜說,沒有歎氣,但那明朗的小臉蛋仍保持著聚精會神的神氣。

「那麼妳必須改變妳的想法。」伊莎貝爾繼續道。

這時帕茜歎了口氣,告訴她,她也想這麼做,可是一點沒有效果。「一個人總會想念那些想念妳的人,」她說,露出淡淡的笑容,「我知道,羅齊爾先生在想念我。」

「他不應該這麼做,」伊莎貝爾傲慢地說,「妳的父親已明確要求他別那麼做。」

「他也是沒有法子,因為他知道我想念他。」

「妳不應該想念他。也許他還情有原,但妳是完全沒有理由的!」

「我希望您能給我找到一個理由。」女孩子歎息著說,彷彿她在向聖母祈禱。

「我很抱歉,我不能那麼做,」聖母鐵面無情地回答,「如果妳知道,還有一個人在想念妳,妳會不會想念他呢?」

「沒有一個人會像羅齊爾先生那麼想念我,沒有一個人有這權利。」

「是嗎?但我不承認羅齊爾先生有這權利。」伊莎貝爾虛偽地喊道。

帕茜只是瞧著她,顯然深深感到困惑。伊莎貝爾利用這機會,開始提醒她,不服從她的父親的不幸後果。聽到這話,帕茜制止了她,向她保證說,她絕不會不服從他,絕不會嫁給他所不同意的人。她還以非常平靜、非常純樸的聲音宣稱,儘管她可以不嫁給羅齊爾先生,她絕不會不想念他。她似乎已接受了永遠獨身的思想,但伊莎貝爾還是認為,她沒有真正理解它的意義。她是完全真誠的,她準備放棄她的情人。這可以看作是向接受另一個情人邁出了重要的一步,但對帕茜來說,顯而易見,它沒有把她朝那個方向引導。她對她的父親並不懷恨,她心裡是沒有恨的,她有的只是對愛德華·羅齊爾的甜蜜的忠

誠，她似乎懷著一個離奇而優美的想法：她的堅守獨身將比嫁給他更有力地證明她的忠誠。

「妳的父親希望妳攀上一門更好的親事，」伊莎貝爾說，「羅齊爾先生的財產很有限。」

「您所謂更好是什麼意思？我認為那已經夠好了。而且我自己沒什麼錢，為什麼我要指望別人有錢呢？」

「正因為妳沒有錢，妳更應該指望別人有錢。」伊莎貝爾感謝屋裡很暗，她覺得她的臉是醜惡而虛偽的。她是在為奧斯蒙德賣力，這正是他所希望的！帕茜那莊嚴的目光停留在她的眼睛上，使她幾乎無地自容，她感到不好意思，她對女孩子的願望竟會這麼滿不在乎。

「那您要我怎麼辦呢？」帕茜溫和地問。

「這是一個可怕的問題，伊莎貝爾無計可施，只得用膽怯的、曖昧的話來搪塞，「應該記住，妳父親的一切快樂都掌握在妳的手裡。」

「您的意思是要我嫁給另一個人──如果他向我求婚的話？」

一時間，伊莎貝爾不知怎麼說才好，帕茜在一心等待著，最後她聽得自己在一片寂靜中回答道：

「是的，嫁給另一個人。」

孩子的眼睛睜得更大了。她站了一會兒，鬆開握緊的小手，然後發出了戰慄的聲音：「好吧，我希望沒有人向我求婚！」

「這是不大可能的。有一個人已準備向妳求婚。」

「我不相信他準備那麼做。」帕茜說。

第四十五章　　　　　　　　　　　　　　587

「如果他覺得有成功的把握，他就會提出。」

「如果他覺得？那麼他還沒有準備這麼做！」

伊莎貝爾感到這話相當尖銳，她也站了起來，對著爐火望了一會兒。

「沃伯頓勳爵對妳表現了極大的關切，」她說，「妳當然知道，我講的就是他。」

出乎自己的意外，她發現她已處在不得不為自己辯護的地位，這使她違反原來的意圖，把這位貴族直截了當提了出來。

「他對我十分親切，我非常喜歡他。但如果您以為他會向我求婚，那您估計錯了。」

「也許我錯了。但妳的父親對這事抱著極大的希望。」

帕茜搖搖頭，露出一絲聰明的微笑，「沃伯頓勳爵不會為了讓爸爸高興，便向我求婚。」

「妳的父親希望妳鼓勵他這麼做。」伊莎貝爾機械地繼續道。

「我怎麼能鼓勵他呢？」

「我不知道。妳的父親應該會告訴妳的。」

帕茜暫時沒說什麼，她只是繼續笑著，彷彿她充滿著光明的信念。

「這不會有什麼危險，不會有的！」她最後宣稱。

「她是懷著信心說這句話的，而且為自己有這樣的信心感到幸福，這使伊莎貝爾十分尷尬。她意識到她在指責她不夠正直，這個思想使她厭惡。為了恢復她的自尊心，她想說，沃伯頓勳爵曾經向她暗示過，存在著這種危險性。但她把話又咽了下去，只是在慌亂中，文不對題地說道，毫無疑問，他是非常親切，非常和氣的。

「是的,他是非常親切的,」帕茜回答,「這便是我喜歡他的原因。」

「那為什麼困難這麼大呢?」

「我始終相信,他明白我不想……您是怎麼說的?……我不想鼓勵他那麼做。他似乎在對我這麼說:『我非常喜歡妳,但如果妳不願意,我就絕不再提這件事。』我認為那是非常親切、非常高尚的,」帕茜繼續道,態度越來越明確,「那便是我們談話的全部內容,而且他也並不愛我。因此,這是沒有危險的!」

伊莎貝爾感到詫異,想不到這個溫順的小姑娘看問題這麼深刻。帕茜的智慧使她害怕,她幾乎在它面前開始退縮了。

「妳必須把這一切告訴妳的父親。」她婉轉地指出。

「我想我還是不講得好。」帕茜直爽地回答。

「妳不應該讓他抱著不切實際的希望。」

「也許不應該,但我寧可讓他抱這種希望。只要他相信,沃伯頓勳爵還打算做妳所說的那件事,他就不會向我提出別的人來。這對我是有利的。」帕茜說,顯得頭腦很清醒。

這種清醒的頭腦閃射著一種光輝,它使她的朋友長長地舒了口氣。她的沉重包袱放下了。帕茜心頭蘊藏著足夠的光,伊莎貝爾覺得,她自己那一點小小的亮光,已不足以給她提供什麼幫助。儘管這樣,她還沒有拋棄她必須忠於奧斯蒙德的觀念,在怎樣對待他的女兒這件事上,她必須問心無愧。由於這種情緒的影響,她在離開之前提出了另一個意見,她覺得,只有這樣,她才算盡了最大的努力:「妳的父

第四十五章　　589

親認為,妳願意嫁一個貴族,這至少是沒有疑問的。」

帕茜站在打開的房門口,拉開了門簾,讓伊莎貝爾通過。

「我認為,羅齊爾先生並不比貴族差!」她理直氣壯地說。

第四十六章

沃伯頓勳爵接連幾天沒有在奧斯蒙德夫人的客廳中露臉，伊莎貝爾不能不注意到，她的丈夫並未提起收到他信的事。她也不能不注意到，奧斯蒙德一直處在期待的狀態，儘管他不願流露這種心情，他還是覺得，他這位尊貴的朋友使他等得太久了。四天過去後，他提出了他不見蹤影的事。

「沃伯頓怎麼啦？他把我當作討帳的商人，避不見面，這是什麼意思？」

「他的情形我一點也不了解，」伊莎貝爾說，「我還是上星期五在德國人的舞會上見到他的。他對我說，他打算寫信給你。」

「我根本沒收到他的信。」

「我猜想是這樣，因為你沒有提起過。」

「他是個古怪的傢伙，」奧斯蒙德說，表示對他很了解。由於伊莎貝爾沒有回答什麼，他接著打聽，這位勳爵寫一封信難道要花五天時間不成：「他寫東西有這麼困難？」

「我不知道，」伊莎貝爾簡單地回答，「我從來沒有收到過他的信。」

「從來沒有？我覺得，好像有一段時間你們還經常通信呢。」伊莎貝爾回答，事實不是這樣，談話到此便結束了。然而第二天下午，已經很晚了，她的丈夫又走進客廳，談起了這件事。

「沃伯頓勳爵告訴妳，他打算寫信給我的時候，妳對他怎麼說的？」他問。

伊莎貝爾遲疑了一會兒,「我記得,我叮囑他別忘了。」

「妳看,有沒有這種危險?」

「不知道,正如你所說,他是一個古怪的傢伙。」

「顯然他忘記了,」奧斯蒙德說,「最好妳能提醒他一下。」

「你是要我寫信給他嗎?」她問。

「隨妳怎麼辦都可以。」

「你希望我做的事太多了。」

「是的,我對妳的希望很大。」

「恐怕我會使你失望。」伊莎貝爾說。

「我的希望大多是不至失望的。」

「這我當然知道。我只能使自己感到失望!如果你真的想抓住沃伯頓勳爵,你最好親自出馬。」

奧斯蒙德沒有回答,他沉默了一、兩分鐘,然後說道:「如果妳在中間跟我作對,這事就不好辦了。」

伊莎貝爾吃了一驚,覺得渾身哆嗦起來。他有一種瞇著眼睛看她的習慣,似乎他在考慮她,但又不在看她,她認為這包含著極其險惡的用心。它彷彿表示,他不得不考慮這個使他不快的人物,但他並不承認她的存在。現在這種意思表現得特別明顯。她說:「你大概怪我搞了什麼卑鄙的勾當。」

「我只是怪妳辜負了我的信任。如果他沒有再跨前一步,那是因為妳攔住了他。我沒有認為那是卑鄙的勾當,這種事一個女人經常認為是可以幹的。我毫不懷疑,妳根本不把這當作一件不好的事。」

592　一位女士的畫像　The Portrait of a Lady

「我告訴過你，我會盡力而為。」她繼續道。

「是的，這使妳贏得了時間。」

伊莎貝爾聽到這話，不禁回想起來，她過去把他想得多麼美好。她驀地大聲喊道：「你原來這麼希望得到他！」

這話剛一出口，她立即發現了它們的全部意義，這是她在講它們以前所沒有意識到的。它們把奧斯蒙德和她自己做了對照，突出了一個事實：人們所覬覦的這件寶物，一度曾落在她的手裡，可是她認為自己那麼富有，以致拋棄了它。一時間她異常興奮——她看到自己刺痛了他，感到又驚又喜，因為她的臉色馬上告訴她，她這聲喊叫深深震動了他。可是他沒有表示什麼，只是迅速地說道：「是的，我對這事抱著很大的希望。」

這時一個僕人走了進來，似乎是領一位客人來的。跟在他後面的是沃伯頓勳爵，後者看到奧斯蒙德，顯然停頓了一下。他很快看了看男主人，又看了看女主人，這個動作表示他不想打擾他們，或者甚至已發覺了當時那不祥的氣氛。然後他走上前來，以英國人的方式向他們致意，在這種方式中，他那略帶羞澀的態度成了良好教養的表現，它的唯一缺點只是不夠靈活而已。奧斯蒙德有些手足失措，他不知講什麼好，但伊莎貝爾機靈一動，立即說道，他們正在談這位客人呢。於是她的丈夫跟著補充道，他們不知道他現在怎麼了——甚至擔心他已經走了。

「沒有。」沃伯頓勳爵說，一邊含笑看看奧斯蒙德，「我只是正預備離開這兒。」然後他解釋道，他突然有事，不得不回英國去了，明天或後天就得動身。最後，他歎了口氣：「我非常遺憾，只得把可憐的杜歇丟在這裡！」

第四十六章

一時他的兩個朋友誰也沒說什麼，奧斯蒙德只是靠在椅背上聽著。伊莎貝爾沒有看他，她只能想像他的神色。她的眼睛停留在沃伯頓勳爵的臉上，它們在那裡比較自由，因為勳爵的眼睛一直在小心避開它們。然而伊莎貝爾還是相信，只要她能遇見客人的目光，她就能看出它們的意思。過了一會兒，她聽到她的丈夫用相當輕的聲音說道：「你最好帶著可憐的杜歇一起走。」

「他還是應該等天氣暖和一點再說，」沃伯頓勳爵回答，「目前這時候，我不想勸他動身。」

他坐了一刻鐘，談的話好像他不會再看到他們了——確實，除非他們到英國去，這是他熱烈歡迎的。為什麼他們秋天不到英國去呢？他覺得這是一個出色的主意，他一定盡地主之誼，好好招待他們——他歡迎他們到他家裡去住上個把月。奧斯蒙德，據他自己說，只到英國去過一次，對他這麼一個清閒而又聰明的人說來，這未免是美中不足。那是一個對他很合適的國家——他在那裡肯定會過得很舒服。

然後沃伯頓勳爵問伊莎貝爾，是不是還記得她在那兒度過的那一段有趣的日子，是不是還想到那兒去玩玩。她希望再看看花園山莊嗎？花園山莊實在是不錯的。杜歇沒有好好照料它，但那種地方，哪怕你不去管它也仍然很美。為什麼他們不去玩玩，拜訪一下杜歇呢？他應該邀請過他們？這傢伙真是不懂得禮貌！沃伯頓勳爵一定要向花園山莊的主人提出抗議。當然，這只是偶然的疏忽，他肯定是歡迎他的。跟杜歇過一個月，跟他也過一個月，再認識一下他們一定會感興趣的人，她對他說過，她還從未到過英國，他向她保證過，這是一個值得她去看看的國家。當然，她在哪兒都會受到歡迎，不一定非去英國不可，這是她的命運，但在英國，她一定會獲得極大的成功，只要奧斯蒙德小姐願意，她會瘋魔整個社

594

一位女士的畫像
The Portrait of a Lady

交界呢。他問道，她是不是在家，他能不能跟她道別？他並不喜歡道別——他總是回避這些事，這一次他離開英國的時候，就沒有向一個人辭行。他本來打算在離開羅馬的時候，不來打擾奧斯蒙德夫人，跟她最後話別的。還有什麼比最後的會見更索然無味的？你要講的話，總是忘了講，直到事後又統統想了起來。相反，只因為不得不講點什麼，你又總是講了一大堆不必講的話。這種情形實在糟糕，常常弄得人哭笑不得。他現在也是這樣，心裡七上八下的。如果奧斯蒙德夫人覺得他有什麼話講錯了，請她諒解，這是他心亂如麻的緣故。跟奧斯蒙德夫人告別，不是一件輕鬆的事。他本來想寫封信給她，不親自上門，不過他肯定還會寫信給她的，因為他離開以後，一定會想起許多話忘了講。請他們務必考慮到洛克雷去玩玩的事。

如果在他拜訪的過程中，或者在他宣布離開時，大家感到有些彆扭，那麼這並沒有表面化。沃伯頓勳爵談到了他的不安心情，但他沒有在其他方面把它表現出來。伊莎貝爾看到，由於他已決心退卻，他幹得很漂亮。她非常感激他，覺得他相當好，因此但願他能順利地度過難關。在任何場合，他都能做到這點，這不是由於他詭譎狡詐，而是由於他老成練達。伊莎貝爾發覺，她的丈夫已給他這種手腕弄得無可奈何。她坐在那兒，心裡有兩種活動在同時進行：一方面，她聽他們的客人談著，也對他相應地講幾句，從他的話裡捉摸他隱藏的意思，還在猜測，如果他跟她單獨見面，他會怎麼說，另一方面，她充分體會到了奧斯蒙德的心情。她幾乎為他感到難過，他不得不在失敗面前忍氣吞聲，把痛苦往肚子裡咽。他本來抱著多大的希望，可現在只得眼睜睜看它化為泡影，還得裝著笑臉，無能為力地坐在那兒。不過他沒有裝得興高采烈，一般說，他在這位朋友面前，總是表現出一副淡漠的臉色，這在他這樣一個聰明人說來，是最合適的。確實，奧斯蒙德能夠這麼不動聲色，這是他聰明過人之處。然而他現在的表

第四十六章　　　　　　　　　　　　　　　　　　　　　　　595

情並不是承認失敗,這只是他的習慣的一部分,因為他越是抱著強烈的希望,便越是表現得冷若冰霜。他對待奧斯蒙德,他一開始就對這位大人物抱有希望,但是他從沒讓他的迫切心情,從美麗的臉龐上流露出來。他對待他選中的女婿跟對待任何人一樣——彷彿對這個人的興趣只是為了這個人自己,不是為了吉伯特·奧斯蒙德,奧斯蒙德已經稱心如意,無所需求了。現在,儘管美好的前景業已消失,他仍克制著由此產生的內心的憤怒,不讓它有一絲一毫、一分一釐的流露。但這一切瞞不過伊莎貝爾,她不能不感到滿意。她感到滿意,這是奇怪的,非常奇怪的,她希望沃伯頓勳爵在她丈夫面前取得勝利,同時她又希望,她的丈夫在沃伯頓勳爵面前表現得高人一等。奧斯蒙德也有他值得讚美的地方,他像他們的客人一樣,有一套處世方法。他不是老成練達,應付得當,但他的方法同樣出色,那就是裝得無求於人。他靠在椅背上,若無其事地聽另一個人談他那友好的邀請和委婉的解釋,彷彿這些話都是對他的妻子講的,他只是在旁邊奉陪罷了。他一邊聽,一邊心裡在想,雖然他失去了一切優勢,至少還可聊以自慰,因為他沒有親自插手,現在更可以裝出無所謂的樣子,保持超然物外的一貫姿態,使它顯得更加優美。這種態度似乎表示,辭行者的行動根本沒有在他心頭掀起一點漣漪。這位客人當然幹得天衣無縫,但奧斯蒙德的表演從它本身的特點來看,更加完美無缺。沃伯頓勳爵的處境畢竟是容易的,他完全有理由離開羅馬,他有過良好的意願,但它突然無法實現,好在他還從未許諾過什麼,他的榮譽是沒有問題的。奧斯蒙德對邀請他們到英國去,在他那裡住一段時間的提議,對他提到的帕茜可能從這次訪問中得到的成功,似乎都興趣不大。他隨口表示了感謝,卻讓伊莎貝爾回答說,這是一件需要鄭重考慮的事。然而伊莎貝爾在這麼說的時候,彷彿看到,一個偉大的前景已突然在她丈夫的心頭展開,出現在這前景中心的便是帕茜那小小的身影。

一位女士的畫像
The Portrait of a Lady

沃伯頓勳爵曾要求向帕茜道別，但伊莎貝爾和奧斯蒙德都沒有派人去叫她。他的神情似乎在告訴他們，他的拜訪不能太久，他坐在一只小椅子上，彷彿只打算待一會兒，還把帽子拿在手裡。但他老是不站起來，伊莎貝爾奇怪，不知他在等什麼。她相信，他不是要見帕茜，她的印象是他實際寧可不跟帕茜見面。那麼他當然在等她，想跟她單獨談什麼。伊莎貝爾並不想聽，因為怕他向她解釋，她完全不需要解釋。然而奧斯蒙德立即站了起來，彷彿一個懂得禮貌的人突然想起，一位善於交際的客人總是要向夫人單獨表示一下最後的殷勤的。

「我在飯前還得寫一封信，」他說，「請原諒我不能奉陪了。我會去看一下，我的女兒有沒有空，如果有空，她會到這兒來看你。當然，今後你到羅馬來的時候，想必總會來看我們的。伊莎貝爾會跟你商量去英國旅行的事，這些事都是她決定的。」

他說完這短短幾句話之後，沒有跟他握手，只用點頭的簡單方式跟他告別，這基本上是符合這個場合的要求。伊莎貝爾心想，他離開屋子以後，沃伯頓勳爵是沒有理由說「你的丈夫非常生氣」的，這樣的話會使她很不高興。然而，萬一他說的話，她可以這麼回答：「算了，你不必擔心。他不會恨你，他恨的是我！」

現在只剩下了他們兩人，沃伯頓勳爵顯得有些手足失措，他坐到了另一張椅子上，隨手擺弄著旁邊的兩、三件小玩意兒。

「我希望他能叫奧斯蒙德小姐出來，」他隨即說道，「我非常想見她一面。」

「我很高興這是最後一次。」伊莎貝爾說。

「我也這樣。她並不喜歡我。」

第四十六章

「是的,她並不喜歡你。」

「我對這不感到奇怪,」他回答。然後岔到了旁的事情上,「妳會到英國來吧?」

「我想我們還是不去得好。」

「妳還沒來看過我呢。妳本來應該再到洛克雷去一次,可妳始終沒有去,妳還記得嗎?」

「從那時以後,一切都發生了變化。」伊莎貝爾說。

「就我們而言,肯定沒有向壞的方向變化。能夠在我的家裡看到妳,」他遲疑了一下,「我會感到非常愉快。」

她曾擔心他會向她解釋,但是他只提到了這一點。他們談了拉爾夫一會兒,帕茜便進來了,她已經穿好晚餐的禮服,兩個臉頰有一點發紅。她跟沃伯頓勳爵握了手,一直帶著微笑望著他的臉——這種微笑,伊莎貝爾是懂得的,雖然勳爵不一定想得到,它是隨時會變成啼哭的。

「我快走了,」他說,「我希望跟妳說聲再見。」

「再見,沃伯頓勳爵。」女孩子的聲音顯然在發抖。

「我還想告訴妳,我多麼希望妳能獲得幸福。」

「謝謝您,沃伯頓勳爵。」帕茜回答。

他遲疑了一會兒,向伊莎貝爾瞟了一眼,「妳應該非常幸福,因為妳的身邊有一位守護天使。」

「我相信我會幸福。」帕茜說,那是對一切抱著樂觀態度的人的口氣。

「這樣的信念會給妳帶來遠大的前途。但是如果發生了什麼困難,妳可以記住……記住……。」沃伯頓勳爵不知怎麼說好,停了一會兒。

「希望妳不要忘記我!」他說,輕輕嘆口氣。然後跟伊莎貝爾握了手,沒有講一句話,立即走了。

他離開屋子後,伊莎貝爾認為,帕茜一定會放聲大哭,但事實上後者表現的態度完全不同。

「我相信,您是我的守護天使!」她用非常甜蜜的聲音喊道。

伊莎貝爾搖搖頭,「我根本不是什麼天使,我至多只是妳的一個好朋友。」

「那麼您是一個非常好的朋友,因為您要求爸爸待我溫和一些。」

「我沒有向您的爸爸要求什麼。」伊莎貝爾說,感到詫異。

「他剛才通知我到客廳來的時候,非常親切地吻了我一下。」

「啊,」伊莎貝爾說,「那完全出於他自己的想法!」

她非常了解這種想法,它是很有特色的,她還會看到它的許多表現。哪怕在帕茜面前,奧斯蒙德也不讓自己顯得有絲毫錯誤。那天晚上,他們得出外赴宴,飯後又參加了另一個招待會,因此直到晚上很遲的時候,伊莎貝爾才單獨跟他在一起。帕茜去就寢以前,跟他親吻時,他擁抱了她,態度甚至比平時更為親切。伊莎貝爾感到納悶,不知他是不是想用這行動來表示,他的女兒由於繼母的陰謀陷害,受到了欺侮。它至少在一定程度上,表現了他繼續對妻子所抱的希望。伊莎貝爾正打算跟在帕茜後面離開客廳,他突然喊住她,要她留下,他有話跟她說。然後他在客廳裡踱了幾步,她披著斗篷,站在那兒等待著。

「我不明白妳想做什麼,」過了一會兒,他開口了,「我希望你告訴我,這樣,我可以知道該怎麼辦。」

「現在我想上床去。我非常疲倦了。」

第四十六章

「坐下，休息一會兒，我不會把妳留住太久的。別坐在那兒，找一個舒適些的座位。」於是他把本來散置在大沙發上的許多靠墊整理了一下。但她沒有坐在那裡，只是在最近的一張椅子上坐了下去。爐火已經熄滅，寬敞的屋子裡顯得光線暗淡。她把斗篷裹一裹緊，她覺得非常冷。

「我認為妳是要讓我丟臉，」奧斯蒙德繼續道，「那是非常荒謬的行為。」

「我根本沒有你說的那種意思。」伊莎貝爾說。

「妳背著我耍了一個很大的花招。」

「我耍了什麼花招？」

「然而妳沒有完全成功，我們還會見到他。」他站在她面前，兩手插在口袋裡，露出深思的神色，用他平常那種方式俯視著她，似乎要讓她知道，她不是他思考的目標，只是偶然出現在他眼前的一件討厭的物品。

「如果你認為，沃伯頓勳爵負有義務，非回來不可，那麼你是想錯了，」伊莎貝爾說，「他沒有任何義務。」

「那正是我感到不滿的地方。但是我說他會回來，不是指他出於責任感跑回來。」

「除此以外，沒有任何事可以使他回來。我認為，羅馬對他已經失去魅力。」

「不對，那是淺薄的判斷。羅馬的魅力是無窮無盡的。」奧斯蒙德又開始踱來踱去，「然而，關於那件事，也許不必急於下結論，」他又說，「他要我們到英國去，這個主意還不錯。要不是我怕在那兒遇到妳的表兄，我一定勸妳去。」

「很可能你不會在那兒見到我的表兄了。」伊莎貝爾說。

「要是能肯定這一點就好了。不過我可以盡量相信這點。同時,我也希望看看他的房子,有一個時期妳常常向我講到它,它叫什麼名字——花園山莊?那一定是一個美麗的地方。還有,妳知道,我十分懷念妳的姨父,妳使我非常喜歡他。我很想看看他生活和去世的地方。不過,那都是小事。妳的朋友說得對,帕茜應該看看英國。」

「我毫不懷疑,她會對她發生興趣。」

「但那是好久以後的事,現在離明年秋天還很遠,」奧斯蒙德繼續道,「不過有些事跟我們的關係更為密切。妳是不是認為我非常驕傲?」他突然問。

「我認為你非常奇怪。」

「妳不了解我。」

「是的,我甚至不明白,你為什麼要侮辱我。」

「我沒有侮辱妳,我不會那麼做。我只是談了一些事實,如果提到這些事,傷了妳的心,那麼這不是我的過錯。妳把這件事全部掌握在妳的手裡,這是毫無疑問的事實。」

「你還想談沃伯頓勳爵嗎?」伊莎貝爾問,「他的名字已使我感到厭倦。」

「在這件事沒有了結之前,妳還得再聽一下。」

她談到他侮辱了她,但她突然發覺,這已不再使她感到痛苦。她看到他在向下墮落、墮落,這個幻象弄得她頭暈目眩,它成了她唯一的痛苦。他變得這麼奇怪,跟以前這麼不同,他已經不能再觸動她。然而,他那種病態的情緒發生的作用是異乎尋常的,它使她的好奇心越來越大,她想知道,他是憑什麼來為自己辯解的。

第四十六章

「我可以明白告訴你，我認為你要說的話，沒有一句是值得我聽的，」她過了一會兒回答道，「但是也許我錯了，有一件事我還是值得聽一聽的，那就是請你乾乾脆脆告訴我，你對我的不滿是什麼？」

「是你破壞了帕茜和沃伯頓的婚事。這話算不算乾脆？」

「正好相反，我對這件事非常關心。我已這麼告訴過你。你對我說，你把希望寄託在我身上——我想你是這麼說的——那時，我負起了這個責任。我很傻，我不應該接受，但是我接受了。」

「你假裝接受，妳甚至裝得不太樂意，使我更加一心一意把事情託付給妳。然後妳就開始玩弄妳的手段，使他從這條路上撤走。」

「我想我明白你的意思了。」伊莎貝爾說。

「妳告訴我，他要寫信給我，現在這封信在哪裡？」她的丈夫問。

「我一點也不知道，我沒有問他。」

「是妳中途攔住了它。」奧斯蒙德說。

伊莎貝爾慢慢站了起來。白斗篷拖到了她的腳上，裹住了她的全身，她立在那兒，就像一尊輕蔑之神，這是憐憫之神的堂姐妹。

「啊，奧斯蒙德，一個曾經那麼高尚的人！」她大喊著，發出了一聲長歎。

「我從來沒妳那麼高尚！妳做了妳要做的一切。妳使他退出了這條道路，還裝得若無其事。妳使我落到了妳希望我落到的地步——一個想把女兒嫁給貴族，卻碰了壁，鬧了笑話的人。」

「帕茜並不想嫁給他，他的離開使她十分高興。」伊莎貝爾說。

「那跟這件事毫不相干。」

「他也不想娶帕茜。」

「不見得,她告訴我,他想娶她來著。我不明白,這對妳有什麼好處,」奧斯蒙德繼續道,「妳為什麼一定要這麼做。我認為我並沒有想入非非,我沒有希望太高。我的希望是很小的、很簡單的。這想法不是從我開始的,在我想到這事以前,他先向我表示他喜歡她。」

「是的,你心甘情願把這事交給了我。今後你應該親自來處理這種事。」

他瞅了她一眼,然後掉過頭去,「我本來以為妳非常喜歡我的女兒。」

「我從來沒有像今天那麼喜歡她。」

「你的感情是有很大的附帶條件的。不過,那恐怕也很自然。」

「你想跟我談的是不是就是這些?」伊莎貝爾問,一邊從桌上拿起一支蠟燭。

「妳現在稱心了吧?妳對我的失望該滿意了吧?」

「我想你並沒有完全失望。你還會有機會來愚弄我的。」

「這並不重要。重要的是這件事證明:帕茜可以往高處飛。」

「可憐的小帕茜!」伊莎貝爾說,拿著蠟燭轉身走了。

第四十六章 603

第四十七章

她從亨麗艾特‧斯塔克波爾那裡得知，卡斯帕‧戈德伍德到了羅馬，這是沃伯頓勳爵離開三天以後的事。在沃伯頓勳爵離開以前，還發生了一件事，這對伊莎貝爾多少有些意義，那就是梅爾夫人再一次暫時離開了羅馬，到拿坡里去探望一位朋友，那是一個快樂的人，在波西利波有一所別墅。梅爾夫人不再關心伊莎貝爾的幸福，後者已開始懷疑，一個最穩重嫺雅的女人，有時也可能是最危險的。每到夜晚，她常常出現奇怪的幻覺，彷彿看到她的丈夫和她的朋友──他的朋友──影影綽綽地站在陰暗的角落裡。她覺得，這位夫人似乎隱藏著一些祕密。伊莎貝爾的想像力在這個迷宮中往來探索，但有時一種無名的恐懼會使它畏縮不前，因此這位光輝的朋友離開羅馬之後，她倒好像得到了休息的機會。她早已從斯塔克波爾小姐處獲悉，卡斯帕‧戈德伍德到了歐洲──亨麗艾特在巴黎一遇到他，馬上寫信通知了伊莎貝爾。他本人從未寫信給她，因此她想，雖然他在歐洲，很可能他並不想跟她見面。在她結婚以前，他們那次最後的會見，可以說帶有澈底決裂的意味。如果她沒有記錯的話，他當時是那麼說的，他說他最後看她一次。從那以後，他已成了她早年生活中留下的一個魅影──事實上也是唯一使她永遠感到痛苦的一個人物。那天上午，他給她帶來了不必要的震動，彷彿兩條船在大白天發生了碰撞。那時天上沒有霧，海裡沒有暗流，她自己也希望把穩船舵，平靜地向前航行。但是，就在她握住舵柄的時候，他卻對著她的船頭撞來，從而──不妨再用譬喻來說──使這條較輕的船受了損

一位女士的畫像
The Portrait of a Lady

傷，事後還不時發出低低的呻吟聲。見到他是可怕的，因為在她看來，他代表著她在世上造成的唯一不幸，他是對她的要求唯一不能得到滿足的人。他離開她以後，她懷著憤怒哭了，她為什麼憤怒，她自己也不明白，她竭力想，這是因為他對她缺乏諒解。他帶著他的不幸來找她，那正是她感到自己的幸福那麼美滿的時候，他拚命要使這純潔無疵的幸福變得暗淡無光。他並不粗暴，但這件事還是給了她強烈的印象，她事後的感覺上，這種感覺糾纏了她三、四天。

不久，他來訪的後果淡薄了，在伊莎貝爾婚後的第一年中，他已從她的記憶中消失。他是一個不宜想念的人物，因為想念一個為你忍受著痛苦和不幸的人，只能使你感到不愉快。如果她能夠懷疑他的處境，哪怕一點兒也好，不認為那是不可改變的，就像她對沃伯頓勳爵的處境那樣，那麼事情就不同了。不幸的是他的痛苦是沒有疑問的，它這種不容否定、不可彌補的性質，正是使它不受歡迎的原因。她絕不能對自己說，他的創傷已經痊癒，她對那位英國的追求者卻可以這麼說。一家棉紡織廠不能成為這方面的補償，尤其不能抵銷失去伊莎貝爾·阿切爾的痛苦。然而除此以外，她不知道他還有什麼，除非是他那些內在的品質。是的，他的內心是相當堅強的，在她的記憶中，他甚至從未期望過外在的幫助。如果說他擴大了他的工廠——按照她的認識，這是他唯一能夠施展他的抱負的地方——那麼只因為這是他的事業，或者是工廠所必需的，絲毫也不是因為他指望靠它來忘記過去。這一切使他的形象顯得空虛，蒼白，當他在她的回憶或懷念中出現的時候，總會給她帶來極大的震動。他缺乏社交生活的儀表，那種在高度文明的時代裡，披在人身上、把人與人接觸中的一切稜角隱藏起來的儀表。而且他杳無音信，她

第四十七章　　605

從未收到過他的信，也很少聽到任何人提到他，這更加深了他給人的孤獨感。她不時向莉蓮問起他的消息，但是莉蓮對波士頓一無所知，她的思想跳不出麥迪森大道以東這個範圍。隨著時間的過去，伊莎貝爾開始常常想到他，思想上的束縛也減少了，她甚至不只一次要寫信給他。她從沒向丈夫談起過他——奧斯蒙德一點也不知道他到佛羅倫斯來看她的事。這種保留起先不是出於對奧斯蒙德的不信任，她只是考慮到，那位年輕人的挫折不屬於她的祕密，而是他的祕密。她相信，如果她把它告訴別人，那是不對的，而且歸根結柢，戈德伍德先生的事跟吉伯特沒有多大關係。但她到底還是沒有寫信給他，考慮到他的苦惱，她覺得她至少應該不再去打擾他，然而她還是願意多少接近他一些。當然，她從沒想過她應該嫁給他，哪怕在她結婚的後果已十分清楚以後，儘管她常常沉浸在回憶中，這樣的思想也從沒在她頭腦中出現過。但是在她心煩意亂、想為自己辯白的時候，他也成了她選擇的一個物件。我講到過，她多麼希望自己能夠相信——使她的精神得到安寧。她不時想到，她還欠著卡斯帕一筆債，需要了結。她覺得，她今天願意、也可能以對他有利的條件來算清這筆帳。儘管這樣，當她得知他來到羅馬的時候，她還是感到惶惑不安。如果他發現——因為他會發現這點，就像他會查清一筆假帳或這一類事一樣——她隱藏的不幸，他會比任何人更難過。在她的心靈深處，她相信，為了她的幸福，他可以拋棄一切，而其他人只能以對他有利的條件來算清這筆帳。[1] 如果他發現，他會比任何人更難過。在她的心靈深處，她相信，為了她的幸福，他可以拋棄一切，而其他人只能拋棄一部分。他又是一個她必須向他隱瞞自己的痛苦的人。然而，在他到達羅馬以後，她又放心了，因為接連幾天他都沒有找上門來。

可以想像得到，亨麗艾特·斯塔克波爾比他及時得多。她的到來，使伊莎貝爾獲得了很大的安慰，她沉浸在她的友誼中，因為現在她決心要把內心的苦悶吐露出來，這也足以證明，她不是一個膚淺虛偽

的人。尤其值得注意的是，這幾年光陰的流逝，非但沒有損害，倒是豐富了她們的友誼，儘管有些不像伊莎貝爾那麼直接有關的人，曾對這種友誼的特點做過幽默的揶揄，她們的情況卻充分證明，那是帶有英雄主義色彩的忠誠行為。亨麗艾特仍像以前一樣尖銳、靈敏、朝氣蓬勃，也一樣整潔、開朗、美好。她那對大大的眼睛還是那麼明亮，像燈火輝煌、沒有關上百葉窗的車站；她的裝束還是那麼乾淨俐落，她的意見還是那麼富有民族特色。然而她絕不是毫無變化，在伊莎貝爾看來，她變得不太明朗了。以前她從不含糊其詞，即使一下子提出許多問題，每個問題她都提得很完整、很尖銳。她做每一件事都理直氣壯，都有明確的動機。從前她到歐洲來，是因為她想看看她，現在她已經看到了她，這已不成為她的理由。她沒有自稱她這次到歐洲來是為了考察日趨沒落的歐洲文明。她這次的旅行倒是表示她與舊世界毫無瓜葛，她不是要對它承擔進一步的義務。

她對伊莎貝爾說：「到歐洲來算不得什麼，我不認為這需要那麼多的理由。待在國內更有意思，比這重要得多。」

因此，她不遠千里再度前來羅馬，不是要幹什麼重要的事，她以前已經遊歷過這個地方，已對她做過仔細的考察。這次旅行只是為了表示親密的友誼，表示一個人懂得友誼的價值，有權利到這裡來。這一切當然很好，可是亨麗艾特卻顯得心神不定。當然，如果她要心神不定，她也完全有權利心神不定。但是她到羅馬來畢竟還有一個原因，並不像她說的那麼無所謂。伊莎貝爾一眼就看到了這點，同時也看到了她這位朋友的忠誠的價值。她在仲冬季節越過驚濤駭浪來到這裡，是因為

1 指紐約市區。

第四十七章　607

她猜到了伊莎貝爾的不幸遭遇。亨麗艾特能猜到許多事,可是從沒猜得像這次這麼準確。現在,使伊莎貝爾高興的事不多,但哪怕它們很多,想到亨麗艾特沒有辜負她一向對她懷有的高度評價,她還是會產生一種特別愉快的心情。在怎樣對待她的問題上,她做過許多讓步,但是儘管有這一切保留,她還是堅持她是一個非常寶貴的朋友。然而伊莎貝爾現在關心的不是她的勝利,她只是覺得,她可以向亨麗艾特吐露內心的苦悶,這是第一個她能夠向她承認自己的不幸的人。亨麗艾特也毫不遲疑地接觸到了這點,當面譴責了她的自怨自艾。她是一個女人,她是一個姐妹,她不是拉爾夫,不是沃伯頓勳爵,也不是卡斯帕·戈德伍德,伊莎貝爾可以向她傾訴一切。

「是的,我有些自怨自艾。」她說,非常心平氣和。她討厭聽到自己說這些話,因此盡量講得公正客觀。

「他對妳幹了些什麼?」亨麗艾特問,皺著眉頭,好像在調查一個江湖醫生的騙人花招。

「他什麼也沒做。但是他不喜歡我。」

「他是非常難對付的!」斯塔克波爾小姐喊道,「妳為什麼不離開他?」

「我不能那麼做。」伊莎貝爾說。

「我不知道我是不是太驕傲。」

「我倒要請教妳,為什麼不能?妳不肯承認妳幹了一件錯事。妳太驕傲了。」

「我不知道我是不是太驕傲。但我不能公開我的錯誤。我想那不見得體面,我寧可死也不願那麼做。」

「妳不會老是那麼想。」亨麗艾特說。

「我不知道,我的悲慘遭遇會使我幹出什麼來,但我覺得我會永遠感到可恥。一個人只能接受自己

所幹的事。我是當著全世界的面嫁給他的，我一切都出於自願，一切都經過鄭重的考慮。我不能輕易改變。」伊莎貝爾又道。

「不管妳能不能，妳已經變了。我想妳不至還會說妳喜歡他吧。」

伊莎貝爾遲疑了一會兒，「是的，我不喜歡他。我能夠向妳承認這點，因為我厭惡透了我的祕密，但那已經夠了，我不想把它告訴全世界。」

亨麗艾特大笑起來，「妳不覺得妳思前想後的，考慮得太多了嗎？」

「我考慮的不是他，是我自己！」伊莎貝爾回答。

吉伯特・奧斯蒙德對斯塔克波爾小姐感到不放心，這是不足為奇的，他的本能告訴他，他跟這位能夠勸他的妻子從丈夫家中出走的小姐，天然處於對立的地位。她到達羅馬之後，他對伊莎貝爾說，他希望她不要接近這位當記者的朋友。伊莎貝爾回答道，他至少不用對她擔心。她對亨麗艾特說，由於奧斯蒙德不喜歡她，她不能請她去吃飯，但她們可以通過其他方式經常見面。伊莎貝爾可以在自己的起居室裡自由接待斯塔克波爾小姐，還常常帶她一起驅車出遊。在馬車上，帕茜坐在她對面的座位上，身子略略向前俯出，露出尊敬的神情，注視著這位著名的女作家，這種目光有時使亨麗艾特感到很不舒服。她向伊莎貝爾埋怨道，奧斯蒙德小姐的神氣，像要把人家說的話一句句都記住似的。

「我不希望人家記住我的話，」斯塔克波爾小姐宣稱，「我認為我的話只有眼前的價值，就像當天的報紙一樣。妳丈夫的女兒坐在那兒盯著我瞧，好像要把這些報紙統統保存下來，到將來有一天好把它們端出來反對我。」她怎麼也不能對帕茜產生好感，後者的缺乏主動精神，沉默寡言，沒有個人的要求，她認為，對二十歲的少女說來是不自然的，甚至是險惡的。

第四十七章　　609

伊莎貝爾不久發現，奧斯蒙德但願她為她的朋友向他說情，要求他接待她，這樣，他可以表示為了禮貌不得不委曲求全。她對他的反對毫無異議這件事，倒使他陷入了受責備的地位——實際上，表示輕蔑的缺點之一，就是使你同時失去了表示同情的榮譽。奧斯蒙德覥顏榮譽，又不肯妥協——這兩者構成了難以調和的因素。正確的作法應該是請斯塔克波爾小姐到羅卡內拉宮來吃一、兩次飯，這樣，儘管他表面上彬彬有禮，一絲不苟，她仍可以自行得出結論：他對她並不歡迎。然而由於兩位女士不屑遷就，奧斯蒙德無法可想，唯有希望亨麗艾特快些離開。他覺得奇怪，為什麼他妻子的那些朋友都跟他格格不入，因此有一次他要伊莎貝爾注意這點。

「毫無疑問，妳有那些老朋友是很不幸的，我希望妳找一些新的。」一天早上他對她說，他的話並不針對當時任何一個人，但他的口氣是經過仔細考慮的，這使那些話一點也不顯得粗魯失禮。

「這些人跟我毫無共同之處，好像是妳特地從世界各地搜羅來的。妳的表兄，我一向認為是一頭傲慢的蠢驢，而且是我所知道的最討厭的動物。別人又不便對他這麼說，這更加叫人受不了——他的健康狀況使人不得不讓他幾分。我看，他身體不好倒是他最有利的條件，這使他可以享受別人享受不到的特權。如果他真的已經病入膏肓，那麼只有一個辦法可以證明這點，可他好像還不打算採取這個辦法。關於偉大的沃伯頓，我沒有很多話好說了。認真想起來，那場表演的冷酷無禮，實在是罕見的！他來拜望人家的閨女，好像她是一套等待出租的房間。他試試門把手，瞧瞧窗戶，彈彈牆壁，簡直真想住下來似的。你肯不肯跟我訂個契約啊？可是臨到末了，他決定：房子太小，他不能住在三層樓上，他得找一幢豪華的公館。於是他走了，只是在這可憐的小屋子裡住了一個月，分文不付。可是妳的朋友中間，最妙的還是斯塔克波爾小姐。她簡直像妖怪一樣可怕，妳一看見她，身上每一根神經都會發抖。說真的，

我從不承認她是一個女人。妳可知道，她使我想起什麼？想起一個純鋼的新筆尖——世界上最討厭的東西。她講起話來就像這個筆尖在寫字。我順便問一下，她那些通訊是不是都寫在橫格紙上的？她的一言一行，一舉一動，都像她講話那麼呆板。妳也許要說，她沒有礙著我什麼。是的，我沒看見她，可是我聽到她的聲音，整天都聽得到。她的聲音老是在我耳朵旁邊打轉，躲也躲不開。我完全知道她說些什麼，她說話時的音調變化。她花言巧語地談論我，妳卻聽得津津有味。可我根本不樂意她來談論我——我覺得這就像我發現我的僕人在戴我的帽子一樣！」

亨麗艾特很少談到吉伯特．奧斯蒙德，這正如他的妻子告訴他的，跟他的想像完全不同。她有許多別的事可談，其中有兩件也許是讀者特別感興趣的。她告訴伊莎貝爾，卡斯帕．戈德伍德自己發現了她的不幸，可是她怎麼也猜不透，他到羅馬來預備怎麼安慰她，而且來了以後，他都裝得沒瞧見她們。她們坐在車上，他呢，還是那個習慣，眼睛直勾勾望著前面，彷彿一心一意在思考什麼問題。伊莎貝爾覺得跟他見面似乎還是昨天的事。在他們那次最後的會見結束後，他一定也是帶著那副臉色，邁著那樣的步子，走出杜歇夫人家的大門。他穿的衣服也跟那天的一樣，伊莎貝爾連他的領帶的顏色也記得。但儘管外形這麼熟稔，他身上卻有著一種陌生的神氣，正是這股神氣使她重又感到，他到羅馬來是一件可怕的事。他顯得比以前更魁梧，更高大了，在那些日子裡，他的態度無疑是相當傲慢的。她發覺，他走路的時候，人們都會回過頭來瞧他，可他只顧向前走，高高昂起了頭，臉上的神色像二月的天空。

斯塔克波爾小姐的另一個話題，跟這毫無關係。她向伊莎貝爾談了班特林先生的近況，一年前他到美國去過一次，她很高興她能夠向他表示深切的關心。她不知道，他是不是滿意，但她可以保證，這

第四十七章　　611

次旅行對他是有好處的,他離開的時候跟他去的時候有了不同。它打開了他的眼界,使他看到,英國不是一切。他在大部分地方都很受歡迎,大家覺得他非常坦率——比他們通常想像的英國人坦率。也有些人認為他有點做作,她不知道,他們的意思是不是說,他的坦率是裝出來的。他的問題有些太叫人洩氣,他認為旅館裡所有的女服務員都是農村姑娘,或者所有的農村姑娘都是女服務員,他覺得那裡美不勝收,似乎他只能注意其中的一小部分。他選擇的這部分是旅館制度,還有內河航行設施。他看來真的覺得那些旅館非常美,凡是他住過的,他都照了相。但內河輪船是他感興趣的,總認為巴爾的摩是在西部,還老是相信快要到達密西西比河。他們一起旅行,從紐約直到密爾沃基,一路上遇到有趣的城市都要逗留一下。當然,在英國的火車上,你吃不到霜淇淋,也沒有風扇,也沒有糖果,什麼也沒有!他發現那熱度簡直使他受不了,她對他說,她猜想這是他經歷過的最高氣溫。現在他在英國,正在打獵,亨麗艾特把這叫作「遊獵」。這本來是美國印第安人的娛樂,我們早已不搞這種狩獵活動做消遣。在英國,班特林先生似乎沒有時間到義大利來看她,但等她回巴黎的時候,他會去跟她見面。他非常懷念凡爾賽,他對法國革命以前的政治制度饒有興趣。在這一點上,他們意見不同,她之所以喜歡凡爾賽,正因為從這裡可以看到舊制度的滅亡。那裡現在已經沒有公

一位女士的畫像
The Portrait of a Lady

爵和侯爵，相反，她記得有一天，她看到五家美國人在那兒遊覽。班特林先生總是攛掇她再拿英國做題材，寫幾篇通訊，他認為，她現在對她的態度會好一些了。英國這兩、三年已發生不少變化。他決定，如果她到英國去，他要去找他的姐姐彭西爾夫人，這一次她肯定會向她發出邀請信。但上次的那個祕密，他始終沒有解釋。

卡斯帕・戈德伍德終於到羅卡內拉宮來了，事先他寫了一封信給伊莎貝爾，要求她同意。得到了許可，她說那天下午六點鐘，她在家接待他。白天她一直在猜，他為什麼要來——來了對他有什麼好處。他一向的表現都說明，他是一個毫不調和的人，他對他要求的東西寧可沒有，絕不降低標準。然而伊莎貝爾的接待是無懈可擊的，她裝得很愉快，毫不費力便騙過了他。至少她相信，她騙過了他，使他不得不對自己說，他了解的情況並不確實。但她也看到——她這麼相信——他沒有失望，儘管她認為，別人遇到這樣的事，一定會感到失望。他不是到羅馬來尋找機會的，然而他來的目的是什麼，她始終不明白，他沒有向她說明。唯一的理由恐怕就是那個很簡單的道理：他想來看看她。換句話說，他是來玩的。伊莎貝爾順著這條思路努力想下去，終於愉快地找到了一個公式，根據這個公式，那位先生過去的煩惱想必已經煙消雲散。如果他是到羅馬來玩的，那麼這正好符合她的要求，因為如果他關心玩樂，這說明他的苦悶已經消失。如果他不再感到苦悶，那麼一切都已正常，他的責任也就完了。確實，他對娛樂不怎麼起勁，但他一向不會形於色，因此伊莎貝爾完全有理由相信，他對他看到的一切都很滿意。亨麗艾特雖然信任他，但不能得到他的信任，因此伊莎貝爾無法從側面了解他的心情。他很少做一般的談天，她記得幾年以前，有一次她談到他，曾這麼說：「戈德伍德先生長篇大論很多，但他不會談天。」他在羅馬議論也很多，但是談天也許仍像以前一樣少，儘管可以談的事那麼多。她認為，他的到

來勢必使她和丈夫的關係更加惡化,因為如果奧斯蒙德先生不喜歡她的朋友,那麼戈德伍德先生自然無權獲得他的好感,他的唯一不同只是他是其中最早的一位而已。關於他,除了他是她最老的老朋友,她什麼也不想說,這句簡單的話已足以概括一切事實。她不能不把他介紹給奧斯蒙德,她也不能不請他去吃飯,去參加星期四晚上的社交活動,儘管她對這種活動已經非常厭倦,她的丈夫還要把它維持下去,目的好像不是為了邀請什麼人,而是為了不邀請什麼人。

每到星期四,戈德伍德先生從不缺席,他神色莊嚴,很早到來,他似乎把這一天當作了神聖的日子。伊莎貝爾常常感到生氣,他的舉動總顯得那麼呆板,她想他應該明白,她真不知道把他怎麼辦。但是她又不能說他愚蠢,他根本並不愚蠢,他只是規矩得過了分子。一個人這麼規矩,就顯得跟大多數人不協調,別人對他勢必同樣規矩。伊莎貝爾想到這一切的時候,覺得值得寬慰的是,她已使他相信,她是女人中最無憂無慮的一個。他從沒對此表示懷疑,也從沒問過她任何個人問題。他跟奧斯蒙德的關係比原先估計的好得多。奧斯蒙德最不樂意給人猜到他的心思,遇到這種事,他總要出其不意,使你失望。正是由於這個原則,他偏偏對這位端莊方正的波士頓人發生了興趣,因為人們認為,他一定會對他很冷淡。他問伊莎貝爾,戈德伍德先生是不是也向她求過婚,他宣稱他喜歡跟大個子戈德伍德聊天。開始這是不容易的,你得攀登沒完沒了的陡直的樓梯,才能到達鐘樓頂上,但你到了那裡,就能獲得開闊的視野,感到陣陣清風迎面拂來,給你送來悅耳的鐘聲。他問伊莎貝爾,那是十分美妙的,就像生活在高大的鐘樓下,它會向你報告每一個鐘點,表示驚訝。她如果嫁給他,那是十分美妙的,就像生活在高大的鐘樓下,它會向你報告每一個鐘點,表示驚訝。她如果嫁給他,

我們知道,奧斯蒙德有一些動人的氣質,他把它們一股腦兒用到了卡斯帕·戈德伍德身上。伊莎貝爾可以看到,戈德伍德先生對她丈夫的看法,比她預期得好,儘管那天早上他在佛羅倫斯給她的印象,

一位女士的畫像
The Portrait of a Lady

使她覺得這個人是不可能對人有好印象的。奧斯蒙德一再請他去吃飯，飯後，戈德伍德跟他一起抽雪茄，甚至要求參觀他的收藏品。奧斯蒙德對伊莎貝爾說，這個人很有獨到的見解，他又身強力壯，像英國的旅行皮箱那麼結實——它有許多帶子和扣子，永遠不會磨破，還有一把牢固保險的鎖。卡斯帕·戈德伍德喜歡上康派奈平原去騎馬，把許多時間花在這項運動上，因此伊莎貝爾大多在晚上才能見到他。一天，她考慮了一下，對他說，如果他願意，她要請他辦一件事。然後她又笑著說道：「不過我知道，我沒有權利要求你為我辦事。」

「妳是世界上最有權利的一個人，」他回答，「我沒有向任何人做過這種保證，但是向妳做過。」

這件事就是要他去探望她的表兄拉爾夫，他病得很重，孤零零地住在巴黎大飯店，她還要求戈德伍德對他盡量親切一些。戈德伍德先生從沒見過他，但他很想認識認識這個可憐的人。卡斯帕完全記得這次邀請。雖然他被認為缺乏想像力，他還是能夠設身處地替這位可憐的先生著想，理解他住在羅馬旅館裡奄奄待斃的心情。他來到巴黎大飯店，給帶到了花園山莊主人的面前，發現斯塔克波爾小姐正坐在他的沙發旁邊。確實，這位女士跟拉爾夫·杜歇的關係發生了奇妙的變化。伊莎貝爾沒有要她來看他，但她聽到他病得很重，不能出門以後，立即主動來探望他了。這以後，她天天必到，儘管她相信，他們是冤家對頭。拉爾夫聽了總是說：「對，我們是歡喜冤家。」於是他在詼諧所許可的範圍內，談笑自若地責備她，說她跑來把他弄得叫苦連天。實際上，他們成了非常親密的朋友，亨麗艾特還感到奇怪，她以前怎麼會對他那麼反感。拉爾夫仍像以往一樣喜歡她，他從來沒有懷疑過，她是一個可靠的朋友，談到這位女士，拉爾夫就把瘦瘦的食指按在嘴唇上了。另一方面，班特林不談，是指除了伊莎貝爾以外，

第四十七章　　　　　　　　　　　　　　　　615

先生是最好的話題，拉爾夫可以跟亨麗艾特討論這位先生，一直討論幾個小時。由於他們的觀點必然不同，這種討論自然無休無止。拉爾夫為了取樂，總是把那位前禁衛軍軍官說成地道的馬基維利。卡斯帕·戈德伍德對這種討論從不插嘴，但等他跟杜歇單獨在一起的時候，他卻會找出其他各種話題來跟他聊天。應該承認，剛才離開的那位小姐沒有成為話題之一，卡斯帕預先聲明，他對斯塔克波爾小姐的一切優點從不懷疑，但此外，他關於她沒什麼可說的。至於奧斯蒙德夫人，兩位先生除了開頭提到一下以外，沒有再接觸到，因為這個話題，戈德伍德和他的主人一樣諱莫如深。他為這個無與倫比的人感到難過，這個人儘管那麼古怪，但天性愉快，討人喜歡，可是卻變得這麼一籌莫展，這使戈德伍德受不了。但他還是能幫助這個人的，於是他繼續不斷前往巴黎大飯店探望他。伊莎貝爾覺得她做得很聰明，她把多餘的卡斯帕打發開了，給了他一個任務，使他變成了拉爾夫的保護人。她設想了一個計畫，等天氣暖和一些，拉爾夫適宜旅行的時候，馬上請卡斯帕陪她的表兄回英國去。沃伯頓勳爵把拉爾夫帶到了羅馬，現在要由戈德伍德先生把他帶走。這兩件事相映成趣，使伊莎貝爾感到格外高興，她現在急於讓拉爾夫離開羅馬。她老是擔心，他會死在那裡，尤其怕這件事發生在一家旅館裡，她的家門口，而這個家是他難得踏進去的。拉爾夫必須安息在他自己的親愛的家中，安息在花園山莊那陰暗而進深的房間裡，那些周圍攀緣著深綠的常春藤的閃閃發光的窗戶裡邊。在這些日子裡，對伊莎貝爾來說，她在那裡度過的幾個月，眼淚就湧上了她的眼睛。正如我所說的，她對她的巧妙安排自以為得計，但她還得竭盡一切力量才能使這計畫得以實現，因為這時發生了幾件廢話使她感到為難和不稱心的事。格米尼伯爵夫人從佛羅倫斯來了，也帶來了她的衣箱、她的行裝、她的廢話，她那些無聊的謊言、那些輕薄的談吐，以及對她那些情人的離奇而

第四十七章

猥褻的回憶。愛德華‧羅齊爾離開了一段時間——誰也不知道他到哪裡去了，連帕茜也不知道——又來到了羅馬，還給她寫來了一封封長信，只是她從沒給過他答覆。梅爾夫人也從拿坡里回來了，一見面便露出奇怪的微笑問她：「妳究竟把沃伯頓勳爵怎麼啦？」彷彿這件事跟她有什麼相干似的！

第四十八章

到了二月末的一天，拉爾夫·杜歇終於決定回英國了。他做出這個決定，有他自己的理由，他不一定要告訴別人。但是亨麗艾特·斯塔克波爾聽他談到他的決定後，卻自以為猜到了這些理由。然而她不想把它們講出來，她坐在他的沙發旁邊，過了一會兒說道：「我想，你應該知道你不能單獨旅行吧？」

「我並不想那麼做，」拉爾夫回答，「我會有人一起走的。」

「你所說的這些人是誰？是你雇的僕人嗎？」

「對，」拉爾夫詼諧地說，「他們畢竟也是人啊。」

「這些人中間有女人嗎？」斯塔克波爾小姐提出疑問道。

「看妳說的，好像我有十幾個僕人似的！沒有，我承認我沒有一個丫鬟。」

「得啦，」亨麗艾特沉著地說，「你不能那樣子回英國去。你必須有一個女人來照料你。」

「兩個星期來，妳照料得我這麼多，已經夠我在今後好長一段時間裡受用了。」

「那還不夠。我想我可以跟你一起走。」亨麗艾特說。

「跟我一起走？」拉爾夫慢慢從沙發上欠起身來了。

「是的，我知道你不喜歡我，但我不怕，我還是要跟你一起走。為了你的身體，請你還是躺下得好。」

拉爾夫瞧了她一下，又慢慢恢復了原來的姿勢，斯塔克波爾小姐發出了她不常有的大笑聲，「你不要以為講幾句好話，就能把我騙過去。我要跟你一起走，而且還要照料你。」

「妳是一個很好的女人。」拉爾夫說。

「等我把你送到家以後，你再說不遲。這件事不容易。但不管怎樣，你還是走得好。」她離開以前，拉爾夫對她說：「妳是不是真的想照料我？」

「嗯，我想試試。」

「那麼我告訴妳，我服從。對，服從妳的安排！」也許為了表示服從，在她走了幾分鐘以後，他忽然放聲大笑起來。他覺得，這實在有些不可思議，在他喪失一切能力、放棄一切活動以後，要在斯塔克波爾小姐的監護下，開始穿越歐洲的旅行。尤其奇怪的是，他想起這次即將開始的旅行，便喜氣洋洋，他又感激又舒暢地等待著。他甚至盼望快些動身，迫不及待地想再看到自己的屋子。一切都已臨近結束了，他覺得似乎只要伸出手去，就能摸到那個終點了。但是他希望死在家裡，這是他剩下的唯一願望，他要躺在那間安靜的大房間裡，那是他跟他的父親最後告別的地方，然後迎著夏日的曙光閉上眼睛。

就在那一天，卡斯帕·戈德伍德也來看他，他告訴客人，斯塔克波爾小姐決定當他的保護人，把他護送回國。

「這麼看來，」卡斯帕說，「恐怕我成了車子上的第五個輪子了。奧斯蒙德夫人早已要我答應送你回國。」

第四十八章

「我的天哪——真是我的黃金時代到了！你們大家都對我那麼好。」

「我對你好是因為她的緣故，不是因為你。」

「這麼說，我該感謝她啦。」拉爾夫笑道。

「因為她託人送你嗎？是的，這是她的好意，」戈德伍德回答，並不理睬他的說笑。

「不過從我來說，」他接著道，「我還是得告訴你，雖然我不喜歡跟斯塔克波爾小姐單獨旅行，跟你和她兩個人一起旅行，我還是非常樂意的。」

「你最好留在這兒，哪兒也別去，」拉爾夫說，「確實不需要你走這一趟，亨麗艾特一個人已經完全夠了。」

「這我也知道，但我已經答應了奧斯蒙德夫人。」

「她一定會原諒你的。」

「她絕對不會原諒我。她需要我照顧你，但那還不是主要原因。主要是她希望我離開羅馬。」

「啊，那是因為你在羅馬沒什麼好玩的了。」拉爾夫故意這麼說。

「我使她感到討厭，」戈德伍德繼續道，「她跟我沒什麼好談的，才想出了這個主意。」

「原來這樣，如果這是為了她的方便，我一定帶你一起走。不過我還是不明白，這對她有什麼好處。」拉爾夫過了一會兒又說。

「很清楚，」卡斯帕·戈德伍德簡單地說，「她認為我在監視她。」

「監視她？」

「想看看她是不是幸福。」

620

一位女士的畫像
The Portrait of a Lady

「那是很容易看到的，」拉爾夫說，「據我看，她的幸福是最明顯的。」

「一點不錯，我很滿意，」戈德伍德冷冰冰地回答。然而，儘管他那麼冷淡，他還有話要說，「我一直在觀察她，我是她的老朋友，我覺得我有這個權利。她自稱很幸福，她希望我相信這點，但我想我得親眼看看，她究竟有多麼幸福。現在我看到了，」他繼續道，聲音顯得有些刺耳，「我不想再看下去。現在我完全可以走了。」

「你可知道，我也覺得這是你走的時候了。」拉爾夫回答。這是這兩位先生唯一談到伊莎貝爾・奧斯蒙德的幾句話。

亨麗艾特忙於動身前的準備，她認為她應該跟格米尼伯爵夫人談幾句，後者到斯塔克波爾小姐的公寓去回拜過她，因為她在佛羅倫斯拜訪了這位夫人。

「妳談到沃伯頓勳爵的話是完全錯的，」她向伯爵夫人指出，「我想妳應該知道這點。」

「關於他向伊莎貝爾獻殷勤的話嗎？我的好小姐，他一天到她家去三次呢。他的行動留下的蛛絲馬跡可不算少！」伯爵夫人喊道。

「他想娶妳的姪女兒的原因。」

伯爵夫人愣了一下，然後滿不在乎地笑了起來，「那是伊莎貝爾講給妳聽的吧？這故事編得不壞，可是，如果他想娶我的姪女兒，請問他為什麼不那麼做？也許他是去買結婚戒指了，下個月等我一走，他就會帶著它回來了。」

「不，他不會回來。奧斯蒙德小姐不願意嫁給他。」

「她是最方便的替罪羊！我知道她喜歡伊莎貝爾，可我沒想到她會這麼喜歡她。」

第四十八章

「我不明白妳的意思，」亨麗艾特冷冷地說，心想伯爵夫人是個剛愎自用，不好對付的人，「我確實只能堅持我的看法——伊莎貝爾從沒對沃伯頓勳爵另眼相看。」

「我的好朋友，這種事妳和我怎麼知道？我們知道的只是，我的兄弟什麼都幹得出來。」

「我不知道他能夠幹什麼。」亨麗艾特莊嚴地說。

「我不是怪她對沃伯頓勳爵另眼相看，我是怪她不該把他打發走。我特別想見見他。妳看，她是不是以為他見了我就會拋棄她？」伯爵夫人厚顏無恥、信口開河地說下去。「不過，他還是沒有走，這是可以感覺得到的。這所房子裡到處有他的影子，他還陰魂不散。是的，他留下了蹤跡，我相信我還能見到他。」

「好吧，」亨麗艾特過了一會兒說，她靈機一動，拿出了給《會談者報》寫通訊的手法，「也許他在妳這裡會比在伊莎貝爾那裡順利得多！」她把她打算為拉爾夫怎麼做，告訴了她的朋友，伊莎貝爾說，這是再好也沒有的事，使她太高興了。她一向相信，拉爾夫和亨麗艾特最後還是會彼此了解的。

「我不管他了解不了解我，」亨麗艾特宣稱，「重要的是他不能死在路上。」

「不會那樣。」伊莎貝爾說，搖了搖頭，表示很有信心。

「我會盡量防止發生這樣的事。我看，妳恨不得我們全走掉呢。我不知道妳在打什麼算盤。」

「我希望清靜一些。」伊莎貝爾說。

「那不可能，妳家裡來來往往的人那麼多。」

「這不過是一幕幕喜劇。妳這樣的人卻是觀眾。」

「伊莎貝爾·阿切爾，妳說這是喜劇？」亨麗艾特嚴厲地問。

「那麼，妳叫它悲劇也可以。妳們全都瞧著我，弄得我很不舒服。」

亨麗艾特端詳了她一會兒。

「妳像一隻受傷的鹿，想躲進樹林深處去。唉，妳使我感到好像已經無法可想。」她大喊起來。

「我根本不覺得無法可想。我認為我還有不少辦法。」

「不是那樣，我是講我自己。我特地跑來，現在只得一事無成地走開，這叫我受不了。」

「不是那樣，妳帶給了我許多清新的氣息。」

「什麼清新的氣息，只是一點酸檸檬水罷了！我要求妳答應我一件事。」

「我不能那麼做。我不想再許什麼願。四年前，我立下了那麼莊嚴的誓言，可是我做不到，下場落得這麼悲慘。」

「妳沒有得到鼓勵。現在我要盡量鼓勵妳。妳要在最壞的情況出現以前，離開妳的丈夫，這就是我要妳答應我的事。」

「在妳的性格遭到敗壞以前。」

「最壞的情況？妳所謂最壞的情況指什麼？」

「妳是指我的思想品德吧？它不會遭到敗壞，」伊莎貝爾笑笑回答，「我會好好保護它的。」接著，她一邊轉身走開，一邊又說：「我覺得非常驚訝，妳談到一個女人離開她的丈夫，竟會這麼輕描淡寫。事情很清楚，妳從來沒有過丈夫！」

「得啦，」亨麗艾特說，好像要展開一場論爭似的，「在我們的西部城市裡，這是稀鬆平常的事，歸根結柢，在未來，我們都應該向它們看齊。」不過她的議論跟我們的故事無關，我們還有不少情節要寫。

第四十八章　　623

展開呢。她向拉爾夫·杜歇宣稱,她已做好離開羅馬的準備,現在隨他要搭哪一班火車走都成。於是拉爾夫馬上振作精神,預備動身了。伊莎貝爾最後一次去看他,他對她說的話也就是亨麗艾特說過的那些。他發覺,伊莎貝爾對大家的離開,感到特別高興。

她對這一切的回答,只是輕輕按著他的手,嫣然一笑,用低低的聲音說道:「親愛的拉爾夫啊!」這答覆已經夠了,他很滿意。但他仍以同樣詼諧而坦率的態度繼續道:「我不能常常見到你,但這比不見面總強一些。」再說,我聽到了許多關於妳的話。」

「你過著這樣的生活,我不知道你還能從誰那裡聽到這些話。」

「我是從空氣中聽到的!唉,沒有人會告訴我,我也從不讓別人提到妳。他們總是說,妳很『可愛』,這毫無意思。」

「當然,我應該多來看看你,」伊莎貝爾說,「但是一個人結了婚,總有許多事叫人走不開。」

「幸好我沒有結婚。如果妳到英國來看我,我這個單身漢就無牽無掛,天天可以奉陪。」他娓娓而談,好像他們真的還會再見似的,因此這種設想顯得那麼真實。他一句也沒提到,他的期限已迫在眉睫,他看來已活不過夏季。既然他樂意這麼講,伊莎貝爾自然求之不得,事情已一清二楚,不必他們再在談話中來指出了。那在較早的時候還有些意思,不過對待這點,正如對待其他一樣,拉爾夫也從不老是想到自己。伊莎貝爾談到了他的旅行,要他怎樣分成幾段走,還講了路上應該注意的事。

「亨麗艾特會無微不至地關心我的,」拉爾夫說,「這個女人有一顆崇高的心。」

「當然,她看來一心一意對待你的。」

「看來會?她已經這麼做了!她跟我一起走,只是因為她認為這是她的責任。她的意思是替妳盡這

責任。」

「是的，她的想法是慷慨的，」伊莎貝爾說，「這使我深深感到慚愧。你知道，本來應該是我送你回去的。」

「妳的丈夫不願意妳這麼做。」

「是的，他不願意。但我要走。」

「妳的大膽想像使我吃驚。但妳想想，我成為妳們夫婦不和的原因，這多彆扭！」

「正因為這樣，我才不去。」伊莎貝爾說得很簡單，但態度有些含混。

然而拉爾夫是完全理解的，「我想是這樣，何況還有許多事使妳走不開。」

「那不是原因。我是害怕，」伊莎貝爾說。停了一會兒，「我是害怕。」好像是為了讓自己，而不是讓他，聽到這幾個字。

拉爾夫說不清楚，她的口氣意味著什麼，它顯得那麼深思熟慮，完全不像出於一時的感情用事。難道她想為自己沒有受到責備的錯誤公開表示懺悔？或者只是企圖進行清醒的自我分析？然而不管怎樣，拉爾夫不能錯過這難得的機會。他用開玩笑的口氣說道：「怕妳的丈夫嗎？」

「怕我自己！」伊莎貝爾說，立了起來。她站了一會兒，又說道：「如果我怕我的丈夫，那不過是我的責任。那是大家希望於女人的。」

「不錯，」拉爾夫說，笑了起來，「不過為了抵消這一點，世界上也總有一些男人非常怕他們的妻子的！」

她對這種說笑毫無興趣，突然把話頭一轉，談到了別的事情上去

第四十八章 625

「亨麗艾特當了你們這一小夥人的頭頭，」她驀地喊道，「戈德伍德先生就沒事可幹了！」

「咳，親愛的伊莎貝爾，」拉爾夫答道，「戈德伍德先生是坐慣冷板凳的。他在這兒已經沒事可幹啦！」

伊莎貝爾臉紅了起來，她趕緊宣稱，她必須走了。他們一起站了一會兒，他用兩隻手握住她的兩隻手。

她說：「你一直是我最好的朋友。」

「我是為了妳，才……才活下來的。可是我對妳毫無用處。」

這時她想到，她可能再也見不到他，於是更加傷心了。這是她不能接受的，她不能就這麼跟他分手。

「如果你寫信來叫我，我會來的。」她終於說。

「妳的丈夫不會同意。」

「是的，但我能夠安排好的。」

「我會把它留做我最後的歡樂！」拉爾夫說。她只是用親吻回答了他。那天是星期四，晚上卡斯帕·戈德伍德來到了羅卡內拉宮。他是最早到達的客人之一，他跟吉伯特·奧斯蒙德閒聊了一會兒，後者在他妻子接待客人的時候，幾乎總是在場的。他們一起坐下，奧斯蒙德很健談，講起話來滔滔不絕。戈德伍德有些坐立不安，一點也不起勁，老是改變著姿勢，摩弄著他的帽子，弄得他坐的那只小沙發吱吱嘎嘎直響。奧斯蒙德臉上露出得意揚揚、鋒芒畢露的笑容，好像一個人聽到了好消息，因此有些忘乎所以的。他對戈德伍德說，他很遺憾，他們不能再見到他了，他本人特別感到惋惜。他很少遇到這麼聰明的人——他們在羅馬少得可憐。他一定應該再來玩玩。像他自己這種根深柢固的義大利人，能夠跟一個地道的外國人

談談說說，總覺得格外有趣。

「你知道，我非常喜歡羅馬，」奧斯蒙德說，「但是認識一些沒有這種偏見的人，在我來說還是最大的歡樂。現代世界畢竟是十分美好的。你完全屬於現代世界，但是你一點也不淺薄。我們看到的新派人，有不少是毫不足道的。如果他們是未來的孩子，那麼我們寧可早些進地獄。當然，老派人往往也無聊得要命。內人和我對一切真正的新事物，都抱歡迎態度，只要它們不是冒牌貨。不幸的是，愚蠢和無知一點沒有改變。我們看到它們以各種面目出現，把自己打扮成進步和光明，這只是庸俗！只有這種庸俗，我相信確實是新的，我想不起以前有過類似的東西。說實話，在本世紀以前，庸俗是不存在的。在上世紀，你至多在這兒那兒看到一點它的影子，但現在，空氣變得那麼汙濁，以致美好的事物得不到承認。你瞧，我們喜歡你……。」說到這裡，奧斯蒙德遲疑了一下，把手輕輕按在戈德伍德的膝上，露出又自信又困惑的笑容。

「我非常冒昧，我的話可能不太客氣，但是請你別計較。說句不見怪的話，我們喜歡你，就因為……因為你使我們對未來有了一些好感。如果像你這樣的人多一些，labonnheure,[1]你知道，我這話是為內人，也為我自己講的。她代表我講話，我為什麼不能代表她呢？我們是聯結在一起的，就像燭臺和燭剪一樣。也許我講得不夠客氣，我記得我聽你說過，好像你從事的是……是工商業？你知道，這行業對你是有危害的，但是你沒有受到危害。務必原諒，幸好內人沒聽到這話。我的意思只是，你很可能成為……嗯……成為我剛才提到的那種人。」

1　法文，意為「那就好」。

整個美國都在密謀策劃，要使你成為那樣的人。但是你身上有一種氣質拯救了你。不過你還是充滿著現代的意味，你是我們知道的最具有現代意味的人物！我們始終歡迎你再度光臨。」

我剛才說過，奧斯蒙德這時情緒很好，這些話就可以充分證明這點。它們帶有非常濃厚的談心性質，這是他平時不肯流露的。如果卡斯帕‧戈德伍德聽得仔細一些，他不難發現，奧斯蒙德對自己的表現是完全理解的，這位為優美大聲疾呼的人，其實只是不知優美為何物的蠢貨。不過，我們不妨相信，奧斯蒙德對自己的表現是完全理解的。

如果他有時用的口氣有些老氣橫秋，顯得粗俗，那麼這種越軌的行為是有美好的理由的。但現在，戈德伍德只是隱隱感到，他這是存心恭維，然而不明白，他的用意何在。事實上，他也不大理會奧斯蒙德的話，他但願他快些走開，好讓他跟伊莎貝爾單獨在一起，這個思想在他心裡發出的聲音，比她丈夫那種抑揚頓挫的音調更響。他看著她跟別人周旋，真不知道她什麼時候才有空，也不知道他能不能邀她到另一間屋子去。在這場比賽中，戈德伍德一向主張公平交易，在這一點上他不想貶低他自然的。他的情緒可不像奧斯蒙德那麼好，這兒的一切都使他煩惱、生氣。直到現在，他對奧斯蒙德個人並無反感，只覺得他見多識廣，殷勤好客，超過了他的想像，因此伊莎貝爾‧阿切爾嫁給他是很自然的。

但他也不想真心實意喜歡他，奧斯蒙德遙遙領先，這種情緒上寬宏大量的飛躍，哪怕在他盡量想實行和解、承認既成事實的日子裡，他也辦不到。他只是把奧斯蒙德看作一個才氣煥發的業餘畫家，由於無事可做，變得百無聊賴，只好把多餘的精力花費在高談闊論上。但是他不能完全信任他，他怎麼也不明白，奧斯蒙德為什麼要對他這麼津津有味地談天說地。這使他懷疑，他從這種談話中找到了祕密的樂趣，因此他總之的印象是，這位勝利的對手性格中包含一種反常的氣質。他確實相信，奧斯蒙德沒有理由對他懷抱惡意，他不必對他存什麼戒心。他在這件事上一帆風順，因此盡可以對一個失去一切的人表示友好。當然，戈德伍

德有時非常氣憤，但願奧斯蒙德快些死去，甚至巴不得殺死他，但奧斯蒙德絕對不會知道這一切，因為這位年輕人的閱歷已使他變得異常沉著，今天任何強烈的感情都不會在他的外表上流露出來。他需要這種修養是為了欺騙自己，但他欺騙的首先還是別人。再說，他的這種修養成就也極有限，最好的證明就是，每逢他聽到奧斯蒙德提起他妻子的感情，好像他有權代替她來表達它們的時候，總覺得有一股強烈的怨恨情緒憋在心頭。

今天晚上，那位主人向他說的那許多話中，他真正聽到的，也只有關於他妻子的那幾句。他意識到，奧斯蒙德甚至比平時更加強調，羅卡內拉宮的這一對夫婦過著非常和睦的家庭生活。他謹慎地提到這一點，彷彿他和他的妻子在一切方面都融洽無間，因此他們每人用「我們」來代替「我」，是很自然的。這似乎包含著某種意圖，它使我們這位可憐的波士頓人感到困惑和氣憤，他的唯一安慰只是對自己說，奧斯蒙德夫人和她丈夫的關係，根本不關他的事。他找不到任何跡象可以證明她的丈夫不能代表她，而且如果他根據表面現象來判斷，他只得相信，她對她目前的生活很滿意，她從來沒有向他流露過絲毫不滿。斯塔克波爾小姐告訴他，她失去了她的幻想，但是給報紙寫文章，使斯塔克波爾小姐養成了好做驚人之言的習慣。她太喜歡聳人聽聞。何況自從來到羅馬以後，她處處提防，堅絕不再向他透露消息。不過我們應該替她說句公道話，這實在不是她所願意的，只是現在她看到了伊莎貝爾的真實處境，這使她感到保持沉默是必要的。不論用什麼辦法來改進她的處境，幫助她的最實際的方式，絕不是用她的失足來點燃她從前那些愛人的熱情。斯塔克波爾小姐對戈德伍德先生的心情，仍懷有濃厚的興趣，但現在這只表現在她不時給他送去一些剪報，這是她從美國的刊物上剪下來的一些幽默的、或者並不幽默的小故事。每次郵件送到時，她都能收到幾份報紙雜誌，於是她便拿著剪刀，一邊看一邊剪。她

第四十八章　　629

把剪下的文章裝進一個信封，寫上戈德伍德先生的名字，然後親自送往他的旅館。關於伊莎貝爾，他從沒向她提過一個問題，難道他跋涉五千英里，不是為了要親自看看嗎？就這樣，他找不到任何根據可以認為奧斯蒙德夫人不幸，但這種缺乏根據的狀況卻刺痛著他的心，使他悶悶不樂。儘管在理論上，他認為這事跟他無關，但他不得不承認，現在就她而論，他是毫無指望了。他甚至不能得到了解真相的權利，顯然，如果她真是不幸的話，她也不指望他來關心她。他沒有希望，無能為力，成了多餘的人。她使他離開羅馬的巧妙安排，讓他看清了這個事實。他心甘情願，肯為她的表兄做任何事，但是想到她可以要他辦的事很多，卻偏偏選中了這份差使，他未免感到氣憤。如果她選擇一件可以使他留在羅馬的事，這對她也沒有害處啊！

今天晚上，他想的主要是他明天就得離開她了，他跑了一趟，一無所得，只是知道，他還像過去一樣是多餘的。關於她，他沒有了解到什麼，她是不可動搖的、不可理解的、不可捉摸的。他感到，過去勉強咽下的痛苦，現在重又冒上喉頭，他明白，他的失望已經終生難以挽回。奧斯蒙德繼續談著，戈德伍德隱隱意識到，他又要提到他跟妻子怎麼親密無間了。他一霎間覺得，這個人有著惡魔般的想像力，他沒有惡意是不可能選擇這麼一個不尋常的話題的。但是，從根本上說，他是不是惡魔，她愛他還是恨他，這跟他有什麼相干呢？哪怕她恨他恨到死，他也不可能得到什麼好處。

「那麼，你是跟拉爾夫·杜歇一起旅行，」奧斯蒙德說，「這樣看來，你會走得很慢？」

「我不知道，他愛怎麼樣就怎麼樣。」

「你對他很遷就。我們非常感激你，你確實應該讓我這麼說。內人也許已向你表示過我們的心情。

杜歇使我們擔心了一個冬天，有幾次好像他真的再也不能離開羅馬了。他實在不應該來，處在那樣的狀

「我反正沒有事幹。」卡斯帕冷冷地說。

奧斯蒙德斜過眼去，看了他一眼，「你應該結婚，那樣你就有不少事可幹了！確實，到那時，你也不可能這麼好心腸了。」

「你覺得，你結了婚真的這麼忙嗎？」

「可不是，要知道，結婚本身就是一種任務。這種任務不一定是積極的，它往往是消極的，但使人花的精力甚至更多。再說，有許多事，內人和我得一起做。我們一起讀書、一起研究問題、一起欣賞音樂、一起散步、一起驅車出遊，甚至還像剛認識的時候那樣一起聊天。直到現在，我還覺得內人的談話饒有興趣。如果你感到厭煩，那麼聽我的勸告，結婚吧。的確，到那時，你的夫人可能會使你厭煩，但你自己永遠不會感到厭煩。你總有一些話可以對自己說──總有一些事可以回憶。」

「我並不感到厭煩，」戈德伍德說，「我有不少事要考慮，也有不少話可以對自己說。」

「比對別人說的更多！」奧斯蒙德喊道，微微一笑，「你下一個地方預備上哪兒？我是說，在你把杜歇移交給他天然的保護者以後──我相信，他的母親終於會回來照料他的。那位小老太婆可了不起，壓根兒不把自己的責任放在心上！也許你要在英國度過夏天吧？」

「我不知道，我沒有什麼打算。」

「多快活的人！那有點兒淒涼，但是非常自由。」

第四十八章　　　　　　　　　　　　　　　　631

「一點不錯,我很自由。」

「那你可以再到羅馬來,我歡迎,」奧斯蒙德說,「記住,一定要來,我們等著你!」

戈德伍德本來打算早一些離開,但是那天晚上,除了和其他人在一起,他找不到機會跟伊莎貝爾講話,她好像千方百計要避開他。戈德伍德氣得幾乎克制不住,他發現,這是她故意如此,可是又不露一點痕跡,絕對沒有一點痕跡。她用她那甜蜜的、殷勤的微笑迎接他的目光,幾乎像在對他說,千萬行行好,幫她招待一下客人吧。然而對這種暗示,他始終用生硬的、不耐煩的表情來回答。他踱來踱去,等待著機會,有時跟他認識的幾個人談幾句,這些人第一次發現他說話自相矛盾。這在卡斯帕.戈德伍德確實是少有的,雖然他常常跟別人發生矛盾。這時羅卡內拉宮中樂聲不絕,悠揚悅耳。他竭力借樂聲掩飾自己的心情,但到最後,他看到人們陸續離開,終於走近伊莎貝爾,低聲問她,他是不是可以在另一間屋子裡跟她談幾句話,那間屋子他已看過是空的。她笑了笑,好像她很願意從命,但事實上辦不到。

「恐怕不成吧。客人正在告別,我必須留在他們能看到我的地方。」

「那麼我等他們全走光了再說!」

她遲疑了一下。「啊,那太好啦!」她喊道。於是他等著,雖然還要等很長時間。最後只剩了幾個人,但這幾個人好像給拴在地毯上似的,老是不走。格米尼伯爵夫人正如她自己所說,不到半夜絕不甘休,現在似乎不知道社交活動已經結束,還跟一些先生們在壁爐前圍成小小的一圈,不時爆發出一陣陣笑聲。奧斯蒙德不見了——他從不跟人們告別。當伯爵夫人按照她的習慣,在晚上這個時候聚集了一批人高談闊論的時候,伊莎貝爾乘機打發帕茜去睡了。

632　一位女士的畫像　The Portrait of a Lady

伊莎貝爾獨自坐著，她似乎也巴不得那位姑奶奶降低一點調子，好讓最後這些閒蕩的人安靜地離開。

「我現在可以跟妳講一、兩句話了吧？」戈德伍德這時前來問她。她笑吟吟的，馬上站了起來。

「當然可以，我們不妨另外找個地方。」他們一起離開了伯爵夫人和她那一小圈人，進了另一間屋子，但暫時誰也不說一句話。伊莎貝爾坐下，她站在屋子中央，慢悠悠地搧著扇子，仍顯得那麼親切優雅。她似乎在等他說話。現在他跟她單獨在一起了，那從未熄滅過的熱情又湧上了他的心頭，他的眼睛發花，周圍的一切似乎都在浮動。明亮寬敞的屋子變暗了，成了模模糊糊的一片。從這層升起的紗幕望去，他彷彿看到伊莎貝爾在他眼前晃來晃去，她的眼睛閃閃爍爍，嘴唇翕動著。如果他看得清楚的話，他會看到，她的笑是呆板的，有一點兒勉強，因為她從他臉上看到的神色，使她感到害怕。

「我想，你大概是要跟我道別吧？」她說。

「是的，但我並不喜歡跟妳告別。我不想離開羅馬。」他回答，口氣是傷心而坦率的。

「這我能想像得到。你對我真是說不出的感激。」

暫時他沒有說什麼，「妳就是用這樣一些甜言蜜語把我打發走了。」

「將來你還可以回來。」伊莎貝爾滿面笑容地回答。

「將來？妳是但願我永不再來呢。」

「哪裡，我沒有那個意思。」

「那妳是什麼意思？我不明白妳的意思！但我已答應去，我會去的。」戈德伍德又說。

「你愛什麼時候再來，就什麼時候再來。」伊莎貝爾說，竭力講得很輕鬆。

第四十八章　　　　　　　　　　　　　　　　　　633

「妳的表兄根本不在我的心上!」卡斯帕喊了起來。

「你就是想告訴我這句話嗎?」

「不是,我根本不想告訴妳什麼,我是要問妳……。」他停頓一下,然後說道:「妳的生活現在究竟怎樣?」他的聲音又輕又快。然後他又停頓了一下,好像在等待回答,但她沒說什麼,於是他繼續道:「我不能理解,我對妳捉摸不透!我應該相信什麼——妳要我怎麼想?」她還是一聲不吭,只是站在那兒瞧著他,現在甚至不想裝出一副悠閒的樣子來了。

「聽說妳並不幸福,如果這樣,我希望知道真相。那對我是有意義的。但妳自己說妳很幸福,妳總是那麼平靜、那麼圓滑、那麼冷酷。妳完全變了。妳隱瞞著一切,我雖然來了,但離妳還是很遠。」

「你離我很近。」伊莎貝爾說,態度很溫和,但帶有一點警告的口氣。

「但我還是不了解妳!我需要知道真實情況。妳過得好不好?」

「你想知道的太多了。」

「是的,我想知道的總是很多。當然,妳不肯告訴我。只要妳做得到,妳會永遠不讓我知道。何況那跟我毫不相干。」他說這些話的時候,顯然在努力克制著自己,給那種感情用事的心理狀態披上一件深思熟慮的外衣。但是他想到,這是他的最後機會,他愛過她,可是失去了她,不論他說什麼,她會終認為他是一個傻瓜,這些思想突然像鞭子一樣抽打著他,使他那低沉的聲音抖得更厲害了。

「妳使人完全不能理解,正因為這樣,我覺得妳隱瞞著什麼。我說妳的表兄根本不在我的心上,這不是表示我不喜歡他。我只是說,我陪他一起走,不是因為我喜歡他。哪怕他是白癡,只要妳求我,我也會送他回國。即使妳要我到西伯利亞去,我也會明天就走。但為什麼妳要我離開這個地方?妳總應

634

一位女士的畫像
The Portrait of a Lady

該有一個理由,如果妳真像妳裝的那樣,過得很滿意,妳就用不著瞞我。我要知道真實情況,哪怕這情況非常糟糕,我也不願白跑一趟,一無所知。那不是我來的目的。我想,我不會在乎這一切。我來是為了要使我自己相信,我再也不必想念妳。我沒有任何別的想法,妳指望我離開,這是完全對的。但是如果我必須走開,那麼讓我把心裡的話都講出來,對妳該沒有害處吧?如果妳真的受了欺侮,如果他欺侮了妳,那麼我是不會講一句話來欺侮妳的。我得告訴妳,我愛,因為這就是我來的目的。我本來以為我是為其他事來的,但實際是為了這個。要不是我相信我不會再見到妳,我就不講這話了。這是最後一次——讓我摘下這最後一朵花吧!我知道,我沒有權利講這話,妳也沒有權利聽。但妳沒有聽,這不成為理由,不是真正的理由。我也不能根據妳丈夫的話來下結論,」他繼續說,把話岔開了,幾乎有些不太連貫,「我不理解他,他告訴我,你們彼此相敬相愛。他為什麼要告訴我這些?這跟我什麼相干?在我對妳說這話時,妳的神氣是奇怪的。但妳的神氣反正始終是奇怪的。是的,妳隱瞞著什麼。那不是我的事,這完全對。但是我愛妳。」卡斯帕‧戈德伍德說。

他說的時候,她的神色是奇怪的。她把眼睛轉過去,瞧著他們進來的那扇門,舉起了扇子,彷彿在向他發出警告。

「你的行為一直很好,應該保持下去。」她溫柔地說。

「沒有人會聽到我的話。妳想用那種辦法把我打發走,這是奇怪的。我還是愛妳,比過去任何時候更愛妳。」

「我知道,你答應走的時候,我就知道了。」

「不得不這樣,這是當然的事。如果可以,妳不會這麼做,但是不幸得很,妳不得不這樣。這不幸,當然是指我說的。我什麼要求也沒有,那是說,我不想要求什麼。但是我得要求妳一件事……請妳告訴我……告訴我……。」

「告訴你什麼?」

「我是否可以同情妳?」

「你願意嗎?一點不錯!那至少使我可以為妳做一點事。我會把我的一生獻給它。」

「同情妳嗎?」伊莎貝爾問,又竭力露出了微笑。

她舉起扇子,遮住了整個臉,只露出一對眼睛。它們對著他的眼睛注視了一會兒。

「不必把你的一生花在這上面,只要有時想起我一下就夠了。」說完這話,她便回到格米尼伯爵夫人那兒去了。

636　一位女士的畫像　The Portrait of a Lady

第四十九章

那個星期四晚上發生的事，我已經講過，但那天梅爾夫人沒有在羅卡內拉宮露臉。伊莎貝爾雖然發覺她沒有來，並沒有表示驚異。她們中間發生的事，是不會促進她們的友誼的，為了理解這一點，我們必須稍稍做些回顧。前面已經提到，梅爾夫人從拿坡里回來，正是沃伯頓勳爵離開羅馬沒幾天的事。她第一次遇到伊莎貝爾（她不愧是老朋友，一到就去看她了），第一句話就是打聽那位貴人的行蹤，她似乎認為，她的好朋友有義務向她說明這點。

「請妳不要再談他了，」伊莎貝爾這麼說，算是她的回答，「我們近來談他已經談得太多了。」

梅爾夫人表示抗議似的，稍微側轉了一點頭，左嘴角露出一絲笑影。

「不錯，你們談得很多。不過妳應該記得，我在拿坡里，我沒有聽到。我本以為可以在這兒遇到他，還可以向帕茜道賀呢。」

「妳仍然可以向帕茜道賀的，只是不是祝賀她嫁給沃伯頓勳爵罷了。」

「妳怎麼這麼說！妳難道不知道，我一心盼望的就是這門親事？」

梅爾夫人問，情緒非常激動，不過仍保持著心平氣和的聲調。

「那麼妳是不應該到拿坡里去的。妳應該留在這兒，監督這件事的進行。」

伊莎貝爾心裡煩得要死，但她決定也要平心靜氣，

「我對妳太信任了。但妳是否認為，事情已無可挽回？」

「妳最好去問帕茜。」伊莎貝爾說。

「我會問她，妳對她說了些什麼。」這些話似乎證明，梅爾夫人一向十分謹慎，從不疾言厲色，也總是小心翼翼，竭力避免多管閒事。但是顯然，現在她再也忍耐不住，她的眼睛立刻變得炯炯逼人，臉上露出憤憤不平的神色，連她那美妙的笑容也無法掩蓋這一切。她的失望如此之大，引起了伊莎貝爾的詫異——我們的女主人公從沒想到，帕茜的終身大事會使她懷有這麼大的熱情，此時它以這種方式暴露出來，更使奧斯蒙德夫人大吃一驚。她彷彿比以前更清楚地聽到，有一種冷酷的、嘲笑的聲音，不知來自哪裡，充斥在她周圍陰暗的空中，向她宣稱，這個光輝、頑強、堅定、庸俗的女人，這實際、自私和急功好利精神的化身，正在操縱著她的命運。她跟她的密切關係是伊莎貝爾還沒發現的，但這種關係絕不是她長期嚮往的那種美好前景。事實上，從那一天，當她突然看到那位美妙的夫人和她自己的丈夫在一起密談的時刻起，這種嚮往已經煙消雲散。明確的懷疑還沒有取代它的位置，但已足以使她用另一種眼光來看待這位朋友，也使她想起，她過去的行為中包含著她當時沒有料到的某種企圖。有企圖的，伊莎貝爾一再對自己說，她彷彿從長時間的噩夢中醒了過來。究竟是什麼使她意識到梅爾夫人懷有不良意圖呢？沒有，只有最近形成的對她的不信任，現在這種不信任又與強烈的驚詫結合了起來，這種驚詫是她的客人為可憐的帕茜提出質問而引起的。不能小看這種質問，因此它一出現就企圖的，伊莎貝爾現在看到，她的朋友已顧不到她一向不遺餘力地標榜的文雅和謹慎了。當然，梅爾夫人一直不想干涉，但這只是在沒有必要干涉的時候。讀者也許會覺得，伊莎貝爾太容易懷疑遭到了輕蔑的回答。

了，剛有一點影子就對久經考驗的真誠友誼置之不顧。她確實變化很快，這是有理由的，因為一個離奇的事實滲入了她的心靈。梅爾夫人和奧斯蒙德是休戚相關的，這已經夠了。

「我想，帕茜告訴妳的話，不至於使妳更加生氣。」她說，「這是針對她的朋友的最後一句話的。

「我一點也沒有生氣。我只是衷心希望挽回這個局面。妳認為勳爵會不會再來？」

「我無可奉告，我不明白妳的意思。事情已經過去，只能讓它過去。奧斯蒙德為這事跟我談得夠多了，我不想再說什麼或聽什麼。」接著，伊莎貝爾又道：「我相信，他一定很高興跟妳討論這個問題。」

「我知道他怎麼想，昨天晚上他來找過我了。」

「妳一到他就去了？那麼妳一切都知道了，何必還來向我查問。」

「我不需要查問什麼。我需要的是同情。我一心指望這門親事能夠成功，這是千載難逢的機會，它符合人們的理想。」

「確實，它符合妳的理想，但並不符合當事人的理想。」

「妳的意思當然認為我不是當事人。自然，我跟它沒有直接關係。但是作為一個親密的老朋友，我也不能對它漠不關心。妳忘記，我認識帕茜已多麼久了。」接著，梅爾夫人又道：「當然，妳認為妳才是有關的當事人之一。」

「不對，我根本沒有這個意思。這件事已弄得我厭煩死了。」

梅爾夫人遲疑了一下，「一點不錯，妳的目的達到了。」

「請妳說話注意一些。」伊莎貝爾非常嚴肅地說。

「我很注意，也許比表面看來注意得多。妳的丈夫對妳很不滿意。」

第四十九章　　639

伊莎貝爾一時沒有回答什麼，她氣得說不出話來。這倒不是梅爾夫人告訴她，奧斯蒙德把她當作知心人向她埋怨自己的妻子這件事，使她感到受了侮辱，因為她沒有立即意識到這是一種侮辱。梅爾夫人是很少出口傷人的，除非到了她認為完全適當的時刻才會這樣。現在還不是適當的時刻，至少目前還不是。現在使伊莎貝爾感到，像一滴腐蝕劑滴在傷口上一樣疼痛的，是她發現奧斯蒙德不僅在口頭上，而且從心底裡在侮辱她。

「妳想不想知道我對他的看法？」她終於問。

「不想知道，因為妳永遠不會告訴我。而且這會使我感到痛苦。」

談話中斷了。伊莎貝爾從認識梅爾夫人以來，這還是第一次感到她那麼討厭。她希望她快些走開。

「妳放心，帕茜那麼可愛，妳是不會失望的。」她突然這麼說，想用這句話來結束她們的會見。

但是梅爾夫人的堅強意志是不可阻擋的。她只是披上了斗篷，隨著這個動作，一股淡淡的清香擴散到了空中。

「我沒有失望，」她回答道，「我還感到鼓舞呢。我不是來責備妳的，我是想來盡量了解真實情況。我認為，如果我問妳，妳會告訴我。別人對妳的信任，應該是妳的很大的幸運。是的，妳想像不到，這對我是多大的安慰。」

「妳講的真實情況是指什麼？」伊莎貝爾問，心裡有些納悶。

「無非是這一點：沃伯頓勳爵改變主意是完全出於自願，還是由於妳的授意。也就是說，是為了滿足他自己的要求，還是為了滿足妳的要求。妳想想吧，我還是對妳信任的，儘管這種信任已經減少了一點，」梅爾夫人面露微笑，繼續說道，「要不，我不會來問妳這樣的問題！」她望了她的朋友一眼，

640

一位女士的畫像
The Portrait of a Lady

捉摸這些話的效果，然後說下去：「我還是希望妳平心靜氣，通情達理，不要冒火。我認為，我是尊重妳，才向妳這麼講的。沒有任何女人得到過我這麼大的尊重。我也從來不相信，任何別的女人會跟我推心置腹談話。妳難道沒看到，讓妳的丈夫知道真相有多麼好？確實，他毫無辦法，不懂得怎樣了解真相，一味毫無根據地猜測。不過那不會改變這個事實，即實際情況如何，從而使他對他女兒的前途產生不同的看法。如果只是沃伯頓勳爵對可憐的孩子感到了厭倦，這是一回事，是值得遺憾的。如果他是為了討好妳才拋棄她，那又是一回事。那也是值得遺憾的，但情況不一樣。如果事實屬於後一種，那麼妳也許不得不感到失望——只能眼睜睜看著她成親。妳可以把他弄走，我們也可以把他弄回來！」

梅爾夫人講的時候顯得小心翼翼，一邊講一邊觀察她的朋友的臉色，顯然認為這麼說下去還不至於有什麼妨礙。在她這麼講的時候，伊莎貝爾臉色發白，把按在膝上的兩隻手握得更緊了。這倒不是由於她的客人認為終於已到了可以無所顧忌的時刻，因為這還不十分明顯。那是一種更壞的厭惡情緒。

「妳是誰——是什麼人？」伊莎貝爾囁嚅著說，「我的丈夫跟妳什麼相干？」這是很奇怪的，在這個時候，她忽然跟他站到了一起，好像她真的愛著他。

「啊，妳終於大膽提出來了！我很抱歉。不過，不要以為我也會像妳一樣。」

「妳跟我又有什麼關係？」伊莎貝爾繼續說。

梅爾夫人慢慢站了起來，拍拍她的皮手筒，但沒有把眼睛從伊莎貝爾的臉上移開。

「關係大得很！」她回答。

伊莎貝爾抬頭看看她，沒有站起來，臉上幾乎有一種祈求說明真相的神情。但是她從這個女人的眼睛中看到的只是一片漆黑。

第四十九章　641

「啊，我的天哪！」她終於咕嚕道，然後靠在椅背上，用雙手遮住了臉。一個思想突然從她腦際湧現出來：杜歇夫人沒有講錯，她的婚姻是由梅爾夫人一手操縱的。在她把手從臉上移開以前，那位夫人已走出屋子了。

那天下午，伊莎貝爾單獨坐車出去，她希望走得遠遠的，然後從馬車中下來，在廣闊的天空下，在遍地的雛菊中徘徊。這以前很久，她已把古羅馬當作親密的伴侶，向它傾訴她的衷腸，因為在這一片廢墟中，她的歡樂的廢墟已不再像一場意外的災難。她從許多世紀以前坍毀的、現在仍屹立著的斷垣殘壁中，尋找精神寄託，在滿目荒涼中，向著一片沉寂傾吐內心的憂鬱。這時，它那現代的性質會自行消失，變成了純客觀的東西。當她安坐在冬日陽光照耀的溫暖的牆角，或者站在人跡罕至、充滿霉味的教堂裡的時候，她幾乎可以對著它微笑，覺得它是那麼渺小。在漫長的羅馬史冊上，它確實是渺小的，縈繞在她腦海中的人類古往今來的命運，把她從自己的小天地帶進了偉大的空間。她跟羅馬建立了深厚的、溫柔的友誼，羅馬滲入了她的感情，陶冶了她的性情。但她逐漸形成的觀念，主要是把它看作人們受難的地方。這是她在那些斷絕了香火的寺廟中得到的印象，它們那些從異教時代殘留到現在的大理石柱子，似乎為她在忍受痛苦中提供了友誼，那股霉味似乎散發著長期得不到答覆的祈禱的氣息。伊莎貝爾是最溫順、最不堅定的異教徒，但哪怕最虔誠的朝拜者看到灰暗的祭壇畫或者枝形燭臺，也不可能對這些事物所引起的聯想會有更親切的感受，或者在這種時刻產生更多的精神上的感應。我們知道，帕茜幾乎是她形影不離的同伴，近來格米尼伯爵夫人打著粉紅陽傘，也成了她們中間光輝燦爛的一員，但有時她為了清靜，也獨自來到適合這種情緒的地方。這時，她有幾個常去的所在，其中最常去的一處也許便是一條矮欄杆，它位於高大陰冷的拉特蘭教堂前面那一大片草地的旁邊，坐在欄杆上眺望，可以看到

一位女士的畫像
The Portrait of a Lady

康派奈平原後面通向遠處的奧爾本山，而在這片廣闊的平原上，還到處殘留著過去的遺跡。在她的表兄和他的朋友們離開以後，她比平常來得更多了，她懷著陰沉的心情，從一個熟悉的聖地走向另一個。即使帕茜和伯爵夫人跟她在一起的時候，她也能感到那個消失了的世界的脈搏。馬車出了羅馬城牆，有時行駛在狹小的巷子裡，那裡的野金銀花已開始在籬笆上纏繞。有時馬車停在靠近田野的僻靜地方等她，她便在遍布鮮花的草地上漫步，或者坐在一塊過去有過用處的石頭上，透過她個人淒涼身世的面紗，展望那壯麗而憂鬱的景色——那稠密溫暖的光線，那遠處變幻不定和紛雜交錯的色彩，那沉靜而孤獨的牧羊人，那帶有淡紅色雲影的山丘。

在我開頭提到的這個下午，她決定不再去想梅爾夫人，但事實證明，這個決定是沒有用的，這位夫人的影子還是經常在她眼前盤旋。她幾乎像孩子一樣，懷著假想的恐懼問自己，對這位認識幾年的親密朋友，是否可以用歷史上沿用已久的「惡」字來形容。她只是從《聖經》和其他文學作品中知道這個觀念，就她的認識看來，她對惡還沒有過切身的體會。她要求廣泛地認識人生，儘管她自以為獲得了一定的成功，其實她在這方面還沒有入門。也許虛偽還不能稱為惡——歷史意義上的惡，不論這虛偽有多大，而梅爾夫人只是虛偽而已——儘管這是一種深不可測的虛偽。伊莎貝爾的姨母莉迪亞早已發現了這點，而且向她的外甥女提出過，但伊莎貝爾當時認為，她對事物的看法豐富得多，尤其認為她自己的生活道路是最自然的，她自己的各種解釋是最正確的，而杜歇夫人有的只是生硬呆板的教條。梅爾夫人做了她要做的事，把她的兩個朋友撮合了起來。想到這點，她不能不使人感到驚訝，不知道她為什麼要這麼做。有些人喜歡做月下老人，就像為藝術而藝術的信徒一樣。然而梅爾夫人儘管在交際上有很深的造詣，可不像是屬於這一類人。她對婚姻並無好感，甚至對生活也沒有好感。她熱衷於這件婚事，但並不

第四十九章　　　　　　　　　　　　　　　　　　　　　　　　643

熱衷於其他婚事。因此她應該認為這是對她有利的，伊莎貝爾問自己，她的利益在哪裡？自然，這得花許多時間去探索，而且即使伊莎貝爾有所發現，這發現也很不全面。她回想到，雖然在花園山莊第一次見面時，梅爾夫人似乎已經對她很好，但那是直到杜歇先生去世以後，她才對她加倍親熱起來。但她不是用向伊莎貝爾借錢的粗俗方式來獵取利益，而是運用更巧妙的方式，把她的一個老朋友跟這位少女的純潔而慷慨的財富拴在一起。很自然，她選擇了一個最親密的朋友，伊莎貝爾已經相當清楚地看到，吉伯特便擔當了這個角色。這樣，很她面臨了一個信念：她心目中這個全世界最高尚的人，原來只是一個庸俗的冒險家，是為了她的錢跟她結婚的。說來奇怪，這一點她以前竟從未想到，如果說她也想到過奧斯蒙德的許多壞處，她卻從未把這個邪惡的主意跟他連繫起來。這是她所能設想的最壞的情況，她的確一直在對自己說，最壞的情況還在前頭。一個男人可能為了錢跟一個女人結婚，這沒什麼。這種事是司空見慣的。但至少他應該讓她知道啊！如果他貪圖她的錢，那麼她不知道，今天她的錢能不能使他滿足。他肯不肯拿了她的錢，放她走開？啊，如果杜歇先生那偉大的仁慈今天能幫助她做到這點，那真是太幸運了！於是她隨即想到，如果梅爾夫人希望為奧斯蒙德立下一大功勞，這功勞並沒有使他感恩戴德。他對這位過分熱心的女恩人，今天究竟懷著什麼感情，它們在這位冷嘲熱諷的主人身上又有什麼表現呢？有一個事實雖然顯得奇怪，卻很能說明問題，這就是伊莎貝爾從寧靜的郊遊回來以前，對著沉寂的天空，發出了一聲溫和的歎息：

「可憐的梅爾夫人喲！」

她的同情也許是正當的，如果那天下午，她走進那位夫人家中一間古色古香的小客廳，躲在那些貴重的、褪色的錦緞帷幔後面，那麼這點就能得到證明。那間布置得十分精巧的屋子，我們已經隨同謹小

一位女士的畫像
The Portrait of a Lady

慎微的羅齊爾先生前來瞻仰過。那天下午將近六點鐘，吉伯特‧奧斯蒙德便坐在這間屋子裡，女主人站在他前面，就像伊莎貝爾有一次看到的那樣，關於那次事件本書已著重談到，因為它雖然表面看來沒什麼，實際卻很重要。

「我不相信你有什麼不愉快的，我認為你很滿意。」梅爾夫人說。

「我說過我不愉快嗎？」奧斯蒙德問，可是臉板板的，似乎表示他確實並不愉快。

「沒有，但你也沒有說過你愉快，可是作為通常的感謝，這是你應該說的。」

「不要談感謝不感謝啦，」他冷冰冰地回答。過了一會兒又說：「請妳不要再來折磨我。」

梅爾夫人慢慢坐了下去，合抱著胳臂，那兩隻白皙的手，一隻托著一邊的胳臂彎，另一隻則像裝飾品似的，搭在另一邊的胳臂上。她的神色非常沉靜，但給人的印象是憂鬱的。

「也請妳不要想來嚇唬我。我不明白，妳是不是了解我的一些想法。」

「我不想為你的想法操心。我自己的已經夠了。」

「那是因為它們使妳感到愉快。」奧斯蒙德把頭靠在椅背上，眼睛瞧著他的同伴，露出毫不掩飾的嘲笑，但也夾雜著一些困倦的表情。

「妳是在折磨我，」過了一會兒他說，「我非常疲倦。」

「Etmoidonc[1]？」梅爾夫人喊道。

「妳的疲倦是妳自己造成的。至於我，過錯卻不在我這裡。」

---

[1] 法文，意為「我才是這樣」。

第四十九章　　645

「我這麼疲倦,那是為了你。我給你提供了一種樂趣。這是一件珍貴的禮物。」

「妳把這稱作樂趣嗎?」奧斯蒙德沒精打采地問。

「當然,因為它使你可以消磨時間。」

「可是這個冬天,我覺得時間過得特別慢。」

「但你的氣色從來沒有這麼好;你從來沒有這麼愉快,這麼得意揚揚。」

「什麼得意揚揚!」奧斯蒙德帶著沉思的神情嘟噥道,「妳真是對我多麼不了解!」

「如果我不了解你,那我只能說什麼都不了解,」梅爾夫人笑道,「你是一帆風順,有些忘乎所以了。」

「算了,在妳停止對我的指責以前,我不會忘乎所以。」

「我早已不來說你啦。我只是憑過去的認識在講話。不過你現在也太自以為是了。」

奧斯蒙德遲疑了一會兒,「我希望妳不像我這麼自以為是了!」

「你想叫我閉上嘴巴嗎?不要忘記,我從來不是一個饒舌的人。不管怎樣,有三、四件事我想先跟你談一下。」

「對不起。你想得很清楚。她有一條非常明確的道路。她要實現她自己的想法。」

「當然是這樣。她現在的想法比以往任何時候都多。」

「她今天的想法是值得注意的。」

「可是今天早上我根本沒看到這種跡象,」梅爾夫人說,「她的心情似乎非常單純,幾乎顯得有些遲鈍。她完全給弄糊塗了。」

「妳不如乾脆說，她有些感到傷心。」

「不對，我不想過多地附和你的意見。」奧斯蒙德還是把頭靠著後面的靠枕，一隻腳的腳踝擱在另一隻腳的腳背上。他這麼坐了一會兒。

「我想知道，妳究竟是怎麼回事。」他終於說。

「怎麼回事……怎麼回事……。」梅爾夫人說到這裡打住了。接著，她的感情突然像晴天霹靂似的迸發出來：「是這樣，我恨不得不顧一切地哭一場，可是我又不能！」

「哭一場對妳有什麼好處？」

「那會使我感到，好像我又回到了認識你以前的時期。」

「如果我能使妳不再流淚，那是很有意思的。不過，我看到過妳流眼淚。」

「啊，我相信你還會使我哭的。你會使我像狼一樣嗥叫起來。我一直在等待，我希望那一天快些到來。今天早上我的情緒很壞，我變得很可怕。」梅爾夫人說。

「如果照妳所說，伊莎貝爾的心情處在遲鈍狀態，她也許不會注意到這點。」奧斯蒙德回答。

「正是我這惡魔般的行徑，使她陷入了這種遲鈍狀態。我控制不住自己，你還使我的情緒。也許那是一種美好的情緒，我不知道。你不僅使我的眼淚乾了，你還使我的靈魂死了。」

「那麼這不是我應該為我妻子的狀況負責，」奧斯蒙德說，「我很高興，妳對她的影響將使我得到幫助。妳不知道靈魂是不死的嗎？它怎麼能發生變化？」

「我根本不相信它是不滅的。我相信它可以輕而易舉地被消滅。我自己就是這樣，我的靈魂起先本來是很好的，多虧你，它才變成現在這個樣子。你的心非常壞。」她說，語氣顯得特別嚴峻。

第四十九章　647

「我們的結局就這樣嗎?」奧斯蒙德問,仍裝出一副冷漠的神情。

「我不知道我們最後會怎樣。我希望我知道壞人會落得怎樣下場?——尤其是他們共同犯的罪。你使我變成了像你一樣的壞人。」

「我不明白妳,我覺得妳相當好。」奧斯蒙德說,他那種故意裝出來的冷漠使這些話收到了最大的效果。

「我的意思是:妳始終是可愛的!」奧斯蒙德喊道,也笑了笑。

「天啊!」他的同伴咕嚕道。到這時,這位年紀雖大、風韻猶存的夫人,也只得採取她早晨使伊莎貝爾採取的姿勢了。她俯下頭,用雙手遮住了臉。

「妳終於還是要哭嗎?」奧斯蒙德問。由於她一動不動,毫無反應,他繼續道:「難道我向妳埋怨過什麼不成?」

她很快放下了手,「不,你採取了另一種報復方式——你向她進行報復。」

奧斯蒙德把頭仰得更高了,他望了一會兒天花板,那樣子似乎是在以一種非正式的方式向上天呼號。

「啊,女人的想像力喲!它歸根結柢總是庸俗的。妳談到報復,就像一個第三流的小說家那樣。」

「當然,你沒有埋怨過。你的勝利使你太高興了。」

「我簡直不明白,妳所謂我的勝利是指什麼。」

648　一位女士的畫像　The Portrait of a Lady

「你使你的妻子怕你。」奧斯蒙德改變了姿勢,他向前俯下身子,把胳膊彎擱在兩個膝頭上,端詳著腳下那方美麗而古老的波斯小地毯。那副神氣似乎表示,任何人對任何事物的評價,一概不在他的話下,連現在是幾點鐘,也得服從他的意見。這種特點有時使他變得非常難以相處。

「伊莎貝爾不是怕我,這也不是我所希望的,」他終於說,「妳說這些話,究竟要我怎麼樣,用意何在?」

「我把你所能對我造成的危害統統想過了,」梅爾夫人回答,「今天早上你的妻子怕我,但她怕我,實際是怕你。」

「妳說的話可能很不客氣,這不能由我負責。我根本不認為妳去找她有什麼用,妳可以不通過她自己去辦。我並沒有使妳怕我,這是我看得出來的,」奧斯蒙德繼續道,「那我怎麼能使她怕我?她至少同樣勇敢。我不能想像,妳是從哪裡撿來的這些廢話,在這以前,我還以為妳是了解我的。」他一邊說,一邊站了起來,走到壁爐那裡,站了一會兒,俯下頭去看壁爐架上那些罕見的細瓷擺設,彷彿他才第一次看到它們。他挑了一隻小杯子,拿在手裡。然後一邊把胳膊靠在壁爐架上,繼續說道:「妳對一切總是想得太多,妳做過了頭,反而看不到事實真相了。我比妳想的簡單得多。」

「我認為你非常簡單。」梅爾夫人的眼睛一直沒離開他的杯子,「我這是逐步看清楚的。正如我所說,我是憑過去的認識對你進行評價,但直到你結婚以後,我才了解你。你對你的妻子怎樣,我已看得比較清楚,不像以前那樣,看不清你對我的態度。請你當心,那是一件珍貴的東西。」

「它已經有了一條小小的裂縫,」奧斯蒙德冷冰冰地說,一邊把它放下,「如果我結婚以前,妳不了解我,那麼妳把我和她拴在一起,實在太魯莽了。不過我自己也對她發生了興趣,我以為這是一件合

適的外衣。我沒有太多的要求,我只要求她喜歡我。」

「要求她毫無保留地喜歡你!」

「當然是這樣,在這種事情上,不能有任何保留。妳不妨說,我要她崇拜我。不錯,我要求那樣。」

「我可從來沒有崇拜過你。」梅爾夫人說。

「但是妳假裝這樣!」

「確實,你從沒責備我不是一件合適的衣服。」

「但我的妻子拒絕……拒絕服從我的要求,」奧斯蒙德說,「如果妳決心使這事成為一齣悲劇,那也不可能是她的悲劇。」

「那是我的悲劇!」梅爾夫人喊道,站了起來,輕輕發出了一聲長歎,同時對壁爐架上的擺設望了一眼,「看來,我得認為我這不正當的地位遭受嚴厲的懲罰。」

「妳講話好像在做道德說教。我們只能在一切可能的地方尋找我們的安慰。如果我的妻子不喜歡我,至少我的孩子喜歡我。我可以從帕茜那裡得到補償。幸好我對她沒什麼好指責的。」

「啊,」她溫柔地說,「要是我有一個孩子……!」

奧斯蒙德遲疑了一下,然後露出一本正經的神氣宣稱:「別人的孩子同樣可以給妳帶來很大的樂趣!」

「你的話更像道德說教。歸根結柢,我們還是有著某種連繫的。」

「因此妳認為我可能給妳造成危害嗎?」奧斯蒙德問。

「不,因此我認為我可能對你是有用的,」梅爾夫人說,「正因為這樣,我才對伊莎貝爾那麼嫉

一位女士的畫像
The Portrait of a Lady

妒。我希望它成為我的責任。」她又說，那張嚴峻而充滿怨恨的臉，又恢復了平時和顏悅色的表情。

奧斯蒙德拿起帽子和傘，用外衣的袖口把帽子撣了兩、三下，然後說道：「總而言之，我認為，妳還是把這事交給我好。」

他離開以後，她做的第一件事就是走過去從壁爐架上拿起那只罕見的咖啡杯來。奧斯蒙德剛才說，它有了一條裂縫。但她只是心不在焉地望著它，一邊小聲咕噥道：「我這麼發脾氣會不會是毫無道理的？」

第四十九章

第五十章

由於格米尼伯爵夫人還不了解羅馬的古蹟,伊莎貝爾有時自告奮勇帶她去參觀這些有趣的遺物,這使她們下午的出遊帶有考古的目的。伯爵夫人把弟媳婦當作一位女才子,對她言聽計從,盡量耐著性子端詳那一堆堆古羅馬廢墟,彷彿那是一件件時新的服裝。她毫無歷史觀念,只懂得一些香豔故事,以及怎樣為自己辯護,但是她既然喜歡住在羅馬,就得跟上時代的潮流。如果她留在羅卡內拉宮的條件是每天在陰暗潮濕的泰特斯浴場「待一個鐘頭,她一定也樂於從命。不過,伊莎貝爾不是一位真正的導遊人,她帶她參觀那些廢墟的目的,主要只是尋找一個藉口,免得老是聽她不厭其煩地談論佛羅倫斯那些太太小姐們的豔史。必須補充一下,對這些參觀,伯爵夫人是不屑花力氣的,她寧可坐在馬車裡,發出幾聲驚歎,表示對它們很感興趣。她每次參觀科洛西姆大鬥獸場,便是這樣,這使她的姪女十分掃興,因為雖然她對姑媽異常尊敬,還是不能理解,為什麼她不肯從車上下來,身臨其境地看一下。帕茜很少閒逛的機會,因此她這種看法也不是毫無私心的,可想而知,她懷有一個祕密的希望,認為她的姑媽一旦進去,就會跟她一起爬上最高一層。終於有一天,伯爵夫人宣稱,她決心實行這一壯舉了。那是三月的一個下午,氣候溫和,春風不時徐徐拂來。她已經多次登上那些荒涼的看臺——當年羅馬的觀眾獸場,但是伊莎貝爾讓她的同伴們自己去遊覽,曾在那裡大聲喝彩,現在卻只剩了一些野花雜草,從一切允許它們生長的深深的隙縫裡探出頭來——

652

一位女士的畫像
The Portrait of a Lady

但今天她很疲倦，寧可在殘敗的場地上坐一會兒。這對她說來，也是一種休息，因為伯爵夫人總是聒噪不息，弄得人不得清靜，而且伊莎貝爾相信，她跟她的姪女單獨在一起，就只得把亞諾河邊的那些陳舊醜聞暫時收起來了。這樣，她留在下面，帕茜則讓管理員打開高大的木門，帶了那位毫無鑑別能力的姑媽，登上險峻的磚石梯級。空曠的場地一半給陰影覆蓋著，偏西的太陽照在大塊的石灰華上，使它們泛出了淡淡的紅光，這種潛在的色彩是整個巨大的廢墟身上唯一保留著生命力的因素。偶然有一、兩個農夫或遊客經過，眺望一下廢墟頂端的輪廓。在那清澈靜寂的空中，經常可以看到一群群燕子在忽上忽下地盤旋。伊莎貝爾隨即發覺，有一個遊客正站在場地中央注視著她，他那頭部的姿勢正是她幾星期前看到過的，它表現了那種遭到挫折而不可摧毀的意志。今天，這樣的姿勢只能屬於愛德華·羅齊爾先生，確實，現在正是這位先生在考慮著要不要上前來跟她搭訕的問題。後來他看清楚她周圍沒有人，於是走了過來，說她雖然不肯答覆他的信，對他當面的陳訴，也許還不至充耳不聞。她回答道，她丈夫的女兒就在附近，因此她只能給他五分鐘的時間。於是他掏出懷錶，坐在一塊斷裂的石頭上。

「我要不了多少時間，」愛德華·羅齊爾說，「我把我那些小玩意兒統統賣了！」伊莎貝爾不由自主發出了一聲驚叫，彷彿他告訴她的是他把牙齒全部拔了。

「我是在德魯奧商場把它們拍賣的，」他繼續說，「那是三天以前的事，他們已把結果打電報通知我。拍賣的結果還不錯。」

1　古羅馬的著名浴場之一，這裡是指它的遺址。

第五十章　653

「我聽了很高興,但我倒是希望你能保留那些小玩意兒。」

「我失去了它們,但我得到了錢——四萬美元。現在奧斯蒙德先生是不是認為我這些錢足夠了?」

「你那麼做是為這個目的嗎?」伊莎貝爾溫和地問。

「我還能有什麼其他的目的呢?那是我唯一想望的事。我回巴黎去做了安排。我不能待在那兒,眼睜睜看著它們給賣掉,那會要了我的命。但我把它們託給了可靠的人,它們賣了很高的價錢。我可以告訴你,我把那些琺瑯製品留下來了。現在我口袋裡有了錢,他不能再說我窮了!」年輕人得意洋洋地喊道。

「他現在會講,你不夠聰明。」伊莎貝爾說,彷彿吉伯特·奧斯蒙德以前還沒講過這話。

羅齊爾狠狠地瞅了她一眼,「妳是不是以為,我失去了那些小玩意兒,就一無可取了?妳是不是以為,我的價值就在於這些小東西?在巴黎,有人對我這麼說,唉,他們非常坦率,但他們沒有見過她啊!」

「我的好朋友,你應該獲得成功。」伊莎貝爾十分親切地說。

「妳的口氣那麼悲傷,就好像妳在說我不會成功似的。」他露出驚慌的神色,用疑問的目光注視著她的眼睛。他的臉色表明,他知道一星期來他已成為巴黎人的話題,因此他在眾人眼中已比過去高出了整整半個頭,但他仍在痛苦地懷疑,儘管他的身材高了,可能仍有一、兩個人會堅持說他生得很矮小。

「我知道我離開的時候,這裡發生了什麼事,」他繼續道,「在她拒絕沃伯頓勳爵以後,奧斯蒙德先生還指望什麼呢?」

伊莎貝爾斟酌了一會兒，「指望她嫁給另一個貴族。」

「另一個貴族是誰？」

「他正在物色。」

羅齊爾慢慢站了起來，把錶放回了背心口袋，「妳是在嘲笑什麼人，不過這一次我想不是在嘲笑我。」

「我並不想嘲笑誰，」伊莎貝爾說，「我很少嘲笑人。現在你可以走了。」

「我覺得我有成功的把握！」羅齊爾宣稱，有些洋洋自得似地環顧著整個鬥獸場，彷彿那兒坐滿了觀眾。突然，伊莎貝爾發現他的臉色變了，原來他沒有想到，除了伊莎貝爾，確實還另外有觀眾。她回過頭去，看到她的兩位同伴已遊覽完畢，正在回來。

「你真的必須走了。」她趕緊說。

「啊，親愛的夫人，請妳可憐我吧！」愛德華・羅齊爾囁嚅著說，那口氣跟我剛才引述的那句豪言壯語，已大異其趣。接著，他像一個人在無邊的憂鬱中突然發現了一個愉快的思想，迫不及待地說道：

「那是格米尼伯爵夫人吧？我非常想見她。」

伊莎貝爾望了他一眼，「她對她的兄弟毫無作用。」

「啊，妳把他說成了多麼可怕的一個怪物！」羅齊爾喊道，一邊眺望著伯爵夫人。後者正搶在帕茜前面，急急趕來，她這麼起勁，也許正是由於她發現她的弟媳婦跟一個非常漂亮的年輕人在談話的緣故。

「我很高興，你保留了那些珐瑯物品！」伊莎貝爾大聲說，離開了他。她徑直向帕茜走去，後者望

第五十章　655

見愛德華‧羅齊爾，立即垂下眼睛站住了。

「我們這就回馬車去。」伊莎貝爾溫柔地說。

「是的，時間不早了。」帕茜回答，顯得更加溫柔。於是她毫不猶豫地繼續向前走去，沒有說一句抱怨的話，也沒有回頭看一眼。

然而伊莎貝爾還是回頭看了一下，發現伯爵夫人和羅齊爾先生已經搭訕上了。他摘下帽子，正在鞠躬，面帶笑容，很清楚，他在做自我介紹。伯爵夫人那富有表情的背影，也在伊莎貝爾眼中優美地向前彎了一下。不過這些事實很快從她的視線中消失了，因為她和帕茜已重新跨進了馬車。帕茜坐在繼母對面，起先眼睛一直瞧著膝蓋，過了一會兒才抬起頭來，望著伊莎貝爾。那對眼睛流露出一絲憂鬱的閃光——那戰戰兢兢的熱情的火花，這使伊莎貝爾不由感到一陣傷心。但同時一股妒意也掠過了心頭，因為那位少女的膽怯的憧憬，明確的理想，使她想起了自己那無情的絕望。

「可憐的小帕茜！」她充滿深情地說。

「啊，不要為我擔心！」帕茜回答，聲音中包含著熱烈的歉意。

接著，沉靜籠罩了一切，伯爵夫人還老不回來。

「妳帶妳的姑媽什麼都看了吧，她有興趣嗎？」伊莎貝爾終於問。

「是的，我帶她一切都看了。我想她很有興趣。」

「我希望妳沒覺得太累。」

「哦，謝謝您，我不覺得累。」

伯爵夫人還沒有來，於是伊莎貝爾打發僕人進鬥獸場去通知她，她們在等她。不久僕人回來了，他

656

一位女士的畫像
The Portrait of a Lady

的回話是：伯爵夫人請她們不用等她，她自己會雇車回家！

這位夫人立即把自己的同情給予了羅齊爾先生。過了大約一個星期，時間已經不早，伊莎貝爾正預備回房打扮一下，然後前去用餐，忽然發現帕茜坐在她的房間裡。女孩子似乎專門在等她，看到她進來，便從矮小的椅子上站了起來。

「請原諒我的冒昧，」她說，聲音低低的，「但這是最後一次——我們暫時不能見面了。」

她的嗓音有些奇怪，她的眼睛睜得大大的，露出心慌意亂、驚恐不安的目光。

「妳並不到哪裡去啊！」伊莎貝爾吃驚地說。

「我要進修道院。」

「進修道院？」帕茜走前幾步，直到可以用胳臂摟住伊莎貝爾為止，然後把頭靠在她的肩上。她用這個姿勢站了一會兒，一動不動，但伊莎貝爾可以感到，她在發抖。那弱小的身體的哆嗦，說明了她無法用言語表達的一切。儘管這樣，伊莎貝爾立即問道：「為什麼妳要進修道院？」

「因為爸爸認為這樣做最好。他說，一個女孩子應該常常進修道院去靜修一下。他說，老是生活在這個世俗社會中，對一個女孩子是很不利的。這是潛心修養、進行反省的機會。」帕茜講一句停一下，「我想，爸爸是對的。這個冬季我好像不知道應該怎麼講似的。最後，她的自我克制終於取得了勝利：「在世俗生活中陷得太深了。」

這些話在伊莎貝爾心頭引起了奇怪的反應，它的意義似乎超過了女孩子自己所能理解的範圍。

「這是什麼時候決定的？」她問，「我一點也沒聽說。」

「半小時以前爸爸才告訴我，他認為事先最好不要聲張。凱薩琳嬤嬤在七點一刻會來接我，我只要

第五十章　　　　　　　　　　　　　　　　　　657

帶兩套衣服就成了。這至多只有幾個星期,我相信這麼做很好。那些嬤嬤們一向待我非常親切,我又可以跟她們在一起了。我還會見到在那兒受教育的小姑娘,我很喜歡這些小姑娘,」帕茜說,露出一種端莊可愛的神色,「我也非常喜歡凱薩琳嬤嬤。我會十分安心,把一切好好想一想。」

伊莎貝爾聽著,屏住氣息。她幾乎吃驚得愣住了。

「也要常常想起我。」她說。

「啊,快些來看我吧!」帕茜喊道。這喊聲跟她剛才表達的那一番勇敢的自白完全不同。

伊莎貝爾再也沒什麼話好說,她什麼也不明白。她只覺得,她對她的丈夫還多麼不理解。她給他的女兒的回答,只是長長的、溫柔的親吻。

半小時以後,她從使女那兒獲悉,凱薩琳嬤嬤坐車來接走了小姐。

飯前,她走進會客廳的時候,發現格米尼伯爵夫人獨自坐在那兒。這位夫人奇怪地把頭一仰,對剛才發生的事用這麼一句話來說明:「En voilà, ma chère, une pose!」[2] 但如果這是一種假裝的姿態,她確實不明白,她丈夫要假裝的是什麼。她只能隱約感到,他的傳統觀念比她想像的更多。她已經養成了習慣,不論對他說什麼,都得考慮再三,因此儘管看來奇怪,在他進來以後,她還是遲疑了好幾分鐘才提到他的女兒突然離開的事,那時大家已在餐桌旁就坐了。但她一向禁止自己向奧斯蒙德提出任何問題。她所能做的只是表示自己的態度,而最自然的就是這麼一句話:「我會非常惦記帕茜的。」

他把頭側轉一些,朝餐桌中央的一籃鮮花看了一會兒。

「哦,是的,」他終於說,「那是我意料之中的事。妳知道,妳可以去看看她,不過不要去得太勤。我敢說,妳會感到奇怪,為什麼我要把她送到修女那兒去,但我懷疑,我能不能使妳理解這點。不

過那算不得什麼，妳不必為這事煩惱。正因為這樣，我才沒把它告訴妳。我不相信妳會同意這麼辦。但是這個想法是我早已有的，我一直認為，這是一個女孩子應受的教育的一部分。女孩子應該純潔、美麗，也應該天真、溫柔。在現代這種生活方式中，她會積滿灰塵，變成一個粗俗的人！帕茜已有一點粗俗，有一點憔悴了，她遇到的事情太多。在這個熙熙攘攘、爭名逐利的世界上，在這個所謂社會中，她有時必須離開一下。修道院裡非常安靜，非常方便，也非常有益於身心健康，我喜歡看到她在那兒，看到她生活在古老的花園，拱頂的走廊，以及那些嫻雅貞潔的女人中間。她們不少人出生在書香門第，有的還來自貴族世家。她可以在那兒讀書、作畫，她也可以在那兒練習鋼琴。我已經替她做了盡善盡美的安排。那絲毫沒有禁慾主義的味道，住在那裡只是有一點兒與世隔絕罷了。她可以有時間去思考，我也要求她思考一些事情。」奧斯蒙德講得不慌不忙，仍然把腦袋側在一邊，好像在觀賞那一籃子鮮花。然而他的口氣並不是要提供什麼解釋，只是想把這件事化成語言，甚至變成圖畫，然後讓自己來欣賞。他把他所描繪的這幅畫端詳了一會兒，似乎感到非常滿意。於是他繼續說道：「天主教畢竟是異常明智的。修道院是必要的設施，它符合家庭和社會的基本需要。那是一所文明禮貌的學校，一所修身養性的學校。是的，我並不需要我的女兒完全脫離世俗世界，」他補充道，「我並不要求把她的思想固定在另一個世界裡。這個世界畢竟還是美好的，她可以來欣賞。他把他所描繪的這幅畫端詳了一會兒，似乎感到非常滿意。她的意願，保持對它的興趣。只是她必須對它具有正確的態度。」

這一席話，伊莎貝爾聽得非常仔細，她對它確實感到了濃厚的興趣。它使她看到，她的丈夫為了

2 法文，意為「親愛的，這只是一種姿態」。

第五十章　659

達到一定的目的可以走得多遠，甚至不惜借他女兒這朵嬌嫩的鮮花來抒發他的謬論。她不能理解他的意圖──不，不能全部理解，但是她的理解還是超過了他所想像或者所願意的程度，因為她相信，這整個事件是一個精心安排的計謀，它是針對她的，是要對她的想像力施加壓力。他要求自己做事出人意外，獨斷獨行，幹得既驚人又出色。他希望突出他和她的同情之間的區別，讓人看到，如果他認為他的女兒是一幅珍貴的畫，那麼他越來越關心那最後的幾筆，這是很自然的。如果他希望取得效果，那麼他是成功的，這件事已把一股冷氣注入了伊莎貝爾心頭。帕茜從小熟悉修道院的生活，覺得那是一個幸福的家。她也喜歡那些修女，正如她們喜歡她一樣，她在那裡暫時不會感到她的命運遭逢了任何明顯的災難。但是儘管這樣，這女孩子還是感到惶惶不安，她的父親顯然指望讓她留下一個相當嚴峻的印象，新教的古老歷史在伊莎貝爾的想像中還栩栩如生，她坐在那裡，像他一樣注視著那一籃花，但是她得到的思想一直停留在她丈夫的這件驚人的傑作上，在那裡，可憐的帕茜成了一齣悲劇的女主角。奧斯蒙德希望讓人家看到，一切都不能使他退縮。想到這點，伊莎貝爾厭惡得幾乎咽不下飯。這時，只有那位姑奶奶高亢而不自然的嗓音，使她得到一點安慰。伯爵夫人顯然也在琢磨這件事，但是她得到的結論卻與伊莎貝爾的不同。

「親愛的奧斯蒙德，這是很荒謬的，」她說，「為了放逐可憐的帕茜，居然還想出了這麼多漂亮的理由。你為什麼不乾脆說，你這麼做是為了把她跟我隔開？你不是發現我認為羅齊爾先生很可愛嗎？我確實認為他不壞，我覺得他simpaticissimo 3。他使我相信了真正的愛，以前我是從來不相信的！當然，你已經下了決心，你認為我有了這種信念，已成為對帕茜有害的同伴。」

奧斯蒙德拿起酒杯，呷了一口，裝出一副心平氣和的神色。

「親愛的艾米,」他笑容可掬地回答,彷彿是在向伯爵夫人獻媚似的,「我壓根兒不知道妳的信念,但如果我懷疑它們會干擾我的信念,那我不如把妳趕走,這簡單得多。」

3 義大利文,意為「非常討人喜歡」。

第五十一章

伯爵夫人沒有給趕走,但是她感到,她在她弟弟府上的居留權已朝不保夕。這件事以後過了一星期,伊莎貝爾收到了一封英國來的電報,電報發自花園山莊,發報人是杜歇夫人。電報說:「拉爾夫已危在旦夕,如方便,請來一會。他囑我轉告,如無別事纏身,務望前來。我自己得說,汝平時佇談責任,又不知它為何物。現在我很想知道,汝是否已找到答案。拉爾夫命在垂危,且他身邊無人做伴。」這消息早在伊莎貝爾意料之中,她已收到亨麗艾特‧斯塔克波爾的信,後者向她彙報了護送那位感恩不盡的病人回轉英國的詳細情況。拉爾夫到達那裡時已經奄奄一息,但是她好歹把他送到了花園山莊,一到那裡,他就上了床,正如斯塔克波爾小姐信上所說,顯然他再也不會下床了。她還說,她實際上要照顧兩個病人,不是一個,因為戈德伍德先生對她不僅毫無幫助,而且像杜歇先生一樣病入膏肓,只是他犯的是另一種病罷了。後來她又寫信說,她不得不把護理病人的責任移交給杜歇夫人,因為她正好從美國回來,而且一到就向她表示,她不歡迎任何記者光臨花園山莊。在拉爾夫到達羅馬後不久,伊莎貝爾已寫信給她的姨母,把他的危急狀況通知了她,示意她應該不失時機,立刻返回歐洲。杜歇夫人回了個電報,對她的勸導表示感激,從此杳無音信,直到現在,伊莎貝爾才收到了我剛才引述的那個電報。

伊莎貝爾站在那兒,看了一會兒電報,然後把它揣進口袋,直接朝她丈夫的書房走去。到了門口,她又停了一下,隨即推門進去。奧斯蒙德坐在靠窗的桌邊,面前有一本對開本大書擱在一疊書上。書打

662

一位女士的畫像
The Portrait of a Lady

開著，這一頁上印有一些小小的彩色插圖。伊莎貝爾一眼就看到，他正在臨摹一枚古幣的圖樣。桌上放著一匣水彩顏料和幾支精美的畫筆，他已在一張雪白的紙上勾出了一個色澤鮮明的細巧圓面。他背對著門，但他不用回頭，就能聽出進來的是他的妻子。

「對不起，我得打擾你一下。」她說。

「我進妳的屋子時，總是打門的。」他回答，繼續幹他的事。

「我忘了，我心裡在考慮別的事。我的表兄快死了。」

「哦，我想不至於吧。」奧斯蒙德說，用放大鏡端詳著他的畫，「我們結婚的時候，他就快死了，他會比我們大家都長壽。」

伊莎貝爾沒有時間，也沒有心思去欣賞這種若明若暗的諷刺，只是心急如焚、迫不及待地繼續道：

「我的姨母打電報來，我必須到花園山莊去。」

「為什麼妳必須到花園山莊去？」奧斯蒙德問，口氣裝得不偏不倚，難以理解似的。

「在拉爾夫去世前跟他見一面。」

聽到這話，奧斯蒙德沒有馬上回答什麼。他繼續全神貫注地作畫，這是一件不容有絲毫疏忽的工作。

「我認為沒有這個必要，」他終於說，「他到這兒來看過妳。我不喜歡他來，我認為他到羅馬來是一個大錯誤。但我忍耐著，因為這是妳最後一次跟他見面。現在妳告訴我，那不是最後一次。看來妳沒有領會我的好意！」

「我要領會你什麼好意？」

吉伯特·奧斯蒙德放下了他的小畫具，吹掉了畫上的一點灰塵，慢悠悠站起來，第一次瞧了瞧他的

第五十一章　　　　　　　　　　　　　　　　663

妻子,「他在這兒的時候,我沒有干涉妳。」

「對,我該感激你。我記得很清楚,你明確向我表示,你不喜歡他在這兒。因此他離開的時候,我很高興。」

「那妳就別管他吧。妳不必趕去見他。」

伊莎貝爾把眼睛從他身上移開,它們停留在他那小小的畫上。

「我必須到英國去。」她說,她充分意識到自己的口氣在一位敏感的雅人聽來,一定顯得既愚蠢又頑固。

「我不贊成妳去。」奧斯蒙德回答。

「這跟我什麼相干?我不去,你也不會滿意。不論我做什麼,或者不做什麼,你都不會滿意。你反正認為我是在撒謊。」

奧斯蒙德臉色有些發白了。他冷笑一聲,「那麼這就是妳要去的原因啦?不是去見妳的表兄,只是對我進行報復。」

「這根本談不上什麼報復。」

「但我認為是這樣,」奧斯蒙德說,「不要讓我找到藉口。」

「這正是你求之不得的。你但願我幹件什麼蠢事呢。」

「那麼,如果妳不服從我,我還會感到高興呢。」

「如果我不服從你?」伊莎貝爾說,聲音很輕,因此顯得很溫和。

「讓我們把話講清楚。如果妳現在離開羅馬,那麼這將是對我有意圖、有計畫的對抗。」

「你憑什麼說這是有計畫的？我三分鐘以前才收到姨母的電報。」

「妳計畫得很快，這是一種了不起的才能。我認為我們不必再討論下去，妳了解我的希望。」於是他站在那裡，彷彿在等她離開。

但她沒有動。她不能動，儘管這看來有些奇怪。她還想替自己辯護，他在很大的程度上掌握著一種力量，使她感到有這種必要。

「你沒有理由抱這種希望，」伊莎貝爾說，「我有去的一切理由。我不想跟你談，我覺得你是多麼不公正。但是你自己應該知道，你的反對才是有計畫的，它包含著惡毒的用意。」

她以前從未向丈夫透露過，現在這些話在奧斯蒙德聽來，顯然有些新鮮。但是他沒有表示驚訝，他的冷靜清楚地證明，他相信他的妻子在他的巧妙安排下，不可能始終不暴露自己的思想。

「那麼事情就更加嚴重了。」他回答。接著，他又像對她進行忠告似的說道：「這是一件非常重要的事。」她承認這點，她充分意識到了情況的嚴重性。她知道，他們的關係已經到了千鈞一髮的時候。

「妳說我沒有理由嗎？我有最充分的理由。我打心底裡反對妳現在要做的事。這是不光彩的，不正當的，不合適的。妳的表兄跟我毫不相干，我沒有必要遷就他。我已經非常對得起他。他在這兒的時候，妳跟他的關係一直使我坐立不安，但我容忍了下來，因為我每星期在等著他離開。我從來不喜歡他，他也從來不喜歡我。正因為這樣，妳才喜歡他——因為他恨我。」奧斯蒙德說，聲音突然抖了一下，但幾乎聽不出來。

第五十一章　　　　　　　　　　　　　　　　　　　　665

「我對我的妻子應該怎樣，不應該怎樣，有我自己的想法。她不應該不顧我最深切的要求，獨自穿越歐洲，去坐在別的男人的床頭。妳的表兄對我們毫不足道，他對我們毫不足道。我說到『我們』，妳便露出別有用意的笑，但我得告訴妳，『我們』，這就是我所知道的一切。我認為，我們的結婚是嚴肅的，儘管妳似乎已不把它當一回事。據我所知，我們沒有離婚或者分居，對我說來，我們的結合是牢不可破的。妳對我而言，比任何人更親密，我對妳也是這樣。也許這種親密關係並不理想，但不管怎樣，這是我們經過鄭重考慮之後採取的行動。我知道，妳不喜歡我提起這點，但我是完全願意記住這點的，因為……因為……。」他停了一下，似乎打算說一句非常重要的話，「因為我認為，我們必須接受我們的行動的後果，我在生活中最重視的，就是我們的榮譽！」

他講得很嚴肅，又似乎心平氣和，嘲笑的口吻已從他的聲音中消失。這種嚴肅性制止了他妻子的急躁情緒，她進屋來的時候所懷抱的決心，陷入了一張堅韌的網中。他最後那些話不是命令，但它們像是一種呼籲。雖然她覺得，奧斯蒙德任何尊敬的表示，只是披上美麗外衣的利己主義，但它們還是代表了一種超越一切的、絕對正確的東西，就像十字架或國旗那樣。他是以神聖的、美好的事物的名義在發言，遵循著優美動人的形式。他們在感情上已經隔著一道深淵，正如兩個幻想破滅後的情人一樣，但是他還從未在行動上分道揚鑣。伊莎貝爾沒有變，原有的正義感在她心頭仍安然無恙，現在，在她對丈夫的寡廉鮮恥的認識深處，它卻跳動起來，形成了一股可能使他暫時取得勝利的力量。她感到，在他還想保全臉皮的時候，她畢竟還是誠懇的；在一定程度上，這不失為一個優點。十分鐘以前，她還對自己不顧一切的行動，感到沾沾自喜——這是她長期以來已經喪失的歡樂。但是這種心情，經她丈夫的魔杖一點，便蔫地變了，逐漸開始萎縮。然而如果她必須退卻，她也得讓他知道，她是犧牲了自己的要求，並

不是受到了他的愚弄。

「我知道，你是擅長冷嘲熱諷的，」她說，「你怎麼談得上牢不可破的結合，怎麼能說你感到滿意呢？你既然指責我虛偽，我們還談得到什麼結合？在你心裡除了駭人聽聞的懷疑以外，沒有別的，那怎麼能說你感到滿意呢？」

「我滿意的是我們一起過著和睦的生活，儘管存在那麼些缺點。」

「我們過得並不和睦！」伊莎貝爾喊道。

「確實，如果你到英國去，我們就不會和睦。」

「那算不得什麼，根本算不得什麼。我可能做的事還多著呢。」

奧斯蒙德揚了揚眉毛，甚至還聳了聳肩膀。他在義大利住得太久了，不懂得這種花招。

「好，如果妳是來恐嚇我的，那麼我不如作畫得好。」於是他走回桌邊，拿起他剛才畫的那張紙，站在那兒端詳了一會兒。

「我想，如果我走的話，你就不用指望我回來了。」伊莎貝爾說。

他很快旋轉身來，她看得出，這個動作至少是沒有經過考慮的。他望了她一會兒，然後問道：「妳是不是發瘋了？」

「除了決裂，還能是別的嗎？」她繼續說，「如果你說的一切都是真的，那更不用說了。」她看不出，除了決裂，還會有別的出路。她真心希望知道，還有沒有別的出路。

他在桌子前面坐了下去。

「妳的出發點就是跟我對抗，在這個基礎上，我確實跟妳沒什麼好討論的。」他說，於是又把一支

第五十一章　　　　　　　　　　　　　　667

小畫筆拿了起來。

伊莎貝爾只是又逗留了一會兒,用眼睛打量了一下他那故意裝得滿不在乎、又十分富有表現力的姿勢,便迅速地走出了屋子。她的決心,她那充沛的活力,那激動的情緒,怎樣駕馭一個人的弱點,一下子又都煙消雲散了。她覺得,好像一陣陰冷灰暗的霧突然包圍了她。奧斯蒙德完全懂得,她回自己屋裡去的時候,發現格米尼伯爵夫人站在一間小客廳的門口,門開著。這屋裡放有數量不多的各種藏書,伯爵夫人正拿著一本打開的書,好像看了一頁,又並不覺得有趣。聽到伊莎貝爾的腳步聲,她抬起頭來。

「啊,親愛的,」她說,「妳這麼有學問,得介紹一、兩本有趣的書給我讀啊!這兒全是說教,太可怕了。妳說,這對我有什麼好處?」

伊莎貝爾瞥了一眼她給她看的書名,但沒有看清,或者沒有看懂,「我想我不能給妳提供什麼意見,我得到了一個很壞的消息。我的表兄拉爾夫・杜歇快去世了。」

伯爵夫人扔下了書,「啊,他非常 simpatico。我為妳感到難過。」

「有的事妳還不知道,知道了會更難過呢。」

「還有什麼事?妳的臉色多麼難看,」伯爵夫人又說,「妳一定跟奧斯蒙德在一起。」

半個小時以前,伊莎貝爾如果聽到別人說,她指望得到那位大姑子的同情,她一定會十分生氣。可是現在,伯爵夫人那一點泛泛的關心,已使伊莎貝爾如獲至寶,這再好不過地證明了她此刻內心的苦悶。

「我剛從奧斯蒙德那兒來。」她說,看到伯爵夫人那明亮的眼睛正注視著她。

「他的態度一定非常惡劣!」伯爵夫人喊道,「他是不是說,他聽到可憐的杜歇先生快死的消息覺

「他說，我到英國去是不可能的。」

伯爵夫人在涉及她的切身利益的時候，是很敏感的。她已經預見到，她在羅馬的光輝日子即將結束。拉爾夫·杜歇快死了，伊莎貝爾要為他服喪，這麼一來，就再也談不到交際和宴會了。這個前景使她頓時哭喪著臉，露出了一副怪相，但這種豐富的表情是她的失望引起的唯一反應。而且伊莎貝爾的煩惱引起的同情，使她忘記了自己。她看到，伊莎貝爾的苦悶是深刻的，這不僅僅在於一位表兄的死。伯爵夫人毫不猶豫地把弟婦眼中的表情跟那位使人氣惱的兄弟連繫了起來。她的心裡幾乎出現了快樂的期待，因為如果她希望看到奧斯蒙德的氣焰給打下去，那麼現在正是時候。當然，如果伊莎貝爾前往英國，她自己就得馬上離開羅卡內拉宮，她說什麼也不願跟奧斯蒙德單獨在一起。儘管這樣，她還是巴不得伊莎貝爾到英國去。

「親愛的，在妳是沒有什麼不可能的，」她安慰她道，「妳又有錢、又聰明、又善良，妳為什麼不能？」

「真的？為什麼？我覺得我又軟弱又愚蠢。」

「為什麼奧斯德說那是不可能的？」伯爵夫人問，那口氣表示，她不能想像有這樣的事。

然而在她開始提出問題的時候，伊莎貝爾退卻了，她把伯爵夫人熱情地握住的手抽了回來。只是她

[1] 義大利文，意為「可愛」。

第五十一章

回答這詢問時，毫不掩飾自己的痛苦。

「因為我們在一起相親相愛，甚至不能分開兩個禮拜。」

「啊，」伯爵夫人喊了起來，但伊莎貝爾轉身走了，「我要出外旅行的時候，我的丈夫只是告訴我，他不能給我錢！」

伊莎貝爾回到了臥室，在那兒踱來踱去，走了個把鐘頭。有些讀者也許會覺得，她這是自尋煩惱，毫無疑問，作為一個性格堅強的婦女，她未免太容易屈服了。似乎直到現在，她才充分測量到了結婚這件事的嚴重程度。拿目前的情況來說，結婚就意味著一個女人在必須有所選擇的時候，理所當然地選擇丈夫的一邊。

「我感到害怕，是的，我感到害怕。」她不只一次突然站住，對自己說。但是她所怕的不是她的丈夫，不是他的不快、他的憎恨、他的報復，甚至也不是她事後對自己的行為的譴責——儘管這種顧慮常常對她起著抑制作用。她怕的只是奧斯蒙德希望她留下的時候勢必引起的爭吵。分歧的深淵已在他們之間形成，儘管這樣，他還是要求她留下。她知道，他遇到違反他意志的事，神經是異常敏感的。他對她怎麼想，她知道；他可能對她說些什麼，她也意識得到。雖然如此，他們已經結婚，而結婚就要求一個女人跟她的丈夫，也就是那曾經跟她一起站在聖壇前面鄭重地起過誓的人，始終待在一起。最後，她倒在沙發上，把頭埋進了一堆墊子裡。

當她再抬起頭來的時候，格米尼伯爵夫人已在她面前徘徊。她進屋來沒引起注意，她那薄薄的嘴唇上有一抹奇怪的微笑，整個臉籠罩在一種含有深意的閃光中，這是一小時前所沒有的。可以這麼說，她本來一直堅定地站在精神的窗戶後面，現在卻把身子伸出來了。她開口道：「我打了門，但妳沒有答

應，因此我冒昧進來了。我已端詳了妳五分鐘，妳顯得非常痛苦。」

「是的，但是妳無法安慰我。」

「妳是不是願意讓我試試？」於是伯爵夫人挨著她在沙發上坐了下去。她仍然露出微笑，在她的表情中有一種難以克制的興奮的神色。

她似乎有許多話要說，伊莎貝爾第一次感到，這位姑奶奶也會講出一些真正具有人性的話來。她的眼睛閃閃發亮，骨碌碌轉動著，有一種使人很不舒服的迷人的力量。

「不管怎樣，」她立即繼續道，「首先，我必須告訴妳，我不了解妳的心情。妳似乎考慮得太多，太會思前想後，因此顧慮重重。十年以前，我發現，我的丈夫的最大希望就是要使我不愉快——但近來他只是不來睬我——那時我的想法是非常簡單的！可憐的伊莎貝爾，妳卻不像我那麼簡單。」

「是的，我不那麼簡單。」伊莎貝爾說。

「有件事，我想讓妳知道，」伯爵夫人宣稱，「因為我認為妳應該知道。也許妳已經知道，也許妳早猜到了。但如果妳已經知道，我能說的只是，我更加不理解，為什麼妳不能按照自己的意志行事。」

「妳希望我知道的是什麼？」伊莎貝爾感到了一種凶兆，她的心跳得更快了。伯爵夫人眼看會證實自己的話，單單這點就太可怕了。

「但是她似乎還要賣一下關子，並不急於把牌攤開，「如果我處在妳的地位，我早已猜到了。難道妳真的沒有懷疑過嗎？」

「我沒有猜測過什麼。我有什麼好懷疑的？我不知道妳指的是什麼。」

「這是因為妳有一顆太純潔的心。我從沒見過一個女人有這麼純潔的心！」伯爵夫人喊道。

第五十一章　　　　　　　　　　　　　　671

伊莎貝爾慢慢站了起來，「妳要告訴我的，一定是一件可怕的事。」

「隨妳用什麼話來形容都可以！」伯爵夫人也站了起來，臉上那股凶險的神色越來越明顯，越來越可怕。她站了一會兒，目光中充滿著決心，但在伊莎貝爾看來，這也是醜惡的。然後她說道：「我的第一位弟媳沒有生過孩子！」

伊莎貝爾一愣，也目不轉睛地瞧著對方。這句話是用漸降法宣布的，它還需要事實的補充，「妳的第一個弟媳？」

「我想，妳至少應該知道，奧斯蒙德以前是結過婚的！我從沒跟妳談過他的妻子，我認為那是不合適的，或者不禮貌的。但其他關係較少的人應該跟妳講過。那個可憐的小女人婚後活了不到三年便死了，沒有生孩子。她死以後，帕茜才來到世上。」

伊莎貝爾的眉頭皺了起來，嘴唇張開，蒼白的臉上露出迷惘而驚異的神色。她竭力辨別著這些話的意思，總覺得它們的意義比她看到的更多。

「那麼帕茜不是我丈夫的孩子？」

「是妳丈夫的孩子，他的親骨肉！她不是另一個人的丈夫，但是另一個人的妻子的孩子。」

「唉，我的好伊莎貝爾，」伯爵夫人喊道，「跟妳講話真是非得一五一十講清楚不可！」

「我不明白，那是誰的妻子？」伊莎貝爾問。

「一個討厭的小瑞士人的妻子，他死了。死了多久？十二年，不，十五年多了。他從來不承認帕茜小姐是他的女兒，他知道是怎麼回事，因此也從不理睬她，確實也沒有理由要他承認。奧斯蒙德承認了，那樣更好。不過，他事後得編一套鬼話，說他的妻子怎樣在分娩中死了，他又痛苦又害怕，不願看

到那個小女孩，直到過了很久，才把她從保姆家裡領回來。妳知道，他的妻子確實死了，但那是死於另一種病，在另一個地方——在皮埃蒙特的深山裡。有一年八月，她為了養病到那裡去，但她的病突然惡化，終於不治而死。因此那套鬼話完全說得過去，表面上也沒有破綻，沒有引起誰的注意，也沒有人想去追究這件事。但我當然知道，」伯爵夫人明確地說下去，「我不用調查，妳明白，我們——我是指我和奧斯蒙德——從不提這件事。妳沒看見他一言不發瞧我的那副神氣？我也從沒說過，從沒對任何一個人透露過一句話，你可以相信這點，我以名譽擔保，這麼多年來，我一直保持沉默，直到現在，這才告訴妳。對於我，從開始起，我只要知道這孩子是我的姪女兒，是我兄弟的女兒就夠了。至於她真正的母親……。」說到這裡，帕茜這位美妙的姑母突然住口了——好像是不由自主停下來的，因為她看到了弟媳臉上的表情，彷彿那兒有著許多雙眼睛在盯著她瞧，這是她從沒遇到過的。

她沒有說出名字來，但是這個沒有說出的名字的回聲，卻來到了伊莎貝爾的嘴唇上，她想問，然而忍住了。她重又倒在沙發上，垂下了頭。

「妳為什麼要告訴我這些？」她問，那聲音使伯爵夫人感到陌生。

「因為我再也忍不住，不能不讓妳知道！坦白說，親愛的，我不能不告訴妳。這些天來我心裡一直憋得發慌！如果我再不忍不住的話，我得說，Camedépasse[2]，事情就在妳的身邊，妳怎麼會不知道。對這種天真無知，我從來不願推波助瀾，我愛莫能助。為了替我的兄弟保守祕密，我一直沉默著，但是我終於忍耐不住了。不過，妳知道，這不是我憑空捏造的謊話，」伯爵夫人又說，顯得那麼坦率，「事情千

2 法文，意為「這使我吃驚」。

第五十一章　　673

真萬確,就像我講的一樣。」

「我沒想到。」伊莎貝爾隨即說,眼睛望著她,臉上一副失魂落魄的樣子,跟她的話完全一致。

「我相信是這樣,雖然這是難以相信的。難道妳從沒想到,她當過他六、七年的情婦嗎?」

「我不知道。我遇到過一些事,也許這就是它們的意義。」

「她把帕茜處置巧妙,真是天衣無縫!」伯爵夫人面對著這種情形,不禁喊道。

「啊,我從沒想到,從沒得到這麼明確的印象,」伊莎貝爾繼續說,彷彿盡量在辨別,什麼是真的,什麼是假的,「像這樣的事,我……我不能理解。」

她講話時顯得心神恍惚,迷惑不解。可憐的伯爵夫人似乎看到,她的揭露沒有達到預期的效果。她本來指望點燃一堆熊熊烈火,可現在只引起了一點火星。伊莎貝爾的反應,只是像一個富有想像力的少女,在一本歷史書上看到了一則罪惡的故事。於是她的朋友繼續說道:「這不能算是她丈夫的孩子,妳難道還看不出來嗎?這跟梅爾先生毫不相干。他們已經分開很久,不可能有孩子,他到一個很遠的國家去了——我想那是在南美洲吧。我不知道她還有沒有別的孩子,不過如果有,也都死了。這些情況對他的妻子死了,這一點不假,但她死了還沒多久,調整一下日期是不成問題的——我是說,從那個時候起,沒有引起過懷疑,他們也一直留神著這點。奧斯蒙德太太沒有死在當地,這個世界也不想多管閒事,那麼這個poverina[3]留下了他們短暫的恩愛生活的見證,並為此獻出了生命,這一切難道不是最自然不過的嗎?靠著改變住處——奧斯蒙德和她到阿爾卑斯山中去的時候,本來住在拿坡里,這以後就永遠離開了那裡——這個小故事就輕而易舉地編成了。我那死去的弟媳婦躺在墳墓裡,當然沒有發言

674

一位女士的畫像
The Portrait of a Lady

權。那位真正的母親為了保全自己的臉皮，也放棄了對孩子的一切表面上的權利。」

「啊，可憐的女人！」伊莎貝爾喊道，突然哭了起來。她已經好久沒有流眼淚，但現在眼淚卻像潮水一般湧來，這使格米尼伯爵夫人再度感到了失望。

「妳對他太好了，妳還可憐她！」她喊道，發出了刺耳的笑聲，「真的，妳的行為使人捉摸不透。」

「他對他的妻子一定是虛偽的，這麼快就變了心！」伊莎貝爾突然克制了哭聲說。

「那就是他對妳的要求——要求妳走她的道路！」伯爵夫人繼續道，「不過我完全同意妳的話，這太快了。」

「但是對我……對我……。」伊莎貝爾遲疑著，好像她沒有聽到這話，好像這疑問——雖然它清楚地流露在她的眼睛裡——是對她自己講的。

「他對妳是忠誠的嗎？親愛的，這得看妳對忠誠怎麼理解了。他跟妳結婚的時候，已不是另一個女人的情夫——不是那種同患難、共命運的情人了，caramia[3]，那件事已經過去，那位夫人也已經洗手不幹，或者，至少已經有所收斂，原因只有她自己知道。再說，她一向愛好面子，假裝清白，弄得奧斯蒙德十分討厭。因此妳可以想像，這是什麼情況——因為他不能把他的任何行為遮蓋得沒有一點破綻！但是整個過去還保存在他們中間。」

「是的，」伊莎貝爾機械地重複道，「整個過去還保存在他們中間。」

---

3 義大利文，意為「不幸的小女人」。
4 義大利文，意為「親愛的」。

第五十一章　　675

「過去的後半段沒什麼。但正如我所說,有六、七年時間,他們是非常親密的。」

她沉默了一會兒,「那為什麼她要他跟我結婚呢?」

「啊,親愛的,那正是她高明的地方!因為妳有錢,因為她相信妳會待帕茜很好。」

「可憐的女人,帕茜可並不喜歡她呢!」伊莎貝爾喊了起來。

「正因為這樣,她需要一個帕茜能夠喜歡的人。她知道這點,她什麼都知道。」

「她會不會知道妳把這一切告訴了我?」

「那得看妳是不是告訴她了。她是做了準備的,妳可知道,她指望靠什麼來保護自己?靠妳把我的話當作謊話。也許妳會懷疑,妳不必感到不好意思,不必瞞我。只是這一次我卻沒有撒謊。我講過許多愚蠢的謊話,但是除了我自己,誰也沒有受到損害。」

伊莎貝爾坐在那裡,她的同伴的故事就像一個流浪的吉卜賽人拿來的一大包奇形怪狀的貨物,現在堆在地毯上,她的腳邊,使她看得瞠目結舌。

「為什麼奧斯蒙德不跟她結婚呢?」她終於問道。

「因為她沒有錢。」伯爵夫人對一切都能做出回答,如果她在編假話,那麼她是編得很快的,「沒有一個人知道,從來沒有一個人知道,她靠什麼過日子,或者她怎麼有錢買下那一切美麗的玩意兒。我相信,奧斯蒙德也不知道。再說,她也不願意嫁給他。」

「那她怎麼會愛他的呢?」

「她對他的愛不是那種想嫁給他的愛。她起先愛他,我想,那時她是願意嫁他的,但當時她的丈夫還活著。到了梅爾先生去見──不是去見他的祖先,因為他從來沒有祖先。總之,到那時,她跟奧斯蒙

676

一位女士的畫像
The Portrait of a Lady

德的關係已經變了，她的野心也更大了。再說，她對他從來不抱幻想。」伯爵夫人繼續道，這些話使伊莎貝爾後來一想起來，就感到害怕，「她從來不會在理智上犯你們所說的那種錯覺。她指望嫁一個大人物，她念念不忘的就是這個。她又是等又是找，又是策劃又是禱告，但是始終沒有成就。她指望嫁一個大人物，我從沒把梅爾夫人看得怎麼了不起。她什麼也沒撈到，除了認識了不少人，可以分文不付住在這些人家裡。唯一可以算是她的成績的，就是她撮合了妳和奧斯蒙德的婚姻。是的，親愛的，這是她幹的事，妳不必露出這副神氣，好像妳還不相信似的。我注意他們已經幾年了，我一切都知道，一切都知道。他們把我當草包，但是我的頭腦要看透那兩個人還綽綽有餘。她恨我，她恨我的方法就是裝得好像老是在衛護我。人家說我有十五個姘夫，她就裝出大吃一驚的樣子，說其中一半從未得到證實。這幾年來，她一直怕我。因此人家說我壞話，造我謠言，她就非常得意。她擔心我會揭她的老底，奧斯蒙德開始追求妳的時候，她就威脅我。那是在佛羅倫斯他的家裡，那天下午她帶妳到那裡去，我們一起在花園喝茶，妳還記得嗎？她當時向我表示，要是我惹是生非，她就要照樣向我報復。她自稱，她可以給人講的，比我的少得多。那真是有趣的比較！要是要講我什麼，我根本不在乎，只因為我知道妳根本不理會這些。妳對我本來不感興趣，她再講也是白搭。因此我隨她愛怎麼報復都成，我想她的話不可能使妳大吃一驚。她最大的希望就是使自己顯得那麼清白純潔，就像一朵盛開的百合花，成為社交禮節的化身。這就是她永遠崇拜的上帝。妳知道，凱撒的妻子是不應遭到非議的[5]。正如我所說，她終生就是希望嫁給凱撒，那也是她不願嫁給奧斯蒙德的一個

5 傳說凱撒聽到別人說他妻子不貞，便把她休了。並非因為相信她有罪，而是因為他認為，凱撒的妻子是不能讓人懷疑的。

第五十一章　677

原因,她怕人家看到她跟帕茜在一起,甚至看到她們的相似之處。她一直提心吊膽,唯恐洩露母親的身分。她始終小心翼翼,從不讓人看到她是母親。

「不見得,她洩漏過這種身分,」伊莎貝爾說,她聽了這一切,臉色變得越來越蒼白了,「有一天,她無意之中暴露了自己,雖然我沒認出來。當時帕茜得到機會,可以攀一門闊氣的親事,但沒有成功,失望使她幾乎撕下了假面具。」

「啊,那正是她要摔跤的地方!」伯爵夫人喊道,「她自己失敗得夠慘了,因此她決心要從她的女兒那裡找回補償。」

伯爵夫人脫口而出,說了「她的女兒」幾個字,這使伊莎貝爾聽了全身一震,喃喃地說道:「這簡直太有意思了!」她感到迷惑不解,不可思議,一時幾乎忘了這件事跟她的切身關係。

「可是妳不要去反對那個可憐的天真孩子!」伯爵夫人繼續道,「她是很好的,儘管她的父母很糟糕。我喜歡帕茜,不是因為她是她的女兒,只是因為她已成為妳的女兒。」

「是的,她已成為我的女兒。那個可憐的女人看到這情形,一定很傷心!」伊莎貝爾歎息道,然而她想到這點,臉上霎時間泛出了紅光。

「我不相信她會傷心,相反,她還會高興呢。奧斯蒙德的結婚,給帕茜帶來了遠大的前程。那以前,她只是住在地洞裡。妳可知道,那位母親怎麼想?她想,妳或許會愛上這孩子,因此給她一些好處。奧斯蒙德當然不能給她一份財產。奧斯蒙德實際很窮,這些事妳自然都知道。啊,親愛的,」伯爵夫人喊道,「妳繼承遺產是為的什麼呢?」她停了一會兒,彷彿發現伊莎貝爾的臉色有些異樣。「妳現在別告訴我,妳打算給她一份嫁妝。妳能夠那麼做,但我不應該相信。妳對人不要太好了。」

應該冷靜一些、自然一些、難弄一些、心腸要狠一些，別老是思前想後的，一生中也破一次例嘛！」

「這件事非常奇怪。我想我應該知道，但是我很遺憾，」伊莎貝爾說，「我對妳很感激。」

「是的，妳似乎是這樣！」伯爵夫人喊道，發出了譏嘲的笑聲，「也許妳感激，也許並不。妳的態度並不像我想的那樣。」

「妳認為我的態度應該怎樣呢？」伊莎貝爾問。

「我認為應該像一個受了騙的女人那樣。」

伊莎貝爾沒回答什麼，她只是聽著，於是伯爵夫人繼續道：「他們始終勾結在一起，甚至在她或者他改邪歸正以後，還是這樣。但是她對他始終比他對她好。他們那小小的狂歡節過去以後，他們達成了協定，今後互不相關，各幹各的，但彼此還是要盡可能互相幫助。妳也許要問我，這種事我怎麼知道。這是我從他們的行動中覺察到的。妳可以看到，女人總是比男人好得多！她給奧斯蒙德找了一個妻子，可是奧斯蒙德從沒替她幹過一件小事。她為他賣力，為他出謀劃策，為他受苦，她甚至不只一次為他弄錢，這一切的結果卻是他厭倦了她。她是一件舊衣服，有時候他還需要她，但總的說來，他可以毫不在乎地丟掉她。更重要的是，今天她已明白這點。因此妳不必嫉妒她！」伯爵夫人又詼諧地補充了一句。

伊莎貝爾又從沙發上站了起來。她覺得受了傷害，喘不出氣來，這些新的情況使她頭腦裡嗡嗡直響。

「我對妳非常感激。」她又說了一遍。過了一會兒，突然又用另一種口氣說道：「這一切妳是怎麼知道的？」

這個問題似乎使伯爵夫人大為掃興，超過了伊莎貝爾那感激的表情帶給她的愉快。她對她的同伴大

第五十一章　　679

膽瞪了一眼，喊道：「那不妨假定這一切都是我編出來的吧！」然而她也馬上改變了口氣，把手搭在伊莎貝爾的胳臂上，露出滿面笑容，得意洋洋地說道：「現在妳還想放棄妳的旅行嗎？」

伊莎貝爾愣了一下，轉身打算走開。但是她覺得一點力氣也沒有，暫時只是用一條胳臂靠在壁爐架上。她這麼站了一會兒，然後把眩暈的腦袋撲在胳膊上，閉上了眼睛和蒼白的嘴唇。

「我做錯了，我不應該講⋯⋯我使妳病了！」伯爵夫人驚叫道。

「啊，我必須去見拉爾夫！」伊莎貝爾哽咽著說，她沒有憤怒，也沒有像她的同伴所期待的那樣暴跳如雷，她的語調中流露的只是無限深沉的憂鬱。

第五十二章

那天晚上，有一列火車駛往都靈和巴黎。伯爵夫人走後，伊莎貝爾和她的使女進行了緊急而果斷的商談，那個使女是謹慎、忠心而機靈的。這以後，伊莎貝爾考慮的除了這次旅行以外，只有一件事，那就是她必須去探望一下帕茜，她不能跟她不告而別。下午五點鐘，她坐車來到納沃納廣場附近的一條小胡同中，在修道院的大門口下了車。她還沒去看過她，因為奧斯蒙德向她表示，現在還為時過早。下午五點鐘，她坐車來到納沃納廣場附近的一條小胡同中，在修道院的大門口下了車。看門的是一個和顏悅色、很會奉承的女人，她讓伊莎貝爾進去了。她以前來過，是同帕茜一起來拜訪那些修女的。她知道，她們都是善良的女人，她也看到，那些屋子都乾乾淨淨，舒適愉快；花園整整齊齊，冬天陽光充足，春天綠蔭遍地。但她不喜歡這個地方，它使她感到窒息，甚至害怕，她說什麼也不願住在這兒。今天，她更加覺得它像一座設備完善的監獄，因為不能設想，帕茜可以任意離開它。她彷彿看到，這個純潔的孩子籠罩在一片新的、強烈的光芒中，但是這個幻象的第二個效果，只是使伊莎貝爾向她伸出手去。

女看門人帶她走進修道院的會客廳，然後進去通報，說有一位客人要見可愛的年輕小姐。客廳是一間寬敞、陰涼的屋子，陳設著全新的傢俱，一隻潔淨的大白瓷火爐沒有生火，鏡子下放著一束蠟花，牆上掛著一套宗教畫的複製品。如果在別的時候，伊莎貝爾會認為它不大像在羅馬，倒像在費拉德爾菲亞。但是今天她沒有心思想這些，她只覺得屋子空蕩蕩的，太安靜了。過了五分鐘，女看門人回來了，

第五十二章 681

帶來了另一個人。伊莎貝爾站了起來,以為來的是一位修女,使她大吃一驚的是,她發現迎面而來的卻是梅爾夫人。效果是奇怪的,因為梅爾夫人既然已經如實地出現在她的幻覺中,她的血肉之軀反而顯得這麼突兀,甚至可怕,像是一幅活動的彩色畫。伊莎貝爾整天都在想著她的虛偽、她的無恥、她的手腕,以及她可能有的痛苦。當她走進屋子的時候,這一切陰暗面,彷彿一下子又擁到了她的眼前。她在那兒出現本身就像提交給法庭的一種罪證、一份手跡、一件凶案的遺物,一些可怕的證據。這使伊莎貝爾感到昏眩,如果當場就需要講話,她會一句也說不出口。幸好她沒有意識到這種需要,而且事實上她也的確沒什麼話要向梅爾夫人說。不過,跟這位夫人來往,永遠不至出現這種僵局,她的隨機應變不僅足以掩蓋她自己的缺陷,也能幫助別人度過困難。只是現在她跟平時不同,她沒精打采地跟在女看門人後面,伊莎貝爾一眼就看到,她今天已不能依靠她慣常運用的圓滑手段了。這邂逅在她說來是一次意外事件,她只能勉強應付一下。這使她的態度顯得生硬彆扭,她甚至忘了露出笑容,雖然伊莎貝爾看到,她比平時更加裝模作樣,但總的說來,她倒覺得,這個奇妙的女人這時反而分外自然。她從頭到腳打量著伊莎貝爾,既不粗魯,也不傲慢,倒是顯得冷靜溫和,沒有任何跡象可以聯想到她們上次的會見。相反,彷彿她希望強調兩次會見的不同——那時她火氣太大,現在已經平靜了。

「妳去好了,」她對女看門人說,「過五分鐘,這位夫人會打鈴叫妳。」說完,她向伊莎貝爾轉過身來,但伊莎貝爾看到剛才那些情形後,已不再瞧她,只顧用眼睛打量著屋子,使目光離得她越遠越好。她希望不再看到梅爾夫人。

「妳在這裡遇到我,會覺得奇怪,可能還不大高興,」這位夫人說,「妳不明白我為什麼到這裡來,好像我要搶在妳前面似的。我承認我的行為有欠慎重,我應該先徵求妳的同意。」這些話沒有任何

隱晦曲折的含意或諷刺色彩，它們顯得單純而溫和，但伊莎貝爾在驚訝和痛苦的海洋上游得太遠了，她不能向自己說明，這些話包含著什麼意圖。

「但我沒有坐多久，」梅爾夫人繼續道，「也就是說，我跟帕茜在一起的時間極短。我來看她，是因為今天下午我突然想到，她可能很孤單，也許甚至有些悲傷。這可能對一個小女孩是有益的，但我不大理解那些小姑娘，我說不上來。不管怎樣，這是有些傷心的。因此我就來了——隨便來看看。當然，我知道妳會來看她，她的父親也會來，但是我聽說，禁止其他人來看她。那位修女——她叫什麼名字？凱薩琳嬤嬤？——她沒有表示反對。我跟帕茜在一起待了二十分鐘，她有一間可愛的小屋子，一點也不像靜修室，屋裡有鋼琴和鮮花。她把它布置得挺舒適，她是很有鑑賞力的。當然，這一切都跟我無關，但看到她以後，我心裡覺得愉快了一些。她如果想要一個使女也可以，當然，現在她沒有必要打扮。她穿一套可愛的黑衣服，還是那麼迷人。後來我去看了凱薩琳嬤嬤，她也有一間很漂亮的屋子，老實說，那些可憐的修女一點不像在修道院裡。凱薩琳嬤嬤的梳粧檯又精緻又漂亮，有些東西還很不常，像是科隆香水呢。我談到帕茜的時候很高興，看門的來報告，說她們非常歡迎她來。我正打算跟凱薩琳嬤嬤告辭，說有位夫人要見帕茜小姐。我當然知道，這一定是妳，我就要求她讓我來替她接待妳。她堅決反對——我必須把這點告訴妳——說這是她的責任，她要去通報院長。我要求她不必驚動院長，非常隆重地接待妳。」

梅爾夫人這麼說下去，講得委婉動聽，表現出一個掌握了談話藝術的女人的風采。然而她的語調也有各種曲折和變化，它們什麼也沒逃過伊莎貝爾的耳朵，儘管她的眼睛沒有看這位同伴的臉。她剛說了不多一會兒，伊莎貝爾就發現，她的聲音中突然出現了一個不和諧的音符，它本身就包含著完整的戲劇

情節。這微妙的變調標誌著一個重大的發現——在聽者身上看到了跟過去判然不同的態度。梅爾夫人一剎那間已經猜到,她們之間的一切都完了,再一轉眼,她又猜到了理由何在。站在她面前的已不是她一向看到的那個人,這是一個完全不同的人,一個已經知道了她的祕密的人。這發現是可怕的,就在她發現它的一霎間,這位完美無缺的女人聲音發抖了,勇氣消失了。不過這只是一霎間的事。接著,她那美好風度的意識之流又振足精神,盡量平穩地向著目的地流去。但這只是因為她懷著一個目標,才能克服她的不安情緒。她的安全完全繫於她不暴露自己。她沒有暴露自己,但是她嗓音中的驚恐成分拒不屈服,這使她無能為力,她簡直不知道自己在說些什麼。她的自信的潮水已開始低落,她只能順著這股水流掠過地面,滑向港口。

這一切,伊莎貝爾看得清清楚楚,就像它反映在一面明亮的大鏡子裡一樣。這對她是一個重要的時刻,因為它可能是一個勝利的時刻。

梅爾夫人失去了勇氣,看到了暴露的陰影——這本身就是一種報復,這本身就幾乎是光輝的明天的第一線曙光。她站在那裡,顯然望著窗外,轉過了一半身子,一時沉浸在她所知道的一切中。窗外是修道院的花園,但伊莎貝爾沒有看到它,沒有看到含苞待放的花木和陽光燦爛的下午。她只是憑著那個新發現的——它早已成為她的經歷的一部分,現在只是通過那個女人呈現在她面前,而這個女人的脆弱性更使它內在的真實性暴露無遺——微弱光線,看到了嚴峻而駭人的事實:她做了被玩弄、被利用的工具,她愚昧無知,任人擺布,像一塊只有人的外形的木頭和生鐵。這一認識帶來的全部痛苦,一下子又湧進了她的心靈,她的嘴唇彷彿嘗到了恥辱的滋味。有一霎間,如果她轉過身去說話,她會說出像鞭擊一樣嘶嘶出聲的話來。但是她閉上了眼睛,於是那醜惡的幻象消失了。留下的只是世上那個最聰明的女

人，她站在那兒，離我只有幾步遠，可是像最卑賤的人那樣束手無策。伊莎貝爾的唯一報復就是保持沉默，讓梅爾夫人陷在這前所未有的僵局中。這種狀況一定使這位夫人感到太長久了，因此她終於坐了下去，她的動作無異承認她已一籌莫展。於是伊莎貝爾慢慢把眼睛轉過去，俯視著她。梅爾夫人非常蒼白，她的眼睛也注視著伊莎貝爾的臉。她可以看到，不論她會怎樣，她的危險已經過去。伊莎貝爾絕不會申斥她，絕不會譴責她，也許這是為了絕不想給她一個為自己辯白的機會。

「我是來跟帕西告別的，」伊莎貝爾終於說，「我今天夜裡動身去英國。」

「今天夜裡動身去英國！」梅爾夫人重複了一遍，坐在那兒，仰望著她。

「我要去花園山莊，拉爾夫·杜歇快去世了。」

「啊，妳一定很難過。」梅爾夫人恢復了鎮靜，她又有了表示同情的機會。

「妳一個人走嗎？」她問。

「是的，我的丈夫不去。」

「會，她已從美國回來。」

梅爾夫人發出了低低的、含糊的歎息聲，表示對這悲慘事件的同情，「杜歇先生從來不喜歡我，但我為他即將去世感到惋惜。妳會見到他的母親吧？」

「會，她已從美國回來。」

「她過去一向對我很親切，但是她變了。」梅爾夫人說，露出了平靜而高尚的悲愴表情。她停了一會兒，然後說道：「妳又會見到可愛的古老的花園山莊了！」

「它不會給我帶來許多歡樂了。」伊莎貝爾回答。

「自然，因為妳正處在不幸中。但是，我見過不少房子，在我所知道的一切房子中，它是我最喜

第五十二章

愛的一幢。我不想冒昧託妳向那兒的人問好,」梅爾夫人又說,「但是我願意向那個地方表示我的愛慕。」

伊莎貝爾轉過身去了,「我得去看帕茜了,我的時間已經不多。」

她正在考慮應該從哪一個門出去,門突然開了,進來一位修女。這是凱薩琳嬤嬤,一邊在又長又大的衣袖下,輕輕搓著那雙又白又胖的手。這是凱薩琳嬤嬤,一邊露出審慎的微笑向前走來,她立即去探望奧斯蒙德小姐。凱薩琳嬤嬤變得加倍慎重,笑容可掬地說:「她一定很喜歡見到妳,我親自帶妳去看她。」然後她把愉快的、謹慎的目光轉向梅爾夫人。

「妳可以讓我再待一會兒嗎?」這位夫人說,「坐在這兒真舒服。」

「只要妳願意,待多久都成!」那位修女向她露出了理解的笑容。她領著伊莎貝爾走出客廳,穿過幾條走廊,走上長長的樓梯。所有這些屋子都顯得堅固而樸素,明亮而整潔。伊莎貝爾心想,原來這個大監獄是這樣的。凱薩琳嬤嬤輕輕推開帕茜的房門,帶客人進入室內,然後面露微笑,交叉著手站在那兒,看這兩個人互相擁抱。

「她看到妳真高興,」她又說道,「這對她是有好處的。」於是她小心地請伊莎貝爾坐在最舒適的椅子上,但她自己並不想坐,似乎準備告退了。

「這個可愛的孩子的神氣還好嗎?」她又逗留了一會兒,問伊莎貝爾。

「她顯得有些蒼白。」伊莎貝爾回答。

「那是因為她看到了妳,太高興的緣故。她非常愉快。Elle éclaire la maison。」修女說。

正如梅爾夫人所說,帕茜身著一身小小的黑衣服,也許正因為這樣,她才顯得蒼白。

「她們待我非常好，她們什麼都考慮到了！」她喊道，仍保持著原先的習慣，喜歡說一些讓人感到高興的話。

「我們沒有一刻不想到妳，妳給了我們一種美好的責任。」凱薩琳嬤嬤說，她的口氣讓人覺得，仁慈在她已是一種習慣，而她的義務則是忍受一切煩惱。這在伊莎貝爾聽來像鉛塊一樣沉重，它代表著放棄個性，承認教會的權威。

凱薩琳嬤嬤走後，帕茜跪在伊莎貝爾面前，把頭撲在繼母的膝上。伊莎貝爾輕輕拍著她的頭髮，這樣過了一會兒，帕茜站起來，轉過臉去，環顧著屋子。

「您覺得我布置得好嗎？家裡的一切我這裡都有。」

「布置得很漂亮，妳在這裡很舒服。」伊莎貝爾簡直不知道對她怎麼說好。一方面，她不能讓她想到，她是來可憐她的，另一方面，裝得為她高興，那不啻是無情的嘲笑。因此過了一會兒，她又簡單地說道：「我是來跟妳告別的，我要到英國去了。」

帕茜那白皙的小臉蛋變紅了，「到英國去！不再回來嗎？」

「我不知道什麼時候回來。」

「啊，我很遺憾。」帕茜用微弱的聲音說。她的話似乎表示她無權提出意見，但她的聲調卻包含著深刻的失望。

「我的表兄杜歇先生病得很重，他也許會死。我得去看看他。」伊莎貝爾說。

1　法文，意為「她照亮了整個修道院」。

第五十二章　　687

「哦,是的,您對我說過,他活不長了。當然,您應該去。爸爸也去嗎?」

「不,我一個人走。」

女孩子暫時沒說什麼。伊莎貝爾常常感到納悶,不知她對她父親和他妻子那種明顯的關係是怎麼想的。她從沒流露過一個眼色或者一句話,表示她認為這種關係存在著缺陷,是不夠親密的。她在思索,她一定相信,世上有些夫婦的關係比這親密得多。但是哪怕思想,帕茜也是很謹慎的,她既不願責怪她那溫柔體貼的繼母,也不願批評她那位莊嚴肅穆的父親。她的心也許感到窒息,彷彿她驀地看到,修道院教堂內那一大幅畫上的兩個聖徒忽然彼此虎視眈眈、搖晃起塗滿油彩的腦袋來了,但也正如處在後面這場合,她絕不會談論這個駭人的現象一樣,她竭力把她所知道的大人生活中的一切祕密,從腦海中排除出去。

「您會離開我很遠。」她隨即說。

「是的,會離開妳很遠。但那沒什麼,」伊莎貝爾解釋道,「因為只要妳在這裡,我也離妳一樣遠。」

「是的,但您能夠來看我。雖然您沒有經常來。」

「我沒有來是因為妳的父親不讓我來。今天我沒帶什麼給妳。」

「我不應該感到開心。那不是爸爸所希望的。」

「那麼我在羅馬還是在英國,幾乎算不得什麼了。」

「您很不愉快,奧斯蒙德夫人。」帕茜說。

「不很愉快。但那沒什麼。」

「我也這麼對自己說。那算得什麼？但是我希望我能出去。」

「確實，我也這麼希望。」

「不要把我留在這兒吧。」帕茜溫和地繼續說。

伊莎貝爾沉默了一會兒，她的心跳得很厲害。

「妳願意現在跟我走嗎？」她問。

帕茜用懇求的目光看著她，「是爸爸叫您帶我出去嗎？」

「不，這是我自己的意思。」

「那麼我想我還是等一下好。爸爸沒要您帶信給我？」

「我想，他不知道我來。」

「他認為我在這裡還住得不夠，」帕茜說，「但我夠了。這裡的人對我都很好，那些小女孩還常來看我。有一些還很小，都是非常可愛的孩子。還有我的房間——您已經親眼看到了。這一切都很好。但我住得夠了。爸爸希望我反省一下，我已經反省得相當多。」

「妳反省什麼？」

「我想，我永遠不應該使爸爸不愉快。」

「這是妳以前已經明白的。」

「是的，但我比以前更明白了。我什麼都願意做，什麼都願意做。」帕茜說。然而她聽到自己這些話，那深深的、純潔的紅暈頓時湧上了她的臉頰。伊莎貝爾看到了它們的意義，她知道，可憐的女孩子已被征服。愛德華・羅齊爾先生保留著他那些琺瑯製品，這還是對的！伊莎貝爾注視著她的眼睛，看到

第五十二章　　689

那裡主要包含著希望獲得諒解的祈求。她把手放在帕茜的手上,似乎要讓她知道,她這麼看她並沒有輕視她的意思,因為女孩子的短暫反抗(雖然這只是無聲的、溫和的反抗)的結束,只是標誌著她對客觀實際的承認。她不想責備別人,但她責備自己,她看到了現實。她缺少跟現實鬥爭的意志,在莊嚴的禁閉生活中,她感受了沉重的壓力。她向權威俯下了美好的頭,只是要求權威慈悲為懷。是的,愛德華·羅齊爾保留了一些東西,那是完全對的!

伊莎貝爾站了起來,她的時間已經有限。

「那麼再見,」她說,「我今天晚上就離開羅馬。」

帕茜拉住她的衣服,女孩子的臉色突然變了,「您的神色有些奇怪,您使我害怕。」

「不要怕,我不會給人帶來危害。」伊莎貝爾說。

「也許您不再回來啦?」

「也許是吧。我現在沒法告訴妳。」

「啊,奧斯蒙德夫人,您千萬別丟下我啊!」伊莎貝爾現在看到,她已猜到了一切。

「親愛的孩子,我能為妳做什麼呢?」她問。

「我不知道,但我想起您就覺得愉快一些。」

「妳可以經常想起我。」

「但您離我那麼遠。我感到有些害怕。」帕茜說。

「妳怕什麼?」

「怕爸爸——有一點兒怕。還有梅爾夫人。她剛才還來看過我呢。」

「妳不應該說這種話。」伊莎貝爾提醒她。

「啊，我願意做他們要我做的一切。只是如果您在這兒，我做起來會輕鬆一些。」

伊莎貝爾想了想。

「我不會拋棄妳，」她最後說，「再見，我的孩子。」

於是她們彼此默默擁抱了一會兒，像兩個姐妹一樣。然後帕茜沿著走廊，把客人一直送到樓梯口。

「梅爾夫人剛才來過，」帕茜一邊走一邊說。由於伊莎貝爾沒有回答什麼，她突然又道：「我不喜歡梅爾夫人！」

伊莎貝爾遲疑了一會兒，然後站住了，「妳絕對不應該說……說妳不喜歡梅爾夫人。」

帕茜詫異地望著她，但詫異對帕茜說來，永遠不成為不服從的理由。

「我再也不說了。」她順從地回答。到了樓梯口，她們必須分手了，因為帕茜得服從那溫和的、但十分明確的紀律，這紀律中的一條就是她不能下樓。伊莎貝爾下樓去了，到了底下，那個女孩子還站在上面。

「您會回來嗎？」她喊道，那聲音是伊莎貝爾後來所不能忘記的。

「會的，我會回來的。」

「我不想進去了。」

凱薩琳嬤嬤在下面迎接伊莎貝爾，送她到客廳門口，兩人站在門外談了一會兒。

「我不想進去了。」修女說，「梅爾夫人在等著妳。」

聽到這話，伊莎貝爾愣了一下，她幾乎想問，修道院還有沒有別的出口。但是略一思忖，她還是覺得，不能把她想回避帕茜的另一位客人的願望洩露給那位可敬的修女。她的同伴把手輕輕握住她的

第五十二章　　691

胳膊,用聰明而仁慈的眼睛看了她一會兒,非常親熱地用法語對她說:「Eh bien, chère Madame, qu'en pensez-vous?」[2]

「我丈夫的女兒嗎?哦,那說來話長。」

「我們認為那已經夠了。」凱薩琳嬤嬤明確地說。然後她推開了客廳的門。

梅爾夫人仍坐在那裡,跟伊莎貝爾離開的時候一樣,彷彿沉浸在思索中,一動也沒動過。凱薩琳嬤嬤讓伊莎貝爾進去以後,關上了門。這時梅爾夫人站了起來,伊莎貝爾看到,她考慮得有點眉目了。她已恢復了平靜,又充分掌握了她的應付能力。

「我覺得我應該等妳一下,」她溫文有禮地說,「但那不是談帕茜的事。」

「伊莎貝爾有些納悶,不知她想談什麼。過了一會兒,她不顧梅爾夫人的話,回答道:「凱薩琳嬤嬤說,那已經夠了。」

「是的,我看也夠了。我還有句話要問妳,那是關於可憐的杜歇先生的,」梅爾夫人道,「妳是不是相信,他真的已危在旦夕了?」

「我不知道,我只收到了一份電報。遺憾的是它只是說可能。」

「我想問妳一個奇怪的問題,」梅爾夫人說,「妳是不是非常喜歡妳的表兄?」她笑了笑,笑得跟她的問題一樣奇怪。

「是的,我很喜歡他。但我不明白妳是什麼意思。」

梅爾夫人遲疑了一會兒。「這是很難解釋的。我想起了一些妳不會想起的事,我願意把我的想法告訴妳。妳的表兄幫過妳一個大忙,妳從沒猜到過嗎?」

一位女士的畫像
The Portrait of a Lady

「他對我的幫助很多。」

「是的,但是有一件事比其他一切都更重要。他使妳成了一個富裕的人。」

「他使我⋯⋯。」

梅爾夫人似乎覺得自己勝利了,更加信心百倍地說下去:「他賦予了妳特殊的光輝,使妳可以獲得美滿的婚姻。歸根結柢,妳應該感謝的是他。」她停住了,因為伊莎貝爾的眼睛中出現了一種異樣的神色。

「我不明白妳的意思。那是我姨父的錢。」

「是的,那是妳姨父的錢,但那是妳表兄的主意。他說服了他的父親,要他這麼做。親愛的,那可是一筆很大的數目!」

伊莎貝爾目瞪口呆地站在那裡。她覺得,今天好像生活在一個光怪陸離的世界中,「我不明白妳為什麼講這些話!我不明白妳知道什麼。」

「我什麼也不知道,我只是在猜測。但那件事我猜對了。」

伊莎貝爾走到門口,開了門,手扶著門閂,站了一會兒。然後發出了她唯一的報復:「我相信,我應該感謝的是妳!」

梅爾夫人垂下了眼睛,站在那裡,似乎為自己因贖罪而受的痛苦感到自豪,「妳很不幸,我知道。但我更加不幸。」

---

2 法文,意為「親愛的夫人,妳覺得怎麼樣」。

第五十二章　　693

「是的,這我能相信。我但願我永遠不再看見妳。」

梅爾夫人抬起眼睛來。

「我要到美國去了。」她平靜地說,這時伊莎貝爾走出了屋子。

第五十三章

伊莎貝爾在查林十字架廣場走下巴黎的郵車以後，便倒進了亨麗艾特‧斯塔克波爾的懷抱——或者至少倒進了她的手中。這時她心中出現的不是驚訝，而是一種感激的情緒，這種情緒在其他場合下，勢必會以歡笑的方式表現出來。她在都靈打了個電報給這位朋友，那時她還不能肯定，亨麗艾特會來接她，只是覺得，她的電報會起一些促進作用。從羅馬動身以後，在漫長的旅途中，她心裡一直十分空虛，只覺得前途茫茫，不堪設想。一路上她什麼也沒看到，儘管她經過的那些國家正當春光明媚，花紅柳綠的季節，她還是悶悶不樂。她的思想遵循著自己的軌道，在一片片離奇的、灰暗的、荒涼的土地上徘徊，那裡沒有季節的變化，有的似乎只是永恆的沉悶的冬季。她想得很多，但充斥在她心頭的不是回顧，也不是明確的意志。那是互不連貫的一些幻象，從回憶或希望中突然迸發的一些微弱的閃光。過去和未來任意更換著，她看到的只是一條忽變化的幻影，它們按照自己的邏輯在來來去去。她想起的那些事情是奇怪的。有時她看到了內情，有時她卻只看到了跟她密切相關的一部分，那給遮暗的部分使她覺得，生活像是用殘缺不全的牌在打惠斯特[1]。事物的真相，它們的相互關係、它們的意義，主要是它們那駭人的面目，在她眼前升起，堆成了一個龐大凌亂的建築群。她想起了千百件小事，它們帶著自發

1　編註：紙牌遊戲，是惠斯特橋牌、競聽橋牌和定約橋牌的總稱。

的顫慄跳進了生活。那是說,她在當時認為它們是小事,現在她卻看到,它們像鉛一般沉重。然而即使現在,它畢竟還是小事,因為哪怕她理解了它們,那又有什麼用呢?看來今天已對她毫無用處。全部目的,全部意志都中止了,全部願望也中止了,只剩下了一個願望,就是走向她一心嚮往的避難所。花園山莊是她的出發點,回到那些在帷幔中的屋子裡去,至少是暫時的解脫。她帶著充沛的精力離開那裡,她又要拖著疲乏的身體回到那裡。她嫉妒拉爾夫的即將死去,因為如果這個地方以前使她得到休息,那是最美滿的休息。永恆的停止,一切可靠的歸宿。她捐棄,任何意識的喪失——這前景就像在赤日炎炎的土地上,找到一間陰涼的房間,跳進大理石浴缸,洗一個冷水浴那麼甜蜜。

確實,在離開羅馬後的旅途中,她有時幾乎就像死去一樣。她坐在她的角落裡,一動不動,意識到在隨著車子移動以外,沒有任何感覺,也沒有任何希望和悔恨,她使自己想起附著在伊特魯里亞人[2]墓穴上的死者的塑像。現在已經沒有什麼可以抱恨的——一切都過去了。不僅她那愚蠢的時期,而且那後悔的時期,似乎早已成為明日黃花。唯一遺憾的是,梅爾夫人竟那麼……那麼不可思議。伊莎貝爾的想像正是停留在這裡,因為她確實不能理解,梅爾夫人究竟是怎麼回事。但不論怎樣,應該讓梅爾夫人本人去抱恨終生。她說她要去美國,那麼毫無疑問,她到了那裡會這麼做。這跟伊莎貝爾已經無關,她只有一個印象,就是她再也不會見到梅爾夫人了,對這未來,她只是不時看到一些支離破碎的情景。她看到自己在那遙遠的年代還保持著生機勃勃的樣子,但這些啟示跟她目前的心境是大相逕庭的。她現在的心情是要求離開,真正的離開,離得遠遠的,比暗綠色的小小的英倫三島更遠,但這個權利對她來說,顯然還可望而不可即。在她的心靈深處——比那捐棄人生的任何要

696

一位女士的畫像
The Portrait of a Lady

求更深的地方，卻存在著一種意識：在未來的漫長時期裡，生活還是她無從捐棄的任務。有時這信念也使她受到鼓舞，幾乎感到振奮——證明她有一天還會重新獲得幸福。她生到世上來，不可能只是為了受苦，為了繼續不斷地、越來越多地感受生活的災難，這不是她的命運，她畢竟還是有價值的，有才能的，不至於那樣。然而她又感到疑惑，把自己想得這麼美好是不是妄自尊大，是不是愚昧無知。什麼時候人的價值起過保證作用呢？美好事物的毀滅，在歷史上不是比比皆是嗎？也許多數情況倒是越珍貴的生命越是多災多難。大概正因為這樣，人難免是要粗俗一些的。那漫長的未來掠過伊莎貝爾眼前，她看到了它那隱隱約約的影子。這是她不可回避的命運，她只能活到最後一天。於是中間那些歲月重又向她湧來，那使她心如死水的灰色幕布又把她包圍了起來。

亨麗艾特吻了她，吻得像平時一樣匆匆忙忙，好像生怕給人看到似的。然後伊莎貝爾站在人群中，東張西望地找她的傭人。到達倫敦是有些可怕的。那昏昏沉沉的、煙霧彌漫的、拱頂高聳的車站，使她的神經感到緊張，不覺緊緊挽住了那位朋友的胳膊。她記得，她過去曾喜歡過這場面，它們似乎是一個偉大的奇景的一部分，那裡包含著使她振奮的東西。她想起五年前的冬天，她怎樣在暮色蒼茫中漫步走出尤斯頓車站，來到熙來攘往的大街上。今天她已不可能那樣了，這一切變成了另一個人的經歷似的。

「妳終於來了，這太好了。」亨麗艾特說，一邊看著她，彷彿覺得，伊莎貝爾會對這句話提出抗議

2　伊特魯里亞（Etruria）是西元前八世紀義大利西北部的一個古國，以雕塑和製造陶器等著稱。

第五十三章　　　697

一般。

「要是妳不來……要是妳不來……好吧，我不知道。」斯塔克波爾小姐說，對她可能的反駁做了不祥的暗示。

伊莎貝爾張望著，沒有看到她的使女。然而她的眼睛發現了另一個人，她覺得好像見過這人，過了一會兒，她便認出了班特林先生那張和藹的臉。他站在稍遠的地方，這倒不是由於人群的擁擠，使他不得不退後幾步，這是由於他的謹慎，故意避開一些，以免妨礙兩位女士的擁抱。

「那是班特林先生。」伊莎貝爾輕輕說，把話岔開了，似乎已把尋找使女的事暫時忘記了。

「是的，他到東到西陪著我。到這兒來，班特林先生！」亨麗艾特喊道。於是那位殷勤的單身漢含笑走了過來，不過由於當時的嚴重情況，那是一種克制的笑。

「她來了，這是不是太好了？」亨麗艾特問。接著又道：「他一切都知道，我們還爭論了好久，他說妳不會來，我說妳會。」

「我還以為你老是同意呢。」伊莎貝爾回答，笑了笑。她覺得她現在可以笑了，她一下子就從班特林先生那對勇敢的眼睛中看到，他有好消息告訴她。它們似乎在說，他希望她能記得，他是她的表兄的老朋友，他明白一切都很好。伊莎貝爾向他伸出手去，她覺得他完全像一個無可指責的美好的騎士。

「對，我老是同意，」班特林先生說，「但是妳知道，她常常跟我抬槓。」

「我不對妳說過，使女是個累贅嗎？」亨麗艾特問，「妳那位小姐可能還待在加來呢。」

「我並不擔心。」伊莎貝爾說，看看班特林先生，她從來沒有覺得他這麼有趣。

「跟她待在這兒，我去看看。」亨麗艾特命令道，留下他們兩個走了。

698

一位女士的畫像
The Portrait of a Lady

他們站在那兒，起先誰也沒說話，後來班特林先生問伊莎貝爾，過海峽的時候怎麼樣。

「天氣很好。不，我想風浪還是很大。」伊莎貝爾說，她的話顯然使他有些驚訝。接著，她又說道：

「請問，妳怎麼知道的？」

「我說不上來，大概你到過那兒。」

「我知道你到過花園山莊。」

「妳認為我的神色說明你到過那兒？因為那兒我是很傷心的。」

「我不相信你有過悲傷的神色。你的神色現在很悲傷。」

「我似乎感到，她再也不必局促不安了。你的神色非常親切。」伊莎貝爾說，露出了十分自然的坦率的臉色。

然而可憐的班特林先生還處在這個低級階段。他把臉漲得通紅，笑著對她說，他的心情常常很陰鬱，每逢他心情陰鬱的時候，他是很可怕的，「真的，妳可以問斯塔克波爾小姐。兩天前我到花園山莊去過。」

「你看到我的表兄嗎？」

「只見了一面。但是常常有人去看他，前天沃伯頓還在那裡。拉爾夫除了躺在床上，臉色非常不好和不能說話以外，一切都跟往常一樣。」班特林先生一口氣說下去，「不過他還是非常樂觀，愛說笑話。他也像過去一樣聰明。那是十分傷心的。」

即使在擁擠、嘈雜的車站上，這幅簡單的畫面還是很動人的，「那是最近的事吧？」

「是的，我是特地去的。我們覺得妳可能想知道。」

「我非常感激。我今天晚上就去行嗎？」

第五十三章　　699

「我想，她不會讓妳去，」班特林先生說，「她要妳跟她住下。我叫杜歇的僕人今天打電報給我，一小時前我在俱樂部收到了他的電報。電報說：『平靜無事』。發報時間是兩點。因此妳瞧，妳可以等到明天。妳一定非常累了。」

「是的，我非常累。我得再謝謝你。」

「噢，」班特林先生說，「我們相信，這最新消息一定會使妳很高興。」這時伊莎貝爾感到，他跟亨麗艾特畢竟是一致的。斯塔克波爾小姐帶著伊莎貝爾的使女回來了。她找到她的時候，證明她是有用的。這個能幹的少女在人群中非但沒有驚慌失措，而且小心看管著女主人的行李，因此現在伊莎貝爾可以離開車站了。

「妳知道，妳今晚別想到鄉下去了，」亨麗艾特對她說，「不論晚上有沒有火車，妳都直接上我那裡去，我住在溫普爾街。在倫敦找一個地方不容易，不過我還是給妳安排好了。它不像羅馬的宮殿，但住一夜還是可以的。」

「妳希望怎樣就怎樣吧。」伊莎貝爾說。

「我要妳來回答一些問題，這是我的希望。」

「她就是不提吃飯的事，奧斯蒙德夫人，是不是？」班特林先生詼諧地說。

亨麗艾特用沉思的目光注視了他一會兒，「我看你這麼焦急，是自己想去吃飯了。明天早上十點鐘，你到帕丁頓車站來。」

「別為我跑這一趟了，班特林先生。」

「他是為我跑的。」亨麗艾特宣稱，一邊領她的朋友走進一輛出租馬車。過了一會兒，在溫普爾街

她在車站上談到的那些問題。

的一間寬敞陰暗的客廳裡——應該說句公道話，她已在那裡準備了豐盛的晚餐——她向伊莎貝爾提出了

「妳到英國來，妳的丈夫有沒有跟妳吵鬧？」這是斯塔克波爾小姐的第一個問題。

「沒有，我不能說他跟我吵過。」

「那麼他沒有反對？」

「不，他十分反對。但那不是妳所說的爭吵。」

「那麼是什麼？」

「是非常冷靜的談話。」

亨麗艾特朝她的客人端詳了一會兒。

「這一定是很可怕的。」她接著說。伊莎貝爾並不否認這是很可怕的。但是她只限於回答亨麗艾特的問題，那是很容易的，因為這些問題都相當具體。暫時她沒有向她提供新的情況。

「好吧，」斯塔克波爾小姐最後說，「我只有一點要提出批評的。我不明白，妳為什麼答應奧斯蒙德小姐妳要回去。」

「現在我自己也說不清為什麼，」伊莎貝爾回答，「但當時我是明白的。」

「如果妳忘記妳的理由，那麼也許妳不會回去。」

伊莎貝爾等了會兒，「也許我會找到別的理由。」

「妳肯定永遠找不到一個充足的理由。」

「如果找不到更好的理由，那麼我的允諾也可以作為理由。」伊莎貝爾說。

第五十三章

「對,因此我才討厭它。」

「現在不談這個。我還有一些時間呢。離開是一件複雜的事,但回去會怎麼樣呢?」

「歸根結柢,妳必須記住,他不敢跟你爭吵!」亨麗艾特含有深意地說。

「不過他會的,」伊莎貝爾嚴肅地回答,「那不是一時的爭吵,那會成為連續不斷的終生爭吵。」

兩位女士坐在那裡,琢磨著這個前景,過了幾分鐘,斯塔克波爾小姐按照伊莎貝爾的要求,改變了話題,突然宣稱:「我到彭西爾夫人家去過了!」

「啊,邀請信終於來了!」

「是的,經過了五年才收到。但這一次是她要見我。」

「那是很自然的。」

「我想,比妳知道的更自然,」亨麗艾特說,把眼睛注視著遙遠的一點。然後她突然轉過臉來,說道:「伊莎貝爾·阿切爾,我請妳原諒。妳不知道為什麼?因為我批評了妳,其實我比妳走得更遠。奧斯蒙德先生至少是出生在大洋那邊的!」

伊莎貝爾過一會兒才領會她的意思,因為它給一層謙遜的、至少是巧妙的薄紗遮蓋著。伊莎貝爾的心這時沒有給事物的滑稽性質所吸引,但是她的朋友引起的幻象,還是使她忍俊不禁。然而她又馬上平靜下來,露出過分鄭重的臉色,問道:「亨麗艾特·斯塔克波爾,那麼妳打算拋棄妳的國家啦?」

「是的,可憐的伊莎貝爾,我打算這樣。我不想否認這點,我願意面對現實。我要跟班特林先生結婚,我就得定居在倫敦。」

「這太奇怪了。」伊莎貝爾說,現在笑了。

一位女士的畫像
The Portrait of a Lady

「是,是很奇怪。我是一步步走到這點的。我想我知道我所做的事,但我不知道該怎麼解釋。」

「婚姻是無法解釋的,」伊莎貝爾回答,「妳不必為妳的結婚尋找解釋。班特林先生不是一個謎。」

「是的,他不是一個難解的謎,我完全了解他。他像一份說明書一樣一清二楚。他有美好的天性,」亨麗艾特說,「我已經研究了他好幾年,我完全了解他。我有時覺得,我們在美國是誇大了這種作用。」

「啊,」伊莎貝爾說,「妳真的變了!這是我第一次聽到妳指責妳的祖國。」

「我只是說,我們太重視頭腦的力量,這畢竟不是庸俗的缺點。但我是變了,一個女人要結婚,必然有很大的變化。」

「我希望妳非常幸福。在這兒,妳終於會看到一些它的內部生活了。」

亨麗艾特意味深長地歎了口氣。

「我相信,那是打開祕密的鑰匙。我不能容忍它把我拒諸門外。現在我跟任何人一樣,具有同等的權利啦!」她又說,露出了並非做作的得意神色。

伊莎貝爾深深受到了吸引,但是她的觀點中還是包含著一些憂鬱的成分。亨麗艾特終於承認自己也是一個人,是一個女人,可是她卻一直把她當作一堆閃閃發光的烈焰,一種沒有軀體的聲音。現在她不免感到失望,發現她也有個人的感受,也受七情六慾的支配,甚至顯得有些愚蠢。一時間,在伊莎貝爾的感覺上,世界的淒涼色彩變得更為濃厚了。但是過了一會,她又想起,班特林先生本人畢竟還是與眾不同的。只是她不明白,亨麗艾特怎麼能夠拋棄她的國家。她自己也放鬆了跟它的連繫,但是這個國家對她,從來不如對亨

第五十三章　　703

麗艾特那麼重要。她隨即問她，她在彭西爾夫人那兒過得是否愉快。

「哦，真的，」亨麗艾特說，「她簡直不知道怎麼招待我才好。」

「那很有趣吧？」

「非常有趣，因為她一向給人認為是很有才能。她以為她懂得一切，可是她卻不了解我這樣的現代女性。要是我稍微好一點，或者稍微壞一點，在她看來都會簡單得多。她認為我嫁給她的兄弟是不道德的。她簡直給她弄糊塗了，我相信她認為我的任務就是去幹一些不道德的事。她認為我嫁給她的兄弟是不道德的，可是歸根結柢，那又不能算不道德。她永遠不會理解我這樣的混合物，永遠不會！」

「那麼她不像她的兄弟那麼有頭腦，」伊莎貝爾說，「他似乎還是理解的。」

「哪裡，他也不理解！」斯塔克波爾小姐斬釘截鐵地喊道，「我真的相信，他之所以跟我結婚，就是想解開這個祕密，找出它的各個因素。那是一個牢不可破的思想，它吸引了他。」

「妳對這一切毫不介意，真太好了。」

「算了，」亨麗艾特說，「我也有答案要尋找呢！」

伊莎貝爾看到，她沒有拋棄她的忠誠，她只是在計畫一次進攻。她終於要認真地來解開英國這個謎了。

然而第二天十點鐘，到了帕丁頓車站，她站在斯塔克波爾小姐和班特林先生面前的時候，她看到，這位先生並沒把他的女友看作難以解開的祕密。如果他還沒有在一切問題上找到答案，他至少已經看到了重要的一點：斯塔克波爾小姐不是一個聽人擺布的人。很清楚，在選擇妻子的時候，他一直對這個缺陷保持著警惕。

「亨麗艾特告訴了我，我非常高興。」伊莎貝爾說，向他伸出手去。

「我敢說，妳一定認為這是出乎意外的。」班特林先生回答，靠在他那精緻的陽傘上。

「是的，我覺得出乎意外。」

「我比妳更感到意外。不過反正我是一向主張我行我素的。」班特林先生安詳地回答。

第五十四章

伊莎貝爾第二次來到花園山莊，甚至比第一次更不引人注目。拉爾夫·杜歇只雇了不多幾個僕人，這些新來的人都不認識奧斯蒙德夫人，因此伊莎貝爾沒有給帶到自己的房間去，只是給冷冰冰地領進了客廳，讓她等僕人去通報她的姨母。她等了好久，杜歇夫人似乎並不急於接見她。她終於變得不耐煩了，心裡感到焦躁，甚至害怕——害怕得好像周圍的一切都活起來了，好像它們都裝出一副鬼臉，注視著她那副坐立不安的樣子。天陰沉而寒冷，黑影密集在寬敞的棕色房間的犄角裡。整幢房子非常安靜，這是伊莎貝爾記憶猶新的那種安靜——在她的姨父臨終前的幾天，這種安靜就曾籠罩著整個屋子。她走出客廳，在各處蹓躂，來到了圖書室和畫廊，周圍萬籟俱寂，可以聽到腳步的回聲。一切都沒有變，她仍依稀認得幾年前看到過的事物，彷彿昨天她還站在這裡。她嫉妒那些貴重「物品」的穩定性，歲月不會給它們帶來絲毫變化，只會使它們的價值逐年提高，但與此同時，它們的主人卻在一點一點地失去自己的青春、幸福和美貌。她想起，她的姨母到奧爾巴尼來看她的那一天，也曾在屋裡這麼走來走去。然而從那時到現在，她發生了多麼大的變化，那時還只是個起點。她驀地又想到，要是莉迪亞姨母那天不是那樣來看她，不發現她孤零零地坐在那兒，也許一切都會不同。她的生活可能是另一副樣子，今天她可能會愉快一些。她在畫廊中一幅小小的水彩畫前站住了，那是波密頓[1]的珍貴美麗的作品，她對它注視了好久。但她不是在看畫，她是在思忖，如果她的姨母那天不到奧爾巴尼來，她會不會嫁給卡斯帕·

戈德伍德。

杜歇夫人終於來了，這時伊莎貝爾剛好回到淒涼的大客廳裡。她老得多了，但眼睛還像過去一樣明亮，頭也還是抬得高高的，薄薄的嘴唇似乎包含著各種潛在的意義。她穿著一套小小的灰色衣服，打扮樸素大方，伊莎貝爾正如初次見到她的時候一樣，說不清楚這位與眾不同的姨母究竟是像執政的王后，還是像監獄的女看守。她的嘴唇貼到伊莎貝爾那熾熱的面頰上去的時候，她覺得它們確實很薄。

「我使妳久等了，因為我一直陪著拉爾夫，」杜歇夫人說，「護士去吃午飯，我只得替她一會兒。他有一個僕人，名義上是照料他的，實際沒什麼用，這傢伙老是把臉對著窗外，好像那兒有什麼可看似的！我不想動，因為拉爾夫彷彿睡著了，我怕我一動會吵醒他。我等護士來了才走，我記得妳是熟悉這屋子的。」

「我發現我對它比我想像的更熟悉，我剛到各處走了一會兒。」伊莎貝爾回答。然後她問，拉爾夫的睡眠多不多。

「他躺在那裡，閉著眼睛，一動不動。但我不知道，他是不是睡著了。」

「我可以見他嗎？他能跟我說話嗎？」

杜歇夫人沒有明確說明，只是講了一句：「妳不妨試試。」然後她提議，帶伊莎貝爾到她的房間去，「我以為僕人已帶妳去了，但這不是我的屋子，這是拉爾夫的，我真不知道，這些僕人在幹什麼，他們至少應該已把妳的行李拿進去了吧，我想妳不會帶很多東西。不過我不管那些。我相信，他們給妳

1 波寧頓（Richard Parks Bonington, 1802-1828），英國風景畫家，以格調清新、色彩鮮明聞名。

第五十四章　　707

收拾的就是妳以前住過的房間。拉爾夫聽說妳要來,就關照一定得讓妳住那一間。」

「啊,親愛的,現在他不像過去那麼話多了!」杜歇夫人喊道,一邊領外甥女上樓,「那是同一間屋子,看樣子,自從伊莎貝爾離開以後,還沒人住過。她的行李已在屋裡,東西不多。」

杜歇夫人坐了一會兒,打量著它們。

「是不是真的沒有希望了?」

「毫無指望了。其實從來也沒有過。那不是順利的一生。」

「是的,但那是美麗的一生。」伊莎貝爾不覺又跟姨母抬槓了,她那冷冰冰的態度使她氣惱。

「我不知道妳這是什麼意思,沒有健康就談不到美麗。旅行時穿那樣的衣服很奇怪。」

伊莎貝爾看了看自己的衣服,「我接到電報後一小時就離開了羅馬,我搭的是第一列駛出的火車。」

「妳兩個姐姐在美國,希望知道妳穿得怎樣。她們關心的主要就是這點。我無法告訴她們,但她們的想法看來還是對的,她們認為妳穿的不外是黑錦緞那類東西。」

「是的,但是美麗的一生。」伊莎貝爾不覺又跟姨母抬槓了,她那冷冰冰的態度使她氣惱。

「她把我想得比實際華麗,我不敢告訴她們真實情況,」伊莎貝爾說,「莉蓮寫信給我,說到她家去吃過飯。」

「她請了我四次,我去了一次。那頓飯很豐盛,一定花了她不少錢。她的丈夫一點不懂禮貌。我在美國愉快不愉快?為什麼非得愉快不可?我不是去玩的。」

「她說過別的沒有?」

「這是一些有趣的話題,可惜杜歇夫人很快就走了。半小時後用午餐的時候,她才跟她的外甥女重

一位女士的畫像
The Portrait of a Lady

新見面。這時，兩位婦女面對面坐在憂鬱的餐廳裡，吃一些簡單的食物。過了一會兒，伊莎貝爾發覺，她的姨母並不像表面那麼淡漠，她過去對這個可憐的女人的缺乏表情，曾給予過同情，現在這種同情又回來了。她覺得，如果她今天能夠感到失敗，感到錯誤，感到哪怕一丁點兒的慚愧，她無疑會從中得到一些幸福。她不知道，她是否在為自己失去意識上豐富多彩的表現而暗自惆悵，是否心中在躍躍欲試，或者尋求著生活的某些殘渣，願意公開自己的痛苦，或者從悔恨中取得一些淒涼的樂趣。另一方面，她也許有些害怕，一旦她開始明白她需要後悔，事情會弄得不可收拾。然而伊莎貝爾可以看到，她已隱隱意識到她失去了什麼，她看到了自己的未來，那只是一個空虛地度過一生的嚴峻的臉，籠罩著一層悲慘的陰影。她告訴她的外甥女，拉爾夫還是躺著沒動，但是也許可以在晚飯前見她。過了一會兒，她又說，前天他還見了沃伯頓勳爵。這個消息使伊莎貝爾有些吃驚，因為這似乎說明，這個人就在附近，他們會無意之中碰到。這樣的邂逅不會是愉快的，她不是到英國來跟沃伯頓勳爵打交道的。她隨即對姨母說，他對拉爾夫非常親切，她在羅馬看到了這些情形。

「他現在有別的事要考慮了。」杜歇夫人回答。然後她沉默了，她的目光像錐子一樣銳利。

伊莎貝爾看到，這是含有深意的，她立刻猜到了她的意思。但她隱瞞著自己的猜想，她的心跳得更快了，她希望獲得時間讓自己安靜下來，因此回答道：「可不是，他是上議院的議員，這些事夠他忙的了。」

「算了，他考慮的不是政治，是夫人。至少是一位夫人，他告訴拉爾夫，他定了親，要結婚了。」

「啊，要結婚了！」伊莎貝爾輕輕喊了一聲。

第五十四章

「除非他撕毀婚約。他認為,拉爾夫聽了這話會感到高興,可憐的拉爾夫,他不能去參加婚禮了,儘管我相信,婚禮很快就會舉行。」

「新娘是誰呢?」

「一位貴族小姐,名叫芙羅拉或者費莉西維,我記不清了。」

「我很高興,」伊莎貝爾說,「這一定是很快決定的。它還剛才公開。」

「我相信當快,求婚只花了三個禮拜。它還剛才公開。」

「我很高興。」伊莎貝爾又說一遍,加重了語氣。她知道,她的姨母在觀察她——尋找某種她想像中的感傷的跡象。為了不讓她的同伴看到這方面的任何現象,她竭力用十分滿意的口氣,那種幾乎表示寬慰的口氣說話。杜歇夫人當然按照傳統觀念,認為女人哪怕已經嫁人,還會把過去的情人的結婚,看作對自己的冒犯。因此伊莎貝爾首先需要表示,不論別人怎樣,她現在並不感到不快。但同時,正如我所說,她的心跳得更厲害了,如果說她暫時陷入了沉思——她立即忘記了杜歇夫人對她的觀察——那麼這不是因為她失去了一位追求她的人。她的想像力飛過了半個歐洲,氣喘吁吁地、甚至有些哆嗦地來到了羅馬城裡。她看到自己向丈夫報告道,沃伯頓勳爵即將結婚了。她當然沒有意識到,在她進行這項智力活動的時候,她的臉色多麼蒼白。但是她終於定下神來,對姨母說道:「當然,他是遲早會結婚的。」

杜歇夫人沒有作聲,接著她驀地把頭一搖。「啊,親愛的,妳叫我不能理解!」她突然喊道。

她們默默地用著午餐,伊莎貝爾覺得,彷彿她聽到了沃伯頓勳爵的死訊。她所認識的他只是她的追求者,現在這一切都過去了。

對可憐的帕茜說來，他也死了，但他可能活在帕茜的心裡。一個僕人在旁邊逗留著，最後杜歇夫人把他打發走了。她已吃完午餐，合抱著雙手，靠在桌子邊上。僕人走後，她對伊莎貝爾說：「我想問妳三個問題。」

「三個太多了。」

「少一個也不行，我已經想過了。那都是善意的問題。」

「那正是我所害怕的。最善意的問題往往是最壞的。」伊莎貝爾回答。她的姨母用眼睛盯著她。

「妳沒有嫁給沃伯頓勳爵，有沒有感到過後悔？」杜歇夫人問。

伊莎貝爾慢慢搖著頭，笑道：「沒有，親愛的姨母。」

「好。我應該告訴妳，我願意相信妳的話。」

「妳的信任對我是巨大的鼓舞。」伊莎貝爾回答，仍然笑著。

「鼓舞妳撒謊？我可不主張妳那麼做，因為我聽到謊報事實的時候，我會像一隻有毒的耗子那麼危險。我不想誇口，但妳的事，我沒有講錯。」

杜歇夫人說：「我的丈夫不能跟我好好相處。」伊莎貝爾說。

「那是我早知道他是這麼一個人。但是我認為，我沒有對妳幸災樂禍，」然後又繼續道，「妳是不是還喜歡塞蘭娜·梅爾？」

「不像從前那麼喜歡她。不過這事現在已沒多大意思，因為她到美國去了。」

「到美國去？她一定幹了見不得人的事。」

第五十四章　　　　　　　　　　711

「是的,幹了一件很壞的事。」

「我可以問那是什麼嗎?」

「她利用了我。」

「啊,」杜歇夫人喊了起來,「她也利用了我!她利用所有的人。」

「她還想利用美國呢。」伊莎貝爾說,又笑了笑。她很高興,姨母的問題終於問完了。

直到那天晚上,她才見到拉爾夫。他睡了一天,或者至少昏迷不醒地躺了一天。醫生在那兒,但過了一會他就走了。這是當地的醫生,護理過他的父親,拉爾夫喜歡他。他一天來三、四次,對這位病人非常關心。拉爾夫也請馬修·霍普爵士來看過病,但是他討厭這個大人物,因此請他的母親通知他,他現在快死了,不再需要醫療上的說明。杜歇夫人簡單地寫信通知馬修爵士,說她的兒子不喜歡他。在伊莎貝爾到達的那天,我已講過,拉爾夫接連好幾個鐘頭毫無動靜,但到了晚上,他抬起頭來,說他知道她來了。他怎麼知道的,不大清楚,因為當時怕驚吵他,誰也沒把這事告訴他。伊莎貝爾走了進來,坐在他床邊暗淡的光線中,屋裡只有牆角上點著一支有罩的蠟燭。她告訴護士可以走了,今天晚上的其餘時間由她坐在這裡陪他。他睜開眼睛,認出了她,伸出手來,無力地把它擱在身旁,讓她可以握住它。但他不能說話,他又閉上了眼睛,始終沒有動一下,只是繼續握著她的手。她在他旁邊坐了很長時間——一直等護士回來才走,但他再沒表示什麼。也許他正在她的看護下慢慢離開世界,他已經成了死亡的化身和象徵。在羅馬,她認為他已不久於世,現在更壞了,不可能再有什麼轉機。他的臉顯得異常安詳,跟匣子的蓋一樣靜止不動。在他睜開眼來歡迎她的時候,她看到的只是深不可測的空虛。護士要到午夜才回來,但那漫長的時刻,在伊莎貝爾心頭只是短短的一瞬,她正是為了

712

一位女士的畫像
The Portrait of a Lady

這個來的。如果她只是來等待的，那麼她的機會很多，因為他在充滿感謝的沉靜中躺了三天。他認出了她，有時似乎還想說話，但是他發不出聲音。然後他又閉上眼睛，彷彿他也在等待著什麼——等待著那必然要來的事。他這麼安靜，毫不動彈，她覺得，似乎那必然要來的事已經來，然而她從未失去他們仍在一起的意識。但他們不是始終在一起，有些時刻，她在這幢空虛的屋子裡漫步，聽到了不屬於拉爾夫的另一個聲音。不安時常伴隨著她，她覺得她的丈夫可能寫信給她，但是他保持著沉默，她只收到了格米尼伯爵夫人從佛羅倫斯寄來的一封信。然而第三天晚上，拉爾夫終於開口了。

「我今晚覺得好一些，」他突然喃喃地說，她這時正在寂靜無聲的昏暗中守護著他。

她在他的枕頭旁邊跪了下去，握住他那枯瘦的手，請求他不要用力——不要使自己累著。他的臉必然是嚴峻的，它已不能運用肌肉來表現微笑，但是它的主人對這種不和諧的狀態顯然還沒有喪失知覺。

「我就可以永遠休息了，累一點有什麼呢？這已經是最後一次，用一點力氣是沒有害處的。人們在到達終點以前，不是總覺得好一些嗎？我常常聽得人家這麼說，這正是我現在所等待的。自從妳到了這裡，我知道這終點快來了。我已試過兩、三次，我怕妳老坐在這兒，會感到厭倦。」他講得很慢，著痛苦的間歇和長時間的停頓，他的聲音似乎來自遙遠的地方。每逢他停止的時候，便把臉轉向伊莎貝爾，睜著那雙大眼睛，一眨不眨地注視著她的眼睛。

「妳能來，這真是太好了，」他繼續說，「我估計妳會來，但我沒有把握。」

「直到我來以前，我自己也沒把握。」伊莎貝爾說。

「妳像天使一般坐在我的床邊。妳知道，人們常常談到死的天使，那是一切天使中最美的一位。妳

第五十四章 713

就像這麼一位天使，彷彿妳在等待著我。」

「我不是在等待你死，我等待的是……是這個時刻。這不是死，親愛的拉爾夫。」

「對妳說來當然不是。看到別人死，是最能使我們感到充滿生命力的。那是生命的感覺——感到我們還留在世上。我有過這種感覺，是的，連我也有過。但現在我已無能為力，我只得把它讓給別人了。對於我，它已經過去了。」接著，他停頓了一下。伊莎貝爾的頭俯得更低了，終於撲在他的雙手上，這兩隻手緊緊握住了他的手。現在她不能看到他，但是他那遙遠的聲音縈繞在她的耳邊。

「伊莎貝爾，」他突然繼續道，「我希望對妳說來，一切都已過去。」她沒有回答什麼，她在嗚嗚咽咽地哭泣。她一動不動，把臉埋在手上。他靜靜地躺著，聽著她的啜泣聲，最後發出了一聲長長的呻吟，「啊，妳為我做了什麼喲！」

「你又為我做了什麼啊？」她喊道，她的姿勢把她現在那種極端激動的情緒掩蓋了一部分。她拋開了一切羞恥，她不再想掩蓋事實。現在他可以知道了，她希望他知道，因為這使他們完全結合在一起，而且他已超越了痛苦的感覺。

「你做過一件事——你自己知道。唉，拉爾夫，一切都來自你！我給你做了什麼——今天我還能為你做什麼？只要你能活，我願意替你去死。但是我不能指望你活，為了不至失去你，我但願跟你一起死。」

「妳的聲音像他的一樣，也是斷斷續續的，充滿了眼淚和痛苦。

「妳不會失去我，妳會保留著我，保留在妳的心中。妳會感到我比過去更親密。親愛的伊莎貝爾，生活更好一些，因為生活中有愛。死雖然好，但死中沒有愛。」

「我沒有說過一句感謝你的話……沒有說過……我太對不起你了！」伊莎貝爾繼續道。她多麼想

放聲大哭，多麼想譴責自己，讓憂鬱把她吞沒。現在她的一切煩惱匯集在一起，變成了這眼前的痛苦，「你對我有過什麼想法？然而我怎麼知道？我一點也不知道，直到今天我才明白，因為多虧世上有的人不像我這麼糊塗。」

「不要去管別人，」拉爾夫說，「我想我對人們沒有什麼留戀。」

她抬起頭來，舉起握緊的雙手，彷彿在對著他祈禱。

「那是不是真的？是不是真的？」她問。

「妳是不是真的糊塗嗎？哦，不。」拉爾夫說，竭力運用著自己的機智。

「我問：是不是你使我變成了富人——我的一切是不是都是你的？」

他別轉了頭，一時沒說什麼。最後才道：「別再提那些了——那不是愉快的事。」他慢慢又把頭轉了回來，他們重新臉對著臉，互相注視著。

「要不是那樣……要不是那樣……」他停了一下，然後哽咽著說道：「我相信是我害了妳。」

她充分意識到，他已感覺不到痛苦，這個世界跟他的連繫即將斷了。但是哪怕她不意識到這點，她還是要講，因為現在她一切都不考慮，只知道一件事，這件事不完全是痛苦的，這就是他們一起面對著真實。

「他是為了錢跟我結婚的。」她說。她希望把一切都講出來，唯恐她來不及講完，他就死了。他注視了她一眼，那呆滯的眼睛第一次垂下了眼瞼。但過了一會兒，他又抬起眼睛來了。

「他當時是非常愛妳的。」他回答。

「是的，他愛過我。但是如果我沒有錢，他不會跟我結婚。我說這話，不是想傷你的心。我怎麼能

第五十四章　715

那樣呢?我只是要你了解一切。我一直瞞你,不讓你知道真相,但現在都過去了。」

「我一直是了解的。」拉爾夫說。

「我相信你了解,只是我不願讓你知道。但現在我願意了。」

「妳沒有使我傷心——妳使我非常高興。」拉爾夫說這話時,聲音顯得非常愉快。她又俯下頭去,把嘴唇貼在他的手背上。

「我一直是了解的,」他繼續說,「雖然那是這麼奇怪——這麼令人惋惜。妳要親自見識世界,但是妳辦不到,妳的希望使妳受到了懲罰。習慣勢力的磨臼輾磨著妳!」

「是的,我受到了懲罰。」伊莎貝爾抽抽搭搭地說。

他聽了她一會兒,然後繼續道:「妳到這裡來,他有沒有刁難妳?」

「他對我百般刁難。但是我不怕。」

「不,我覺得什麼也沒完。」

「那麼你們中間一切都完了?」

「妳還要回到他那裡去嗎?」拉爾夫氣喘吁吁地說。

「我不知道——我還不能肯定。我要盡可能在這裡住下去。我不願意想——我不需要想。」

「我什麼都不考慮,目前這就是一切。這還有一些日子呢。我在這兒跪在地上,看著你在我的懷抱中死去,我覺得很久以來我都沒有這麼幸福過。我也希望你愉快——不要去想任何傷心的事,單單感到我在你的身邊,我是愛你的。為什麼還要痛苦呢?在這樣的時刻,我們有什麼必要痛苦呢?那不是最有意義的,還有更有意義的事。」

716

一位女士的畫像
The Portrait of a Lady

很清楚，拉爾夫說話越來越困難了，他不得不等待很久，恢復力氣。起先他似乎對伊莎貝爾的那些話，並不想回答，他默默地讓時間消逝過去。過了好大一會兒，他才簡單地嘟噥道：「妳應該住在這裡。」

「我願意住下，只要我應該留下，我不會離開。」

「應該留下……應該留下？」他重複著她的話，「是的，妳對這事想得很多。」

「當然，我不得不想。你非常累了。」

「我很累了。妳剛才說，痛苦不是最有意義的事。當然不是。但它也是很有意義的。要是我能留在這兒……。」

「對我來說，你是永遠在這兒的。」她溫柔地打斷了他的話。現在要打斷他的話是很容易的。

「但是過了一會兒，他繼續道：「這畢竟是要過去的，現在正在過去。但是愛會永存。我不明白，為什麼我們要這麼痛苦。也許我會找到原因。生活中有許許多多的事，妳還很年輕。」

「我覺得我老了。」伊莎貝爾說。

「妳還會變得年輕。我對妳是這麼看的。我相信……我相信……」他又停頓了，沒有力氣再說下去。

她要求他安靜一會兒。

「我們是彼此了解的，我們不需要語言。」她說。

「我相信，妳的慷慨使妳做了傻事，但妳會很快擺脫它的。」

「噢，拉爾夫，我現在非常愉快。」她噙著眼淚喊道。

第五十四章　　　　　　　　　　　　　　　717

「妳要記住，」他繼續道，「如果說有人恨妳，那麼也是有人愛妳的。但是，唉，伊莎貝爾……最親愛的！」他喘著氣說，聲音輕得幾乎聽不到。

「啊，我的表兄！」她喊道，頭俯得更低了。

第五十五章

幾年前，她在花園山莊度過第一夜的時候，他就告訴她，在這幢古老的房子裡看到鬼，她知道，如果她歷盡了生活的辛酸，有一天她會相信它們是很多的。現在她顯然已具備了這個必要條件，因為第二天早上，在寒冷慘白的曙光中，她一點也不想睡，她在等待，而這種等待是清醒的。但是她闔上了眼睛，因為她相信，拉爾夫活不過那一夜。她沒有聽到叩門聲，但是當黑暗開始稀淡，變成灰白色的時候，她驀地一驚，從枕上抬起身來，她彷彿聽到了喚聲。一霎間，拉爾夫似乎站在她的面前——一個灰濛濛的影子在灰濛濛的屋子裡往來徘徊。她凝神瞧了一會，她看到了他那蒼白的臉，那親切的眼睛，接著她又什麼都看不到了。她並不害怕，她只是相信這是真的。

她走出房間，堅定地穿過暗沉沉的走廊，邁下櫟木樓梯，淡淡的晨光正從客廳的窗外射進來，照在樓梯上。她來到拉爾夫的房門口，聽了一會兒，只聽得屋裡一片沉寂。她伸出手去，彷彿從死者臉上揭開面紗似的，輕輕推開了門。她看到杜歇夫人一動不動，直撅撅地坐在她兒子的病榻旁邊，握住了他的一隻手。醫生站在另一邊，用他那熟練的手指，握著可憐的拉爾夫伸得更遠一些的腕關節。兩個護士站在床的末端，兩個人的中間，緊貼著他的身子。杜歇夫人沒理會伊莎貝爾，只有醫生嚴厲地瞧了她一眼，然後把拉爾夫的手輕輕放回床上，緊貼著他的身子。護士也嚴厲地看了看她，誰也沒有說話。伊莎貝爾只是望著她要來

看的人，只見那臉似乎比拉爾夫活著的時候更加美好。她覺得，它非常像她六年前看到的、躺在這同一枕頭上的他父親的臉。她走到姨母跟前，用胳臂摟住了她。杜歇夫人對這種撫愛既不表示歡迎，也不感到愉快，只是機械地站了起來，似乎在接受她的擁抱。但是她站得筆直的，眼睛裡沒有一點淚水，那張精明的蒼白的臉，顯得那麼可怕。

「可憐的莉迪亞姨母。」伊莎貝爾囁嚅道。

「感謝上帝吧，因為他沒有賜給妳孩子。」杜歇夫人說，掙脫了她的懷抱。

三天以後，許多人從繁忙的倫敦社交季節中抽身出來，搭乘上午的火車，在安靜的伯克郡車站下了車，走到不遠的一所灰色小教堂裡，待了半個小時。

杜歇夫人就把她的兒子埋在教堂內綠油油的墓地上。她站在墓旁，伊莎貝爾站在她的身邊，哪怕教堂司事對這件事也不可能比杜歇夫人具有更實際的觀點。這是一個莊嚴的場合，但並不叫人心酸或難受，一切都顯得那麼親切可愛。天氣也變得明朗了，這是氣候變幻莫測的五月末的一天，這一天正好風和日暖，空中飄送著山楂的香味，烏鶇來回盤旋。即使想到可憐的杜歇會感到傷心，也不至太傷心，因為死對他說來，並不是一場災難。他早已徘徊在死亡的門口，做好了準備。她透過淚花看到了這風光明媚的日子，這光輝燦爛的大自然，這可愛的古老的英國墓園，這些善良的朋友的低垂的頭。沃伯頓勳爵也來了，還有一些先生是伊莎貝爾不認識的，其中幾個是跟銀行有關的，後來她知道。不過也有一些人是她認識的，其中首先就是斯塔克波爾小姐，她旁邊是正直的班特林先生，還有卡斯帕·戈德伍德，他的頭抬得比別人高──垂得不夠低。伊莎貝爾在大部分時間裡，都能感到戈德伍德先生的目光。他緊緊盯著她瞧，跟

他平時在公共場合的表現不同，而其餘的人都把眼睛注視著墓園的草坪。關於他，她想到的只是不知道他為什麼還留在英國。她發現她想得太簡單了，以為他把拉爾夫護送到花園山莊以後，就會離開。她記得，這個國家是他所不喜愛的。然而他在這兒，他的神態似乎在說，他留在這兒是有複雜的意圖的。她不想看到他的眼睛，雖然那雙眼睛中包含著毫無疑義的同情，但是他使她不安。喪禮結束以後，他跟那一小群人一起走了。雖然有幾個人走來向杜歇夫人表示慰問，但只有一個人來跟她說話，那就是亨麗艾特·斯塔克波爾。亨麗艾特一直在哭。

拉爾夫曾對伊莎貝爾說，他希望她留在花園山莊，因此她並不急於離開這個地方。她對自己說，陪她的姨母住幾天，那是人情之常。幸虧她有這麼好的一個公式，要不，她真不知道該怎麼辦。她的任務完了，她離開丈夫的目的達到了。她的丈夫在國外的一個城市裡，正在計算著她離開的日子，在這種情況下，她需要有充分的理由才能留下。他不是一個很好的丈夫，但那沒有改變事物的實質。結婚這件事包含著某些義務，這跟它能帶來多少樂趣毫不相干。伊莎貝爾盡量不去想她的丈夫，但她想起它，精神上仍不免感到一陣戰慄。她的思想中有著無法排除的憂鬱，她蜷縮在花園山莊最深的角落裡。日子一天天過去，她不想動，她閉上了眼睛，竭力不想什麼。她知道她必須做出決定，但是她什麼也不能決定，她的到來本身就不是一個明確的決定。那時她只是一走了事。奧斯蒙德沒有作聲，現在他顯然也不會作聲，他可以一切聽便。帕茜沒有寫信給她，但那是很簡單的，她的父親不准她寫信。

杜歇夫人接受了伊莎貝爾的陪伴，但是不能給她提供幫助。她似乎沉浸在思索中，不是懷著熱情，而是懷著清醒的理智在為自己的處境做新的安排。杜歇夫人不是樂觀主義者，但是哪怕在不幸的遭遇

第五十五章

中，她也能保持實際的觀點，這包括這樣一種考慮：這些不幸歸根結柢是別人的遭遇，不是她自己的。死是倒楣的事，但這一次死的是她的兒子，不是她自己。她從來沒有認為，她自己的死會給任何人帶來不快，唯一不愉快的只是死亡自己。她比可憐的拉爾夫幸運，拉爾夫把一切生活資料，那保障他生存的一切，丟給了別人，因為在埋葬她兒子的當天晚上，她把自己的一切交給別人去宰割。至於她，她還掌握著一切，這是最值得慶幸的。就在埋葬她兒子的當天晚上，她把拉爾夫遺囑中的一些安排，及時告訴了伊莎貝爾。他曾跟她談過一切，商量過一切。他沒有給她留下錢，當然她也不需要錢。他把花園山莊的傢俱雜物——除了畫和書——留給了她，還有這地方一年的使用權，一年以後，房屋就得出售。賣屋的錢捐給一家醫院，作為醫療基金，救助跟他患有同樣疾病的貧寒病人。這部分遺囑將由沃伯頓勳爵做指定的執行人。他的其他財產將從銀行中提出來，用於不同的遺贈，其中一部分將贈予住在佛蒙特州的幾個親戚，幾年前，他的父親已對這些人做過慷慨的贈予。此外還有不多的遺產分給一些人。

「其中有些是非常奇怪的，」杜歇夫人說，「他把不少錢留給了我從未聽說過的人。他給了我一份名單，我問他這些人是誰，他告訴我，這是在不同時期對他表示過好意的人。顯然他認為妳沒對他表示過好意，因為他沒有留給妳一文錢。他的意見是認為，他的父親已給了妳慷慨的贈予——我不得不說那是事實，雖然我從沒聽到他埋怨過這件事。那些畫要分別送人，他已一件件做了分配，算是小小的紀念。最名貴的一些畫是送給沃伯頓勳爵的。妳猜，他把他的藏書怎麼辦？聽來真像是惡作劇。他把它們給了妳的朋友斯塔克波爾小姐，『表彰她對文學的貢獻』。這是不是因為她把他從羅馬送了回來？那麼這是對文學的貢獻嗎？這些藏書中有不少是很稀罕、很珍貴的。由於她不能把它們裝進箱子，提著它們周遊世界，他建議她拍賣它們。她當然應該交給克利斯蒂去拍賣，賣下的錢大概夠她辦一家報館的。」

一位女士的畫像
The Portrait of a Lady

那算是對文學的貢獻吧﹖」

這個問題，伊莎貝爾沒有回答，因為它超過了她剛到時必須接受的那場小小的偵訊的範圍。而且她今天跟過去不同，對文學毫無興趣，儘管杜歇夫人說有些書很稀罕和珍貴，但她從書架上隨手取下一本以後，卻發現自己根本不想讀它，她的注意力從來沒有這麼不能集中。

一天下午，在安葬儀式之後大約已過了一星期，她在圖書室裡想看一小時書，但她的眼睛老是離開書本，轉向打開的窗戶，窗外可以看到長長的林蔭道。就在這時，她發現一輛簡陋的馬車駛到了門口，沃伯頓勳爵坐在車廂角上，樣子似乎很不自在。他一向十分重視禮節，因此在當前情況下，他不辭辛苦，特地從倫敦來拜訪杜歇夫人，是並不奇怪的。他來拜訪的當然是杜歇夫人，不是奧斯蒙德夫人。為了向自己證明這一推測的合理，伊莎貝爾立即走出屋子，到園子裡去閒逛了。從她來到花園山莊以後，她還很少到戶外來活動，天氣不好也使她不宜在泥地上散步。然而今天傍晚天氣不錯，她發覺，出外走走是很舒服的。我剛才提到的那個推測似乎相當合理，但它並沒有使她安心，如果你看到她來往徘徊的樣子，你會說她的心情十分煩躁。一刻鐘以後，她發現自己又走近了屋子，這時，她還是很不平靜，她驀地看到杜歇夫人正從門廊上出來，她的旁邊是她的客人。顯然，這是她的姨母建議沃伯頓勳爵一起出來找她的。她沒有心情接待客人，如果來得及，她會縮回來，躲在一棵大樹後面。但她看到，他們已發現了她，她除了上前，沒有別的法子。由於花園山莊的這片草坪非常寬廣，穿過它需要一些時間，在這段時間裡，她能夠看到，走在女主人旁邊的沃伯頓勳爵一直很不自然地把手伸在背後，眼睛望著地面。

---

[1] 十九世紀倫敦著名的拍賣商。

第五十五章　　　　　　　　　　　　　　　　　　　723

兩人顯然都沒說話，但是杜歇夫人的眼睛儘管暗淡無光，她把它們轉向伊莎貝爾的時候，即使從遠處也能看到它們包含著一種表情。它似乎帶著尖刻的諷刺在說：「瞧，這是多麼高貴體面的一位紳士，妳本來是可以嫁給他的！」然而，當沃伯頓勳爵抬起頭來的時候，他的眼睛卻沒有這種表情。它們只是說：「妳知道，這實在很彆扭，但我沒有法子，只得靠妳了。」他非常嚴肅，規規矩矩的，從伊莎貝爾認識他以來，這還是頭一次他招呼她的時候沒有露出笑容。甚至在那些憂鬱的日子裡，他也總是用微笑來開始的。現在他的神色很不自在。

「沃伯頓勳爵這麼好，」杜歇夫人說，「特地跑來看我，他是妳的一位老朋友，但我聽說妳不在屋裡，因此帶他親自找妳來了。」

「哦，我看到六點四十分有一趟合適的火車，我可以趕那趟車回去吃晚飯。」沃伯頓勳爵對題地解釋道，「我發現妳還沒走，感到十分高興。」

「說真的，我在這兒不會很久，」伊莎貝爾說，有些急於分辯似的。

「我知道不會很久，但總得有幾個星期吧。妳這麼快就到英國來了，這……大概妳自己也沒想到？」

「是的，這一次是臨時決定來的。」杜歇夫人轉身走開了，彷彿她要去看看園子裡的情形，因為那確實有些糟糕。這時，沃伯頓勳爵不知說什麼好，伊莎貝爾覺得，他似乎想打聽她的丈夫，在死亡剛剛光臨過的地方，也許這是由於他認為，那麼他有前面那個動機做掩護，開口，終於克制了自己。他繼續保持著嚴肅的神情。如果他意識到了個人的原因，那倒不在於他的臉色顯得悲傷，要是那樣，那是另一回事，奇怪的是他的臉上毫無表情。

「我兩個妹妹如果知道妳還沒走，如果她們覺得妳願意見她們，她們一定會很高興來看妳，」沃伯頓勳爵繼續說，「妳在離開英國以前，能見見她們，那就太好了。」

這使我感到非常愉快，她們給我留下了那麼親切的回憶。」

「我不知道，妳是不是願意到洛克雷去玩一、兩天？妳知道，妳的諾言還沒有兌現呢。」他提到這事，臉上泛出了一點紅暈，這使它增添了幾分親昵的神色，「也許我現在這麼說是不對的，這種時候妳當然不會出門做客。但我的意思不是指正式的拜會。我的妹妹們在聖靈降臨節要回洛克雷來住五天，如果妳可以去，那太好了——因為妳說妳在英國不會很久——我想，除了妳，沒有別的客人。」

伊莎貝爾心想，說不定那位就要跟他結婚的小姐，還有她的媽媽，也會在那裡呢，但她沒有這麼講，只是說道：「非常感謝你，但我怕我不會住到聖靈降臨節。」

「但妳答應過我要到那兒去玩玩的，是不是？」

這句話包含著質問的意思，不過伊莎貝爾沒有做出反應。她對質問者瞧了一會兒，觀察的結果正如以前一樣——使她感到十分抱歉。

「注意不要趕不上火車。」她說。然後又道：「祝你一切順利。」

他的臉比剛才更紅了，他看了看錶。

「對，六點四十分的車，我的時間不多了，但我有一輛馬車在門口。非常感謝。」他是感謝她提醒了他火車的事，還是其他偏重於感情方面的事，就不得而知。

「再見，奧斯蒙德夫人，再見。」他跟她握了手，沒有看她的眼睛，便轉向杜歇夫人，後者正走回來。他跟她的告別也同樣簡單，過不一會兒，兩位女士便看到他邁著大步，穿過了草坪。

第五十五章

「妳相信他會結婚嗎？」伊莎貝爾問姨母。

「這只有他自己知道，但看來是這樣。我向他祝賀，他接受了。」

她的姨母回到屋裡，繼續從事給客人打斷的活動了。伊莎貝爾鬆了口氣：「咳，這件事可以丟開了！」

可以丟開了，但她還在想它——一邊想，一邊又在高大的櫸樹下開始蹓躂，櫸樹的陰影長長地鋪展在寬廣的草坪上。幾分鐘以後，她發現自己來到了一只粗木長凳那裡，她看了一下，覺得它好不眼熟。這不僅因為她以前見到過它，甚至也不是因為她在這上面坐過，這是因為在這裡發生過對她具有重要意義的事——它可以引起她的聯想。於是她想起六年前，她曾經坐在這裡，一個僕人從屋裡給她送了一封信來，在信上，卡斯帕·戈德伍德通知她，他已跟著她來到了歐洲。她看完這信，抬起頭來，又聽到沃伯頓勳爵向她宣稱，他希望跟她結婚。這真是具有歷史意義的有趣的長凳，她站在那裡望著它，彷彿它可能有什麼話要跟她說似的。她現在不想坐下去——她覺得有些怕它。她只是站在它前面，這時，她思潮澎湃，往事又回到了她的心頭，這是敏感的人不時會出現的幻覺。心情紛亂的結果便是她突然意識到自己非常疲倦，她急需休息，顧不得心頭的躊躇，倒到了粗木長凳上。我曾經說過，她心神不定，不知怎麼辦好，不論這對與不對，要是你現在看到她，你會同意，這前一個形容語是恰當的，你至少也會承認，在這一霎間，她完全是一副頹唐消沉的樣子。她的神態那麼異樣，像喪失了一切意志，她的手垂在兩邊，隱沒在玄色衣服的褶襉裡，眼睛呆呆地望著前面。沒有什麼事需要她回屋裡去，這兩個女人閉門索居，很早吃飯，喝茶的時間也不固定。她在這種姿勢中坐了多久，自己也不知道。但暮色終於越來越濃，她突然意識到，她不是一個人在這裡。她趕緊挺直身子，向周圍打量了一下，這才發現，她那孤獨

726

一位女士的畫像
The Portrait of a Lady

的小天地已經發生了變化。卡斯帕·戈德伍德就在她的身邊，離她只幾步遠，站在那裡望著她。他來的時候，那毫無迴響的草坪，使她沒有察覺他的腳步聲。在這中間，她突然想到，從前沃伯頓勳爵也正是這樣來到她的面前，使她吃了一驚。

她馬上站了起來，戈德伍德看到他已被發現，也立即走上前來。但是她剛才站起來，便出現了一個顯得有些粗暴，但他又覺得不像粗暴，究竟像什麼，她也不知道的動作——他抓住她的腕關節，把她又按回了原來的座位。她閉上了眼睛，這只是輕輕的一按，她順從了它。但是他臉上有一種神情，使她不願看到它。那天在墓地上，他就是帶著這種神情看她的，只是今天變得更壞了。他起先什麼也沒說，她只覺得他離她很近——他就坐在長凳上，她的旁邊，跟她那麼迫近。她幾乎覺得，從來沒有哪個人這麼靠近過她。然而這一切只是一刹那的事，這一霎間過去以後，她就抽出了腕關節，把眼睛轉向她的來客。

「你嚇了我一跳。」她說。

「我沒有想嚇妳，」他回答，「但如果真的使妳受了些驚嚇，請別在意。我剛從倫敦搭火車到達這裡，但我不能直接就來。有一個人在車站上搶在我的前面了。他雇了一輛馬車，我聽得他吩咐車夫送他上這兒。我不知道那是誰，但我不想跟他一起來，我要單獨跟妳見面。門口有個看門的，或者什麼人，他沒攔住我，因為我送妳的表兄回家時，已經認識他。那位先生走了吧？妳真的一個人嗎？我要跟妳談談。」戈德伍德講得很快，他像他們在羅馬分別那會兒一樣興奮。伊莎貝爾本來希望，這種情緒會低落下去，可是她看到，情況正好相反，他還剛剛把帆張起來，這使她不免打了個寒噤。她產生了一個新的感覺，這是他以前從未

第五十五章　　　　　　　　　　　　　　　　727

引起過的,那是一種危險的感覺。他的決心確實包含著一種可怕的東西。伊莎貝爾怔怔地望著前面。他把兩隻手搭在膝上,身子向前俯出一些,密切注視著她的臉。周圍已是一片蒼茫的夜色。

「我要跟妳談談,」他又說了一遍,「我有幾句重要的話要說。我不想打擾妳,像那一天在羅馬那樣。那是沒有用的,那只是增加妳的煩惱。我那時克制不住,我知道我錯了。但是現在我沒有錯,請妳不要那麼想我,」他繼續說著,他那生硬低沉的嗓音一時間變成了懇求,「我今天來只有一個目的。那是完全不同的。那時我對妳說這話是沒有用的,但是現在我可以幫助妳了。」

她說不清楚,是不是因為她感到害怕,或者因為這聲音在黑暗中必然顯得特別親切,總之,她從來沒有這麼聚精會神地聽他說話,他的話深深打進了她的心靈。它們使她的整個身心變得寂然不動。過了一會,她才從這寧靜中掙扎出來,回答他的話。

「你怎麼能幫助我?」她問,聲音輕輕的,彷彿她相當嚴肅地聽取了他的話,現在是在提出信任的詢問。

「我要妳相信我。現在我知道了──今天我知道了。妳可記得,我在羅馬問妳什麼來著?那時我還一無所知。但是今天我知道了,我已有了充分的根據,今天一切都清楚了。妳讓我跟著妳的表兄離開妳,那是一件好事。他是好人,一個高尚的人,完美的人,他告訴了我事實真相。他說明了一切,他猜到了我的情緒。他是妳的一位親屬,在妳留在英國的時候,他把妳交給我來照料,」戈德伍德說,好像他在證明一個重要的論點。「妳可知道,我最後一次見到他的時候,他對我怎麼說?那時他躺在床上,已快死了。他說:『你要盡一切力量幫助她,在她允許的範圍內盡你的一切力量。』」

伊莎貝爾驀地站了起來,「你們沒有權利談論我!」

「為什麼沒有？為什麼我們沒有權利那樣講？」他問，馬上跟著站了起來。

「那時他快死了——一個人快死的時候，那是不同的。」她停止了想離開他的動作，她聽得更仔細了，確實，他已經跟上一次不同。那時他只有一種毫無目的、毫無效果的感情，但現在他有了一種想法，她能夠憑他的整個身心感覺到這點。

「但那算不得什麼！」他喊了起來，靠得她更近了，儘管她的衣服的一條邊也沒有碰到。「即使杜歇沒有開口，我還是會知道一切的。在妳表兄安葬的時候，我只要對妳看上一眼，就能看到妳是怎麼回事。妳再也不能瞞我，請妳看在上帝的份上，正直地對待一個對妳這麼正直的人吧！妳是一個最不幸的女人，妳的丈夫是一個最可惡的魔鬼！」

她彷彿吃了一驚，驀地向他轉過身來。

「你莫非瘋了？」她喊道。

「我從來沒有這麼清醒過，我看清了全部真相。不要以為替他辯護有什麼用。但我不會再說一句不利於他的話，我要談的只是妳，」戈德伍德迅速地又說，「難道妳還想說，妳並不傷心？妳不知道怎麼辦——妳不知道到哪裡去。演戲已經無濟於事了，難道妳沒有丟下妳在羅馬的一切嗎？妳說會吧？杜歇完全知道，我也完全知道，知道妳到這兒來要付出什麼代價。它會使妳付出生命的代價嗎？妳說會吧？」他幾乎變得憤怒了，「妳就說一句真話吧！在我知道了這麼可怕的情形以後，我怎麼能袖手旁觀，不來拯救妳？『她要為這付出的代價是可怕的！』——這便是杜歇的論證來。如果我無動於衷，看著妳回去，妳會對我怎麼想？對我說的話。難道不是嗎？他跟妳是至親啊！」戈德伍德喊道，又做起嚴峻而古怪的論證來。

第五十五章　　　　　　　　　　　　　　　　729

「我寧死也不允許任何別人向我說這樣的話,但是他有這個權利。這已經在他到家以後,他看到自己快死了,我也看到他快死了的時候。我一切都明白,妳怕回去。妳子然一身,不知道到哪裡去。妳沒有地方可去,妳自己完全明白。因此現在我要求妳想到我。」

「想到你?」伊莎貝爾暮色蒼茫中站在他的面前。幾分鐘以前,她隱隱瞥見的那個想法,現在逐漸從黑暗中顯露出來。她把頭仰起一些,注視著它,彷彿那是天上的一顆彗星。

「妳不知道到哪裡去,到我這裡來吧!我要求妳信賴我。」戈德伍德重複道。然後他停了一會兒,眼睛閃閃發光,「為什麼妳要回去?為什麼還要投入那可怕的生活中去?」

「為了擺脫你!」她回答。但這只表現了她一小部分的感覺。其餘部分卻是:她以前從沒被人這麼愛過。她相信過這件事,但現在它卻這麼不同,它像沙漠中吹來的熱風,所到之處,其餘一切都枯死了,彷彿一片花園只留下了一股香氣。它包圍了她,使她離開了她的立足點,它的香味像一種強烈的、辛辣的、奇妙的東西向她沖來,使她張開了嘴唇。

起先,她覺得他在反駁她的話時,一定會氣勢洶洶,聲色俱厲。但是過了一會,她卻看到他非常鎮靜。他希望證明,他有著健全的理智,他是在講道理。

「我希望阻止這種情況的發生,我相信我能做到這點,只要妳肯聽我講下去。一個人願意自投羅網,回到痛苦中去,願意對著毒氣張開自己的嘴巴,那是荒謬的。現在是妳喪失了理智。應該相信我是關心妳的。為什麼我們不能得到幸福?它就在我們面前,我們輕而易舉就能得到它。我站在這兒,像磐石一樣堅固。妳還有什麼要擔心的?妳沒有孩子,我始終屬於妳——永遠永遠屬於妳。現在妳沒有什麼要考慮的。妳必須盡妳的力量挽回妳的生命,不能因為失去了它的一部分,就個障礙。

把它全部拋棄。如果說妳是擔心臉面，擔心人們的閒言閒語，擔心那個無比愚蠢的世界的誹謗，那麼這是對妳的侮辱！我們是超越於這一切之上的，我們關心的只是事物的實質。妳的離開邁出了一大步，下一步是容易的，也是完全自然的。我站在這裡，我起誓，一個因受騙而歷盡苦難的女人，她不論做什麼都是合理的，哪怕走上街頭也可以，只要這對她有所幫助！我知道妳的痛苦，因此我才到這裡來。我們完全可以做我們喜歡做的一切，在這個世界上，誰能夠約束我們？有什麼能夠限制我們，誰有絲毫權利在這個問題上干涉我們？我們兩個人的事，我們一句話就可以決定它！難道我們生下來是為了在憂愁中葬送一生，為了過提心吊膽的生活嗎？我過去從來不知道妳怕過什麼！只要妳信任我，妳就再也不會感到失望！我們面前有著整個世界，這是一個廣闊的天地。我覺得事情就是這樣。」

伊莎貝爾哼哼咻咻的，喘息了好一陣子，像受傷的動物一樣。她覺得，他像用什麼在使勁刺她。

「世界是狹小的。」她漫不經心地說。她有一種強烈的願望，要表示不同意他的話。她說得漫不經心，她想聽到自己在說話，但是這話卻並不符合她的本意。事實上，世界從沒顯得這麼廣闊，它在她周圍展開，像一片波濤洶湧的海洋，她就在它深不可測的水上漂浮。她需要幫助，現在幫助來了，隨著滾滾的巨浪向她湧來。這個信念一時間像迷人的歡樂一樣籠罩了她，她覺得自己在陷進去，越陷越深。她不知道，她是不是相信他說的一切，但是她相信，讓自己投入他的懷抱，是僅次於死亡的最好的事。我不知道他說的一切，但是她相信，讓自己投入他的懷抱，是僅次於死亡的最好的事。

拍打著腳，想阻止自己的陷落，找到一塊可以立足的地方。

「啊，使妳成為我的，我也成為妳的吧！」她聽到她的同伴在這麼喊叫。他突然拋棄了論證，他的嗓音從一片嘈雜不清的聲響中傳過來，顯得那麼刺耳，那麼可怕。

第五十五章　　　　　　　　　　　　　　　731

然而，正如玄學家們所說，這些當然只是主觀的產物。嘈雜的聲響，洶湧的波濤，以及其他一切，只存在於她那眩暈的頭腦中。她一下子意識到了這點，於是喘著氣說道：「我要求你給我的最大好意，就是請你立即離開我！

「啊，不要那麼說。不要使我太傷心吧！」他喊道。

她握緊雙手，眼淚從眼睛裡滾滾落了下來，「你愛我，你同情我，那就請你離開我吧！」

他在昏暗的夜色中瞧了她一眼，接著，她便感到，他的胳膊摟住了她的嘴唇像白色的閃電，一亮，又一亮，然後停留在那裡。說來奇怪，在他吻她的時候，她彷彿感到了他那難以忍受的男性的一切特徵，她看到，他的臉、他的身材、他的外表中一切咄咄逼人的東西，都有著強烈的內容，而現在它們都與他這瘋狂的行動交織在一起了。她說，在海上遇難的人就是這樣，他們沉入海底之前，都會看到一系列的幻象。但是閃電過去之後，她立即掙脫了他。她什麼也沒有看，只是飛快地離開了這個地方。屋裡的窗口已亮起燈光，照明了一大片草地。她用非常短的時間——儘管距離相當遠——一口氣穿過黑暗（因為她什麼也看不見），到了門口。直到這時，她才立定下來。她向周圍看看，又聽了一下，然後伸手去開門。她知道了。一條康莊大道就在她的面前。

兩天以後，卡斯帕·戈德伍德來到溫普爾街的一棟房子前面打門，亨麗艾特·斯塔克波爾在這裡租著一套帶傢俱的房間。他的手剛離開門環，門便開了，斯塔克波爾小姐站在他的面前。她戴著帽子，穿著外衣，正要上街。

「噢，早安，」他說，「我是來找奧斯蒙德夫人的。」

亨麗艾特沒有馬上回答他，但是哪怕在不說話的時候，斯塔克波爾小姐的臉也是富有表情的，「請問，你怎麼認為她在這裡呢？」

「今天一早我到花園山莊去了，那裡的僕人告訴我，她已到倫敦來了。他相信，她是上你這兒來的。」

斯塔克波爾小姐又讓他等了一會兒，但這完全是出於好意，「她是昨天來的，在這兒過了一夜。但今天早晨她動身去羅馬了。」

卡斯帕・戈德伍德沒有看她，他的眼睛瞧著門前的臺階，「噢，她動身⋯⋯？」他囁嚅著，但沒把這句話說完，也沒抬頭看一下，立即旋轉身子，預備走了。他不可能採取別的行動。

這時亨麗艾特走出屋子，隨手關上了門，然後伸出手來，拉住他的胳膊。

「別忙，戈德伍德先生，」她說，「你等一下呀！」

他聽到這話，抬起頭來看她。但從她臉上，他只看到，她的意思不過是說他還年輕，這使他感到嫌惡。她站在那裡，目光閃閃地望著他，她不能給他多大的安慰，她的表情只是使他的生活經歷一下子增長了三十年。然而在她帶著他走開的時候，好像她現在已把忍耐的鑰匙交給他了。

第五十五章

一位女士的畫像
The Portrait of a Lady

作　　　者：Henry James（亨利・詹姆斯）		副 總 編 輯：陳信宏	
譯　　　者：項星耀		執行總編輯：張惠菁	
責 任 編 輯：孫中文		總　編　輯：董成瑜	
責 任 企 劃：藍偉貞		發 行 人：裴　偉	
整 合 行 銷：何文君			

封 面 設 計：蕭旭芳
特 約 校 對：李文霜
內 頁 排 版：宸遠彩藝工作室
電子書轉檔：汪達數位出版

出　　　版：鏡文學股份有限公司
　　　　　　114066 臺北市內湖區堤頂大道一段 365 號 7 樓
電　　　話：02-6633-3500
傳　　　真：02-6633-3544
讀者服務信箱：MF.Publication@mirrorfiction.com

總　經　銷：大和書報圖書股份有限公司
　　　　　　248020 新北市新莊區五工五路 2 號
電　　　話：02-8990-2588
傳　　　真：02-2299-7900

印　　　刷：漾格科技股份有限公司
出 版 日 期：2024 年 9 月 初版一刷
I　S　B　N：9786267440322
定　　　價：1000 元

版權所有，翻印必究
如有缺頁破損、裝訂錯誤，請寄回鏡文學更換

鏡小說 076

國家圖書館出版品預行編目 (CIP) 資料

一位女士的畫像/亨利.詹姆斯(Henry James)著;項星耀譯. -- 初版. -- 臺北市：鏡文學股份有限公司, 2024.09
　　面;14.8×21公分. -- (鏡小說;76)
譯自:The portrait of a lady

ISBN 978-626-7440-32-2(精裝)

874.57　　　　　　　　　113011161